全唐诗

第十三册

卷八六八—卷九〇〇
全　唐　诗　逸
补　全　唐　诗
补全唐诗拾遗
全　唐　诗　补　逸

中　华　书　局

全唐诗第十三册目次

卷八六九

谐谑一

卷八七三

题语　判

卷八七四

歌

卷八七五

谶记

卷八七六

语

卷八七七

谚谜

卷八七八

谣

卷八七九

酒令

卷八八〇

占辞

卷八八九

词一

卷八九〇

词二

卷八九三

词五

卷八九六

词八

卷八九九

词十一

全 唐 诗 逸 目 次

全唐诗逸卷上

全唐诗逸卷中

全唐诗逸卷下

补全唐诗目次

补全唐诗拾遗目次

全唐诗补逸目次

全唐诗卷八六八 梦

肃　宗

梦丹书

　　肃宗初为皇太子,天宝十三载,观安禄山有悖逆之状,恐危宗庙,遂精诚祈梦。其夜梦故内侍普寂等二人舁一案,覆以黄帕,自天而下,直至帝前。素版丹书,文字甚多。既寤,所记者惟四句。

厥不云乎,惟其惟时。上天所保,福禄不亏。

代　宗

梦黄衣童子歌

　　广德元年,吐蕃入寇,代宗幸陕。及回驾至潼关,夜梦黄衣童子歌云云。诘旦,上言其梦,侍臣贺曰:"此土德当王,吐蕃破灭之兆也。"

中五之德方峨峨,胡胡呼呼何奈何。

刘禹锡

梦扬州乐妓和诗

禹锡于扬州杜鸿渐席上,见二乐妓侑觞,醉吟一绝。后二年,之京,宿邸中,二妓和前诗,执板歌云:

花作婵娟玉作妆,风流争似旧徐娘。夜深曲曲湾湾月,万里随君一寸肠。

邢　凤

梦中美人歌

泾原节度李汇说,贞元中,有帅家子邢凤,居长安平康里南,质一大第。即其寝,而昼偃,梦一美人,古装,高鬓长眉,执卷而吟。凤发其卷,美人曰:"君必欲传之,无过一篇。"取彩笺传其《春阳曲》。问曲中弓弯何谓,美人云:"父母教妾为此舞。"乃起,整衣张袖舞数拍,为弓弯状,以示凤。既罢,辞去。凤觉,仍于襟袖得其词。

长安少女一作儿女踏一作玩春阳一作忙,何处春阳一作归不断肠。舞袖弓弯一作腰浑忘却,罗衣空换一作罗帷空度,一作蛾眉空带。九秋霜。

石季武

梦　中　诗

凉武公愬,数年攻战,建殊勋。以仁恕为先,未尝枉杀一人。长庆元年,自魏博征还。将入洛,其衙门将石季武先在洛,梦公自北登天津桥,李武为导,有道士八人持绛节幡幢,从南欲上。导骑呵之,对曰:"我迎仙公。可记我言,闻于相公。"因吟诗云云。后三日,凉公果自北登天津桥,季武为导,入憩天宫寺,月余薨。

耸辔排金阙,乘轩上汉槎。浮名何足恋,高举入烟霞。

王　炎

葬西施挽歌

　　元和初,太原王炎梦游吴,闻吴王宫中出辇,吹箫击鼓,言葬西施。诏词客作挽歌,炎进诗,王甚嘉之。

西望吴王国,云书凤字牌。连江起珠帐,择地一作土葬金钗。满一作
铺地红心草,三层碧玉阶。春风无处所,凄恨不胜怀。

沈亚之

秦梦诗三首

　　太和初,亚之客橐泉邸舍。梦入秦,见穆公,尚始平公主弄玉,所居宫曰翠微宫。公主芳姝明媚,笔不可模画。每吹箫,声调远逸悲人,闻者莫不自废。约一年,公主卒,葬咸阳原,公命亚之作挽歌并墓铭。后公辞亚之令归,又为歌一章,仍至翠微宫,与公主侍人泣别,有《题宫门》诗。已而公命车驾送出函谷关,为别语未卒,惊觉。橐泉,秦穆公葬地也。

泣葬一枝红,生同死不同。金钿坠芳草,香绣满春风。旧日闻箫
处,高楼当月中。梨花寒食夜,深闭翠微宫。挽公主。

击髆舞,恨满烟光无处所。泪如雨,欲拟著辞不成语。金凤衔红旧
绣衣,几度宫中同看舞。人间春日正欢乐,日暮东风何处去。别穆
公。

君王多感放东归,从此秦宫不复期。春景似伤秦丧主,落花如雨泪燕脂。题宫门。以上三首又见本集。

卢献卿

梦 中 诗

献卿,范阳人。尝作《愍征赋》,时人以为庾子山《哀江南》之亚。大中时,连年不中第。游衡湘,至郴,梦人赠诗,旬日殁。郴守葬之近郊,果以夏初,皆符所梦者。

卜筑郊原古,青山无四邻。扶疏绕屋树,寂寞独归人。

刘景复

梦为吴泰伯作胜儿歌

吴郡泰伯祠,市人赛祭,多绘美女以献。岁乙丑,有以轻绡画侍婢捧胡琴者,名为胜儿,貌逾旧绘。巫方献舞,进士刘景复过吴,适置酒庙东通波馆。忽欠伸思寝,梦紫衣冠者言让王奉屈,随至庙,揖而坐。王语之曰:"适纳一胡琴妓,艺精而色丽。知吾子善歌,奉邀作胡琴一曲以宠之。"因命酒与作歌,王召胜儿授之。刘寤,传其歌吴中云。

繁弦已停杂吹歇,胜儿调弄逻娑拨。四弦拢撚三五一作四声,唤起边风驻明月。大声嘈嘈奔湢湢,浪蹙波翻倒溟渤。小弦切切怨飕飕,鬼哭神悲秋一作任窸窣。倒腕斜挑掣流电,春雷直戛腾秋鹘。汉妃徒得端正名,秦女虚夸有仙骨。我闻天宝十年前,凉州未作西戎窟。麻衣右衽皆汉民,不省胡尘暂蓬勃。太平之末狂胡乱,犬豕

崩腾恣唐突。玄宗未到万里桥，东洛西京一时没。汉土民皆<small>一作一</small>
<small>朝汉民</small>没为虏，饮恨吞声空呜咽。时看汉月望汉天<small>一作民</small>，怨气冲星
成彗孛。国门之西八九镇，高城深垒闭闲卒。河湟咫尺不能收，挽
粟推车徒兀兀。今朝闻奏凉州曲，使我心神暗超忽。胜儿若向边
塞弹，征人泪血应阑干。

郭仁表

梦　中　辞

　　伪吴春坊吏郭仁表，居冶城北。甲寅岁，得疾沉痼，梦道士衣金花
紫帔，入坐堂上。仁表初不甚敬，因问疾何时可愈，道士色厉曰："甚则
有之。"既寤，疾甚。复梦前道士至，因叩头逊谢。道士色解，索纸笔书
授之，因尔疾愈。

飘风暴雨可思惟，鹤望巢门敛翅飞。吾道之宗正可依，万物之先数
在兹，不能行此欲何为。

国邵南

梦崔㠖妻诗

　　崔㠖娶曹州刺史李绩女，李令兵马使国邵南勾当障车。后邵南梦
在一厅中，女立床西，㠖在床东。女执笔题诗一首授㠖，㠖朗吟之。梦
后才一岁，崔妻卒。

莫以真留妾，从他理管弦。容华难久驻，知得几多年。

卢　绛

梦白衣妇人歌词

　　绛,后主末年为宣州节度。宋平金陵,绛杀歙州刺史龚慎仪,谋奔岭表。不得,复降宋。慎仪侄颖诉之朝,坐斩。初绛未遇时,病痁且死,梦白衣妇人,颇有姿色,歌《菩萨蛮》劝绛酒。曰:“妾,玉真也。他日富贵,相见于固子坡。”至是临刑,有妇人姓耿名玉真者,坐淫乱与同斩。衣服姿貌,宛如前梦。其行刑地,即固子坡也。《南唐野史》、《翰府名谈》云:所梦者是诗,行刑地名孟家坡。今并载。

玉京人去秋萧索,画檐鹊起梧桐落。欹枕悄无言,月和残梦圆。背灯惟暗泣,甚处砧声急。眉黛小山攒,芭蕉生暮寒。

清风明月夜深时,箕帚卢郎恨已迟。他日孟家坡上约,再来相见是佳期。

张　生

梦舜抚琴歌

　　进士张生下第游蒲关,宿于舜庙,梦舜抚琴歌曰:

南风薰薰兮草芊芊,妙有之音兮归清弦。荡荡之教兮由自然,熙熙之化兮吾道全,薰薰兮思何传。

漳郡守

梦康仙示诗

　　康仙,乾符间卖药衢市,居员山琵琶坂。人为立庙,郡守欲移之山椒,梦示以诗,庙遂不复移焉。

卖药因循未得还,却因耽酒到人间。有心只恋琵琶坂,无意更登山上山。

独孤遐叔妻白氏

梦 中 歌

贞元中,遐叔游剑南归,至会光门外。天已暝,路隅有佛堂,止焉。至夜分,忽闻有公子、女郎十数辈携酒具赏会,中有一女郎,忧伤摧悴,乃其妻白氏也。少年举杯强之歌,转面挥涕。遐叔惊愤,扪一砖飞击,悄然一无所有。遐叔谓其妻死矣。至其居,妻梦魇方寤。说梦中,与遐叔所见并同。

今夕何夕,存耶没耶? 良人去兮天之涯,园树伤心兮三见花。

张生妻

梦 中 歌

张生家汴州中牟县赤城坂,别妻游河朔,五年而还汴。出郑州门,已昏黑,忽于草莽中见灯火荧煌,有长须者、白面年少者、紫衣者,及黑衣胡人、绿衣少年,挟其妻宴饮。张扪得一瓦击之,中长须头。再发一瓦,中妻额。忽阒然无所见。张君谓其妻已死矣。归至家,妻在,问之,曰:"昨夜梦有六七人遍令饮酒,各请歌。饮次有发瓦来,中奴额。惊觉。尚头痛。"因知昨夜所见,乃妻梦也。

叹衰草,络纬声切切。良人一去不复还,今夕坐愁鬓如雪。　为长须人歌。

劝君酒,君莫辞。落花徒绕枝,流水无返期。莫恃少年时,少年能几时。 为白面少年歌。

怨空闺,秋日亦难暮。夫婿断音书,遥天雁空度。 为紫衣人歌。

切切夕风急,露滋庭草湿。良人去不回,焉知掩闺泣。 为黑衣胡人
歌。

萤火穿白杨,悲风入荒草。疑是梦中游,愁迷故园道。 为绿衣少年
歌。

花前始相见,花下又相送。何必言梦中,人生尽如梦。 长须人歌答。

张氏女

梦王尚书口授吟

会昌初,安西市张氏,有女国色。昼梦至一大宅,幕次女辈十许人,同妆饰,候紫绶天官来,为吏部沈公。俄呼尚书来,为并帅王公。群女进乐侍酒,并州尤属意张,口授之吟,谓曰:"归辞父母,异日复来。"惊寤,泣曰:"尚书命我矣,殆将死乎!"因卧病累日,起,膏沐靓妆,拜父母而卒。

鬓梳闹扫学宫妆,独立闲庭纳夜凉。手把玉簪敲砌竹,清歌一曲月如霜。

病狂人

歌

周显德中,齐州有人病狂,每歌云云。自言梦见一红衣女子引入,宫殿皆红,一小姑令歌如此。有道士口:"此犯大麦毒所致。女即心神。小姑,脾神也。"《医经》:萝卜治面毒。如此言,以药并萝卜食,遂愈。

踏阳春,人间三月雨和尘。阳春踏,秋风起,肠断人间白发人。
五灵华,晓玲珑,天府由来汝府中。惆怅此情言不尽,一丸萝卜火
吾宫。

陈季卿

　　陈季卿,江南人。辞家十年,举进士无成,羁栖辇下。常
访青龙寺僧不值,时有终南山翁亦伺僧归,揖季卿同坐。适东
壁有寰瀛图,季卿乃寻江南路。因长叹曰:"安得自渭泛于河,
游于洛,渡淮济江,而达于家,亦不悔无成而归。"翁笑曰:"此
不难致。"乃命僧童折一竹叶作舟,置图中渭水上,曰:"公但注
目此舟,则如公所愿耳。然至家慎勿久留。"季卿熟视之,觉渭
水生波,叶舟渐大,席帆既张,恍若登舟。始自渭及河,维舟至
禅窟兰若,题诗于南楹。明日,次潼关,登崖,题句于关门东普
通院门。凡所经历,一如前愿。旬余至家,妻子兄弟拜迎于门
侧,题《江亭晚望》诗于书斋。此夕谓妻曰:"吾试期近,不可久
留,即当进棹。"乃吟一章,别其妻。又别诸兄弟。一更后,复
登舟而逝,家人恸哭,谓其死矣。复遵旧路,至于渭滨,寺宇宛
然,见山翁拥褐而坐。季卿谢曰:"归则归矣,得非梦乎?"翁
曰:"不久当知。"各别去。后月余,妻子来访,始知果归作诗,
非梦也。

题禅窟兰若

霜钟鸣时夕风急,乱鸦又望寒林集。此时辍棹悲且吟,独向莲华一
峰立。

题潼关普通院门

度关悲失志,万绪乱心机。下坂马无力,扫门尘满衣。计谋多不就,心口自相违。已作羞归计,还胜羞不归。

江亭晚望题书斋

立向江亭满目愁,十年前事信悠悠。田园已逐浮云散,乡里半随逝水流。川上莫逢诸钓叟,浦边难得旧沙鸥。不缘齿发未迟暮,吟对远山堪白头。

别　妻

月斜寒露白,此夕去留心。酒至添愁饮,诗成和泪吟。离歌凄凤管,别鹤怨瑶琴。明夜相思处,秋风吹半衾。

别　兄　弟

谋身非不早,其奈命来迟。旧友皆霄汉,此身犹路岐。北风微雪后,晚景有云时。惆怅清江上,区区趁试期。

周延翰

梦　中　句

　　南唐太子校书周延翰修服饵术,梦神人示以书,七言为句,其末句云云。延翰以为必得丹砂之效,甚喜。后死,葬于吴大帝陵侧。无妻子,惟一婢名丹砂,七字皆验。

紫髯之伴有丹砂。

任 玠

梦 中 和 句

　　蜀人任玠字温如，晚寓宁州府宅。一夕梦一山叟贻诗，玠和之。既觉，自笑曰："吾其死乎？"数日，不疾而卒。

故国路遥归去来 山叟，春风天远望不尽 玠。

杜 牧

梦 中 语

　　杜牧于宰执求小仪，不遂。请小秋，又不遂。梦人语之云云。后果得比部员外。

辞春不及秋，昆脚与皆头。

胥 偃

梦 中 诗

　　胥偃应举时，梦徐将军斩下头项，作诗云云。以为不〔祥〕（详）。明年，徐奭榜第二人及第。

昔作树头花，今为冢中骨。

曾崇范妻

梦 中 语

南唐曾崇范,其妻先许聘数人,皆死。后梦人得语云:"此是汝夫。"
果嫁于曾也。

田头有鹿迹,由尾著日炙。

张 孜

纪 梦 句

处士张孜写李白真,虔祷,忽梦白自天降。与语诗,因为歌以纪之,
其略曰:

上天知我忆其人,使向人间梦中见。

全唐诗卷八六九 谐谑一

高　祖

嘲苏世长

　　世长尝事伪郑王世充,为行台右仆射。洛阳平,归国。高祖与之有旧,释之,授玉山屯监,恩礼殊厚。尝嘲之云云。世长对曰:"名长意短,实如圣旨。口正心邪,未敢奉诏。昔窦融以河西降汉,十世封侯。臣以山南归国,惟蒙屯监。"即日擢拜谏议大夫。

名长意短,口正心邪。弃忠贞于郑国,忘信义于吾家。

睿　宗

戏　题　画

唤出眼,何用苦深藏。缩却鼻,何畏不闻香。

欧阳询

嘲萧瑀射

　　宋公萧瑀不解射。九月九日赐射,瑀箭俱不著垛,询咏之云云。

急风吹缓箭,弱手驭强弓。欲高翻复下,应西还更东。十回俱著地,两手并擎空。借问谁为此,乃应是宋公。

长孙无忌

与欧阳询互嘲

无忌见询姿形么陋,嘲之。询答云云。太宗闻之笑曰:"询此嘲曾不畏皇后邪?"无忌,皇后兄也。

耸膊成山字,埋肩不一作畏出头。谁家麟角上,画此一猕猴。 无忌。

索头连背暖,漫一作㲿褡畏肚寒。只因心浑浑,所以面团团。 询。

裴　略

为温仆射嘲竹

宿卫裴略试判落第,诣仆射温彦博披诉,不理。略自云能嘲戏,彦博回意与语,指厅前竹令嘲,应声云云。

竹,风吹青肃肃。凌冬叶不凋,经春子不熟。虚心未得待国士,皮上何须生节目。一作:竹,冬月不肯凋,夏月不肯熟。肚里不能容国士,皮外何劳生节目。

又　嘲　屏　墙

彦博又令嘲屏墙,略云云。彦博曰:"此语似伤博。"略曰:"即扳公筋,何止伤膊。"博惭而与官。

高下八九尺,东西六七步。突兀当厅坐,几许遮贤路。

省　吏

嘲崔左丞

　　武德中,清河崔善为为尚书左丞。诸曹吏恶其聪察,其人短伛,嘲之云云。高祖劳之曰:"齐末奸吏歌斛律明月,高纬昏不察,至灭其家。朕虽不德,幸免是。"下令求谤者,谤遂止。

崔子曲如钩,随例得封侯。髆上全无项,胸前别有头。

选　人

嘲高士廉木履

　　士廉掌选,有选人自云解嘲谑。士廉时著木履,令嘲之,应声云云。士廉笑而引之。

刺鼻何曾嚏,蹋面不知嗔。高生两个齿,自谓得胜人。

裴玄智

书化度藏院壁

　　西京化度寺内有无尽藏院,施舍日盛。开国而后,其积至不可胜计,常使名僧监藏。一分供天下伽蓝修理之用,一分施天下饥饿,一分充旧供无遮之会。城中士女有大车载钱帛,舍之弃去,不知姓名者。贞观中,有道士裴玄智者,尝入寺洒扫十年有余。寺中观其戒行修谨,宛是修行高人,使之守藏。一日,潜走去不还,寺众惊异,于玄智寝房内看,壁上有诗四句。盗去黄金,不可知数,竟莫知所之矣。后武后移藏东都福光寺,日久渐耗,寻移归本院。至开元九年,以所余散京师诸寺,藏遂绝焉。

将肉遣狼守,置骨向狗头。自非阿罗汉,焉能免得偷。首二句一作放羊狼颔下,置骨狗前头。

窦　昉

嘲许子儒

　　子儒旧任奉礼郎。永徽中,造国子学。子儒经纪,当有阶级,后不得阶,窦昉咏之云云。

不能专习礼,虚心强觅阶。一年辞爵弁,半岁履麻鞋。瓦恶频蒙撒音国,墙虚屡被叉。映树便侧睡,过匦即放乖。岁暮良工毕,言是越朋侪。今日纶言降,方知愚计呙口淮切。

梁　宝

与赵神德互嘲

　　唐初,梁宝好嘲戏。因公行至贝州,问佐史,云:“此州赵神德甚能嘲。”令召之,宝甚黑,神德两眼俱赤,因互嘲。宝无以答,谢遣之。

赵神德,天上既无云,闪电何以无准则?宝。向者入门来,案后惟见一挺墨。神德。官里料朱砂,半眼供一国。宝。磨公小拇指,涂得太社北。神德。

释元康

与讲师互谑

元康入京,见一法师,盛集徒众讲经。与申问往返,戏之云云。讲师亦复之,盖讥康之无生徒也。康为之解词,理更焕然。太宗闻之,诏入安国寺讲。

甘桃不结实,苦李压低枝。释元康。轮王千个子,巷伯勿孙儿。讲师。

李　荣

咏兴善寺佛殿灾

京城流俗,僧道常争二教优劣,递相非斥。总章中,兴善寺为火灾所焚,尊像荡尽,东明观道士李荣因咏此。荣,巴西人也。

道善何曾善,言兴且不兴。如来烧赤尽,惟有一群僧。

张元一

叙 可 笑 事

元一,则天朝为左司郎中,善滑稽。时蕃人上封事多加官赏,有为右台御史者。则天问元一在外,有何可笑事,元一云云。胡御史,胡元礼也。于是蕃人为御史者,寻改他官。

朱前疑著绿,逯仁杰著朱。阎知微骑马,马吉甫骑驴。将名作姓李千里,将姓作名吴栖梧。左台胡御史,右台御史胡。

嘲 武 懿 宗

契丹寇幽州,武懿宗统兵御之。至邠,畏懦而遁。懿宗短陋,元一嘲云云。则天未晓,曰:"懿宗无马耶?"元一曰:"骑猪,夹豕也。"则天大笑。懿宗曰:"此元一宿构,不是卒辞。"则天曰:"以韵与之。"懿宗曰:"请以萻韵。"元一应声云云,则天大悦,懿宗极有惭色。

长弓短度箭,蜀马临阶骗。去贼七百里,隈墙独自战。忽然逢著贼,骑猪向南趋。

又　嘲

裹头极草草,掠鬓不莘莘。未见桃花面皮,漫作杏子眼孔。

咏静乐县主

静乐县主,懿宗妹。懿宗短丑,武氏最长,时号大哥。县主与则天并马行,命元一咏云云。则天大笑,县主又极惭也。

马带桃花锦,裙衔绿草罗。定知帏帽底,仪容似大哥。

杜易简

嘲格辅元

格辅元,拜监察,迁殿中。充使,次龙门遇盗。行装都尽,袒被而坐。监察御史杜易简戏咏之云云。

有耻宿龙门,精彩先瞰浑。眼瘦呈近店,睡响彻遥林。垺囊将旧识,制被异新婚。谁言骢马使,翻作蛰熊蹲。

石抱忠　则天时检校天官郎中

始 平 谐 诗

平明发始平,薄暮至何城。库塔朝云上,晃池夜月明。略彴桥头逢长史,棂星门外揖司兵,一群县尉驴骡骡,数个参军鹅鸭行。

梁载言

咏傅岩监祠

　　傅岩尝在左台,监察中溜,而中溜小祠,无牺牲之礼。比回,怅望曰:"初以为大祠,乃全疏薄。"殿中梁载言咏之云云。

闻道监中溜,初言是大祠。很傍索传马,愡动出安徽。卫司无帘幕,供膳乏鲜肥。形容消瘦尽,空往复空归。

刘行敏

嘲 崔 生

　　行敏,长安令。有崔生饮酒归,犯夜,被武候执缚,五更初犹未解。行敏向朝,至街逢之,与解缚,因咏之云云。

崔生犯夜行,武候正严更。幞头拳下落,高髻掌中擎。杖迹胸前出,绳文腕后生。愁人不惜夜,随意晓参横。

又嘲杨文瓘

　　武陵公杨文瓘任户部侍郎,以能饮,令宴蕃客浑土,遂错与延陀儿宴。行敏咏之云云。

武陵敬爱客，终宴不知疲。遣共浑王饮，错宴延陀儿。始被鸿胪识，终蒙御史知。精神既如此，长叹复何为。

嘲李叔慎贺兰僧伽杜善贤　善贤，长安令，三人皆黑。

叔慎骑乌马，僧伽把漆弓。唤取长安令，共猎北山熊。

陆　子

嘲　父

尚书右丞陆馀庆转洛川长史，善论事而谬于判决。其子嘲之，送案褥下。馀庆得而读之，曰："必是那狗。"遂鞭之。

陆馀庆，笔头无力嘴头硬。一朝受辞讼，十日判不竟。　先是人有嘲陆者云："说事则嗛长三寸，判事则手重五斤。"

杨廷玉

则天表侄，为嘉兴令，贪猥无厌。御史康昚推奏，断死，敕免。

回　波　词

回波尔时廷玉，打獠取钱未足。阿姑婆见作天子，旁人不得枨触。

中宗朝优人

回　波　词

御史大夫裴谈,妻悍妒,谈畏之如严君。时韦庶人颇袭武后之风,中宗渐畏之。内宴互唱《回波词》,有优人云云。后意色自得,以束帛赐之。

回波尔时栲栳,怕妇也是大好。外边只有裴谈,内里无过李老。

崔日用

乞 金 鱼 词

日用为御史中丞,赐紫。是时佩鱼须有特恩,因会宴,日用撰词云云,中宗以金鱼赐之。

台中鼠子直须谙,信足跳梁上壁龛。倚翻灯脂污张五,还来啮带报韩三。莫浪语,直王相。大家必若赐金龟,卖却猫儿相报赏。

又赐宴自歌

中宗宴,日用起舞自歌云云。其日,以日用兼修文馆学士。制曰:"日用书穷万卷,学富三冬。"日用舞蹈拜谢。

东馆总是鹓鸾,南台自多杞梓。日用读书万卷,何忍不蒙学士。墨制帘下出来,微臣眼看喜死。

吴　人

咏　痴

郑愔曾骂选人为痴汉,选人曰:"仆是吴,痴汉即是公。"愔令咏痴,吴人云云。憎本姓郑,改姓郑,时人号为郑郑。

榆儿复榆妇,造屋兼造车。十七八九夜,还书复借书。

封抱一

歇　后

抱一任栎阳尉,有客过之。既短,又患眼及鼻塞,用千字文语嘲之。

面作天地玄,鼻有雁门紫。既无左达承,何劳罔谈彼。 一说,人有患侧
眼及翳,又有患鼻鼽者,互嘲。一云,眼能日月盈,为有陈根委。一云,不别似兰斯,都
由雁门紫。

麴崇裕

送司功入京

崇裕为冀州参军,尝有司功入京,以诗送之云云。司功曰:"大才
士。先生其谁?"曰:"吴儿博士教此声韵。"司功曰:"师明弟子哲。"

崇裕有幸会,得遇明流行。司士向京去,旷野哭声哀。

权龙褒 中宗时为瀛州刺史

岭南归后献诗

龙褒有何罪,天恩放岭南。敕知无罪过,追来与将军。 龙褒初以亲累
远贬,泪归,献此。一云,无事向容山,今日向东都。陛下敕追来,今作右金吾。

初到沧州呈州官

遥看沧海城,杨柳郁青青。中央一群汉,聚坐打杯觥。州官见此诗,谓曰:"公有逸才。"褒曰:"不敢,趁韵而已。"

秋 日 述 怀

檐前飞七百,雪白后园强。饱食房里侧,家粪集野螂。时有参军不晓其义,请释之。褒曰:"鹞子檐前飞,直七百文。洗衫挂后园,干白如雪。饱食房中侧卧,家里便转,集得野泽蜣螂也。"

喜 雨

暗去也没雨,明来也没云。日头赫赤出,地上绿氤氲。

皇太子夏日赐宴诗

严霜白浩浩,明月赤团团。　太子援笔为赞曰:"龙褒才子,秦州人士。明月昼耀,严霜夏起。如此诗章,趁韵而已。"

崔泰之

哭 李 峤 诗

台阁神仙地,衣冠君子乡。昨朝犹对坐,今日忽云亡。魂随司命鬼,魄逐见阎王。此时罢欢笑,无复向朝堂。

苏　颋

咏尹字 颋幼年,有京兆尹过父瓌,命咏尹字。

丑虽有足,甲不全身。见君无口,知伊少人。

张敬忠

咏王主敬

武德、贞观以来,尚书郎吏,兵部为前行,最为要剧。考功员外掌试贡举人,郎之最望者。司门、都、比、屯田、虞、水、膳部、主客,皆在后行,闲简。先天中,王主敬为侍御史,自以才望清雅,当入省,常望前行。忽除膳部员外郎,微有怅惋。吏部郎中张敬忠戏咏云云。膳部在省中最东北隅,故有此句。

有意嫌兵部,专心望考功。谁知脚踌蹬,却落省墙东。

韦　铿

嘲邵景萧嵩

邵景擢第,迁至右台监察考功员外。时神武即位,景与殿中御史萧嵩、韦铿,俱升殿行事。制出,景、嵩俱授朝散大夫,而铿无命。景、嵩貌皆类胡,景鼻高而嵩须多。同时服朱绂,对立于庭,铿独帘下窃窥而咏云云。

一双胡子著绯袍,一个须多一鼻高。相对厅前捺且去声立,自惭身品世间毛。

邵　景

嘲 韦 铿

　　他日,睿宗御承天门,百僚备列,铿忽风眩而倒。铿肥而短,景咏之云云。

飘风忽起团团旋,倒地还如著脚槌。莫怪殿上空行事,却为元非五品才。

李休烈

咏 毁 天 枢

　　长寿三年,则天征天下铜五十馀万斤,铁一百三十馀万斤,于定鼎门内铸八棱铜柱,高九十尺,径一丈二尺,题曰大周万国述德天枢,纪革命之功。下置铁山,铜龙负载,狮子麒麟围绕。上有云盖,施盘龙以托珠,高一丈,围三丈。金彩荧煌,光侔日月。开元中,诏毁天枢,发卒熔铄,弥月不尽。休烈为洛阳尉,赋诗以咏之。先是有讹言云:"一条麻线挽天枢。"言其不经久也。故休烈诗及之。士庶莫不咏讽。

天门街上倒天枢,火急先须卸火珠。计合一条麻线挽,何劳两县索人夫。

石惠泰 岐王府参军

与李全交诗 全交,监察御史。

御史非常任,参军不久居。待君迁转后,此职还到余。

黄幡绰 伶人

嘲 刘 文 树

安西牙将刘文树,口辨善奏对,明皇每嘉之。文树髭生颔下,貌类猴,上令黄幡绰嘲之。文树切恶猿猴之号,乃密赂幡绰不言,幡绰许而进嘲云云。上知其遗赂,大笑。

可怜好个刘文树,髭须共颏颐别住。文树面孔不似猢狲,猢狲面孔强似文树。

祖　咏

尚书省门吟

开元中,进士唱第尚书省。落第者至省门散去,咏吟云云。

落去他,两两三三戴帽子。日暮祖侯吟一声,长安竹柏皆枯死。

王昌龄

上马当山神

开元中,昌龄自吴抵京,舟行至马当山。先有祷神备,属风便不能驻。命使赍献于庙,及草履致于夫人,题诗云云。当市草履时,兼市金错刀一副,贮履内,忘取之,并将往。行数里,忽有赤鲤鱼长三尺,跃入舟中,剖腹得刀焉。

青骢一匹昆仑牵，奏上大王不取钱。直为猛风波滚骤，莫怪昌龄不下船。

张怀庆

窃李义府诗

　　枣强尉张怀庆，好偷窃名士文章。李义府尝赋诗云："镂月为歌扇，裁云作舞衣。自怜回雪影，好取洛川归。"怀庆乃为诗云云。

生情镂月为歌扇，出性裁云作舞衣。照镜自怜回雪影，来时好取洛川归。时人因为怀庆语云："活剥王昌龄，生吞郭正一。"

贺知章

答　朝　士

　　朝士以知章吴越人，戏云："南金复生中土。"知章赋诗云云。

钑镂银盘盛蛤蜊，镜湖莼菜乱如丝。乡曲近来佳此味，遮渠不道是吴儿。

顾　况

和　知　章　诗

钑镂银盘盛炒虾，镜湖莼菜乱如麻。汉儿女嫁吴儿妇，吴儿尽是汉儿爷。

续茅山秀才吟

　　顾著作在茅山,有一秀才行吟得句,久不得属,顾云云。秀才以其无礼,审知是况,惭惕而退。

驻马上山阿 茅山秀才,风来屎气多 况。

史思明

樱桃子诗

　　思明在东都,遇樱桃熟。其子在河北,寄之。因作诗同去,诗成,众皆赞美之。曰:"此诗大佳。若押作一半周至,一半怀王,即与黄字声势稍稳。"思明大怒曰:"我儿岂可居周至之下。"

樱桃子,半赤半已黄。一半与怀王,一半与周至。至当作贽。思明僭号,以子朝义为怀王,周贽为相。

全唐诗卷八七〇 谐谑二

高　亭 一作云

讥 元 载 诗

上元间,既平刘展,租庸使元载以吴越虽兵荒后,民产犹给,乃召豪吏分宰列邑,重敛之,时人谓之白著。言其役敛无名,所著者皆公然明白,无所嫌避。一云,世人谓酒醋为白著。既为刻薄之役,不堪其弊,则必颠沛酩酊如醉者之著也。渤海高亭有诗云云。

上元官吏务剥削,江淮之人皆白著。

贺遂涉

嘲 赵 谦 光

唐省中诸郎中,不自员外郎拜者,谓之土山头果毅。言不历清资,便拜崇品,有似长征兵士,便授边远果毅也。时谦光自彭州司马入为大理正,迁户部郎中。

员外由来美,郎中望亦优。宁知粉署里,翻作土山头。

赵谦光

答贺遂涉　时遂涉为户部员外,谦光答此。

锦帐随情设,金炉任意熏。唯愁员外置,不应列星文。

孔　颙

上浙东孟尚书

　　浙东孟简尚书六衙按覆囚徒,其间一人,自曰鲁人孔颙,献诗启云:"偶寻长街柳阴吟咏,忽被虞候拘缧数日,责以罪名。敢露血诚,伏请申雪。"孟公立以宾客待之,批其状曰:"薛陟不知典教,岂辨贤良。驱遣健徒,凭陵国士。殊无畏惮,辄恣威权。翻成刺许之宾。何异吠尧之犬。然以久施公效,尚息杖刑。退补散将,外镇收管。"

有个将军不得名,唯教健卒喝书生。尚书近日清如镜,天子官街不许行。

吕　温

嘲柳州柳子厚

柳州柳刺史,种柳柳江边。柳管依然在,千秋柳拂天。

嘲黔南观察南卓　一云卓故人效吕温作

终南南太守,南郡在云南。闲向南亭醉,南风变俗谈。卓在黔南,大更风俗,凡是溪坞呼吸文字,皆同秦汉之音,故云。

张　祜

戏简朱坛诗

　　祜客于丹徒,有朱坛者轻佻,侮慢祜之篇咏。后坛与祜卷,欲其润饰之。祜乃戏简二十字,欣而不悟,厚为饯别焉。

昔人有玉碗,击之千里鸣。今日睹斯文,碗有当时声。

戏颜郎官骑猎诗

　　温州颜郎中,儒士也,不知弧矢之能。张祜观其骑猎马上,以诗戏之。

忽闻射猎出军城,人著戎衣马带缨。倒把角弓呈一箭,满山狐兔当头行。

朱冲和

嘲张祜

白在东都元已薨,兰台凤阁少人登。冬瓜堰下逢张祜,牛屎堆边说我能。

崔　涯

嘲妓

　　涯久游维扬,有诗名。每题诗倡肆,立时传诵。声价因之增减,无不畏之。

虽得苏方木,犹贪玳瑁皮。怀胎十个月,生下昆仑儿。

布袍披袄火烧毡,纸补筌篓麻接弦。更著一双皮屐子,纥梯纥榻出门前。

嘲李端端

黄昏不语不知行,鼻似烟窗耳似铛。独把象牙梳插鬓,昆仑山上月初明。

觅得黄骝鞁绣鞍,善和坊里取端端。扬州近日浑成差,一朵能行白牡丹。端端得前诗,忧之。候涯使院饮回,道旁再拜曰:"端端祗候几郎,伏望哀之。"乃重赠此饰之。于是豪富之士,复臻其门。或戏之曰:"李娘子才出墨池,便登雪岭。"红楼以为笑乐。

李宣古

咏崔云娘

> 沣州宴,酒纠崔云娘貌瘦瘠,每戏调,举罚众宾,兼恃歌声,自以为郢人之妙。李宣古当筵一咏,遂至箝口。

何事最堪悲,云娘只首奇。瘦拳抛令急,长啸出歌迟。只见一作怕肩侵鬓,唯忧骨透皮。不须当户立,头上有钟馗。只首,两头蛇也。

杜 牧

嘲 妓 牧罢宣州幕,经陕,有酒纠妓肥硕,牧赠此诗。 一作崔立言诗。

盘古当时有远孙,尚令今日逼家门。一车白土将泥项,十幅红旗补

破裈。瓦官寺里逢行迹寺有大佛迹, 华岳山前见掌痕。不须惆怅忧
难嫁, 待与将书问乐坤。

卢 肇

嘲游使君

夔州游使符邀客看花而不饮, 至今荆襄花下斟茶者, 吟此戏焉。
白帝城头二月时, 忍教清醒看花枝。莫言世上无袁许, 客子由来是
相师。

韦 蟾

嘲李玚题名

蟾为左丞, 至长乐驿, 见李玚给事题名, 走笔书其侧云云。
渭水秦山照眼明, 希仁何事寡诗情。只因学得虞姬婿, 书字才能记
姓名。

严 震

闻鹿鸣互谑

震, 梓州盐亭县人, 所居林峦戴山, 但有鹿鸣, 即严氏一人必殂。
一日, 闻鹿鸣, 有中表在坐, 相谑云云。不日, 严氏子一人果亡。
釜戴山中鹿又鸣中表, 此际多应到表兄震。表兄不是严家子, 合是

三兄与四兄中表。

章孝标

及第后寄李绅

及第全胜十政官,金鞍镀了出长安。马头渐入扬州郭,为报时人洗眼看。

李　绅

答章孝标

假金只用真金镀,若是真金不镀金。十载长安得一第,何须空腹用高心。

杨汝士

戏　柳　棠

棠,东川人,才思优赡。应进士举,擢第后,参越巂军事。杨汝士镇东川,棠在席,一巨鱼饮之。棠不即饮,汝士以诗戏之。

文章漫道能吞凤,杯酒何曾解吃鱼。今日梓州张社会,应须遭这老尚书。

柳　棠

答杨尚书

未向燕台逢厚礼,幸因社会接馀欢。一鱼吃了终无愧,鲲化为鹏也不难。

又忓杨尚书诗

> 棠每于东川席上,狂纵日甚,以诗忓杨公云云。公怒,为书让其座主高锴侍郎曰:"柳棠者,凶悖嚣傲,识者恶之。狡过仲容,才非犬子。膺门之贵,岂宜有此生!"二公以书往返诘难,棠不任其忧惕。靖安,李相宗闵也,杨之中外昆弟。

莫言名位未相侔,风月何曾阻献酬。前辈不须轻后辈,靖安今日在衡州。

朱 泽

嘲郭凝素

> 王轩尝泊舟苎萝山,题《浣纱石》诗。感西施见形,与欢会。萧山郭凝素,闻轩之遇,每过浣纱溪口,日夕长吟,屡题诗于石。寂尔无人,进士朱泽嘲之。凝素内耻,无复斯游。

三春桃李本无言,苦被残阳鸟雀喧。借问东邻效西子,何如郭素拟王轩。

郑光业

纪中表试案

　　　　光业中表间有同入试者,时举子率以白纸糊案子,光业潜纪之云云。

新糊案子,其白如银。入试出试,千春万春。

郑　愚

醉题广州使院

数年百姓受饥荒,太守贪残似虎狼。今日海隅鱼米贱,大须惭愧石榴黄。

拟权龙褒体赠鄠县李令及寄朝右 李令因之休官

鄠县李长官,横琴膝上弄。不闻有政声,但见手子动。

郑仁表

题沧浪峡榜

　　　　仁表经过沧浪峡,憩于长亭。驿吏坚进一板,仁表走笔云云。

分峡东西路正长,行人名利火然汤。路旁著板沧浪峡,真是将闲搅撩忙。

胡　曾

戏妻族语不正

呼十却为石,唤针将作真。忽然云雨至,总道是天因。

李昌符

婢仆诗

　　咸通中,进士李昌符有诗名。久不登第,常岁卷轴,怠于装修。因出一奇,乃作《婢仆诗》五十首,于公卿间行之。诸篇皆中婢仆之讳。浃旬,京城盛传。是年登第。

春娘爱上酒家楼,不怕归迟总不忧。推道那家娘子卧,且留教住待梳头。

不论秋菊与春花,个个能嗻空腹茶。无事莫教频入库,一名闲物要些些。

孙子多

嘲郑傪妓

　　郑傪出妓宴赵绅,而舞者年老,伶人孙子多献口号云云。

相公经文复经武,常侍好今兼好古。昔人曾闻阿武婆,今日亲见阿婆舞。

薛　能

嘲 赵 璘

璘仪质琐陋,成名后为婿,能为侯相,为诗嘲谑。

巡关每傍拶蒲局,望月还登乞巧楼。第一莫教娇太过,缘人衣带上
人头。

不知原在鞍轿里,将谓空驮席帽归。

火炉床上平身立,便与夫人作镜台。

口 号

许帅薛能方贵时,秦宗权为之吏。尝坐法笞背,薛口唱云云,乃命
决。后宗权起兵,首捕薛。令举前诗,续之云云,遂害能。

素脊鸣秋杖,乌靴响暮厅能。刃飞三尺雪,白日落文星宗权。

皮日休

嘲归仁绍龟诗 日休谒仁绍,数往不得见,因作咏龟诗云。

硬骨残形知几秋,尸骸终是不风流。顽皮死后钻须遍,都为平生不
出头。

咏螃蟹呈浙西从事

未游沧海早知名,有骨还从肉上生。莫道无心畏雷电,海龙王处也
横行。

郑　綮

题 中 书 壁

　　綮为相,同列以为忝窃,每讪侮之。乃题诗于中书壁云云。

侧坡蛆蜫蛇,蚁子竞来拖。一朝白雨中,无钝无喽罗。

别庐州郡人

　　綮累官左司郎中,家贫求郡,为庐州刺史。黄巢掠淮南,移檄请无
犯州境,巢笑为敛兵。满日,有赢钱千缗,寄州库。后他盗至,终不犯郑
使君钱。及杨行密为刺史,送还之。綮将去,有别郡人诗云云。

唯有两行公廨泪,一时洒向渡头风。

徐彦若

戏 答 成 汭

　　荆南成汭,盗据渚宫,寻即贡命。宰相徐彦若出镇番禺,路由渚宫。
汭以岭外黄茅瘴,患者发落,戏曰:"黄茅瘴,望相公保重。"徐答以此,盖
讥汭尝为僧也。汭终席耻之。

南海黄茅瘴,不死成和尚。

崔立言

醉中谑浙江廉使

山夫留意向丹梯,连帅邀来出药畦。常见浙东夸镜水,镜湖元在浙
江西。

韦鹏翼

戏题盱眙邵明府壁

岂肯闲寻竹径行,却嫌丝管好蛙声。自从煮鹤烧琴后,背却青山卧月明。

姚　崇

题大梁临汴驿

近日侯门不重才,莫将文艺拟为媒。相逢若要如胶漆,不是红妆即拨灰。

李日新

题仙娥驿

商山食店大悠悠,陈䴕馄锣古馇头。更有台中牛肉炙,尚盘数脔紫光球。

柳　逢

嘲 染 家

莆田县有染家，家富，因醉殴兄，至高标十木。既归，乡亲为会，有
秀才柳逢旅游掇席，主人不乐。柳生怒而题壁，染人遂与束帛，赎其诗。
紫绿终朝染，因何不识非。莆田竹木贵，背负十柴归。

黎 瓘

赠漳州崔使君乡饮翻韵诗

麻衣黎瓘者，南海狂生也。游于漳州，频于席上喧酗。乡饮之日，
诸宾悉赴，客司独不召瓘。瓘作翻韵诗赠崔使君，坐中皆大笑。崔使君
驰骑迎之。

惯向溪边折柳杨，因循行客到州漳。无端触忤王衙押，不得今朝看
饮乡。

张保胤

示妓榜子

岭南乐营子女席上戏宾客，量情三木。时保胤在幕府掌书记，乃书
榜子示诸妓云云。

绿罗裙下标三棒，红粉腮边泪两行。叉手向前咨大使，这回不敢恼
儿郎。

又留别同院

时谓张书记文彩纵横，比之何逊。人材瑰伟，有似明皇。及罢府北

归,留诗戏诸同院,闻者莫不大哈。

忆昔当年富贵时,如今头脑尚依稀。布袍破后思宫内,锦袴穿时忆御衣。鹘子背钻高力士,婵娟翻画太真妃。如今憔悴离南海,恰似当时幸蜀时。

陆岩梦

桂州筵上赠胡予女

自道风流不可攀,却堪蹙额更颟颜。眼睛深却湘江水,鼻孔高于华岳山。舞态固难居掌上,歌声应不绕梁间。孟阳死后欲千载,犹在佳人觅往还。

李　都

戏 答 朝 士

都为荆南从事,时有朝士寓书,书踪甚恶,李戏答此。

华缄千里到荆门,章草纵横任意论。应笑钟张虚用力,却教羲献枉劳魂。惟堪爱惜为珍宝,不敢传留误子孙。深荷故人相厚处,天行时气许教吞。

荆　人

嘲 僧 惟 恭

荆州僧惟恭,常事酒博。暇则诵经,祈生安养。同寺灵岿,迹颇类之,荆人嘲之云云。后恭感西方七人来迎,出莲花放异光而逝。峤亦悟,改行为高德云。

灵峤作尽业,惟恭继其迹。地狱千万重,莫厌排头入。

冯道幕客

题酒户修孔庙状

道镇南阳,郡中宣圣庙坏,有酒户十馀辈投状乞修。道未及判,有幕客题状后云云。道遽罢其请,出己俸重修。

槐影参差覆杏坛,儒门子弟尽高官。却教酒户重修庙,觅我惭惶也不难。

李花开

孔 庙 口 号

李相縠尝为陈州防御,谒夫子庙,见像在破屋中,叹息久之。伶人李花开趋进,献口号,縠遽出俸修之。

破落三间屋,萧条一旅人。不知负何事,生死厄于陈。

冯 晖

答 妻

晖与周太祖相善,微时,与太祖就一道士雕刺。以脐作瓮,中作雁数只,太祖项上作雀及谷。戒曰:"尔曹自爱。雀衔谷,雁出瓮,是尔曹通显时也。"后太祖登位,晖秉旄,所刺皆验。先是,晖贫,遇寒食,妻詈曰:"节到也,如何办得?"晖扪腹云云。

休说办不办,且看瓮里飞出雁。

李　涛

题　僧　院

涛性滑稽,布衣之时,往来京洛间。泥水关有不动尊院,中有僧不出院十余载,每过必省之。未几,寺焚僧散,再过之,但有门扉而已。因题诗云云。

走却坐禅客,移将不动尊。世间颠倒事,八万四千门。

杨苎萝

咏垂丝蜘蛛嘲云辨僧

洛阳歌妓杨苎萝,聪慧有才思,杨凝式甚怜之。时有讲经僧云辨在座,忽檐前蜘蛛垂丝而下,正对苎萝与僧前。杨笑谓苎萝:"试嘲得著师,奉绢五匹。"苎萝应声成。辨体充肚大,故云。杨见诗绝倒,大叫"和尚将绢来"。辨惭且笑,奉之如数。

吃得肚婴撑,寻思绕寺行。空中设罗网,只待杀众生。

冯　涓

自 嘲 绝 句

涓,蜀城析骸之际,几至殆殍。投爨米家活,有绝句云。

取水郎中何日了,破柴员外几时休。早知蜀地区娵与乃训如此与也,悔不长安大比丘即收足大坐也。

卢延让

哭 亡 将 诗

自是硇砂发,非干硋石伤。牒高身上职,碗大背边创。

蒋贻恭

咏 王 给 事

伪蜀给事王允光短小,贻恭嘲之云云。有刑院杖直官张进,尝诵之。允光以事奏置极法,后见进索命死。

厥父元非道郡奴,允光何事太侏儒。可中与个皮裈著,擎得天王左脚无。

咏 金 刚

扬眉斗目恶精神,捏合将来恰似真。刚被时流借拳势,不知身自是泥人。

咏 伛 背 子

出得门来背拄天,同行难可与差肩。若教倚向闲窗下,恰似箜篌不著弦。

咏安仁宰捣蒜

安仁县令好诛求，百姓脂膏满面流。半破磁缸成醋酒，死牛肠肚作馒头。帐生岁取餐三顿，乡老盘庚犯五瓯。半醉半醒齐出县，共伤涂炭不胜愁。

五门街望有题

我皇开国十馀年，一辈超升炙手欢。闲向五门楼下望，衙官骑马使衙官。

谢郎中惠茶

三斤绿茗赐贻恭，一种颁沾事不同。想料肠怀无答处，披毛戴角谢郎中。

咏　虾　蟆

坐卧兼行总一般，向人努眼太无端。欲知自己形骸小，试就蹄涔照影看。

住名山日陈情上府主高太保

名山主簿实堪愁，难咬他家大骨头。米纳功南钱纳府，只看江面水东流。

李贞白

咏　刺　猬

行似针毡动,卧若栗球圆。莫欺如此大,谁敢便行拳。

谒贵公子不礼书格子屏风

道格何曾格,言糊又不糊。浑身总是眼,还解识人无。

咏　月

当涂当涂见,芜湖芜湖见。八月十五夜,一似没柄扇。

咏　狗　蚤

与虱都来不较多,攫挑筋斗太喽罗。忽然管著一篮子,有甚心情那你何。

咏　罂　粟　子

倒排双陆子,希插碧牙筹。既似牺牛乳,又如铃马兜。鼓捶并瀑箭,直是有来由。

咏　蟹

　　建帅陈海之子德诚,罢管沿江水军,入掌禁卫,颇患拘束。方宴客,贞白在坐,食蟹。德诚顾贞白曰:"请咏之。"贞白云云,众客皆笑。

蝉眼龟形脚似蛛,未曾正面向人趋。如今钉在盘筵上,得似江湖乱走无。

郫城令

示女诗

　　陈瑄太师任西川,有爱姬徐氏,郫城令之女也。令欲求彭牧,以红绢数寸作二十八字,遣其妻私示其女云云。人皆鄙之。

深宫富贵事风流,莫忘生身老骨头。因与太师欢笑处,为吾方便觅彭州。

李　令

寄　女

　　渚宫有李令者,本狡猾之徒也。强为篇章,干谒时贵。有归评事任江陵醮院,常怀恤士之心。令累求救贷,皆允诺。又云:"某欲寻亲湖外,辄假舍安家族。"归君亦敏诺之。李且乘舟而去,不二旬,其妻遣仆使告丐糇粮,主人拯其乏绝。李忽寄书于归,情况款密,且异寻常。书中有赠家室等诗一首,意欲组织归君。归快恨不能明,与率武陵渠江之务以糊其口焉。

有人教我向衡阳,一度思归欲断肠。为报艳妻兼少女,与吾觅取朗州场。

太　守　失其姓名

讽刘炎索贿诗

　　贪声太守行邑,有觊觎意。既行,以诗讽之云云。

未到桃源时,长忆出家景。及到桃源了,还似鉴中影。

刘　炎

被按自悔诗

　　炎不悟太守意,空以诗和。后因民诉按以法,炎为诗云云。
早知太守如狼虎,猎取膏粱以唉之。

全唐诗卷八七一 谐谑三

甘 洽

与王仙客互嘲 二人相友善,互以姓相嘲。

王,计尔应姓田。为你面拨獭,抽却你两边甘洽。甘,计尔应姓丹。
为你头不曲,回脚向上安仙客。

阎敬爱

题濠州高塘馆 敬爱为御史,过宿处。

借问襄王安在哉,山川此地胜阳台。今宵寓宿高塘馆,神女何曾入
梦来。

李和风

题敬爱诗后

初阎为高塘馆诗,轺轩往来,莫不吟讽,以为警绝。自和风题后,人
更解颐。

高唐不是这高塘,淮畔荆南各异方。若向此中求荐枕,参差笑杀楚襄王。

归氏子

答日休皮字诗

时仁绍诸子修系,伺日休复至,乃于刺字皮姓之下,题诗授之。

八片尖裁浪作球,火中焊了水中揉。一包闲气如长在,惹踢招拳卒未休。

张鲁封

谑池亳二州宾佐兼寄宣武军掌书记李昼

池州杜少府悭、亳州韦中丞仕符,二君皆以长年,精求释道。乐营子女,厚给衣粮,任其外住。若有宴饮,方一召来。柳际花间,任为娱乐。谯中举子张鲁封为诗谑其宾佐,兼寄李诗。

杜叟学仙轻蕙质,韦公事佛畏青娥。乐营却是闲人管,两地风情日渐多。

李　昼

戏酬张鲁封

秋浦亚卿颜叔子,谯都中宪老桑门。如今柳巷通车马,唯恐他时立棘垣。

杨 鸾

即 事

白日苍蝇满饭盘,夜间蚊子又成团。每到更深人静后,定来头上咬杨鸾。

座 客

嘲 周 颛

颛一作颥。颛奥学不中第,旅浙西。从事游饮,昧于章程,座中皆戏之,有赠诗云云。

龙津掉尾十年劳,声价当时斗月高。惟有红妆回舞手,似持霜刀向猿猱。

周 颛

和 座 客

十载文场敢惮劳,宋都回鹗为风高。今朝甘被花枝笑,任道尊前爱缚猱。

张 鸷

答 或 人

司门员外张鹭工俳谐,时大将军黑齿常之将出征,或人勉之曰:"公官卑,何不从行?"鹭答之云云。

宁可且将朱唇饮酒,谁能逐你黑齿常之。

施肩吾

嘲 崔 嘏

肩吾与嘏元和十五年同第,嘏旧失一目,以珠代之,施嘲之云云。

二十九人及第,五十七眼看花。

苏 芸

岭 南 诗 句

岭表多假吏,里巷目为使君。而贫窭,徒行者甚众。元和中,进士苏芸南北淹游,尝有诗云云。

郭里多榕树,街中足使君。

包 贺

谐 诗 逸 句

雾是山巾子,船为水靸鞋。

棹摇船掠鬓,风动水槌胸。

苦竹笋抽青橛子,石榴树挂小瓶儿。

蔡押衙

题 洞 庭 湖

　　洞庭湖诗,许棠题后无继者。诗僧齐己驻锡巴陵,欲吟一诗,竟未得意。有都押衙蔡姓者,戏谓己公曰:"题洞庭者某诗绝矣,诸人幸勿措词。"己公坚请之,押衙抑扬朗吟云云。

可怜洞庭湖,恰到三冬无髭须。 湘江北流至岳阳,达蜀江。夏潦后,蜀江涨,势高,遏住湘波,让而退,溢为洞庭湖,阔数百里。秋水归壑,湖底渐出,唯一条湘川而已。此言其不成湖也。

温庭筠

戏 令 狐 相

　　令狐绹为相,以姓氏少,族人有投者,不吝其力。由是远近皆趋之,至有姓胡冒令者,故庭筠戏之云云。

自从元老登庸后,天下诸胡悉带铃。

顾　云

与罗隐互谑

　　隐与云同谒淮南相公高骈,高以云为人雅律,遂留云而远隐。隐欲归武陵,与宾幕酌饯于邮亭。盛暑,青蝇入坐,高公命扇驱之,云即以谑隐。隐顾见白泽图钉在门扇,应声答之。乃以讥云之独留,不能去也。

青蝇被扇扇离席云,白泽遭钉钉在门隐。

孙光宪

引自落便宜句

窗下有时留客宿,室中无事伴僧眠。

商 则

嘲廪丘令丞

商则任廪丘尉,性廉。县令、丞多贪。因宴会舞,令、丞皆动手,尉则回身而已。令问其故,则曰:"长官动手,赞府亦动手,惟有一个,更动手,百姓何容活耶?"人皆大笑。

令丞俱动手,县尉止回身。

罗 颖

题汉祖庙

颖,南昌人。应举下第,道经汉祖庙,题此。少顷,辄自免冠,鞠伏庙庭,口陈自咎之言。掖而去,数日卒。

项羽英雄犹不惧一作嫚侮群豪夸大度,可怜容得辟阳侯。

陈　峤

自赋催妆诗

　　峤暮年仅获一名,还闽,近八十。以身后无依,强娶儒家女。合卺
之夕,文士悉赋《催妆诗》,咸有生薑之讽。峤亦自成一章,其末云:
彭祖尚闻年八百,陈郎犹是小孩儿。

何承裕

戏为举子对句

　　承裕,曲江人。天福末,举进士,有逸才而善谑。知商州,一举人投
卷,有“日暮猿啼旅思凄”之句。遽曰:“足下此句甚佳,但上句对属未
称,奉为改之。”因云云,举人大惭而去。
晓来犬吠张三妇,日暮猿啼吕四妻。

李　涛

答弟妇歇后语

　　涛弟澣,娶窦尚书女。年甲已高,出参,涛望尘下拜曰:“只将谓亲
家母。”又作歇后语云云,闻者莫不绝倒。
惭无窦建,愧作梁山。

程紫霄

与释惠江互谑

左街僧录惠江、威仪程紫霄,俱辨捷,每相嘲诮。

僧录琵琶腿程,江素充肥,故云。先生觜栗头江。

僧法轨

与李荣互谑

法轨形容短小,开讲时,李荣与论议,往复数番。轨有旧作诗咏荣,于高座上诵之,未及得道下句,荣应声接云云,四座伏其辨捷。

姓李应须礼,言荣又不荣。法轨。身长三尺半,头毛犹未生。李荣。

全唐诗卷八七二 谐谑四

无名氏

广州三樵歌

曲江令朱随侯,张鷟目为矒乱土枭。女夫李逖、游客尔朱九,并姿相少媚,广州人号为三樵。人歌之云云。

奉敕追三樵,随侯傍道走。回头语李郎,唤取尔朱九。

三 御 史 咏

元福庆拜右台监察,与韦虚名、任正名颇事轩昂。殿中监察评之,咏曰:

韦子凝而密,任生直且狂。可怜元福庆,也学坐凝床。

台 中 里 行 咏

开元中置里行,无员数。或有御史里行、侍御史里行、殿中里行、监察里行,以未为正官,台中咏之云云。任端即侍御史任正名也。

柱下虽为史,台中未是官。何时闻必也,早晚见任端。

讥 裴 休

休性慕禅林,儿女多名师女、僧儿。李德裕性好玄门,修彭祖房中之术，时人讥之。

赵氏儿皆尼氏女，师翁儿即晋公儿。却教术士难推算，胎月分张与阿谁。

嘲四相 宣宗时，曹确、杨收、徐商、路岩同秉政。

确确无馀事，钱财总被收。商人都不管，货赂几时休。

放榜诗 太和八年放榜，进士多贫士。

乞儿还有大通年，三十三人碗杖全。薛庶准前骑瘦马，范酂依旧盖番毡。

改魏扶诗

大中初，魏扶知礼闱，入贡院，题诗云："梧桐叶落满庭阴，锁闭朱门试院深。曾是昔年辛苦地，不将今日负前心。"及榜出，无名子削为五言诗以讥之。

叶落满庭阴，朱门试院深。昔年辛苦地，今日负前心。

嘲举子骑驴

咸通中，以进士车服僭差，不许乘马。时场中不减千人，虽势可热手，亦皆骑驴。或嘲之云云。

今年敕下尽骑驴，短轴长鞧一作紫轴绯毡满九衢。清瘦儿郎犹自可，就中愁杀郑昌图。昌图魁伟甚，故有此句。

嘲崔垂休

胤字垂休，变化年，惑妓人王小润，费甚广。尝题记于小润髀上，为为山所见，赠诗云云。为山名就，字衮求，失其姓。

慈恩塔下亲泥壁,滑腻光华玉不如。何事博陵崔四十,金陵腿上逞欧书。

嘲主司崔澹

　　　　主试以"至仁伐不仁"为赋题,时黄巢方炽,无名子嘲之。

主司何事厌吾王,解把黄巢比武王。

朝士戏任毂

　　　　毂有经学,居怀谷,望征命,而蒲轮不至。自入京师访问知己,有朝士戏赠诗云云。后至补衮。

云林应讶鹤书迟,自入京来探事宜。从此见山须合眼,被山相赚已多时。

题房鲁题名后

　　　　敬爱寺山亭院,画有雉尾若真,砂子上有进士房鲁题名处。后有人题诗云云。

姚家新婿是房郎,未解芳颜意欲狂。见说正调穿羽箭,莫教射破寺家墙。

洛阳人嘲跋异

　　　　刘道醇《五代名画记》云:异,汧阳人,善画佛像。梁龙德中,洛阳广爱寺僧邀之画三门两壁。时有张将军图,尤善丹青。异方用圬,图长揖而进,搦笔倏忽而成右堵。异睹迹惊让,听其成之。洛阳人因为谣嘲异。

赫赫洛下,唯说异画。张氏出头,跋异无价。

又　嘲

　　　　后福先寺请异画大殿护法善神,有滑台人李罗汉来与角画。异恐如张图,让西壁与之。自竭思成一神像,平生所未能。李见之,愧甚,自缢死。时人复嘲之云云。

李生来,跋君怕。不意今日却增价,不画罗汉画驼马。

蜀选人嘲韩昭

蜀王衍时,韩昭为吏部侍郎,受赂徇私。选人诣鼓院诉之,并有此嘲。衍召问昭,昭曰:"此皆太后、太妃国舅之亲,非臣之亲。"衍默然。

嘉眉邛蜀,侍郎骨肉。导江青城,侍郎情亲。果阆二州,侍郎自留。巴蓬集壁,侍郎不识。

嘲伛偻人 有人患腰曲伛偻,常低头而行。傍人咏之。

拄杖欲似乃,播笏还似及。逆风荡雨行,面干顶额湿。著衣床上坐,肚缓脊皮急。城门尔许高,故自匍匐入。

曲 中 唱 语

张公吃酒李公颠,盛六生儿郑九怜。舍下雄鸡伤一德,南头小凤纳三千。 南曲张住住,少与邻儿庞佛奴订结发之约。及笄,里南陈小凤权聘,求其元。住住先期梯就佛奴,以遂平生。后令佛奴髡鸡冠,取丹物诒小凤。小凤得之,献三缗于张氏。时北曲有王小福者,郑九郎主之,而私于曲中盛六子。及诞一子,郑抚之甚厚,曲中因有此唱。

改 唱

张公吃酒李公颠,盛六生儿郑九怜。舍下雄鸡失一足,街头小福拉三拳。 小凤微闻前唱,疑之。是日,佛奴家雄鸡偶被斗伤足,疑街头田小福所伤,遂殴之。住住素有口,闻之,向小凤曰:"街头以此事唱:'舍下雄鸡失一足,街头小福拉三拳。'且雄鸡失德,是何谓也?"故噪弄小凤,小凤甚不自足,然亦不喻。

街 中 又 唱

　　住住以前言告佛奴,佛奴因以生丝缠鸡足置街中,召群小儿,依住
住言,共变其唱。小凤出街中,见鸡跛,又闻改唱,深恨向来误听,复之
张舍,欢宴至旦。将归,街中又唱云云,小凤闻此唱,遂不复诣住住。后
住住终归佛奴也。

莫将庞大作莜_{锦葵花也。}音翘。团,庞大皮中的不干。不怕凤凰当额
打,更将鸡脚用筋缠。

吹 火 诗

　　有睹邻人夫妇相和谐者,夫自外归,见妇吹火,赠诗。其妻亦候夫
归,告之曰:"君岂不能学也?"夫曰:"彼诗何语?"乃诵之,夫曰:"君当吹
火,为别制之。"妻效吹,夫亦效之,为诗焉。

吹火朱唇动,添薪玉腕斜。遥看烟里面,大似雾中花。_{邻人。}
吹火青唇动,添薪黑腕斜。遥看烟里面,恰似鸠盘荼。_{效作。}

刘黑闼解嘲人语

　　刘黑闼据相、洺日,尝访得解嘲人。有水恶鸟飞过,令嘲之。又令
嘲骆驼,大悦,赐绢五十匹。此人置左膊负出,未至门,倒卧不起。黑闼
令问何意。答云:"为是偏担。"更命五十屯绵,置右膊将去。

水恶,头如镰杓尾如凿,河里掬鱼无僻错。　_{嘲水恶鸟。}
骆驼,项曲绿蹄,被他负物多。　_{嘲骆驼。}

村人学解嘲人语

　　前人受赐出,村路逢一人,问何处得此绵绢。具说之,大喜而归,语
其妇:"我朝日定得绵绢。"及晓,诣黑闼门,言极善解嘲。黑闼引入,有
猕猴在庭,令嘲之。即云:"猕猴,头如镰杓尾如凿,河里掬鱼无僻错。"

黑囡已怪,犹未之责。又一鸥飞度,复令嘲之,又云:"老鸥,项曲绿蹄,被他负物多。"于是大怒,令割一耳。走出,至庭,又即倒地。令问之,曰:"偏担。"复令割一耳。还家,妇迎问绵绢何在。答曰:

绵绢,割两耳,只有面。

嘲刘师老

贞元中,韦渠牟为大府卿,与金吾李齐运皆承恩宠,荐人多得名位。时刘师老、穆寂皆应科目,渠牟主穆寂,齐运主师老。会齐运朝对,上嗟其羸弱,许以致仕,而师老失据。无名子嘲之云云。刘禹锡曰:"名场巉崄如此。"

大府朝天升穆老,尚书倒地落刘郎。

嘲郑薰

薰主文,举人中有颜标者,误谓鲁公之后。时徐方未宁,志在激忠烈,即以标为状元。及谢恩日,从容问及庙院,标曰:"标寒进也,未尝有庙院。"薰始大悟,塞默而已。无名子嘲之云云。

主司头脑太冬烘,错认颜标作鲁公。

嘲蒋蟠金丹

光启中,蒋蟠以丹砂授韦中令。时吴人张鹄有文而贫,或为嘲语云云。

张鹄只消千驮绢,蒋蟠惟用一丸丹。

注苗张二进士题名

苗台符,六岁能属文,十六及第。张读亦幼擅词赋,十八及第。同年进士,又同佐郑董宣州幕,二人常列题于西明寺东廊。或窃注之云云。台符十七不禄,读位至礼部侍郎。

一双前进士,两个阿孩儿。

袁州人谑彭伉

彭伉、湛贲,俱袁州人。伉妻,湛姨也。伉举进士及第,湛犹为县吏。妻族为伉置贺,宴伉,居席之右,一坐尽倾。湛至,命饭于后阁,其妻忿然责之。湛感其言,孜孜学业。未数载,登第。时伉方跨驴纵游郊郛,忽有家僮驰报湛郎及第,伉失声而坠,袁人谑之云云。

湛贲及第,彭伉落驴。

洛 中 人 语

汝南袁德师,故给事高之子。尝于东都买得娄师德故园地,起书楼。洛人语曰:

昔娄师德园,今袁德师楼。

嘲毛炳彭会

丰城毛炳,好学不能自给。入庐山,与诸主曲讲,获镪即以市酒尽醉。时彭会好茶,而炳好酒,或嘲之云云。

彭生作赋茶三片,毛氏传诗酒半升。

右威卫嘲语

秘书省之东即右威卫,荒秽摧毁。其大厅逼校正院,南对御史台,人嘲之云云。

门缘御史塞,厅被校书侵。

南唐伶人献先主词

李先主以国用不足,税民间鹅卵出双子者,柳花为絮者。伶人献词云云。

惟愿普天多瑞庆,柳条结絮鹅双生。

闽伶官戏主延政语

王延政据建州,僭号大殷皇帝。后为南唐所俘。

只闻有泗州和尚,不见有五县天子。南唐伶人李家明亦尝谑之云:"大殷平天冠,今已无用,告乞为优服。"

言　志

有客相从,各言所志。或愿为扬州刺史,或愿多赀财,或愿骑鹤上升。其一人云云,欲兼三者。

腰缠十万贯,骑鹤上扬州。

全唐诗卷八七三 题语 判

李 兼

题洛阳县壁

　　李果迁洛阳令,民吏畏服。时有李兼,夜闻衢中有人语曰:"李令正人,此中不可久居。"启门视之,寂无影响,方知其妖。兼遂书其壁云云。

猾吏畏服,县妖破胆。好录政声,闻于御览。

杜 兼

题书卷后语

　　兼字处弘,洹水人。贞元、元和间,历濠、苏二州刺史,终河南尹。性豪侈,家聚书万卷,每卷后必自题云云。

倩一作清倩写来手自校,汝曹读之知圣道,坠之鬻之为不孝。

舒元舆

题李阳冰玉箸篆词

斯去千年,冰生唐时。冰复去矣,后来者谁? 后千年有人,谁能待之。后千年无人，篆止于斯。呜呼主人，为吾宝之。附柳公权笔偈云：
"圆如锥，捺如凿。不得出，只得却。"

裴　谞

判误书纸背

> 谞素好诙谐，为河南尹，有投牒误书纸背者，判云云。

这畔似那畔，那畔似这畔。我也不辞与你判，笑杀门前著靴汉。

又判争猫儿状

> 有妇人同投状争猫儿，状云："若是儿猫儿，即是儿猫儿。若不是儿猫儿，即不是儿猫儿。"谞大笑，判其状云云，遂纳其猫儿，争者亦止焉。

猫儿不识主，旁家搦老鼠。两家不须争，将来与裴谞。

李　翱

断僧通状

上岁童子，二十受戒。君王不朝，父母不拜。口称贫道，有钱放债。
量决十下，牒出东界。

韩　滉

判僧云晏五人聚赌喧诤语

正法何曾执贝，空门不积馀财。白日既能赌博，通宵必醉尊罍。强说天堂难到,又言地狱长开。并付江神收管,波中便是泉台。

皇甫大夫

判道士黄山隐

　　山隐以道服谒大夫,向竹而吟云:"古者有七贤,六个今何在?"意气
甚傲。大夫试以钱绢投之,改儒服,陈谢甚卑。因判而刑之。

道士黄山隐,轻人复重财。太山将比甑,东海只容杯。绿绶藏云
帔,乌巾换鹿胎。黄泉六个鬼,今夜待君来。

罗绍威

碾驴鞍判

　　绍威俊迈有词学,尤好戏判。有人向官街中鞲驴,置鞍于地,为驾
牛车者碾破,相殴。判其状云云。

邺城大道甚宽,何故驾车碾鞍? 领鞲驴汉子科决,待驾车汉子喜
欢。

萧　结

批　州　符

　　结,庐陵人。五代时为祁阳县令,性不畏强御。方暮春时,有州符
下取竞渡船,刺史将临观。结怒,批其符云云,守为止。

秧开五叶,蚕长三眠。人皆忙迫,划甚闲船。末句一作讵任渡船。

王　鲁

判部民诉主簿牒

　　鲁为当涂宰,颇以资产为务。会部民连状诉主簿贪赂,鲁判云云,为好事者口实。

汝虽打草,吾已惊蛇。

伶　人

戏为冥吏判

　　张崇帅庐州,索钱无厌。尝因燕次,一伶人假为死者,被遣作水族。冥司判云云,崇大惭。

焦湖百里,一任作獭。

张　翱

自　状

　　乾宁中,翱游徐宿。时宿州刺史陈璠,以军旅出身,擅行威断。翱恃才傲物,席上调其宠妓张小泰。怒付吏,责其无礼。翱状云云。璠益怒云:“据此合吃几下。”翱又云:“只此两句,合吃三下五下。切求一笑,宜费千金万金。”竟鞭背而卒。

有张翾兮,寓止淮阴。来绮席兮,放恣胸襟。

赵武建

刺左右膊诗

　　唐中叶,长安恶少年,多以诗句镵涅肌肤,夸诡力,剽夺坊间,远近
效之成习。其他更有取名贤诗中意,细刺树木人物,至有周身用白乐天
诗意刺涅,人呼为白舍人行诗图者,名为札青云。

野鸭滩头宿,朝朝被鹘梢。忽惊飞入水,留命到今朝。

宋元素

刺左臂膊诗

昔日已前家未贫,苦将钱物结交亲。如今失路寻知己,行尽关山无
一人。

张　幹

刺左右膊句

生不怕京兆尹左,死不畏阎罗王右。

全唐诗卷八七四 歌

廉州人歌

武德初,颜游秦为廉州刺史。时承刘黑闼初平之后,风俗未安。游秦抚恤之,化大行。邑里歌之,高祖赐玺书勉劳。

廉州颜有道,性行同庄老。爱民如赤子,不杀非时草。

沧州百姓歌

贞观中,薛大鼎为沧州刺史。州界有无棣河,隋末填废。大鼎奏开之,引鱼盐于海。百姓歌之云:

新河得通舟楫利,直达沧海鱼盐至。昔日徒行今骋驷,美哉薛公德滂被。

薛将军歌

薛仁贵击九姓突厥于天山,贼遣骁健逆战,仁贵发三矢,射杀三人,自馀一时下马请降,大捷而还。军中歌云云。于是九姓衰弱,不复为患。

将军三箭定天山,战士长歌入汉关。

郢州人歌

永徽中,田仁会为郢州刺史,有善政。属旱,自暴得雨,其年大稔,人歌之。

父母育我田使君，精神为人上天闻。田中致雨山出云，但愿常在不
患贫。一作父母育我兮田使君，挺精诚兮上天闻。中田致雨兮山出云，仓廪实兮礼
义申，愿君常在兮不患贫。

雒县舆人诵

雒县令张知古，为令绥亡固存，蠲虐去暴，与百姓更始。舆人斐然，
为作诵云云。

我有圣帝抚令君，遭暴昏橡茕寡纷。民户流散日月曛，君去来兮惠
我仁，百姓苏矣见阳春。

黄獐歌

始意年已来，始唱《黄獐歌》。俄而契丹反叛，总管曹仁师、张玄遇、
麻仁节、王孝杰，前后百万众，败于硖石黄獐谷，罔有孑遗。

黄獐黄獐草里藏，弯弓射尔伤。

桑条歌

永徽以后，人唱《桑条歌》。神龙年中，韦后临朝，郑愔作《桑条歌》
乐词十馀首进之，逆韦大喜。

桑条韦也，女时韦也乐。一作桑条韦也，女韦也。

景龙中嘲宰相歌

景龙中，洛下霖雨百馀日。宰相不能调阴阳，乃闭坊市北门。卒无
效，滂溢更甚。人歌云云。

礼贤不解开东阁，燮理惟能闭北门。

选人歌

姜晦为吏部侍郎，眼不识字，手不解书。滥掌铨衡，曾无分别。选

人歌云云。

今年选数恰相当,都由座主无文章。案后一腔冻猪肉,所以名为姜
侍郎。

鲁 城 民 歌

　　姜师度好奇诡,为沧州刺史,开河筑堰,州县鼎沸。鲁城界内,种稻
置屯,蟹食穗尽。又差夫打蟹,民苦之。歌曰:

鲁地抑种稻,一概被水沫。年年索蟹夫,百姓不可活。

王 法 曹 歌

　　王熊为泽州都督府法曹,断略粮贼,惟各决杖一百。通判熊曰:“总
略几人?”法曹曰:“略七人,合决七百。”法曹曲断,府司科罪,时人哂之。
前尹正义为都督,公平。后熊来替,百姓歌云云。

前得尹佛子,后得王癫獭。判事驴咬瓜,唤人牛嚼沫一作铁。见钱
满面喜,无镪从头喝。常逢饿夜叉,百姓不可活。

得 体 歌

　　天宝初,韦坚为陕郡太守、水陆转运使,于长安城东浐水旁,穿广运
潭,以通吴会。数十郡舟楫,若广陵郡船,即堆积广陵所出锦镜铜器,馀
郡皆然。舟人大笠、宽衫、芒履,如吴楚之制。先是,民间戏唱《得体
歌》。至开元末,田同秀上言,见玄元皇帝云:“有宝符在陕州桃林县古
关令尹喜宅。”遣中使求得之,以为殊祥,改县为灵宝。及坚凿新潭成,
又致扬州铜器,陕县尉崔成甫乃翻其词为《得宝歌》,集两县官伎女子唱
之。成甫又作歌词十章,自衣缺胯、绿衫、锦半臂、偏袒膊、红抹额,于第
一船作号头唱之,和者女子百人,皆鲜服靓妆,齐声接影,鼓笛胡部以应
之。明皇临观大悦,下诏褒赏。

得丁纥反体都董反纥那也,纥囊得体那。潭里船车闹,扬州铜器多。

三郎当殿坐,听唱得体歌。

得 宝 歌

开元末,弘农古函谷关得宝符,因改元为天宝。其符白石赤文,正
成桑字。解者云:"桑者,四十八,以示御历之数。"及帝幸蜀之来岁,正
四十八年。得宝之时,天下歌之云云。

得宝耶,弘农耶? 弘农耶,得宝耶?

崔成甫翻得宝歌

得宝弘农野,弘农得宝那。潭里船车闹,扬州铜器多。三郎当殿
坐,听唱得宝歌。

袁 仁 敬 歌

开元二十一年,大理卿袁仁敬暴卒。系囚闻之,皆恸哭,悲歌云云。

天不恤冤人兮,何夺我慈亲兮。有理无申兮,痛哉安诉陈兮。

京兆二尹歌

李仲通,天宝末为京兆尹。弟叔明,乾元中复为京兆。长安歌云
云。

前尹赫赫,具瞻允若。后尹熙熙,具瞻允斯。

黄州左公歌

乾元二年,赞善大夫左震出为黄州刺史。黄人歌云:

我欲逃乡里,我欲去坟墓。左公今既来,谁忍弃之去。

又 歌

肃宗尝遣女巫分行天下,祭名山大川祈福,巫所至因缘为奸。至黄

州,震斩巫,阅其赃籍奏焉。

吾乡有鬼巫,惑人人不知。天子正尊信,左公能杀之。

舒 州 人 歌

宝应中,荥阳郑毅守舒州,蝗虫不入界。人歌之云云。

邻邑谷不登,我土丰粱盛。禾稼美如云,实系我使君。

建 州 人 歌

陆长源,建中初为建州刺史,有惠政。百姓歌美之云。

令我州郡泰,令我户口裕,令我活计大,陆员外。

令我家不分,令我马成群,令我稻满囷,陆使君。

吴 人 歌

滕遂,贞元末登科,历大理评事、长洲令,摄吴县。时人歌之云。

朝判长洲暮判吴,道不拾遗人不孤。

汴 州 人 歌

宣武节度董晋薨,汴州人歌之云云。

浊流洋洋,有辟其郛。阛道欢呼,公来之初。今公之归,公在丧车。

公既来止,东人以完。今公殁矣,人谁与安?

建 昌 民 歌

何易于,会昌中摄令,有惠政。民歌之云:

我有父,何易于。昔无储,今有馀。

巴州薛刺史歌

日出而耕,日入而归。吏不到门,夜不掩扉。有孩有童,愿以名垂。

何以字之,薛孙薛儿。

高 苑 令 歌

　　高苑令刘敬和,先为邹、淄二县令,后在高苑。岁饥,擅发仓施赈,民得全活。歌之云云。

高苑之树枯已荣,淄川之水浑已澄,邹邑之民仆已行。

九 龙 帐 歌

　　闽王鏻以婢金凤为后,嬖吏归守明通之。鏻尝命工作九龙帐,国人歌云:

谁谓九龙帐,惟贮一归郎。

伪蜀鸳鸯树歌

　　蜀王孟昶说宫婢春燕,末年与(缺)遭杀,并命合葬。墓上有树生异花,似鸳鸯交颈,人名曰鸳鸯树。有歌云云。

愿作坟上鸳鸯,来作双飞,去作双归。

曲江游人歌

　　曲江贵家游赏,剪百花装成师子,系小连环,以蜀锦流苏牵之,互相送遗。送时唱歌云云。

春光且莫去,留与醉人看。

蜥蜴求雨歌

　　唐时求雨法,以土实巨瓮,作木蜥蜴。小童操青竹,衣青衣以舞,歌云云。

蜥蜴蜥蜴,兴云吐雾。雨若滂沱,放汝归去。

挽 歌

红轮决定沉西去,未委魂灵往那方。

全唐诗卷八七五 谶记

唐受命谶

法律存，道德在，白旗天子出东海。太原童谣。 《创业起居注》云：隋主恒服白衣，幸江都，拟于东海以应之。 后高祖起事，众请法周武，执白旗，帝兼绛杂半续之焉。

桃李子，莫浪语。黄鹄绕山飞，宛转花园里。桃李子歌。下三首同。

桃花园，宛转属旌幡。《起居注》云：李为国姓，桃若言陶唐也。帝起兵，旗幡赤白相映，若花园。帝每顾旗幡，笑而言曰："花园可尔，不知黄鹄如何？吾当一举千里，以符冥谶。"

桃李子，鸿鹄绕阳山，宛转花林里。莫浪语，谁道许。隋《五行志》载此。以莫浪语为李密，谁道许为字文化及国号。

桃李子，洪水绕杨山。唐《五行志》云：高祖讳渊，洪水也。

江南杨柳树，江北李花荣。杨柳飞绵何处去，李花结果自然成。李花谣。

劝进疏引谶

《创业起居注》：义宁二年，文武将佐裴寂等上疏〔高〕(隋)祖劝进。寂又依东汉赤伏符故事，奏神人慧化尼、卫元嵩等歌谣诗谶。遂择日正大位。

东海十八子，八井唤三军。手持双白雀，头上戴紫云。

丁丑语甲子，深藏八堂里。何意坐堂里，中央有天子。

西北天火照，龙山昭童子。赤光连北斗，童子木上悬白幡。胡兵纷纷满前后,拍手唱堂堂,驱羊向南走。

胡兵未济汉不整,治中都护有八井。

兴伍伍,仁义行武。得九九,得声名。童子木底百丈水,东家井里五色星。我语不可信,问取卫先生。

戌亥君臣乱,子丑破城隍。寅卯如欲定,龙蛇伏四方。十八成男子,洪水主刀傍。市朝义归政,人宁俱不荒。人言有恒性,也复道非常。为君好思量,何□□禹汤。桃源花□□,李树起堂堂。只看寅卯岁,深水没黄杨。李花谣。缺四字。

符 凤 引 谶

　　武延秀尚安乐公主,恃恩放纵,有不臣之心。公主府仓曹符凤引谶云云。说之曰:“今天下犹以武氏为念,驸马即神皇之孙,大周可再兴。”每劝令著皂袄子以应之。

黑衣神孙披天裳。

安禄山古谶

　　《刘宾客〔嘉〕(佳)话·宝志诗》有此。两角女子,安字。绿即禄也。太行,山也。一止,正月也。逆胡见弑于其子,果以至德二载之正月。

两角女子绿衣裳,端坐太行邀君王,一止之月必消亡。

普满题潞州佛舍

　　大历中,泽潞僧普满,不拘僧相,言事往往有验。建中初题此,人莫能知其解。及贼泚称兵,方悟此水者,泚字。泾水者,自泾州兵乱也。双珠者,泚与滔。青牛者,兴元二年乙丑岁。乙,木,青。丑,牛也。明年改元贞元,岁在丙寅。丙,火,赤。寅,虎也。至是,贼已平,故云云。

此水连泾水,双珠血满川。青牛将一作逐赤虎,还一作久号太平年。

南省北街人吟

监察御史李顾言,贞元末应举,岁暮,诣南省访知己。见省北街中有一人,挈小囊,以乌纱蒙首,北去,徐吟诗云云。策马逼之,失其人所在。明年,京师自冬雨雪甚,畿内不稔,停举。又明春,德宗晏驾,果三月下旬放进士榜。顾言至元和元年及第。

放榜只应三月暮,登科又校一年迟。

卢求榜谶

求,李翱子婿。有一道人诣翱言事甚异,求赴举,翱访于道人,手疏授翱曰:"今秋有主司开此卷。"寻报杨嗣复主文,即开卷,词云云。其年,裴求为状元,黄驾居榜末,次则卢求,又李求。凡三求,而李姓则六人也。

裴头黄尾,三求六李。

清僧示赵宗儒

清僧居兴元鹄鸣驿巴山之隈,有言未尝不中。宗儒节制兴元日,访之,作两句诗云云。求其解,曰:"害风阿师取次语。"明年果除,郑馀庆代其位。

梨花发后杏花初,甸邑南来庆有馀。

又示段文昌

文昌客游成都,韦南康与奏,释褐为宾从。归阙,至鹄鸣驿,清公谓文昌云云。至京,屡擢至宰相。后拜剑南节度,西至鹄鸣,僧已物故,而杏花方盛。

去日既逢梅蕊绽,来时应见杏花开。

洛城五凤楼中歌

咸通四年秋,洛中大水,飘溺尤甚。先是,皇城守阍者,白昼闻五凤楼中有人歌云云。时郑相国涯留守洛师,谓阍者为妖妄。经月馀,有遗烛烬天津桥者,烧其半。未几,水灾,魏王与月波二堤俱坏。乃明阍者之言。

天津桥畔火光起,魏王堤上看洪水。

延 和 阁 诗

高骈末年,惑于神仙之术,起延和阁于大厅之西,七间,高八丈,饰以珠玉。绮窗绣户,殆非人工。每旦,焚名香,祈王母之降。及毕师铎乱,人有登之者,于藻井垂莲之上,见二十八字云。

延和高阁上干云,小语犹疑太乙闻。烧尽降真无一事,开门迎得毕将军。

唐 旧 谶

唐旧有此谶语,董昌每引之。以为我卯生,来年岁在卯,二月二日亦卯,万世之业在于此。因于乾宁二年二月二日僭衮冕,即伪位,改号罗平国,以迄诛灭。

兔子上金床。

越中狂生题旗亭

初董昌未败前,有狂生于越中旗亭题诗四句,人不晓其词。及昌败,方悟草重,董字。日日,昌字。素城者,越城,隋越公杨素所筑也。诸侯者,猴,乃钱镠。申,生属也。白兔,昌卯生属也。夏满,六月也。镜湖者,越中也。

日日草重生,悠悠傍素城。诸侯逐兔白,夏满镜湖平。

清泰三年歌

先是,甲子歌有此,后清泰三年丙申,大军于太原南五楼村前大战。至九月,晋祖勾契丹至于城下,王师败绩。至十一月,戎王遣蕃军送晋祖洛阳,即胡虏乱中原之应也。

丙申年,数在五楼前。但看八九月,胡虏乱中原。

蜀王氏谶文

王建妻弟眉州刺史周德权,值梁祖篡唐,引谶文上表劝进云。李祐西王,言唐后王氏兴西方也。土德,坤维也。兑兴,亦西方也。丹者,朱也。丹莫当,亦朱梁不敢抗也。建大悦,遂即位,德权累中书令。

李祐西王逢吉昌,上德兑兴丹莫当。

黄万祐题蜀宫壁

万祐修道黔南无人之境,累世常在。每三二十年,一出成都卖药,言人灾祸,无不神验。蜀王建迎入宫,尽礼事之。后坚辞归山。初,万祐辞建归,于所居壁间题此。后至乙亥年,建师东取秦、凤诸州。报捷之际,宫内延火,乃知乙亥是青猪,为焚爇之期也。后三年,岁在戊寅。寅为鸳兽。干与纳音俱为土,土,黄色。故云鸳兽两头黄。是年建殂,云:"天下哭,不差毫发。"

莫交牵动青猪足,动即炎炎不可扑。鸳兽不欲两头黄,黄即其年天下哭。

孟蜀丐者语

孟知祥僭号,未几而殂。先是,有丐者自号醋头,手携一灯檠,所至卓之云云。至是人以为应。

不得登,登便倒。

孟蜀桃符诗

辛寅逊仕伪蜀孟昶为学士，王师将致讨之前，岁除，昶令作诗两句写桃符上，寅逊题云云。明年，蜀亡，吕馀庆以参知政事知益州，长春乃太祖诞圣节名也。

新年纳馀庆，嘉节号长春。

上蓝和尚晋汉二代谶

洪州上蓝院和尚，失其名，精于术数，自唐末著谶云云。石榴，晋、汉姓也。重言之，明享祚俱不过二世也。

石榴花发石榴开。

又遗钟传偈

和尚在洪州，甚为钟传敬礼。疾笃，传省之，求一言相付。和尚起，索笔作偈以授，其末云云。明年春，淮帅引兵奄至，洪州果陷，江南遂为杨氏所有。

但看来年二三月，柳条堪作打钟槌。

又报王审知十字谶

杨行密方盛，常有吞东南之志。审知赍供豫章，问国休咎，以十字回报。审知叹曰："腹者，福也。得非福州之患，不在杨行密，在钱氏乎？"至延羲之乱，江南来伐。两浙乘之，败江南兵。福州果为钱氏有焉。

不怕羊入屋，只怕钱入腹。

钱处士李氏谶

处士不知何许人，天祐末，尝游江淮，言李氏之祚云云。杨氏自称尊至禅代,二十年,李氏三十九年。果应。

仿佛之间一倍杨。

孙咸题庐山神庙诗

《诗话总龟》云:咸出南唐末,善为诗,预知人祸福。后死,南昌人弃尸于江,溯流向上。尝题一诗于庐山九天使者庙。不数年后,金陵板荡,九江受围,人民涂炭。并应。

独入玄宫礼至真,焚香不为贱贫身。秦淮两岸沙埋骨,溢浦千家血染尘。庐阜烟霞谁是主,虎溪风月属何人。九江太守勤王室,好放天兵渡要津。

南唐江州风坠诗

南唐胡则守江州,宋师攻之,坚壁不下,忽有旋风吹片纸坠城中云云。后城陷,果屠戮殆尽。

由来秉节世无双,独守孤城死不降。何似知机早回首,免教流血满长江。

杭州还乡和尚唱

钱氏时,有和尚在街市唱此,人因名为还乡和尚。问之,每云:"明年大家都去。"钱氏果纳地去归汴云。

还乡寂寂杳无踪,不挂征帆水陆通。蹋得故乡回地稳,更无南北与西东。

福 州 记

《五代史》:王潮据泉州,观察使陈岩表为刺史。岩卒,其婿范晖自称留后。潮遣弟审知攻晖,杀之。唐即以潮为观察使。潮卒,审知代立。《吴越备史》载福州先有僧为记云云,其验也。

潮水来,岩头没。潮水去,矢口出。

黄涅槃谶

　　闽王氏亡国,留从效继领留务,虽称藩南唐,实雄据一隅。先是,妙
应大师黄涅槃有谶云云。既而清源果无干戈之扰,乃从效姓名所应。

先打南,后打北,留取清源作佛国。

陈智广谶

　　智广,留坡人,生元和初。居九座山,不茹荤,叩祸福必验。唐末,
王氏入闽,语人云云。自光启丙午据闽,终保大丙午。

骑马来,骑马去。

又　谶

　　智广遇留从效甚厚,又尝有谶云云。后从效果据泉州,如其言。后
灭。

功下田,力交连。井底坐,二十年。

僧缄示王处厚

　　缄,大中进士,削发修道,至后周显德中犹在。伪蜀举子王处厚尝
叩之,言其必捷。但泰山举为司命,当食幽府禄。留四句示之。后成名
者八士,内处厚与王慎言策名为二王。而一百二十日后,处厚竟亡。皆
验焉。

周士同成,二王殊名。王居一焉,百日为程。

任叟书授刘生

　　叟居汝州紫逻山,以樵为业。有刘者者,欲谒中表梁宋郑牧求济,
遇叟于涂。语次,乞纸笔书此授刘,忽失所在。郑果为人所讼,黜官,不

遂所诣。始知其为异人。

承欲往梁宋,梁宋灾方重,旦夕为人讼。承欲访郑生,郑生将有厄。
即为千里客,兼亦变衫色。

昌明里中谶

绵州昌明县窦圌山,窦子明修道之所。临峭壁,笮桥以岁久朽绝,
里中云云。后咸通初,山下居人有毛意欢得道术,布板橡于绳上而度
焉。

欲知修续者,脚下是生毛。

宋善威诗

善威,瀛州人,任某县尉。尝昼坐,忽然走出门,若迎接人者。命酒
馔乐饮,仍作诗云云。后威果至庚申年卒。

月落三株树,日映九重天。良夜欢宴罢,暂别庚申年。

田承嗣诳李宝臣伪谶

承嗣,安史旧将,降,授魏博节度。大历中,朝廷命幽州朱滔、恒定
李宝臣及滑州李正己三镇兵讨之。承嗣求成于正己,又知宝臣生长范
阳,欲得其地。乃勒石为谶,密瘗宝臣境内。使望气者云:"此中有王
气。"宝臣掘得之,有文云云。二帝,指宝臣、正己也。因使客讽宝臣背
滔兴兵取范阳自效。宝臣以为事合符命,喜而许之,遂以兵袭滔。承嗣
知其衅已成,乃旋军告宝臣曰:"河内有警急,不暇相从。石上谶文,吾
戏为之耳。"宝臣惭怒而退。

二帝同功势万全,将田作伴入幽燕。

皮日休造黄巢谶

欲知圣人姓,田八二十一。欲知圣人名,果头三屈律。<small>巢头丑,掠鬓不</small>

尽,疑三屈律之言讥之。日休遂及祸。

附上元初嵩山石记

上元初,有洛州告成县得石记于嵩山。县令献焉,高宗诏藏于内府。云是寇谦之所刻,文多奥不可解。

木子当天下,言唐氏受命。止戈龙。言武后临朝。李代代不移宗,言中宗复兴。中鼎显真容,中宗庙讳及睿宗徽谥。基千万岁。明皇御名基,谓历数久长也。

上阳铜器篆

上元中,韦弘机充使造上阳宫。掘地得铜器,似盆而浅,中有隐起双鲤之状,鱼间有四篆字云云。时人以为李氏再兴之符。

长宜子孙。

永安渠石铭

武后时,监察御史王守真乞出家为僧,名法成。于京兆西市疏凿池,支分永安渠水注之,以为放生之所。穿池之际,获古石,铭云云。自隋朝置都市,至其时正一百年矣。

百年为市后为池。

漳泉分地神篆

开元中,漳、泉二州分疆界不均,互讼于台,不能断。州官焚告山川以祈神应,俄而雷雨大至,崖壁中裂,所竞之地,拓为一径。高千尺,深五里,因为官道。壁中有古篆,六行,二十四字,皆广数尺。虽约此为界,人莫能识。贞元初,流人李协辨之。永安、龙溪者,两郡界首乡名也。

漳泉两州,分地太平。永安龙溪,山高气清。千年不惑,万古作程。

含元殿丹石隐语

开元末,含元殿火去,基下出丹石,上有隐语云云。

天汉二年,赤光生栗。木下有子,伤心遇酷。

长安空宅铭篆

天宝中,长安有凶宅。扶风苏遏赁居之,东墙下掘得一石,上有篆文,因改名有德,取其金,怪息。

夏天子紫金三十斤,赐有德者。

莆 田 石 记

庆历中,张纬宰莆田,得一石,其文云云。有大历五年县令郑押字记。今人家用碑石书曰石敢当三字镇于门,亦此风也。

石敢当,镇百鬼,压灾殃。官吏福,百姓康。风教盛,礼乐昌。

符离树穴中石篆

延陵包隰,挽舟过符离西。古树下有穴,一仆坠其中,得一石,广四寸,有小篆云云。其仆即名栲栳。元和三年事也。

旁有水,上有道,八百年中逢栲栳。

淮西池濠石铭

元和十三年,晋公裴度征淮西,命人深池濠。得一石,上有雕出文字为铭。持以献度,咸不能究。有一卒贺曰:“元济成擒矣。‘井底一竿竹,竹色深绿绿’者,言吴少诚由行间一卒拥十万兵为一方帅,且喻其荣也。鸡未肥者无肉,以肥去肉,己字也。酒未熟者无水,以酒去水,酉字也。障车儿郎,谓兵革之士也。且须缩者,谓宜退守其所也。推是言之,则己酉日当克也。苟未及期,则可俟矣。”后冬十月,生得元济。校其日,果已酉焉。擢卒为裨将。

井底一竿竹,竹色深绿绿。鸡未肥,酒未熟,障车儿郎且须缩。

罗池石刻

柳子厚《龙城录》云:罗池北龙城,胜地也。役者得白石,上微辨刻书云云。

龙城柳,神所守。驱厉鬼,山左首。福土氓,制九丑。

道者遗记

太和中,有柳光者,南游入山崦中。至一石室,室有茵榻,若人居者。见一缶合于地,下有泉不尽尺。举卮以饮,若甘醴,尽十馀卮而已醉,遂偃于榻。及晓方寤,视石壁有雕刻文字极多,遂写其字。归,望其室,尽亡见矣。光究之不得。有吕生者,解之曰:"此乃得道者语也。唐氏之初,建号武德。武德之二年,其岁己卯,则'武之在卯'也。尧者,高祖之号。八季者,亦二年也。'我弃其寝,我去其宸'者,言其去之时,乃武德二年也。'深深然,高高然。人不吾知,人不吾谓'者,言其隐而人不知也。'由今之后,二百馀祀',唐氏今果二百馀矣。'焰焰其光',谓岁在丁未也。丁,南方之火。未亦火之位也。'和和其始',谓今天子建号曰太和,盖元年也。'东方有兔,小首元尾'者,叙君之名氏。东方,甲乙木也。兔者,卯也。卯以附木,是柳字也。小首元尾,是光字也。经吾道,来吾里,言君之来也。'饮吾泉以醉,登吾榻而寐',言君之止也。'刻乎其壁,奥乎其义,谁人以辨,其东平子',谓其义奥而隐,独吾能辨之。东平,吾之邑也。即又信矣。"

武之在卯,尧王八季。我弃其寝,我去其宸。深深然,高高然。人不吾知,又不吾谓。由今之后,二百馀祀。焰焰其光,和和其始。东方有兔,小首元尾。经过吾道,来至吾里。饮吾泉以醉,登吾榻而寐。刻乎其壁,奥乎其义。人谁以辨,其东平子。

王璠石铭

　　太和中,王璠廉问丹阳,沟其城,得一石,铭文云云。数日,有一叟谒璠之吏,密谓曰:"是不祥也。公之先曰崟,崟生础,是山有石也。础生璠,是石有玉也。璠之子曰瑕休,是玉有瑕即休。休者,绝之兆。推是而辨,其绝绪乎?"至太和九年冬,璠卒夷其宗,果符叟之解。

山有石,石有玉。玉有瑕,即休也。

玄元观栋桁记

　　咸通元年,李相福居守东都,修玄元观。钟楼栋桁中空铫之内,有方寸木云云。福曰:"上语指御名,下即傪之名也。"懿宗名漼。

山水谁无言,元年有福重修。

天台观石简记

　　咸通十三年,台州刺史姚鹄于天台山天台观观讲堂后创老君殿,得石函,中有玉简,上有文云云。具以上闻,敕宣付史馆,颁示四方。

海水竭,台山缺,皇家宝祚无休歇。

成都罗城北门石记

　　上有乾符三年高骈名衔,馀字断缺,莫知其为何诗也。

五五复五五,五五逾重数。浮世若浮云,金石一如故。与君相见时,杳杳非今土。

青羊宫砖记

　　僖宗中和二年,成都行在青羊宫,忽见红光如球,入地,穿得砖,上有古篆六字。节度陈敬瑄以闻,宣付史官。贼平还京,敕翰林乐朋龟撰记。

太平平中元灾。

铜雀台玉板篆

《皇甫牧记》曰：故邺都齐村民王敬之，于铜雀台下得一石匣，长尺有咫，四旁及背隐起龙骧凤翥及花葩之状。雕镂奇诡，殆非人工。徐启之，中有白玉板，上刻大篆六行。献魏帅乐彦祯，赉以束帛，亦无能洞达其隐词者。当曹氏、石氏、高氏之代，斯则邺之王气休运所钟，于是诸贤众矣，焉知不有阴睹后代，总括风云，幅裂山河之事，而瘗玉以谶之？今石既出，其事将兆矣。

上土巴灰除虚除，伊尹东北八九馀。秦赵多应分五玉，丝竹木子世世居。但看六六百中外，世主难留如国如。

显德道宫石记

显德中，世宗尝营一道宫于皇城之西。工人发得石一片，上有字云云，后题道士任守真记。帝读之叹异。

瑞云灵迹镇梁东，他日多应与古同。岁月迁移人事改，再来闲处又兴功。

南唐升元殿基下石记 江南将亡数年前掘得此

莫问江南事，江南事可凭。抱鸡升宝位，跨犬出金陵。子建司南位，安仁秉夜灯。东邻娇小女，骑虎渡河冰。其后李煜降于宋，好事者云：煜以丁酉年生，辛酉年袭位，即鸡也。开宝八年甲戌，江南国灭，是跨犬也。时曹彬为大将，列栅城南。潘美为副将，城陷，恐有伏兵，命辛纵火。了建，彬也。安仁，美也。东邻谓钱俶，俶以戊寅年入朝，尽献浙西土地人民，故末二句云云。末二句一作东邻家道阙，随虎遇明兴。识者云：家道阙，谓无钱。

马殷浚城石碣篆

唐末，刘建峰定长沙，遣马殷领众浚城濠，得石碣，有古篆十八，其文云云。解者以殷乾宁三年丙辰岁代立,乃龙举头也。至乾祐辛亥岁亡,乃猴掉尾也。殷子希范以己未岁生,又以开运丁未岁薨,乃羊归穴也。又子希崇壬申岁生,后为江南所俘,乃猴离次也。

龙举头,猴掉尾。羊为兄,猴作弟。羊归穴,猴离次。

王霸仙坛砖刻

黄滔撰《王审知福州造像碑》云:梁时,王霸于怡山上升,山在府城之西五里。光启丁未岁,衢之烂柯山道士徐景立,于仙坛东北隅取土,掘得瓷缶七口。各可容一升水,其中悉有炭,上总盖一青砖,刻文字云云。其坛东南有皂荚树。古云:真君于此树上上升,其后枯矣。至咸通庚寅岁复荣茂,为我公开闽之祥也。

树枯不用伐,坛坏不须结。未满一千岁,自有系孙列。后来是三皇,潮水荡祸殃。岩逢二乍间,未免有消亡。子孙依吾道,代代封闽疆。《五代史补》云:潮荡祸殃,谓王潮除祸患开基也。岩逢二乍间,谓连帅陈岩死,潮取闽也。代代,明封崇不过潮与审知两世也。

刘龑石谶

龑初开国,营构宫室,得石谶,有古篆十六,其文云云。

人人有一,山山值牛。兔丝吞骨,盖海承刘。人人有一,大人也。山山,出也。值牛者,龑建汉国,岁在丑也。兔丝者,晟袭位,岁在卯也。吞骨者,灭诸弟也。越人以天水为盖海,指宋国姓也。承刘者,言受刘氏降也。

南汉罗浮古剑篆文

南汉主刘龑时,罗浮山掘得古剑,有篆文云云。

丁与水同宫,王将耳口同。尹来居口上,山岫获重重。解者云:宋太祖以丁亥年降诞,是丁水同宫也。于文,耳口王为圣,尹口为君,重山为出。盖丁亥年而圣君出也。

司马承祯含象鉴文

天地含象,日月贞明。写规万物,洞鉴百灵。

龟自卜,镜自照。吉可募,光不曜。

青盖作镜大吉昌,巧工刊之成文章。左龙右虎辟不祥,朱鸟玄武顺于旁,子孙富贵居中央。

景 震 剑 文

抈雷电,运玄星。摧凶恶,亨利贞。

乾降精,坤应灵。日月象,岳渎形。

高 丽 镜 文

　　梁末帝贞明三年,王建立为王。市有异人卖古镜,有文云云。文人宋含弘解之曰:"'三水中,四维下,上帝降子于辰马'者,辰韩、马韩也。'己年中,二龙见。一则藏身青木中,一则见形黑金东',青木,松也,谓松岳郡人以龙为名者之子孙,可为君王也。黑金,铁也,指铁圆。谓今王初盛于此,殆终灭于此乎! '先操鸡,后搏鸭'者,王侍中得国后,先得鸡林,后收鸭绿之意也。"弓裔令物色求异人,东州勃飒寺有镇星塑像,如其状。

三水中,四维下,上帝降子于辰马。先操鸡,后搏鸭。己年中,二龙见。一则藏身青木中,一则见形黑金东。

京西市放生池墓铭

　　太平公主于京西市掘池,赎水族之失水者置其中,谓之放生池,得墓铭云云。

龟言市,蓍言水。

古墓卜地词

开元中,江南大水。明皇诏侍御史邬君载往巡,见道旁有古墓,水渍其穴,公命迁高原上。既发墓,得一石,有铭二十言,乃卜地者之词。

尔后一千岁,此地化为泉。赖逢邬侍御,移我向高原。

卫先生墓铭

卫先生大经,解梁人。以文学闻,常闭门绝人事。周知天文历象,穷冥索玄。后以寿终,墓于解梁之野。开元中大水,姜师度奉诏凿无咸河以溉盐田,划室庐,溃丘墓甚多。既至卫先生墓前,发其地,得一石,刻字为铭。盖先生之词也。师度异其事,命工人迁其河,远先生之墓数十步。

姜师度,更移向南三五步。

隐者瘗男铭

李泌少时,有隐者携一男六七岁来过云:"有故须南行,旬月当还。此男痫疾,愿且寄之。"又留一函曰:"若疾不起,望以此瘗之。"既许,乃问男曰:"不骄留此得乎?"曰可,遂去。泌疗之,终不愈而殂,即以此函瘗之。其人竟不来,发函视之,有一黑石,天然中方,上有字如锥画云云。

神真炼形年未足,化为我子功相续。丞相瘗之刻玄玉,仙路何长死何促。

乌 氏 葬 碑

乌重胤葬先世,掘得石碑云云。重胤依而用之。

牛领冈头,红箾笼下。葬用两日,手板相亚。

岩 腹 棺 铭

　　左卫将军王果被责,出为雅州刺史。于江中泊船,仰见岩腹中有一
棺,临空半出,铭云云。果叹曰:"吾今葬此人,被责雅州,固其命也。"乃
收窆而去。

欲堕不堕逢王果,五百年中重收我。《录异记》亦载此,云:地裂山崩水漂我,
临及长江危欲堕。欲堕不堕遇王果,五百年后改葬我。

古 棺 石 铭

　　建州刺史熊博,初为建安津吏。岸崩,得一古冢,藤蔓缠其棺,旁有
石铭云云。博时贫,为率钱葬之。

欲陷不陷被藤缚,欲落不落被沙阁,五百年后遇熊博。

涟水古冢瓶文

　　周显德乙卯岁,伪涟水军使秦进崇修城,发一古冢,棺椁皆腐。得
一瓶,中更有一瓶,黄质黑文,成隶字云云。其明年,周师伐吴,进崇死
之。

一双青鸟子,飞来五两头。借问船轻重,寄信到扬州。

沈 彬 圹 篆

　　彬临终,指葬处以示家人。穴之,乃一冢,未尝葬人。石灯台上,有
漆灯一盏。圹头有一铜碑,篆文云云。

佳城今已开,虽开不葬埋。漆灯犹未灭,留待沈彬来。

广陵古冢石刻

　　南唐保大中,广陵理城隍,因及古冢,得此。或云李白词也。

日为箭兮月为弓,四时躬人兮无穷。但得天将明月死,不觉人随流

水空。山川秀兮碧穹窿，崇夫人墓兮直其中。猿啼鸟啸烟濛濛，千
年万年松柏风。

王承检掘得墓铭

　　王蜀秦州节度使王承检筑防蕃城，至上邽。山下获瓦棺，内无尸，
唯有一片舌。肉色红润，坚如铁石。舌上只有一髑髅，中有一古钱。有
二蝇振然飞去。片石刻篆字，开皇二年渭州刺史张崇妻夫人王氏墓也，
其铭云云。是岁，伪乾德六年丙子岁。合郎，即王承检小字。

车道之北，邽山之阳。深深葬玉，郁郁埋香。刻斯贞石，焕乎遗芳。
地变陵谷，崄列城隍。乾德丙年，坏者合郎。

马希振葬地碣

　　希振亦殷之子，清泰中卒，葬长沙之陶浦，掘得石碣，其文云云。盖
马氏诸王虽于周广顺辛亥岁迁于江南，然其国变，实在庚戌故也。

乱石之壤，绝世之冈。谷变庚戌，马氏无王。

全唐诗卷八七六 语

二 贺 诗

越州贺德仁，少与从兄德基咸以词学见称。时人语曰：

学行可师贺德基，文质彬彬贺德仁。

四 王 语

江王元祥，性贪鄙，为人吏所患。时滕王元婴、蒋王恽、虢王凤亦称

贪暴，有授得其官府者，以比岭南恶处，为之语曰：

宁向儋崖振白，不事江滕蒋虢。

时人为屈突语

屈突通，初事隋为右武候车骑将军，奉公正直，虽亲戚犯法，无所纵

舍。弟盖为长安令，亦以严整知名。时人为之语曰：

宁食三斗艾，不见屈突盖。宁服三斗葱，不逢屈突通。

杨 刺 史 语

杨德幹历泽、齐、汴、相四州刺史，治有威名。郡人为之语曰：

宁食三斗蒜，不逢杨德幹。

万 年 人 语

权怀恩为万年令，赏罚严明，见恶辄取。时语曰：

宁饮三斗尘,无逢权怀恩。

赞 皇 人 语

　　赞皇李太冲,太宗时为礼部郎中。名冠宗族,乡人语云云。孝端,
太冲族兄也。

太冲无兄,孝端无弟。

高 宗 时 语

　　阎立本善画,为右相。姜恪以边将立功,为左相。时人语云:

左相宣威沙漠,右相驰誉丹青。　　三馆学生放散,五台令史经明。

明以年饥,放国子学生归。又限令史通一经,人续之云云。

时人为李义甫语

　　义甫专权,其子津、洽、洋,婿柳元贞,四人皆凭恃受赃。义甫败,并
除名长流。时人为之语云云。

今日巨唐年,还诛四凶族。

洛 州 语

　　初高宗时,贾敦颐为洛州刺史,有政绩。神龙中,〔张〕仁愿为洛州
长史,皆一时之最。故时人语曰:

洛州有前贾后张,可敌京兆三王。

江 淮 间 语

　　安陆郝处俊,与其舅许圉早同州里,俱秉钧衡。又其乡人田氏、彭
氏,以殖货见称。有彭志筠者,显庆中,尝上表请以家绢布二万段助军,
授奉义郎。故江淮间语云云。

贵如许郝,富若田彭。

河 北 语

　　武懿宗封河内郡王,安抚河北。民陷契丹来归者,懿宗总杀之,流血盈前,不顾。初契丹别帅何阿小陷冀州,多屠害士女。至是人以懿宗暴忍似之,为之语曰:

唯此两何,杀人最多。

李昭德为王弘义语

　　则天时,王弘义告变,拜御史。尝于乡里求旁舍瓜,瓜主咨之。义乃状言瓜园中有白兔,奉敕捕逐,斯须苗尽。内史李昭德曰:

昔闻苍鹰狱吏,今见白兔御史。

京 洛 语

　　许钦明与郝处俊乡党亲族,两家子弟类多丑陋,而盛饰车马以游里巷,京洛为之语曰:

衣裳好,仪貌恶。不姓许,即姓郝。

台 中 语

　　则天时,夏官侍郎侯知一年老,敕放致仕。上表不伏,于朝堂踊跃驰走,以示轻便。张惊丁忧,自请起复。吏部主事高筠母丧,亲戚为举哀。筠曰:“我不能作孝。”员外郎张栖贞被讼,诈遭母忧,不肯起对。台中为之语曰:

侯知一不伏致仕,张惊自请起复。高筠不肯作孝,张栖贞情愿遭忧。

吏 人 语

　　尹思贞为司府少卿,清刚难犯。时卿侯知一亦厉威严,吏人语云:

不畏侯卿杖,惟畏尹卿笔。

选 人 语

　　石抱忠检校天官郎中,与侍郎刘奇、张询古同知选。抱忠素非静慎,奇久著清平,询古通婚名族。将分铨,时人语曰:

有钱石上好,无钱刘下好,士大夫张下好。

硕学师刘子,儒生用与言。抱忠复与许子儒同知选,奇以公清称。抱忠师范子儒,颇任令史勾直。每注官,呼曰:"勾直乎?"时人又为此语云:

今年柿子并遭霜,为语石榴须早摘。选人为奇与抱忠摈抑者,复为此语。后两人同弃市。

韦 氏 语

　　韦承庆罢相,除礼部尚书。嗣立继为鸾台侍郎平章事,时人语曰:

大郎罢相,小郎拜相。

益州人吏语

　　杜景俭为益州录事参军,时隆州司马房嗣业除益州司马,除书未到,即视事,笞僚吏示威。景俭规其未可,嗣业怒。景俭叱左右令罢散。俄有制除荆州,竟不如志,人吏为之语曰:

录事意,与天通,益州司马折威风。

天 授 中 语

　　杜景俭为司刑丞,与徐有功及来俊臣、侯思止理刑狱,时人称之云。

遇徐杜者必生,遇来侯者必死。

时人为邹昉语

　　邹骆驼,长安人。先贫,卖蒸饼于胜业坊。镬得金数斗,于是巨富。

其子昉与萧佺驸马游,时人语曰:

萧佺驸马子,邹昉骆驼儿。非关道德合,只为钱相知。

题张昌仪门语

昌仪恃易之、昌宗之宠,所居奢溢,逾于王者。末年,有人题其门云云。昌仪见之,命笔续其下曰:"一日即足。"未几及祸。

一两丝能得几时络。

时人号李知远语

知远知选,胥吏肃然敛迹,时人号云:

李下无蹊。

又号李乂语

乂典选事,请谒不行,时人又语云:

李下无蹊径。

窦仆射语

窦怀贞为御史大夫,谄附韦庶人。庶人乳母王氏,本蛮婢,嫁为怀贞妻。俗谓乳母婿为阿𦥑,怀贞每疏列官位,必曰皇后阿𦥑。时人或以国𦥑呼之,了无惭色。庶人败,复附太平公主,累拜尚书左仆射。睿宗为金仙、玉真二公主创立两观,赞成其事,躬自监役,时人为之语曰:

窦仆射,前为韦氏国𦥑,后作公主邑丞。

时人为崔无诐语

崔无诐,韦后中表,为卫尉卿。时中书令萧至忠甚承中宗恩顾,无诐婚至忠女,后为女家,中宗为儿家,供拟甚厚。时人为之语曰:

皇后嫁女,天子娶妇。

神龙中语

　　崔日用、冉祖雍、郑愔、赵履温、李悛等,共托武三思权,熏炙中外。天下语曰:

崔冉郑,乱时政。

斜封官语

　　初,姚元之、宋璟知政事,奏请停中宗朝斜封官数千员。及元之等出为刺史,太平公主又特为之言,有敕总令复旧职。右率府参军柳泽上疏谏,引人语云:

姚宋为相,邪不如正。太平用事,正不如邪。

李处郁语

　　幽州都督孙佺五月北征,军师李处郁谏。不从,师果败。

飧若入咽,百无一全。飧音孙,山东人谓湿饭为飧。幽州以北并为燕地,故云。

景云初语

　　卢从愿为吏部侍郎,典选六年,颇有声称,时人语云云。裴即行俭,马谓戴,李谓朝隐也。

前有裴马,后有卢李。

先天时京中语

　　姜师度于长安城中穿渠堰水,授司农卿。于后水涨则奔突,水缩则竭涸,开黄河向棣州。所费不赀,仍苦淹渍。又役夫塞之以为功,官品益进。时有傅孝忠为太史令,自言明玄象,专行矫谲,京中语云云。神武即位,并斩之。

姜师度一心看地,傅孝忠两眼相天。一作傅孝忠两眼看天,姜师度一心穿地。

时人号王丘崔沔语

丘与沔并掌吏部,时人为之语曰:

丘山岌岌连天峻,沔水澄澄彻底清。

吏部过官语

侍中裴光庭以主事阎麟之为腹心,专主吏部过官。每麟之裁定,光庭随口下笔。时人语曰:

麟之口,光庭手。

郇公厨语

韦陟袭父安石封郇国公,厨中饮食香味错杂。人或入其中,多饱饫而归。俗语云:

人欲不饭筋骨舒,夤缘须入郇公厨。

四俊语

开元时,张嘉贞为相,所荐中书舍人苗延嗣、吕太一,考功员外郎员嘉静、侍御史崔训,皆位清要,日与议政事。故当时语云云:

令君四俊,苗吕崔员。

八友语

赵骅少与殷寅、颜真卿、柳芳、陆据、萧颖士、李华、邵轸友,时为语云云。谓能全其交也。

殷颜柳陆,李萧邵赵。

罗吉口号

明皇朝,侍御史罗希奭,吉温附李林甫,相勖以虐。时号云:

罗钳吉网。

里间诅语

明皇时,御史王旭、李嵩、李全交并尚严酷,京师号黑、赤、白三豹。里间至相诅曰:

若违教,值三豹。

陕州语

卢奂为陕州刺史,以严毅闻。州民多有淫祀者,民相语云云。后明皇擢为兵部侍郎。

不须赛神明,不必求巫祝。尔莫犯卢公,立便有祸福。

真源邑语

真源多豪猾,大吏华南金树威恣肆,邑中语云云。张巡调令真源,下车以法诛之。

南金口,明府手。

称二王语

王右丞维及弟缙,以科名文学,冠绝当代。时人云:

朝廷左相笔,天下右丞诗。

代宗朝京师语

元载专权,事以货成。及常衮为相,虽贿赂不行,而介僻自专,失于分别。故是时京师语曰:

常无分别元好钱,贤者愚,愚者贤。

戏谏司语

李泌相德宗，奏请罢拾遗、补阙。上虽不从，亦不授人，谏司惟韩皋、归登而已。泌仍命收其署餐钱，令登等寓食于中书舍人。故时戏云：

韩谏议虽分左右，归拾遗莫辨存亡。

裴　度　语

度不信术数，不好服食，每语人云：

鸡猪鱼蒜，逢著则吃。生老病死，时至则行。

魏　博　语

魏牙军起田承嗣，募军中子弟为之。父子世袭，悍骄不顾法令。更易节帅，不嗛意辄害之。厚给廪，姑息不能制。时语云云。

长安天子，魏府牙军。

宝历宫中语

宝历二年，浙东贡舞女二人，一曰飞燕，一曰轻凤。修眉黟首，兰气融冶。带轻金之冠，琢玉芙蓉为顶，罗衣无缝而成。歌一发如鸾凤音，舞态艳逸，非人间所有。上藏之金屋宝帐。由是宫中语曰：

宝帐香重重，一双红芙蓉。

京师人号牛杨语

牛僧孺与杨虞卿兄弟驱驾轻薄，有不附己者，潜被疮痏。京师为之语云：

太牢笔，少牢口，东西南北何处走。太牢，僧孺。少牢，虞卿也。

又 号 牛 李

门生故吏，不牛则李。 李谓宗闵也。

荆 南 语

段文昌帅荆南州，或旱，襀解必雨。或久雨，遇出游必霁。民为语曰：

旱不苦，祷而雨。雨不愁，公出游。

郑仁表自语 仁表豪爽，以门阀文章自高，尝云：

天瑞有五色云，人瑞有郑仁表。

湖苏二郡语

《南部新书》：咸通末，郑浑之为苏州督邮，谭铢为醵院官，钟辐为院巡，皆广文生。时湖州牧李超、赵蒙为代，俱状元及第。二郡人为语曰：

湖接两头，苏联三尾。

广明初都人语

黄巢未入京师，都人以黄米及黑豆屑蒸食之。因有此语。

黄贼打黑贼。

吏部旧语 吏部故事放长榜，旧语云：

长名以前，选人属侍郎。长名以后，侍郎属选人。

省 中 语

后行祠屯，不博中行都门。中行礼部一作刑户，不博前行驾库。

郎　吏　语

尚书郎，吏、兵部为前行，司门、都、比、屯田、虞、水、膳部，主客，皆在后行，闲简无事。语曰：

司门水部，入省不数。

谏院台省语

谏院以章疏之故，忧患略同。台中则务纠举，省中多事，旨趋不一，故云：

遗补相惜，御史相憎，郎官相轻。

御　史　台　语

御史故事，监察院长与同院礼隔。语曰：

事长如事端。

京　兆　府　语

京兆府两县引马到府门，传门而报。两尹入厅，大尹亦到厅。不得候两尹坐后出，不得候两尹立后出。

不立两县令，不坐两少尹。

翰林谏议语

唐称翰林为坡，谏议大夫亦称坡。谏议大夫班本在给、舍上，其迁转则谏议岁满方迁给事中，自给事中迁舍人。故当时语云：

饶道斗上坡去，亦须却下坡来。

举　子　语

举子七月后，即于诸州府拔解。人为语曰：

槐花黄,举子忙。

明经进士语

三十老明经,五十少进士。言其艰难也。

杂 帖 语

　　常衮为礼部,放杂文,过者常不百人。鲍防为礼部,帖经,落人亦
甚。时谓云:

常杂鲍帖。

闽 人 语

欧阳独步,藻蕴横行。谓欧阳詹及林藻、林蕴相继登第也。

举 场 语

　　太和中,李宗闵、牛僧孺辅政,引杨虞卿为右司郎中、弘文馆学士,
待之尤厚。岁举选者皆走门下,无不得所欲。当时其党有苏景胤、张元
夫,而虞卿兄弟汝士、汉公尤为人所奔向。故语曰:

欲入举场,先问苏张。苏张犹可,三杨杀我。

大中后进士语

　　大中后,进士尤盛,李都、崔雍、孙瑝、郑嵎四君子,蒙其盼睐者多进
升,故曰:

欲得命通,问瑝嵎都雍。

大 中 时 语

　　宣宗朝,崔铉秉政,所善者,郑鲁、杨绍复、段瓖、薛蒙,颇参议论,时
人语如此。帝闻,书之于扆。铉卒以此罢。

郑杨段薛，炙手可热。欲得命通，鲁绍璩蒙。一作鲁绍璩蒙，识即合通。

选 举 人 语

　　大中、咸通中，盛传崔慎由相公常寓尺题于知闻，故选举人为此语。
王凝裴瓒，舍弟安潜。朝中无呼字，知闻厅里，绝脱靴宾客。

科 目 举 人 语

　　太平王崇、窦贤二家，率以科目为资，足以升沉、后进，故科目举人
相谓曰：
未见王窦，徒劳漫走。

戏杜审权语 审权知举，放卢处权。人戏语云：

座主审权，门生处权。

崔沆放榜时人语 沆放崔瀣，时人语云：

座主门生，沆瀣一家。

唐 末 五 代 人 语

　　唐末五代，权臣执政，公然交赂，科第差除，各有等差。故当时语
云：
及第不必读书，作官何须事业。

号 沈 宋 语

　　建安后讫江左，诗律屡变。至沈约、庾信，以音韵相婉附，属对精
密。及沈佺期、宋之问，又加靡丽。回忌声病，约句准篇。如锦绣成义，
学者宗之，号为沈、宋，语云尔。举苏武、李陵与沈、宋并称也。

苏李居前,沈宋比肩。

号钱郎语 钱起能诗,与郎士元齐名。语云:

前有沈宋,后有钱郎。

潘何诗赋语

咸通中,湘南何涓《潇湘赋》、潘纬《古镜诗》,天下传之曰:

潘纬十年吟古镜,何涓一夜赋潇湘。

魏薛草书语

魏徵之子叔瑜善草,以笔意传其子华及甥薛稷,世称之云:

前有虞褚,后有薛魏。

薛稷书语 稷善书,师褚河南,时语云:

买褚得薛不落节。

时人为刘毕语

刘商官为郎中,爱画松石树木,格性高迈。时有毕庶子,亦善画松
树木石。时人云:

刘郎中松树孤标,毕庶子松根绝妙。

时人为黄筌语

筌善写花竹翎毛,于孟昶殿画六鹤,因目其殿为六鹤殿。当时称
叹,为语曰:

黄筌画鹤,薛稷减价。

时人为杨惠之语

惠之不知何处人,唐开元中,与吴道子同师张僧繇笔迹,号为画友。巧艺并著,而道子声光独显。惠之遂都焚笔研,毅然发愤,专肆塑作,能夺僧繇画相,与道子争衡。时人语曰:

道子画,惠之塑,夺得僧繇神笔路。

道 杰 语

武德中,蒲州栖岩寺释道杰游并晋,讲肆难击能令人流汗。并州人语曰:

大头杰,难杀人。

马周疏引俚语

贫不学俭,富不学奢。

杜甫引俚语

城南韦杜,去天尺五。

孙光宪琐言引古语

乘船走马,去死一分。
好事不出门,恶事行千里。

杜重威引俚语

逢贼得命,更望复子。

建 安 语

成都距长安才二千里,每岁随计求名者甚鲜。建安之贡,无岁无

之。故曰:

龙门一半在闽川。

江陵语 江陵在唐世号衣冠薮泽,时人称云:

琵琶多于饭甑,措大多于鲫鱼。

汾 晋 间 语

欲作千箱主,问取黄金母。谓多稼厚畜,耕土所致也。

秦中儿童语

颠当窠深如蚓穴,网丝其中。土盖与地平,大如榆荚,常仰捭其盖,
伺蝇蟆过,辄翻盖捕之。才入复闭,与地一色,并无丝隙可寻。其形似
蜘蛛,《尔雅》谓之王蛛蜴,《鬼谷子》谓之蚨母。秦中儿童语曰:

颠当牢守门,蠮螉寇汝无处奔。蠮螉即蜾蠃,衔虫子祝之,化为己子。

沧 洲 语

沧洲有金莲花,形似蝶,每微风则摇荡如飞,妇人采为首饰。乡语
曰:

不戴金莲花,不得到仙家。

段成式酉阳杂俎引古语

三守庚申三尸伏,七守庚申七尺灭。

佛书引语 二

停囚长智。

赤脚人趁兔,著靴人吃肉。

全唐诗卷八七七 谚谜

中 宗 引 谚

景龙三年十一月十三日乙丑冬至,时有请改就十二月甲子为吉者,侍御史唐绍、太史令傅孝忠引历争,帝引谚以为不可,竟从绍等议。

冬至长于岁。

贾言忠引谚

高宗遣李勣伐高丽,侍御史贾言忠计事还。帝问军中云何言,忠以为男生兄弟阋墙,为我乡导,师必克。引此。

军无媒,中道回。一作贼无历底中道回。

李勣引谚别张文瓘

千里相送,终于一别。

路励行引谚

一人在朝,百人缓带。

郝南容引谚

三公后,出死狗。

员 庄 谚

　　员半千庄在焦戴川,北枕白鹿原,莲塘、竹径、荼蘩架、海棠洞、会景
堂、花坞、药畦、碾磨、麻稻,垄塍鳞次,里谚曰:

上有天堂,下有员庄。

娄师德引谚

卒客无卒主人。

台 中 谚

　　殿中侍御史,新入知右巡。已次知左巡,所主繁剧。及迁向上,则
又入推,益为劳屑。惟其中间,则入清闲。故台中谚云:

免巡未推,只得自知。

宋守敬引谚

　　守敬清谨,老任龙门丞,竟登岳牧。每勉人但守清,勿忧不迁。引
此,云仕宦亦无休势也。

双陆无休势。

雒 谷 谚

　　雒谷中有地,名白草、謥洞,皆难行。故谚云:

謥洞入黄泉。

三 门 谚

　　唐时漕经底柱入三门,每雇平陆人为门匠,执标指麾。一舟百日乃
能上,覆者几半,故谚云云。谓皆溺死也。

古无门匠墓。

张 果 引 谚

明皇欲以玉真公主降果,果先知之,引此以辞。

娶妇得公主,平地生公府。

哥舒翰引谚

初,翰与安禄山素不平,明皇令高力士和解之。翰引此语禄山,言
己与禄山族类本同,不敢忘本也。

狐向窟嗥不祥。

代 宗 引 谚

郭暧与升平公主琴瑟不调,父子仪拘暧待罪,代宗引谚慰之。

不痴不聋,不作阿家阿翁。家音姑。

鬼 门 关 谚

容州北流县南三十里,有两石对立,相去三十步。迁谪至此者,罕
得生还,俗号鬼门关。唐谚云:

鬼门关,十人去,九不还。

河 北 谚

梁将侍中葛从周有殊功,镇青社,人为语曰:

山东一条葛,无事莫撩拨。

李 振 引 谚

百岁奴事三岁主。

王彦章引谚

人死留名,豹死留皮。

孙光宪北梦琐言引谚

小舅小叔,相追相逐。

谚

枣子塞鼻孔,悬栖阁却种。
蝉鸣蛁蟧唤,黍种糕糜断。

宁茵事谚

鹁鸠树上鸣,意在麻子地。一作意在麻畬里。

鸬鹚谚

鸬鹚不打脚下塘。鸬鹚能没水捕鱼,栖宿之处,虽水深鱼多,未尝犯。

盐铁谚

唐世监铁转运使在扬州,尽管利权,商贾如织。天下之盛,扬为首而蜀次之,故谚曰:

扬一益二。

冯翊谚

冯翊朝邑县许原下地有苦泉,羊饮之,肥而肉美,号为沙苑细肋羊。谚曰:

苦泉羊,洛水浆。

丹 徒 谚

生东吴,死丹徒。吴多产出,可摄生自奉养。丹徒土坚紧如蜡,可葬。

湖 州 里 谚

　　唐末五代,天下皆被兵,独湖州获免。其时语云:

放尔生,放尔命,放尔湖州做百姓。

益 阳 谚

　　益阳在长沙郡界,去长沙三百里。县治东望,时见长沙城郭人物
　　影。其土谚曰:

长沙益阳,一时相仰。

昭 潭 谚

　　昭潭山下有潜穴,通洞庭,水深不测。谚云:

昭潭无底橘洲浮。

江右四郡谚

筠袁赣吉,脑后插笔。言好讼也。

徐闻谚　徐闻县冬耕夏收,名再熟,彼中谚云:

欲拔贫,诣徐闻。

陇 西 谚

郎驱女驱,十马九驹。安阳大角,十牛九犊。谓其地宜于畜牧也。

荆棺峡谚

峡壁有棺,以荆为之。相传人有九子,不能葬,女编荆为棺,庋之
此。土人谚云:

九子不葬父,一女打荆棺。

南 中 谚

秋收稻,夏收头。谓妇人截发而货,岁以为常也。

事 狐 神 谚

唐初以来,百姓多事狐神,房中祭祀以乞恩,食饮与人同之。事者
非一主。当时有谚曰:

无狐魅,不成村。

李哲家怪引谚

一鸡死,一鸡鸣。

俗 谚

白日无谈人,谈人则害生。昏夜无说鬼,说鬼则怪至。

李白名许云封谜

云封,任城人。工笛,是李謩外孙。天宝初,生一月,謩抱诣李白乞
名。白方坐旗亭命酒,醉书儿胸前云云。謩不解,白曰:“树下人,是木
子。木子,李字也。不语,是莫言。莫言,謩也。好,是女子。女子,外
孙也。语及日中,是言午。言午,是许也。烟霏谢成宝,是云出封中,乃
是云封也。即李謩外孙许云封也。”

树下彼何人,不语真吾好。语若及日中,烟霏谢成宝。

许氏碑阴谜

　　宜兴县有后汉许馘碑,开元中,许氏孙重立,刻八字碑阴。邑宰徐
延休解之曰:"谈马为言午,许也。砺毕为石卑,碑也。王田乃千里,重
字。数七乃六一,立字。言许碑重立也。"

谈马砺毕,王田数七。

大明寺壁语

　　令狐绹镇淮海日,支使班蒙与从事俱游大明寺,寺西廊前壁有题
语。诸宾幕顾之莫能辨,独班蒙曰:"一人,岂非大字乎! 二曜,日月,非
明字乎! 尺一者,十一寸,非寺字乎! 点去冰,水字。二人相连,天字。
不欠一边,下字。三梁四柱而列火然,无字。两日除双勾,比字。得非
大明寺水,天下无比乎!"众皆恍然。

一人堂堂,二曜同光。泉深尺一,点去冰旁。二人相连,不欠一边。
三梁四柱列火然,除却双勾两日全。

曹著与客谜 著有机辨,客欲试之,与作谜云云。

一物坐也坐,卧也坐,行也坐。 客。 著应声曰:"在官地,在私地。"
一物坐也卧,立也卧,行也卧,走也卧,卧也卧。 著。 客不能对。著曰:
"我谜吞得你谜。"客大惭。

客题青龙寺门

　　青龙寺有客,尝访知事僧。属遇有要地朝客,慢之,题其门云云。
一沙弥解之曰:"尪字去龙,合字。时字隐日,寺字。敬文不在,苟字。
碎石入沙,卒字。此不逊之言,辱我曹矣。"追访杳无迹。沙弥乃懿皇朝
云皓供奉也。

尪龙去东海,时日隐西斜。敬文今不在,碎石入流沙。

陶穀题南唐官舍壁

穀使南唐题此。宋齐丘解云："十二字包四字,云:独眠孤馆。"《撼遗》以为驿中女鬼所书。

西川狗,百姓眼。马包儿,御厨饭。

谢小娥梦盗姓名

洪州谢小娥同其夫随父行贾,为盗所杀。求盗不得,梦父及夫告以谜语二十字,遍叩人,不能解。元和八年,陇西李佐判洪州,过而闻其事。解之曰:"车中猴,禾中走,并申字。门东草,为兰。一日夫,为春。盗应申兰、申春也。"娥依言诡为男子,求得二人江上。佣其家,侦得己家物而验,因杀兰,并擒春,告官抵法,还洪州为尼。

车中猴,门东草。禾中走,一日夫。

全唐诗卷八七八 _谣

牛 口 谣

豆入牛口，势不得久。窦建德未败时有此谣，后果于牛口谷为太宗所擒。

高 昌 童 谣

贞观十四年，交河道行军大总管侯君集伐高昌，灭之。先是，其国中有童谣如此。国王文泰使人捕其初唱者，不能得也。

高昌兵马如霜雪，汉家兵马如日月。日月照霜雪。回首一作几何自消灭。一本无二马字。

咸 亨 后 谣

莫浪语，阿婆嗔，三叔闻时笑杀人。其验为则天即位，孝和嗣之。阿婆者，则天也。三叔者，孝和为第三也。

调露初京城民谣

侧堂堂，挠堂堂。堂，言唐也。侧者，不正。挠者，不安。再言堂者，唐再受命之象。

嵩 岳 童 谣

调露中，高宗欲封中岳，属突厥叛而止。后欲封，吐蕃入寇，复停。永淳年，又幸嵩岳。至山下，未及行礼，遘疾还，至宫而崩。先是，童谣云：

嵩山凡几层，不畏登不得，只畏不得登。三度征兵马，傍道打腾腾。

李 敬 玄 谣

　　中书令李敬玄为元帅，讨吐蕃。闻前军没，狼狈而走，王杲、曹怀舜
等并惊退。时军中谣曰：

洮河李阿婆，鄯州王伯母。见贼不敢斗，总由曹新妇。

永淳中童谣

　　永淳元年七月，东都大雨，人多殍殕。先是，童谣曰：

新禾不入箱，新麦不入场。迨及八九月，狗吠空垣墙。

杨 柳 谣

杨柳杨柳漫头驼。　永淳后，天下皆唱此。后徐敬业出为柳州司马，作伪敕，自授
扬州司马，起兵讨武氏。李孝逸擒之，斩首，驿马驮入洛。

裴 炎 谣

　　炎为中书令时，徐敬业欲反，令骆宾王画计，取炎同起事，宾王乃为
此谣。炎访学者令解之，宾王北面拜曰："此真人矣。"遂与敬业等合谋
起兵，炎从内应，则天因诛炎。

一片火，两片火，绯衣小儿当殿坐。

武后长寿元年民间谣

　　则天时，选举大滥，天下有是谣，举人沈全交取而续之。御史纪先
知劾其诽谤之罪，太后笑曰："但使卿辈不滥，何恤人言！"先知大惭。

补阙连车载，拾遗平斗量。㪷㮾侍御史，㮾，一作杷。齐鲁谓四齿杷曰㮾。
碗脱侍中郎。

续　谣

评事不读律,博士不寻章。糊心宣抚使,眯目圣神皇。

天枢谣

一条麻索挽,天枢绝去也。　长寿三年,天后于定鼎门内立述德天枢,民因作谣。明皇即位,敕令推倒,收铜入尚方。此其验也。

武后时谣

张公吃酒李公醉。张公者,斥易之兄弟也。李公者,言李氏也。

武后时童谣

红绿复裙长,千一作十里万一作五里犹香。

神龙后乌鹊窠谣

山南乌鹊窠,山北金骆驼。镰柯不凿孔,斧子不施柯。《五行志》云:山南,唐也。乌鹊窠者,人居寡也。山北,胡也。金骆驼者,虏获而重载也。镰柯、斧子者,言突厥强盛,百姓不得斫桑、养蚕、种禾、刈谷也。

吏部谣

崔湜与岑羲、郑愔并为吏部,赃污狼藉。京中为之谣曰:

岑愔獠子后,崔湜令公孙。三人相比校,莫贺咄骨浑。

黄獐子谣　景龙中民谣。时又有《阿韦娘歌》。

黄牸獐子挽纠断,两脚踢地鞋䙰断。一本此下又有"城南黄勃獐子韦"一句。

安乐寺童谣

可怜安乐寺，了了树头悬。 景龙中，安乐公主于洺州造安乐寺，制拟宫掖，用钱数百万，童谣云云。后诛逆韦，并杀安乐，斩首悬竿上。

鲤 鱼 儿 谣

可怜圣善寺，身著绿毛衣。牵来河里饮，蹋杀鲤鱼儿。景龙中民谣。后谯王从均州入都作乱，败走，投洛川而死。

羊 头 山 谣

　　山在潞州南六十里。景龙二年，明皇为别驾，临潞州，有童谣云：

羊头山北作朝堂。

金 桥 童 谣

圣人执节度金桥。桥在潞州南二里。明皇于景龙三年十月二十五日由此桥朝京师。

天宝中京兆谣

　　天宝中，李岘为京兆尹，甚得人心。会连雨六十馀日，杨国忠以其灾归咎岘，出为长沙太守。时京师米麦踊贵，百姓为谣云：

欲得米麦贱，无过追李岘。一作欲粟贱，追李岘。

天 宝 初 语

　　天宝初，杨贵妃常以假鬓为首饰，而好服黄裙。时人为之语曰：

义髻抛河里，黄裙逐水流。

杨 氏 谣

　　天宝十载上元节，杨氏五宅夜游，与广宁公主骑从争西市门。杨氏奴挥鞭,致公主堕马。附马程昌裔扶救,因及数挝。上令决杀杨氏奴一人,亦罪昌裔停官。于是杨家转横,京师长吏为之侧目。故当时谣曰:

男不封侯女作妃,君看女却是门楣。

神鸡童谣

　　贾昌七岁解鸟语音,明皇选为鸡坊五百小儿长,甚爱幸之。父死,县官为葬器丧车,乘传洛阳道。当时天下号神鸡童,为之语曰:

生儿不用识文字。斗鸡走马胜读书。贾家小儿年十三,富贵荣华代不如。能令金距期胜负,白罗绣衫随软舆。父死长安千里外,差夫治道挽丧车。

燕燕谣 安禄山未反时有此二谣

燕燕,飞上天。天上女儿铺白毡,毡上有千钱。

幽 州 谣

旧来夸戴竿,今日不堪看。但看五月里,清水河边见契丹。《青琐高议》又载一谣云:山上一群鹿,大鹿来相遂。啼杀涧下羊,却被猪儿触。

两 京 童 谣

不怕上兰单,惟愁答辨难。无钱求案典,生死任都官。天宝逆胡之乱,士庶多投身于胡庭。先是,两京童谣有此。后克复之日,朝士系三司狱鞫问,家产罄尽,骨肉分散,生死无路。

两头朱童谣

一只箸,两头朱,五六月化为胆。此为朱泚谣也。后果于六月兵败而死。

打 麦 谣

打麦,麦打。三三三,既而旋其袖曰:舞了也。元和九年六月三日,盗杀宰相武元衡。先是,长安中有此谣。解者以为:打麦,刈麦时也。麦打,谓暗中突击也。三三三,谓六月三日也。舞了,谓元衡死也。

张权舆作裴度伪谣

　　长庆中,度为李逢吉所构,罢相。敬宗立,欲复用之。逢吉大惧,其党张权舆作伪谣,欲以倾度。天子明其诬,卒相度。

非衣小儿坦其腹,天上有口被驱逐。

马仆射谣

斋钟动也,和尚不上堂。马仆射既立功业,颇有陶侃之志。客有扬其意者,先著此谣于军中。因托言善相者云:"公相非人臣,岂不闻谣乎?和尚,公之名。斋钟动,谓时至,不上堂,不自取也。"马因具宝物直数千万,令通田悦为用。客一去不知所之,马始悔焉。

咸通七年童谣

草青青,被严霜。鹊始巢,复看颠狂。

咸通十四年成都谣

咸通癸巳,出无所之。蛇去马来,道路稍开。头无片瓦,地有残灰。
是岁岁阴在巳,明年在午。巳,蛇也。午,马也。

乾符六年童谣

八月无霜塞草青,将军骑马出空城。汉家天子西巡狩,犹向江东更索兵。

僖宗时童谣

金色虾蟆争努眼,翻却曹州天下反。王仙芝反于曹州,黄巢继之,此谣之应。

黄巢军中谣

逢儒则肉师必覆。初巢军中有此谣。巢入闽,俘民。给称儒者,皆释之。

中和初童谣

黄巢走,泰山东,死在翁家翁。黄巢未败前有此谣。后败走至泰山狼虎谷,为其下所杀,其死处民家果姓翁。

山阴老人伪谣

　　董昌时,有山阴县老人伪上言曰:"愿大王帝于越。三十年前,已闻谣言,故来献。"昌得之,大喜,因僭伪号。
欲识圣人姓,千里草青青。欲识圣人名,日从日上生。

胡　楚　宾　谣

　　唐秋浦诗人有胡楚宾、顾云、张乔、伍乔、殷文圭诸人。楚宾文思甚敏,必酒中下笔。当时有谣云:
胡楚宾,李翰林。词同三峡水,字值双南金。

后唐军士谣

除去菩萨,扶立生铁。潞王之入洛,许赏军士,人钱百缗。后不能给,赏钱二十缗,军士犹怨望,乃为此谣,以闵帝仁弱,潞王刚严,有悔心故也。

周显德中齐州谣

蹋阳春,人间二月雨和尘。阳春蹋尽西风起,肠断人间白发人。

大祐中江南童谣

东海鲤鱼飞上天。李升初为徐温养子,冒徐姓,名知诰。后继温为南唐。东海,徐氏之望。鲤,李也。

真 人 谣

唐末民间有此谣。元宗因名其子为弘冀以应之。

有一真人在冀川,开口持弓向外边。一本此下又有"子子孙孙万万年"一句。

李后主童谣

索得娘来忘却家,后园桃李不生花。猪儿狗儿都死尽,养得猫儿患赤瘕。《南唐近事》解此谣云:娘谓李主再娶周后,猪狗死谓祚尽戊亥年。赤瘕,目病。猫有目病,则不能捕鼠,谓不见丙子之年也。

秦人竹䶉谣

䶉䶉引黑牛,天差不自由。但看戊寅岁,扬在蜀江头。《王氏见闻》云:竹䶉,食竹之鼠,肉肥脆,生深山竹林无人境。岐梁睢眦之年,此物遍入人家房内,秦人口腹饫焉。忽有童谣云云,智者不能议之。庚午岁,梁刘知俊叛梁入秦,岐王以为泾州节度。知俊为人色黑,而其生岁在丑。䶉者,刘也。始知䶉䶉引黑牛之应。后奔蜀,王建用之,令反攻岐。有功,竟忌而杀之。岁戊寅,建不豫。见刘为祟,因粉刘骨投之江。其言扬在蜀江头亦验云。

蜀 人 谣

建阴忌刘知俊材,蜀人亦共嫉之。建诸子皆以宗承为名,乃于里巷构为谣言云云。建虑为子孙害,益恶之,故杀知俊。

黑牛无系绊,棕绳一时断。一作黑牛出圈棕绳断。

秦城芭蕉谣

花开来里,花谢也里。天水地寒,不产芭蕉。戎帅亭台有二本,入冬即埋藏于地窟,候春再植之。庚午、辛未间,有童谣云云。时节气变而不寒,芭蕉花开。蜀人犯封疆,年年一来,不失芭蕉开谢之候。自陇之西,竟为蜀有。盖剑外节气先布于秦城也。

蜀 童 谣

我有一帖药,其名曰阿魏,卖与十八子。蜀王衍时有此谣。乾德末,衍兄宗弼果卖国归唐,而宗弼乃王建养子,本姓魏氏。皆验。

蜀中扫地和尚

水行仙,怕秦川。王建据蜀之后,有一僧常持大帚,每过即汛扫,人以扫地和尚目之。扫毕,辄写二语。其后王衍果有秦川之祸。水行仙,衍字也。

福 州 谣

骑马来,骑马去。王潮以光启二年丙午拜泉州刺史,至晋开运三年丙午南唐灭王氏,谣之验也。

闽 人 谣

风吹杨菜鼓山下,不得钱郎戈不罢。王审知时有此谣。后延羲、延政兄弟相攻,国中大乱。忠献王钱佐时年十九,遣兵伐之,败淮将杨业、蔡遇等,尽取福州之地。鼓山,福州山名。

广 州 童 谣

羊头二四,白天雨至。后宋师以辛未年二月四日平南汉。羊,未之神。天雨者,王师如时雨之义。

桂 管 童 谣

大虫来。湖南马殷命其将李勋击南越,拔桂管十八城。勋勇壮绝伦,人号曰李老虎。先是,桂管儿童每聚,戏呼大虫来,至是果应。

湖 南 童 谣

湖南城郭好长街,竞栽柳树不栽槐。百姓奔窜无一事,只是椎芒织草鞋。 初,马氏城中街道多种槐树,柳无一二。希萼遂希广自代之初,皆变为种柳,无复有槐。又居人夜织草鞋,椎芒声闻郊野。俄有童谣四句,人无少长皆诵之。未几,国乱,民窜死者十七八,槐言怀,兄弟寻戈,失孔怀之义。草鞋,远行所用,言百姓之奔窜也。

长 沙 童 谣

鞭打马,马急一作须走。 楚王马希萼为其弟希崇所篡,希萼于衡山自立为王。希崇求救于吴,吴遣将边镐来伐。希崇将拒之,或以童谣为谏。不得已降镐,马氏遂举族入吴。

湘 中 童 谣

马去不用鞭,咬牙过今年。 江南将边镐下长沙,既迁马氏之族,朗州衙将刘言复为乱。袭镐,镐遁归。谣言鞭,边也。

长 沙 童 谣

三羊五马,马子离群,羊子无舍。 或问庞巨昭,湖南与淮南国祚长短,巨昭曰:"吾入长沙,闻童谣云云。自今以后,马氏当五主,杨氏当三主。"后皆如其言。

丹 阳 语

待钱来,待钱来。 丹阳民常有此戏语。后钱镠授镇帅润州刺史,遂据有钱塘,乃其应也。

辽述律后谣

青牛妪,曾避路。 辽太祖后述律氏,生而有雄略,尝至辽土二河之会。有女子乘

青牛车,仓卒避路,忽不见。未几,童谣云云。谚谓地祇为青牛妪,后果配太祖,称地皇
后云。

全唐诗卷八七九 酒令

招 手 令

亚其虎膺，_{谓手掌。}曲其松根。_{谓指节。}以蹲鸱间虎膺之下，_{蹲胝，大指也。}以钩戟差玉柱之旁。_{钩戟，头指也。玉柱，中指也。}潜虬阔玉柱三分，_{潜虬，无名指也。}奇兵阔潜虬一寸。_{奇兵，小指也。}死其三洛，_{谓搔其腕也。}生其五峰。_{通呼五指也。}

打 令 口 号

送摇招，由三方。一圆分成四片，送在摇前。

龙朔中酒令

龙朔已来，百姓饮酒作令云云。俗谓杯盘为子母，又名盘为台。自后庐陵徙均州，子母相去离也。连台拗倒者，则天被废，诸武迁放之兆。

子母相去离，连台拗倒。

沈 亚 之

亚之尝客游，为小辈所试曰："某改令，书俗各两句。"亚之答云云。

伐木丁丁，鸟鸣嘤嘤。东行西行，遇饭遇羹。 _{人。}
如切如磋，如琢如磨。欺客打妇，不当娄罗。 _{亚之。}

令狐楚顾非熊

楚与非熊饮，知其捷辨，改一字令试之，楚大奇焉。

水里取一鼍,岸上取一驼。将者驼,来驮者鼍,是为驼驮鼍。 楚。
屋里取一鸽,水里取一蛤。将者鸽,来合者蛤,是谓鸽合蛤。 非熊。

张　祜

　　令狐绹镇维扬,祜尝预狎燕,因熟视祜改令,祜答云云。

上水船,风大急。帆下人,须好立。 令狐绹。
上水船,船底破。好看客,莫倚柁。 祜。

卢　发

　　白敏中镇荆南,杜蕴廉问长沙。发为从事,致聘焉。酒酣傲睨,白
公不怿,改令,卢答云云。公极欢而罢。

十姓胡中第六胡,也曾金阙掌洪炉。少年从事夸门第,莫向尊前气
色粗。白。
十姓胡中第六胡,文章官职胜崔卢。暂来关外分优寄,不称宾筵语
气粗。发。

沈　询

　　询,吴人,会昌进士第,咸通中为昭义节度。尝宴府中,宾友改令歌
此。询有嬖姜,妻以配内竖归秦,而仍留侍内。秦耻恨,伺宴罢,杀询夫
妻,如所歌也。

莫打南来雁,从他向北飞。打时双打取,莫遣两分离。

姚　岩　杰

　　岩杰投歙州卢肇,肇知其使酒,敬待之。岩杰日肆傲睨,肇渐不乐。
会于江亭,肇改令,目前取一联云云。岩杰遽饮一器,凭阑呕哕,遂续
之。

遥望渔舟,不阔尺八。肇。

凭阑一呕,已觉空喉。岩杰。

裴 勋 父 子

　　勋容貌么麽,性尤率易,尝从其父坦饮客,坦飞觞属人,勋辄言状。
坦付觞罚之,勋亦答觞云云。坦怒而答之。

矬人饶舌,破车饶楔。父属觞云:"裴勋饮十分。"

蝙蝠不自见,笑他梁上燕。勋复父觞云:"十一郎亦饮十分。"

方干李主簿改令

　　方干姿态山野,性好凌侮人。有龙丘李主簿者,偶于知闻处见干,
与之传杯。龙丘目有翳,干改令以讥之。干缺唇,性嗜鲊,李答云云。
一座大笑。

措大吃酒点盐,将军吃酒点酱。只见门外著篱,未见眼中安郭。
方。

措大吃酒点盐,下人吃酒点鲊。只见半臂著襕,不见口唇开袴。
李。

高 骈 薛 涛

　　骈镇成都,令酒佐薛涛改一字令,曰:"须得一字象形,又须逐韵。"

口,有似没量斗。骈。没量一作无梁。

川,有似三条椽。涛。高公云:"奈一条曲何?"涛曰:"相公为西川节度使,尚使一
没量斗。至于穷酒佐,三条椽止有一条曲,又何足怪?"

南唐烈祖酒令

　　初李昇蓄异志,欲有江南。雪天会群僚,宋齐丘、徐融等出令,借雪
取古人名以讽之,惟齐丘叶旨,融意欲挫昇,昇大怒,收而投之江。

雪下纷纷,便是白起。烈祖。

著履过街,必须雍齿。 齐丘。

明朝日出,争奈萧何。融。

吴越王与陶縠酒令 縠使吴越,共举酒令云云。

白玉石,碧波亭上迎仙客。王。

口耳王,圣明天子要钱塘。縠。

附夷陵女郎鬼

唐夷陵有女郎鬼行酒令,述贺若弼造此,弄长孙鸾。鸾年老无发而口吃,故云云。

鸾老头脑好,好头脑鸾老。

全唐诗卷八八〇 _{占辞}

城阳公主卜繇

太宗女城阳公主初降薛瓘,帝卜得繇云云。占者请昼婚为吉,帝不从。后主坐巫蛊,同瓘徙房州。咸亨中同卒,果以双柩还京云。

二火皆食,始同荣,末同戚。

冯存澄为明皇占

明皇初为临淄王,欲平逆韦之祸,与道士冯存澄占卦。初得合因,再得斩关,三得铸印乘轩。存澄曰:"此黄帝所以胜炎帝也。"其词云云。明皇掩其口,使勿言,后举事,果验。

合因斩关,铸印乘轩。始当果断,终得嗣天。

钱知微卜卖天津桥

知微,天宝末术士。尝至洛,居天津桥卖卜,云一卦须帛十匹。有贵公子意其必异,取帛如数诣卜。卦成,曰:"君何戏焉!"为韵语云云。其人本意卖天津桥绐之,其精如此。

两头点土,中心虚悬。人足踏跋,不肯下钱。

王山人为李卫公按冥

李卫公为并州从事,有王山人者请谒,自称善按冥。公备几案、纸、笔、香、水,与山人偕坐以俟。顷之,纸上书八字甚大,曰:

位极人臣,寿六十四。

钟传客占历日包橘

传领江西日,客有以覆射之法求见。传以历日包橘置袖中,令射。客云:

太岁当头坐,诸神不敢当。其中有一物,常带洞庭香。

马重绩占随卦繇辞

重绩明于数术,晋高祖时为司天监。张从宾反,命筮之,遇随。重绩语其繇云:"岁将秋矣,无能为也。"七月而从宾果败。

南瞻析木,木不自续。虚而动之,动随其覆。

方龟精为钱元懿卜词

元懿,武肃王第五子。贞明中,自新定判东阳,累奏授宾、睦二州刺史、金华郡王,终年六十六。初元懿之为新定,有卜士方氏,时人号为龟精,常数卜以贻元懿。至是果如其言。

太乙接天河,金华宝贝多。郡侯六十六,别处不经过。

叶简占失牛

吴越时,有叶简者,剡人也,善卜筮。凡有盗贼,皆知其姓名,射覆无不奇中。

占失牛,已被家边载上州。欲知贼姓一斤求,欲知贼名十干头。 果邻人丘甲盗之。

又射覆橘子

圆似珠,色如丹。倘能擘破同分吃,争不惭愧洞庭山。

射覆巾子

近来好裹束,各自竞尖新。秤无三五两,因何号一斤。

射覆二鸡子

此物不难知,一雄兼一雌。谁将打破看,方明混沌时。

天冲星占

　　　天祐元年四月,有星状如人,首赤身黑,在北斗下紫微中。后三日,
　黑风晦冥,其星盖天冲也。占曰:

天冲抱极泣帝前,血浊雾下天下冤。

占月语

月如弯弓,少雨多风。月如仰瓦,不求自下。

占雨

乾星照湿土,明日依旧雨。

云行西,星照泥。

朝霞不出门,暮霞行千里。云朝霞,雨;暮霞,晴也。

天将雨,鸠逐妇。《埤雅》云:鹁鸠阴则屏逐其雌,晴则呼而返之。今人辨其声,以
为无屋住也。

占四时甲子雨

春雨甲子,赤地千里。夏雨甲子,乘船入市。秋雨甲子,禾头生耳。
冬雨甲子,牛羊冻死。鹊巢下地,其年大水。

占　年　西北人谚也

要见麦,见三白。

正月三白,田公笑赫赫。

树　稼　谚

　　开元二十九年冬,京城寒甚,凝霜封树。春秋雨木冰,即此。亦名树介,言象介胄也。俗又谓之树稼。宁王宪见此,自叹必死,引谚云云。后果薨。

树稼,达官怕。

相书语　张璟藏论妇人相引此

目有四白,五夫守宅。

葬　书　语

葬压龙角,其棺必斫。书生相郝处俊葬地。

朱雀和鸣,子孙盛荣。

朱雀悲哀,棺中见灰。英公徐勣卜葬得前繇,张璟藏曰:“非也。此所谓朱雀悲哀,棺中见灰。”后果斫棺焚尸。

安龙头,枕龙角。不三年,自消铄。张约相崔巽墓。

安龙头,枕龙耳。不三年,万乘至。巽遗言。后明皇微行至墓所,巽言验而约言不验。

阴 阳 书 语

　　张鷟故宅有桑,高四五丈,无故枯死。寻而祖亡。阴阳书所云,此其验也。

乔木先枯,众子必孤。

本草采萍时日歌 <small>唐高供奉作</small>

不在山，不在岸，采我之时七月半。选甚瘫风与缓风，些小微风都
不算。豆淋酒内下三丸，铁幞头上也出汗。

和剂方补骨脂丸方诗

　　宣宗朝，太尉张寿知广州，得补骨脂丸方于南蕃。人服之验，为诗
纪之。补骨脂，《神农本草》不载。生广南诸州及海外诸国。衰年阳气
衰绝，力能补之。

三年时节向边隅，人信方知药力殊。夺得春光来在手，青娥休笑白
髭须。

李廷珪藏墨诀 <small>《墨谱》</small>

　　廷珪精于制墨，本姓奚。从易水徙居南唐，赐国姓。

赠尔乌玉玦，泉清研须洁。避暑悬葛囊，临风度梅月。

全唐诗卷八八一

李　瀚 唐末五代人

蒙　求

王戎简要，裴楷清通。孔明卧龙，吕望非熊。杨震关西，丁宽易东。
谢安高洁，王导公忠。匡衡凿壁，孙敬闭户。郅都苍鹰，宁成乳虎。
周嵩狼抗，梁冀跋扈。郗超髯参，王珣短簿。伏波标柱，博望寻河。
李陵初诗，田横感歌。武仲不休，士衡患多。桓谭非谶，王商止讹。
嵇吕命驾，程孔倾盖。剧孟一敌，周处三害。胡广补阙，袁安倚赖。
黄霸政殊，梁习治最。墨子悲丝，杨朱泣岐。朱博乌集，萧芝雉随。
杜后生齿，灵王出髭。贾谊忌鹏，庄周畏牺。燕昭筑台，郑庄置驿。
瓘靖二妙，岳湛连璧。郤诜一枝，戴冯重席。邹阳长裾，王符逢掖。
鸣鹤日下，士龙云间。晋宣狼顾，汉祖龙颜。鲍靓记井，羊祜识环。
仲容青云，叔夜玉山。毛义捧檄，子路负米。江革忠孝，王览友弟。
萧何定律，叔孙制礼。葛丰刺举，息躬历诋。管宁割席，和峤专车。
时苗留犊，羊续悬鱼。樊哙排闼，辛毗引裾。孙楚漱石，郝隆晒书。
枚皋诣阙，充国自赞。王衍风鉴，许劭月旦。贺循儒宗，孙绰才冠。
太叔辨洽，挚仲辞翰。山涛识量，毛玠公方。袁盎却座，卫瓘抚床。
于公高门，曹参趣装。庶女振风，邹衍降霜。范丹生尘，晏婴脱粟。
诘汾兴魏，鳖灵王蜀。不疑诬金，卞和泣玉。檀卿沐猴，谢尚鸲鹆。

泰初日月，季野阳秋。荀陈德星，李郭仙舟。王忱绣被，张氏铜钩。丁公遽戮，雍齿先侯。陈雷胶漆，范张鸡黍。周侯山嶷，会稽霞举。季布一诺，阮瞻三语。郭文游山，袁宏泊渚。黄琬对日，秦宓论天。孟轲养素，扬雄草玄。向秀闻笛，伯牙绝弦。郭槐自屈，南郡犹怜。鲁恭驯雉，宋均去兽。广客蛇影，殷师牛斗。元礼模楷，季彦领袖。鲁褒钱神，崔烈铜臭。梁竦庙食，赵温雄飞。枚乘蒲轮，郑均白衣。陵母伏剑，轲亲断机。齐后破环，谢女解围。凿齿尺牍，荀勖音律。胡威推缣，陆绩怀橘。罗含吞鸟，江淹梦笔。李廞清贞，刘骥高率。蒋诩三径，许由一瓢。杨仆移关，杜预建桥。寿王议鼎，杜林驳尧。西施捧心，孙寿折腰。灵辄扶轮，魏颗结草。逸少倾写，平子绝倒。澹台毁璧，子罕辞宝。东平为善，司马称好。公超雾市，鲁般云梯。田单火牛，江逌燕鸡。蔡裔殒盗，张辽止啼。陈平多辙，李广成蹊。陈遵投辖，山简倒载。渊客泣珠，交甫解佩。龚胜不屈，孙宝自劾。吕安题凤，子猷访戴。董宣强项，翟璜直言。纪昌贯虱，养由号猿。冯衍归里，张昭塞门。苏韶鬼灵，卢充幽婚。震畏四知，秉去三惑。柳下直道，叔敖阴德。张汤巧诋，杜周深刻。三王尹京，二鲍纠慝。孙康映雪，车胤聚萤。李充四部，井春五经。谷永笔札，顾恺丹青。戴逵破琴，谢敷应星。阮宣杖头，毕卓瓮下。文伯羞鳖，孟宗寄鲊。史丹青蒲，张湛白马。隐之感邻，王修辍社。阮放八隽，江泉四凶。华歆忤旨，陈群蹙容。王濬悬刀，丁固生松。姜维胆斗，卢植音钟。桓温奇骨，邓艾大志。杨修捷对，罗友默记。杜康造酒，苍颉制字。樗里智囊，边韶经笥。滕公佳城，王果石崖。买妻耻醮，泽室犯斋。马后大练，孟光荆钗。颜叔秉烛，宋弘不谐。邓通铜山，郭况金穴。秦彭樊辕，侯霸卧辙。淳于炙輠，彦国吐屑。太真玉台，武子金埒。巫马戴星，宓贱弹琴。郝廉留钱，雷义送金。逢萌挂冠，胡昭投簪。王乔双凫，华佗五禽。程邈隶书，史

籀大篆。王承鱼盗,丙吉牛喘。贾琮褰帷,郭贺露冕。冯媛当熊,
班女辞辇。王充阅市,董生下帷。平叔傅粉,弘治凝脂。杨生黄
雀,毛子白龟。宿瘤采桑,漆室忧葵。韦贤满籯,夏侯拾芥。阮简
旷达,袁耽俊迈。苏武持节,郑众不拜。郭巨将坑,董永自卖。仲
连蹈海,范蠡泛湖。文宝缉柳,温舒截蒲。伯道无儿,嵇绍不孤。
绿珠坠楼,文君当垆。伊尹负鼎,宁戚叩角。赵壹坎壈,颜驷蹇剥。
龚遂劝农,文翁兴学。晏御扬扬,五鹿岳岳。萧朱结绶,王贡弹冠。
庞统展骥,仇览栖鹰。葛亮顾庐,韩信升坛。王褒柏惨,闵损衣单。
蒙恬制笔,蔡伦造纸。孔伋缊袍,祭遵布被。周公握发,蔡邕倒屣。
王敦倾室,纪瞻出妓。暴胜持斧,张纲埋轮。灵运曲笠,林宗折巾。
屈原泽畔,渔父江滨。魏勃扫门,潘岳望尘。京房推律,翼奉观性。
甘宁奢侈,陆凯贵盛。干木富义,於陵辞聘。元凯传癖,伯英草圣。
冯异大树,千秋小车。漂母进食,孙钟设瓜。壶公谪天,蓟训历家。
刘玄刮席,晋惠闻蟆。伊籍一拜,郦生长揖。马安四至,应璩三入。
郭解借交,朱家脱急。虞延克期,盛吉垂泣。豫让吞炭,钼麑触槐。
阮孚蜡屐,祖约好财。初平起石,左慈掷杯。武陵桃源,刘阮天台。
王俭坠车,褚渊落水。季伦锦障,春申珠履。甄后出拜,刘桢平视。
胡嫔争樗,晋武伤指。石庆数马,孔光温树。翟汤隐操,许询胜具。
优㫄滑稽,落下历数。曼容自免,子平毕娶。师旷清耳,离娄明目。
仲文照镜,临江折轴。栾巴噀酒,偃师舞木。德润佣书,君平卖
卜。叔宝玉润,彦辅冰清。卫后发鬓,飞燕体轻。玄石沉湎,刘伶
解酲。赵胜谢躄,楚庄绝缨。恶来多力,飞廉善走。赵孟疵面,田
骈天口。张凭理窟,裴頠谈薮。仲宣独步,子建八斗。广汉钩距,
弘羊心计。卫青拜幕,去病辞第。郦寄卖友,纪信诈帝。济叔不
痴,周兄无慧。虞卿担簦,苏章负笈。南风掷孕,商受斮涉。广德
从桥,君章拒猎。应奉五行,安世三箧。相如题柱,终军弃繻。孙

晨槁席,原宪桑枢。端木辞金,钟离委珠。季札挂剑,徐稚致刍。
朱云折槛,申屠断鞅。卫玠羊车,王恭鹤氅。管仲随马,苍舒称象。
丁兰刻木,伯瑜泣杖。陈遵豪爽,田方简傲。黄向访主,陈寔遗盗。
庞俭凿井,阴方祀灶。韩寿窃香,王濛市帽。句践投醪,陆抗尝药。
孔愉放龟,张颢堕鹊。田豫俭素,李恂清约。义纵攻剽,周阳暴虐。
孟阳掷瓦,贾氏如皋。颜回箪瓢,仲蔚蓬蒿。糜竺收资,桓景登高。
雷焕送剑,吕虔佩刀。老莱斑衣,黄香扇枕。王祥守奈,蔡顺分椹。
淮南食时,左思十稔。刘惔倾酿,孝伯痛饮。女娲补天,长房缩
地。季珪士首,长孺国器。陆玩无人,贾诩非次。何晏神伏,郭奕
心醉。常林带经,高凤漂麦。孟嘉落帽,庾凯堕帻。龙逢板出,张
华台坼。董奉活燮,扁鹊起虢。寇恂借一,何武去思。韩子孤愤,
梁鸿五噫。蔡琰辨琴,王粲覆棋。西门投巫,何谦焚祠。孟尝还
珠,刘昆反火。姜肱共被,孔融让果。端康相代,亮陟隔坐。赵伦
鹢怪,梁孝牛祸。桓典避马,王尊叱驭。晁错峭直,赵禹廉倨。亮
遗巾帼,备失匕箸。张翰适意,陶潜归去。魏储南馆,汉相东阁。
楚元置醴,陈蕃下榻。广利泉涌,王霸冰合。孔融坐满,郑崇门杂。
张堪折辕,周镇漏船。郭伋竹马,刘宽蒲鞭。许史侯盛,韦平相
延。雍伯种玉,黄寻飞钱。王允千里,黄宪万顷。虞骘才望,戴渊
锋颖。史鱼黜殡,子囊城郢。戴封积薪,耿恭拜井。汲黯开仓,冯
骦折券。齐景驷千,何曾食万。顾荣锡炙,田文比饭。稚珪蛙鸣,
彦伦鹤怨。廉颇负荆,须贾擢发。孔翊绝书,申嘉私谒。渊明把
菊,真长望月。子房取履,释之结袜。郭丹约关,祖逖誓江。贾逵
问事,许慎无双。娄敬和亲,白起坑降。萧史凤台,宋宗鸡窗。王
阳囊衣,马援薏苡。刘整交质,五伦十起。张敞画眉,谢鲲折齿。
盛彦感螬,姜诗跃鲤。宗资主诺,成瑨坐啸。伯成辞耕,严陵去
钓。董遇三馀,谯周独笑。将闾仰天,王凌呼庙。二疏散金,陆贾

分橐。慈明八龙，祢衡一鹗。不占陨车，子云投阁。魏舒堂堂，周舍谔谔。无盐如漆，姑射若冰。邴子投火，王思怒蝇。符朗皂白，易牙淄渑。周勃织薄一作畚非，灌婴贩缯。马良白眉，阮籍青眼。黥布开关，张良烧栈。陈遗饭感，陶侃酒限。楚昭萍实，束晳竹简。曼倩三冬，陈思七步。刘宠一钱，廉范五袴。氾毓字孤，郗鉴吐哺。荀弟转酷，严母扫墓。洪乔掷水，陈泰挂壁。王述忿狷。荀粲惑溺。宋女愈谨，敬姜犹绩。鲍照篇翰，陈琳书檄。浩浩万古，不可备甄。芟繁摭华，尔曹勉旃。

全唐诗卷八八二 补遗一

褚 亮 诗一首

宗庙九德之歌辞 第七句、第十三句各缺一字。

皇祖诞庆，于昭于天。积德斯远，茂攸绪先。维文应历，神武弘宣。
肇迹□水，成功坂泉。道光覆载，声穆吉先。式备牺象，用□牲牷。
礼终九献，乐展四悬。神贶景福，遐哉永年。

陈叔达 诗一首

太庙裸地歌辞

清庙既裸，郁鬯推礼。大哉孝思，严恭祖祢。龙衮以祭，鸾刀思启。
发德朱弦，升歌丹陛。遥享粢盛，堂斝况齐。降福穰穰，来仪济济。

王 绩 诗一首

阶 前 石 竹

上天布甘雨，万物咸均平。自顾微且贱，亦得蒙滋荣。萋萋结绿

枝,晔晔垂朱英。常恐零露降,不得全其生。叹息聊自思,此生岂
我情。昔我未生时,谁者令我萌。弃置勿重陈,委化何所营。

崔善为 诗一首

九 月 九 日

九日重阳节,三秋季月残。菊花催晚气,萸房辟早寒。霜浓鹰击
远,雾重雁飞难。谁忆龙山外,萧条边兴阑。

许敬宗 诗二首

奉和九月九日应制

爽气申时豫,临秋肆武功。太液荣光发,曾城佳气融。紫霄寒暑
丽,黄山极望通。讲艺遵先轨,睹德畅宸衷。鸑岭飞夏服,娥魄乱
雕弓。汗浃镳流赭,尘生埒散红。饮羽惊开石,中叶邃凋丛。雁殚
云路静,乌坠日轮空。九流参广宴,万宇抃恩隆。

奉和守岁应制

玉琯移玄序,金奏赏彤闱。祥鸾歌里转,春燕舞前归。寿爵传三
礼,灯枝丽九微。运广薰风积,恩深湛露晞。送寒终此夜,延宴待
晨晖。

卢照邻 诗一首

凌　晨

日掩鸿都夕,河低乱箭移。虫飞明月户,鹊绕落花枝。兰襟帐北
壑,玉匣鼓文漪。闻有啼莺处,暗幄晓云披。

宋之问 诗二首

登 北 固 山

京镇周天险,东南作北关。堞横江曲路,戍入海中山。望越心初
切,思秦鬓已斑。空怜上林雁,朝夕待春还。

陪群公登箕山赋得群字

许由去已远,冥莫见幽坟。世薄人不贵,兹山唯白云。宁知三千
岁,复有尧为君。时佐激颓俗,登箕挹清芬。高节虽旦暮,邈与洪
崖群。

苏　颋 诗二首

人日兼立春小园宴

黄山积高次,表里望京邑。白日最灵朝,登攀尽原隰。年灰律象
动,阳气开迎入。烟霭长薄含,临流小溪涩。宾朋莫我弃,词赋当
春立。更与韶物期,不孤东园集。

和黄门舅十五夜作

闻君陌上来,歌管沸相催。孤月连明照,千灯合暗开。宝装游骑出,香绕看车回。独有归闲意,春庭伴落梅。

薛 曜 诗三首

登绵州富乐山别李道士策

珠阙昆山远,银宫涨海悬。送君从此路,城郭几千年。云雾含丹景,桑麻覆细田。笙歌未尽曲,风驭独泠然。

九城寻山水

菊浦桃源瞰九城,鸾歌凤啸忽将迎。千岩杂树云霞色,百道流泉风雨声。上客由来轩盖重,幽人自觉薛萝轻。疑是昔年栖息地,山中日暮有馀情。

邛山古意

昔掩佳城路,曾惊窐易迁。今接宜都里,翻疑海作田。镂鼎名应大,生金字不传。风飘吹白日,罗绮拭黄泉。象凤笙留国,成龙剑上天。长乐移新垄,咸阳失旧阡。川流徒漫漫,神理竟绵绵。伫见飞来鹤,沉嗟不学仙。

李怀远 诗一首

凤阁南厅槐树半生死虽遇阳和终呈枯朽托根清禁颇觉非宜感物缘情率尔为咏

庭槐岁月深,半死尚抽心。叶少宁障日,枝疏不碍禽。帷幄谅无取,栋梁非所任。愧在龙楼侧,羞处凤池阴。未能辞雨露,犹得款衣簪。惜悲生意尽,空馀古木吟。

赵彦伯 诗一首

和九月九日登慈恩寺浮图应制

出豫垂佳节,凭高陟梵宫。皇心满尘界,佛迹现虚空。日月宜长寿,天人得大通。喜闻题宝偈,受记莫由同。

乔　备 诗一首

秋 夜 巫 山

巫峡裴回雨,阳台淡荡云。江山空窈窕,朝暮自纷氲。萤色寒秋露,猿啼清夜闻。谁怜梦魂远,肠断思纷纷。

孙　逖 诗一首

晦日与卢舍人同诣补阙城南林园 第六句缺一字

芳年正月晦,假日早朝回。欲尽三春赏,还钦二阮才。柳迎郊骑入,花近□庭开。宛是人寰外,真情寓物来。

卢　象 诗一首

赠刘蓝田 一作王维诗

篱中犬迎吠,出屋候柴扉。岁晏输井税,山村人暮归。晚田始家
食,馀布成我衣。对此能无事,劳君问是非。

刘长卿 诗一首

清明日青龙寺上方 得多字

上方偏可适,季月况堪过。远近人都至,东西山色多。夕阳留径
草,新叶变庭柯。已度清明节,春愁如客何。

萧颖士 诗三首

羽　山

九山方荡潏,三考仸良材。夏祖何屯圮,迁殛此山隈。空馀下泉
客,谁复辨黄能。

游　马　耳　山

兹山表东服,远近瞻其名。合沓尽溟涨,浑浑连太清。我来疑初
伏,幽路无炎精。流水出溪尽,覆萝摇风轻。高深变气候,俯仰暮

天晴。入谷烟雨润,登崖云日明。乾坤正含养,种植总滋荣。草树皆秀色,雏麑乱新声。攀岩挹桂髓,洞穴拾瑶英。此地隐微径,何人得长生。宿心尚葛许,弥愿栖蓬瀛。太息宦名路,迟回忠孝情。还丹昧远术,养素惭幽贞。安得从此去,悠然升玉京。

□□□赵载同游焦湖夜归作 题缺三字,诗缺八字。

□□将泽国,溯腾迎淮甸。东江输大江,别流从此县。仙尉俯胜境,轻桡恣游衍。自公暇有馀,微尚得所愿。拈引间翰墨,风流尽欢宴。稍移井邑闲,始悦登眺便。遥岫逢应接,连塘乍回转。划然气象分,万顷行可见。波中峰一点,云际帆千片。浩叹无端涯,孰知蕴虚变。往游信不厌,毕景方未还。兰□烟霭里,延缘蒲稗间。势随风潮远,心与□□闲。回见出浦月,雄光射东关。悠然蓬壶事,□□□衰颜。安得傲吏隐,弥年寓兹山。

王　翰 诗一首

龙兴观金箓建醮 景龙二年。　末句缺三字。

泰山岩岩兮凌紫氛,中有群仙兮乘白云,陈金荐璧兮□□□。

张　鼎 诗一首

山　中　松

枝耸碧云端,根侵藓壁盘。几经良匠顾,犹作散材看。雪积花开少,风多子落干。空存后凋色,岁晚出林峦。

李　白 诗一首

庭前晚花开

西王母桃种我家,三千阳春始一花。结实苦迟为人笑,攀折唧唧长咨嗟。

杜　甫 诗一首

汉州王大录事宅作

南溪老病客,相见下肩舆。近发看乌帽,催莼煮白鱼。宅中平岸水,身外满床书。忆尔才名叔,含凄意有馀。

皇甫冉 诗七首

田　家　作

卧见高原烧,闲寻空谷泉。土膏消腊后,麦陇发春前。药验桐君录,心齐庄子篇。荒村三数处,衰柳百馀年。好就山僧去,时过野舍眠。汲流宁伏远,卜地本求偏。向子谙樵路,陶家置黍田。雪峰明晚景,风雁急寒天。且复冠名鹖,宁知冕戴蝉。问津夫子倦,荷蓧丈人贤。顾物皆从尔,求心正傥然。稽康懒慢性,只自恋风烟。

寄刘方平

十年不出蹊林中,一朝结束甘从戎。严子持竿心寂历,寥落荒篱遮旧宅。终日碧湍声自喧,暮秋黄菊花谁摘。每望南峰如对君,昨来不见多黄云。石径幽人何所在,玉泉疏钟时独闻。与君从来同语默,岂是悠悠但相识。天畔三秋空复情,袖中一字无由得。世人易合复易离,故交弃置求新知。叹息青青长不改,岁寒霜雪贞松枝。

和中丞奉使承恩还终南旧居

轩车寻旧隐,宾从满郊园。萧散烟霞兴,殷勤故老言。谢公山不改,陶令菊犹存。苔藓侵垂钓,松篁长闭门。风霜清吏事,江海谕君恩。只召趋宣室,沉冥在一论。

送令狐明府

行当腊候晚,共惜岁阴残。闻道巴山远,如何蜀路难。荒林藏积雪,乱石起惊湍。君有亲人术,应令劳者安。

同韩给事观毕给事画松石

海峤微茫那得到,楚关迢递心空忆。夕郎善画岩间松,远意幽姿此何极。千条万叶纷异状,虎伏螭盘争劲力。扶疏半映晚天青,凝澹全和曙云黑。烟笼月照安可道,雨湿风吹未曾息。能将积雪辨晴光,每与连峰作寒色。龙楼不竞繁花吐,骑省偏宜遥夜直。罗浮道士访移来,少室山僧旧应识。掖垣深沉昼无事,终日亭亭在人侧。古槐衰柳宁足论,还对罘罳列行植。

送从侄栖闲律师

能知出世法,讵有在家心。南院开门送,东山策杖寻。经年期故里,及夏到空林。念远长劳望,朝朝草色深。

舟中送李观

江南近别亦依依,山晚川长客伴稀。独坐相思计行日,出门临水望君归。

张 彪 诗一首

敕 移 橘 栽

南橘北为枳,古来岂虚言。徙植期不变,阴阳感君恩。枝条皆宛然,本土封其根。及时望栽种,万里绕花园。滋味岂圣心,实以忧黎元。暂劳致力重,永感贡献烦。是嗟草木类,禀异于乾坤。愿为王母桃,千岁奉至尊。

全唐诗卷八八三 补遗二

严 维 诗一首

晚霁登王六东阁

试上江楼望,初逢山雨晴。连空青嶂合,向晚白云生。俊美要殊观,萧条见远情。情来不可极,日暮水流清。

顾 况 诗四首

曲 龙 山 歌

曲龙丈人冠藕花,其颜色映光明砂。玉绳金枝有通籍,五岳三山如一家。遥指丛霄沓灵岛,岛中晔晔无凡草。九仙傲倪折五芝,翠凤白麟回异道。石台石镜月长明,石洞石桥连上清。人间妻子见不识,拍云挥手升天行。摩天截汉何潇洒,四石五云更上下。下方小兆更拜焉,愿得骑云作车马。

子欲居九夷,乘桴浮于海。圣人之意有所在,曲龙何在在海中。石室玉堂窅玲珑,其下琛怪之所产,其上灵栖复无限。无风浪顶高屋脊,有风天晴翻海眼。愿逐刚风骑吏旋,起居按摩参寥天。凤凰颊骨流珠佩,孔雀尾毛张翠盖。下看人界等虫沙,夜宿层城阿母家。

柳宜城鹊巢歌 并序

> 俗传鹊巢在南,令人贫穷,多口舌。东西家者,已斫树枝,公独任其乳育。于鸟如此,于人可知。况承命歌曰:

相公宅前杨柳树,野鹊飞来复飞去。东家斫树枝,西家斫树枝。东家西家斫树枝,发遣野鹊巢何枝。相君处分留野鹊,一月生得三个儿。相君长命复富贵,口舌贫穷徒尔为。

道该上人院石竹花歌

道该房前石竹丛,深浅紫,深浅红。婵娟灼烁委清露,小枝小叶飘香风。上人心中如镜中,永日垂帘观色空。

耿 沨 诗一首

九 日

九日强游登藻井,发稀那敢插茱萸。横空过雨千峰出,大野新霜万壑铺。更望尊中菊花酒,殷勤能得几回沽。

窦叔向 诗一首

青阳馆望九子山

苍翠岩峣上碧天,九峰遥落县门前。毫芒映日千重树,涓滴垂空万丈泉。武帝南游曾驻跸,始皇东幸小祈牛。云祠绝迹终难访,唯有猿声到客边。

王季友 诗二首

青 出 蓝

芳蓝滋匹帛,人力半天经。浸润加新气,光辉胜本清。还同冰出水,不共草为萤。翻覆衣襟上,偏知造化灵。

皇帝移晦日为中和节

皇心不向晦,改节号中和。淑气同风景,嘉名别咏歌。湔裙移旧俗,赐尺下新科。历象千年正,醹醴四海多。花随春令发,鸿度岁阳过。天地齐休庆,欢声欲荡波。

刘　商 诗一首

送刘南史往杭州拜觐别驾叔

兄弟飘零自长年,见君眉白转相怜。清扬似玉须勤学,富贵由人不在天。万里榛芜迷旧国,两河烽火复相连。林中若使题书信,但问漳滨访客船。

杨巨源 诗二首

和汴州令狐相公白菊

兔园春欲尽,别有一丛芳。直似穷阴雪,全轻向晓霜。凝晖侵桂

魄,晶彩夺萤光。素萼迎风舞,银房泫露香。水晶帘不隔,云母扇
韬铓。纨袖呈瑶瑟,冰容启玉堂。今来碧油下,知自白云乡。留此
非吾土,须移凤沼傍。

赠陈判官求子花诗 魏府出此物

油地轻绡碧且红,须怜纤手是良工。能生丽思千花外,善点秾姿五
彩中。子细传看临霁景,殷勤持赠及春风。若将江上迎桃叶,一帖
何妨锦绣同。

欧阳詹 诗一首

同诸公过福先寺律院宣上人房

律座下朝讲,昼门犹掩关。叩同静者来,正值高云闲。寂尔方丈
内,莹然虚白间。千灯智慧心,片玉清羸颜。松色落深井,竹阴寒
小山。晤言流曦晚,惆怅归人寰。

白居易 诗三首

城西别元九

城西三月三十日,别友辞春两恨多。帝里却归犹寂寞,通州独去又
如何。

陈家紫藤花下赠周判官

藤花无次第,万朵一时开。不是周从事,何人唤我来。

游 小 洞 庭

湖山上头别有湖,芰荷香气占仙都。夜含星斗分乾象,晓映雷云作
画图。风动绿蘋天上浪,鸟栖寒照月中乌。若非神物多灵迹,争得
长年冬不枯。

杨　衡　诗一首

伤 蔡 处 士

箧中遗草是琅玕,对此令人洒泪看。三径尚疑行迹在,数萤犹自映
书残。晨光不借泉门晓,暝色空添陇树寒。欲问皇天天更远,有才
无命说应难。

丘　丹　诗二首

奉使过石门瀑布　并序

谢康乐,宋景平中为永嘉守,有《宿石门岩上》诗。予六代祖梁中书
侍郎,天监中有过《石门瀑布》诗,后亦为此郡。小子大历中奉使,窃有
继作。虽不足克绍祖德,追踪昔贤,盖造奇怀感之志也。

溪上望悬泉,耿耿云中见。披榛上岩巇,绝壁正东面。千仞泻联
珠,一潭喷飞霰。嵯峨满山响,坐觉炎氛变。照日类虹霓,从风似
绡练。灵奇既天造,惜处穷海甸。吾祖昔登临,谢公亦游衍。王程
惧淹泊,下磴空延眷。千里雷尚闻,峦回树葱蒨。奔波一作此来恭
贱役,探讨愧前彦。永欲洗尘缨,终当惬兹愿。

秋夕宿石门馆

暝从石门宿，摇落四岩空。潭月漾山足，天河泻涧中。杉松寒似雨，猿鸟夕惊风。独卧不成寐，苍然想谢公。

张　碧 诗三首

庐 山 瀑 布

谁将织女机头练，贴出青山碧云面。造化工夫不等闲，剪破澄江凝一片。怪来洞口流呜咽，怕见三冬昼飞雪。石镜无光相对愁，漫漫顶上沉秋月。争得阳乌照山北，放出青天豁胸臆。黛花新染插天风，蓦吐中心烂银色。五月六月暑云飞，阁门远看澄心机。参差碎碧落岩畔，梅花乱摆当风散。

林书记蔷薇

东风折尽诸花卉，是个亭台冷如水。黄鹂舌滑跳柳阴，教看蔷薇吐金蕊。双成涌出琉璃宫，天香阔罩红熏笼。西施晓下吴王殿，乱抛娇脸新匀浓。瑶姬学绣流苏幔，绿夹殷红垂锦段。炎洲吹落满汀云，阮瑀庭前装一半。醉且书怀还复吟，蜀笺影里霞光侵。秦娥晚凭栏干立，柔枝坠落青罗襟。殷勤无波绿池水，为君作镜开妆蕊。

答友人新栽松 第十一句缺二字

石门新长青龙髯，虬身宛转云光黏。闻君爱我幽崖前，十株五株寒霜天。越溪老僧头削雪，曾云手植当庭月。三十年来遮火云，凉风五月生空门。愿君栽于清涧泉，贞姿莫迓夭桃妍。□□易开还易落,贞姿郁郁长依然。山童懒上孤峰巅,当窗划破屏风烟。

陈　矗 诗二首

金　钱　花

裛露牵风夹瘦莎,一星星火遍窠窠。闲门永巷新秋里,幸不伤廉莫
怕多。

古藓寒芜让品流,小斋多谢伴清幽。若教夷甫门前种,也是无多过
一秋。

长孙佐辅 诗二首

山居雨霁即事

结茅苍岭下,自与喧卑隔。况值雷雨晴,郊原转岑寂。出门看反
照,绕屋残溜滴。古路绝人行,荒陂响蝼蝈。篱崩瓜豆蔓,圃壤牛
羊迹。断续古祠鸦,高低远村笛。喜闻东皋润,欲往未通屐。杖策
试危桥,攀萝瞰苔壁。邻翁夜相访,缓酌聊跂石。新月出污尊,浮
云在中舄。常隳腐儒操,谬习经邦画。有待时未知,非关慕沮溺。

秋　日　登　山

逐胜不怯寒,秋山闲独登。依稀小径通,深处逢来僧。侧石拥寒
溜,欹松悬古藤。明书问知友,兴咏将谁能。

窦 巩 诗一首

自京师将赴黔南

风雨荆州二月天,问人须雇峡中船。西南一望云和水,犹道黔南有四千。

姚 合 诗一首

中秋夜洞庭圆月

素月闲秋景,骚人泛洞庭。沧波正澄霁,凉叶未飘零。练彩凝葭菼,霜容静杳冥。晓栖河畔鹤,宵映渚边萤。圆彩含珠魄,微飙发桂馨。谁怜采蘋客,此夜宿孤汀。

李 涉 诗九首

濉 阳 行

黄昏日暮驱赢马,夜宿濉阳烽火下。此地新经杀戮来,墟落无烟空碎瓦。层冰塞断隋朝水,一道银河贯千里。愁心翻覆梦难成,病仆呻吟呼不起。泗水三千招义军,本是征战邀殊勋。十年麾下蓄壮气,一朝此地为愁人。昨日太阳回照烛,转见天心重含育。早晚东风的发生,古堤春草年年绿。

六　叹 集已载三首

蓬莱岛边采珠客，西望人寰星汉隔。千重叠浪耸云高，万里平沙连
月白。海中洞穴寻难极，水底鲛人半相识。玄蚌初开影暂明，骊龙
欲近威难逼。辛苦风涛白首期，得珠却恨求珠时。隋侯殁世几千
载，只今薄俗空嗤嗤。

燕王爱贤筑金台，四方豪俊承风来。秦王烧书杀儒客，肘腋之中千
里隔。去年八月幽并道，昭王陵边哭秋草。今年二月游函关，秦家
城外悲河山。河上山边车马路，残日青烟五陵树。

关东病儒客梁城，五岁十回逢乱兵。烧人之家食人肉，狼虎炽心都
未足。城里愁云不开城，城头野草春还绿。五十馀年忠烈臣，临难
守节羞谋身。堂上英髦沉白刃，门前舆隶乘朱轮。千古伤心汴河
水，阴天落日悲风起。

却归巴陵途中走笔寄唐知言

去年腊月来夏口，黑风白浪打头吼。橹声轧轧摇不前，看他撩乱张
帆走。逾月始到鹦鹉洲，呜呜暮角喧城头。逡巡未得见官长，梦寝
但觉生愁忧。军中贤倅李监察，人马晓来兼手札。教令参谒礼数
全，头头要处相称掣。唐氏一门今五龙，声华殷殷皆如钟。就中十
一最年少，别有俊气横心胸。巧缀五言才刮骨，却怕柱天身砑砑。
后辈无劳续出头，坳塘不合窥溟渤。君家三兄旧山侣，方寸久来常
许与。不觉淹留两月馀，风光漫烂生洲渚。宇文文学儒家子，竹绕
书斋花映水。醉舞狂歌此地多，有时酩酊扶还起。猥蒙方伯怜饥
贫，假名许得陪诸宾。酒家债负有填日，恣意颇敢排青缗。余瞿二
家同爱客，园蔬任遣奴人摘。野狐泉头银叶方，一别十年今再觌。
更有风流歆奴子，能将盘帕来欺尔。白马青袍豁眼明，许他真是查

郎髓。良会芳时难再来, 隙光电影长相催。扁舟惆怅人南去, 目断
江天凡几回。

山中五无奈何 诗一首见本集, 题止山中二字。

无奈落叶何, 纷纷满衰草。疾来无气力, 拥户不能扫。欲访云外
人, 都迷上山道。

无奈涧水何, 喧喧夜鸣石。疏林透斜月, 散乱金光滴。欲访涧底
人, 路穷潭水碧。

无奈阿鼎何, 娇啼索梨栗。柴门正风雨, 千向千回出。欲识老病
心, 赖渠将过日。

无奈梅花何, 满岩光似雪。春风总未至, 独自惊时节。欲见惆怅
心, 又看花上月。

张　祜 诗五首

江 南 杂 题

积潦池新涨, 颓垣址旧高。怒蛙横饱腹, 斗雀堕轻毛。碧瘦三棱
草, 红鲜百叶桃。幽栖日无事, 痛饮读离骚。

赋得福州白竹扇子 探得轻字

金泥小扇谩多情, 未胜南工巧织成。藤缕雪光缠柄滑, 篾铺银薄露
花轻。清风坐向罗衫起, 明月看从玉手生。犹赖早时君不弃, 每怜
初作合欢名。

润州杨别驾宅送蒋侍御收兵归扬州

冷气清金虎,兵威壮铁冠。扬旌川色暗,吹角水风寒。人对辎軿醉,花垂睥睨残。羡归丞相阁,空望旧门阑。

观泗州李常侍打球

日出树烟红,开场画鼓雄。骤骑鞍上月,轻拨镫前风。斗转时乘势,旁捎乍迸空。等来低背手,争得旋分鬃。远射门斜入,深排马迥通。遥知三殿下,长恨出征东。

闲　居

僻巷新苔遍,空庭弱柳垂。井栏防稚子,盆水试鹅儿。喜客加筐食,邀僧长路棋。未能抛世事,除此更何为。

全唐诗卷八八四 补遗三

杜　牧 诗一首

渡　吴　江

垺馆人稀夜更长,姑苏城远树苍苍。江湖潮落高楼迥,河汉秋归广殿凉。月转碧梧移鹊影,露低红草湿萤光。文园诗侣应多思,莫醉笙歌掩华堂。

厉　玄 诗一首

元 日 观 朝

玉座临新岁,朝盈万国人。火连双阙晓,仗列五门春。瑞雪销鸳瓦,祥光在日轮。天颜不敢视,称庆拜空频。

赵　璜 诗一首

六　月

六月火云散,蝉声鸣树梢。秋风岂便借,客思已萧条。倾国三年别,烟霞一路遥。行人断消息,更上灞陵桥。

喻　凫 诗一首

樊川寒食 第一句缺一字

新松□绿草,古柏翳黄沙。珮珂客惊鸟,绮罗人间花。蹙尘南北马,碾石去来车。川晚悲风动,坟前碎纸斜。

潘　咸 诗一首

芍　药

闲来竹亭赏,赏极蕊珠宫。叶已尽馀翠,花才半展红。媚欺桃李色,香夺绮罗风。每到春残日,芳华处处同。

刘得仁 诗五首

晚　步

野步晚悠悠,山光澹早秋。远空沦日脚,多稼没人头。古木蝉齐噪,深塍水慢流。幽居回不近,秋策却堪愁。

村 晚 闲 步

缓步出居处,过原边雁行。夕阳投草木,远水映苍茫。野寺同蟾宿,云溪劚药尝。萧条霜景暮,极目尽堪伤。

冬日题兴善寺崔律师院孤松

为此疏名路, 频来访远公。孤标宜雪后, 每见忆山中。静影生幽藓, 寒声入迥空。何年植兹地, 晓夕动清风。

题新栽小松

满庭萧飒皆凡木, 岂得飕飗似石溪。雪夜枝柯疑画出, 月中长短共人齐。未知何日干天及, 恐到秋来被鹤栖。却向旧山寻得处, 白云根蕊觅应迷。

栽 松

翠色凛空庭, 披衣独绕行。取从山顶嵃, 栽得道心生。未弱幽泉韵, 焉论别木声。霜天残月在, 转影入池清。

薛 莹 诗一首

十 日 菊

昨日尊前折, 万人醅晓香。今朝篱下见, 满地委残阳。得失片时痛, 荣枯一岁伤。未将同腐草, 犹更有重霜。

贾 岛 诗一首

赴南巴留别苏台知己

人过梅岭上, 岁岁北风寒。落日孤舟去, 青山万里看。猿声湘水静,草色洞庭宽。已料生涯事,只应持钓竿。

庄南杰 诗四首

红蔷薇 《才调集》作无名氏诗

九天碎霞明泽国,造化工夫潜剪刻。翠叶长眉约细枝,殷红短刺钩春色。明日当楼晚香歇,金带盘空已成结。谢豹声催麦陇秋,熏风吹落猩猩血。

晓　歌

鹍鸡哭树星河转,海上金乌翅如电。嫦娥敛发绾云头,玉女舒霞织天面。九土厨烟满城邑,商洛陇头车马急。魏宫钟动绣窗明,梦娥惊对残灯立。

春　草　歌

漠漠绵绵几多思,无言领得春风意。花裁小锦绣晴空,叶抽碧簟铺平地。含芳吊影争芬敷,绕云恨起山蘼芜。离人不忍到此处,泪娥滴尽双真珠。

古　松　歌

山上山下松,森沉翠盖烟。龟鳞犀甲锁支体,泉声雨脚洗春风。深碧麈尾扫冥濛,浅黄龙腹盘穹祟。擎天撅地数千尺,恐作云雨归维嵩。维嵩成大厦,莫遣邂逅逢樵者。

薛　能 诗四首

蒲中霁后晚望

河边霁色无人见,身带春风立岸头。浊水茫茫有何意,日斜还向古蒲州。

龙 门 八 韵

河浸华夷阔,山横宇宙雄。高波万丈泻,夏禹几年功。川迸晴明雨,林生旦暮风。人看翻进退,鸟性断西东。气逐云归海,声驱石落空。近身毛乍竖,当面语难通。沸沫归何处,盘涡傍此中。从来化鬐者,攀去路应同。

新　雪

细落粗和忽复繁,顿清朝市不闻喧。天迷皓色风何乱,地湿春泥土半翻。香暖会中怀岳寺,樵鸣村外想家园。闲吟只爱煎茶澹,斡破平光向近轩。

送判官赴京

阙下情偏已绝稀,天涯身远复相依。庭花每对从容落,夜烛多同笑语归。君子是行应柏署,鄙人何望即柴扉。青云若遇交亲话,白璧无心待发挥。

朱景玄 诗一首

溪东岑望天都山

目望浮山丘,梯云上东岑。群峰争入冥,巉巉生太阴。昔贤此升
仙,结构穷耸深。未晓日先照,当昼色半沉。风泉雪霜飞,云树琼
玉林。大道非闭隔,无路不可寻。窥镜澄凤虑,望坛起敬心。一从
呼子安,永绝金玉音。

许　浑 诗一首

夜行次东关一作行次潼关驿逢魏扶东归

南北断一作倦蓬飘,长亭酒一瓢。残云归太华,疏雨过中条。树色
随关〔迥〕(回),河声入塞一作海遥。劳歌此分首一作手,风急马萧萧。

李　频 诗二首

南游湘汉寄友人

南去远三京,三湘五月行。巴江雪水下,楚泽火云生。向野聊中
饮,乘凉探暮程。离怀不可说,已近峡猿声。

送刘山人归洞庭

却共孤云去,高眠最上峰。半湖乘早月,中路入疏钟。秋尽虫声
急,夜深山雨重。当时同隐者,分得几株松。

李　郢 诗十首

早　发

野店星河在,行人道路长。孤灯怜宿处,斜月厌新装。草色多寒露,虫声似故乡。清秋无限恨,残菊过重阳。

题　惠　山

乳洞阴阴碧涧连,杉松六月冷无蝉。黄昏飞尽白蝙蝠,茶火数星山寂然。

雨中看山榴落花

山榴逼砌栽,山火一团开。尽日风兼雨,春渠拥作堆。

寄友人乞菊栽 第七句缺一字

药阑经雨正堪锄,白菊烦君乞数株。潘岳赋中芳思在,陶潜篱下绿英无。移来稍及蝉鸣树,种罢长教酒满壶。□子成仙纵难学,九秋思看集鸠雏。

江　边　柳

东风晴色挂阑干,眉叶初晴畏晓寒。江上别筵终日有,绿条春在长应难。

鹅　儿

腊后闲行村舍边,黄鹅清水真可怜。何穷散乱随新草,永日淹留在野田。无事群鸣遮水际,争来引颈逼人前。风吹楚泽兼葭暮,看下寒溪逐去船。

酬友人春暮寄枳花茶

昨日东风吹枳花,酒醒春晚一瓯茶。如云正护幽人堑,似雪才分野老家。金饼拍成和雨露,玉尘煎出照烟霞。相如病渴今全校,不羡生台白颈鸦。

郢自街西醉归马鞭坠失崔员外起秘书知其阙用皆许见贻俄顷之间二信俱至短长坚重价不相饶辄抒短章仰酬珍锡

蜀岩阴面冷冥冥,偃雪欺霜半露青。铦刃剪裁多鹊媚,细鞘挥拂带龙腥。崖垂万仞知无影,薛溃千年合有灵。兰省贵僚蓬阁吏,一时缄赠到云亭。

即　目

自笑腾腾者,非憨又不狂。何为跧似鼠,而复怯于獐。落拓无生计,伶俜恋酒乡。冥搜得诗窟,偶战出文场。爱雪愁冬尽,怀人觉夜长。石楼多爽气,栲案有馀香。运去非关拙,时来不在忙。平生两闲暇,孤趣满沧浪。

罗敷东馆亭下流泉云至前山拥咽经岁移时掬弄惆怅成章

看山亭下小鸣泉,呜咽难通亦可怜。惆怅无人为疏凿,拥愁含恨过年年。

于武陵 诗一首

白 樱 树

记得花开雪满枝，和蜂和蝶带花移。如今花落游蜂去，空作主人惆怅诗。

崔 橹 诗二十一首

过南城县麻姑山

似前如却玉堆堆，薄带轻烟翠好裁。斜倚兔钩孤影伴，校低仙掌一头来。盘疑虎伏形难写，展认龙拏势未回。惊讶昔人曾羽化，此中争不接瑶台。

诗手难题画手惭，浅青浓碧叠东南。尘愁世界忙心在，霞伴神仙稳梦酣。雨涕自悲看雪鬓，星冠无计整云簪。家风负荷须名宦，可惜千峰绿似蓝。

差烟危碧半斜晖，何代仙人此羽飞。高袖镇长寒柏暗，古祠时复彩云归。红尘鞭马颜将换，碧落骖鸾意有违。声利系身家系念，今生辜负六铢衣。

和友人题僧院蔷薇花三首

何人移得在禅家，瑟瑟枝条簇簇霞。争那寂寥埋草暗，不胜惆怅舞风斜。无缘影对金尊酒，可惜香和石鼎茶。看取老僧齐物意，一般抛掷等凡花。

忍委芳心此地开,似霞颜色苦低回。风惊少女偷香去,雨认巫娥觅
伴来。今日独怜僧院种,旧山曾映钓矶栽。三清上客知惆怅,劝我
春醪一两杯。

露香如醉态如慵,斜压危阑草色中。试问更谁过野寺,无憀徒自舞
春风。兰缸尚惜连明在,锦帐先愁入夏空。一日几回来又去,不能
容易舍深红。

春晚泊船江村

芳草青青古渡头,渔家住处暂维舟。残花半树悄无语,细雨满天风
似愁。家信不来春又晚,客程难尽水空流。自怜爱失心期约,看取
花时更远游。

柳

风慢日迟迟,拖烟拂水时。惹将千万恨,系在短长枝。骨软张郎
瘦,腰轻楚女饥。故园归未得,多少断肠思。

莲　花

影欹晴浪势欹烟,恨态缄言日抵年。轻雾晓和香积饭,片红时堕化
人船。人间有笔应难画,雨后无尘更好怜。何限断肠名不得,倚风
娇怯醉腰偏。

残莲花 第二首一作张林诗

倚风无力减香时,涵露如啼卧翠池。金谷楼前马嵬下,世间殊色一
般悲。

不耐高风怕冷烟,瘦红欹委倒青莲。无人解把无尘袖,盛取残香尽
日怜。

惜莲花

半塘前日染来红,瘦尽金方昨夜风。留样最嗟无巧笔,护香谁为惜熏笼。缘停翠棹沉吟看,忍使良波积渐空。魂断旧溪憔悴态,冷烟残粉楚台东。

岳阳云梦亭看莲花

似醉如慵一水心,斜阳欲暝彩云深。清明月照羞无语,凉冷风吹势不禁。曾向楚台和雨看,只于吴苑弄船寻。当时为汝题诗遍,此地依前泥苦吟。

村路菊花

袅风惊未定,溪影晚来寒。不得重阳节,虚将满把看。神仙谁采掇,烟雨惜凋残。牧竖樵童看,应教爱尔难。

题山驿新桐花

雨馀烟腻暖香浮,影暗斜阳古驿楼。丹凤总巢阿阁去,紫花空映楚云愁。堪怜翠盖奇于画,更惜芳庭冷似秋。长日老春看落尽,野禽闲哢碧悠悠。

山路木芙蓉

不向横塘泥里栽,两株晴笑碧岩隈。枉教绝世深红色,只向深山僻处开。万里王孙应有恨,三年贾傅惜无才。缘花更叹人间事,半日江边怅望回。

新　柳

无情柔态任春催,似不胜风倚古台。多少去年今日恨,御沟颜色洞庭来。

临川见新柳

不见江头三四日,桥边杨柳老金丝。岸南岸北往来渡,带雨带烟深浅枝。何处故乡牵梦想,两回他国见荣衰。汀洲草色亦如此,愁杀远人人不知。

南 阳 见 柳

夜来风入最高枝,胃断愁肠几尺丝。楚塞曾吟烟午处,曲江长忆雪晴时。金衔细縠萦回岸,戍笛牛歌远近陂。还把旧年惆怅意,武安城下一吟诗。

别 君 山

点空夸黛妒愁眉,何必浮来结梦思。惭愧二年青翠色,惹窗黏枕伴吟诗。

宿寿安山阴馆闻泉

一支清急万山来,穿竹喧飞破石苔。梦在故乡临欲到,声闻孤枕却惊回。多愁鬓发余甘老,有限年光尔莫催。缘忆旧游相似处,月明山响子陵台。

刘绮庄 诗一首

共佳人守岁

桂华穷北陆,荆艳作_{一作下}东邻。残妆欲送晓,薄衣已迎春。举袖争流雪,分歌竞绕_{一作晓}尘。不应将共醉,年去远催人。

全唐诗卷八八五 补遗四

皮日休 诗五首。

樱 桃 花

婀娜枝香拂酒壶,向阳疑是不融酥。晚来鬼峨浑如醉,惟有春风独自扶。

夜看樱桃花

纤枝瑶月弄圆霜,半入邻家半入墙。刘阮不知人独立,满衣清露到明香。

咏 白 莲

腻于琼粉白于脂,京兆夫人未画眉。静婉舞偷将动处,西施颦效半开时。通宵带露妆难洗,尽日凌波步不移。愿作水仙无别意,年年图与此花期。

细嗅深看暗断肠,从今无意爱红芳。折来只合琼为客,把种应须玉甃塘。向日但疑酥滴水,含风浑讶雪生香。吴王台下开多少,遥似西施上素妆。

赤门堰白莲花

缟带与纶巾,轻舟漾赤门。千回紫萍岸,万顷白莲村。荷露倾衣袖,松风入髻根。潇疏今若此,争不尽馀尊。

司空图 诗十首

丙午岁旦

鸡报已判春,中年抱疾身。晓催庭火暗,风带寺幡新。多虑无成事,空休是吉人。梅花浮寿酒,莫笑又移巡。

丁巳元日 第三十八句缺一字

禀朔华夷会,开春气象生。日随行阙近,岳为寿觞晴。作睿由稽古,昭仁事措刑。上玄劳眷佑,高庙保忠贞。星变当移幸,人心喜奉迎。传呼清御道,雪涕识臣诚。鼎饪和方济,台阶润欲平。扶天咨协力,并日召延英。金跃洪炉动,云驱众蛰惊。关中留王气,席上纵奇兵。累降搜贤诏,兼持进善旌。短辕收骥步,直路发鹏程。自乏匡时略,非沽矫俗名。鹤笼何足献,蜗舍别无营。赢带漳滨病,吟哀越客声。移居荒药圃,耗志在棋枰。醉忘身空老,书怜眼尚明。偶能甘蹇分,岂是薄浮荣。虑戒防微浅,□知近利轻。献陵三百里,寤寐祷时清。

光启三年人日逢鹿

浮世仍逢乱,安排赖佛书。劳生中寿少,抱疾上升疏。日暖人逢鹿,园荒雪带锄。知非今又过,蘧瑗最怜渠。

浙上重阳 第二句缺一字

登高唯北望,菊助可□明。离恨初逢节,贫居只喜晴。好文时可见,学稼老无成。莫叹关山阻,何当不阻兵。

乙巳岁愚春秋四十九辞疾拜章将免左掖重阳独登上方

雪鬓不禁镊,知非又此年。退居还有旨,荣路免妨贤。落落鸣蛩鸟,晴霞度雁天。自无佳节兴,依旧菊篱边。

重 阳 山 居

此身逃难入乡关,八度重阳在旧山。篱菊乱来成烂熳,家僮常得解登攀。年随历日三分尽,醉伴浮生一片闲。满目秋光还似镜,殷勤为我照衰颜。

旅 中 重 阳

乘时争路只危身,经乱登高有几人。今岁节唯南至在,旧交坟向北邙新。当歌共惜初筵乐,且健无辞后会频。莫道中冬犹有闰,蟾声才尽即青春。

南至日 第一句缺二字

年年山□□来频,莫强孤危竞要津。吉卦偶成开病眼,暖檐还葺寄羸身。求仙自躁非无药,报国当材别有人。鬓发堪伤白已遍,镜中更待白眉新。

五 月 九 日

金石皆销铄,贤愚共网罗。达从诗似偈,狂觉哭胜歌。高燕凌鸿鹄,枯槎压芰荷。此中无别境,此外是闲魔。

庚子腊月五日

复道朝延火,严城夜涨尘。骅骝思故第,鹦鹉失佳人。禁漏虚传点,妖星不振辰。何当回万乘,重睹玉京春。

罗　隐 诗一首

中元夜看月

朦胧南溟月,汹涌出云涛。下射长鲸眼,遥分玉兔毫。势来牛斗动,路越宵冥高。竟夕瞻光影,昂头把白醪。

唐彦谦 诗十一首

木　兰

众花摇落止无憀,脉脉芳丛契后凋。舒卷绿苞临小槛,剪裁檀的缀长条。独当春尽情何限,尚有秋期别未遥。桃叶近来消息绝,见君长忆渡江桡。

玉　蕊

玉蕊两高树,相辉松桂旁。向来尘不杂,此夜月仍光。秀掩丛兰色,艳吞秾李芳。世人嫌具美,何必更清香。

莲

新莲映多浦,迢递绿塘东。静影摇波日,寒香映水风。金尘飘落蕊,玉露洗残红。看著馀芳少,无人问的中。

望岳时贼据华夏

长路风埃隔楚氛,忽惊神岳映朝曛。削成绝壁五千仞,高揭泥金七十君。祝史秘辞今莫睹,从臣嘉颂久无闻。幽人闲望封中地,好为吾皇起白云。

片　石

小斋庐阜石,寄自沃洲僧。山客劳携笈,幽人自得朋。瘦云低作段,野浪冻成云。便可同清话,何须有物凭。

柳

春风向杨柳,能事尽风流。有意疑张绪,无情见莫愁。依然金谷在,宁免武昌偷。前路难回首,何须苦映楼。

垂　柳

垂柳碧髯茸,楼昏带雨容。思量成昼梦,来去发春慵。梳洗凭张敞,乘骑笑稚恭。碧虚从转笠,红烛近高春。怨脸明秋水,愁眉淡远峰。小园花尽蝶,静院酒醒蛩。旧作琴台凤,今为药店龙。宝奁抛掷久,一任景阳钟。

紫　薇　花

素秋寒露重,芳事固应稀。小槛临清昭,高丛见紫薇。温鹰终有思,暗淡岂无辉。见欲迷交甫,谁能状宓妃。妆新犹倚镜,步缓不胜衣。恍似新相得,怅如久未归。又疑神女过,犹佩七香帏。还似星娥织,初临五彩机。庆云今已集,威凤莫惊飞。绮笔题难尽,烦君白玉徽。

望中条 第四句缺三字

虞乡县西郭,改观揖中条。第蓄终南小,交□□□遥。崦深应有寺,峰近恐通桥。为语前村叟,他时寄采樵。

蒙　縠　山

蒙縠山低碧海枯,仲君闲坐说麻姑。遥天鹤语知虚实,长夜神光竟有无。秘祝斋心开九转,侍臣回首听三呼。交朋漫信文成术,短烛瑶坛漏满壶。

菊

雪菊金英两断肠,蝶翎蜂鼻带清香。寒村宿雾临幽径,废苑斜晖傍短墙。近取松筠为伴侣,远将桃李作参商。年来病肺疏杯酒,每忆龙山似故乡。

方　干 诗一首

山　中

爱山却把图书卖,嗜酒空教僮仆赊。只向阶前便渔钓,那知枕上有云霞。暗泉出石飞仍咽,小径通桥直复斜。窗竹未抽今夏笋,庭梅曾试当年花。姓名未及陶弘景,髭鬓白于姜子牙。松月水烟千古在,未知终久属谁家。

王　驾 诗一首

次韵和卢先辈避难寺居看牡丹

乱后寄僧居,看花恨有馀。香宜闲静立,态似别离初。朵密红相照,栏低画不如。狂风任吹却,最共野人疏。

杜荀鹤 诗一首

春　宫　怨

早被婵娟误,欲妆临镜慵。承恩不在貌,教妾若为容。风暖鸟声碎,日高花影重。年年越溪女,相忆采芙蓉。

翁承赞 诗一首

晨　兴

鼓绝天街冷雾收,晓来风景已堪愁。槐无颜色因经雨,菊有精神为傍秋。自爱鲜飙生户外，不教闲事住心头。披襟徐步一萧洒，吟绕盆池想狎鸥。

王贞白 诗十二首

江 上 吟 晓

一叶野人舟，长将载酒游。夜来吟思苦，江上月华秋。晓露满红蓼，轻波飏白鸥。渔翁似有约，相伴钓中流。

过 商 山

一宿白云根，时经采麝村。数峰虽似蜀，当昼不闻猿。马立溪沙浅，人争阁道喧。明朝弃襦罢，步步入金门。

泛镜湖□□ 题缺二字

我泛镜湖日，未生千里莼。时无贺宾客，谁识谪仙人。吟对四时雪，忆游三岛春。恶闻亡越事，洗耳大江滨。

太 湖 石

谁怜孤峭质，移在太湖心。出得风波外，任他池馆深。不同花逞艳，多愧竹垂阴。一片至坚操，那忧岁月侵。

依韵和幹公题庭中太湖石二首

山立只盈寻，高奇药圃阴。风涛打欲碎，岩穴蛰方深。藓点晴偏绿，蛩藏晓竞吟。岁寒终不变，堪比古人心。

徒劳水府寻，宛在玉堂阴。兰圃安虽窄，盆池映转深。山僧来尽爱,诗客见先吟。若是买花者,年年不计心。

书陶潜醉石

片石陶真性,非为麴糵昏。争如累月醉,不笑独醒人。积叠莓苔色,交加薜荔根。至今重九日,犹待白衣魂。

看天王院牡丹

前年帝里探春时,寺寺名花我尽知。今日长安已灰烬,忍随南国对芳枝。

芍　药

芍药承春宠,何曾羡牡丹。麦秋能几日,谷雨只微寒。妒态风频起,娇妆露欲残。芙蓉浣纱伴,长恨隔波澜。

独　芙　蓉

方塘清晓镜,独照玉容秋。蠹芰不相采,敛蘋空自愁。日斜还顾影,风起强垂头。芳意羡何物,双双鸂鶒游。

冯氏书斋小松二首

孤根生远岳,移植翠枝添。自秉雪霜操,任他蜂蝶嫌。微阴连迥竹,清韵入疏帘。耸势即空碧,时人看莫厌。

得地已经岁,清音昼夜闻。根涵旧山土,叶间近溪云。野鹤望长远,庭花笑不群。须知摇落后,众木始能分。

张　蠙 诗一首

社日村居 一作张演诗

鹅湖山下稻粱肥,豚阱鸡栖对掩扉。桑柘影斜春社散,家家扶得醉人归。

卢延让 诗三首

八月十六夜月

十六胜三五,中天照大荒。只讹些子缘,应号没多光。桂老犹全在,蟾深未煞忙。难期一年事,到晓泥诗章。

冬除夜书情

兀兀坐无味,思量谁与邻。数星深夜火,一个远乡人。雁矗天微雪,风号树欲春。愁章自难过,不觉苦吟频。

观新岁朝贺

龙墀初立仗,鸳鹭列班行。元日燕脂色,朝天桦烛香。表章堆玉案,缯帛满牙床。三百年如此,无因及我唐。

全唐诗卷八八六 补遗五

曹 松 诗九首

中 秋 月

九十日秋色,今秋已十分。孤光吞列宿,四面绝微云。众木排疏影,寒流叠细纹。遥遥望丹桂,心绪更纷纷。

寄方干 以下皆见元人录本《唐人诗赋》

桐庐江水闲,终日对柴关。因想别离处,不知多少山。钓舟春岸阔一作泊,庭树晚烟一作莺还。莫便求栖隐,桂枝堪恨颜。

宿 山 寺

溪山尽日行,方听远钟声。入院逢僧定,登楼见月生。露垂群木润,泉落一岩清。此景关吾事,通宵寐不成。

冬日登江楼

高楼临古岸,野步晚来登。江水因寒落,山云为雪凝。远村虽入望,危槛不堪凭。亲老未归去,乡愁徒自兴。

寄 李 处 士

僧话磻溪叟,平生重赤松。夜堂悲蟋蟀,秋水老芙蓉。吟坐倦垂
钓,闲行多倚筇。闻名来已久,未得一相逢。塔见移来影,钟闻过
去声。一斋唯默坐,应笑我营营。

客 中 立 春

玉烛传佳节,阳和应此辰。土牛呈岁稔,彩燕表年春。腊尽星回
次,寒馀月建寅。梅花将柳色,偏思越乡人。

南 塘 暝 兴

水色昏犹白,霞光暗渐无。风荷摇破扇,波月动连珠。蟋蟀啼相
应,鸳鸯宿不孤。小僮频报夜,归步尚踟蹰。

送郑谷归宜春

无成归故国,上马亦高歌。况是飞鸣后,殊为喜庆多。暑消嵩岳
雨,凉吹洞庭波。莫使闲吟去,须期接盛科。

送曾德迈归宁宜春

湘东山川有清辉,袁水词人得意归。几府争驰毛义檄,一乡看侍老
莱衣。筵开灞岸临清浅,路去蓝关入翠微。想到宜阳更无事,并将
欢庆奉庭闱。

李 洞 诗一首

山　泉

半空飞下水,势去响如雷。静彻啼猿寺,高凌坐客台。耳同经剑阁,身若到天台。溅树吹成冻,凌祠触作灰。深中试柳栗,浅处落莓苔。半夜重城闭,潺湲枕上一作底来。

卢士衡 诗二首

松

云外千寻好性灵,伴杉陪柏事孤贞。招呼暑气终无分,应和凉风别有声。细雨洒时花旋落,道人食处叶重生。如逢郢匠垂搜采,为栋为梁力不轻。

再游紫阳洞重题小松

仙家种此充朝食,叶叶枝枝造化力。去年见时似鹤高,今年萧骚八九尺。不同矮桧终委地,定向晴空倚天碧。好期逸士统贞根,昂枝点破秋苔色。寻思凡眼重花开,宁知此木超尘埃。只是十年五年间,堪作大厦之宏材。

熊　皎 诗六首

湘 江 晓 望

笙歌欢罢散离筵,水色朦胧蘸宿烟。山响疏钟何处寺,火光收钓下滩船。微云过岛侵微月,古岸平江浸远天。归梦已阑风色动,孤帆仍要住无缘。

早 行

结束何妨早,将行四顾频。山前犹见月,陌上未逢人。远树动宿鸟,危桥怯病身。渐明恒自慰,应免复迷津。

游 嵩 山

独背焦桐访洞天,暂攀灵迹弃尘缘。深逢野草皆疑药,静见樵人恐是仙。翠木入云空自老,古碑横水莫知年。可怜幽景堪长往,一任人间岁月迁。

九华望庐山

九江山势尽峥嵘,惟有匡庐最得名。万叠影遮残雪在,数峰岚带夕阳明。冷侵醉榻铺秋色,高亚吟龙送水声。只待丹霄酬志了,白云深处是归程。

道旁松 第五句缺一字

偃盖当衢莫记年,独含苍翠鹤应怜。垂阴独向笙歌地,有韵自成风雨天。尘□路岐分夜月,烧侵根脚起残烟。论功只合行人赏,销得烦蒸古道边。

月 中 桂

断破重轮种者谁,银蟾何事便相随。莫言望夜无攀处,却是吟人有得时。孤影不凋清露滴,异香常在好风吹。几回目断云霄外,未必姮娥惜一枝。

孙　鲂 诗二十八首

湖上望庐山

辍棹南湖首重回,笑青吟翠向崔嵬。天应不许人全见,长把云藏一半来。

题 梅 岭 泉

梅岭旧闻传,林亭势嵬然。登临真不易,幽胜恐无先。楚野平千里,吴江曲一边。标形都大别,洞府岂知焉。飞阁横空去,征帆落面前。南雄雉堞峻,北壮凤台连。烂熳三春媚,参差百卉妍。风桃诸处锦,洛竹半溪烟。燕入晴梁语,莺从暖谷迁。石根朝霭碧,帘际晚霞鲜。径柳行难约,庭莎醉好眠。清明时更异,造化意疑偏。不独宜韶景,尤须看暑天。药苗繁似结,萝蔓猛如编。珠亚垂枝果,冰澄汲井泉。粉墙蜩蜕落,丹槛雀雏颠。炎气微茫觉,清飙左右穿。云峰从勃起,葵叶岂劳扇。又见秋天丽,浑将夏日悬。红蕡著霜树,香老卧池边。菱芡谁铺绣,莓苔自学钱。暗虫依砌响,明月逗帘圆。小砌滋新菊,高轩噪暮蝉。雨声寒飒飒,雁影晓联联。释此何堪玩,深冬更可怜。窗中看短景,树里见重川。冈阜分明出,杉松气概全。讴成白雪曲,吟是早梅篇。创制谁人解,根基太守贤。或时留皂盖,尽日簇华筵。谁咏忧黎庶,狂游泥管弦。交加丰玉食,来去迸金船。侍从非常客,俳谐像列仙。画旗张赫奕,妖妓舞婵娟。罢宴心犹恋,将归兴尚牵。只应愁逼夜,宁厌赏经年。孤贱今何幸,跻攀奈有缘。展眉惊豁达,徐步喜周旋。讽咏虽知苦,推功靡极玄。聊书四十韵,甘责未精专。

庐　山　瀑　布

有山来便有，万丈落云端。雾喷千岩湿，雷倾九夏寒。图中僧写去，湖上客回看。却羡为猿鹤，飞鸣近碧湍。

牡　　丹

意态天生异，转看看转新。百花休放艳，三月始为春。蝶死难离槛，莺狂不避人。其如豪贵地，清醒复何因。

主人司空后亭牡丹

佳卉挺芳辰，夭容乃绝伦。望开从隔岁，愁过即无春。体物真英气，馀花似庶人。蜂攒知眷恋，鸟语亦殷勤。况在豪华地，宁同里巷尘。酷怜应丧德，多赏奈怡神。忌秽栽时土，尝甜折处津。绕行那识倦，围坐岂辞频。入梦殊巫峡，临池胜洛滨。乐喧丝杂竹，露渍卯连寅。饮兴尤思满，吟情自合新。怕风惟怯夜，忧雨不经旬。栏槛为良援，亭台是四邻。虽非能伐性，争免碍还淳。斗艳何惭蜀，矜繁未让秦。私心期一日，许近看逡巡。

看牡丹二首

莫将红粉比秾华，红粉那堪比此花。隔院闻香谁不惜，出栏呈艳自应夸。北方有态须倾国，西子能言亦丧家。输我一枝和晓露，真珠帘外向人斜。

看花长到牡丹月，万事全忘自不知。风促乍开方可惜，雨淋将谢可堪悲。闲年对坐浑成偶，醉后抛眠恐负伊。也拟便休还改过，迢迢争奈一年期。

题未开牡丹

青苞虽小叶虽疏,贵气高情便有馀。浑未盛时犹若此,算应开日合何如。寻芳蝶已栖丹槛,衬落苔先染石渠。无限风光言不得,一心留在暮春初。

主人司空见和未开牡丹辄却奉和

把笔临芳不自怡,首征章句促妖期。已惊常调言多鄙,遽捧高吟愧可知。绝代贞名应愈重,千金方笑更难移。狂歌狂醉犹堪羡,大拙当时是老时。

又题牡丹上主人司空

一年芳胜一年芳,爱重贤侯意异常。手辟红房看阔狭,自张青幄盖馨香。白疑美玉无多润,紫觉灵芝不是祥。只恐梦征他日去,又须疑向凤池旁。

牡丹落后有作

未发先愁有一朝,如今零落更魂销。青丛别后无多色,红线穿来已半焦。蓄恨绮罗犹眷眷,薄情蜂蝶去飘飘。明年虽道还期在,争奈凭栏乍寂寥。

柳　絮　咏

年年三月里,随处自悠扬。雨过浑疑尽,风来特地狂。入花蜂有碍,遮水燕无妨。苦是添离思,青门道路长。

甘露寺紫薇花

蜀葵鄙下兼全落,菡萏清高且未开。赫日迸光飞蝶去,紫薇擎艳出林来。闻香不称从僧舍,见影尤思在酒杯。谁笑晚芳为贱劣,便饶春丽已尘埃。牵吟过夏惟忧尽,立看移时亦忘回。惆怅寓居无好地,懒能分取一枝栽。

芳　草

何处不相见,烟苗捧露心。萋萋绿远水,苒苒在空林。野吹闲摇阔,游人醉卧深。南朝古城里,碑石又应沉。

春　苔

底物最牵吟,秋苔独自寻。何时连夜雨,叠翠满松阴。湘岸荒祠静,吴宫古砌深。侯门还可惜,长被马蹄侵。

老　松　第三句缺一字

郁郁复苍苍,秋风韵更长。空心应有□,老叶不知霜。子落生深涧,阴清背夕阳。如逢东岱雨,犹得覆秦王。

柳　十一首

苁蒸二月初,青软自相纤。意态花犹少,风流木更无。影繁晴陌上,烟重古城隅。炀帝河声里,几番荣又枯。

数树新栽在画桥,春来犹自长长条。东风多事刚牵引,已解纤纤学舞腰。

金堤堤上一林烟,况近清明二月天。别有数枝遥望见,画桥南面拂秋千。

春物牵情不奈何,就中杨柳态难过。也知是处无花去,争奈看时未觉多。

小眉初展绿条稠,露压烟濛不自由。莫是折来偏属意,依稀相似是风流。

九衢春霁湿云凝,着地毧毧碍马行。拟折无端抛又恋,乱穿来去羡黄莺。

千树阴阴盖御沟,雪花金穗思悠悠。先朝事后应无也,惟是荒根逐碧流。

摇荡和风恃赖春,蘸流遮路逐年新。颠狂絮落还堪恨,分外欺凌寂寞人。

暖催春促吐芳芽,伴雨从风处处斜。莫道玄功无定配,不然争得见桃花。

小池前后碧江滨,窣翠抛青烂熳春。不是和风为抬举,可能开眼向行人。

深绿依依配浅黄,两般颜色一般香。到头袅娜成何事,只解年年断客肠。

看　桑

簌簌互相遮,闲看实可嗟。藉多虽是叶,栽盛不如花。春绿暗连麦,秋干暮立鸦。旧乡曾种得,经乱属谁家。

刘昭禹 诗五首

仙都山留题

林下事无非,尘中竟不知。白云深拥我,青石合眠谁。山静捣灵药,夜闲论古诗。此来亲羽客,何日变枯髭。

晚霁望岳麓

湘西斜日边,峭入几寻天。翠落重城内,屏开万户前。崖峻危溅瀑,林鱏静通仙。谁肯功成后,相携扫石眠。

石　笋

千古海门石,移归吟叟居。窍腥蛟出后,形瘦浪冲馀。工语宁无玉,僧知忽有书。好期仙者叱,变化向庭隅。

伤雨后牡丹

废功看不已,醉起又持杯。数日帘常卷,中宵雨忽来。凄凉无戏蝶,零落在苍苔。造化根难问,令人首可回。

送人红花栽

世上红蕉异,因移万里根。艰难离瘴土,潇洒入朱门。叶战青云韵,花零宿露痕。长安多未识,谁想动吟魂。

刘　乙 诗二首

晓　望

地祇逃秀境,神化或殷雷。裂汉娲补合,高峰剑跃开。即今新定业,何世不遗才。若是浮名道,须言有祸胎。

山 中 早 起

鸡调扶桑枝,秋空隐少微。阔云霞并曜,高日月争辉。若厥开天道,同初发帝机。以言当代事,闲辟紫宸扉。

姚　揆 诗二首

晚　步

陌巷贫疑本姓颜,晚来闲步出林间。数声长笛吹沉日,一片残云点破山。岛寺渐疏敲石磬,渔家方半掩柴关。迟回从此搜吟久,待得溪头月上还。

秋日江东晚行

迢迢驱马过江东,此际令人恨莫穷。一撮秋烟堤上白,半轮残日岭头红。路岐滋味犹如旧,乡曲声音渐不同。含思看看到梁苑,画楼丝竹彻遥空。

陈　光 诗二首

题陶渊明醉石

片石露寒色,先生遗素风。醉眠芳草合,吟起白云空。道出乾坤外,声齐日月中。我知彭泽后,千载与谁同。

长 安 新 柳

九陌云初霁，皇衢柳已新。不同天苑景，先得日边春。色浅微含露，丝轻未惹尘。一枝方欲折，归去及兹晨。

杨凝式 诗一首

雪　晴

春来冰未泮，冬至雪初晴。为报方袍客，丰年瑞已成。

全唐诗卷八八七 补遗六

卢 言 一作颜,诗一首。

上安禄山 禄山入洛阳,大雪盈尺,言上诗。

象曰云雷屯,大君理经纶。马上取天下,雪中朝海神。

裴 谞 字士明,闻喜人,擢明经,累官至兵部侍郎、河南尹。诗一首。

储 潭 庙

大历三年戊申岁季夏闰月壬子日感应,至大历五年庚戌岁夏六月甲午建。

江水上源急如箭,潭北转急令目眩。中间十里澄漫漫,龙蛇若见若不见。老农老圃望天语,储潭之神可致雨。质明斋服躬往奠,牢醴丰洁精诚举。女巫纷纷堂下儛,色似授兮意似与。云在山兮风在林,风云忽起潭更深。气霾祠宇连江阴,朝日不复照翠岑。回溪口兮棹清流,好风带雨送到州。吏人雨立喜再拜,神兮灵兮如献酬。城上楼兮危架空,登四望兮暗濛濛。不知兮千万里,惠泽愿兮与之

同。我有言兮报匪徐,车骑复往礼如初。高垣墉兮大其门,洒扫丹
腰壮神居。使过庙者之加敬,酒食货财而有馀。神兮灵,神兮灵。
匪享慢,享克诚。

任 要 兖州团练使。诗一首。

腊月中与韦户曹游发生洞裴回之
际见双白蝙蝠三飞洞门时多异之
同为口号 贞元十四年。 第八句缺二字。

山翠幂灵洞,洞深玄想微。一双白蝙蝠,三度向明飞。虽然有两
翅,了自无毛衣。若非饱石髓,那得凌□□。偶见归堪说,殊胜不
见归。

韦 洪 京兆人,官户曹。诗一首

腊月中游发生洞裴回之际见双白蝙蝠
三飞洞门时多异之同为口号 第九句缺二字

欲验发生洞,先开冰雪行。窥临见二翼,色素飞无声。状类白蝙
蝠,幽感腾化精。应知五马来,启蛰迎春荣。露冕□之久,鸣驺还
慰情。

马 义 宣宗时人。诗一首。

蜀中经蛮后寄陶雍

酋马渡泸水,北来如鸟轻。几年期凤阙,一日破龟城。此地有征
战,谁家无死生。人悲还旧里,鸟喜下空营。弟侄意初定,交朋心
尚惊。自从经难后,吟苦似猿声。

张　绍　南唐人。诗一首

冲　佑　观

大始未形,混沌无际。上下开运,乾坤定位。日月丽天,山川镇地。
万汇犹屯,三才始备。肇有神化,初生蒸民。上惟立德,下无疏亲。
皇风荡荡,黔首淳淳。天下有道,谁非圣人。开源嗜欲,浇漓俗盛。
贤者避世,真人华命。八极神乡,十州异境。翠阜丹丘,潜伏灵圣。
惟彼武夷,实曰洞天。峰峦黛染,岩岫霞鲜。金房玉室,羽盖云轩。
葬日风雨,会有神仙。国步多艰,皇纲中绝。四海九州,瓜分幅裂。
稔祸陬隅,阻兵瓯越。寂寞玄风,荒凉绛阙。赫赫烈祖,再造丕基。
拱揖高让,神人乐推。明明我后,允协昌基。功崇下武,德茂重熙。
睿哲英断,雄略神智。拓土开疆,经天纬地。五岭来庭,三湘清彻。
四海震威,群生怀惠。犹劳宵旰,犹混马车。贪狼俟静,害焉方除。
淹留骏驭,想像鹑居。心悬真洞,梦到华胥。乃眷名山,追惟圣迹。
内库颁金,元侯奉职。三境求规,五灵取则。跨谷弥冈,张霄架极。
珠宫宝殿,璇台玉堂。凤翔高甍,龙转回廊。错落金碧,玲珑璧珰。
云生林楚,雷绕藩墙。七圣斯严,三君如在。八景灵〔舆〕(与),九华
神盖。清霄莫宵,明霜匪对。仿佛壶中,依稀物外。众真之宇,拟
之无伦。会仙之类,名之惟新。高峰为垫,区谷成坤。皇献颂声,

永绝淄磷。

郑 露 字思叟,号南湖,莆田人。太府卿。诗一首。

彻 云 涧

延绵不可穷,寒光彻云际。落石早雷鸣,溅空春雨细。

林 披 字茂则,号师道。官刺史。诗一首。

秋气尚高凉

秋气尚高凉,寒笛吹万木。故人入我庭,相照不出屋。〔山〕(出)川虽远观,高怀不能掬。

公孙杲 承宣郎,行博城县丞。诗一首

五言赠诸法师

驾鹤排朱雾,乘鸾入紫烟。凌晨味潭菊,薄暮玩峰莲。玉叶低梁下,金飔引窗前。啸傲云霞际,留情鳞羽年。

李 复 定州司马。诗一首。

恒岳晨望有怀

二仪均四序，五岳分九州。灵造良难测，神功匪易酬。恒山北临
岱，秀崿东跨幽。潀洞镇河朔，嵯峨冠嵩丘。禋祠彰旧典，坛庙列
平畴。古树侵云密，飞泉界道流。从官叨佐理，衔命奉珍羞。荐玉
申诚效，锵金谅有由。郊原照初日，林薄委徂秋。塞近风声厉，川
长雾气收。他乡饶感激，归望切祈求。景福如光愿，私门当复侯。

畅　甫 诗一首

偶宴西蜀摩诃池

珍木郁清池，风荷左右披。浅舸宁及醉，慢舸不知移。荫林箪光
冷，照流簪影欹。胡为独羁者，雪涕向涟漪。

吴士矩 诗一首

饮后献时相 士矩牧大郡，因时相论置军倅，献此。

一夕心期一种欢，那知疏散负杯盘。尊前数片朝云在，不许冯公子
细看。

吴　黔 诗一首

失 题

故国海云端,归宁便整鞍。里荣身上茜,省罢手中兰。烧急平芜广,风悲古木寒。谢公山色在,朝夕共谁观。

崔 融 乾宁中吴郡人。诗一首。

题 惠 聚 寺

苏州昆山县惠聚寺殿基,乃鬼神一夕砌成。殿中有僧繇画龙,每因风雨夜,腾趠波涛,伤田害稼,乡人患之。僧繇再画一锁锁之,仍画一钉钉其锁,至今人扪其钉头隐隐。融因题寺壁。

人莫嫌山小,僧还爱寺灵。殿高神气力,龙活客丹青。

钱 信 诗一首

平 望 赠 蚊

安得神仙术,试为施康济。使此平望村,如吾江子汇。

胡传美 诗一首

武 康 碧 落 观

仙宫碧落太微书,遗迹依然掩故居。幢节不归天杳邈,烟霞空锁日幽虚。不逢金简扳云洞,可惜瑶台叠藓除。欲脱儒衣陪羽客,伤心齿发已凋疏。

许　宏 诗一首

白 云 寺

踏破苔痕一径斑,白云飞处见青山。不知浮世尘中客,几个能知物外闲。

文　丙 诗五首

罗 浮 山

罗浮多胜境,梦到固无因。知有长生药,谁为不死人。根虽盘地脉,势自倚天津。未便甘休去,须栖老此身。

牡　丹

万物承春各斗奇,百花分贵近亭池。开时若也姮娥见,落日那堪公子知。诗客筵中金盏满,美人头上玉钗垂。不同寒菊舒重九,只拟清香泛酒卮。

薛　花

寂寞人偏重,无心愧牡丹。秋风凋不得,流水泛应难。怪石从教遍,幽庭一任盘。若逢公子顾,重叠是朱栏。

新 栽 松

可怜同百草,况负雪霜姿。歌舞地不尚,岁寒人自移。阶除添冷淡,毫末入思惟。尽道生云洞,谁知路崄巇。

柳 第二句缺一字

何事动吟哦,长□翠色和。垂阴千树少,送别一枝多。带雾笼彭泽,摇风舞汴河。只因隋帝植,民力几销磨。

路 应 诗一首

仙岩四瀑布即事寄上秘书包监侍郎
七兄吏部李侍郎十七兄婺州赵中丞
处州齐谏议明州李九郎十四韵

绝境久蒙蔽,芰萝方迨兹。樵苏尚未及,冠冕谁能知。缘崖开径小,架木度空危。水激千雷发,珠联万贯垂。阴晴状非一,昏旦势多奇。井识轩辕迹,坛馀汉武基。猿声响深洞,岩影倒澄池。想像虬龙去,依稀羽客随。玩奇目岂倦,寻异神忘疲。干云松作盖,积翠薜成帷。含意攀丹桂,凝情顾紫芝。芸香蔼芳气,冰镜彻圆规。胥念沧波远,徒怀魏阙期。征黄应计日,莫鄙北山移。

李 缜 诗一首

奉和郎中游仙岩四瀑布寄包秘监
李吏部赵婺州中丞齐处州谏议十四韵

符守分圭组,放情在丘峦。悠然造云族,忽尔登天坛。求古理方
赜,玩奇物不殚。晴光散崖壁,瑞气生芝兰。中有四瀑水,奔流状
千般。风云隐岩底,雨雪霏林端。晶晶含古色,飕飕引晨寒。澄潭
见猿饮,潜穴知龙盘。坐憩苔石遍,仰窥杉桂攒。幽蹊创高躅,灵
药馀仙餐。携赏喜康乐,示文惊建安。缫绁炳珠宝,中外贻同官。
末调亦何为,辄陪高唱难。惭非御徒者,还得依门栏。

戴公怀 诗一首

奉和郎中游仙山四瀑泉兼寄
李吏部包秘监赵婺州齐处州

今日永嘉守,复追山水游。因寻莽苍野,遂得轩辕丘。访古事难
究,览新情屡周。溪垂绿筱暗,岩度白云幽。过石奇不尽,出林香
更浮。凭高拥虎节,搏险窥龙湫。淙潦泻三四,奔腾千万秋。寒惊
殷雷动,暑骇繁霜流。沫溅群鸟外,光摇数峰头。丛崖散滴沥,近
谷藏飕飗。况此特形胜,自馀非等俦。灵光掩五岳,仙气均十洲。
书以谢群彦,永将叙徽猷。当思共攀陟,东南看斗牛。

孟　翔 诗一首

奉和郎中游仙山四瀑布
兼寄李吏部包秘监判官

昔人恣探讨,飞流称石门。安知郡城侧,别有神泉源。疏凿意大禹,勤求闻轩辕。悠悠几千岁,翳荟群木繁。奇状出蔽蔓,胜概毕讨论。沿崖百丈落,奔注当空翻。下如散雨足,上拟屯云根。变态凡几处,静神竟朝昏。渴贤寄珠玉,受馥寻兰荪。萝茑胃紫绶,岩隈驻朱辖。方思谢康乐,好事名空存。

崔　耿 诗一首

晚　眺

江溶流落景,山色凝暮烟。衰发照秋日,壮心减昔年。愁吟长抱膝,孰诉高高天。

宇文鼎 诗一首

山　下　泉

可致清川广,难量利物功。涓流此山下,谁识去无穷。

郭密之 诗一首

永嘉经谢公石门山作

绵境经耳目,未尝旷跻登。一窥石门险,再涤心神憒。洞壑闷金涧,欹崖盘石楞。阴潭下幂幂,秀岭上层层。千丈瀑流蹇,半溪风雨绳。兴馀志每悁,心远道自弘。乘轺广储峙,祗命愧才能。辍棹周气象,扪条历骞崩。忽如生羽翼,恍若将起腾。谢客今已矣,我来谁与朋。

扈　载 诗一首

芳　草

幽芳无处无,幽处恨何如。倦客伤归思,春风满旧居。晚烟迷杳蔼,朝露健扶疏。省傍灵光看,残阳少暳区。

薛光谦 诗一首

任阆中下乡检田登艾萧山北望

观农巡井邑,长望历山川。拥涧开新耨,缘崖指火田。荒村无径陌,古戍有风烟。瓠叶萦篱长,藤花绕架悬。岸高攒树石,水净写云天。回首乡关路,行歌犹喟然。

尉迟汾 朝散大夫,守卫尉少卿。诗一首。

府尹王侍郎准制拜岳因状嵩高灵胜寄呈三十韵

雄雄天之中，峻极闻维嵩。作镇盛标格，出云为雨风。瑞时物不疠，顺泽年多丰。加高冠四方，《白武通》云：中央之岳，独加高字者何？中央居四方之中，可高，故曰嵩高。视秩居三公。明朝虔昭报，颁祀岁严恭。署祝纡御札，诏贤导宸衷。皇皇三川守，馨德清明躬。肃徒奉兰沐，竟夕玉华东。星汉耿斋户，松泉寒寿宫。具修谅躅吉，曙色犹葱曚。端仪大圭立，兴倪声玲珑。挹瓒椒桂馥，奏金岩壑空。灵歆若有答，仿佛传祝工。卒事不遑偃，胜奇纷四丛。朝霞破灵嶂，错落间苍红。动息形似蚁，玄黄气如笼。奔倾千万状，群岳安比崇。日月襟袖捧，人天道路通。冥搜必殚竭，跻览忘崎穹。踏翠遍诸刹，趣绵步难终。浮丘仙袂接，谢公屐齿穷。龙潭应下瞰，九曲当骇容。又有九龙潭在寺侧，崇崖对耸，壁立千仞，九曲分蓄，谳黑不测。龙门计东豁，三台有何踪。《杂道书》云：自岳庙东二十里至一山，名曰东龙门。其东有三台山，昔汉武东巡过此山，睹三学仙女，遂以为名焉。金象语奚应，《仙经》云：嵩高大岩下，有佛图音妙，有大金像在中，来语寺僧密公。密公时在嵩高寺，寺在嵩脚下，闻之，欣然披林求索。时白雾，昏迷失路，一往看之，即入山水。维睹一麝香，去人三四步，侧足双跳，步步若有所引。良久，回顾去。十步中，忽有焰青色。就视之，得自然天池。玉人光想融。卢元明《嵩山记》：岳庙画为神像，有一玉人长五寸，玉色甚光润，制作亦佳，莫知早晚所造，盖岳神之像，相传谓明公。山中人悉云尝失之，经旬乃睹。瑶浆与石髓，清骨宜遭逢。世说嵩山北有大穴，中睹二人围棋。有一杯白饮与堕者饮，气力十倍。棋者问愿停否，堕者云不愿。棋者曰："从此西行，天井中多蛟龙。但投身入井，自当得出。若饥，取井物食之。"堕者如言，可半年，乃出蜀中。问张华，华曰："此仙馆丈夫。所饮者玉浆，所食者龙穴石髓。"况是降神处，迹惟申甫同。周翰已洽论，伊衡亦期功。诚富东山兴，须陟中台庸。勉促旋骓轮，未可恋云松。散材事即异，期为卜一峰。

马　令 失名,守博城县令。诗一首。

早春陪敕使麻先生慈力祭岳 久视二年

第八句、第十一句、十二句,各缺一字。

我皇盛文物,道化天地先。鞭挞走神鬼,玉帛礼山川。忽下袁州使,来游紫洞前。青羊得处所,白鹤□时年。虔恳飞龙记,昭彰化鸟篇。□风半山水,□气总云烟。光抱升中日,霞明五色天。山横翠微外,室在绿潭边。缇幕灰初庋,焚林火欲然。年光著草树,春色换山泉。伊水来何日,嵩岩去几千。山疑小天下,人是会神仙。叶令乘凫入,浮丘驾鹤旋。麻姑几年岁,三见海成田。

全唐诗卷八八八 补遗七

灵 澈 诗一首

奉和郎中题仙岩瀑布十四韵

致闲在一郡,民安已三年。每怀贞士心,孙许犹差肩。采异百代后,得之古人前。扪险路块圠,临深闻潺湲。上有千岁树,下飞百丈泉。清谷长雷雨,丹青凝霜烟。遥将大壑近,暗与方壶连。白石颜色寒,老藤花叶鲜。轩皇自兹去,乔木空依然。碧山东极海,明月高升天。平野生竹柏,虽远地不偏。永愿酬国恩,自将布金田。穆穆早朝人,英英丹陛贤。谁思沧洲意,方欲涉巨川。

贯 休 诗一首

过 商 山

吟缘横翠忆天台,啸狖啼猿见尽猜。四个老人何处去,一声仙鹤过溪来。皇城宫阙回头尽,紫阁烟霞为我开。天际峰峰尽堪住,红尘中去大悠哉。

齐　己 诗一首

过 西 塞 山

空江平野流,风岛苇飕飕。残日衔西塞,孤帆向北洲。边鸿渡汉口,楚树出吴头。终日高云里,身依片石休。

可　朋 诗一首

中 秋 月

登楼仍喜此宵晴,圆魄才观思便清。海面乍浮犹隐映,天心高挂最分明。片云想有神仙出,回野应无鬼魅形。曾向洞庭湖上看,君山半雾水初平。

修　睦 诗七首

僧 院 泉

澄澈照人胆,深山只一般。来难穷处所,心去助波澜。砌曲夜声苦,窗虚客梦阑。无心谁肯爱,时有老僧看。

题 僧 院 泉

何处云根新布得,归仍半日在烟萝。莫轻竹引经窗小,须信更深入耳多。绕砌虽然清自别,出门长恐浊相和。从此无心恋沧海,沧海无风亦起波。

岳 上 作

始好步青苔,蝉声且莫催。辛勤来到此,容易便言回。远水月未
上,四方云正开。更堪逢道侣,特地话天台。

望 西 山

积翠异诸岳,令人看莫休。有时经暮雨,独得倚高楼。云外僧应
老,林间水正秋。到头归隐处,岂在问嵩丘。

题 虎 掊 泉

一自虎掊得,清声四远流。众人怜尔处,长夜洗心头。出谷花随
去,背岩猿下偷。林边落江徼,风起雨脩脩。

松

细韵飕飕入骨凉,影兼巢鹤过高墙。盘根一种依平地,自是梧桐不
久长。

岳 阳 对 柳

谁此种秋色,令人看莫穷。正垂云梦雨,不奈洞庭风。昔出长安
道,独游隋苑东。当时今日思,须信苦相同。

清　豁　陈洪进表奏,赐号性空禅师。诗一首。

归　山　吟

聚如浮沫散如云,聚不相将散不分。入郭当时君是我,归山今日我非君。

吴　筠 诗六首

游倚帝山二首

山间非吾心,物表翼所托。振衣超烦溽,策杖追岑壑。绝地穷崄岏,造天究磐礴。迩临烟霞积,遄睇宇宙廓。俯惊白云涌,仰骇飞泉落。苔浓鲜翠屏,松古丽丹崿。目冀睹乔羡,心希驭龙鹤。乃知巢由情,岂伊猿鸟乐。

兹山何独秀,万仞倚昊苍。晨跻烟霞趾,夕憩灵仙场。俯观海上月,坐弄浮云翔。松风振雅音,桂露含晴光。不出六合外,超然万累忘。信彼古来士,岩栖道弥彰。

翰林院望终南山

窃慕隐沦道,所欢岩穴居。谁言忝休命,遂入承明庐。物情不可易,幽中未尝摅。幸见终南山,岧峣凌太虚。

青霭长不灭,白云闲卷舒。悠然相探讨,延望空踌躇。迹系心无极,神超兴有馀。何当解维絷,永托逍遥墟。

秋日彭蠡湖中观庐山

泛舟太湖上,回瞰兹山隈。万顷沧波中,千峰郁崔嵬。凉烟发炉峤,秋日明帝台。绝巅凌大漠,悬流泻昭回。穿崇石梁引,岈豁天门开。飞鸟屡隐见,白云时往来。超然契清赏,目醉心悠哉。董氏出六合,王君升九垓。谁言旷遐祀,庶可相追陪。从此永栖托,拂衣谢浮埃。

秋日望倚帝山

楚服多奇山,灵表先倚帝。孤秀白云里,青冥何崇丽。秋天已晴朗,晚日更澄霁。远峰列在目,杳与神襟契。倏忽遗世间,宛如再登诣。伊予抱斯志,代处人烟闭。何事牵俗网,悠然负芝桂。揭来从隐沦,式保羡门计。

李 冶 诗二首

蔷 薇 花

翠融红绽浑无力,斜倚栏干似诧人。深处最宜香惹蝶,摘时兼恐焰烧春。当空巧结玲珑帐,著地能铺锦绣裀。最好凌晨和露看,碧纱窗外一枝新。

柳

最爱纤纤曲水滨,夕阳移影过青蘋。东风又染一年绿,楚客更伤千里春。低叶已藏依岸棹,高枝应闭上楼人。舞腰渐重烟光老,散作飞绵惹翠裀。

全唐诗卷八八九 词一

词

　　唐人乐府，元用律绝等诗杂和声歌之。其并和声作实字，长短其句以就曲拍者，为填词。开元、天宝肇其端，元和、太和衍其流。大中、咸通以后，迄于南唐二蜀，尤家工户习，以尽其变。凡有五音二十八调，各有分属。今皆失传。

明皇帝 一首

好 时 光

宝髻偏宜宫样，莲脸嫩，体红香。眉黛不须张敞画，天教入鬓长。莫倚倾国貌，嫁取个，有情郎。彼此当年少，莫负好时光。

昭宗皇帝 四首

巫山一段云

缥缈云间质，盈盈波上身。袖罗斜举动埃尘，明艳不胜春。　　　翠鬓晚妆烟重,寂寂阳台一梦。冰眸莲脸见长新,巫峡更何人。
蝶舞梨园雪,莺啼柳带烟。小池残日艳阳天,苎萝山又山。　青
鸟不来愁绝,忍看鸳鸯双结。春风一等少年心,闲情恨不禁。

菩萨蛮 一名子夜歌,一名巫山一片云,一名重叠金。

登楼遥望秦宫殿,茫茫只见双飞燕。渭水一条流,千山与万丘。
　远烟笼碧树,陌上行人去。安得有英雄,迎归大内中。一作何处是
英雄,迎侬归故宫。

飘飘且在三峰下,秋风往往堪沾洒。肠断忆仙宫,朦胧烟雾中。
　思梦时时睡,不语长如醉。早晚是归期,苍穹知不知。

后唐庄宗 名存勖,在位四年,谥曰光圣神闵。词四首。

一 叶 落

一叶落,搴朱箔,此时景物正萧索。画楼月影寒,西风吹罗幕。吹
罗幕,往事思量著。

如梦令 一名忆仙姿,一名宴桃源,一名比梅。

曾宴桃源深洞,一曲清歌舞凤。长记别伊时,和泪出门相送。如
梦,如梦,残月落花烟重。

阳 台 梦

薄罗衫子金泥缝,困纤腰怯铢衣重。笑迎移步小兰丛,掸金翘玉
凤。　娇多情脉脉,羞把同心捻弄。楚天云雨却相和,又入阳台
梦。

歌　头

赏芳春,暖风飘箔。莺啼绿树,轻烟笼晚阁。杏桃红,开繁萼。灵和殿,禁柳千行斜,金丝络。夏云多,奇峰如削。纨扇动微凉,轻绡薄,梅雨霁,火云烁。临水槛,永日逃繁暑,泛觥酌。　　露华浓,冷高梧,凋万叶。一霎晚风,蝉声新雨歇。惜惜此光阴,如流水。东篱菊残时,叹萧索。繁阴积,岁时暮,景难留。不觉朱颜失却,好容光。且且须呼宾友,西园长宵。宴云谣,歌皓齿,且行乐。

南唐嗣主李璟 三首

浣溪纱 一作浣纱溪、一名小庭花。

风压轻云贴水飞,乍晴池馆燕争泥,沈郎多病不胜衣。　　沙上未闻鸿雁信,竹间时听鹧鸪啼,此情惟有落花知。

摊破浣溪沙 一名山花子

菡萏香销翠叶残,西风愁起绿波间。还与韶光共憔悴,不堪看。　细雨梦回鸡塞远,小楼吹彻玉笙寒。多少泪珠何限恨,倚阑干。
手卷真珠上玉钩,依前春恨锁重楼。风里落花谁是主,思悠悠。　青鸟不传云外信,丁香空结雨中愁。回首渌波三峡暮,接天流。

后主煜 三十四首

渔　父 一名渔歌子

浪花有意千里雪,桃花无言一队春。一壶酒,一竿身,快活如侬有几人。

一棹春风一叶舟,一纶茧缕一轻钩。花满渚,酒满瓯,万顷波中得自由。

忆 江 南

一名望江南,一名梦江南,一名江南好,一名梦江口,一名望江梅,一名归塞北,一名谢秋娘,一名春去也。

多少恨,昨夜梦魂中。还似旧时游上苑,车如流水马如龙。花月正春风。

多少泪,沾袖复横颐。心事莫将和泪滴,凤笙休向月明吹。肠断更无疑。

闲梦远,南国正芳春。船上管弦江面绿,满城飞絮混轻尘。愁杀看花人。

闲梦远,南国正清秋。千里江山寒色暮,芦花深处泊孤舟。笛在月明楼。

捣练子 一名深院月

深院静,小庭空,断续寒砧断续风。无奈夜长人不寐,数声和月到帘栊。

云鬟乱,晚妆残,带恨眉儿远岫攒。斜托香腮春笋懒,为谁和泪倚阑干。

相 见 欢

一名乌夜啼,一名上西楼,一名西楼子,一名月上瓜洲,一名秋夜月,一名忆真妃。

林花谢了春红,太匆匆。无奈朝来寒雨,晚来风。　　胭脂泪,相留醉,几时重。自是人生长恨,水长东。

无言独上西楼,月如钩。寂寞梧桐深院,锁清秋。　　剪不断,理还乱,是离愁。别是一般滋味,在心头。

长相思 一名双红豆,一名山渐青,一名忆多娇。

一重山,两重山。山远天高烟水寒,相思枫叶丹。　　菊花开,菊花残。塞雁高飞人未还,一帘风月闲。

云一涡,玉一梭。澹澹衫儿薄薄罗,轻颦双黛螺。　　秋风多,雨如和。帘外芭蕉三两窠,夜长人奈何。

浣 溪 沙

红日已高三丈透,金炉次第添香兽,红锦地衣随步皱。　　佳人舞点金钗溜,酒恶时拈花蕊嗅,别殿遥闻箫鼓奏。

转烛飘蓬一梦归,欲寻陈迹怅人非,天教心愿与身违。　　待月池台空逝水,荫花楼阁漫斜晖,登临不惜更沾衣。

采桑子 一名丑奴儿,一名罗敷媚,一名罗敷艳歌。

辘轳金井梧桐晚,几树惊秋。昼雨如愁,百尺虾须上玉钩。　　琼窗春断双蛾皱,回首边头。欲寄鳞游,九曲寒波不溯流。

亭前春逐红英尽,舞态徘徊。细雨霏微,不放双眉时暂开。　　绿窗冷静芳音断,香印成灰。可奈情怀,欲睡朦胧入梦来。

菩 萨 蛮

花明月暗笼轻雾,今宵好向郎边去。刬袜步香阶,手提金缕鞋。

画堂南畔见,一晌偎人颤。好为出来难,教君恣意怜。

蓬莱院闭天台女,画堂昼寝无人语。抛枕翠云光,绣衣闻异香。

潜来珠锁动,惊觉鸳鸯梦。慢脸笑盈盈,相看无限情。

铜簧韵脆锵寒竹,新声慢奏移纤玉。眼色暗相钩,秋波横欲流。

雨云深绣户,来便谐衷素。宴罢又成空,梦迷春睡中。

人生愁恨何能免,消魂独我情何限。故国梦重归,觉来双泪垂。

高楼谁与上,长记秋晴望。往事已成空,还如一梦中。

清平乐 一名忆萝月

别来春半,触目愁肠断。砌下落梅如雪乱,拂了一身还满。　　　雁来音信无凭,路遥归梦难成。离恨却如春草,更行更远还生。

喜迁莺 一名鹤冲天,一名燕归来。

晓月坠,宿云微,无语枕频欹。梦回芳草思依依,天远雁声稀。

啼莺散,馀花乱,寂寞画堂深院。片红休扫尽从伊,留待舞人归。

阮郎归 一名醉桃源,一名碧桃春。

东风吹水日衔山,春来长是闲。落花狼藉酒阑珊,笙歌醉梦间。

春睡觉,晚妆残,无人整翠鬟。留连光景惜朱颜,黄昏独倚阑。

锦堂春 一名乌夜啼

昨夜风兼雨,帘帏飒飒秋声。烛残漏滴频欹枕,起坐不能平。

世事漫随流水,算来一梦浮生。醉乡路稳宜频到,此外不堪行。

应 天 长

一钩初月临妆镜,蝉鬓凤钗慵不整。重帘静,层楼迥,惆怅落花风不定。　　　柳堤芳草径,梦断辘轳金井。昨夜更阑酒醒,春愁过却病。

望　远　行

碧砌花光照眼明,朱扉长日镇长扃。馀寒欲去梦难成,炉香烟冷自亭亭。　　　辽阳月,秣陵砧,不传消息但传情。黄金台下忽然惊,征人归日二毛生。

浪淘沙 一名卖花声

帘外雨潺潺,春意阑珊。罗衾不耐五更寒。梦里不知身是客,一晌贪欢。　　　独自暮凭阑,无限江山。别时容易见时难。流水落花春去也,天上人间。

往事只堪哀,对景难排。秋风庭院藓侵阶。一桁珠帘闲不卷,终日谁来。　　　金剑已沉埋,壮气蒿莱。晚凉天净月华开。想得玉楼瑶殿影,空照秦淮。

木兰花 一名玉楼春,一名春晓曲,一名惜春容。

晚妆初了明肌雪,春殿嫔娥鱼贯列。凤箫声断水云闲,重按霓裳歌遍彻。　　　临风谁更飘香屑,醉拍阑干情未切。归时休放烛花红,待踏马蹄清夜月。

虞　美　人

风回小院庭芜绿,柳眼春相续。凭阑半日独无言,依旧竹声新月,似当年。　　　笙歌未散尊罍在,池面冰初解。烛明香暗画楼深,满鬓清霜残雪,思难禁。

春花秋月何时了,往事知多少。小楼昨夜又东风,故国不堪回首月明中。　　雕阑玉砌应犹在，只是朱颜改。问君能有几多愁，恰似一江春水向东流。

一斛珠 一名醉落魄

晚妆初过，沉檀轻注些儿个。向人微露丁香颗。一曲清歌，暂引樱桃破。　　罗袖裹残殷色可，杯深旋被香醪污。绣床斜凭娇无那。烂嚼红茸，笑向檀郎唾。

临 江 仙

樱桃落尽春归去，蝶翻轻粉双飞。子规啼月小楼西。玉钩罗幕，惆怅暮烟垂。　　别巷寂寥人散后，望残烟草低迷。炉香闲袅凤凰儿。空持罗带，回首恨依依。

蝶 恋 花

　　一名一箩金，一名黄金缕，一名明月生南浦，一名凤栖梧，一名鹊踏枝，一名卷珠帘，一名鱼水同欢。

遥夜亭皋闲信步。才过清明，渐觉伤春暮。数点雨声风约住，朦胧澹月云来去。　　桃李依依香暗度。谁在秋千，笑里轻轻语。一片芳心千万绪，人间没个安排处。

破阵子 一名十拍子

四十年来家国，三千里地山河。凤阙龙楼连霄汉，玉树琼枝作烟萝，几曾识干戈。　　一旦归为臣虏，沉腰潘鬓销磨。最是苍黄辞庙日，教坊独奏别离歌，垂泪对宫娥。

蜀主王衍 二首

醉　妆　词

者边走,那边走,只是寻花柳。那边走,者边走,莫厌金杯酒。

甘　州　曲

画罗裙,能解束,称腰身。柳眉桃脸不胜春。薄媚足精神,可惜沦落在风尘。

后蜀主孟昶 诗一首

木　兰　花

冰肌玉骨清无汗,水殿风来暗香满。绣帘一点月窥人,欹枕钗横云鬓乱。　　起来琼户启无声,时见疏星渡河汉。屈指西风几时来,只恐流年暗中换。苏轼洞仙歌即櫽栝此词。

全唐诗卷八九〇 词二

李景伯 一首

回 波 乐

回波尔时酒卮,微臣职在箴规。侍宴既过三爵,喧哗窃恐非仪。

沈佺期 一首

回 波 乐

回波尔时佺期,流向岭外生归。身名已蒙齿录,袍笏未复牙绯。

裴 谈 一首

回 波 乐

回波尔时栲栳,怕妇也是大好。外边只有裴谈,内里无过李老。

张 说 六首

舞　马　词

万玉朝宗凤扆,千金率领龙媒。眄鼓凝骄蹀躞,听歌弄影徘徊。
天鹿遥征卫叔,日龙上借羲和。将共两骖争舞,来随八骏齐歌。
彩旄八佾成行,时龙五色因方。屈膝衔杯赴节,倾心献寿无疆。
帝皂龙驹沛艾,星阑骥子权奇。腾倚骧洋应节,繁骄接迹不移。
二圣先天合德,群灵率土可封。击石骖驔紫燕,拟金顾步苍龙。
圣君出震应箓,神马浮河献图。足蹋天庭鼓舞,心将帝乐踟蹰。

崔　液 二首

蹋　歌　词

　　　　此词五言六句,与抛球乐相似,惟于第五句用韵不同。或将第二首
末二句作上七言,下三言读,改入词调者,误。
彩女迎金屋,仙姬出画堂。鸳鸯裁锦袖,翡翠贴花黄。歌响舞分
行,艳色动流光。
庭际花微落,楼前汉已横。金壶催夜尽,罗袖舞寒轻。乐笑畅欢
情,未半著天明。

李　白 十四首

桂　殿　秋

仙女下,董双成,汉殿夜凉吹玉笙。曲终却从仙官去,万户千门惟
月明。

河汉女,玉炼颜,云輧往往在人间。九霄有路去无迹,袅袅香风生佩环。

清 平 调

云想衣裳花想容,春风拂槛露华浓。若非群玉山头见,会向瑶台月下逢。

一枝红艳露凝香,云雨巫山枉断肠。借问汉宫谁得似,可怜飞燕倚新妆。

名花倾国两相欢,常得君王带笑看。解得春风无限恨,沉香亭北倚阑干。

连 理 枝

雪盖宫楼闭,罗幕昏金翠。斗压阑干,香心澹薄,梅梢轻倚。喷宝猊香烬、麝烟浓,馥红绡翠被。

浅画云垂帔,点滴昭阳泪。咫尺宸居,君恩断绝,似遥千里。望水晶帘外、竹枝寒,守羊车未至。

菩 萨 蛮

平林漠漠烟如织,寒山一带伤心碧。暝色入高楼,有人楼上愁。

　玉阶空伫立,宿鸟归飞急。何处是归程,长亭更短亭。

忆秦娥 一名秦楼月,一名碧云深, 一名双荷叶。

箫声咽,秦娥梦断秦楼月。秦楼月,年年柳色,灞陵伤别。　　乐游原上清秋节,咸阳古道音尘绝。音尘绝,西风残照,汉家陵阙。

清平乐 一名忆萝月

禁庭春昼,莺羽披新绣。百草巧求花下斗,只赌珠玑满斗。　　日
晚却理残妆,御前闲舞霓裳。谁道腰肢窈窕,折旋笑得君王。
禁闱秋夜,月探金窗罅。玉帐鸳鸯喷兰麝,时落银灯香炧。　　女
伴莫话孤眠,六宫罗绮三千。一笑皆生百媚,宸衷教在谁边。
烟深水阔,音信无由达。惟有碧天云外月,偏照悬悬离别。　　尽
日感事伤怀,愁眉似锁难开。夜夜长留半被,待君魂梦归来。
鸳衾凤褥,夜夜常孤宿。更被银台红蜡烛,学妾泪珠相续。　　花
貌些子时光,抛人远泛潇湘。欹枕悔听寒漏,声声滴断愁肠。
画堂晨起,来报雪花坠。高卷帘栊看佳瑞,皓色远迷庭砌。　　盛
气光引炉烟,素草寒生玉佩。应是天仙狂醉,乱把白云揉碎。

元　结 五首

欸　乃　曲

偶存名迹在人间,顺俗与时未安闲。来谒大官兼问政,扁舟却入九
疑山。
湘江二月春水平,满月和风宜夜行。唱桡欲过平阳戍,守吏相呼问
姓名。
千里枫林烟雨深,无朝无暮有猿吟。倚桡静听曲中意,好似云山韶
濩音。
零陵郡北湘水东,浯溪形胜满湘中。溪口石颠堪自逸,谁能相伴作
渔翁。
下泷船似入深渊,上泷船似欲升天。泷南始到九疑郡,应绝高人乘

兴船。

张志和 五首

渔 父

西塞山前白鹭飞,桃花流水鳜鱼肥。青箬笠,绿蓑衣,斜风细雨不
须归。

钓台渔父褐为裘,两两三三艖艋舟。能纵棹,惯乘流,长江白浪不
曾忧。

雪溪湾里钓鱼翁,舴艋为家西复东。江上雪,浦边风,笑著荷衣不
叹穷。

松江蟹舍主人欢,菰饭莼羹亦共餐。枫叶落,荻花干,醉宿渔舟不
觉寒。

青草湖中月正圆,巴陵渔父棹歌连。钓车子,橛头船,乐在风波不
用仙。

张松龄 一首

渔 父

乐是风波钓是闲,草堂松桧已胜攀。太湖水,洞庭山,狂风浪起且
须还。

韩 翃 一首

章台柳 寄柳氏

章台柳,章台柳,往日依依今在否? 纵使长条似旧垂,也应攀折他人手。

韦应物 四首

三　台 或加令字。一名翠华引,一名开元乐。

一年一年老去,明日后日花开。未报长安平定,万国岂得衔杯。
冰泮寒塘水绿,雨馀百草皆生。朝来衡门无事,晚下高斋有情。

调笑令 一名宫中调笑,一名转应曲,一名三台令。

胡马,胡马,远放燕支山下。跑沙跑雪独嘶,东望西望路迷。迷路,
迷路,边草无穷日暮。
河汉,河汉,晓挂秋城漫漫。愁人起望相思,塞北江南别离。离别,
离别,河汉虽同路绝。

王　建 十首

三　台 宫中二首,江南四首。

鱼藻池边射鸭,芙蓉苑里看花。日色柘袍相似,不著红鸾扇遮。
池北池南草绿,殿前殿后花红。天子千秋万岁,未央明月清风。
扬州桥边小妇,长干市里商人。三年不得消息,各自拜鬼求神。
青草湖边草色,飞猿岭上猿声。万里三湘客到,有风有雨人行。

树头花落花开,道上人去人来。朝愁暮愁即老,百年几度三台。
斗身强健且为,头白齿落难追。准拟百年千岁,能得几许多时。

调笑令 即宫中调笑

团扇,团扇,美人并来遮面。玉颜憔悴三年,谁复商量管弦。弦管,
弦管,春草昭阳路断。

胡蝶,胡蝶,飞上金枝玉叶。君前对舞春风,百叶桃花树红。红树,
红树,燕语莺啼日暮。

罗袖,罗袖,暗舞春风依旧。遥看歌舞玉楼,好日新妆坐愁。愁坐,
愁坐,一世虚生虚过。

杨柳,杨柳,日暮白沙渡口。船头江水茫茫,商人少妇断肠。肠断,
肠断,鹧鸪夜飞失伴。

戴叔伦 一首

调笑令 即转应曲

边草,边草,边草尽来兵老。山南山北雪晴,千里万里月明。明月,
明月,胡笳一声愁绝。

刘禹锡 八首

纥那曲 二首

杨柳郁青青,竹枝无限情。同郎一回顾,听唱纥那声。
蹋曲兴无穷,调同辞不同。愿郎千万寿,长作主人翁。

忆江南 即春去也

春去也,多谢洛城人。弱柳从风疑举袂,丛兰裛露似沾巾。独坐亦含颦。

春去也,共惜艳阳年。犹有桃花流水上,无辞竹叶醉尊前。惟待见青天。

潇 湘 神

湘水流,湘水流,九疑云物至今愁。若问二妃何处所,零陵芳草露中秋。

斑竹枝,斑竹枝,泪痕点点寄相思。楚客欲听瑶瑟怨,潇湘深夜月明时。

抛 球 乐

五色绣团圆,登君玳瑁筵。最宜红烛下,偏称落花前。上客如先起,应须赠一船。

春早见花枝,朝朝恨发迟。及看花落后,却忆未开时。幸有抛球乐,一杯君莫辞。

白居易 九首

花 非 花

花非花,雾非雾。夜半来,天明去。来如春梦不多时,去似朝云无觅处。

忆 江 南

江南好,风景旧曾谙。日出江花红胜火,春来江水绿如蓝。能不忆江南。

江南忆,最忆是杭州。山寺月中寻桂子,郡亭枕上看潮头。何日更重游。

江南忆,其次忆吴宫。吴酒一杯春竹叶,吴娃双舞醉芙蓉。早晚得相逢。

如 梦 令

前度小花静院,不比寻常时见。见了又还休,愁却等闲分散。肠断,肠断,记取钗横鬓乱。

落月西窗惊起,好个匆匆些子。鬟鬓軃轻松,凝了一双秋水。告你,告你,休向人间整理。

频日雅欢幽会,打得来来越睱。说著暂分飞,蹙损一双眉黛。无奈,无奈,两个心儿总待。

长 相 思

汴水流,泗水流。流到瓜洲古渡头,吴山点点愁。　思悠悠,恨悠悠。恨到归时方始休,月明人倚楼。

深画眉,浅画眉。蝉鬓鬅鬙云满衣,阳台行雨回。　巫山高,巫山低。暮雨潇潇郎不归,空房独守时。

刘长卿 一首

谪仙怨 集作律诗,题云苕溪酬梁耿别后见寄。

晴川落日初低,惆怅孤舟解携。鸟向平芜远近,人随流水东西。

　白云千里万里,明月前溪后溪。独恨长沙谪去,江潭春草萋萋。

窦弘馀 常之子,官至台州刺史。词一首。

广谪仙怨 并序

　　天宝十五载正月,安禄山反,陷没洛阳。王师败绩,关门不守。车
驾幸蜀,途次马嵬驿,六军不发,赐贵妃自尽,然后驾行。次骆谷,上登
高下马望秦川,遥辞陵庙,再拜,呜咽流涕,左右皆泣。谓力士曰:"吾听
九龄之言,不到于此。"乃命中使往韶州,以太牢祭之。因上马索长笛,
吹笛,曲成,潸然流涕,伫立久之。时有司旋录成谱,及銮驾至成都,乃
进此谱,请名曲。帝谓:"吾因思九龄,亦别有意,可名此曲为《谪仙
怨》。"其旨属马嵬之事。厥后以乱离隔绝,有人自西川传得者,无由知,
但呼为《剑南神曲》。其音怨切,诸曲莫比。大历中,江南人盛为此曲。
随州刺史刘长卿左迁睦州司马,祖筵之内,长卿遂撰其词。吹之为曲,
意颇自得,盖亦不知本事。余既备知,聊因暇日撰其辞,复命乐工唱之,
用广其不知者。

胡尘犯阙冲关,金辂提携玉颜。云雨此时萧散,君王何日归还。

　伤心朝恨暮恨,回首千山万山。独望天边初月,蛾眉犹自弯弯。

康　骈 字驾轻,池州人。登第,为崇文馆校书郎,后为田
颁客,荐授中书舍人。所著有《剧谈录》。词一首。

广谪仙怨 并序

窦使君序《谪仙怨》云:刘随州之辞,未知本事。及详其意,但以贵妃为怀。盖明皇登骆谷之时,实有思贤之意,窦之所制,殊不述焉。骈因更广其辞,盖欲两全其事。虽才情浅拙,不逮二公,而理或可观,贻诸识者。

晴山碍目横天,绿叠君王马前。銮辂西巡蜀国,龙颜东望秦川。

曲江魂断芳草,妃子愁凝暮烟。长笛此时吹罢,何言独为婵娟。

全唐诗卷八九一 词三

杜 牧 一首

八 六 子

洞房深,画屏灯照,山色凝翠沉沉。听夜雨,冷滴芭蕉,惊断红窗好梦。龙烟细飘绣衾,辞恩久归长信。凤帐萧疏,椒殿闲扃。　辇路苔侵,绣帘垂,迟迟漏传丹禁。蕣华偷悴,翠鬟羞整。愁坐望处,金舆渐远,何时彩仗重临。正消魂,梧桐又移翠阴。

崔怀宝 河南司隶。词一首。

忆 江 南

平生愿,愿作乐中筝。得近玉人纤手子,砑罗裙上放娇声。便死也为荣。

郑 符 一首

闲 中 好

闲中好,尽日松为侣。此趣人不知,轻风度僧语。

段成式 一首

闲 中 好

闲中好,尘务不萦心。坐对当窗木,看移三面阴。

张希复 一首

闲 中 好

闲中好,幽磬度声迟。卷上论题肇,画中僧姓支。

温庭筠 五十九首

南歌子 歌或作柯。一名春宵曲。

手里金鹦鹉,胸前绣凤凰。偷眼暗形相,不如从嫁与,作鸳鸯。
似带如丝柳,团酥握雪花。帘卷玉钩斜,九衢尘欲暮,逐香车。
倭堕低梳髻,连娟细扫眉。终日两相思,为君憔悴尽,百花时。
脸上金霞细,眉间翠钿深。欹枕覆鸳衾,隔帘莺百转,感君心。
扑蕊添黄子,呵花满翠鬟。鸳枕映屏山,月明三五夜,对芳颜。
转盼如波眼,娉婷似柳腰。花里暗相招,忆君肠欲断,恨春宵。

懒拂鸳鸯枕,休缝翡翠裙。罗帐罢炉熏,近来心更切,为思君。

荷 叶 杯

一点露珠凝冷,波影,满池塘。绿茎红艳两相乱,肠断,水风凉。

镜水夜来秋月,如雪,采莲时。小娘红粉对寒浪,惆怅,正思惟。

楚女欲归南浦,朝雨,湿愁红。小船摇漾入花里,波起,隔西风。

忆 江 南

千万恨,恨极在天涯。山月不知心里事,水风空落眼前花。摇曳碧
云斜。

梳洗罢,独倚望江楼。过尽千帆皆不是,斜晖脉脉水悠悠。肠断白
蘋洲。

蕃 女 怨

万枝香雪开已遍,细雨双燕。钿蝉筝,金雀扇,画梁相见。雁门消
息不归来,又飞回。

碛南沙上惊雁起,飞雪千里。玉连环,金镞箭,年年征战。画楼离
恨锦屏空,杏花红。

遐 方 怨

凭绣槛,解罗帏。未得君书,断肠潇湘春雁飞,不知征马几时归,海
棠花谢也,雨霏霏。

花半拆,雨初晴。未卷珠帘,梦残惆怅闻晓莺,宿妆眉浅粉山横,约
鬓鸾镜里,绣罗轻。

诉衷情 一名一丝风

莺语,花舞,春昼午,雨霏微。金带枕,宫锦,凤凰帷。柳弱燕交飞,
依依。辽阳音信稀,梦中归。

定 西 番

汉使昔年离别,攀弱柳,折寒梅,上高台。　千里玉关春雪,雁来
人不来。羌笛一声愁绝,月裴回。

海燕欲飞调羽,萱草绿,杏花红,隔帘栊。　双鬟翠霞金缕,一枝
春艳浓。楼上月明三五,琐窗中。

细雨晓莺春晚,人似玉,柳如眉,正相思。　罗幕翠帘初卷,镜中
花一枝。肠断塞门消息,雁来稀。

思 帝 乡

花花,满枝红似霞。罗袖画帘肠断,卓香车。回面共人闲语,战篦
金凤斜。惟有阮郎春尽,不归家。

酒泉子 四首

花映柳条,闲向绿萍池上。凭栏干,窥细浪,雨萧萧。　近来音
信两疏索,洞房空寂寞。掩银屏,垂翠箔,度春宵。

日映纱窗,金鸭小屏山碧。故乡春,烟霭隔,背兰釭。　宿妆惆
怅倚高阁,千里云影薄。草初齐,花又落,燕双飞。

楚女不归,楼枕小河春水。月孤明,风又起,杏花稀。　玉钗斜
篸云鬟重,裙上金缕凤。八行书,千里梦,雁南飞。

罗带惹香,犹系别时红豆。泪痕新,金缕旧,断离肠。　一双娇
燕语雕梁,还是去年时节。绿杨浓,芳草歇,柳花狂。

玉　蝴　蝶

秋风凄切伤离,行客未归时。塞外草先衰,江南雁到迟。　　芙蓉
凋嫩脸,杨柳堕新眉。摇落使人悲,断肠谁得知。

女冠子　二首

含娇含笑,宿翠残红窈窕。鬓如蝉,寒玉簪秋水,轻纱卷碧烟。
　雪胸鸾镜里,琪树凤楼前。寄语青娥伴,早求仙。
霞帔云发,钿镜仙容似雪。画愁眉,遮语回轻扇,含羞下绣帏。
　玉楼相望久,花洞恨来迟。早晚乘鸾去,莫相遗。

归国遥　国一作自,遥一作谣。

香玉,翠凤宝钗垂簏簌。钿筐交胜金粟,越罗春水绿。　　画堂照
帘残烛,梦馀更漏促。谢娘无限心曲,晓屏山断续。
双脸,小凤战篦金飐艳。舞衣无力风敛,藕丝秋色染。　　锦帐绣
帏斜掩,露珠清晓簟。粉心黄蕊花靥,黛眉山两点。

菩　萨　蛮

小山重叠金明灭,鬓云欲度香腮雪。懒起画蛾眉,弄妆梳洗迟。
　照花前后镜,花面交相映。新帖绣罗襦,双双金鹧鸪。
水精帘里颇黎枕,暖香惹梦鸳鸯锦。江上柳如烟,雁飞残月天。
　藕丝秋色浅,人胜参差剪。双鬓隔香红,玉钗头上风。
蕊黄无限当山额,宿妆隐笑纱窗隔。相见牡丹时,暂来还别离。
　翠钗金作股,钗上蝶双舞。心事竟谁知,月明花满枝。
翠翘金缕双鸂鶒,水文细起春池碧。池上海棠梨,雨晴红满枝。
　绣衫遮笑靥,烟草黏飞蝶。青琐对芳菲,玉关音信稀。

杏花含露团香雪,绿杨陌上多离别。灯在月胧明,觉来闻晓莺。
　玉钩褰翠幕,妆浅旧眉薄。春梦正关情,镜中蝉鬓轻。

玉楼明月长相忆,柳丝袅娜春无力。门外草萋萋,送君闻马嘶。
　画罗金翡翠,香烛销成泪。花落子规啼,绿窗残梦迷。

凤凰相对盘金缕,牡丹一夜经微雨。明镜照新妆,鬓轻双脸长。
　画楼相望久,阑外垂丝柳。音信不归来,社前双燕回。

牡丹花谢莺声歇,绿杨满院中庭月。相忆梦难成,背窗灯半明。
　翠钿金压脸,寂寞香闺掩。人远泪阑干,燕飞春又残。

满宫明月梨花白,故人万里关山隔。金雁一双飞,泪痕沾绣衣。
　小园芳草绿,家住越溪曲。杨柳色依依,燕归君不归。

宝函钿雀金鸂鶒,沉香阁上吴山碧。杨柳又如丝,驿桥春雨时。
　画楼音信断,芳草江南岸。鸾镜与花枝,此情谁得知。

南园满地堆轻絮,愁闻一霎清明雨。雨后却斜阳,杏花零落香。
　无言匀睡脸,枕上屏山掩。时节欲黄昏,无憀独倚门。

夜来皓月才当午,重帘悄悄无人语。深处麝烟长,卧时留薄妆。
　当年还自惜,往事那堪忆。花露月明残,锦衾知晓寒。

雨晴夜合玲珑日,万枝香袅红丝拂。闲梦忆金堂,满庭萱草长。
　绣帘垂箓簌,眉黛远山绿。春水渡溪桥,凭阑魂欲消。

竹风轻动庭除冷,珠帘月上玲珑影。山枕隐浓妆,绿檀金凤凰。
　两蛾愁黛浅,故国吴宫远。春恨正关情,画楼残点声。

玉纤弹处真珠落,流多暗湿铅华薄。春露浥朝花,秋波浸晚霞。
　风流心上物,本为风流出。看取薄情人,罗衣无此痕。

清　平　乐

上阳春晚,宫女愁蛾浅。新岁清平思同辇,争奈长安路远。　　凤
帐鸳被徒熏,寂寞花锁千门。竞把黄金买赋,为妾将上明君。

洛阳愁绝,杨柳花飘雪。终日行人争攀折,桥下水流呜咽。　　　上马争劝离觞,南浦莺声断肠。愁杀平原年少,回首挥泪千行。

更　漏　子

柳丝长,春雨细,花外漏声迢递。惊塞雁,起城乌,画屏金鹧鸪。

香雾薄,透帘幕,惆怅谢家池阁。红烛背,绣帘垂,梦长君不知。

星斗稀,钟鼓歇,帘外晓莺残月。兰露重,柳风斜,满庭堆落花。

虚阁上,倚阑望,还似去年惆怅。春欲暮,思无穷,旧欢如梦中。

金雀钗,红粉面,花里暂时相见。知我意,感君怜,此情须问天。

香作穗,蜡成泪,还似两人心意。山枕腻,锦衾寒,觉来更漏残。

相见稀,相忆久,眉浅淡烟如柳。垂翠幕,结同心,待郎熏绣衾。

城上月,白如雪,蝉鬓美人愁绝。宫树暗,鹊桥横,玉签初报明。

背江楼,临海月,城上角声呜咽。堤柳动,岛烟昏,两行征雁分。

京口路,归帆渡,正是芳菲欲度。银烛尽,玉绳低,一声村落鸡。

玉炉香,红蜡泪,偏照画堂秋思。眉翠薄,鬓云残,夜长衾枕寒。

梧桐树,三更雨,不道离情正苦。一叶叶,一声声,空阶滴到明。

河　渎　神

河上望丛祠,庙前春雨来时。楚山无限鸟飞迟,兰棹空伤别离。

何处杜鹃啼不歇,艳红开尽如血。蝉鬓美人愁绝,百花芳草佳节。

孤庙对寒潮,西陵风雨潇潇。谢娘惆怅倚兰桡,泪流玉箸千条。

暮天愁听思归乐,早梅香满山郭。回首两情萧索,离魂何处飘泊。

铜鼓赛神来,满庭幡盖裴回。水村江浦过风雷,楚山如画烟开。

离别橹声空萧索,玉容惆怅妆薄。青麦燕飞落落,卷帘愁对珠阁。

河　传

江畔，相唤。晓妆鲜，仙景个女采莲。请君莫向那岸边。少年，好花新满船。　　红袖摇曳逐风软，垂玉腕。肠向柳丝断。浦南归，浦北归。莫知，晚来人已稀。

湖上，闲望。雨萧萧，烟浦花桥路遥。谢娘翠蛾愁不销。终朝，梦魂迷晚潮。　　荡子天涯归棹远，春已晚。莺语空肠断。若耶溪，溪水西。柳堤，不闻郎马嘶。

同伴，相唤。杏花稀，梦里每愁依违。仙客一去燕已飞。不归，泪痕空满衣。　　天际云鸟引情远，春已晚。烟霭渡南苑。雪梅香，柳带长。小娘，转令人意伤。

木兰花 　即春晓曲，集作古诗。

家临长信往来道，乳燕双双拂烟草。油壁车轻金犊肥，流苏帐晓春鸡早。　　笼中娇鸟暖犹睡，帘外落花闲不扫。衰桃一树近前池，似惜容颜镜中老。

皇甫松 　十八首

竹　枝 　一名巴渝辞

槟榔花发竹枝鹧鸪啼女儿，雄飞烟瘴竹枝雌亦飞女儿。
木棉花尽竹枝荔支垂女儿，千花万花竹枝待郎归女儿。
芙蓉并蒂竹枝一心连女儿，花侵槅子竹枝眼应穿女儿。
筵中蜡烛竹枝泪珠红女儿，合欢桃核竹枝两人同女儿。

斜江风起竹枝动横波女儿，劈开莲子竹枝苦心多女儿。

山头桃花竹枝谷底杏女儿，两花窈窕竹枝遥相映女儿。

摘 得 新

酌一卮，须教玉笛吹。锦筵红蜡烛，莫来迟。繁红一夜经风雨，是空枝。

摘得新，枝枝叶叶春。管弦兼美酒，最关人。平生都得几十度，展香茵。

采 莲 子

菡萏香连十顷陂 举棹，小姑贪戏采莲迟 年少。晚来弄水船头湿 举棹，更脱红裙裹鸭儿 年少。

船动湖光滟滟秋 举棹，贪看年少信船流 年少。无端隔水抛莲子 举棹，遥被人知半日羞 年少。

抛 球 乐

红拨一声飘，轻裘坠越绡。带翻金孔雀，香满绣蜂腰。少少抛分数，花枝正索饶。

金蹙花球小，真珠绣带垂。几回冲蜡烛，千度入香怀。上客终须醉，觥盂且乱排。

忆 江 南

兰烬落，屏上暗红蕉。闲梦江南梅熟日，夜船吹笛雨潇潇。人语驿边桥。

楼上寝，残月下帘旌。梦见秣陵惆怅事，桃花柳絮满江城。双髻坐吹笙。

天 仙 子

晴野鹭鸶飞一只，水蓣花发秋江碧。刘郎此日别天仙，登绮席，泪珠滴，十二晚峰青历历。

蹋蹋花开红照水，鹧鸪飞绕青山觜。行人经岁始归来，千万里，错相倚，懊恼天仙应有以。

怨回纥 二首

白首南朝女，愁听异域歌。收兵颉利国，饮马胡卢河。毳布腥膻久，穹庐岁月多。雕窠城上宿，吹笛泪滂沱。

祖席驻征棹，开帆候信潮。隔筵桃叶泣，吹管杏花飘。船去鸥飞阁，人归尘上桥。别离惆怅泪，江路湿红蕉。

司空图 一首

酒 泉 子

买得杏花，十载归来方始坼。假山西畔药阑东，满枝红。旋开旋落旋成空，白发多情人更惜。黄昏把酒祝东风，且从容。

韩 偓 三首

生 查 子

侍女动妆奁，故故惊人睡。那知本未眠，背面偷垂泪。

懒卸凤凰钗，羞入鸳鸯被。时复见残灯，和烟坠金穗。

浣 溪 沙

挠鬓新收玉步摇,背灯初解绣裙腰,枕寒衾冷异香焦。　深院不关春寂寂,落花和雨夜迢迢,恨情残醉却无聊。

宿醉离愁慢髻鬟,六铢衣薄惹轻寒,慵红闷翠掩青鸾。　罗袜况兼金菡萏,雪肌仍是玉琅玕,骨香腰细更沉檀。

张　曙　小字阿灰,侍郎祎子。词一首。

浣 溪 沙

枕障熏炉隔绣帷,二年终日苦相思,杏花明月始应知。　天上人间何处去,旧欢新梦觉来时,黄昏微雨画帘垂。

钟　辐　江南人。咸通末,以广文生为苏州院巡。词一首。

卜 算 子 慢

桃花院落,烟重露寒,寂寞禁烟晴昼。风拂珠帘,还记去年时候。惜春心,不喜闲窗绣。倚屏山,和衣睡觉。醺醺暗消残酒。　独倚危阑久。把玉笋偷弹,黛蛾轻斗。一点相思,万般自家甘受。抽金钗,欲买丹青手。写别来,容颜寄与,使知人清瘦。

全唐诗卷八九二 词四

韦 庄 五十二首

诉 衷 情

烛烬香残帘半卷，梦初惊。花欲谢，深夜，月笼明。何处按歌声，轻轻。舞衣尘暗生，负春情。

碧沼红芳烟雨静，倚兰桡。垂玉佩，交带，袅纤腰。鸳梦隔星桥，迢迢。越罗香暗销，坠花翘。

天 仙 子

怅望前回梦里期，看花不语苦寻思。露桃宫里小腰枝，眉眼细，鬓云垂，惟有多情宋玉知。

深夜归来长酩酊，扶入流苏犹未醒。醺醺酒气麝兰和，惊睡觉，笑呵呵，长笑人生能几何。

蟾彩霜华夜不分，天外鸿声枕上闻。绣衾香冷懒重熏，人寂寂，叶纷纷，才睡依前梦见君。

梦觉云屏依旧空，杜鹃声咽隔帘栊。玉郎薄幸去无踪，一日日，恨重重，泪界莲腮两线红。

金似衣裳玉似身，眼如秋水鬓如云。霞裙月帔一群群，来洞口，望烟分，刘阮不归春日曛。

江城子 城一作神。一名水晶帘。

恩重娇多情易伤,漏更长,解鸳鸯。朱唇未动,先觉口脂香。缓揭
绣衾抽皓腕,移凤枕,枕檀郎。

鬒鬓狼藉黛眉长,出兰房,别檀郎。角声呜咽,星斗渐微茫。露冷
月残人未起,留不住,泪千行。

定 西 番

挑尽金灯红烬,人灼灼,漏迟迟,未眠时。斜倚银屏无语,闲愁上翠
眉。闷杀梧桐残雨,滴相思。

芳草丛生缕结,花艳艳,雨濛濛,晓庭中。塞远久无音问,愁销镜里
红。紫燕黄鹂犹至,恨何穷。

思 帝 乡

云髻坠,凤钗垂。髻坠钗垂无力,枕函敧。翡翠屏深月落,漏依依。
说尽人间天上,两心知。

春日游,杏花吹满头。陌上谁家年少,足风流。妾拟将身嫁与,一
生休。纵被无情弃,不能羞。

上 行 杯

芳草灞陵春岸,柳烟深,满楼弦管。一曲离声肠寸断。　　今日送
君千万,红缕玉盘金镂盏。须劝! 珍重意,莫辞满。

白马玉鞭金辔,少年郎,离别容易。迢递去程千万里。　　惆怅异
乡云水,满酌一杯劝和泪。须愧! 珍重意,莫辞醉。

酒 泉 子

月落星沉,楼上美人春睡。绿云敧,金枕腻,画屏深。　　子规啼
破相思梦,曙色东方才动。柳烟轻,花露重,思难任。

女冠子 二首

四月十七,正是去年今日。别君时,忍泪佯低面,含羞半敛眉。
　　不知魂已断,空有梦相随。除却天边月,没人知。
昨夜夜半,枕上分明梦见。语多时,依旧桃花面,频低柳叶眉。
　　半羞还半喜,欲去又依依。觉来知是梦,不胜悲。

浣 溪 沙

清晓妆成寒食天,柳球斜袅间花钿,卷帘直出画堂前。　　指点牡
丹初绽朵,日高犹自凭朱阑,含嚬不语恨春残。

欲上秋千四体慵,拟交人送又心松,画堂帘幕月明风。　　此夜有
情谁不极,隔墙梨雪又玲珑,玉容憔悴惹微红。

惆怅梦馀山月斜,孤灯照壁背红纱,小楼高阁谢娘家。　　暗想玉
容何所似,一枝春雪冻梅花,满身香雾簇朝霞。

绿树藏莺莺正啼,柳丝斜拂白铜鞮,弄珠江上草萋萋。　　日暮饮
归何处客,绣鞍骢马一声嘶,满身兰麝醉如泥。

夜夜相思更漏残,伤心明月凭阑干,想君思我锦衾寒。　　咫尺画
堂深似海,忆来惟把旧书看,几时携手入长安。

归 国 遥

春欲暮,满地落花红带雨。惆怅玉笼鹦鹉,单栖无伴侣。　　南望
去程何许,问花花不语。早晚得同归去,恨无双翠羽。

金翡翠，为我南飞传我意。罍画桥边春水，几年花下醉。　　别后
只知相愧，泪珠难远寄。罗幕绣帏鸳被，旧欢如梦里。

春欲晚，戏蝶游蜂花烂熳。日落谢家池馆，柳丝金缕断。　　睡觉
绿鬓风乱，画屏云雨散。闲倚博山长叹，泪流沾皓腕。

菩 萨 蛮

红楼别夜堪惆怅，香灯半卷流苏帐。残月出门时，美人和泪辞。
　　琵琶金翠羽，弦上黄莺语。劝我早归家，绿窗人似花。

人人尽说江南好，游人只合江南老。春水碧于天，画船听雨眠。
　　垆边人似月，皓腕凝双雪。未老莫还乡，还乡须断肠。

如今却忆江南乐，当时年少春衫薄。骑马倚斜桥，满楼红袖招。
　　翠屏金屈曲，醉入花丛宿。此度见花枝，白头誓不归。

劝君今夜须沉醉，尊前莫话明朝事。珍重主人心，酒深情亦深。
　　须愁春漏短，莫诉金杯满。遇酒且呵呵，人生能几何。

洛阳城里春光好，洛阳才子他乡老。柳暗魏王堤，此时心转迷。
　　桃花春水渌，水上鸳鸯浴。凝恨对残晖，忆君君不知。

更 漏 子

钟鼓寒，楼阁暝，月照古桐金井。深院闭，小庭空，落花香露红。
　　烟柳重，春雾薄，灯背水窗高阁。闲倚户，暗沾衣，待郎郎不归。

谒金门　一名花自落，一名垂杨碧，一名出塞。

春雨足，染就一溪新绿。柳外飞来双羽玉，弄晴相对浴。　　楼外
翠帘高轴，倚遍阑干几曲。云淡水平烟树簇，寸心千里目。

春漏促，金烬暗挑残烛。一夜帘前风撼竹，梦魂相断续。　　有个
娇饶如玉，夜夜绣屏孤宿。闲抱琵琶寻旧曲，远山眉黛绿。

空相忆,无计得传消息。天上嫦娥人不识,寄书何处觅。　新睡
觉来无力,不忍把君书迹。满院落花春寂寂,断肠芳草碧。

清 平 乐

春愁南陌,故国音书隔。细雨霏霏梨花白,燕拂画帘金额。　尽
日相望王孙,尘满衣上泪痕。谁向桥边吹笛,驻马西望销魂。

野花芳草,寂寞关山道。柳吐金丝莺语早,惆怅香闺暗老。　罗
带悔结同心,独凭朱阑思深。梦觉半床斜月,小窗风触鸣琴。

何处游女,蜀国多云雨。云解有情花解语,窣地绣罗金缕。　妆
成不整金钿,含羞待月秋千。住在绿槐阴里,门临春水桥边。

莺啼残月,绣阁香灯灭。门外马嘶郎欲别,正是落花时节。　妆
成不画蛾眉,含愁独倚金扉。去路香尘莫扫,扫即郎去归迟。

琐窗春暮,满地梨花雨。君不归来情又去,红泪散沾金缕。　梦
魂飞断烟波,伤心不奈春何。空把金针独坐,鸳鸯愁绣双窠。

绿杨春雨,金钱飘千缕。花拆香枝黄鹂语,玉勒雕鞍何处。　碧
窗望断燕鸿,翠帘睡眼溟濛。宝瑟谁家弹罢,含悲斜倚屏风。

喜迁莺 即鹤冲天

人汹汹,鼓咚咚,襟袖五更风。大罗天上月朦胧,骑马上虚空。
　香满衣,云满路,鸾凤绕身飞舞。霓旌绛节一群群,引见玉华君。

街鼓动,禁城开,天上探人回。凤衔金榜出云来,平地一声雷。
　莺已迁,龙已化,一夜满城车马。家家楼上簇神仙,争看鹤冲天。

应 天 长

绿槐阴里黄莺语,深院无人春昼午。画帘垂,金凤舞,寂寞绣屏香
一炷。　碧天云,无定处,空有梦魂来去。夜夜绿窗风雨,断肠

君信否。

别来半岁音书绝,一寸离肠千万结。难相见,易相别,又是玉楼花似雪。　　暗相思,无处说,惆怅夜来烟月。想得此时情切,泪沾红袖黦。

荷　叶　杯

绝代佳人难得,倾国,花下见无期。一双愁黛远山眉,不忍更思惟。　　闲掩翠屏金凤,残梦,罗幕画堂空。碧天无路信难通,惆怅旧房栊。

记得那年花下,深夜,初识谢娘时。水堂西面画帘垂,携手暗相期。　　惆怅晓莺残月,相别,从此隔音尘。如今俱是异乡人,相见更无因。

河　传

何处,烟雨,隋堤春暮。柳色葱茏,画桡金缕,翠旗高飐香风,水光融。　　青娥殿脚春妆媚,轻云里,绰约司花妓。江都宫阙,清淮月映迷楼,古今愁。

春晚,风暖,锦城花满。狂杀游人,玉鞭金勒寻胜,驰骤轻尘,惜良辰。　　翠蛾争劝临邛酒,纤纤手,拂面垂丝柳。归时烟里钟鼓,正是黄昏,暗销魂。

锦浦,春女,绣衣金缕。雾薄云轻,花深柳暗,时节正是清明,雨初晴。　　玉鞭魂断烟霞路,莺莺语,一望巫山雨。香尘隐映,遥望翠槛红楼,黛眉愁。

怨王孙 与河传、月照梨花二词同调。

锦里,蚕市,满街珠翠。千万红妆,玉蝉金雀,宝髻花簇鸣珰,绣衣长。　　　日斜归去人难见,青楼远,队队行云散。不知今夜,何处深锁兰房,隔仙乡。

木 兰 花

独上小楼春欲暮,愁望玉关芳草路。消息断,不逢人,却敛细眉归绣户。　　　坐看落花空叹息,罗袂湿班红泪滴。千山万水不曾行,魂梦欲教何处觅。

小 重 山

一闭昭阳春又春。夜寒宫漏永,梦君恩。卧思陈事暗消魂。罗衣湿,红袂有啼痕。　　　歌吹隔重阍。绕庭芳草绿,倚长门。万般惆怅向谁论? 凝情立,宫殿欲黄昏。

望 远 行

欲别无言倚画屏,含恨暗伤情。谢家庭树锦鸡鸣,残月落边城。

　　人欲别,马频嘶,绿槐千里长堤。出门芳草路萋萋,云雨别来易东西。不忍别君后,却入旧香闺。

牛　峤 二十七首

忆 江 南

衔泥燕,飞到画堂前。占得杏梁安稳处,体轻惟有主人怜。堪羡好因缘。

红绣被,两两间鸳鸯。不是鸟中偏爱尔,为缘交颈睡南塘。全胜薄情郎。

西　溪　子

捍拨双盘金凤,蝉鬓玉钗摇动。画堂前,人不语,弦解语。弹到昭
君怨处。翠蛾愁,不抬头。

江　城　子

鵁鶄飞起郡城东,碧江空,半滩风。越王宫殿,蘋叶藕花中。帘卷
水楼鱼浪起,千片雪,雨濛濛。

极浦烟消水鸟飞,离筵分手时,送金卮。渡口杨花,狂雪任风吹。
日暮空江波浪急,芳草岸,柳如丝。

定　西　番

紫塞月明千里,金甲冷,戍楼寒,梦长安。　　乡思望中天阔,漏残
星亦残。画角数声呜咽,雪漫漫。

望　江　怨

东风急,惜别花时手频执,罗帏愁独入。马嘶残雨春芜湿。倚门
立,寄语薄情郎,粉香和泪泣。

女冠子 四首

绿云高髻,点翠匀红时世。月如眉,浅笑含双靥,低声唱小词。
　　眼看惟恐化,魂荡欲相随。玉趾回娇步,约佳期。

锦江烟水,卓女烧春浓美。小檀霞,绣带芙蓉帐,金钗芍药花。
　　额黄侵腻发,臂钏透红纱。柳暗莺啼处,认郎家。

星冠霞帔,住在蕊珠宫里。佩丁当,明翠摇蝉翼,纤珪理宿妆。
　　醮坛春〔草〕(昼)昼绿,药院杏花香。青鸟传心事,寄刘郎。

双飞双舞,春昼后园莺语。卷罗帏,锦字书封了,银河雁过迟。

鸳鸯排宝帐,豆蔻绣连枝。不语匀珠泪,落花时。

酒 泉 子

记得去年,烟暖杏园花正发,雪飘香。江草绿,柳丝长。　　　　钿车

纤手卷帘望,眉学春山样。凤钗低袅翠鬟上,落梅妆。

菩 萨 蛮

舞裙香暖金泥凤,画梁语燕惊残梦。门外柳花飞,玉郎犹未归。

愁匀红粉泪,眉剪春山翠。何处是辽阳,锦屏春昼长。

柳花飞处莺声急,晴街春色香车立。金凤小帘开,脸波和恨来。

今宵求梦想,难到青楼上。赢得一场愁,鸳衾谁并头。

玉钗风动春幡急,交枝红杏笼烟泣。楼上望卿卿,窗寒新雨晴。

熏炉蒙翠被,绣帐鸳鸯睡。何处有相知,羡他初画眉。

画屏重叠巫阳翠,楚神尚有行云意。朝暮几般心,向他情谩深。

风流今古隔,虚作瞿塘客。山月照山花,梦回灯影斜。

风帘燕舞莺啼柳,妆台约鬓低纤手。钗重髻盘珊,一枝红牡丹。

门前行乐客,白马嘶春色。故故坠金鞭,回头应眼穿。

绿云鬓上飞金雀,愁眉敛翠春烟薄。香阁掩芙蓉,画屏山几重。

窗寒天欲曙,犹结同心苣。啼粉污罗衣,问郎何日归。

玉炉冰簟鸳鸯锦,粉融香汗流山枕。帘外辘轳声,敛眉含笑惊。

柳阴烟漠漠,低鬓蝉钗落。须作一生拌,尽君今日欢。

更 漏 子

星渐稀,漏频转,何处轮台声怨。香阁掩,杏花红,月明杨柳风。

挑锦字,记情事,惟愿两心相似。收泪语,背灯眠,玉钗横枕边。

春夜阑,更漏促,金烬暗挑残烛。惊梦断,锦屏深,两乡明月心。

　　闺草碧,望归客,还是不知消息。孤负我,悔怜君,告天天不闻。

南浦情,红粉泪,争奈两人深意。低翠黛,卷征衣,马嘶霜叶飞。

　　招手别,寸肠结,还是去年时节。书托雁,梦归家,觉来江月斜。

感 恩 多

两条红粉泪,多少香闺意。强攀桃李枝,敛愁眉。　　陌上莺啼蝶舞,柳花飞。柳花飞,愿得郎心,忆家还早归。

自从南浦别,愁见丁香结。近来情转深,忆鸳衾。　　几度将书托烟雁,泪盈襟。泪盈襟,礼月求天,愿君知我心。

应 天 长

玉楼春望晴烟灭,舞衫斜卷金条脱。黄鹂娇转声初歇,杏花飘尽龙山雪。　　凤钗低赴节,筵上王孙愁绝。鸳鸯对衔罗结,两情深夜月。

双眉澹薄藏心事,清夜背灯娇又醉。玉钗横,山枕腻,宝帐鸳鸯春睡美。　　别经时,无限意,虚道相思憔悴。莫信彩笺书里,赚人肠断字。

木 兰 花

春入横塘摇浅浪,花落小园空惆怅。此情谁信为狂夫,恨翠愁红流枕上。　　小玉窗前嗔燕语,红泪滴穿金线缕。雁归不见报郎归,织成锦字封过与。

全唐诗卷八九三 词五

毛文锡 字平珪,登进士第,后事蜀,为翰林学士,迁内枢密使。历文思殿大学士、司徒。诗三十一首。

西 溪 子

昨夜西溪游赏,芳树奇花千样。锁春光,金尊满,听弦管。娇妓舞衫香暖。不觉到斜晖,马驮归。

何满子 何一作河

红粉楼前月照,碧纱窗外莺啼。梦断辽阳音信,那堪独守空闺。恨对百花时节,王孙绿草萋萋。

诉衷情 一名桃花水

桃花流水漾纵横,春昼彩霞明。刘郎去,阮郎行,惆怅恨难平。愁坐对云屏,算归程。何时携手洞边迎,诉衷情。
鸳鸯交颈绣衣轻,碧沼藕花馨。偎藻荇,映兰汀,和雨浴浮萍。思妇对心惊,想边庭。何时解佩掩云屏,诉衷情。

中 兴 乐

豆蔻花繁烟艳深,丁香软结同心。翠鬟女,相与,共淘金。　　红蕉叶里猩猩语。鸳鸯浦,镜中鸾舞。丝雨,隔荔枝阴。

醉花间 二首

休相问,怕相问,相问还添恨。春水满塘生,鸂鶒还相趁。　昨
夜雨霏霏,临明寒一阵。偏忆戍楼人,久绝边庭信。

深相忆,莫相忆,相忆情难极。银汉是红墙,一带遥相隔。　金
盘珠露滴,两岸榆花白。风摇玉佩清,今夕为何夕。

酒 泉 子

绿树春深,燕语莺啼声断续,惠风飘荡入芳丛,惹残红。　柳丝
无力袅烟空。金盏不辞须满酌,海棠花下思朦胧,醉春风。

纱 窗 恨

新春燕子还来至,一双飞。垒巢泥湿时时坠,污人衣。　后园
里、看百花发,香风拂、绣户金扉。月照纱窗,恨依依。

双双蝶翅涂铅粉,咂花心。绮窗绣户飞来稳,画堂阴。　二三
月、爱随风絮,伴落花、来拂衣襟。更剪轻罗片,傅黄金。

恋 情 深

滴滴铜壶寒漏咽,醉红楼月。宴馀香殿会鸳衾,荡春心。　真珠
帘下晓光侵,莺语隔琼林。宝帐欲开慵起,恋情深。

玉殿春浓花烂漫,簇神仙伴。罗裙窣地缕黄金,奏清音。　酒阑
歌罢两沉沉,一笑动君心。永愿作鸳鸯伴,恋情深。

浣 溪 沙

七夕年年信不违,银河清浅白云微,蟾光鹊影伯劳飞。　每恨蟪

蛄怜婺女,几回娇妒下鸳机,今宵嘉会两依依。

摊破浣溪沙

春水轻波浸绿苔,枇杷洲上紫檀开。晴日眠沙䴔鹈稳,暖相偎。

　　罗袜生尘游女过,有人逢著弄珠回。兰麝飘香初解佩,忘归来。

赞 浦 子

锦帐添香睡,金炉换夕薰。懒结芙蓉带,慵拖翡翠裙。　　正是柳夭桃媚,那堪暮雨朝云。宋玉高唐意,裁琼欲赠君。

巫山一段云

雨霁巫山上,云轻映碧天。远风吹散又相连,十二晚峰前。　　暗湿啼猿树,高笼过客船。朝朝暮暮楚江边,几度降神仙。

貌掩巫山色,才过濯锦波。阿谁提笔上银河,月里写嫦娥。　　薄薄施铅粉,盈盈挂绮罗。菖蒲花役梦魂多,年代属元和。

柳 含 烟

隋堤柳,汴河旁。夹岸绿阴千里,龙舟凤舸木兰香。锦帆张。因梦江南春景好,一路流苏羽葆。笙歌未尽起横流,锁春愁。

河桥柳,占芳春。映水含烟拂路,几回攀折赠行人,暗伤神。乐府吹为横笛曲,能使离肠断续。不如移植在金门,近天恩。

章台柳,近垂旒。低拂往来冠盖,朦胧春色满皇州,瑞烟浮。直与路边江畔别,免被离人攀折。最怜京兆画蛾眉,叶纤时。

御沟柳,占春多。半出宫墙婀娜,有时倒景醮轻罗,漖尘波。昨日金銮巡上苑,风亚舞腰纤软。栽培得地近皇宫,瑞烟浓。

更 漏 子

春夜阑,春恨切,花外子规啼月。人不见,梦难凭,红纱一点灯。

偏怨别,是芳节,庭下丁香千结。宵雾散,晓霞晖,梁间双燕飞。

喜 迁 莺

芳春景,暖晴烟,乔木见莺迁。传枝偎叶语关关,飞过绮丛间。

锦翼鲜,金毳软,百转千娇相唤。碧纱窗晓怕闻声,惊破鸳鸯暖。

应 天 长

平江波暖鸳鸯语,两两钓船归极浦。芦洲一夜风和雨,飞起浅沙翘雪鹭。　　渔灯明远渚,兰棹今宵何处。罗袂从风轻举,愁杀采莲女。

月 宫 春

水晶宫里桂花开,神仙探几回。红芳金蕊绣重台,低倾玛瑙杯。

玉兔银蟾争守护,姮娥姹女戏相偎。遥听钧天九奏,玉皇亲看来。

虞 美 人

鸳鸯对浴银塘暖,水面蒲梢短。垂杨低拂麴尘波,蛛丝结网露珠多,滴圆荷。　　遥思桃叶吴江碧,便是天河隔。锦鳞红鬣影沉沉,相思空有梦相寻,意难任。

宝檀金缕鸳鸯枕,绶带盘宫锦。夕阳低映小窗明,南园绿树语莺莺,梦难成。　　玉炉香暖频添炷,满地飘轻絮。珠帘不卷度沉烟,庭前闲立画秋千,艳阳天。

临 江 仙

暮蝉声尽落斜阳,银蟾影挂潇湘。黄陵庙侧水茫茫。楚山红树,烟雨隔高唐。 　　岸泊渔灯风飐碎,白蘋远散浓香。灵娥鼓瑟韵清商。朱弦凄切,云散碧天长。

接 贤 宾

香鞯镂襜五色骢,值春景初融。流珠喷沫蹳躁,汗血流红。 　　少年公子能乘驭,金镳玉辔珑璁。为惜珊瑚鞭不下,骄生百步千踪。信穿花,从拂柳,向九陌追风。

赞 成 功

海棠未坼,万点深红,香包缄结一重重。似含羞态,邀勒春风。蜂来蝶去,任绕芳丛。 　　昨夜微雨,飘洒庭中,忽闻声滴井边桐。美人惊起,坐听晨钟。快教折取,戴玉珑璁。

甘 州 遍

春光好,公子爱闲游。足风流。金鞍白马,雕弓宝剑,红缨锦襜出长楸。 　　花蔽膝,玉衔头。寻芳逐胜欢宴,丝竹不曾休。美人唱、揭调是甘州,醉红楼。尧年舜日,乐圣永无忧。
秋风紧,平碛雁行低。阵云齐。萧萧飒飒,边声四起,愁闻戍角与征鼙。 　　青冢北,黑山西。沙飞聚散无定,往往路人迷。铁衣冷、战马血沾蹄,破蕃奚。凤凰诏下,步步蹑丹梯。

和 凝 二十四首

渔　父

白芷汀寒立鹭鸶,蘋风轻剪浪花时。烟幂幂,日迟迟,香引芙蓉惹钓丝。

天　仙　子

柳色披衫金缕凤,纤手轻拈红豆弄。翠蛾双敛正含情,桃花洞,瑶台梦,一片春愁谁与共。

洞口春红飞蔌蔌,仙子含愁眉黛绿。阮郎何事不归来? 懒烧金,慵篆玉,流水桃花空断续。

江　城　子

初夜含娇入洞房,理残妆,柳眉长。翡翠屏中,亲爇玉炉香。整顿金钿呼小玉,排红烛,待潘郎。

竹里风生月上门,理秦筝,对云屏。轻拨朱弦,恐乱马嘶声。含恨含娇独自语,今夜约,太迟生。

斗转星移玉漏频,已三更,对栖莺。历历花间,似有马蹄声。含笑整衣开绣户,斜敛手,下阶迎。

迎得郎来入绣闱,语相思,连理枝。鬓乱钗垂,梳堕印山眉。娅姹含情娇不语,纤玉手,抚郎衣。

帐里鸳鸯交颈情,恨鸡声,天已明。愁见街前,还是说归程。临上马时期后会,待梅绽,月初生。

何　满　子

正是破瓜年几,含情惯得人饶。桃李精神鹦鹉舌,可堪虚度良宵。却爱蓝罗裙子,羡他长束纤腰。

写得鱼笺无限,其如花锁春晖。目断巫山云雨,空教残梦依依。却爱熏香小鸭,羡他长在屏帏。

望梅花

春草全无消息,腊雪犹馀踪迹。越岭寒枝香自折,冷艳奇芳堪惜。何事寿阳无处觅,吹入谁家横笛。

薄命女 一名长命女

天欲晓,宫漏穿花声缭绕,窗里星光少。　　冷露寒侵帐额,残月光沉树杪。梦断锦帏空悄悄,强起愁眉小。

春光好 一名愁倚栏令

纱窗暖,画屏闲,舜云鬟。睡起四肢无力,半春〔间〕(闲)。　　玉指剪裁罗胜,金盘点缀酥山。窥宋深心无限事,小眉弯。

蘋叶软,杏花明,画船轻。双浴鸳鸯出绿汀,棹歌声。　　春水无风无浪,春天半雨半晴。红粉相随南浦晚,几含情。

采桑子

蝤蛴领上诃梨子,绣带双垂。椒户闲时,竞学摴蒲赌荔支。　　丛头鞋子红编细,裙窣金丝。无事颦眉,春思翻教阿母疑。

菩萨蛮

越梅半拆轻寒里,冰清澹薄笼蓝水。暖觉杏梢红,游丝狂惹风。　　闲阶莎径碧,远梦犹堪惜。离恨又迎春,相思难重陈。

喜 迁 莺

晓月坠，宿云披，银烛锦屏帷。建章钟动玉绳低，宫漏出花迟。

　春态浅，来双燕，红日渐长一线。严妆欲罢转黄鹂，飞上万年枝。

山 花 子

莺锦蝉縠馥麝脐，轻裾花草晓烟迷。澹鹣战金红掌坠，翠云低。

　星靥笑偎霞脸畔，蹙金开襜衬银泥。春思半和芳草嫩，碧萋萋。

银字笙寒调正长，水文簟冷画屏凉。玉腕重，金扼臂，淡梳妆。

　几度试香纤手暖，一回尝酒绛唇光。佯弄红丝绳拂子，打檀郎。

临 江 仙

海棠香老春江晚，小楼雾縠空濛。翠鬟初出绣帘中，麝烟鸾佩惹蘋风。　　碾玉钗摇澹鹣战，雪肌云鬓将融。含情遥指碧波东，越王台殿蓼花红。

披袍窣地红宫锦，莺语时转轻音。碧罗冠子彻犀簪，凤凰双飐步摇金。　　肌骨细匀红玉软，脸波微送春心。娇羞不肯入鸳衾，兰膏光里两情深。

小 重 山

春入神京万木芳，禁林莺语滑、蝶飞狂。晓花擎露妒啼妆，红日永、风和百花香。　　烟锁柳丝长，御沟澄碧水、转池塘。时时微雨洗风光，天衢远、到处引笙簧。

正是神京烂熳时，群仙初折得、郄诜枝。乌犀白纻最相宜，精神出、御陌袖鞭垂。　　柳色展愁眉，管弦分响亮、探花期。光阴占断曲江池，新榜上、名姓彻丹墀。

麦 秀 两 岐

凉簟铺斑竹，鸳枕并红玉。脸莲红，眉柳绿，胸雪宜新浴。淡黄衫子裁春縠，异香芬馥。　　羞道交回烛，未惯双双宿。树连枝，鱼比目，掌上腰如束。娇娆不争人拳跼，黛眉微蹙。

牛希济 十二首

生 查 子

春山烟欲收，天澹星稀小。残月脸边明，别泪临清晓。　　语已一本无此字多，情未了，回首犹重道。记得绿罗裙，处处怜芳草。

新月曲如眉，未有团圞意。红豆不堪看，满眼相思泪。　　终日劈桃穰，人在心儿里。两朵隔墙花，早晚成连理。

中 兴 乐 即湿罗衣

池塘暖碧浸晴晖，濛濛柳絮轻飞。红蕊凋来，醉梦还稀。　　春云空有雁归，珠帘垂。东风寂寞，恨郎抛掷，泪湿罗衣。

酒 泉 子

枕转簟凉，清晓远钟残梦。月光斜，帘影动，旧炉香。　　梦中说尽相思事，纤手匀双泪。去年书，今日意，断人肠。

谒 金 门

秋已暮，重叠关山岐路。嘶马摇鞭何处去，晓禽霜满树。　　梦断禁城钟鼓，泪滴枕檀无数。一点凝红和薄雾，翠蛾愁不语。

临 江 仙

峭碧参差十二峰，冷烟寒树重重。瑶姬宫殿是仙踪。金炉珠帐，香霭昼偏浓。　　一自楚王惊梦断，人间无路相逢。至今云雨带愁容。月斜江上，征棹动晨钟。

谢家仙观寄云岑，岩萝拂地成阴。洞房不闭白云深。当时丹灶，一粒化黄金。　　石壁霞衣犹半挂，松风长似鸣琴。时闻唤鹤起前林。十洲高会，何处许相寻。

渭阙宫城秦树凋，玉楼独上无憀。含情不语自吹箫。调清和恨，天路逐风飘。　　何事乘龙人忽降，似知深意相招。三清携手路非遥。世间屏障，彩笔画娇饶。

江绕黄陵春庙闲，娇莺独语关关。满庭重叠绿苔斑。阴云无事，四散自归山。　　箫鼓声稀香烬冷，月娥敛尽弯环。风流皆道胜人间，须知狂客，判死为红颜。

素洛春光潋滟平，千重媚脸初生。凌波罗袜势轻轻。烟笼日照，珠翠半分明。　　风引宝衣疑欲舞，鸾回凤翥堪惊。也知心许恐无成。陈王辞赋，千载有声名。

柳带摇风汉水滨，平芜两岸争匀。鸳鸯对浴浪痕新。弄珠游女，微笑自含春。　　轻步暗移蝉鬓动，罗裙风惹轻尘。水精宫殿岂无因。空劳纤手，解佩赠情人。

洞庭波浪飐晴天，君山一点凝烟。此中真境属神仙。玉楼珠殿，相映月轮边。　　万里平湖秋色冷，星辰垂影参然。橘林霜重更红鲜。罗浮山下，有路暗相连。

全唐诗卷八九四 词六

薛昭蕴 蜀侍郎。词十九首

相 见 欢

罗襦绣袂香红,画堂中。细草平沙蕃马、小屏风。　卷罗幕,凭妆阁,思无穷。暮雨轻烟魂断、隔帘栊。

醉公子 一名四换头

慢绡青丝发,光研吴绫袜。床上小熏笼,韶州新退红。　叵耐无端处,捻得从头污。恼得眼慵开,问人闲事来。

女 冠 子

求仙去也,翠钿金篦尽舍。入岩峦,雾卷黄罗帔,云雕白玉冠。　野烟溪洞冷,林月石桥寒。静夜松风下,礼天坛。

云罗雾縠,新授明威法箓。降真函,髻绾青丝发,冠抽碧玉篸。　往来云过五,去住岛经二。正遇刘郎使,启瑶缄。

浣 溪 沙

红蓼渡头秋正雨,印沙鸥迹自成行,整鬟飘袖野风香。　不语含颦深浦里,几回愁煞棹船郎,燕归帆尽水茫茫。

钿匣菱花锦带垂,静临兰槛卸头时,约鬟低珥算归期。花茂草青湘渚阔,梦馀空有漏依依,二年终日损芳菲。

粉上依稀有泪痕,郡庭花落欲黄昏,远情深恨与谁论。记得去年寒食日,延秋门外卓金轮,日斜人散暗销魂。

握手河桥柳似金,蜂须轻惹百花心,蕙风兰思寄清琴。意满便同春水满,情深还似酒杯深,楚烟湘月两沉沉。

帘外三间出寺墙,满街垂柳绿阴长,嫩红轻翠间浓妆。瞥地见时犹可可,却来闲处暗思量,如今情事隔仙乡。

江馆清秋缆客船,故人相送夜开筵,麝烟兰焰簇花钿。正是断魂迷楚雨,不堪离恨咽湘弦,月高霜白水连天。

倾国倾城恨有馀,几多红泪泣姑苏,倚风凝睇雪肌肤。吴主山河空落日,越王宫殿半平芜,藕花菱蔓满平湖。

越女淘金春水上,步摇云鬟佩鸣珰,渚风江草又清香。不为远山凝翠黛,只应含恨向斜阳,碧桃花谢忆刘郎。

谒　金　门

春满院,叠损罗衣金线。睡觉水精帘未卷,帘前双语燕。斜掩金铺一扇,满地落花千片。早是相思肠欲断,忍教频梦见。

喜　迁　莺

残蟾落,晓钟鸣,羽化觉身轻。乍无春睡有馀醒,杏苑雪初晴。

紫陌长,襟袖冷,不是人间风景。回看尘土似前生,休羡谷中莺。

金门晓,玉京春,骏马骤轻尘。桦烟深处白衫新,认得化龙身。

九陌喧,千户启,满袖桂香风细。杏园欢宴曲江滨,自此占芳辰。

清明节,雨晴天,得意正当年。马骄泥软锦连乾,香袖半笼鞭。

花色融,人竞赏,尽是绣鞍朱鞅。日斜无计更留连,归路草和烟。

小 重 山

春到长门春草青,玉阶华露滴、月胧明。东风吹断紫箫声,宫漏促、帘外晓啼莺。 愁极梦难成,红妆流宿泪、不胜情。手挪裙带绕花行,思君切、罗幌暗尘生。

秋到长门秋草黄,画梁双燕去、出宫墙。玉箫无复理霓裳,金蝉坠、鸾镜掩休妆。 忆昔在昭阳,舞衣红绶带、绣鸳鸯。至今犹惹御炉香,魂梦断、愁听漏更长。

离 别 难

宝马晓鞲雕鞍,罗帏乍别情难。那堪春景媚,送君千万里。半妆珠翠落,露华寒。红蜡烛,青丝曲,偏能钩引泪阑干。 良夜促,香尘绿,魂欲迷,檀眉半敛愁低。未别心先咽,欲语情难说。出芳草,路东西,摇袖立。春风急,樱花杨柳雨凄凄。

顾 敻 五十五首

荷 叶 杯

春尽小庭花落,寂寞,凭槛敛双眉。忍教成病忆佳期,知摩知,知摩知。

歌发谁家筵上,寥亮,别恨正悠悠。兰钉背帐月当楼,愁摩愁,愁摩愁。

弱柳好花尽拆,晴陌,陌上少年郎。满身兰麝扑人香,狂摩狂,狂摩狂。

记得那时相见,胆战,鬓乱四肢柔。泥人无语不抬头,羞摩羞,羞摩羞。

夜久歌声怨咽,残月,菊冷露微微。看看湿透缕金衣,归摩归,归摩归。

我忆君诗最苦,知否,字字尽关心。红笺写寄表情深,吟摩吟,吟摩吟。

金鸭香浓鸳被,枕腻,小髻簇花钿。腰如细柳脸如莲,怜摩怜,怜摩怜。

曲砌蝶飞烟暖,春半,花发柳垂条。花如双脸柳如腰,娇摩娇,娇摩娇。

一去又乖期信,春尽,满院长莓苔。手挪裙带独裴回,来摩来,来摩来。

甘　州　子

一炉龙麝锦帷旁,屏掩映,烛荧煌。禁楼刁斗喜初长,罗荐绣鸳鸯。山枕上,私语口脂香。

每逢清夜与良晨,多怅望,足伤神。云迷水隔意中人,寂寞绣罗茵。山枕上,几点泪痕新。

曾如刘阮访仙踪,深洞客,此时逢。绮筵散后绣衾同。款曲见韶容。山枕上,长是怯晨钟。

露桃花里小楼深,持玉盏,听瑶琴。醉归青琐入鸳衾,月色照衣襟。山枕上,翠钿镇眉心。

红炉深夜醉调笙,敲拍处,玉纤轻。小屏古画岸低平,烟月满闲庭。山枕上,灯背脸波横。

遐　方　怨

帘影细,簟文平。象纱笼玉指,缕金罗扇轻。嫩红双脸似花明,两条眉黛远山横。　　凤箫歇，镜尘生。辽塞音书绝，梦魂长暗惊。玉郎经岁负娉婷，教人争不恨无情。

诉 衷 情

香灭帘垂春漏永，整鸳衾。罗带重，双凤，缕黄金。窗外月光临，沉沉。断肠无处寻，负春心。

永夜抛人何处去，绝来音。香阁掩，眉敛，月将沉。争忍不相寻，怨孤衾。换我心，为你心，始知相忆深。

杨柳枝 即柳枝

秋夜香闺思寂寥，漏迢迢。鸳帏罗幌麝烟销，烛光摇。　　正忆玉郎游荡去，无寻处。更闻帘外雨潇潇，滴芭蕉。

醉公子 二首

漠漠秋云澹，红藕香侵槛。枕倚小山屏，金铺向晚扃。　　睡起横波慢，独望情何限。衰柳数声蝉，魂销似去年。

岸柳垂金线，雨晴莺百转。家住绿杨边，往来多少年。　　马嘶芳草远，高楼帘半卷。敛袖翠蛾攒，相逢尔许难。

酒 泉 子

杨柳无风，轻惹春烟残雨。杏花愁，莺正语，画楼东。　　锦屏寂寞思尤穷，还是不知消息。镜尘生，珠泪滴，损仪容。

罗带缕金，兰麝烟凝魂断。画屏欹，云鬓乱，恨难任。　　几回垂泪滴鸳衾，薄情何处去？月临窗，花满树，信沉沉。

小槛日斜，风度绿窗人悄悄。翠帏闲掩舞双鸾，旧香寒。　　别来情绪转难判，韶颜看却老。依稀粉上有啼痕，暗销魂。

黛薄红深,约掠绿鬟云腻。小鸳鸯,金翡翠,称人心。　锦鳞无
处传幽意,海燕兰堂春又去。隔年书,千点泪,恨难任。

掩却菱花,收拾翠钿休上面。金虫玉燕锁香奁,恨厌厌。　云鬟
半坠懒重篸,泪侵山枕湿。银灯背帐梦方酣,雁飞南。

水碧风清,入槛细香红藕腻。谢娘敛翠恨无涯,小屏斜。　堪憎
荡子不还家,谩留罗带结。帐深枕腻炷沉烟,负当年。

黛怨红羞,掩映画堂春欲暮。残花微雨隔青楼,思悠悠。　芳菲
时节看将度,寂寞无人还独语。画罗襦,香粉污,不胜愁。

浣　溪　沙

春色迷人恨正赊,可堪荡子不还家,细风轻露著梨花。　帘外有
情双燕扬,槛前无力绿杨斜,小屏狂梦极天涯。

红藕香寒翠渚平,月笼虚阁夜蛩清,寒鸿惊梦两牵情。　宝帐玉
炉残麝冷,罗衣金缕暗尘生,小窗孤烛泪纵横。

荷芰风轻帘幕香,绣衣鸂鶒泳回塘,小屏闲掩旧潇湘。　恨入空
帏鸾影独,泪凝双脸渚莲光,薄情年少悔思量。

惆怅经年别谢娘,月窗花院好风光,此时相望最情伤。　青鸟不
来传锦字,瑶姬何处锁兰房,忍教魂梦两茫茫。

庭菊飘黄玉露浓,冷莎偎砌隐鸣蛩,何期良夜得相逢。　背帐风
摇红蜡滴,惹香暖梦绣衾重,觉来枕上怯晨钟。

云澹风高叶乱飞,小庭寒雨绿苔微,深闺人静掩屏帏。　粉黛暗
愁金带枕,鸳鸯空绕画罗衣,那堪孤负不思归。

雁响遥天玉漏清,小纱窗外月胧明,翠帏金鸭炷香平。　何处不
归音信断,良宵空使梦魂惊,簟凉枕冷不胜情。

露白蟾明又到秋,佳期幽会两悠悠,梦牵情役几时休。　记得泥
人微敛黛,无言斜倚小书楼,暗思前事不胜愁。

更　漏　子

旧欢娱,新怅望,拥鼻含嚬楼上。浓柳翠,晚霞微,江鸥接翼飞。
　帘半卷,屏斜掩,远岫参差迷眼。歌满耳,酒盈尊,前非不要论。

应　天　长

瑟瑟罗裙金线缕,轻透鹅黄香画袴。垂交带,盘鹦鹉,袅袅翠翘移
玉步。　　背人匀檀注,慢转娇波偷觑。敛黛春情暗许,倚屏慵不
语。

渔　歌　子

晓风清,幽沼绿,倚阑凝望珍禽浴。画帘垂,翠屏曲,满袖荷香馥
郁。　　好摅怀,堪寓目,身闲心静平生足。酒杯深,光影促,名利
无心较逐。

河　传

燕扬晴景。小窗屏暖,鸳鸯交颈。菱花掩却翠鬟敧,慵整,海棠帘
外影。　　绣帏香断金鸂鶒。无消息,心事空相忆。倚东风,春正
浓,愁红,泪痕衣上重。

曲槛,春晚。碧流纹细,绿杨丝软。露华鲜,杏枝繁,莺转,野芜平
似剪。　　直是人间到天上,堪游赏,醉眼疑屏障。对池塘,惜韶
光,断肠,为花须尽狂。

棹举,舟去。波光渺渺,不知何处。岸花汀草共依依,雨微,鹧鸪相
逐飞。　　天涯离恨江声咽,啼猿切,此意向谁说?倚兰桡,独无
憀,魂销,小炉香欲焦。

木兰花 即玉楼春

月照玉楼春漏促,飒飒风摇庭砌竹。梦惊鸳被觉来时,何处管弦声断续。　　惆怅少年游冶去,枕上两蛾攒细绿。晓莺帘外语花枝,背帐犹残红蜡烛。

柳映玉楼春日晚,雨细风轻烟草软。画堂鹦鹉语雕笼,金粉小屏犹半掩。　　香灭绣帏人寂寂,倚槛无言愁思远。恨郎何处纵疏狂,长使含啼眉不展。

月皎露华窗影细,风送菊香黏绣袂。博山炉冷水沉微,惆怅金闺终日闭。　　懒展罗衾垂玉箸,羞对菱花篸宝髻。良宵好事枉教休,无计那他狂耍婿。

拂水双飞来去燕,曲槛小屏山六扇。春愁凝思结眉心,绿绮懒调红锦荐。　　话别情多声欲战,玉箸痕留红粉面。镇长独立到黄昏,却怕良宵频梦见。

虞　美　人

晓莺啼破相思梦,帘卷金泥凤。宿妆犹在酒初醒,翠翘慵整倚云屏,转娉婷。　　香檀细画侵桃脸,罗袂轻轻敛。佳期堪恨再难寻,绿芜满院柳成阴,负春心。

触帘风送景阳钟,鸳被绣花重。晓帏初卷冷烟浓,翠匀粉黛好仪容,思娇慵。　　起来无语理朝妆,宝匣镜凝光。绿荷相倚满池塘,露清枕簟藕花香,恨悠扬。

翠屏闲掩垂珠箔,丝雨笼池阁。露粘红藕咽清香,谢娘娇极不成狂,罢朝妆。　　小金鸂鶒沉烟细,腻枕堆云髻。浅眉微敛注檀轻,旧欢时有梦魂惊,悔多情。

碧梧桐映纱窗晚,花谢莺声懒。小屏屈曲掩青山,翠帏香粉玉炉寒,两蛾攒。　　颠狂年少轻离别,孤负春时节。画罗红袂有啼痕,魂销无语倚闺门,欲黄昏。

深闺春色劳思想,恨共春芜长。黄鹂娇转泥芳妍,杏枝如画倚轻烟,锁窗前。　　凭阑愁立双蛾细,柳影斜摇砌。玉郎还是不还家,教人魂梦逐杨花,绕天涯。

少年艳质胜琼英,早晚别三清。莲冠稳篸钿篦横,飘飘罗袖碧云轻,画难成。　　迟迟少转腰身袅,翠厣眉心小。醮坛风急杏枝香,此时恨不驾鸾皇,访刘郎。

临 江 仙

碧染长空池似镜,倚楼闲望凝情。满衣红藕细香清。象床珍簟,山障掩,玉琴横。　　暗想昔时欢笑事,如今赢得愁生。博山炉暖澹烟轻。蝉吟人静,残日傍,小窗明。

幽闺小槛春光晚,柳浓花澹莺稀。旧欢思想尚依依。翠鬟红敛,终日损芳菲。　　何事狂夫音信断,不如梁燕犹归。画堂深处麝烟微。屏虚枕冷,风细雨霏霏。

月色穿帘风入竹,倚屏双黛愁时。砌花含露两三枝。如啼恨脸,魂断损容仪。　　香烬暗销金鸭冷,可堪孤负前期。绣襦不整鬓鬟敧。几多惆怅,情绪在天涯。

献 衷 心

绣鸳鸯帐暖,画孔雀屏敧。人悄悄,月明时。想昔年欢笑,恨今日分离。银钉背,铜漏永,阻佳期。　　小炉烟细,虚阁帘垂。几多心事,暗地思惟。被娇娥牵役,魂梦如痴。金闺里,山枕上,始应知。

鹿虔扆 蜀永泰军节度使,加太保。词六首。

女 冠 子

凤楼琪树,惆怅刘郎一去。正春深,洞里愁空结,人间信莫寻。
　竹疏斋殿迥,松密醮坛阴。倚云低首望,可知心。
步虚坛上,绛节霓旌相向。引真仙,玉佩摇蟾影,金炉袅麝烟。
　露浓霜简湿,风紧羽衣偏。欲留难得住,却归天。

思 越 人

翠屏欹,银烛背,漏残清夜迢迢。双带绣窠盘锦荐,泪侵花暗香销。
　珊瑚枕腻鸦鬟乱,玉纤慵整云散。苦是适来新梦见,离肠争不
千断。

虞 美 人

卷荷香澹浮烟渚,绿嫩擎新雨。琐窗疏透晓风清,象床珍簟冷光
轻,水文平。　　九疑黛色屏斜掩,枕上眉心敛。不堪相望病将
成,钿昏檀粉泪纵横,不胜情。

临 江 仙

金锁重门荒苑静,绮窗愁对秋空。翠华一去寂无踪。玉楼歌吹,声
断已随风。　　烟月不知人事改,夜阑还照深宫。藕花相向野塘
中。暗伤亡国,清露泣香红。
无赖晓莺惊梦断,起来残酒初醒。映窗丝柳袅烟青。翠帘慵卷,约
砌杏花零。　　一自玉郎游冶去,莲凋月惨仪形。暮天微雨洒闲

庭。手挪裙带,无语倚云屏。

全唐诗卷八九五 词七

魏承班 蜀太尉。词二十首。

诉衷情 五首

高歌宴罢月初盈,诗情引恨情。烟露冷,水流轻,思想梦难成。
罗帐袅香平,恨频生。思君无计睡还醒,隔层城。

春深花簇小楼台,风飘锦绣开。新睡觉,步香阶,山枕印红腮。
鬓乱坠金钗,语檀偎。临行执手重重属,几千回。

银汉云晴玉漏长,蛩声悄画堂。筠簟冷,碧窗凉,红蜡泪飘香。
皓月泻寒光,割人肠。那堪独自步池塘,对鸳鸯。

金风轻透碧窗纱,银钉焰影斜。欹枕卧,恨何赊,山掩小屏霞。
云雨别吴娃,想容华。梦成几度绕天涯,到君家。

春情满眼脸红消,娇妒索人饶。星靥小,玉珰摇,几共醉春朝。
别后忆纤腰,梦魂劳。如今风叶又萧萧,恨迢迢。

生查子 三首

烟雨晚晴天,零落花无语。难话此时心,梁燕双来去。 琴韵对
薰风,有恨和情抚。肠断断弦频,泪滴黄金缕。

寂寞画堂空,深夜垂罗幕。灯暗锦屏欹,月冷珠帘薄。 愁恨梦
难成,何处贪欢乐。看看又春来,还是长萧索。

离别又经年，独对芳菲景。嫁得薄情夫，长抱相思病。　　　花红柳
绿间晴空，蝶舞双双影。羞看绣罗衣，为有金鸾并。

菩 萨 蛮

罗裙薄薄秋波染，眉间画得山两点。相见绮筵时，深情暗共知。
　　翠翘云鬓动，敛态弹金凤。宴罢入兰房，邀人解佩珰。
罗衣隐约金泥画，玳筵一曲当秋夜。声颤觑人娇，〔云〕(雪)鬟袅翠
翘。　　酒醺红玉软，眉翠秋山远。绣幌麝烟沉，谁人知两心。
玉容光照菱花影，沉沉脸上秋波冷。白雪一声新，雕梁起暗尘。
　　宝钗摇翡翠，香惹芙蓉醉。携手入鸳衾，谁人知此心。

渔 歌 子

柳如眉，云似发，鲛绡雾縠笼香雪。梦魂惊，钟漏歇，窗外晓莺残
月。　　几多情，无处说，落花飞絮清明节。少年郎，容易别，一去
音书断绝。

满 宫 花

雪霏霏，风凛凛，玉郎何处狂饮？醉时想得纵风流，罗帐香帏鸳寝。
　　春朝秋夜思君甚，愁见绣屏孤枕。少年何事负初心，泪滴缕金
双衽。
寒夜长，更漏永，愁见透帘月影。王孙何处不归来，应在倡楼酩酊。
　　金鸭尤香岁帐冷，羞更双鸾交颈。梦中几度见儿夫，不忍骂伊
薄幸。

谒 金 门

烟水阔，人值清明时节，雨细花零莺语切，愁肠千万结。　　雁去

音徽断绝,有恨欲凭谁说?无事伤心犹不彻,春时容易别。
春欲半,堆砌落花千片。早是潘郎长不见,忍听双语燕。　　飞絮
晴空飏远,风送谁家弦管?愁倚画屏凡事懒,泪沾金缕线。
长思忆,思忆佳辰轻掷。霜月透帘澄夜色,小屏山凝碧。　　恨恨
君何太极,记得娇娆无力。独坐思量愁似织,断肠烟水隔。

木 兰 花

小芙蓉,香旖旎,碧玉堂深清似水。闭宝匣,掩金铺,倚屏拖袖愁如
醉。　　迟迟好景烟花媚,曲渚鸳鸯眠锦翅。凝然愁望静相思,一
双笑靥鬖香蕊。

玉 楼 春

寂寂画堂梁上燕,高卷翠帘横数扇。一庭春色恼人来,满地落花红
几片。　　愁倚锦屏低雪面,泪滴绣罗金缕线。好天凉月尽伤心,
为是玉郎长不见。
轻敛翠蛾呈皓齿,莺转一枝花影里。声声清迥遏行云,寂寂画梁尘
暗起。　　玉斝满斟情未已,促坐王孙公子醉。春风筵上贯珠匀,
艳色韶颜娇旖旎。

黄 钟 乐

池塘烟暖草萋萋,惆怅闲宵含恨,愁坐思堪迷。遥想玉人情事远,
音容浑似隔桃溪。　　偏记同欢秋月低,帘外论心花畔,和醉暗相
携。何事春来君不见,梦魂长在锦江西。

尹　鹗　蜀参卿。词十六首。

江　城　子

裙拖碧,步飘香,织腰束素长。鬓云光,拂面珑璁,腻玉碎凝妆。宝柱秦筝弹向晚,弦促雁,更思量。

何　满　子

云雨常陪胜会,笙歌惯逐闲游。锦里风光应占,玉鞭金勒骅骝。戴月潜穿深曲,和香醉脱轻裘。　　方喜正同鸳帐,又言将往皇州。每忆良宵公子伴,梦魂长挂红楼。欲表伤离情味,丁香结在心头。

醉　公　子

暮烟笼薜砌,戟门犹未闭。尽日醉寻春,归来月满身。　　离鞍偎绣袂,坠巾花乱缀。何处恼佳人,檀痕衣上新。

女　冠　子

双成伴侣,去去不知何处。有佳期,霞帔金丝薄,花冠玉叶危。　　懒乘丹凤子,学跨小龙儿。叵耐天风紧,挫腰肢。

菩　萨　蛮

陇云暗合秋天白,俯窗独坐窥烟陌。楼际角重吹,黄昏方醉归。　　荒唐难共语,明日还应去。上马出门时,金鞭莫与伊。

呜呜晓角调如诉,画楼三会喧雷鼓。枕上梦方残,月光铺水寒。　　蛾眉应敛翠,咫尺同千里。宿酒未全消,满怀离恨饶。

锦茵闲衬丁香枕,银钉烬落犹慵寝。颙坐遍红炉,谁知情绪孤。　　少年狂荡惯,花曲长牵绊。去便不归来,空教骏马回。

杏 园 芳

严妆嫩脸花明,教人见了关情。含羞举步越罗轻,称娉婷。　终朝咫尺窥香阁,迢遥似隔层城。何时休遣梦相萦,入云屏。

清 平 乐

偎红敛翠,尽日思闲事。髻滑凤凰钗欲坠,雨打梨花满地。　绣衣独倚阑干,玉容似怯春寒。应待少年公子,鸳帏深处同欢。

芳年妙妓,淡拂铅华翠。轻笑自然生百媚,争那尊前人意。　酒倾琥珀杯时,更堪能唱新词。赚得王孙狂处,断肠一搦腰肢。

满 宫 花

月沉沉,人悄悄,一炷后庭香袅。风流帝子不归来,满地禁花慵扫。　离恨多,相见少,何处醉迷三岛?漏清宫树子规啼,愁锁碧窗春晓。

临 江 仙

一番荷芰生池沼,槛前风送馨香。昔年于此伴萧娘。相偎伫立,牵惹叙衷肠。　时逞笑容无限态,还如菡萏争芳。别来虚遣思悠飏。慵窥往事,金锁小兰房。

深秋寒夜银河静,月明深院中庭。西窗幽梦等闲成。逡巡觉后,特地恨难平。　红烛半条残焰短,〔依〕(衣)稀暗背银屏。枕前何事最伤情?梧桐叶上,点点露珠零。

拨 棹 子

风切切,深秋月,十朵芙蓉繁艳歇。小槛细腰无力,空赢得,目断魂飞何处说。　　寸心恰似丁香结,看看瘦尽胸前雪。偏挂恨,少年抛掷。羞睹见,绣被堆红闲不彻。

丹脸腻,双靥媚,冠子缕金装翡翠。将一朵,琼花堪比。窠窠绣,鸾凤衣裳香窣地。　　银台蜡烛滴红泪,醁酒劝人教半醉。帘幕外,月华如水。特地向,宝帐颠狂不肯睡。

秋 夜 月

三秋佳节,罥晴空,凝碎露,茱萸千结。菊蕊和烟轻捻,酒浮金屑。征云雨,调丝竹,此时难辍。欢极、一片艳歌声揭。　　黄昏慵别,烓沉烟,熏绣被,翠帷同歇。醉并鸳鸯双枕,暖偎春雪。语丁宁,情委曲,论心正切。夜深、窗透数条斜月。

金 浮 图

繁华地,王孙富贵。玳瑁筵开,下朝无事。压红茵、凤舞黄金翅。玉立纤腰,一片揭天歌吹。满目绮罗珠翠。和风淡荡,偷散沉檀气。　　堪判醉,韶光正媚。折尽牡丹,艳迷人意,金张许史应难比。贪恋欢娱,不觉金乌坠。还惜会难别易,金船更劝,勒住花骢辔。

毛熙震 蜀秘书监。词二十九首。

定 西 番

苍翠浓阴满院,莺对语,蝶交飞,戏蔷薇。　　斜日倚阑风好,馀香出绣衣。未得玉郎消息,几时归。

何 满 子

寂寞芳菲暗度,岁华如箭堪惊。缅想旧欢多少事,转添春思难平。曲槛丝垂金柳,小窗弦断银筝。　　深院空闻燕语,满园闲落花轻。一片相思休不得,忍教长日愁生。谁见夕阳孤梦,觉来无限伤情。

无语残妆澹薄,含羞嚲袂轻盈。几度香闺眠过晓,绮窗疏日微明。云母帐中偷惜,水精枕上初惊。　　笑靥嫩疑花拆,愁眉翠敛山横。相望只教添怅恨,整鬟时见纤琼。独倚朱扉闲立,谁知别有深情。

女冠子 三首

碧桃红杏,迟日媚笼光影。彩霞深,香暖熏莺语,风清引鹤音。　　翠鬟冠玉叶,霓袖捧瑶琴。应共吹箫侣,暗相寻。

修蛾慢脸,不语檀心一点。小山妆,蝉鬓低含绿,罗衣澹拂黄。　　〔闷〕(闲)来深院里,闲步落花傍。纤手轻轻整,玉炉香。

酒 泉 子

闲卧绣帏,慵想万般情宠。锦檀偏,翘股重,翠云敧。　　暮天屏上春山碧,映香烟雾隔。蕙兰心,魂梦役,敛蛾眉。

钿匣舞鸾,隐映艳红修碧。月梳斜,云鬓腻,粉香寒。　　晓花微敛轻呵展,褭钗金燕软。日初升,帘半卷,对妆残。

浣 溪 沙

春暮黄莺下砌前,水精帘影露珠悬,绮霞低映晚晴天。　　弱柳万条垂翠带,残红满地碎香钿,蕙风飘荡散轻烟。

花榭香红烟景迷，满庭芳草绿萋萋，金铺闲掩绣帘低。　紫燕一
双娇语碎，翠屏十二晚峰齐，梦魂消散醉空闺。

晚起红房醉欲消，绿鬟云散袅金翘，雪香花语不胜娇。　好是向
人柔弱处，玉纤时急绣裙腰，春心牵惹转无憀。

一只横钗坠髻丛，静眠珍簟起来慵，绣罗红嫩抹苏胸。　羞敛细
蛾魂暗断，困迷无语思犹浓，小屏香霭碧山重。

云薄罗裙绶带长，满身新裛瑞龙香，翠钿斜映艳梅妆。　佯不觑
人空婉约，笑和娇语太猖狂，忍教牵恨暗形相。

碧玉冠轻袅燕钗，捧心无语步香阶，缓移弓底绣罗鞋。　暗想欢
娱何计好，岂堪期约有时乖，日高深院正忘怀。

半醉凝情卧绣茵，睡容无力卸罗裙，玉笼鹦鹉厌听闻。　慵整落
钗金翡翠，象梳欹鬓月生云，锦屏绡幌麝烟薰。

后庭花 或加玉树二字

莺啼燕语芳菲节，瑞庭花发。昔时欢宴歌声揭，管弦清越。　自
从陵谷追游歇，画梁尘黦。伤心一片如圭月，闲锁宫阙。

轻盈舞伎含芳艳，竞妆新脸。步摇珠翠修蛾敛，腻鬟云染。　歌
声慢发开檀点，绣衫斜掩。时将纤手匀红脸，笑拈金靥。

越罗小袖新香茜，薄笼金钏。倚阑无语摇轻扇，半遮匀面。　春
残日暖莺娇懒，满庭花片。争不教人长相见，画堂深院。

菩 萨 蛮

梨花满院飘香雪，高楼夜静风筝咽。斜月照帘帷，忆君和梦稀。

　小窗灯影背，燕语惊愁态。屏掩断香飞，行云山外归。

绣帘高轴临塘看，雨翻荷芰真珠散。残暑晚初凉，轻风渡水香。

　无憀悲往事，争那牵情思。光影暗相催，等闲秋又来。

天含残碧融春色,五陵薄幸无消息。尽日掩朱门,离愁暗断魂。

　莺啼芳树暖,燕拂回塘满。寂寞对屏山,相思醉梦间。

清 平 乐

春光欲暮,寂寞闲庭户。粉蝶双双穿槛舞,帘卷晚天疏雨。　　　含愁独倚闺帏,玉炉烟断香微。正是销魂时节,东风满院花飞。

更 漏 子

秋色清,河影淡,深户烛寒光暗。绡幌碧,锦衾红,博山香炷融。

　更漏咽,蛩鸣切,满院霜华如雪。新月上,薄云收,映帘悬玉钩。

烟月寒,秋夜静,漏转金壶初永。罗幕下,绣屏空,灯花结碎红。

　人悄悄,愁无了,思梦不成难晓。长忆得,与郎期,窃香私语时。

南歌子　一名望秦川,一名风蝶令。

远山愁黛碧,横波慢脸明。腻香红玉茜罗轻,深院晚堂人静,理银筝。　　　鬓动行云影,裙遮点屐声。娇羞爱问曲中名,杨柳杏花时节,几多情。

惹恨还添恨,牵肠即断肠。凝情不语一枝芳,独映画帘闲立,绣衣香。　　　暗想为云女,应怜傅粉郎。晚来轻步出闺房,髻慢钗横无力,纵猖狂。

木 兰 花

掩朱扉,钩翠箔,满院莺声春寂寞。匀粉泪,恨檀郎,一去不归花又落。　　　对斜晖,临小阁,前事岂堪重想著。金带冷,画屏幽,宝帐慵熏兰麝薄。

小　重　山

梁燕双飞画阁前，寂寥多少恨、懒孤眠。晓来闲处想君怜，红罗帐、
金鸭冷沉烟。　　谁信损婵娟，倚屏啼玉箸、湿香钿。四支无力上
秋千，群花谢、愁对艳阳天。

临　江　仙

南齐天子宠婵娟，六宫罗绮三千。潘妃娇艳独芳妍。椒房兰洞，云
雨降神仙。　　纵态迷欢心不足，风流可惜当年。纤腰婉约步金
莲。妖君倾国，犹自至今传。

幽闺欲曙闻莺转，红窗月影微明。好风频谢落花声。隔帏残烛，犹
照绮屏筝。　　绣被锦茵眠玉暖，炷香斜袅烟轻。淡蛾羞敛不胜
情。暗思闲梦，何处逐行云。

全唐诗卷八九六 词八

李 珣 五十四首。

渔 父

水接衡门十里馀,信船归去卧看书。轻爵禄,慕玄虚,莫道渔人只为鱼。

避世垂纶不记年,官高争得似君闲。倾白酒,对青山,笑指柴门待月还。

棹警鸥飞水溅袍,影随潭面柳垂绦。终日醉,绝尘劳,曾见钱塘八月涛。

南 乡 子

烟漠漠,雨凄凄,岸花零落鹧鸪啼。远客扁舟临野渡,思乡处,潮退水平春色暮。

兰桡举,水文开,竞携藤笼采莲来。回塘深处遥相见,邀同宴,渌酒一卮红上面。

归路近,扣舷歌,采真珠处水风多。曲岸小桥山月过,烟深锁,豆蔻花垂千万朵。

乘彩舫,过莲塘,棹歌惊起睡鸳鸯。带香游女偎伴笑,争窈窕,竞折团荷遮晚照。

倾绿蚁,泛红螺,闲邀女伴簇笙歌。避暑信船轻浪里,闲游戏,夹岸荔支红蘸水。

云带雨,浪迎风,钓翁回棹碧湾中。春酒香熟鲈鱼美,谁同醉?缆却扁舟篷底睡。

沙月静,水烟轻,芰荷香里夜船行。绿鬓红脸谁家女,遥相顾,缓唱棹歌极浦去。

渔市散,渡船稀,越南云树望中微。行客待潮天欲暮,送春浦,愁听猩猩啼瘴雨。

拢云髻,背犀梳,焦红衫映绿罗裾。越王台下春风暖,花盈岸,游赏每邀邻女伴。

相见处,晚晴天,刺桐花下越台前。暗里回眸深属意,遗双翠,骑象背人先过水。

携笼去,采菱归,碧波风起雨霏霏。趁岸小船齐棹急,罗衣湿,出向桄榔树下立。

云髻重,葛衣轻,见人微笑亦多情。拾翠采珠能几许,来还去,争及村居织机女。

登画舸,泛清波,采莲时唱采莲歌。拦棹声齐罗袖敛,池光飐,惊起沙鸥八九点。

双髻坠,小眉弯,笑随女伴下春山。玉纤遥指花深处,争回顾,孔雀双双迎日舞。

红豆蔻,紫玫瑰,谢娘家接越王台。一曲乡歌齐抚掌,堪游赏,酒酌螺杯流水上。

山果熟,水花香,家家风景有池塘。木兰舟上珠帘卷,歌声远,椰子酒倾鹦鹉盏。

新月上,远烟开,惯随潮水采珠来。棹穿花过归溪口,酤春酒,小艇缆牵垂岸柳。

西 溪 子

金缕翠钿浮动,妆罢小窗圆梦。日高时,春已老,人来到。满地落
花慵扫。无语倚屏风,泣残红。一作离思正难缄,燕喃喃。

马上见时如梦,认得脸波相送。柳堤长,无限意,夕阳里。醉把金
鞭欲坠。归去想娇娆,暗魂销。

女 冠 子 二首

星高月午,丹桂青松深处。醮坛开,金磬敲清露,珠幢立翠苔。
　步虚声缥缈,想像思徘徊。晓天归去路,指蓬莱。

春山夜静,愁闻洞天疏磬。玉堂虚,细雾垂珠佩,轻烟曳翠裾。
　对花情脉脉,望月步徐徐。刘阮今何处,绝来书。

中 兴 乐

后庭寂寂日初长,翩翩蝶舞红芳。绣帘垂地,金鸭无香。谁知春思
如狂,忆萧郎。等闲一去,程遥信断,五岭三湘。　　休开鸾镜学
宫妆,可能更理笙簧。倚屏凝睇,泪落成行。手寻裙带鸳鸯,暗思
量。忍孤前约,教人花貌,虚老风光。

酒 泉 子

寂寞青楼,风触绣帘珠碎撼。月朦胧,花暗澹,锁春愁。　　寻思
往事依稀梦,泪脸露桃红色重。鬓敧蝉,钗坠凤,思悠悠。

雨渍花零,红散香凋池两岸。别情遥,春歌断,掩银屏。　　孤帆
早晚离三楚,闲理钿筝愁几许。曲中情,弦上语,不堪听。

秋雨连绵,声散败荷丛里,那堪深夜枕前听,酒初醒。　　牵愁惹
思更无停,烛暗香凝天欲曙。细和烟,冷和雨,透帘旌。

秋月婵娟,皎洁碧纱窗外,照花穿竹冷沉沉,印池心。　　凝露滴,
砌蛩吟。惊觉谢娘残梦,夜深斜傍枕前来,影徘徊。

浣 溪 沙

入夏偏宜澹薄妆,越罗衣褪郁金黄,翠钿檀注助容光。　　相见无
言还有恨,几回判却又思量,月窗香径梦悠飏。

晚出闲庭看海棠,风流学得内家妆,小钗横戴一枝芳。　　镂玉梳
斜云鬓腻,缕金衣透雪肌香,暗思何事立残阳。

访旧伤离欲断魂,无因重见玉楼人,六街微雨镂香尘。　　早为不
逢巫峡梦,那堪虚度锦江春,遇花倾酒莫辞频。

红藕花香到槛频,可堪闲忆似花人,旧欢如梦绝音尘。　　翠叠画
屏山隐隐,冷铺文簟水潾潾,断魂何处一蝉新。

巫山一段云

有客经巫峡,停桡向水湄。楚王曾此梦瑶姬,一梦杳无期。　　尘
暗珠帘卷,香销翠幄垂。西风回首不胜悲,暮雨洒空祠。

古庙依青嶂,行宫枕碧流。水声山色锁妆楼,往事思悠悠。　　云
雨朝还暮,烟花春复秋。啼猿何必近孤舟,行客自多愁。

菩 萨 蛮

回塘风起波文细,刺桐花里门斜闭。残日照平芜,双双飞鹧鸪。
　　征帆何处客,相见还相隔。不语欲魂销,望中烟水遥。

等闲将度三春景,帘垂碧砌参差影。曲槛日初斜,杜鹃啼落花。
　　恨君容易处,又话潇湘去。凝思倚屏山,泪流红脸斑。

隔帘微雨双飞燕,砌花零落红深浅。捻得宝筝调,心随征棹遥。
　　楚天云外路,动便经年去。香断画屏深,旧欢何处寻。

渔　歌　子

楚山青,湘水渌,春风澹荡看不足。草芊芊,花簇簇,渔艇棹歌相续。　　信浮沉,无管束,钓回乘月归湾曲。酒盈尊,云满屋,不见人间荣辱。

荻花秋,潇湘夜,橘洲佳景如屏画。碧烟中,明月下,小艇垂纶初罢。　　水为乡,蓬作舍,鱼羹稻饭常餐也。酒盈杯,书满架,名利不将心挂。

柳垂丝,花满树,莺啼楚岸春天暮。棹轻舟,出深浦,缓唱渔郎归去。　　罢垂纶,还酌醑,孤村遥指云遮处。下长汀,临深渡,惊起一行沙鹭。

九疑山,三湘水,芦花时节秋风起。水云间,山月里,棹月穿云游戏。　　鼓清琴,倾渌蚁,扁舟自得逍遥志。任东西,无定止,不议人间醒醉。

望　远　行

春日迟迟思寂寥,行客关山路遥。琼窗时听语莺娇,柳丝牵恨一条条。　　休晕绣,罢吹箫,貌逐残花暗凋。同心犹结旧裙腰,忍孤风月度良宵。

露滴幽庭落叶时,愁聚萧娘柳眉。玉郎一去负佳期,水云迢递雁书迟。　　屏半掩,枕斜敧,蜡泪无言对垂。吟窗断续漏频移,入窗明月鉴空帏。

河　传

去去,何处,迢迢巴楚,山水相连。朝云暮雨,依旧十二峰前,猿声到客船。　　愁肠岂异丁香结,因离别,故国音书绝。想佳人花下。对明月春风,恨应同。

春暮,微雨,送君南浦,愁敛双蛾。落花深处,啼鸟似逐离歌,粉檀
珠泪和。　　临流更把同心结。情哽咽,后会何时节?不堪回首
相望,已隔汀洲,橹声幽。

虞 美 人

金笼莺报天将曙,惊起分飞处。夜来潜与玉郎期,多情不觉酒醒
迟,失归期。　　映花避月遥相送,腻髻偏垂凤。却回娇步入香
闺,倚屏无语捻云篦,翠眉低。

临 江 仙

帘卷池心小阁虚,暂凉闲步徐徐。芰荷经雨半凋疏。拂堤垂柳,蝉
噪夕阳馀。　　不语低鬟幽思远,玉钗斜坠双鱼。几回偷看寄来
书。离情别恨,相隔欲何如。

莺报帘前暖日红,玉炉残麝犹浓。起来闺思尚疏慵。〔别〕(引)愁春
梦,谁解此情悰。　　强整娇姿临宝镜,小池一朵芙蓉。旧欢无处
再寻踪。更堪回顾,屏画九疑峰。

定风波 五首

志在烟霞慕隐沦,功成归看五湖春。一叶舟中吟复醉,云水,此时
方认自由身。　　花岛为邻鸥作侣,深处,经年不见市朝人。已得
希夷微妙旨,潜喜,荷衣蕙带绝纤尘。

十载逍遥物外居,白云流水似相于。乘兴有时携短棹,江岛,谁知
求道不求鱼。　　到处等闲邀鹤伴,春岸,野花香气扑琴书。更饮
一杯红霞酒,回首,半钩新月贴清虚。

又见辞巢燕子归,阮郎何事绝音徽。帘外西风黄叶落,池阁,隐莎

蛩叫雨霏霏。　　愁坐算程千万里，频跂，等闲经岁两相违。听鹊凭龟无定处，不知，泪痕流在画罗衣。

雁过秋空夜未央，隔窗烟月锁莲塘。往事岂堪容易想，惆怅，故人迢递在潇湘。　　纵有回文重叠意，谁寄？解鬟临镜泣残妆。沉水香消金鸭冷，愁永，候虫声接杵声长。

帘外烟和月满庭，此时闲坐若为情。小阁拥炉残酒醒，愁听，寒风叶落一声声。　　惟恨玉人芳信阻，云雨，屏帷寂寞梦难成。斗转更阑心杳杳，将晓，银钉斜照绮琴横。

欧阳炯 四十八首

南 歌 子

锦帐银灯影，纱窗玉漏声。迢迢永夜梦难成，愁对小庭秋色，月空明。

渔 父

摆脱尘机上钓船，免教荣辱有流年。无系绊，没愁煎，须信船中有散仙。

风浩寒溪照胆明，小君山上玉蟾生。荷露坠，翠烟轻，拨剌游鱼几个惊。

巫山一段云

绛阙登真子，飘飘御彩鸾。碧虚风雨佩光寒，敛袂下云端。　　月帐朝霞薄，星冠玉蕊攒。远游蓬岛降人间，特地拜龙颜。

春去秋来也，愁心似醉醺。去时邀约早回轮，及去又何曾。　　歌扇花光〔飐〕(点)，衣珠滴泪新。恨身翻不作车尘，万里得随君。

春光好 九首

天初暖，日初长，好春光。万汇此时皆得意，竞芬芳。 笋进苔
钱嫩绿，花偎雪坞浓香。谁把金丝裁剪却，挂斜阳。

花滴露，柳摇烟，艳阳天。雨雾山樱红欲烂，谷莺迁。 饮处交
飞玉斝，游时倒把金鞭，风飐九衢榆叶动，簇青钱。

胸铺雪，脸分莲，理繁弦。纤指飞翻金凤语，转婵娟。 嘈噆如
敲玉佩，清泠似滴香泉。曲罢问郎名个甚，想夫怜。

碛香散，渚冰融，暖空濛。飞絮悠扬遍虚空，惹轻风。 柳眼烟
来点绿，花心日与妆红。黄雀锦鸾相对舞，近帘栊。

鸡树绿，凤池清，满神京。玉兔宫前金榜出，列仙名。 叠雪罗
袍接武，团花骏马娇行。开宴锦江游烂熳，柳烟轻。

芳丛绣，绿筵张，两心狂。空遣横波传意绪，对笙簧。 虽似安
仁掷果，未闻韩寿分香。流水桃花情不已，待刘郎。

垂绣幔，掩云屏，思盈盈。双枕珊瑚无限情，翠钗横。 几见纤
纤动处，时闻款款娇声。却出锦屏妆面了，理秦筝。

金蹀躞，玉鞭长，映垂杨。堤上采花筵上醉，满衣香。 无处不
携弦管，直应占断春光。年少王孙何处好，竞寻芳。

蘋叶嫩，杏花明，画船轻。双浴鸳鸯出绿汀，棹歌声。 春水无
风无浪，春来半雨半晴。红粉相随南浦晚，莫辞行。

西江月 一名白蘋香，一名步虚词。

月映长江秋水，分明冷浸星河。浅沙汀上白云多，雪散几丛芦苇。
扁舟倒影寒潭，烟光远罩轻波。笛声何处响渔歌，两岸蘋香暗起。

水上鸳鸯比翼,巧将绣作罗衣。镜中重画远山眉,春睡起来无力。

　　细雀稳簪云髻,含羞时想佳期。脸边红艳对花枝,犹占凤楼春色。

赤 枣 子

夜悄悄,烛荧荧,金炉香尽酒初醒。春睡起来回雪面,含羞不语倚云屏。

莲脸薄,柳眉长,等闲无事莫思量。每一见时明月夜,损人情思断人肠。

女冠子 二首

薄妆桃脸,满面纵横花靥。艳情多,绶带盘金缕,轻裙透碧罗。

　　含羞眉〔乍〕(作)敛,微语笑相和。不会频偷眼,意如何?

秋宵秋月,一朵荷花初发。照前池,摇曳熏香夜,婵娟对镜时。

　　蕊中千点泪,心里万条丝。恰似轻盈女,好风姿。

更 漏 子

玉阑干,金砌井,月照碧梧桐影。独自个,立多时,露华浓湿衣。

　　一向,凝情望,待得不成模样。虽叵耐,又寻思,争生喷得伊。

三十六宫秋夜永,露华点滴高梧。丁丁玉漏咽铜壶,明月上金铺。

　　红线毯,博山炉,香风暗触流苏。羊车一去长青芜,镜尘鸾彩孤。

定 风 波

暖日闲窗映碧纱,小池春水浸晴霞。数树海棠红欲尽,争忍,玉闺深掩过年华。　　独凭绣床方寸乱,肠断,泪珠穿破脸边花。邻舍女郎相借问,音信,教人羞道未还家。

木 兰 花

儿家夫婿心容易,身又不来书不寄。闲庭独立鸟关关,争忍抛奴深院里。　　闷向绿纱窗下睡,睡又不成愁已至。今年却忆去年春,同在木兰花下醉。

日照玉楼花似锦,楼上醉和春色寝。绿杨风送小莺声,残梦不成离玉枕。　　堪爱晚来韶景甚,宝柱秦筝方再品。青蛾红脸笑来迎,又向海棠花下饮。

春早玉楼烟雨夜,帘外樱桃花半谢。锦屏香冷绣衾寒,怊怅忆君无计舍。　　侵晓鹊声来砌下,鸾镜残妆红粉罢。黛眉双点不成描,留待玉郎归日画。

清 平 乐

春来街砌,春雨如丝细。春地满飘红杏蒂,春燕舞随风势。　　春幡细缕春缯,春闺一点春灯。自是春心撩乱,非干春梦无凭。

菩 萨 蛮

晓来中酒和春睡,四支无力云鬟坠。斜卧脸波春,玉郎休恼人。　　日高犹未起,为恋鸳鸯被。鹦鹉语金笼,道儿还是慵。

红炉暖阁佳人睡,隔帘飞雪添寒气。小院奏笙歌,香风簇绮罗。　　酒倾金盏满,兰烛重开宴。公子醉如泥,天街闻马嘶。

翠眉双脸新妆薄,幽闺斜卷青罗幕。寒食百花时,红繁香满枝。　　双双梁燕语,蝶舞相随去。肠断正思君,闲眠冷绣茵。

画屏绣阁三秋雨,香唇腻脸偎人语。语罢欲天明,娇多梦不成。　　晓街钟鼓绝,嗔道如今别。特地气长吁,倚屏弹泪珠。

浣　溪　沙

落絮残莺半日天，玉柔花醉只思眠，惹窗映竹满炉烟。　　独掩画屏愁不语，斜欹瑶枕髻鬟偏，此时心在阿谁边？

天碧罗衣拂地垂，美人初著更相宜，宛风如舞透香肌。　　独坐含颦吹凤竹，园中缓步折花枝，有情无力泥人时。

相见休言有泪珠，酒阑重得叙欢娱，凤屏鸳枕宿金铺。　　兰麝细香闻喘息，绮罗纤缕见肌肤，此时还恨薄情无。

三　字　令

春欲尽，日迟迟，牡丹时。罗幌卷，翠帘垂。彩笺书，红粉泪，两心知。　　人不在，燕空归，负佳期。香烬落，枕函欹。月分明，花澹薄，惹相思。

南　乡　子

嫩草如烟，石榴花发海南天。日暮江亭春影渌，鸳鸯浴，水远山长看不足。

画舸停桡，槿花篱外竹横桥。水上游上沙上女，回顾，笑指芭蕉林里住。

岸远沙平，日斜归路晚霞明。孔雀自怜金翠尾，临水，认得行人惊不起。

洞口谁家，木兰船系木兰花。红袖女郎相引去，游南浦，笑倚春风相对语。

二八花钿，胸前如雪脸如莲。耳坠金〔镮〕（鐶）穿瑟瑟，霞衣窄，笑倚江头招远客。

路入南中，桄榔叶暗蓼花红。两岸人家微雨后，收红豆，树底纤纤抬素手。

袖敛鲛绡,采香深洞笑相邀。藤杖枝头芦酒滴,铺葵席,豆蔻花间
趁晚日。

翡翠鹬鹕,白蘋香里小沙汀。岛上阴阴秋雨色,芦花扑,数只渔船
何处宿。

献 衷 心

见好花颜色,争笑东风。双脸上,晚妆同。闭小楼深阁,春景重重。
三五夜,偏有恨,月明中。　　情未已,信曾通,满衣犹自染檀红。
恨不如双燕,飞舞帘栊。春欲暮,残絮尽,柳条空。

贺 明 朝

忆昔花间初识面,红袖半遮妆脸。轻转石榴裙带,故将纤纤玉指,
偷捻双凤金线。　　碧梧桐锁深深院,谁料得两情,何日教缱绻。
羡春来双燕,飞到玉楼,朝暮相见。

忆昔花间相见后,只凭纤手,暗抛红豆。人前不解,巧传心事,别来
依旧,孤负春昼。　　碧罗衣上蹙金绣,睹对对鸳鸯,空裹泪痕透。
想韶颜非久,终是为伊,只〔恁〕(凭)偷瘦。

江 城 子

晚日金陵岸草平,落霞明,水无情。六代繁华,暗逐逝波声。空有
姑苏台上月,如西子镜,照江城。

凤 楼 春

凤髻绿云丛,深掩房栊。锦书通,梦中相见觉来慵。匀面泪,脸珠
融。因想玉郎何处去,对淑景谁同。　　小楼中,春思无穷。倚阑

凝望,暗牵愁绪,柳花飞起东风。斜日照帘,罗幌香冷粉屏空。海棠零落,莺语残红。

欧阳彬 蜀左丞。词一首。

生 查 子

竟日画堂欢,入夜重开宴。剪烛蜡烟香,促席花光颤。　　待得月华来,满院如铺练。门外簇骅骝,直待更深散。

全唐诗卷八九七 词九

阎 选 后蜀处〔士〕。词十首。

虞 美 人

粉融红腻莲房绽,脸动双波慢。小鱼衔玉鬓钗横,石榴裙染象纱轻,转娉婷。　　偷期锦浪荷深处,一梦云兼雨。臂留檀印齿痕香,深秋不寐漏初长,尽思量。

楚腰蛴领团香玉,鬓叠深深绿。月蛾星眼笑微频,柳夭桃艳不胜春,晚妆匀。　　水纹簟映青纱帐,雾罩秋波上。一枝娇卧醉芙蓉,良宵不得与君同,恨忡忡。

临 江 仙

雨停荷芰逗浓香,岸边蝉噪垂杨。物华空有旧池塘。不逢仙子,何处梦襄王。　　珍簟对欹鸳枕冷,此来尘暗凄凉。欲凭危槛恨偏长。藕花珠缀,犹似汗凝妆。

十二高峰天外寒,竹梢轻拂仙坛。宝衣行雨在云端。画帘深殿,香雾冷风残。　　欲问楚王何处去,翠屏犹掩金鸾。猿啼明月照空滩。孤舟行客,惊梦亦艰难。

浣　溪　沙

寂寞流苏冷绣茵,倚屏山枕惹香尘,小庭花露泣浓春。　　刘阮信非仙洞客,嫦娥终是月中人,此生无路访东邻。

八　拍　蛮

云锁嫩黄烟柳细,风吹红蒂雪梅残。光影不胜闺阁恨,行行坐坐黛眉攒。

愁锁黛眉烟易惨,泪飘红脸粉难匀。憔悴不知缘底事,遇人推道不宜春。

河　传

秋雨秋雨,无昼无夜,滴滴霏霏。暗灯凉簟怨分离,妖姬,不胜悲。　　西风稍急喧窗竹,停又续,腻脸悬双玉。几回邀约雁来时,违期。雁归,人不归。

谒　金　门

美人浴,碧沼莲开芬馥。双髻绾云颜似玉,素娥辉淡绿。　　雅态芳姿闲淑,雪映钿装金斛。水溅青丝珠断续,酥融香透肉。

定　风　波

江水沉沉帆影过,游鱼到晚透寒波。渡口双双飞白鸟,烟袅,芦花深处隐渔歌。　　扁舟短棹归兰浦,人去,萧萧竹径透青莎。深夜无风新雨歇,凉月,露迎珠颗入圆荷。

孙光宪 八十首

竹　枝

门前春水_{竹枝}白蘋花_{女儿},岸上无人_{竹枝}小艇斜_{女儿}。商女经过_{竹枝}江欲暮_{女儿},散抛残食_{竹枝}饲神鸦_{女儿}。乱绳千结_{竹枝}绊人深_{女儿},越罗万丈_{竹枝}表长寻_{女儿}。杨柳在身_{竹枝}垂意绪_{女儿},藕花落尽_{竹枝}见莲心_{女儿}。

浣　溪　沙

蓼岸风多橘柚香,江边一望楚天长,片帆烟际闪孤光。　目送征鸿飞杳杳,思随流水去茫茫,兰红波碧忆潇湘。

桃杏风香帘幕闲,谢家门户约花关,画梁幽语燕初还。　绣阁数行题了壁,晓屏一枕酒醒山,却疑身是梦云间。

花渐凋疏不耐风,画帘垂地晚堂空,堕阶紫藓舞愁红。　腻粉半粘金靥子,残香犹暖绣薰笼,蕙心无处与人同。

揽镜无言泪欲流,凝情半日懒梳头,一庭疏雨湿春愁。　杨柳只知伤怨别,杏花应信损娇羞,泪沾魂断轸离忧。

半踏长裾宛约行,晚帘疏处见分明,此时堪恨昧平生。　早是〔销〕(锁)魂残烛影,更愁闻著品弦声,杳无消息若为情。

兰沐初休曲槛前,暖风迟日洗头天,湿云新敛未梳蝉。　翠袂半将遮粉臆,宝钗长欲坠香肩,此时模样不禁怜。

风递残香出绣帘,团窠金凤舞褃襜,落花微雨恨相兼。　何处去来狂太甚,空推宿酒睡无厌,争教人不别猜嫌。

轻打银筝坠燕泥,断丝高胃画楼西,花冠闲上午墙啼。　粉箨半开新竹径,红苞尽落旧桃蹊,不堪终日闭深闺。

乌帽斜欹倒佩鱼,静街偷步访仙居,隔墙应认打门初。　将见客

时微掩敛,得人怜处且生疏,低头羞问壁边书。

风撼芳菲满院香,四帘慵卷日初长,鬓云垂枕响微锽。　春梦未

成愁寂寂,佳期难会信茫茫,万般心,千点泪,泣兰堂。

碧玉衣裳白玉人,翠眉红脸小腰身,瑞云飞雨逐行云。　除却弄

珠兼解佩,便随西子与东邻,是谁容易比真真。

何事相逢不展眉,苦将情分恶猜疑,眼前行止想应知。　半恨半

嗔回面处,和娇和泪泥人时,万般饶得为怜伊。

落絮飞花满帝城,看看春尽又伤情,岁华频度想堪惊。　风月岂

惟今日恨,烟霄终待此身荣,未甘虚老负平生。

静想离愁暗泪零,欲栖云雨计难成,少年多是薄情人。　万种保

持图永远,一般模样负神明,到头何处问平生。

试问于谁分最多,便随人意转横波,缕金衣上小双鹅。　醉后爱

称娇姐姐,夜来留得好哥哥,不知情事久长么?

叶坠空阶折早秋,细烟轻雾锁妆楼,寸心双泪惨娇羞。　风月但

牵魂梦苦,岁华偏感别离愁,恨和相忆两难酬。

月淡风和画阁深,露桃烟柳影相侵,敛眉凝绪夜沉沉。　长有梦

魂迷别浦,岂无春病入离心,少年何处恋虚襟。

自入春来月夜稀,今宵蟾彩倍凝辉,强开襟抱出帘帏。　啮指暗

思花下约,凭阑羞睹泪痕衣,薄情狂荡几时归?

十五年来锦岸游,未曾行处不风流,好花长与万金酬。　满眼利

名浑信运,一生狂荡恐难休,且陪烟月醉红楼。

河　传

太平天子,等闲游戏,疏河千里。柳如丝,偎倚。绿波春水,长淮风

不起。　　　如花殿脚三千女,争云雨,何处留人住? 锦帆风,烟际红,烧空,魂迷大业中。

柳拖金缕,著烟笼雾,濛濛落絮。凤凰舟上楚女,妙舞,雷喧波上鼓。　　　龙争虎战分中土。人无主,桃叶江南渡。襞花笺,艳思牵,成篇,宫娥相与传。

花落,烟薄。谢家池阁,寂寞春深。翠蛾轻敛意沉吟,沾襟,无人知此心。　　　玉炉香断霜灰冷,帘铺影,梁燕归红杏。晚来天,空悄然。孤眠,枕檀云髻偏。

风飐,波敛。团荷闪闪,珠倾露点。木兰舟上,何处吴娃越艳? 藕花红照脸。　　　大堤狂杀襄阳客。烟波隔,渺渺湖光白。身已归,心不归。斜晖,远汀鸂鶒飞。

菩 萨 蛮

月华如水笼香砌,金镮碎撼门初闭。寒影堕高檐,钩垂一面帘。　　　碧烟轻袅袅,红战灯花笑。即此是高唐,掩屏秋梦长。

花冠频鼓墙头翼,东方澹白连窗色。门外早莺声,背楼残月明。　　　薄寒笼醉态,依旧铅华在。握手送人归,半拖金缕衣。

小庭花落无人扫,疏香满地东风老。春晚信沉沉,天涯何处寻。　　　晓堂屏六扇,眉共湘山远。争奈别离心,近来尤不禁。

青岩碧洞经朝雨,隔花相唤南溪去。一只木兰船,波平远浸天。　　　扣船惊翡翠,嫩玉抬香臂。红日欲沉西,烟中遥解觿。

木绵花映丛祠小,越禽声里春光晓。铜鼓与蛮歌,南人祈赛多。　　　客帆风正急,茜袖偎樯立。极浦几回头,烟波无限愁。

河 渎 神

汾水碧依依,黄云落叶初飞。翠娥一去不言归,庙门空掩斜晖。

四壁阴森排古画,依旧琼轮羽驾。小殿沉沉清夜,银灯飘落香炟。

江上草芊芊,春晚湘妃庙前。一方卵色楚南天,数行斜雁联翩。

独倚朱阑情不极,魂断终朝相忆。两桨不知消息,远汀时起鸂鶒。

虞 美 人

红窗寂寂无人语,暗淡梨花雨。绣罗纹地粉新描,博山香炷旋抽条,睡魂销。　　天涯一去无消息,终日长相忆。教人相忆几时休? 不堪枨触别离愁,泪还流。

好风微揭帘旌起,金翼鸾相倚。翠檐愁听乳禽声,此时春态暗关情,独难平。　　画堂流水空相翳,一穗香摇曳。教人无处寄相思,落花芳草过前期,没人知。

后 庭 花

景阳钟动宫莺转,露凉金殿。轻飘吹起琼花绽,玉叶如剪。　　晚来高阁上,珠帘卷,见坠香千片。修蛾慢脸陪雕辇,后庭新宴。

石城依旧空江国,故宫春色。七尺青丝芳草绿,绝世难得。　　玉英凋落尽,更何人识,野棠如织。只是教人添怨忆,怅望无极。

生 查 子

寂寞掩朱门,正是天将暮。暗澹小庭中,滴滴梧桐雨。　　绣工夫,牵心绪,配尽鸳鸯缕。待得没人时,偎倚论私语。

暖日策花骢,嚲辔垂杨陌。芳草惹烟青,落絮随风白。　　谁家绣毂动香尘,隐映神仙客。狂杀玉鞭郎,咫尺音容隔。

金井堕高梧,玉殿笼斜月。永巷寂无人,敛态愁堪绝。　　玉炉寒,香烬灭,还似君恩歇。翠辇不归来,幽恨将谁说?

春病与春愁,何事年年有。半为枕前人,半为花间酒。　　　醉金
尊,携玉手,共作鸳鸯偶。倒载卧云屏,雪面腰如柳。

为惜美人娇,长有如花笑。半醉倚红妆,转语传青鸟。　　　眷方
深,怜怜好,唯恐相逢少。似这一般情,肯信春光老。

清晓牡丹芳,红艳凝金蕊。乍占锦江春,永认笙歌地。　　　感人
心,为物瑞,烂熳烟花里。戴上玉钗时,迥与凡花异。

密雨阻佳期,尽日凝然坐。帘外正淋漓,不觉愁如锁。　　　梦难
裁,心欲破,泪逐檐声堕。想得玉人情,也合思量我。

临 江 仙

霜拍井梧干叶堕,翠帏雕槛初寒。薄铅残黛称花冠。含情无语,延
伫倚阑干。　　　杳杳征轮何处去?离愁别恨千般。不堪心绪正多
端。镜奁长掩,无意对孤鸾。

暮雨凄凄深院闭,灯前凝坐初更。玉钗低压鬓云横。半垂罗幕,相
映烛光明。　　　终是有心投汉珮,低头但理秦筝。燕双鸾偶不胜
情。只愁明发,将逐楚云行。

酒 泉 子

空碛无边,万里阳关道路。马萧萧,人去去,陇云愁。　　　香貂旧
制戎衣窄,胡霜千里白。绮罗心,魂梦隔,上高楼。

曲槛小楼,正是莺花二月。思无憀,愁欲绝,郁离襟。　　　展屏空
对潇湘水,眼前千万里。泪掩红,眉敛翠,恨沉沉。

敛态窗前,袅袅雀钗抛颈。燕成双,鸾对影,偶新知。　　　玉纤澹
拂眉山小,镜中嗔共照。翠连娟,红缥缈,早妆时。

清　平　乐

愁肠欲断,正是青春半。连理分枝鸾失伴,又是一场离散。　　掩
镜无语眉低,思随芳草凄凄。凭仗东风吹梦,与郎终日东西。

等闲无语,春恨如何去?终是疏狂留不住,花暗柳浓何处。　　尽
日目断魂飞,晚窗斜界残晖。长恨朱门薄暮,绣鞍骢马空归。

更　漏　子

听寒更,闻远雁,半夜萧娘深院。扃绣户,下珠帘,满庭喷玉蟾。

　人语静,香闺冷,红幕半垂清影。云雨态,蕙兰心,此情江海深。

今夜期,来日别,相对只堪愁绝。偎粉面,捻瑶簪,无言泪满襟。

　银箭落,霜华薄,墙外晓鸡咿喔。听付属,恶情惊,断肠西复东。

烛荧煌,香旖旎,闲放一堆鸳被。慵就寝,独无憀,相思魂欲销。

　不会得,这心力,判了依前还忆。空自怨,奈伊何,别来情更多。

掌中珠,心上气,爱惜岂将容易。花下月,枕前人,此生谁更亲。

　交颈语,合欢身,便同比目金鳞。连绣枕,卧红茵,霜天似暖春。

对秋深,离恨苦,数夜满庭风雨。凝想坐,敛愁眉,孤心似有违。

　红窗静,画帘垂,魂消地角天涯。和泪听,断肠窥,漏移灯暗时。

求君心,风韵别,浑似一团烟月。歌皓齿,舞红筹,花时醉上楼。

　能婉媚,解娇羞,王孙忍不攀留。惟我恨,未绸缪,相思魂梦愁。

女冠子 二首

蕙风芝露,坛际残香轻度。蕊珠宫,苔点分圆碧,桃花践破红。

　品流巫峡外,名籍紫微中。真侣埔城会,梦魂通。

淡花瘦玉,依约神仙妆束。佩琼文,瑞露通宵贮,幽香尽日焚。

　碧纱笼绛节,黄藕冠浓云。勿以吹箫伴,不同群。

风　流　子

茅舍槿篱溪曲,鸡犬自南自北。菰叶长,水蘋开,门外春波涨渌。
听织,声促,轧轧鸣梭穿屋。

楼倚长衢欲暮,瞥见神仙伴侣。微傅粉,拢梳头,隐映画帘开处。
无语,无绪,慢曳罗裙归去。

金络玉衔嘶马,系向绿杨阴下。朱户掩,绣帘垂,曲院水流花谢。
欢罢,归也,犹在九衢深夜。

定　西　番

鸡禄山前游骑,边草白,朔天明,马蹄轻。　　鹊面弓离短帐,弯
来月欲成。一只鸣髇云外,晓鸿惊。

帝子枕前秋夜,霜幄冷,月华明,正三更。　　何处戍楼寒笛,梦残
闻一声。遥想汉关万里,泪纵横。

何　满　子

冠剑不随君去,江河还共恩深。歌袖半遮眉黛惨,泪珠旋滴衣襟。
惆怅云愁雨怨,断魂何处相寻。

玉　蝴　蝶

春欲尽,景仍长,满园花正黄。粉翅两悠飏,翩翩过短墙。　　鲜
飙暖,牵游伴,飞去立残芳。无语对萧娘,舞衫沉麝香。

八　拍　蛮

孔雀尾拖金线长,怕人飞起入丁香。越女沙头争拾翠,相呼归去背
斜阳。

思 帝 乡

如何,遣情情更多? 永日水堂帘下,敛羞蛾。六幅罗裙窣地,微行
曳碧波。看尽满池疏雨,打团荷。

上 行 杯

草草离亭鞍马,从远道、此地分襟。燕宋秦吴千万里。　　无辞一
醉。野棠开,江草湿,伫立,沾泣,征骑骎骎。

离棹逡巡欲动,临极浦、故人相送。去住心情知不共。　　金船满
捧。绮罗愁,丝管咽,回别,帆影灭,江浪如雪。

谒 金 门

留不得,留得也应无益。白纻春衫如雪色,扬州初去日。　　轻别
离,甘抛掷,江上满帆风疾。却羡彩鸳三十六,孤鸾还一只。

思 越 人

古台平,芳草远,馆娃宫外春深。翠黛空留千载恨,教人何处相寻。
　　绮罗无复当时事,露花点滴香泪。惆怅遥天横渌水,鸳鸯对对
飞起。

渚莲枯,宫树老,长洲废苑萧条。想像玉人空处所,月明独上溪桥。
　　经春初败秋风起,红兰绿蕙愁死。一片风流伤心地,魂销目断
西子。

望 梅 花

数枝开与短墙平,见雪萼,红跗相映。引起谁人边塞情。　　帘外
欲三更,吹断离愁月正明。空听隔江声。

渔 歌 子

草芊芊,波漾漾,湖边草色连波涨。沿蓼岸,泊枫汀,天际玉轮初
上。　　扣舷歌,联极望,桨声伊轧知何向。黄鹄叫,白鸥眠,谁似
侬家疏旷?

泛流萤,明又灭,夜凉水冷东湾阔。风浩浩,笛寥寥,万顷金波重
叠。　　杜若洲,香郁烈,一声宿雁霜时节。经雪水,过松江,尽属
侬家日月。

定 风 波

帘拂疏香断碧丝,泪衫还滴绣黄鹂。上国献书人不在,凝黛,晚庭
又是落红时。　　春日自长心自促,翻覆,年来年去负前期。应是
秦云兼楚雨,留住,向花枝夸说月中枝。

南 歌 子

艳冶青楼女,风流似楚真。骊珠美玉未为珍,窈窕一枝芳柳,入腰
身。　　舞袖频回雪,歌声几动尘。慢凝秋水顾情人,只缘倾国,
著处觉生春。

映月论心处,假花见面时。倚郎和袖抚香肌,遥指画堂深院,许相
期。　　解佩君非晚,虚襟我未迟。愿如连理合欢枝,不似五陵狂
荡,薄情儿。

应 天 长

翠凝仙艳非凡有,窈窕年华方十九。鬓如云,腰似柳,妙对绮弦歌
醑酒。　　醉瑶台,携玉手,共燕此宵相偶。魂断晚窗分首,泪沾
金缕袖。

遐 方 怨

红绶带,锦香囊。为表花前意,殷勤赠玉郎。此时更役心肠,转添秋夜梦魂狂。　　思艳质,想娇妆。愿早传金盏,同欢卧醉乡。任人猜妒恶猜防,到头须使似鸳鸯。

全唐诗卷八九八 词十

张　泌 二十七首

浣　溪　沙

钿毂香车过柳堤，桦烟分处马频嘶，为他沉醉不成泥。含情无语倚楼西。　花满驿
亭香露细，杜鹃声断玉蟾低，含情无语倚楼西。

马上凝情忆旧游，照花淹竹小溪流，钿筝罗幕玉搔头。　早是出
门长带月，可堪分袂又经秋，晚风斜日不胜愁。

独立寒阶望月华，露浓香泛小庭花，绣屏愁背一灯斜。　云雨自
从分散后，人间无路到仙家，但凭魂梦访天涯。

依约残眉理旧黄，翠鬟抛掷一簪长，暖风晴日罢朝妆。　闲折海
棠看又捻，玉纤无力惹馀香，此情谁会倚斜阳。

翡翠屏开绣幄红，谢娥无力晓妆慵，锦帷鸳被宿香浓。　微雨小
庭春寂寞，燕飞莺语隔帘栊，杏花凝恨倚东风。

花月香寒悄夜尘，绮筵幽会暗伤神，婵娟依约画屏人。　人不见
时述暂语，令才抛后爱微颦，越罗巴锦不胜春。

偏戴花冠白玉簪，睡容新起意沉吟，翠钿金缕镇眉心。　小槛日
斜风悄悄，隔帘零落杏花阴，断香轻碧锁愁深。

晚逐香车入凤城，东风斜揭绣帘轻，慢回娇眼笑盈盈。　消息未
通何计是，便须佯醉且随行，依稀闻道太狂生。

小市东门欲雪天,众中依约见神仙,蕊黄香画贴金蝉。　　饮散黄昏人草草,醉容无语立门前,马嘶尘烘一街烟。

临 江 仙

烟收湘渚秋江静,蕉花露泣愁红。五云双鹤去无踪。几回魂断,凝望向长空。　　翠竹暗留珠泪怨,闲调宝瑟波中。花鬟月鬓绿云重。古祠深殿,香冷雨和风。

女 冠 子

露花烟草,寂寞五云三岛。正春深,貌减潜销玉,香残尚惹襟。　　竹疏虚槛静,松密醮坛阴。何事刘郎去,信沉沉。

河 传

渺莽云水,惆怅暮帆,去程迢递。夕阳芳草,千里万里,雁声无限起。　　梦魂悄断烟波里。心如醉,相见何处是?锦屏香冷无睡,被头多少泪。

红杏,交枝相映,密密濛濛。一庭浓艳倚东风,香融,透帘栊。斜阳似共春光语,蝶争舞,更引流莺妒。魂销千片玉樽前,神仙,瑶池醉暮天。

酒 泉 子

春雨打窗,惊梦觉来天气晓。画堂深,红焰小,背兰缸。　　酒香喷鼻懒开缸,惆怅更无人共醉。旧巢中,新燕子,语双双。

紫陌青门,三十六宫春色,御沟辇路暗相通,杏园风。　　咸阳沽酒宝钗空,笑指未央归去,插花走马落残红,月明中。

生 查 子

相见稀,喜相见,相见还相远。檀画荔支红,金蔓蜻蜓软。 鱼雁疏,芳信断,花落庭阴晚。可惜玉肌肤,消瘦成慵懒。

思 越 人

燕双飞,莺百转,越波堤下长桥。斗钿花筐金匣恰,舞衣罗薄纤腰。 东风澹荡慵无力,黛眉愁聚春碧。满地落花无消息,月明肠断空忆。

满 宫 花

花正芳,楼似绮,寂寞上阳宫里。钿笼金锁睡鸳鸯,帘冷露华珠翠。 娇艳轻盈香雪腻,细雨黄莺双起。东风惆怅欲清明,公子桥边沉醉。

柳 枝

腻粉琼妆透碧纱,雪休夸。金凤搔头坠鬓斜,发交加。 倚著云屏新睡觉,思梦笑。红腮隐出枕函花,有些些。

南 歌 子

柳色遮楼暗,桐花落砌香。画堂开处远风凉,高卷水精帘额,衬斜阳。

岸柳拖烟绿,庭花照日红。数声蜀魄入帘栊,惊断碧窗残梦,画屏空。

锦荐红鸂鶒,罗衣绣凤凰。绮疏飘雪北风狂,帘幕尽垂无事,郁金香。

江 城 子

碧阑干外小中庭,雨初晴,晓莺声。飞絮落花,时节近清明。睡起
卷帘无一事,匀面了,没心情。

浣花溪上见卿卿,脸波秋水明。黛眉轻,绿云高绾,金簇小蜻蜓。
好〔是〕(事)问他来得么? 和笑道,莫多情。

窄罗衫子薄罗裙,小腰身,晚妆新。每到花时,长是不宜春。早是
自家无气力,更被你,恶怜人。

河 渎 神

古树噪寒鸦,满庭枫叶芦花。昼灯当午隔轻纱,画阁珠帘影斜。

　门外往来祈赛客,翩翩帆落天涯。回首隔江烟火,渡头三两人
家。

胡 蝶 儿

胡蝶儿,晚春时。阿娇初著淡黄衣,倚窗学画伊。　　还似花间
见,双双对对飞。无端和泪拭燕脂,惹教双翅垂。

冯延巳 七十八首

如 梦 令

尘拂玉台鸾镜,凤髻不堪重整。绡帐泣流苏,愁掩玉屏人静。多
病,多病,自是行云无定。

三 台 令

春色,春色,依旧青门紫陌。日斜柳暗花嫣,醉卧春色少年。年少,年少,行乐直须及早。

明月,明月,照得离人愁绝。更深影入空床,不道帷屏夜长。长夜,长夜,梦到庭花阴下。

南浦,南浦,翠鬘离人何处。当时携手高楼,依旧楼前水流。流水,流水,中有伤心双泪。

归 国 谣

何处笛?深夜梦回情脉脉,竹风檐雨寒窗隔。离人几岁无消息,今头白,不眠特地重相忆。

春艳艳,江上晚山三四点,柳丝如剪花如染。香闺寂寂门半掩,愁眉敛,泪珠滴破胭脂脸。

江水碧,江上何人吹玉笛,扁舟远送潇湘客。芦花千里霜月白,伤行色,来朝便是关山隔。

长 相 思

红满枝,绿满枝,宿雨厌厌睡起迟,闲庭花影移。忆归期,数归期。梦见虽多相见稀,相逢知几时。

相 见 欢

晓窗梦到昭华,向琼家。歆枕残妆一朵,卧枝花。情极处,却无语,玉钗斜。翠阁银屏回首,已天涯。

抛 球 乐

酒罢歌余兴未阑,小桥清水共盘桓。波摇梅蕊伤心白,风入罗衣贴
体寒。且莫思归去,须尽笙歌此夕欢。

逐胜归来雨未晴,楼前风重草烟轻。谷莺语软花边过,水调声长醉
里听。款举金觥劝,谁是当筵最有情?

梅落新春入后庭,眼前风物可无情?曲池波晚冰还合,芳草迎船绿
未成。且上高楼望,相共凭阑看月生。

霜积秋山万树红,倚岩楼上挂朱栊。白云天远重重恨,黄叶烟深淅
淅风。仿佛梁州曲,吹在谁家玉笛中。

尽日登高兴未残,红楼人散独盘桓。一钩冷雾悬珠箔,满面西风凭
玉阑。归去须沉醉,小院新池月乍寒。

坐对高楼千万山,雁飞秋色满阑干。烧残红烛暮云合,飘尽碧梧金
井寒。咫尺人千里,犹忆笙歌昨夜欢。

点 绛 唇

荫绿围红,梦琼家在桃源住。画桥当路,临水开朱户。　柳径春
深,行到关情处。颦不语,意凭风絮,吹向郎边去。

酒 泉 子

庭下花飞。月照妆楼春事晚,珠帘风,兰烛烬,怨空闺。　迢迢
何处寄相思。玉箸零零肠断,屏帏深,更漏永,梦魂迷。

芳草长川。柳映危桥桥下路,归鸿飞,行人去,碧山边。　风微
烟淡雨萧然。隔岸马嘶何处?九回肠,双脸泪,夕阳天。

〔春〕(青)色融融。飞燕乍来莺未语,小桃寒,垂柳晚,玉楼空。
天长烟远恨重重。消息燕鸿归去,枕前灯,窗外月,闭朱笼。

深院空帏。廊下风帘惊宿燕,香印灰,兰烛地,觉来时。月明人自捣寒衣。刚爱无端惆怅,阶前行,闌外立,欲鸡啼。

采 桑 子

小庭雨过春将尽,片片花飞。独折残枝,无语凭闌只自知。玉堂香暖珠帘卷,双燕来归。君约佳期,肯信韶华得几时。

马嘶人语春风岸,芳草绵绵。杨柳桥边,落日高楼酒旆悬。旧愁新恨知多少,目断遥天。独立花前,更听笙歌满画船。

西风半夜帘栊冷,远梦初归。梦过金扉,花谢窗前夜合枝。昭阳殿里新翻曲,未有人知。偷取笙吹,惊觉寒蛩到晓啼。

酒阑睡觉天香暖,绣户慵开。香印成灰,独背寒屏理旧眉。朦胧却向灯前卧,窗月徘徊。晓梦初回,一夜东风绽早梅。

小堂深静无人到,满院春风。惆怅墙东,一树樱桃带雨红。愁心似醉兼如病,欲语还慵。日暮疏钟,双燕归栖画阁中。

画堂灯暖帘栊卷,禁漏丁丁。雨罢寒生,一夜西窗梦不成。玉娥重起添香印,回倚孤屏。不语含情,水调何人吹笛声。

笙歌放散人归去,独宿江楼。月上云收,一半珠帘挂玉钩。起来检点经游地,处处新愁。凭仗东流,将取离心过橘州。

昭阳记得神仙侣,独自承恩。水殿灯昏,罗幕轻寒夜正春。如今别馆添萧索,满面啼痕。旧约犹存,忍把金环别与人。

微风帘幕清明近,花落春残。尊酒留欢,添尽罗衣怯夜寒。愁颜恰似烧残烛,珠泪阑干。也欲高拌,争奈相逢情万般。

画堂昨夜愁无睡,风雨凄凄。林鹊争栖,落尽灯花鸡未啼。年光往事如流水,休说情迷。玉箸双垂,只是金笼鹦鹉知。

寒蝉欲报三秋候,寂静幽居。叶落闲阶,月透帘栊远梦回。昭阳旧恨依前在,休说当时。玉笛才吹,满袖猩猩血又垂。

洞房深夜笙歌散,帘幕重重。斜月朦胧,雨过残花落地红。　　昔
年无限伤心事,依旧东风。独倚梧桐,闲想闲思到晓钟。

花前失却游春侣,极目寻芳。满眼悲凉,纵有笙歌亦断肠。　　林
间戏蝶帘间燕,各自双双。忍更思量,绿树青苔半夕阳。

菩 萨 蛮

金波远逐行云去,疏星时作银河渡。花影卧秋千,更长人不眠。
　玉筝弹未彻,凤髻黄钗脱。忆梦翠蛾低,微风吹绣衣。

画堂昨夜西风过,绣帘时拂朱门锁。惊梦不成云,双蛾枕上颦。
　金炉烟袅袅,烛暗纱窗晓。残日尚弯环,玉筝和泪弹。

梅花吹入谁家笛,行云半夜凝空碧。攲枕不成眠,关山人未还。
　声随幽怨绝,空断澄霜月。月影下重檐,轻风花满帘。

回廊远砌生秋草,梦魂千里青门道。鹦鹉怨长更,碧笼金锁横。
　罗帏中夜起,霜月清如水。玉露不成圆,宝筝悲断弦。

娇鬟堆枕钗横凤,溶溶春水杨花梦。红烛泪阑干,翠屏烟浪寒。
　锦壶催画箭,玉佩天涯远。和泪试严妆,落梅飞夜霜。

西风袅袅凌歌扇,秋期正与行云远。花叶脱霜红,流萤残月中。
　兰闺人在否,千里重楼暮。翠被已销香,梦随寒漏长。

沉沉朱户横金锁,纱窗月影随花过。烛泪欲阑干,落梅生晚寒。
　宝钗横翠凤,千里香屏梦。云雨已荒凉,江南春草长。

攲鬟堕髻摇双桨,采莲晚出清江上。顾影约流萍,楚歌娇未成。
　相逢颦翠黛,笑把珠珰解。家住柳阴中,画桥东复东。

谒 金 门

风乍起,吹皱一池春水。闲引鸳鸯芳径里,手挪红杏蕊。　　斗鸭
阑干独倚,碧玉搔头斜坠。终日望君君不至,举头闻鹊喜。

杨柳陌,宝马嘶空无迹。新著荷衣人未识,年年江海客。　　梦觉
巫山春色,醉眼飞花狼藉。起舞不辞无气力,爱君吹玉笛。

清 平 乐

深冬寒月,庭户凝霜雪。风雁过时魂断绝,塞管数声呜咽。　　披
衣独立披香,流苏乱结愁肠。往事总堪惆怅,前欢休更思量。

雨晴烟晚,绿水新池满。双燕飞来垂柳院,小阁画帘高卷。　　黄
昏独倚朱阑,西南新月眉弯。砌下落花风起,罗衣特地春寒。

西园春早,夹径抽新草。冰散漪澜生碧沼,寒在梅花先老。　　与
君同饮金杯,饮馀相取徘徊。次第小桃将发,轩车莫厌频来。

更 漏 子

风带寒,枝正好,兰蕙无端先老。情悄悄,梦依依,离人殊未归。
　　褰罗幕,凭朱阁,不独堪悲摇落。月东出,雁南飞,谁家夜捣衣?

夜初长,人近别,梦觉一窗残月。鹦鹉卧,蟋蟀鸣,西风寒未成。
　　红蜡烛,弹棋局,床上画屏山绿。褰绣幌,倚瑶琴,前欢泪滴襟。

玉炉烟,红烛泪,偏对画堂秋思。眉翠薄,鬓云残,夜长衾枕寒。
　　梧桐树,三更雨,不道离情最苦。一叶叶,一声声,空阶滴到明。

喜 迁 莺

宿莺啼,乡梦断,春树晓朦胧。残灯和烬闭朱栊,人语隔屏风。
　　香已寒,灯已绝,忽忆去年离别。石城花雨倚江楼,波上木兰舟。

雾濛濛,风淅淅,杨柳带疏烟。飘飘轻絮满南园,墙下草芊绵。
　　燕初飞,莺已老,拂面春风长好。相逢携酒且高歌,人生得几何?

阮　郎　归

南园春半踏青时,风和闻马嘶。青梅如豆柳如丝,日长蝴蝶飞。
花露重,草烟低,人家帘幕垂。秋千慵困解罗衣,画梁双燕栖。
角声吹断陇梅枝,孤窗月影低。塞鸿无限欲惊飞,城乌休夜啼。
寻断梦,掩深闺,行人去路迷。门前杨柳绿阴齐,何时闻马嘶。

贺　圣　朝

金丝帐暖牙床稳,怀香方寸,轻颦轻笑,汗珠微透,柳沾花润。
云鬟斜坠,春应未已,不胜娇困。半欹犀枕,乱缠珠被,转羞人问。

应　天　长

石城山下桃花绽,宿雨初晴云未散。南去棹,北飞雁,水阔山遥肠
欲断。　　倚楼情绪懒,〔惆怅〕(无限)春心无限。燕度兼葭风晚,
欲归愁满面。

醉　花　间

独立阶前星又月,帘栊偏皎洁。霜树尽空枝,肠断丁香结。　　夜
深寒不寐,疑恨何曾歇。凭阑干欲折,两条玉箸为君垂,此宵情,谁
共说。
月落霜繁深院闭,洞房人正睡。桐树倚雕檐,金井临瑶砌。　　晓
风寒不啻,独立成憔悴。闲愁浑未已,离人心绪自无端,莫思量,休
退悔。

芳　草　渡

梧桐落,蓼花秋。烟初冷,雨才收,萧条风物正堪愁。人去后,多少

恨,在心头。　　燕鸿远,羌笛怨,渺渺澄波一片。山如黛,月如钩。笙歌散,梦魂断,倚高楼。

南 乡 子

细雨湿流光,芳草年年与恨长。烟锁凤楼无限事,茫茫。鸾镜鸳衾两断肠。　　魂梦任悠扬,睡起杨花满绣床。薄幸不来门半掩,斜阳。负你残春泪几行。

细雨泣秋风,金凤花〔残〕(笺)满地红。闲〔蹙〕(促)黛眉慵不语,情绪。寂寞相思知几许。　　玉枕拥孤衾,挹恨还闻岁月深。帘卷曲房谁共醉,憔悴。惆怅秦楼弹粉泪。

舞春风 一名瑞鹧鸪

严妆才罢怨春风,粉墙画壁宋家东。蕙兰有恨枝尤绿,桃李无言花自红。　　燕燕巢儿罗幕卷,莺莺啼处凤楼空。少年薄幸知何处,每夜归来春梦中。

虞 美 人

玉钩鸾柱调鹦鹉,宛转留春语。云屏冷落画堂空,薄晚春寒、无奈落花风。　　搴帘燕子低飞去,拂镜尘鸾舞。不知今夜月眉弯,谁佩同心双结、倚阑干。

春风拂拂横秋水,掩映遥相对。只知长作碧窗期,谁信东风、吹散彩云飞。　　银屏梦与飞鸾远,只有珠帘卷。杨花零落月溶溶,尘掩玉筝弦柱、画堂空。

临 江 仙

冷红飘起桃花片,青春意绪阑珊。高楼帘幕卷轻寒。酒馀人散,独自倚阑干。　　　夕阳千里连芳草,风光愁杀王孙。徘徊飞尽碧天云。凤城何处,明月照黄昏。

蝶 恋 花

窗外寒鸡天欲曙,香印成灰,坐起浑无绪。庭际高梧凝宿雾,卷帘双鹊惊飞去。　　　屏上罗衣闲绣缕,一饷关情,忆遍江南路。夜夜梦魂休谩语,已知前事无情处。

萧索清秋珠泪坠,枕簟微凉,展转浑无寐。残酒欲醒中夜起,月明如练天如水。　　　阶下寒声啼络纬,庭树金风,悄悄重门闭。可惜旧欢携手地,思量一夕成憔悴。

几度凤楼同饮宴,此夕相逢,却胜当时见。低语前欢频转面,双眉敛恨春山远。　　　蜡烛泪流羌笛怨,偷整罗衣,欲唱情犹懒。醉里不辞金爵满,阳关一曲肠千断。

几日行云何处去,忘了归来,不道春将暮。百草千花寒食路,香车系在谁家树。　　　泪眼倚楼频独语,双燕飞来,陌上相逢否?撩乱春愁如柳絮,悠悠梦里无寻处。

六曲阑干偎碧树,杨柳风轻,展尽黄金缕。谁把钿筝移玉柱,穿帘海燕双飞去。　　　满眼游丝兼落絮,红杏开时,一霎清明雨。浓醉觉来莺乱语,惊残好梦无寻处。

谁道闲情抛弃久,每到春来,惆怅还依旧。日日花前常病酒,不辞镜里朱颜瘦。　　　河畔青芜堤上柳,为问新愁,何事年年有。独立小楼风满袖,平林新月人归后。

寿 山 曲

铜壶滴漏初尽,高阁鸡鸣半空。〔催启〕(吹起)五门金锁,犹垂三殿帘栊。阶前御柳摇绿,仗下宫花散红。鸳瓦数行晓日,〔鸾〕(鸯)旗百尺春风。侍臣舞蹈重拜,圣寿南山永同。

思越人 与本调不同

酒醒情怀恶,金缕褪,玉肌如削。寒食过却,海棠零落。　　乍倚遍,阑干烟淡薄,翠幕帘栊画阁。春睡著,觉来失,秋千期约。

上行杯 与本调不同

落梅暑雨消残粉,云重烟深寒食近。罗幕遮香,柳外秋千出画墙。　　春山颠倒钗横凤,飞絮入帘春睡重。梦里佳期,只许庭花与月知。

薄命妾

春日宴,绿酒一杯歌一遍。再拜陈三愿。　　一愿郎君千岁,二愿妾身长健。三愿如同梁上燕,岁岁长相见。

金错刀 一名醉瑶瑟

双玉斗,百琼壶,佳人欢饮笑喧呼。麒麟欲画时难偶,鸥鹭何猜兴不孤。　　歌婉转,醉模糊,高烧银烛卧流苏。只销几觉慵腾睡,身外功名任有无。

日融融,草芊芊,黄莺求友啼林前。柳条袅袅拖金线,花蕊茸茸簇锦毡。　　鸠逐妇,燕穿帘,狂蜂浪蝶相翩翩。春光堪赏还堪玩,恼杀东风误少年。

忆江南 二首,与本调不同。

去岁迎春楼上月,正是西窗,夜凉时节。玉人贪睡坠钗云,粉消妆薄见天真。　　人非风月长依旧,破镜尘筝一梦经年瘦。今宵帘幕扬花阴,空馀枕泪独伤心。

今日相逢花未发,正是去年,别离时节。东风次第有花开,恁时须约却重来。　　重来不怕花堪折,只恐明年花发人离别。别离若向百花时,东风弹泪有谁知?

徐昌图 莆田人。入宋,终殿中丞。词三首。

木 兰 花

沉檀烟起盘红雾,一箭霜风吹绣户。汉宫花面学梅妆,谢女雪诗栽柳絮。　　长垂夹幕孤鸾舞,旋炙银笙双凤语。红窗酒病嚼寒冰,冰损相思无梦处。

临 江 仙

饮散离亭西去,浮生常恨飘蓬。回头烟柳渐重重。淡云孤雁远,寒日暮天红。　　今夜画船何处,潮平淮月朦胧。酒醒人静奈愁浓。残灯孤枕梦,轻浪五更风。

河 传

秋光满目,风清露白,莲红水绿。何处梦回,弄珠拾翠盈盈,倚阑桡,眉黛蹙。　　采莲调稳,吴侣声相续,倚棹吴江曲。鹭起暮天,几双交颈鸳鸯,入芦花深处宿。

徐 铉 二首

抛 球 乐

歌舞送飞球,金觥碧玉筹。管弦桃李月,帘幕凤凰楼。一笑千场醉,浮生任白头。

灼灼傅花枝,纷纷度画旒。不知红烛下,照见彩球飞。借势因期克,巫山暮雨归。

全唐诗卷八九九 词十一

庾传素 一首

木兰花

木兰红艳多情态,不似凡花人不爱。移来孔雀槛边栽,折向凤凰钗上戴。　　是何芍药争风彩,自共〔牡〕(壮)丹长作对。若教为女嫁东风,除却黄莺难匹配。

刘侍读 一首

生查子

深秋更漏长,滴尽银台烛。独步出幽闺,月晃波澄绿。　　菱荷风乍触,一对鸳鸯宿。虚棹玉钗惊,惊起还相续。

许　岷 二首

木兰花

小庭日晚花零落,倚户无聊妆脸薄。宝筝金鸭任生尘,绣画工夫全放却。　　有时觑著同心结,万恨千愁无处说。当初不合尽饶伊,赢得如今长恨别。

江南日暖芭蕉展,美人折得亲裁剪。书成小简寄情人,临行更把轻轻捻。　　其中捻破相思字,却恐郎疑踪不似。若还猜妾倩人书,误了平生多少事。

林楚翘 一首

菩 萨 蛮

画堂春昼垂珠箔,卧来揉惹金钗落。簟滑枕头移,鬓蝉狂欲飞。　笑拖娇眼慢,罗袖笼花面。重道好郎君,人前莫恼人。

无名氏 九首

一 片 子

柳色青山映,梨花雪鸟藏。绿窗桃李下,闲坐叹春芳。

塞 姑

昨日卢梅塞口,整见诸人镇守。都护三年不归,折尽江边杨柳。

醉 公 子

门外猧儿吠,知是萧郎至。划袜下香阶,冤家今夜醉。　　扶得入罗帏,不肯脱罗衣。醉则从他醉,还胜独睡时。

菩　萨　蛮

牡丹含露真珠颗,美人折向庭前过。含笑问檀郎,花强妾貌强。

檀郎故相恼,须道花枝好。一面发娇嗔,碎挪花打人。

贺　圣　朝

白露点,晓星明灭,秋风落叶。故址颓垣,冷烟衰草,前朝宫阙。

长安道上行客,依旧利深名切。改变容颜,消磨今古,陇头残月。

虞　美　人

帐中草草军情变,月下旌旗乱。褪衣推枕怆离情,远风吹下楚歌声,正三更。　　抚騅欲下重相顾,艳态花无主。手中莲锷凛秋霜,九泉归去是仙乡,恨茫茫。

后　庭　宴

千里故乡,十年华屋,乱魂飞过屏山簇。眼重眉褪不胜春,菱花知我销香玉。　　双双燕子归来,应解笑人幽独。断歌零舞,遗恨清江曲。万树绿低迷,一庭红扑簌。

撷　芳　词

风摇荡,雨濛茸,翠条柔弱花头重。春衫窄,香肌湿。记得年时,共伊曾〔摘〕(滴)。　　都如梦,何曾共,可怜孤似钗头凤。关山隔,晚云碧,燕儿来也,又无消息。

鱼　游　春　水

秦楼东风里,燕子还来寻旧垒。馀寒犹峭,红日薄侵罗绮。嫩草方抽碧玉茵,媚柳轻窣黄金缕。莺转上林,鱼游春水。 几曲阑干遍倚,又是一番新桃李。佳人应怪归迟,梅妆泪洗。凤箫声绝沉孤雁,望断清波无双鲤。云山万重,寸心千里。

杨贵妃

阿 那 曲

罗袖动香香不已,红蕖袅袅秋烟里。轻云岭下乍摇风,嫩柳池塘初拂水。

闽后陈氏 名金凤,闽嗣主王廷钧之后。词二首

乐 游 曲

龙舟摇曳东复东,采莲湖上红更红。波淡淡,水溶溶,奴隔荷花路不通。

西湖南湖斗彩舟,青蒲紫蓼满中洲。波渺渺,水悠悠,长奉君王万岁游。

柳 氏

杨 柳 枝

杨柳枝,芳菲节,可恨年年赠离别。一叶随风忽报秋,纵使君来岂堪折。

王丽真女郎

字 字 双

床头锦衾斑复斑,架上朱衣殷复殷。空庭明月闲复闲,夜长路远山复山。

耿玉真

菩 萨 蛮

玉京人去秋萧索,画檐鹊起梧桐落。欹枕悄无言,月和残梦圆。

　背灯唯暗泣,甚处砧声急。眉黛远山攒,芭蕉生暮寒。一作独自倚阑干,衣襟生暮寒。

句

庭空客散人归后,画堂半掩朱帘。林风〔淅淅〕(淅淅)夜厌厌,小楼新月,回首自纤纤。

春光镇在人空老,新愁往恨何穷。金窗力困起还慵。一声羌笛,惊起醉怡容。 李后主《临江仙》。前后两调,各逸其半。

寻春须是阳春早,看花莫待花枝老。 后主《菩萨蛮》

帝乡烟雨锁春愁,故国山川空泪眼。 吴越王钱俶《木兰花》

金凤欲飞遭掣搦,情脉脉。看即玉楼云雨隔。 钱俶

桃李不须夸烂熳,已输了风吹一半。 韩熙载《咏梅》

学著荷衣还可喜,年少多来有几? 自古闲愁无际。 冯延巳《谒金门》

初离蜀道心将碎，离恨绵绵。春日如年，马上时时闻杜鹃。　花蕊夫人《采桑子》

全唐诗卷九〇〇 词十二

吕 岩 三十首

梧 桐 影

落日斜,秋风冷。今夜故人来不来,教人立尽梧桐影。

忆 江 南

淮南法,秋石最堪夸。位应乾坤白露节,象移寅卯紫河车。子午结
朝霞。

王阳术,得秘是黄牙。万蕊初生将此类,黄钟应律始归家。十月定
君夸。

黄帝术,玄妙美金花。玉液初凝红粉见,乾坤覆载暗交加。龙虎变
成砂。

长生术,玄要补泥丸。彭祖得之年八百,世人因此转伤残。谁是识
阴丹。

阴丹诀,三五合玄图。二八应机堪采运,玉琼回首免荣枯。颜貌胜
凡姝。

长生术,初九秘潜龙。慎勿从高宜作客,丹田流注气交通。耆老反
婴童。

修身客,莫误入迷津。气术金丹传在世,象天象地象人身。不用问

东邻。

还丹诀,九九最幽玄。三性本同一体内,要烧灵药切寻铅。寻得是神仙。

长生药,不用问他人。八卦九宫看掌上,五行四象在人身。明了自通神。

学道客,修养莫迟迟。光景斯须如梦里,还丹粟粒变金姿。死去莫回归。

治生客,审细察微言。百岁梦中看即过,劝君修炼保尊年。不久是神仙。

瑶池上,瑞雾霭群仙。素练金童锵凤板,青衣玉女啸鸾弦。身在大罗天。　　沉醉处,缥渺玉京山。唱彻步虚清燕罢,不知今夕是何年。海水又桑田。

西 江 月

著意黄庭岁久,留心金碧年深。为忧白发鬓相侵,仙诀朝朝讨论。　　秘要俱皆览过,神仙奥旨重吟。至人亲指水中金,不负平生志性。

任是聪明志士,常迷东灶黄庭。参同大易事分明,不晓醉眠难醒。　　若遇高人指引,都来不费功程。北方坎子是金精,认得黄牙方盛。

沁 园 春

七返还丹,在我先须,炼已待时。正一阳初动,中宵漏永,温温铅鼎,光透帘帏。造化争驰,虎龙交媾,进火功夫牛斗危。曲江上,看月华莹净,有个乌飞。　　当时,自饮刀圭,又谁信无中就养儿。辨水源清浊,木金间隔。不因师指,此事难知。道要玄微,天机深远,下手忙修犹太迟。蓬莱路,待三千行满,独步云归。

火宅牵缠,夜去明来,早晚担忧。奈今日茫然,不知明日,波波劫劫,有甚来由?人世风灯,草头珠露,我见伤心眼泪流。不坚久,似石中迸火,水上浮沤。　　休休,及早回头,把往日风流一笔钩。但粗衣淡饭,随缘度日,任人笑我,我又何求?限到头来,不论贫富,著甚干忙日夜忧。劝年少,把家缘弃了,海上来游。

诗曲文章,任汝空留,数千万篇。奈日推一日,月推一月,今年不了,又待来年。有限光阴,无涯火院,只恐蹉跎老却贤。贪痴汉,望成家学道,两事双全。　　凡间,只恋尘缘,又谁信壶中别有天。这道本无情,不亲富贵,不疏贫贱,只要心坚。不在劳神,不须苦行,息虑忘机合自然。长生事,待明公放下,方可相传。

卜　算　子

心空道亦空,风静林还静。卷尽浮云月自明,中有山河影。　　供养及修行,旧话成重省。豆爆生莲火里时,痛拨寒灰冷。

步　蟾　宫

坎离乾兑逢子午,须认取,自家根祖。地雷震动山头雨,要洗濯黄牙土。　　捉得金精牢闭锢,炼甲庚,要生龙虎。待他问汝甚人传,但说道,先生姓吕。

满　庭　芳

大道渊源,高真隐秘,风流岂可知闻。先天一气,清浊自然分。不识坎离颠倒,谁能辨、金木浮沉?幽微处,无中产有,洞畔虎龙吟。　　壶中,真造化,天精地髓,阴魄阳魂。运周天水火,燮理寒温。十月脱胎丹就,除此外、皆是傍门。君知否,尘寰走遍,端的少知音。

酹江月

仙风道骨,颠倒运乾坤,平分时节。金木相交坎离位,一粒刀圭凝结。水虎潜形,火龙伏体,万丈毫光烈。仙花朵秀,圣男灵女扳折。

　　霄汉此夜中秋,银蟾离海,浪卷千层雪。此是天关地轴,谁解推穷圆缺。片晌功夫,霎时丹聚,到此凭何诀?倚天长啸,洞中无限风月。

水 龙 吟

目前咫尺长生路,多少愚人不悟。爱河浪阔,洪波风紧,舟船难渡。略听仙师语,到彼岸,只消一句。炼金丹换了,凡胎浊骨。免轮回,三涂苦。　　万事澄心定意,聚真阳、都归一处。分明认得,灵光真趣,本来面目。此个幽微理,莫容易,等闲分付。知蓬莱自有,神仙伴侣。同携手,朝天去。

豆 叶 黄

二月江南山水路,李花零落春无主。一个鱼儿无觅处,风和雨,玉龙生甲归天去。

浪 淘 沙

我有屋三椽,住在灵源。无遮四壁任萧然。万象森罗为斗拱,瓦盖青天。　　无漏得多年,结就因缘。修成功行满三千。降得火龙伏得虎,陆路神仙。

苏 幕 遮

天不高,地不大。惟有真心,物物俱含载。不用之时全体在。用即
拈来,万象周沙界。　　虚无中,尘色内。尽是还丹,历历堪收采。
这个鼎炉解不解。养就灵乌,飞出光明海。

雨 中 花

三百年间,功标青史,几多俱委埃尘。悟黄粱弃事,厌世藏身。将
我一枝丹桂,换他千载青春。岳阳楼上,纶巾羽扇,谁识天人。
　　蓬莱愿应仙举,谁知会合仙宾。遥想望,吹笙玉殿,奏舞鸾裀。
风驭云轩不散,碧桃紫柰长新。愿逢一粒,九霞光里,相继朝真。

促拍满路花

西风吹渭水,落叶满长安。茫茫尘世里,独清闲。自然炉鼎,虎绕
与龙盘。九转丹砂就,一粒刀圭,便成陆地神仙。　　任万钉宝带
貂蝉,富贵欲熏天。黄粱炊未熟,梦惊残。是非海里,直道作人难。
袖手江南去,白蘋红蓼,又寻溢浦庐山。

六 么 令

东与西,眼与眉。偃月炉中运坎离,灵砂且上飞。最幽微,是天机,
你休痴,你不知。

汉 宫 春

横笛声沉,倚危楼红日,江转天斜。黄尘边火颎洞,何处吾家。胎
禽怨夜,来乘风、玄露丹霞。先生笑、飞空一剑,东风犹自天涯。
　　情知道山中好,早翠嶷含隐,瑶草新芽。青溪故人信断,梦〔逐〕

飙车。乾坤星火,归来了、煮石煎沙。回首处,幅巾蒲帐,云边独是
桃花。

伊用昌

忆 江 南

江南鼓,梭肚两头栾。钉著不知侵骨髓,打来只是没心肝。空腹被
人谩。

句

暂游大庾,白鹤飞来谁共语? 岭畔人家,曾见寒梅几度花。　　春
来春去,人在落花流水处。花满前蹊,藏尽神仙人不知。 吕岩《求斋
不得》,失注调名。无考。

全 唐 诗 逸

〔日本〕上毛氏河世宁纂辑

全唐诗逸序

　　大清康熙之朝,《全唐诗》集成,其人以千计,其诗以万计,虽片章只句散在诸书者,采掇无遗也。不谓盛且备乎? 殊不知尚逸而在吾日本。亦不为尠少也。当时遣唐之使,留学之生,与彼其墨客韵士,肩相比,臂相抵,则其研唱嘉藻,记其所口,眷其所记,装以归者盖比比不已。大江维时之千载佳句,的的珠玑,获其片而逸其全,虽则可惜哉,其所以亡乎彼而存乎我,不亦幸乎! 上毛市河子静有慨于此也,著《全唐诗逸》三卷。夫然后所谓沧海无遗珠者非耶,大抵典籍之亡于彼而存于我者,在佛书太多,然不广行世。近世太宰氏所校《古文孝经》,流入西华,新安鲍廷博再刻而行之,作序赏之。今使斯书亦流而西,则岂复不刮目而观之哉!

　　子静名世宁,为昌平学都讲,博雅尚志,亦尝著《日本诗纪》五十卷,其有功于艺文,不独斯书云。

　　天明八年戊申十月,淡海竺常撰。

全唐诗逸卷上

明皇帝

送 日 本 使

《日本高僧传》云:天平胜宝四年,藤原清河为遣唐大使,至长安见元宗。元宗曰:"闻彼国有贤君,今观使者趋揖有异。"乃号日本为礼仪君子国。命晁衡导清河等视府库及三教殿,又图清河貌纳于蕃藏中。及归赐诗。

日下非殊俗,天中嘉会朝。念余怀义远,矜尔畏途遥。涨海宽秋月,归帆〔驶〕(骎)夕飙。因惊彼君子,王化远昭昭。

赐 新 罗 王

《东国通鉴·新罗纪》:唐天宝十五年,遣使朝帝于蜀。帝亲制十韵诗,手札赐王曰:"嘉新罗王岁礼朝贡,克践礼乐名义,赐诗一首。"其诗曰:

四维分景纬,万象含中枢。玉帛遍天下,梯杭归上都。缅怀阻青陆,岁月勤黄图。漫漫穷地际,苍苍连海隅。兴言名义国,岂谓山河殊。使去传风教,人来习典谟。衣冠知奉礼,忠信识尊儒。诚矣天其鉴,贤哉德不孤。拥旄同作牧,厚贶比生刍。益重青青志,风霜恒不渝。

德宗皇帝

句

见大江维时《千载佳句》。　家藏《千载佳句》，二百年前誊本，误谬脱落甚多，而无他本可比校。今所分注，但存其疑。后效此。

玉殿笙歌宜此夜，更看明月照高楼。　秋夜

杨师道

采　莲　见《千载佳句》

采莲江浦觅同心，日暮风生江水深。莫言花重船应没，自解凌波不畏沉。

上官仪

句　以下并见释空海《文镜秘府论》

曙色随行漏，早吹入繁笳。旗文萦桂叶，骑影拂桃华。碧潭写春照，青山笼雪花。　论云：此六句犯长撷腰病。

池牖风月清，闲居游客情。兰泛樽中色，松今弦上声。　此四句犯长解镫病。

张　谔

句 以下并见《千载佳句》

天上姮娥遥解意,偏教月向踏歌明。 月夜看美人踏歌

共待山头明月上,照君行棹出长川。 玩山月送百九

丁仙芝

句

雨鸣鸳瓦收炎气,风卷珠帘送晓凉。 陪岐王宅宴

殷 遥

句

归心静对萤飞月,远梦长惊角满楼。 夏晚怀归

王 维

句

自恨开迟还落早,纵横只是怨春风。 牡丹花

李 颀

句

巴路千山秋水上,江村独树夕阳时。　　归至旧任,酬袁赞府见赠。

王昌龄

旅次盩厔过韩士别业 以下并见《秘府论》引王昌龄《诗格》

春烟桑柘林,落日隐荒墅。泱漭平原夕,清吟久延伫。故人家于此,招我渔樵所。　　格云:此第五句入作势。

上侍御士兄

天人俟明路,益稷分尧心。利器必先举,非贤安可任。吾兄执严宪,时佐能钓深。　同上

上同州使君伯

大贤本孤立,有时起丝纶。伯父自天禀,元功载生人。　　此第三句入作势

留　　别

桑林映陂水,雨过宛城西。留醉楚山别,阴云暮霎霎。　　同上

赠李侍御

青冥孤云去,终当暮归山。志士杖苦节,何时见龙颜。　　比兴入作势

又

渺然客子魂,倏铄川上晖。还云惨知暮,九月仍未归。　　同上

送　别

春江愁送君，蕙草生氤氲。醉后不能语，乡山雨雰雰。　含思落句势

失　题

时与醉林壑，因之堕农桑。槐烟渐含夜，楼月深苍茫。　理入景势

又

桑叶下墟落，鹍鸡鸣渚田。物情每衰极，吾道方渊然。景入理势

句

与君远相知，不道云海深。寄骠洲　得罪由己招，本性易然诺。见谴至伊水　黄叶乱秋雨，空斋愁暮心。客舍秋霖呈席姨夫　通经彼上人，无迹任勤苦。题上人房　枫桥延海岸，客帆归富春。送邹贡觐省江东寒江映村林，亭上纳高洁。宴南亭　陵薮寒苍茫，登城遂怀古。登城怀古　孤烟曳长林，春水聊一望。以下失题　河口饯南客，进帆清江水。　迁客又相送，风悲蝉更号。　微雨随云收，濛濛傍山去。海客时独飞，永然沧洲意。　日夕辨灵药，空山松桂香。　墟落有怀县，长烟溪树边。　青桂花未吐，江中独鸣琴。　还家望炎海，楚叶下秋水。

刘长卿

句　见《千载佳句》

春苔满地无行处，深映桃花独闭门。　题张山人所居

崔　曙

句　见《秘府论》

夜台一闭无时尽,逝水东流何处还。　失题　　田家收已尽,苍苍只
白茅。　失题

李　白

句　见《千载佳句》

玉阶一夜留明月,金殿三春满落花。　瑞雪

张　谓

题故人别业　见《秘府论》

平子归田处,园林接汝濆。落花开户入,啼鸟隔窗闻。池净流春
水,山明敛霁云。昼游仍不厌,乘月夜寻君。

李嘉祐

句　见《千载佳句》

巴峡猿声催客泪,铜梁山翠入江楼。　江晚望陪杨园　　千峰鸟路含梅

雨,五月蝉声送麦秋。 发青泥店至长余县西涯山口

钱 起

失 题

见《秘府论》。接下二句即郭震《塞上》诗中语。此以为钱起诗,未详何据。

胡风迎马首,汉月学蛾眉。久戍人将老,长征马不肥。

顾 况

句 以下至卷末二十九人并见《千载佳句》

野人误向人闲老,为谢金华洞里云。寄婺州赵使君 莫言归去无人伴,自有中天月正明。送朱拾遗

陈 润

句

两岸杨花风作雪,一池荷叶雨成珠。题山阴朱徵君隐居 暮猿啼处三声绝,寒雁归时一叶秋。客舍石己山渡行 一双泪滴黄河水,愿得东流入汉宫。王昭君

崔 膺 一作应

句

不随暮雨苍江去,且向朝云白雪歌。《歌妓》　欲于北阙辞苍海,却望东山愧白云。别山居

冯　宿

句

九衢车马传佳句,万户莺花接胜游。酬宣上人

于　鹄

句

曾读列仙王母传,九天未胜此中游。上阳宫

杨巨源

句

鸣鞭秋色诗情远,拂匣寒花剑力多。和刘员外赴阙次潼关作　籍通莲阙秋光遍,诗答蓬山晚思遥。永平里酬卢洪　青门日暖尘光动,紫陌花晴风色来。春日　艳欺藤蔓莺无限,香压荆花蝶不飞。紫薇　内史旧山空日暮,南朝古木向人秋。将赴岭外留别　梦中乡信惊秋雁,窗下林声带夜蝉。寓居　独向晓山知露湿,远临秋水爱云明。送王秀才

新河柳色千株暗,故国云帆万里归。送杨松陵归宋汴州 一院绿钱童子拂,千竿青玉主人栽。寄宣供奉 露凝丹地初疑雨,烟著红楼半是霞。赠红楼院宣供奉 空门水定埃尘远,真偈金书世界稀。《题金字经供养□上人》

刘禹锡

句

烟波半落新沙地,鸟雀群飞欲雪天。初冬 樱桃带雨胭脂湿,杨柳当风绿线低。题裴令公亭 山似屏风江似簟,叩舷来往月明中。泛舟 晴日碧空云脚断,一条如练挂山尖。瀑布泉 飞文斗疾敲铜器,陪宴会欢吐锦茵。酬李校事

周元范

奉和白舍人游镜湖夜归

风前酒醒看山笑,湖上诗成共客吟。画烛满堤烧月色,澄江绕树浸城阴。

句

路出胥门深浅浪,月残吴苑两三星。和白舍人泛湖早发洞庭诗 石桥路上千峰月,山殿云中半夜钟。寄白舍人兼鹤林招隐二长老

王鲁复

水　楼

山衔落日溪光动,岸转回风槛影浮。座内数声来远鹤,烟中一派辨孤舟。

句

清泉绕屋澄心远,曙月衔山出定迟。赠僧惟勋

陆　畅

句

满手香传金菊酒,漏声遥滴上阳宫。九日

鲍　溶

句

径草渐生长短绿,庭花欲绽浅深红。春日　夜瑟弦惊绿流水,暖松花放碧香烟。春日　窗间夜学凝残烛,轩下朝吟向暖风。春日贫居　幽客携琴好归去,七丝闲和百泉声。送友人归山　野寺访僧归带月,芳林携客醉眠花。赠东郊

张萧远

句

须臾满寺泉声合，百尺飞檐挂玉绳。兴善寺看雨　座客醉来云雨散，一行高鸟万山秋。宴　绮罗香里春长在，丝管声中水暗流。西山涯口宴韦贤大夫亭　何事不归巫峡去，故来人世断人肠。歌人　身居晓嶂红霞外，书读秋窗紫竹间。借山观读书　瀑布水高清汉冷，莓苔桥滑碧烟虚。送道器上人游吴江　日月在天常照耀，了无尘垢污清光。礼道宽禅师

殷尧藩

句

云收碧海连天水，风动红蕉滴露光。送韩协律胜起容府幕

施肩吾

句

空岩雨暴泉声乱，幽径苔深鸟迹重。幽居

章孝标

送张孝廉归吴

吴将勤苦见高科，艺至春官不奈何。想得江南诸父老，因君鞭鞑子

孙多。

夜笛词

皎洁西楼月未斜，笛声寥亮入东家。顿令灯下裁衣妇，误剪同心一片依。

题碧山寺塔

六时佛火明珠缀，午后茶烟出翠微。紫砌乳泉梳石发，滴松银露洗墙衣。

玩月遇云

无端玉叶连天起，不放金波到晓流。暗惜蚌胎沉海面，仰思鹏翼破风头。

句

钱塘去国三千里，一道风光任意看。及第　珠呈夜浦萤无影，鹊坐秋林鸟失行。奉酬朱二十四见寄诗　昨日见君亲下笔，五花笺上黑龙飞。观草书　何人枉折教狼藉，孤负春风长养情。杨柳枝　梅花带雪飞琴上，柳色和烟入酒中。早春初晴野宴　阮籍啸场人步月，子猷看处鸟栖烟。竹词　白练鸟迷山芍药，红妆妓妒水林檎。宴渔州　今日华山秋顶上，闻天长叫在长空。独鹤谣　天风更送新声出，不放行云过凤楼。梨园调　昨日天宫吹乐府，六官弦管一时新。赠盩厔陆少府　通传胜事因风月，打破愁肠是酒杯。游檀溪　姑苏台上烟花月，宁负春风箫管声。送陆二十一及第归　玉轮低月中天晓，金铎纵风上界秋。登总持寺塔　萧洒竹房尘境外，满天云月共清虚。题灵初禅师院　言若浚川流巨海，戒如秋月挂长空。赠言枢法师　金

殿月中看捣药,玉楼风里听吹笙。宿天柱观

陈 标

句

长把酒杯凭夜月,每将诗思泥春风。 赠祝元膺　襄阳乐事经过尽,
岘首烟花倒泻空。 叙旧　犹疑波底鲛人泪,滴在衣裳半欲零。
露荷　春明门外襄阳路,落日秋风送客归。 送人归襄阳

杨 收

入洞庭望岳阳

飞鸥撒浪三千里,暮草摇风一万畦。黛色浅深山远近,碧烟浓淡树
高低。

许 浑

句

兼葭水暗萤知夜,杨柳风高雁送秋。常州留与杨给事　露滴晓花疑锦
绣,风吹寒竹认笙簧。 题歌者

喻 凫

句

虹横布水台南雨,雁返炉峰顶北霞。送欧阳孝廉及第归彭泽　闲卧东风灯渐晓,溪南花气雨中来。溪居雨夜　一别山阴诗酒客,水风花片梦兰亭。　寄山阴李处士

祝元膺

句

却觅终南山色看,倚天横展玉屏风。喜晴见山雪　杜甫一生怜李白,应缘孔圣道才难。　书怀奉放诸从事　终南山脚盘龙势,紫阁云心望鹤归。　曲亭

赵　嘏

句

池上昔游夫子凤,云间初起武侯龙。述怀上令狐相公　亭分楚寺依依树,水应公台夜夜琴。送李仲赴任　鸲鹆舞酣人自醉,琵琶声缓客初来。　与杜陵客同醉□氏庄　高鸟过时秋色动,征帆落处暮烟生。齐安晚秋　夜吟孤枕潮声近,晚过千山雪气寒。江夜岁暮　望腊早花缘路见,随岩寒水隔林闻。　成名年贺扬严别业圣将擢第　宿处客尘随夜静,坐中烟水向人闲。登华严寺

崔　澹 一作胆

句

九重城里春来早,百尺楼头日落迟。古意

贾　岛

句

莫是上天宫里唱,歌声飘下玉梁尘。惊雪

温庭筠

句

沿涧水声喧户外,卷帘山色入窗来。山居　　自有晚风推楚浪,不劳
春色染湘烟。次洞庭南　　卓氏垆前金线柳,隋家堤畔锦帆风。题池亭
门外白云何处雨,一条清涧绕溪流。　　失题

方　干

句

岩溜喷空晴似雨,林萝碍日夏多寒。　　题报恩寺上方

罗　隐

句

庾楼宴罢三更月,宏阁谈时一座风。寄主客张员外

罗　虬

过友人故居

堤草袅空垂露眼,渚蒲穿浪凑烟芽。晴楼谈罢山横黛,夜局棋酣烛坠花。

句

雪中放马朝寻迹,云外闻鸿夜射声。和扶风老人诗
龙鳞柳弱垂朝露,麈尾松高挥夜风。　五华宫
猿隔乱云啼暮岭,雁和微雨下寒湖。江行
夜渡酒酣千顷月,昼楼棋罢一窗山。郊卧

杜荀鹤

句

千嶂雪消溪影绿,几家梅绽酒波清。酬湖州杜员外春至日见忆
风拂乱灯山磬曙,露沾仙杏石坛春。紫极宫上元斋次呈诸道流

神 颖 僧

句

手边云起何时雨,笔下波生不待风。山水屏

全唐诗逸卷中

惠文太子

　　太子名范,睿宗第四子。好学工书,爱儒士,无贵贱为尽礼,与阎朝隐、刘廷琦、张谔、郑繇等善。常饮酒赋诗相娱乐。初王郑,改封卫。俄降封巴陵,从诛太平公主。以功赐封岐,薨。册书赠太子及谥。

句 见《千载佳句》

渭水桥边春已渡,灞陵原上雨初晴。同李士杯长安　　清冷池里冰初合,红粉楼中月未圆。宴大哥宅　　可惜韶年三日暮,风光由绕碧燕舫。三月三日　　晚日半衔西苑树,晴云直卷上天风。洛河山亭初晴离筵风日三晡晚,归路云霞一道开。送植功还京

元　兢

　　元兢龙朔中官周王府参军。著《古今诗人秀句》二卷及《诗格》一卷。诗一首。

蓬州野望 《秘府论》引元兢诗格

飘飖宕渠域,旷望蜀门隈。水共三巴远,山随八阵开。桥形疑汉

接,石势似烟回。欲下他乡泪,猿声几处催。

马　总

马总,字会元,扶风人。少孤贫好学,性刚直,不妄交游。贞元中,姚南仲镇活台,辟为从事,会事贬泉州别驾。元和中,迁检校刑部尚书。诗一首。

赠日本僧空海离合诗

释空海《性灵集》序云:和尚昔在唐日,作《离合诗》赠土僧惟上。泉州别驾马总,一时大才也,览则惊怪,因赠诗云:

何乃万里来,可非衔其才。增学助元机,土人如子稀。

胡伯崇 号毗陵子

赠释空海歌 又见《性灵集》序中

说四句,演毗尼,凡夫听者尽归依。天假吾师多伎术,就中草圣最狂逸。

高鹤林 官都虞候、冠军大将军、试太常卿、上柱国。

因使日本愿谒鉴真和尚
既灭度不覩尊颜嗟而述怀

见《鉴真和尚传》。按鉴真示寂在天平宝字六年,鹤林奉使未详在何年。

上方传佛灯,名僧号鉴真。怀藏通邻国,真如转付民。早嫌居五浊,寂灭离嚣尘。禅院从今古,青松绕塔新。斯法留千载,名记万年春。

朱千乘 延历中,空海归自唐,表上所赍书籍。中有《朱千乘诗集》一卷。

句 见《千载佳句》

锦缆扁舟花岸静,玉壶春酒管弦清。新移镜中别业

清　观 台州国清寺僧

句 见《智证大师传》。大师乃释圆珍也。

睿山新月冷,台峤古风清。赠圆珍和尚

陈　闰 以下二人并见《秘府论》,盖唐中叶人。

罢官后却归旧居

不归江畔久,旧业已凋残。露草虫丝湿,湖泥鸟迹干。买山开客舍,选竹作渔竿。何必劳州县,驱驰效一官。

李 堪

句

此心复何已,新月清江长。失题 云归石壁尽,月照霜林清。失题

崔致远

崔致远,高丽人。宾贡及第,高骈淮南从事。《艺文志》有崔致远四六一卷,《桂林笔耕》二十卷。

兖州留献李员外 见《千载佳句》

芙蓉零落秋池雨,杨柳萧疏晓岸风。神思只劳书卷上,年光任过酒杯中。

句

画角声中朝暮浪,青山影里古今人。登慈和山 《东人诗话》云:崔文昌、侯致远入唐登第,以文章著名。题润州慈和寺,有画角云云之句。后鸡林〔贾〕(价)客入唐购诗,有以此句书示者。 烟低紫陌千行柳,日暮朱楼一曲歌。长安柳洛水波声新草树,嵩山云影旧楼台。 留赠洛中友人 云布长天龙势逸,风高秋月雁行齐。 送舍弟严府 风递莺声喧座上,日移花影倒林中。 春日 芳园醉散花盈袖,幽径吟归月在帷。 成名后酬进士田仁义见赠 极目远山烟外暮,伤心归棹月边迟。江上春怀

金立之

金立之,新罗人。宪德王七年,从金昕入唐。

句 见《千载佳句》

烟破树头惊宿鸟,露凝苔上暗流萤。 秋夜望月　山人见月宁思寝,更掬寒泉满手霜。 峡山寺玩月　绀殿雨晴松色冷,禅林风起竹声馀。 赠青龙寺僧　风过古殿香烟散,月到前林竹露清。 宿丰德寺　更有闲宵清净境,曲江澄月对心虚。 赠僧　寒露已催鸿北去,火云渐散月西流。 秋夕　园梅坼甲迎春笑,庭草抽心待节芳。 早春

金可纪 一作记。按章孝标有《送金可纪归新罗》诗,恐其人。

句 见《千载佳句》

波冲乱石长如雨,风激疏松镇似秋。 题游仙寺

庄　翱 以下六十八人并见《千载佳句》,履历具无考。

寻幽居不遇

满庭花落迷行路,绕院泉声写半山。向暮此中回首去,洞门深处鸟关关。

句

天外夜深风渐远,高松长似水流声。宿松门　焚香暮入翻花殿,净手秋开贝叶经。赠惠雅上人　野性本怜松下月,幽情唯爱洞中春。欲归山　殷勤笑喻人间事,遥指庭花对夕阳。　谒雷禅和尚

陆 羾

春 日

莺归树顶繁声转,雁去天边细影斜。雨拂青青行处草,烟含灼灼望中花。

句

三尺寒光冰在手,一张弓势月当心。赠李都使　岩下光阴生户牖,涧边形势入池台。松　孤帆影入江烟尽,百舌声流浦树新。送胡八弟

何 元

看 花

莫怪出门先骤马,暮年常怨看花迟。可怜尽日春山下,似雪如云一万枝。

句

一望白云千万断,筝声日暮出花林。听筝　门外夕阳寒映竹,洞中

秋水暗连山。过山居　钟声半夜香山雨,散入前林枫叶秋。　宿多宝寺　寺临飞鸟青山远,径转幽萝白日长。　题白鹤寺　黄昏人到钟声里,云起龙池不见山。　游三觉寺上方　客来惆怅僧禅后,月出松门满地霜。　题衡禅师房　朔风寒日箭声急,万里辽城一段云。　咏军前突骑　满山月色连溪下,林叶萧萧一夜霜。　月夜山居　秦客访花惊出洞,庚公看月误登楼。　玩雪

斐公衍

春夜宿云际寺

境静闻钟声易响,庭高见月影难沉。青山解隔尘中事,流水能清物外心。

句

碧涧水流高殿影,青萝风散晚钟声。游碧涧寺　数片残云归洞口,孤轮晴月挂山头。　题咸中丞客厅

苏替

听琴

弦中恨起湘山远,指下情多楚峡流。危槛曲终云影曙,高楼风定烛光秋。

路半千

赏 春

暖日当头催展菜,和风次第遣开花。呼童远取溪心水,待客来煎柳眼茶。

句

苍翠暗消三暑热,孤高能锁四时烟。松　绿杨近浦堪垂钓,翠竹当轩好韵琴。题别业　百舌乍啼莺学语,分明听在指头边。　弹筝

贺兰遄 一作遂

句

玉貌自宜双黛翠,桃花独笑一枝春。赠所思妓女　秋水未鸣游女佩,寒云空满望夫山。寄所思佳人　黄阁暮虫罗户牖,紫庭春草遍阶墀。观北城宫殿　绿耳半蔓湘浦竹,骊文乱点武陵花。文马　辽阳客路千峰引,蓟北乡心片月知。宿羽宿仰恋阙庭　山云渺渺川程远,木叶萧萧雁过初。客怀　回雁不传乡信去,秋风偏向客衣寒。赠朱功曹　千峰黛色因晴出,百谷泉声欲暮寒。望大宝山　黛色迥临沧海上,泉声遥落白云中。百丈山　喜遇近臣杨得意,惭非词客马相如。赠朱功曹　秋迎晓月鸿声早,日映深山水气寒。喜到家

傅 温

句

霜坠中天衣觉冷,月临虚牖纸偏明。冬夜宿僧院　春风暗剪庭前树,
夜雨偷穿石上苔。山居　曲水两行排雁齿,斜桥一道蹈龙鳞。溪桥
　　山深野客如禅客,夜久松声似雨声。宿僧院　花疑汉女啼妆泪,
水似吴娃笑弄筝。　访山居遇雨

曹　戳

句

花映昼天当户日,树摇晴暮上阶烟。供洞县东亭　惊飞沙鸟纷纷雪,
候信云帆片片风。过洞庭湖　凤唱一抛琴瑟韵,霓裳长谢绮罗春。
赠陀律师　秋澄上水无藏影,春泛游云不系心。　赠道者　老松不见
千年鹤,残雪犹疑六月花。商山行

陈素风

句

三行故柳藏鸦树,一带长波灌竹泉。观承福园　千门竹影联春色,
一段和光彻翠微。寒食日游行　西陵古木年年老,南陌风光日日新。
寒食　百宝镜轮金翡翠,五云丝网玉蜘蛛。七夕

唐　枢

句

窗竹闲阴秋水薄, 砌苔新色晓岚鲜。题法华院　　不待江□移入座,
便开三峡水来声。赠琴僧　　芳字八行清露重, 珠笺一片碧云轻。酬
书问

温　达

句

三春种树梅兼李, 十月看书雪替萤。幽居　　原公旧路唯三径, 潘岳
新年已二毛。题潘岳六城南店,店是源赞善处　　山底采薇云不厌, 洞中栽
树鹤先知。山中

卢　条

句

三径雨来烟草合, 一邱琴后浊醪倾。早秋即事　　共话世情尘蔼蔼,
每嗟人事水潺潺。逢友

崔行检

句

紫箨粉成应渐密, 白云岑起未全高。云梦亭追凉　　惭愧交亲问生事,

一溪云鸟满床书。即事

陈上卿

句

门前萧索青松老,云里逍遥白鹤闲。归旧山　波澜晴泛三春色,桃
李争开两岸芳。和宁国吕护少府新开石渠

王　幹

句

莫惊此地逢春早,只为长安近日边。长安春日

樊　寔

句

仍怜一夜春风急,开尽瑶池万树花。步虚词

张殷衡

句

已被夭桃欢来醉,曲尘丝树恨何人。清明日

殷　穆

句

藤拂石溪流水净,风来云寺过钟微。_{题郑士林亭}

解叔禄

句

千花苑外韶芳暖,一鸟山边翠色寒。_{长安登望}

石　严

句

炎气拥为衣上火,汗光流出腹中汤。_{苦热}

张野人

句

铜街陌柳条条翠,金谷园花片片燃。_{上巳寓洛中}

卫 填

句

明月开时山夜白,暖泉流处草冬青。题水亭

虞 构

句

寒光乍退风犹切,春色新行柳未知。元日

崔 幢

句

寒气乍凝空有露,秋风不动水无波。八月十五夜

李 淮 一作钜

句

撩乱客心眠不得,秋庭一夜月中行。听弹沉湘怨

金云卿

句

秋月夜闲闻案曲,金风吹落玉箫声。秦楼仙

杨郁伯

句

帘前对酒闲无事,待得分明似镜时。待月

李伯良

句

风向银灯花烬落,月临珠箔玉钩垂。静女怨

林　逢

句

白玉飞泉千仞雪,青松蔽日一林风。严大夫新开泉

长孙镒

句

霜沾云梦千岩雪,雁度吴江万木秋。浙江逢楚老

戴　寥

句

蛾绕灯轮千焰动,鹤飞云路一声长。宿报恩寺

豆卢岑 一作峰

句

隔门借问人谁在,一树桃花笑不应。寻人不遇

沈　宁

句

黄纸远承新诏命,青袍遥谢旧山峰。寄上洛阳刘明府

李 许

句

澹荡和风催去袖,摇扬淑景照离樽。送舍弟

顾效古

句

孤舟发处沙鸥起,明月落时江水寒。送王逸人归海上

卢 邕

句

杯浮绿酒邀君醉,笔落红笺写我心。送江十二山人南游

李 潭

句

人过远村秋日晚,鸟飞平野暮天空。秋暮

郑　明

句

山头落日催归马，河畔垂杨缆醉船。寒食陪诸公宴坡中

王有初

句

频醉管弦三月暮，远寻花柳五湖来。赠在贺先辈

周存孺

句

指下黄金星未曙，七条弦上夜乌啼。弹台

张　牙

句

看看舞罢轻云去，应赴襄王梦里期。柘枝歌

郑师冉

句

烟消门外青山近,露重窗前绿竹低。题戴孝廉别业

章　嶰

句

闻说静中偏爱竹,自看疏密种秋烟。赠宋山人

崔　建

句

回风向晓平湖上,引得荷花隔浦香。夏日

朴　昂

句

明主十征何谢病,烟霞不许作尧臣。　寻太乙山人路次云际寺

郢　展

句

秋水涨来舟去速,夜云收尽月行迟。汴水东归诗

韦　振

句

林外雪消山色静,窗前春浅竹声泉。奉酬见赠

汉　皓

句

西风暮雨惊残梦,应是巫山寄恨来。对雨

道　彦

句

风起竹间萤影乱,月明江上笛声多。秋夜旅泊　夜静槛前调绿绮,日高窗下戴乌纱。贫居自遣　渔艇远飘沧海上,草堂深锁白云间。途中偶题　柴门半掩潮光里,野径斜分草色中。湖上闲居

冀　金

句

千里放心随野鹤，五湖乘兴狎沙鸥。沧浪

子　泰

句

风姿艳态应无比，烂熳当春一树芳。醉后寄上官媛

绍　伯

句

远声历历风和水，近色青青竹映松。题福昌馆

郁　回

句

破暗衣珠明有焰，照窗心月净无尘。题照上人院

季　方

句

林间纵有残花在，留到明朝不是春。三月晦

李侍御 以下失名

句

尽日不归花路晚，绿杨楼下醉如泥。杨柳枝词　月上西陵千里阔，渔
舟夜火隔沙明。浪淘沙词

陆侍御

句

今年闰在春三月，剩见金陵一月花。送淮南李中丞

卢秀才

句

长醉金陵前殿酒，偏闻玉树后庭花。殷淑妃

真 元 以下僧

句

精明合浦珠相似,断割昆吾剑不如。上李尚书

真 幹 真一作直

句

鹰隼风高随草去,旌旗日晚傍山来。驾幸华清宫

久 则

句

湖上青山今欲买,白云无主问何人。旅寓越中

去 奢

句

骑骣春风离汉苑,心悬秋月照吴关。德征词

良　人

句

千点暮山三楚尽，一泓寒水九江斜。题江州宝历寺阁

宋　休

句

借问夜来丹灶畔，几多风水落丝桐。寄江山人

清　闲

句

五色云中鸣玉磬，千花台上礼金仙。题浮槎寺

灵　业

句

洞中仙草严冬绿，江外灵山腊月青。游灵隐寺上方

大 闲

句

霜沾草径寒风急,雁度秋林落叶频。 代雷孝廉送经州李判官

奉 蚌

句

绿萝剪作三春柳,红锦裁成二月花。思故乡

全唐诗逸卷下

无名氏

海 阳 泉

以下十三首得之藤原佐理真迹中。佐理仕天历、安和朝,时与五代宋初相接。且味其声调,流畅通快,必是唐中叶人所作。

人谁无耽爱,各亦有所偏。于吾喜尚中,不厌千万泉。诚知湟水曲,远在南海堧。自从得海阳,便欲终老焉。怪石状五岳,旋回枕深渊。激繁似涌云,静同冰镜悬。吾欲以海阳,跨于河洛间。使彼云林客,来游皆忘还。

曲石凫 第五、第八句俱缺一字。

为爱水石奇,不厌湖畔行。每登曲石凫,则有远兴生。觙差半湖□,宛若龙象形。又如琅琊台,□盘枕沧溟。醉人入岛来,将醉强为醒。扣船复摇棹,学歌渔父声。呼我上酒船,更深江海情。

望远亭 第五、第十二句俱缺一字。

泛湖劳水戏,饮漱厌清澜。来登望远亭,心目又不闲。孤峰入座□,高岭横前轩。更复欢长风,萧寥窗户间。外物能扰人,吾将息其端。归来湖中馆,□户聊自安。

石 上 阁

水石引我去,南湖复东壑。不厌随竹阴,来登石上阁。磴道通石门,歆崖断如凿。飞梁架峰头,夭矫虹霓若。下视竹木杪,仰见悬泉落。水声兼松吹,音响参众乐。时时为雾雨,飘洒湿帘箔。吾欲弃簪缨,于兹守寂寞。

同　前 第三、第四、第十五句俱缺一字。

石上构层阁,便以石为柱。千载□栋梁,岂有□危惧。苔壁绝人踪,虹桥横鸟路。攀涉惬所怀,幽奇未尝遇。迥然半空里,物象竞相助。云外见孤峰,林端悬瀑布。引望无不通,兹焉倍多趣。徒□欲忘归,衣裳湿烟雾。

海 阳 湖

吾涨海阳泉,以为海阳湖。千峰在水中,状类皆自殊。有如三神山,苍苍海上孤。又似洲岛中,忽然见龙鱼。引船过石间,随兴得所如。每有惬心处,沉吟复踌躇。吾恐天地间,怪异如此无。

同　前 缺第四句

闲游爱湖广,湖广丛怪石。回合万里势,□□□□□。绿动若无底,波澄涵云碧。熔水复何如,昆池吾不易。兹境多所尚,亲邻道与释。外望虽异门,中间不相隔。开凿尽天然,智者留奇迹。我愿长此游,谁言一朝夕。

盘　　石

海阳泉上山,巉巉尽殊状。忽然有平石,盘薄千峰上。寒泉匝石

流,悬注几千丈。有时厌泉湖,爱临一长望。意出天地间,因为逸
民唱。

同　前 第四句缺二字,第十句缺四字。

下山复上山,山势凌云空。有石圆且平,疑是□□功。清浅绕细
泉,阴森倚长松。幕幕生青苔,亭亭对远峰。朝来暮未归,爱
□□□□。

湖下溪 第三句缺三字,第五句缺一字。

海阳湖下溪,夹峰多异石。数步□□□,溶溶似云白。竹阴入□
里,更觉溪已碧。吾欲漱斯流,长为避时客。

同　前

湖水下为溪,溪小趣更幽。窈窕林中回,清冷石上流。掩映成碧
潭,游戏见白鸥。岸旁古树根,往往疑潜虬。野情随所适,世事何
沉浮。

夕　阳　洞

顺山高几许,亭亭似人蹲。左右自回抱,抱中有清源。异石匝阶
墀,巉巉快四轩。凭几见城邑,一峰当石门。自从得兹洞,爱之忘
朝昏。吾欲老于此,便为海阳人。谁为高世者,与我能修邻。

游海门峡 第九句缺一字,篇末缺数句。

沿流二十里,始到海门山。仰视见两崖,有如万盖悬。逐上几千
仞,犹未穷绝颠。上有外士家,半岩得湖泉。湖□昏且来,意其通
海焉。忽此见灵怪,踟蹰不能旋。开襟当海风,目送归海船。恨不

到罗浮，丹溪寻列仙。遗恨常。

句 <small>以下并见《千载佳句》</small>

月知溪静寻常入，云爱山高且暮归。怀旧　风吹帆席随云卷，鸟压花枝覆水低。送李端游岭中　匹马路傍乘月别，孤帆波上入云飞。别　蹴踘场边芳草短，秋千树下落花多。寒食书情即事　看树只愁花落尽，听莺不觉马行迟。途中即事　携樽藉草情无极，对水看云兴有馀。诸公等江上初晴　文战不曾眉得白，酒酣长觉面先红。宴乐　风里一声天上落，世人皆向五云看。咏鹤　仙花又别三千岁，暮雨已迷十二峰。想王溪先生　满枝带露将何似，曾见琼楼素面啼。白芍药　翠叶偃风如剪彩，红花含露似啼妆。蔷薇　青萝带雾依松古，绿竹含烟泛水光。夏晚题东郊别业　书吏优游山色里，琴堂闲冷水声中。赠临安辛少府　钟鸣月下长洲苑，露湿残花鸟乱啼。春日过吴门　花攒屋上红珠颗，笋满篱根紫玉簪。怀旧　花舞野塘铺地锦，鸟鸣江树送春声。清明后喜晴

游仙窟诗 <small>旧载诗七十八首。猥亵淫靡，几乎伤雅。今录稍可采览者一十九首。</small>

赠崔十娘　　<small>张文成</small>

今朝忽见渠姿首，不觉殷勤著心口。令人频作许叮咛，渠家太剧难求守。端坐剩心惊，愁来益不平。看时未必相看死，难时那许太难生。沉吟处幽室，相思转成疾。自恨往还疏，谁肯交游密。夜夜空如心失眼，朝朝无便投胶漆。园里花开不避人，闺中面子翻羞出。

如今寸步阻天津,伊处留心更觅新。莫言长有千金面,终归变作一抄尘。生前有日但为乐,死后无春更著人。只可徜徉一生意,何须负持百年身。

又 赠 十 娘

薰香四面全,光色两边披。锦障划然卷,罗帷垂半欹。红颜杂绿黛。无处不相宜。艳色浮妆粉,含香乱口脂。鬈欺蝉鬓非成鬈,眉笑蛾眉不是眉。见许实娉婷,何处不轻盈。可怜娇里面,可爱语中声。婀娜腰支细细许,瞹眬眼子长长馨。巧儿旧来携未得,画匠迎生模不成。相看未相识,倾城复倾国。迎风帔子郁金香,照日裙裾石榴色。口上珊瑚耐拾取,颊里芙蓉堪摘得。闻名腹肚已猖狂,见面精神更迷惑。心肝恰欲摧,踊跃不能裁。徐行步步香风散,欲语时时梅子开。靥疑织女留星去,眉似姮娥送月来。含娇窈窕迎前出,忍笑婪嫫返却回。

咏 崔 五 嫂

奇异妍雅,貌特惊新。眉间月出疑争夜,颊上花开似斗春。细腰偏爱转,笑脸特宜颦。真成物外奇稀物,实是人间断绝人。自然能举止,可念无方比。能令公子百重生,巧使王孙千回死。黑云裁两鬈,白雪分双齿。织成锦绣骐骥儿,判绣裙腰鹦鹉子。触处尽开怀,何曾有不佳。机关大雅妙,行步绝婵娃。傍人一一丹罗袜,侍婢三三绿线鞋。黄龙透入黄金钏,白燕飞来白玉钗。

咏 双 树

新华发两树,分香遍一林。迎风转细影,向日动轻阴。戏蜂时隐见,飞蝶远追寻。承闻欲采摘,若个动君心。

同前答文成　　　　崔十娘

暂游双树下,遥见两枝芳。向日俱翻影,迎风并散香。戏蝶扶丹
萼,游蜂入紫房。人今总摘取,各著一边箱。

咏　花　　　　张文成

风吹遍树紫,日照满地丹。若为交暂折,擎就掌中看。

同　前　　　　崔十娘

映水俱知笑,成蹊竟不言。即今无自在,高下任渠攀。

游　后　园　　　　张文成

昔时过小苑,今朝戏后园。两岁梅花匝,三春柳色繁。水明鱼影
静,林翠鸟歌喧。何须杏树岭,即是桃花源。

同　前　　　　崔十娘

梅蹊命道士,桃涧仁神仙。旧鱼成大剑,新龟类小钱。水湄唯见
柳,池曲且生莲。欲知赏心处,桃花落眼前。

同　前　　　　崔五嫂

极目游芳苑,相将对花林。露净山光出,池鲜树影沉。落花时泛
酒,歌鸟或鸣琴。是时日将夕,携樽就树阴。

代蜂子答十娘　　　　张文成

触处寻芳树,都缘少物华。试从香处觅,正值可怜花。

别　文　成　　　　崔十娘

别时终是别,春心不值春。羞见孤鸾影,悲看一骑尘。翠柳开眉
色,红桃乱脸新。此时君不在,娇莺弄杀人。

同　　前　　　　崔五嫂

此时经一去,谁知隔几年。双凫伤别绪,独鹤惨离弦。怨起移醒
后,愁生落醉前。若使人心密,莫惜马蹄穿。

别　十　娘　　　　张文成

忽然闻道别,愁来不自禁。眼下千行泪,肠悬一寸心。两剑俄分
匣,双凫忽异林。殷勤惜玉体,勿使外人侵。

扬州青铜镜留与十娘

仙人好负局,隐士屡潜观。映水菱花散,临风竹影寒。月下时惊
鹊,池边独舞鸾。若道人心变,从渠照胆看。

手中扇赠文成　　　　崔十娘

合欢游璧水,同心侍华阙。飒飒似朝风,团团如夜月。鸾姿侵雾
起,鹤影排空发。希君掌中握,勿使恩情歇。

送　张　郎　　　　香儿

丈夫存行迹,殷勤为数来。莫作浮萍草,逐浪不知回。

赠　十　娘　　　　张文成

人去悠悠隔两天,未审迢迢度几年。纵使身游万里外,终归意在十

娘边。

答文成　　　崔十娘

天涯地角知何处,玉体红颜难再遇。但令翅羽为人生,会些高飞共君去。

李〔峤〕(桥)杂咏诗百二十首。《全唐诗》所载缺文颇多,今照此邦所传古本补书之,以附此。

原 旧缺朊朊二字。下莓作苔。

玉粲销忧日,江淹起恨年。带川遥绮错,分隔迥阡眠。朊朊横周甸,莓莓阙晋田。方知急难响,长在鹡鸰篇。

河 旧缺第八句。生作来。

河出昆仑中,长波接汉空。桃花生马颊,竹箭入龙宫。德水千年变,荣光五色通。若披兰叶检,还沐土皇风。

檄 旧缺敷字。通作至。

羽檄本宣明,由来敷木声。联翩通汉国,迢递入燕营。毛义持书去,张仪韫璧行。曹风虽觉愈,陈皋始知名。

戈 旧缺彗字

富父春喉日,殷辛漂杵年。晓霜含白刃,落影驻雕铤。夕摈金门侧,朝提玉塞前。愿随龙影度,横阵彗云边。

箫 旧缺下四句。猿吟作人心。

虞舜调清管,王褒赋雅音。参差横凤翼,搜索动猿吟。灵鹤时来到,仙人幸见寻。为听杨柳曲,行役几伤心。

素 旧缺濯手天津鱼肠六字

濯手天津女,纤腰洛浦妃。鱼肠远方至,雁足上林飞。妙夺鲛绡色,光腾月扇辉。非君下路去,谁赏故人机。

补 全 唐 诗
补全唐诗拾遗

王重民辑录

陈尚君修订

补全唐诗

序　言

敦煌遗书内给我们保存了极其丰富的古典文学作品,最重要的有诗词、变文和俗曲。我在阅读和整理遗书的过程中,拟把这些古典文学作品分别辑为专集,词与变文已出书,诗与俗曲尚待校理。

在敦煌所出这四种古典文学作品之内,诗的数量最多,也最难整理。敦煌诗大概都是唐人作品,《全唐诗》已十存八九。我最初的整理计划是,凡见《全唐诗》者校其异文,凡不见《全唐诗》者另辑为一集,以补《全唐诗》之逸。二十多年以来,校文只作了一小部分,而逸诗则大致已经完成。全稿凡三卷:卷一均有作者姓氏,专补《全唐诗》;卷二均失作者姓氏,凡残诗集依集编次,凡选诗(指单篇的)依诗编次;卷三为敦煌人作品(咏敦煌者如《敦煌廿咏》亦入此卷)。

《补全唐诗》就是我所编《敦煌诗集》的第一卷,这一卷的编辑是极其困难的。自从一九三五年我开始这一工作,凡遇到敦煌遗书内的残诗卷便首先与《全唐诗》校对,并录出其不见《全唐诗》的作品;凡有诗集传世者又与原集校对。积累渐多,曾于一九四二年略加排比,编成草稿。次年,我的爱人刘修业同志又依《全唐诗》总校过,特别注意《全唐诗》中互见的诗。从此以后,随时补充校正,又经过了十年的时间,直到一九五四年我才编成了这样形式的初稿。当时,曾请王仲闻先生校阅,给我提了很好的意见,并校出了不少错误。一九五六年又请俞平伯先生校阅一过,并将他的校语过录在初稿上。一九六二年,《中华文史论丛》创办,我请求刊载出来,以便得到更多爱好古典文献同志们的补充和指教。《中华文史论丛》编辑室的同志不但同意了这一做法,还提出了修改和补充的意见。与此同时,又经刘盼遂先生校阅一过。兹谨将诸家校语录入,并向他们敬致谢忱。

编辑敦煌诗词最困难的地方是校录文字与考定存佚互见两项工作。溯自《敦煌曲子词集》出版以后,在过去十二年间,王仲闻先生考出了《乐世词》第二首乃是唐沈宇的作品,蒋云从先生把四片残词拼成了两首全词,这在古典文献的整理工作来说,都是一些"奇迹"!这次校补《全唐诗》的工作更是艰巨了,依靠俞平伯、刘盼遂、王仲闻及《中华文史论丛》编辑室同志的不吝指教,在校录文字上已经达到了一定的水平,也纠正了初稿里面一些存佚互见的错误。我在初稿内曾根据伯二五五五号卷子迻录了一首无名氏的《拗笼筹》诗,疑当为李峤、樊铸的作品,因附在樊铸《咏物》十诗之后,其实都是主观臆测,经刘盼遂先生指出,乃是朱湾的《奉使设宴戏掷笼筹》诗,载《全唐诗》卷三〇六。这对我的初稿来说是极好的纠正,对整理古典文献来说也是最困难的地方,而我的工作,不论在《敦煌曲子词集》内,也不论在这一卷的《补全唐诗》之内,像这大大小小的缺点和错误还是很多的。希望这次刊出以后,能有更多的同志来加以校正和补充,再经过一个相当长的时期以后,使这一小小工作能更臻完善。

这里所补的诗,只限于敦煌所出的新材料,严格说,不能叫作《补全唐诗》,只能说是据敦煌残卷补了《全唐诗》的一部分。

这里补出的诗凡九十七首,又残者三首,附者四首,共百四首。

作者五十人,三十一人见《全唐诗》,十九人《全唐诗》未载。

　　撰人姓氏依《全唐诗》次序排列,并于姓氏下各注明在《全唐诗》某卷,未载者列于后。残卷中所载撰人历官爵里有可以补充《全唐诗小传》的地方,也为补入其事迹。次载所得佚诗,诗题下注明所据卷子号码,有两个或两个以上写本者,亦一一注明。诗有异文,略作校勘;凡校记,均附各诗之后。一九六二年七月重校讫,并记。

唐明皇

题梵书 伯三九八六

毫（鹤）立蛇形势未休，五天文字鬼神愁。支那弟子无言语，穿耳胡
僧笑点头。

　　这首诗虽不见《全唐诗》和《全唐诗逸》，在敦煌本没有出现以前，是
曾经广泛流传的。依余所知，最早的是一○七七年陕西咸宁县卧龙寺的
石刻本，但题太宗，不作玄宗。一三○八年河南登封县的刻石，又题玄宗，
不作太宗。敦煌本标题作《玄宗题梵书》，证明这首诗在唐末已经流传，而
且证明在唐末是题玄宗作的。石刻资料见于王昶的《金石萃编》卷一三
七，录附于后。

唵 字 赞

　　义静三藏于西天取得此梵书"唵"字，所在之地，一切鬼神，见闻者无
不惊怖。

鹤立蛇行势未休，五天文字鬼神愁。儒门弟子无人识，穿耳胡僧笑
点头。

　　京兆住持十方福应禅院讲经论传戒沙门惟果立石。
　　大宋丁巳熙宁十年（一○七七）八月二十六日安石师刊。

佛教梵文唵字唐玄宗书并读

　　原刻石在河南登封，还有御制《老子赞》。

鹤立蛇形势未休,五天文字鬼神愁。龙盘梵质层峰峭,凤展翔仪乙卷收。正觉印同真圣道,邪魔交秘绝踪由。儒门弟子应难识,碧眼胡僧笑点头。

　　至大元年(一三〇八)中元日法三洒扫太原祖昭立石,德渊刻。

　　按石本以外,钞本的流传应该更多,笔记和方志内还有一些征引。我所见到的有正德《中牟县志》卷七,登载著唐太宗《题梵庵篆符》云:

鹤立蛇形势未休,五尺文字鬼神愁。儒门弟子无人识,穿耳胡僧笑点头。

　　现在根据最古的敦煌本补入,而把所知所见的石本刻本作为附录,以便参考。

宋之问 《全唐诗》卷五一

度大庾(庾)岭 其二　伯三六一九

城边问官使:"早晚发西京?来日河桥柳,春条几寸生?昆池水合渌,御苑草应青?"缓缓从头说,教人眼暂明。

　　按《度大庾岭》二首,《全唐诗》仅载"其一",兹补"其二"。

崔　湜 《全唐诗》卷五四

　　《全唐诗小传》云:"累转左补阙,预修《三教珠英》。"大概是根据《两唐书·崔湜本传》的。兹补诗四首,皆据《珠英学士集》。《珠英集》:"右补阙清河崔湜。"与《两唐书》不合,"左""右"当有一字之差。

责躬诗 斯二七一七　下同

尝闻古人说:"正直神不欺。"忠义恒独守,坚贞每自持。效官已十载,理剧犹未期,狱听除苛惨,刑章息滞疑。岂得保世业,谅以答明时;顾无白玉玷,忽负苍蝇诗。肩固〔锢〕非所耻,幽冤谁为辞!楚囚应积〔□〕,秦系亦衔悲。永夜振衣坐,故人不在兹。流灵自芜漫,芳草独葳蕤。日月行无舍,平生志莫追。山林如道丧,州县岂心期?助思纷何在,清神怅不怡。自怜暗成事,感叹兴此词。

暮 秋 书 怀

首夏别京辅,杪秋滞三河。沉沉蓬莱阁,日夕乡思多。霜剪凉墀蕙,风捎幽渚荷。岁芳坐沦歇,感此式微歌。

按这一首,《全唐诗》卷三一作为魏徵的诗,而《珠英集》作崔湜;《珠英集》应可据,故仍补入崔湜名下。第七句"沦歌"有误,依《全唐诗》应作"歇"。

杂　诗

鹊巢恶木巅,常窘一枝息;宁知猗(椅)〔一〕①梧凤,亦欲此栖宿!嗜嗜多好音,矫矫奋轻翼,上林岂不成,②胡为恋幽仄?处陋仍莫保,居华固陵逼,下流不可居〔二〕,斯言可佩服。

〔一〕俞平伯先生云:"'猗梧'当作'椅梧'。《诗·定之方中》:'椅桐梓漆。'"〔二〕刘盼遂先生云:"司马迁《报任少卿书》云:负下未易居,下流多谤议。此合为一句。"①原卷作"椅"。　②蒋礼鸿(简称"蒋")、项楚(简称"项")皆云:"成"当作"茂"。原卷作"茂"。

九 龙 潭 作

弱龄闻兹山,梦寐尝所适。迨〔□〕〔一〕此跻览,①依然是畴昔。结侣寻绝径,周流观奇迹。兹逢世所希,环令饱穷壁。②上有龙泉涌,百丈〔□〕渌射。伏溜转阴沟,盘渴沸嵌石。③逶迤环汀屿,熠熤洞金碧。④石蔓下离缕,云萝上绵幂。玩极不云厌,徘徊忽恶夕。清濑飞丝篁,茂草代茵席。冷然闻凤吹,⑤仿佛覩云藉(际)。〔二〕⑥顾谓携手人,谁为挂冠客?

〔一〕句内脱一字,不知应在何处?兹依韵补于此。　〔二〕俞云:"'云藉'疑当作'云籍',仙籍之意。如改'际'字,失叶。"

①蒋云:"阙文应在'此'字下。"　②"令俋",蒋、项皆校作"合抱"。项释此句云:"谓九龙潭四面为绝壁所环抱也。"　③"盘渴",蒋、项皆校作"盘涡"。　④"熠熻",蒋、项皆校作"熠爜"。"洞",项校作"泂"。　⑤"冷然",蒋、项皆校作"泠然"。　⑥"云藉",蒋云"藉"为"舄"字音近之借,举《风俗通义》载王乔故事为证。

王　勃 《全唐诗》卷五五

幽　居 斯五五五　下同

涧户风前竹,山空月下琴。①唯徐两□□,应尽百年心。

①项疑"山空"为"山窗"之误。

寺中观卧像

净宇流金□,真诚翳宝床。自应归寂灭,非是倦津梁。

王无竞 《全唐诗》卷六七

《全唐诗小传》云:"累迁殿中御史,预修《三教珠英》。"按《珠英集》原题:"石台殿中侍御史内供奉琅琊王无竞。"①

咏汉武帝 斯二七一七　下同

汉家中叶盛,六世有雄才。厩马三十万,国容何壮裁(哉)!东历琅琊郡,北上单于台。好仙复宠战,莫救茂陵䠥〔一〕。②

〔一〕"䠥"字不可识,疑当作"隈"。刘云:"'隈'当是煨之误。《说文》:煨,烬徐火也。"

茂陵虽未闻焚烧之事,然陈沈炯《经通天台奏汉武帝表》云:"茂陵玉碗,遂出人间,云凌故基,与原田而每每;扶风馀趾,带陵阜而芒芒",亦正是茂陵煨烬的写照了。

①"石台",项云应作"右台"。　②蒋云"襄"以作"隈"为是,"隈"有败坏之义。

驾幸长安奉使先往检察

奉使至京邑,戒涂历险夷。首旬发定鼎〔一〕,再信过灞池。河山壮关辅,金火递雄雌。文物沦霸运,灵符启圣期。宸扆阔临御,巡幸顺讴思。城阙生光彩,草树含荣滋,缇绮(骑)〔二〕纷沓袭,翠旗曳葳蕤。童幼闻明主,耆老感盛仪,轮袂交隐隐,廛陌满熙熙。微臣昧所识,观俗书此词。

〔一〕刘云:"定鼎见《左传》,成王定鼎于郏鄏,此处用以代表洛阳。又考唐代洛阳城郭南而第二门名定鼎门,为西行必由门户。"〔二〕依刘校。

灭　胡

汉军屡北丧,胡马遂南驱。羽书夜惊急,边柝乱传呼。辒军却不进,关城势已孤。黄云塞沙落,①白刃断交衢,朔雾围未解,凿山泉尚枯。伏波塞后援,都尉失前途,亭障多堕毁,金镞无金(全)〔一〕躯。独有山东客,上书图灭胡。

〔一〕俞云:"第二'金'是'全'之误。"

①项云"落"当作"路"。蒋云"落"为"聚落"、"村落"之"落"。

君子有所思行

北上登渭原,南下望咸阳。秦帝昔所据,按剑朝侯王。践山劖(划)郊郭,浚流固埤堭。左右罗将相,甲馆临康庄。曲台连阁道,锦幕接洞房。荆国征艳色,邯郸远名倡。一弹入云汉,再歌断君肠。自矜青春日,玉颜怵〔一〕容光。①安知绿苔满,罗袖坐沾箱。声侈遽衰歇,盛爱且离伤。岂唯毒身世,朝国亦沦亡。②物盈道先忌,③履谦福允臧。独有东陵子,种瓜青门旁。

〔一〕俞云:"'忲'乃'愶'之简体,即'恪,杏'。"刘云:"当作'怯'。"

①"王颜",蒋、项皆云当作"玉颜"。"忲",蒋云作"愶",惜也。原卷作"愶"。　②"朝国",项疑当作"邦国"。　③"物盈",项云当作"恶盈"。

阎朝隐 《全唐诗》卷六九

度　岭 二首　斯五五五

岭南流水岭南流,岭北游人望岭头。感念乡园不可□,肝腹(肠)一断一回愁。

千重江水万重山,毒瘴□氛道路间。①回首俯眉但下泪,不知何处是乡关。

　　这两首诗的诗题辨不出来。《旧唐书》卷一百九十中《文苑传》,说"张易之伏诛(神龙元年,七〇五),坐徙岭外"。《新唐书》卷二百二《文艺传》,又说他"景龙(七〇七——七〇九)初,自崖州遇赦还"。这两首诗应该是他"遇赦还"时候作的。王仲闻先生云:"唐芮挺章《国秀集》卷上载宋之问七古一首,题云:《端州驿见杜审言王无竞沈佺期阎朝隐有题慨然成咏》。朝隐这两首诗,殆即为端州题壁,都是他们南徙时所作,也就都是宋之问所见的那些诗。"②

①"□氛",项云阙字当是"氲"字。　②项考此二诗为南徙时过大庾岭作,与端州题壁诗无关。

李　适 《全唐诗》卷七〇

　　《全唐诗小传》云:"武后时,预修《三教珠英》。"不言职位;《珠英集》原题"前通事舍〔人〕李适"。

送友人向恬(括)〔一〕①州 斯二七一七

委迤吴山云,演漾洞庭水。青枫既愁人,白𬞟(𬞟)亦靡靡。送君出京国,孤舟眇江氾。②浮阳怨芳岁,况乃别行子。括苍涨海嶠,斯路天台〔□〕。我有岩中念,遥寄四明里。

〔一〕刘云:"'恬'乃'括'之误,今浙江丽水,唐避德宗讳改处州。"

①原卷作"括"。 ②"江氾",蒋云当作"江氾"。

蔡 孚 《全唐诗》卷七五

九日至江州问王使君 斯五五五

九日寻(浔)阳县,门门有菊花。□□今送酒,①若个是陶家?

按王使君疑指王勃,所以《全唐诗》卷五六把这一首编入王勃名下,恐怕不对。《全唐诗》的文字不尽相同,录出以便参阅。②

九 日

九日重阳节,开门有菊花。不知来送酒,若个是陶家?

①蒋云:"阙文二当为'白衣'。" ②项云:"唐代'使君',乃是对刺史的尊称,王勃并未担任过这类官职,故'王使君'当另有其人,盖王姓江州刺史也。""或是王勃道出江州时,写给王姓刺史的。"

乔 备 《全唐诗》卷八一

《全唐诗小传》云:"则天时预修《三教珠英》,终襄阳令。"盖本之《旧唐书·文苑传》。《文苑传》云:"备预修《三教珠英》,长安(七〇一——七〇五)中,卒于襄阳令。"今按《珠英集》原题:"满州安邑令宋国乔备",①应在襄阳令之前。

杂 诗 伯三七七一　下同

暂借金锤秤，衔涕诉恩波。君情将妾怨，称取谓谁多？秋吹绫纨索〔一〕，②空闺生网罗。不期《流水引》，翻作《断肠歌》？

〔一〕俞云："'绫纨索'三字不可解，必有误字。按下句句法，'绫'字当是一个动词，疑当作'陵纨素'。"

①"满州"，项校作"蒲州"。　②"绫"原卷作"凌"。

秋 夜 巫 山

巫峡徘徊雨，阳台潭〔一〕荡云。江山空窈窕，朝暮自氛氲。萤色寒秋露，猿啼清夜闻。唯怜梦魂还，肠断思纷纷。

〔一〕俞云："'潭'当作'澹'。"刘云："潭荡双声字。"

刘希移(夷)〔一〕《全唐诗》卷八二
死马赋 伯三六一九

连山四望何高高，良马本代君子劳；燕地冰坚伤冻骨，胡天霜落缩寒毛。愿君回来乡山道，道傍青青饶美草；鞭策寻途未敢迷，希君少留卷(养)〔二〕疲老。①君其去去途未穷，悲鸣赢卧此山中；桃花零落三春月，桂枝摧折九秋风。昔日浮光疑曳练，常时蹑景如流电；长揪尘暗形影遥，②上策(林)〔三〕③日明踪迹偏(遍)。汉女〔四〕弹弦怨离别，楚工兴歌苦征战；赤血沾沾(君)〔五〕君不知，白骨辞君君不见。少年驰射出幽并，高秋摇落重横行；云中想见游龙影，月下思闻飞鹊声。千里相思浩如失，一代英雄从此毕；盐车垂耳不知年，妆楼画眉宁记日？高门待封杳无期，迁乔题柱即长辞；④八骏驰名终已矣，千金卖(买)骨复何时？

〔一〕刘希夷的诗在敦煌卷子里面传钞的不少，如《白头老翁》(《全唐诗》作《代悲白头翁》)有三个写本，并且题着刘希夷的名字。和《死马赋》写在同一卷子(伯三六一九)上的，还有《捣衣篇》和《北邙篇》(《全唐诗》作《洛川怀古》)，《捣衣篇》也题着刘希夷的名字。此题作"刘希移"，误。　〔二〕依俞、刘说。　〔三〕依刘校。　〔四〕刘云："汉女谓乌孙公主，见石崇《王明君辞序》。"　〔五〕依俞校。
①"卷"，原卷作"养"。　②"长揪"，蒋、项皆云当作"长楸"。　③"策"，原卷作"叶"。
④"迁乔"，蒋校作"仙桥"，指成都升仙桥，用《华阳国志》载司马相如事。

北邙篇〔一〕 伯二六七三　斯二〇四九　伯二五四四

南桥昏晓人万万〔二〕，北邙新故冢千千。自为骄奢彼都邑，何图零落此山颠。①不知虚魄寻〔三〕归路，但见僵尸委墓田。青松乐饮无容色，白骨生台(苔)〔四〕有岁年。地久□松摧为薪，②天长〔五〕白骨化为尘。碧山明月徒自晓，黄居暗室不知晨。③汉家城廓(郭)〔六〕帝王州〔七〕，晋国衣棺(冠)车马流。金国(谷)清(青)春珠骑(绮)舞，同(铜)阶碧树玉人游，云起清盈骄图阁，水堂明迥弄仙舟。始忆断歌催一代，④娥(俄)悲长夜历千秋。秋风至兮冬雪明，春雨息兮夏云生。墨池沙枯通草万(蔓)〔八〕，妆楼凡(瓦)〔九〕尽向林倾。古箧重书宜笔迹，崩(路)〔一〇〕台鹤思若弦声。⑤不信草经延墓(暮)〔一一〕齿，⑥惟求清(青)史列虚铭(名)。呜呼哀哉洛阳道，相斯(思)相望蓬莱岛。玉颜晖晖并是春，人髮青青未尝老。星帘卷兮月窗开，镜花摇兮山树迥。⑦仙衣窈窕风吹去，雨盖飞(霏)〔一二〕微舞绕来。⑧与君携手三山顶，如何冥寞久泉台。⑨

〔一〕敦煌所出凡三写本：甲本伯二六七三，乙本斯二〇四九，丙本伯二五四四。丙卷书法极恶劣。　〔二〕乙丙两卷并作"暮暮"。　〔三〕"寻"乙丙两卷并作"若"。　〔四〕王云："'台'应作'苔'，杜甫诗：古人白骨生青苔。"　〔五〕"白骨"至"天长"十六字，乙丙两卷并缺。　〔六〕"郭"及下"冠"字并依王仲闻先生校。　〔七〕"州"乙丙两卷并作"世"。　〔八〕〔九〕〔一一〕〔一二〕并依刘校。　〔一〇〕"崩"乙丙两卷并作"路"。刘云："当作'露'。"

①"为"，蒋、项皆云通"谓"字。　②项云阙字应是"青"字。　③"黄居"，蒋云当作"黄泉"。　④"断歌"，项云当作"短歌"。　⑤"箧"，项云当作"笑"，同"策"，谓简书。"重书"，项云当作"虫书"。"宜"，项云当作"疑"，与"若"同义对举。　⑥"草经"，项疑当作"丹"，"丹经"与"青史"为对。　⑦"迥"，蒋、项皆云当作"回"。　⑧"雨盖"，蒋、项皆云当作"羽盖"。　⑨"如何"，项云当乙作"何如"。"久"，项云当作"九"，"九泉"与"三山"为对。

魏奉古 《全唐诗》卷九一

　　按《新唐书·艺文志·刑法类》，开元三年奉敕删定《开元前格》的有"给事中魏奉古"，可补《全唐诗小传》之阙。

长门怨〔一〕 伯三一九五　二七四八

长安〔二〕桂殿倚空城，每至黄昏愁转盈，旧来偏得君王意，今日无端宠爱轻。窈窕容华为谁惜，长门一闭无行迹，闻道他人更可怜，悬知欲垢终无益。①星移北斗露凄凄，罗幔襜襜风入闱，②孤灯欲灭留残焰，明月初团照夜啼。向月唯须影相逐，不如才（畴）〔三〕昔同今（金）屋，云浮彤练此城〔四〕游，③花缀珠衾紫台宿。自从捐弃在深宫，君处芳音更不通，黄今（金）买得《长门赋》，只为寒床夜夜空。

〔一〕《乐府诗集》卷四十二载《长门怨》二十七首，作者二十三人，不及魏奉古。这首《长门怨》，好像宋代已经不很流传了。　〔二〕"长安"原卷作"长门"依伯二七四八号本改。　〔三〕依俞说。　〔四〕俞云："此城疑北城，但未敢定。"

①"垢"，蒋、项皆云当作"妒"。二本原卷此字皆作"姤"。　②"襜襜"，项云当作"襜襜"。　③"练"，蒋疑当作"栋"，项云当是"阑"字的形讹，"彤阑"同"雕栏"。

刘知几 《全唐诗》卷九四

　　按《旧唐书》卷一百二本传称"预修《三教珠英》"。《徐坚传》也说:"坚与给事中徐彦伯,定王仓曹刘知几同修《三教珠英》。兹按原题:"右补阙彭城刘知几。"知几升右补阙当在修《三教珠英》的时候稍前,此事不见他书记载。

次河神庙虞参军船先发余阻风不进寒夜旅泊 斯二七一七　下同

朝谒冯夷词(祠),夕投孟津渚。风长川淼漫,河阔舟容与。回首望归途,连山暧相拒。落帆遵迴岸,辍榜依孤屿。复值惊彼(波)息,戒徒候前侣。川路虽未遥,心期顿为阻。沉沉落日暮,切切凉飔举。白露湿寒葭,苍烟晦平楚。啼猿响岩谷,唳鹤闻河溆。此时怀故人,依然怆行旅。何当欣既觏,郁陶共君叙。

读《汉书》作

汉王有天下,欻起布衣中。奋飞出草泽,啸咤驭群雄。淮阴既附凤,黥彭亦攀龙,一朝逢运会,南面皆王公。鱼得自忘筌,鸟尽必藏弓,咄嗟瞿鼎俎,赤族无遗踪。智裁(哉)张子房,处世独为工;功成薄爱(受)〔一〕赏,①高举追赤松。知止信无辱,身安道亦隆,悠悠〔千〕载后,击抃(柝)〔二〕仰遗风。②

〔一〕〔二〕并依俞说。刘云:"左思《咏史》,功成不受爵。"

①"爱",蒋云当作"爵"。　②"击抃",蒋、项皆云"抃"字不误。

咏　史

泛泛水中萍,离离岸傍草,逐浪高复下,从风起还倒。人生不若兹,处世安可保?遽瑗仕卫国,屈伸随世道;方朔隐汉朝,易农以为宝。饮啄得其性,从容成寿考。南国有狂生,形容独枯槁,作赋刺椒兰,投江溺流潦。达人无不可,委军(运)推苍昊;何为明白(自)销〔一〕,取讥于楚老？

〔一〕王云："'军'疑应作'运'，'白'疑应作'自'，用《汉书·龚胜传》语。"

东方虬《全唐诗》卷一〇〇

昭君怨　其三　斯五五五

万里胡风急，三秋〔□〕汉初。唯望南去雁，不肯为传书。

按这诗的其一、其二、其四三首已载《全唐诗》，故仅补"其三"一首。

李行言《全唐诗》卷一〇一

成（城）南宴　斯五五五

禦（御）宿上林春欲尽，残花弱柳任风吹。斗鸡走马□□□，乐煞长安游侠儿。

元希声《全唐诗》卷一〇一

《全唐诗小传》云："累官司礼博士，预修《三教珠英》。"按《珠英集》原题"太子文学河南元希声"。

宴卢十四南园得园韵　伯三七七一　下同

超遥乘暇景，洒散绝浮喧。𫛭望峰云出，开襟夏木繁。野人怜狎鸟，游子爱芳荪。卧筵低临席，惊流注满园。□然林下意，琴酌坐忘言。

赠皇甫侍御赴都　其二

猗嗟众珍，以况君子。公侯之胄，必复其始。利器长材，温仪峻峙。

显此元明,于斯备矣。

　　按此诗凡八首,已载《全唐诗》。惟"其二"缺末两句,故依《珠英集》补全之。

杨齐悊 《全唐诗》卷七六九

　　《全唐诗》把杨齐悊编入"无世次爵里可考"卷中,仅据《唐诗记事》载《过函谷关》一首。《珠英集》载齐悊诗二首,第二首《晓过古延谷关》,即《唐诗纪事》的《过函谷关》。《珠英集》题:"洛阳县尉弘农杨齐悊"。又《唐会要》卷三十六"修撰"条记预修《三教珠英》的二十六人姓名中,也有杨齐悊。修《全唐诗》者竟不稍加考索,置之"无世次爵里可考"卷内,未名疏忽。兹依《珠英集》把杨齐悊排在胡皓前。

秋夜谦徐四山亭 伯三七七一

卷言北山岑,①非谓靡远寻。庭际有幽石,自然保遐心。月下池凉(凉池)〔一〕彩,②风竹来清音。樽酒故人意,苍苍寒露深。

〔一〕池凉二字当互倒,深是动词。刘云:"'池'管作'迟',待也。"
①"卷言",项云当作"眷言"。　②"下池",蒋项皆云二字当互乙。蒋云"月池"与"风竹"相对,项云"凉彩"犹冷光也。

胡　皓 《全唐诗》卷一〇八

　　按《全唐诗》不言胡皓预修《三教珠英》,《唐会要》卷三十六所载的二十六人里面也没有胡皓。可是《珠英集》里选了胡皓的诗四首,并记载着他的"爵里"是"恭陵丞安定胡皓"。晁公武《郡斋读书志》犹著录《珠英集》，说"预修书者凡四十七人"，胡皓应在四十七人数中。

奉使松府 伯三七七一　下同

蜀山固地险,[1]汉水接天平。波涛去东别〔一〕,林嶂隐西倾〔二〕。露白蓬根断,风秋草叶鸣。孤舟忽不见,垂泪坐盈盈。

〔一〕刘云:"东别谓大别也。《禹贡》汉水又东为沧浪之水,至于大别。"〔二〕刘云:"西倾谓西倾山。"

①项云"固"当作"匝",形近而讹。

夜行黄花川

的的(旳旳)夜绵绵,①斜斗历高天。露浩空山月,风秋洞壑泉。饥鼯啼远树,暗鸟宿长川。借问邛关道,遥遥复几年?

①项云"的的"即"旳旳"之后起字,不必改。

奉天田明府席饯别

属城富才雄,父(文)〔一〕园饯席同。此席何所饯?徭役五原中。疾沙乱飞雪,连车杂转蓬。雁归寒塞近,客散祖亭空。日夕不遑次,萧条鸣朔风。

〔一〕"父园"二字有误,卷端写作"文园"是也。

答徐四萧关别醉后见投

萧关城南陇入云,萧关城北海生荒〔一〕。①咄嗟塞外同为客,满酌杯中一送君。

〔一〕刘云:"'荒'字不叶韵,不知是何字误?"

①蒋云:"'荒'即'尘'字草书之误。"

春悲行 伯三七七一　下同

夜鹊南飞倦,鸣鸡屡送晨,忽闻芳岁道(到),今日故园春。试上亭台望,菣菣(氛氲)江树新。①旳旳韶阳蕚,迢迢佳丽人,音容旷不接,景物徒相因。别怨如流水,移恩念积薪,垂泪三危露,心斯〔一〕②二京尘。远役鸿为伴,荒亭鬼作邻,吾生殊卉木,憔悴此江滨。

〔一〕俞云:"'心斯'疑'心断'。"

①项云"菣菣"为草木茂盛之貌,不烦改。　　②"斯",原卷作"断"。

渝州逢故人①

共是他乡客,俱为失路人。自怜蓬发改,不掩柳条春。

①"渝州",原作"滁州",从原卷改。

感　春

试登高台春,伏槛弄阳旭。纡寂融密思,韶和洗纷瞩。林暖花意红,堙薰草情绿。感物深自负,萋萋杨□□。

右三首,载于伯三七七一《珠英集》残卷的开端。原共五首,不著撰人。第四首《奉天田明府席饯别》第五首《答徐四萧关劝醉后见投》与后重出。已据重出部分的题名载入胡皓诗内。因疑前三首亦胡皓所作,故附于此。即非胡皓所作,亦必为其他《珠英》学士的作品。

苏　晋 《全唐诗》卷一一一

咏　萤 斯五五五

旳旳黄金色,□□白玉辉。既能明自□,□用暗中飞。①

①蒋云两句当作:"既能明自照,何用暗中飞?"与杜甫《倦夜》句式同。

蔡希寂 《全唐诗》卷一一四

扬子江夜宴 伯三六一九

楚水夜潮平，仙舟烬烛明。美人歌一曲，坐客不胜情。罗幕香风倦，
纱巾舞袖轻；遨游正得意，云雨莫来迎。

李　邕 《全唐诗》卷一一五

度巴硖 伯三六一九〔一〕

客从巴硖度（水渡）〔二〕，传子（尔）诉（沂）行舟。是日风波济（霁），①高塘
（堂）〔三〕雨半收。青山满蜀道，渌（绿）水向荆州。不作书相慰（问），何
（谁）能散（慰）别愁。②

〔一〕按原卷载诗三首：一《彩云篇》，二《度巴峡》，三《秋夜泊江渚》。第一首题下有
李邕名。检《全唐诗》第一第三两首正是李邕作，但第一首诗题作"咏云"，第三首
残。　〔二〕按此诗见《全唐诗》二函九册，谓为崔颢作，题作"赠卢八象"。故此据敦
煌卷先用互著例载入李邕，然后据《全唐诗》校其异文，凡九事。兹作说明于第一事
下。　〔三〕俞云："'高塘'应作'高唐'，两本俱误。"

①蒋云"济"有"止"意，《庄子》、《淮南子》中均有"风济"的用法，不必改。　②皎然
《诗式》卷三引"青山满蜀道，渌水向荆州"二句，作"崔颢《别人》"。

□　□ 伯三八八五〔一〕　三六一九

忽（传）〔二〕闻天子访沉沦，万里迢迢远赴（怀书西入）秦。早□（知）不用
无媒客，悔度（恨别）江南杨柳春。

〔一〕原卷题为李邕作。按此诗亦见伯三六一九卷，亦无题。　〔二〕此诗又见《全唐
诗》第十一函第八册，载入无名氏二。有异文四事，旁注者皆是。又原卷题李邕，自
当有据，可正《全唐诗》入无名氏之误。

□□(明时)〔一〕奉遣出(别)皇(黄)州,行至汉阳南渡头。春风不解传乡信,江月偏能照客愁。

〔一〕此第二首,又见伯二五五五卷,校其缺字异文三事。又"渡头"作"度","乡信"作"香",不及原卷(伯三八八五)之善。

王泠然 《全唐诗》卷一一五①

寒食篇 伯三六〇八〔一〕

天运四时成一年,八节相迎尽可怜,秋贵重阳冬贵腊,不如寒食在春前。禁火初从太原起,风俗流传几千祀,算取去年冬至时,一百五日今朝是。今年寒食胜常春,总缘天子在东巡,能令气色随河洛,斗觉风光竞逐人。上阳遥见青春见〔二〕,②洛水横流绕城殿,波上楼台列岸明,风光所吹皆流遍。画阁盈盈出半天,依稀云里见秋千,来疑神女从云下,去似恒娥到月边。金闺待看红妆早,先过陌上垂杨好,花场共斗汝南鸡,春游遍〔三〕在东郊道。③千金宝帐缀流苏,簸璎〔四〕还坐锦筵铺,莫愁光景重窗暗,自有金瓶照乘珠。心移向者游遨处,乘舟欲骋凌波步,池中弄水白鹇尽,树下抛球彩莺去。别殿前临走马台,金鞍更送彩球来。球落画楼攀柳取,枝〔五〕□④香径踏花回。良辰更重宜三月,能成昼夜芳菲节,今夜无明月作灯,街衢游赏何曾歇。南有龙门对洛城,车马倾都满路行,纵使遨游今日罢,明朝上(尚)自有清明。

〔一〕按这一卷子上载《夜烧篇》与《寒食篇》,诗调相同,并无作者姓氏。考《全唐诗》王泠然有《夜光篇》,就是《夜烧篇》。因疑《寒食篇》亦王泠然作,因暂题王泠然名。
〔二〕刘云:"第二'见'字读为'现'。" 〔三〕刘云:"疑'偏'。" 〔四〕刘云:"'璎'当是'琼'字之误,骰子叫琼。" 〔五〕刘云:"'枝'当作'杖',即击球杖。"
①"泠"当作"泠",《千唐志斋藏志》有天宝元年《王泠然墓志》。 ②"遥见",原卷作"遥望"。 ③"遍",项云应作"偏"。 ④"枝□",原卷作"枝摇"。

李　昂 《全唐诗》卷一二〇

驯鸽篇 并序　伯二五五二　下同

　　荥阳主簿贾季良厅事,有双青鸽焉。贾公亦既下车,兹禽爰止于屋,岂鸟能有情乎,亦仁其诱之乎? 鸟之将至,其贞吉乎? 古之为文,美木灵鸟,咸备歌颂,斐然有述,首题此章。

君不见贾谊寰中推逸才,仇香坐处馆常开。①栖鸾未即冲天去,驯鸽先能听□□。②亦闻无角巢君屋,诸处不栖如〔一〕择林〔二〕。③宁随贺燕空绕梁,为逐迁莺俱□□,风窗月户清节凉,抚翼和鸣君子旁。双影时时临砚水,轻毛片片落书□。④□君德,辉彩鲜鲜生羽翼;感君心,灵庆昭昭相应深。何必淮南投小吏,飞来□□化为金〔三〕。

〔一〕俞云:“‘如’疑‘知’。”〔二〕刘云:“‘林’当作‘木’与屋为韵。《世说新语·语言篇》:李弘度说,穷猿奔林,岂暇择木。”〔三〕刘云:“《搜神记》张灏为梁相,有鹊化为一圆石,灏破之得一金印。”

①仇,蒋、项皆云应作“仇”。仇香为后汉人,曾任主簿,此处借指贾季良。　②蒋云阙文为“事来”二字。“听事”即“厅事”。　③“林”,原卷作“木”。　④蒋云阙文当为“窗”字。

塞上听弹胡笳作 并序

　　□□□□达两蕃,常顿兵十万,裹粮坐甲,无粟不守。故天子命我柱史韦公,括□□□,监统投籴。韦公谓我不忝,奏充判官。天宝七载十有一月,次于赤水军,将计□□。时有若尚书郎苏公①,专交兵使,处于别馆,是日也,余因从韦公相与谒诣,既尽筹画,且开樽俎。客有尹侯者,高冠长剑,尤善鼓琴。因接(按)弦奏《胡笳》之曲,摧藏哀抑,闻之忘味。夫《胡笳》者首出蔡女,没于胡尘,泣胡霜而凄汉月,烦冤愁思之所作也,故有出塞入塞之声,清商清□之韵。其音苦,其调悲。况此地近胡(下缺)。

①"若",项云应作"右"。

题雍丘崔明府丹灶 伯二五六七　下同

闻君小邑暂鸣弦,隐几灰心有岁年。白石既烧应化鹤,黄金未熟且
烹鲜。炉中近染三花气,树里新飞五色烟。伊尹即今须负鼎,王乔
何事欲冲天。

睢阳送韦参军还汾上 此公元昆任睢阳参军

世业重籯金,青春映士林,文华两孙楚,兄弟二曾参。竹抱卢门〔一〕
暗,山衔晋国深,预知汾水上,一雁有遗音。

〔一〕刘云:"卢门见《左传》,宋国门名,此用以表睢阳。"

右李昂诗四首,同写一卷上,但不在一处,原卷今亦裂为两截。前两首在前截
(伯二五五二)之末,题李昂名,其为李昂作无疑。后两首与《戚夫人楚舞歌》均在后
截(伯二五六七),并无撰人姓氏,因《唐诗纪事》以《楚舞歌》为李昂作,罗振玉因定
此两首亦为李昂作。《塞上听弹胡笳》诗内的韦公可能和在睢阳送的韦参军是一
人,或有一定关系,这也是把这两诗定为李昂作的一点小小旁证。

丘　为 《全唐诗》卷一二九

答韩丈〔一〕① 伯二五六七　下同

行人辈,莫相催,相看日暮何俳徊。登孤舟,望远水,殷勤留语劝求
仕。畴昔主司曾见知,琳琅丛中拔一枝。且得免输天子课,何能屈
腰乡里儿。长安落叶酒〔二〕,②或可此时望携手;官班眼(服)〔三〕色不
相当,拂衣还作捕鱼郎。

〔一〕《唐诗纪事》卷十七说丘为八十多岁的时候丁了母忧,"观察使韩滉以致仕官
给禄",韩滉大概就是这里的韩丈。　〔二〕刘云:"当是落桑酒。"　〔三〕依刘校。
①"韩丈",原卷作"韩大"。疑非韩滉。　②"落叶",原卷作㮈落","㮈"为"桑"的别

写。

辛四卧病舟中群公招登慈和寺

柳色扁舟带水阴,闻君卧疾引登临。凭高始见三吴势,望远因知四海心。山僧午后清禅洽,群木晴初绿霭深。云外翩翩飞鸟尽,令人宛自动归吟。

对雨闻莺

垂柳街头百丈丝,杏花林外度黄鹂。间关正在秦筝里,历乱偏伤楚客时。风传一一声来尽,雨湿双双飞去迟;羡尔能将迁客意,何如栖得上林枝。

幽渚云

漠漠云在渚,无心去何从。①青连晚湖色,澹起秋烟客(容)〔一〕。②渡水上下白,归山深浅重,来为巫峡女,去逐葛川龙。勿为长幽滞,当飞第一峰。

〔一〕依王仲闻先生校。

①"何"下原卷衍"疑"字。　②"客",原卷作"容",与王校合。

伤河凫老人〔一〕

老人甲子难计论,耳中白毛三十根。钓鱼几年如一日,船舷数寸青苔痕。人生性命必归正(止)〔二〕,①精魂伤夫〔三〕向流水。②月如钩在轮影中,风似人来荻(荻)声里。蒲叶高低没钓矶,破舟仍系绿杨枝。水流不为人流去,鱼乐宁知人乐时。土凫门前一行柳,独引青丝织鱼笱。柳花漠漠飞复飞,鱼笱如今荡谁手。宗嗟老人岁悲辛,老人昔日伤几人;人情相掩且相叹,不喜河头秋与春。

〔一〕此诗亦见伯二五四四卷，题作《老人篇》，但差白字太多。　〔二〕依刘校。

〔三〕"精魂伤夫"伯二五四四卷作"精丑香风"，俞云："精魂伤夫"当从伯二五四四

卷作"精魄"（"丑"是"魄"误），因此四字正①和下文相应。精魄指月，下文"月如钩在

轮影中，风似人来获声里"，足证"香风"二字不误。刘校"'夫'当为'失'字之误"。

①"正"，原卷作"止"。　②"魂"，伯二五六七卷作"魄"。

祖　咏 《全唐诗》卷一三一

谒河上公庙 伯三六一九

河上公遗迹，荒凉在道边。草生空庙里，□□□□□。□□□知圣，

腾空更表仙。孝文皇帝后，《章句》至今传。

王昌龄 《全唐诗》卷一四〇　《全唐诗逸》卷上

城旁□□〔一〕 伯二五六七　下同

降奚能骑射，战马百馀匹，甲仗明寒川，霜□□□□。□□煞单于，

薄暮红旗出。城旁粗少年，骤马垂长鞭，脱却□□□，□剑沧秋

天。①匈奴不敢出。漠北开（闭）〔二〕尘烟。

〔一〕标题残去二三字。按《全唐诗》昌龄有《城旁曲》，但内容与此全异。　〔二〕余疑

"开"为"闭"误，俞云："烟尘四合则房起，今匈奴不出，故开雾也。依平仄论亦宜平

声字，"开"字不误。

①项云"沧"疑当作"轮"，同抢。

题净眼师房

白鸽飞时日欲斜，禅房寂历饮香茶。倾人城，倾人国，崭新剃头青且

黑。玉如意，金澡瓶，朱唇皓齿能诵经，吴音唤字更分明。日暮钟声

相送出，袈裟挂着箔帘钉。

陶　翰 《全唐诗》卷一四六
吊王将军 伯二五六七〔一〕

漂姚〔二〕北伐时，深入强千里。战酣落日黄，军败鼓声死。尝闻汉飞将，可夺单于垒，今与山鬼邻，残兵哭辽水。①

〔一〕《中华文史论丛》编辑室云："《吊王将军》一诗《全唐诗》已收入《常建集》中。"刘说同。　〔二〕漂姚指霍去病，《汉书》作"票"，或"骠"。

① 殷璠天宝末编《河岳英灵集》，收此诗于常建名下，并在评语中引及。原卷于陶翰名下存诗九首，其一为《古意》。《全唐诗》已收归陶翰，其二即本诗，后七首均李白诗。据此推测，此诗似非陶翰作。

刘长卿 《全唐诗》卷一四七　《全唐诗逸》卷上
得遇入京 伯三八一二

万里南来喜复悲，生涯何幸有归期。空庭叶散风摇落，旧邑人疏经乱离。巴路千山秋水在，江花独树夕阳微。为君一话此中事，白首长沙知不知？

　　按《全唐诗》内长卿诗卷五与刘随州集卷九（四部丛刊本）都有这首诗，题为"自江西归至旧任官舍赠衷赞府自经刘展平后"，但文句异同甚多，故破格载入，兼录集本如下："却见同官喜后悲，此生何幸有归期。空庭客至逢摇落，旧邑人稀经乱离。湘路来过回雁处，江城卧听捣衣时。南方风土劳君问，贾谊长沙岂不知。"

孟浩然 《全唐诗》卷一五九
咏　青 伯二五六七

雾辟天光远，春回日道临。草浓河畔色，槐结路旁阴。欲映君王史，先标胄子襟；经明如何（可）〔一〕拾，自有致云心。①

〔一〕依刘校。

①《国秀集》卷下、《全唐诗》卷二〇三皆收此诗为校书郎荆冬倩之作，作孟诗恐误。

高　適 《全唐诗》卷二一一

遇崔二〔一〕有别 伯三八六二　下同

大国多任士〔二〕，①明时遗此人。颐颔尚丰盈，毛骨未合迍。逸足望
千里，商歌悲四邻。谁谓多才富，却令家道贫。秋风吹别马，携手更
伤神。

〔一〕《適集》卷一有"效古赠崔二"，应是一人。《赠崔二》有云："君负纵横才，如何尚
憔悴。"又云："穷达自有时，夫子莫下泪。"这次"遇崔二"，还是"明时遗此人"，所以
还叹息着说"谁谓多才富，却令家道贫！"〔二〕"任士"刘疑"佳士"。

①蒋、项皆云"任士"不误，用《庄子·秋水》语。

奉寄平原颜太守 并序

　　初颜公任兰台郎，与余有周旋之分，而于词赋，特为深知。洎擢在宪
司，而仆寓于梁宋。今南海太守张公之牧梁也，亦谬以仆为才，遂奏所制
诗集于明主，而颜公又作四言诗数百字，并序之。张公吹嘘之美，①兼述
小人狂简之盛，遍呈当代群英。况终不才，无以为用；龙钟蹭蹬，适负知
己！夫意所感，乃形于言，凡廿韵。

皇皇平原守，驷马出关东。银印垂腰下，天书在箧中。自承到官后，
高枕扬清风。豪富已低首，逋逃还力农。始余梁宋间，甘予
（与）〔一〕麋鹿同。散发对浮云，浩歌追钓翁，如何顾疲贱，遂肯偕穷
通。耿介出宪司，慨然见群公，赋诗感知己，独立争愚蒙。金石谁不
仰，波澜殊未穷；微躯枉多价，朽木惭良工。上将拓边西，薄才忝从
戎，岂论济代心，愿效匹夫雄。骅骝满长皂，弱翮依雕笼，行军动若

飞、旋旆信严终〔二〕。屡陪投醪醉，窃贺铭山功；虽无汗马劳，且喜沙塞空。去去勿复道，所思积深衷。一为天崖（涯）〔三〕客，三见南飞鸿，应念萧关外，飘飖随转蓬。

〔一〕依俞校。　〔二〕刘云："严助终军也。二人乃汉武帝时文士有武略者，苏东坡诗：一时冠盖尽严终。"〔三〕依刘校。

①以上三句，刘开扬《高适诗集编年笺注》、孙钦善《高适集校注》皆据原卷录作"而颜公又作四言诗数百字并序，序张公吹嘘之美"。

双六头赋送李参军

有物兮四方故城，六面砥平，白质黑文，花攒星明。主张尔手谈，决断尔心争，推得失似关乎天命，而消息乃用乎人情。若行之尤〔一〕，思之精，虽邂逅而小比〔二〕，①必指掌而大亨。李侯李侯保令名，无怨敩于垂成。②朝影入平川，川长复垂柳〔三〕，③明年有一掷分〔四〕，④君不先鸣谁先鸣？

〔一〕游国恩先生云："'尤'字似系'久'字之误。"俞云："行之尤不误。这是一种近乎双六的赌具，行之尤者行之最，言他这棋走得很好，虽然有时会失着，但转眼反手（指掌）间，又亨通了。若作久，便与下文指掌大亨不合。"〔二〕俞云："'小比'疑当作'小疵'。"刘云："当作'小屯'。"〔三〕刘云："'柳'字不叶韵，疑是'平'之误，此句说苦练不已。"〔四〕"明年有一掷分"不成句，疑"分"字是衍文。俞云："似亦不误，说明年还有一掷的机会（大约指官场的考绩等事），您一定便得意的。'分'字仄声。"刘疑"有"当作"傥有"。

①"小比"，蒋云作"小屯"是，"屯"、"亨"皆《易》用语；项云"比"为"北"之形讹，赌戏中败者名称"北"，或称"奔北"。　②"敩"，蒋、项皆云当作"败"。　③刘开扬云此二句乃误钞《自淇涉黄河途中作十三首》之文，当删。　④项疑"分"字为衍文。

自武威赴临洮谒大夫不及因书即事
寄河西陇右幕下诸公 伯二五五一　下同①

浩荡去乡县，飘飖瞻节旄。扬鞭发武威，落日至临洮。主人未相识，客子心忉忉。顾见征战归,始知士马豪。戈铤耀崖谷,声气如风涛。
隐轸戎旅间,功业竞相褒。献状陈首级,飨军烹太牢。俘囚驱面缚,
长幼随巅毛。①毡裘何蒙茸,血食本膻臊。汉将乃儿戏,秦人空自
劳。立马眺洪河,惊风吹白蒿。云屯寒色苦,雪合群山高。远戍际
天末,边烽连贼壕。我本江海游,逝将心利逃〔一〕。一朝感推荐,万
里从英旄(髦)〔二〕。飞鸣盖殊伦,俯仰忝诸曹。燕鸽(鹆)〔三〕知有待,
龙泉惟所操。相士惭入幕,怀贤愿同袍。清论挥麈尾,乘酣持蟹螯。
此行岂易酬,深意方郁陶。微效傥不遂,终然辞佩刀。

〔一〕俞云:"'心利逃'不可解,疑当作'名利逃'。"〔二〕依刘校。　〔三〕依俞校。
①"巅",蒋、刘、项皆云当作"颠"。

同李司仓早春宴睢阳东亭 得花

春皋宜晚景,芳树杂流霞。莺燕知三月,池台称百花。竹根初带笋,
槐色正开牙。且莫催行骑,归时有月华。

在哥舒大夫幕下请辞退
托兴奉诗 伯三八一二　下同

自从嫁与君,不省一日乐。遣妾作歌舞,好时还道恶。不是妾无堪,
君家妇难作。下堂辞君去,去后君莫错。①

①项云:"《才调集》卷六李白《寒女吟》,后幅与此诗大略相同。"《寒女吟》收《全唐
诗续补遗》李白名下,兹不重录。

闺　情 为落殊蕃陈上相知人

自从沦落到天涯,一片真心恋着□。①憔悴不缘思旧国,行涕(啼)只
是为冤家。

右两首,同写在一卷上。第一首标题作"高适在哥舒大夫幕下请辞
退,托兴奉诗",疑是后人依托或拟作,细玩修辞与用意,也不像高适的作

品;因为是使用高适的故事,故附于此。《闺情》原卷不题撰人,"憔悴不缘思旧国",也一定不是高适的话,盖与前一首同为一个沦落在敦煌的文人所作,因此,也连类附及。"为落殊蕃陈上相知人"的闺情以后,还有四首闺情,好像是妓女的歌辞。也不著撰人,不知是否佚诗,姑附于后:

闺　情

相随万里泣胡风,正偶将期一世终。早知中路生离别,悔不深怜沙碛中。

不须推道委人猜,只是君心自不开。今夜闺门凭莫闭,孤魂拟向萝中来。

只今桃李正堪攀,所恨枝高引手难。愿君垂下方便叶,袖卷将归看复看。

自处长信宫,每向孤灯泣。闺门镇不开,梦从何处入。

① 缺字,检原卷似应为"查"字。

畅　诸 《全唐诗》卷二八七

登观鹊楼 伯三六一九

城楼多峻极,列酌恣登攀。迥林飞鸟上,高榭代人间。天势围平野,河流入断山。今年菊花事,并是送君还。①

　　按《全唐诗》题作《登鹳雀楼》,较佳。但仅存中间四句(首尾各缺两句)载入《畅当集》中。王仲闻先生云:"亦见宋无名氏《墨客挥犀》卷二,亦止四句,云畅诸作",惜编《全唐诗》者止钞诗而误主名。

① 畅诸作此诗,《文苑英华》卷七一○收李翰《河中鹳鹊楼集序》已称及,宋司马光《续诗话》、沈括《梦溪笔谈》卷十五仅录中四句,亦云畅诸作。至《唐诗纪事》卷二七始误为畅当,《全唐诗》沿之。岑仲勉《读全唐诗札记》考证较详,可参看。宋人所见此诗前二句,作"迥临飞鸟上,高谢世人间",与此处三、四两句稍异,蒋、项均云以"临"、"谢"为是,"代人"即"世人",避太宗讳改。

韦　庄 《全唐诗》卷六九五

秦　妇　吟 [一]

中和癸卯春三月,洛阳城外花如雪。东西南北路人绝,绿杨悄悄香
尘灭。路旁忽见如花人,独向绿杨阴下歇。凤侧鸾攲鬓脚斜,红攒
黛敛眉心折。"借问女郎何处来?"含嚬欲语声先咽。回头敛袂谢行
人:丧乱漂沦何堪说!三年陷贼留秦地,依稀记得秦中事。君能为
妾解金鞍,妾亦与君停玉趾。"前年庚子腊月五,正闭金笼教鹦鹉。
斜开鸾镜懒梳头,闲凭雕栏慵不语。忽看门外起红尘,已见街中擂
金鼓。居人走出半仓惶,朝士归来尚疑误。是时西面官军入,拟 [二]
向潼关为警急;皆言博野自相持,尽道贼军来未及。须臾主父乘奔
至,下马入门痴似醉。适逢紫盖去蒙尘,已见白旗来匝地。扶赢携
幼竞相呼,上屋缘墙不知次,南邻走入北邻藏,东邻走向西邻避;北
邻诸妇咸相凑,户外崩腾如走兽。轰轰崑崑乾坤动,① 万马雷声从
地涌。火迸金星上九天,十二官街烟烘炯。日轮西下寒光白,上帝
无言空脉脉。阴云晕气若重围,宦者流星如血色。紫气潜 [三] 随帝
座移,妖光暗射台星拆。② 家家流血如泉沸,处处冤声声动地。舞伎
歌姬尽暗损,③ 婴儿稚女皆生弃。东邻有女眉新画,倾国倾城不知
价;长戈拥得上戎车,回首香闺泪盈把 [四]。旋抽金线学缝旗,才上
雕鞍教走马。有时马上见良人,不敢回眸空泪下。西邻有女真仙子,
一寸横波剪秋水,妆成只对镜中春,年幼不知门外事。一夫跳跃上
金阶,斜袒半肩欲相耻。牵衣不肯出朱门,红粉香脂刀下死。南邻
有女不记姓,昨日良媒新纳聘。琉璃阶上不闻行,翡翠帘间空见影。
忽看庭际刀刃鸣,身首支离在俄顷。仰天掩面哭一声,女弟女兄同
入井。北邻少妇行相促,旋拆云鬟拭眉绿。已闻击托坏高门,不觉

攀缘上重屋。须臾四面火光来,欲下回梯梯又摧。烟中大叫犹求救,梁上悬尸已作灰。妾身幸得全刀锯,不敢踟蹰久回顾。旋梳蝉鬓逐军行,强展蛾眉出门去。旧里从兹不得归,六亲自此无寻处。一从陷贼经三载,终日惊忧心胆碎。夜卧千重剑戟围,朝餐一味人肝脍。鸳帏纵小岂成欢?宝货虽多非所爱。蓬头垢面狙眉赤,几转横波看不得。衣裳颠倒言语异,面上夸功雕作字。柏台多士尽狐精,兰省诸郎皆鼠魅。还将短发戴华簪,不脱朝衣缠绣被;翻持象笏作三公,倒佩金鱼为两史。朝闻奏〔五〕对入朝堂,暮见喧呼来酒市。一朝五鼓人惊起,呼啸喧争如窃语〔六〕。夜来探马入皇城,昨日官军收赤水;赤水去城一百里,朝若来兮暮应至。凶徒马上暗吞声,女伴闺中潜生〔七〕喜。皆言冤愤此时销,必谓妖徒今日死,逡巡走马传声急,又道官军全阵入;大彭小彭相顾忧,二郎四郎抱鞍泣。沉沉〔八〕数日无消息,必谓军前已衔璧,簸旗掉剑却来归,又道官军悉败绩。四面从兹多厄束,④一斗黄金一升粟〔九〕。尚让厨中食木皮,黄巢机上刲人肉。东南断绝无粮道,沟壑渐平人渐少。六军门外倚僵尸,七架营中填饿殍。⑤长安寂寂金(今)何有?废市荒街麦苗秀。采樵斫尽杏园花,修寨诛残御沟柳。华〔一○〕轩绣毂皆销散,甲第朱门无一半。含元殿上狐兔行,花萼楼前荆棘满。昔时繁盛皆埋没,举目凄凉无故物。内库烧为锦绣灰,天街踏尽公卿骨。来时晓出城东陌,城外风烟如塞色。⑥路旁时见游奕军,坡下寂无迎送客。霸陵东望人烟绝,树镟(锁)骊山金翠灭。大道俱成棘子林,行人夜宿墙匡〔一一〕月。明朝晓至三峰路,百万人家无一户。破落田园但有蒿,催残竹树皆无主。⑦路旁试问金天神〔一二〕,金天无语愁于人。庙前古柏有残柿〔一三〕,殿上金炉生暗尘。一从狂寇陷中国,天地晦〔一四〕冥风雨黑;案前神水咒不成,壁上阴兵驱不得。闲日徒歆奠飨思,⑧危时不助神通力。我今愧恧拙为神,且向山中深避匿;寰中箫管不曾闻,筵上牺牲无处觅。旋教魑鬼傍乡村,诛剥生灵过朝夕。
妾闻此语愁更愁,天遣时灾非自由。神在山中犹避难,何须责望东
诸侯!前年又出杨震关,举头云际见荆山。如从地府到人间,顿觉
时清天地闲。陕州主帅忠且贞,不动干戈唯守城。蒲津主帅能戢兵,
千里晏然无戈〔一五〕声。⑨朝携宝货无人问,夜插金钗唯独行。明朝
又过新安东,路上乞浆逢一翁。苍苍面带苔藓色,隐隐身藏蓬荻中。
问翁本是何乡曲?底是寒天霜露宿?⑩老翁暂起欲陈辞,却坐支颐
仰天哭。乡园本贯东畿县,岁岁耕桑临近甸;岁种良田二百壃,年输
户税三千〔一六〕万。小姑惯织褐绝袍,中妇能炊红黍饭。千间仓兮万
丝〔一七〕箱,黄巢过后犹残半。自从洛下屯师旅,日夜巡兵入村坞;
匣中秋水拔青蛇,旗上高风吹白虎。入门下马若旋风,罄室倾囊如
卷土。家财既尽骨肉离,今日垂年一身苦。一身苦兮何足嗟,山中
更有千万家,朝饥〔一八〕山上寻蓬子,夜宿霜中卧荻花!妾闻此父伤
心语,竟日阑干泪如雨。出门惟见乱枭鸣,更欲东奔何处所?仍闻
汴路舟车绝,又道彭门自相杀;野色徒销战士魂,河津半是冤人
血。"适闻有客金陵至,见说江南风景异。自从大寇犯中原,戎马不
曾生四鄙,诛锄窃盗若神功,惠爱生灵如赤子。城壕固护教金
汤〔一九〕,⑪赋税如云送军垒。奈何四海尽滔滔,湛然一境平如砥。
避难徒为阙下人,怀安却羡江南鬼。愿君举棹东复东,咏此长歌献
相公。

〔一〕敦煌石室所出《秦妇吟》,有下列九个写本:(甲)斯五四七六。(乙)斯六九二。
卷末题"贞明五年(九一九)己卯岁四月十一日敦煌郡金光明寺学仕郎安友盛写
讫。"还有写书诗四句:"今日写书了,合有五升麦。高代不可得,还是自身灾。"(丙)
斯五四七七。(丁)伯二七〇〇。(戊)伯三三八一。卷末题"天复五年(九〇五)十二
月十五日敦煌郡金光明寺学仕张龟写。"(己)伯三七八〇。卷末有写书人题记两
行。一云:"显德二年(四)丁巳岁二月十七日就家学仕郎马富德书记";一云:"大周
显德四年(九五七)二月十九日学士童儿马富德书记。"(庚)伯三九五三。仅存二十

一行半。书法不佳。（辛）伯三九一〇。（壬）未见。见李盛铎卖给日本的敦煌写本同录。现在所知道的已有上述九个写本。从一九〇七年以后，有许多学者使用这些材料，作了不少的研究，校勘和注释的工作。刘修业同志的《秦妇吟校勘续记》一文（载《学原》第一卷第七期），详细地记述了这些研究的经过，也补充了一些前人的校勘。这次写定，就是节取使用她的校记的。 〔二〕己本"拟"作"疑"。 〔三〕甲本"潜"作"渐"，其馀各本皆作"潜"。 〔四〕乙本"把"作"杷"。各本皆作"把"，作"把"较佳。 〔五〕乙本戊本"奏"作"走"。 〔六〕各本"语"作"议"，此后己本。 〔七〕各本"生"或作"失"，不甚清楚。余曾审视巴黎四本，丁戊两本似"生"，己庚两本作"失"。作"生"者意义较佳。俞云："'失'字是。" 〔八〕"沉沉"卷子本写作"讥讥"，因此多有迳作"汎汎"者，误。 〔九〕此句或迳作"一斗黄金一斗粟"。按下"斗"字应作"升"，因形似改误。己庚两本作"胜"，即升字。 〔一〇〕丁本"华"作"荜"，疑是"翠"字，亦可能为"华"之误字。己本作"花"，即"华"同音字。作"华"是。 〔一一〕"墙匡"二字不易解。丁本"墙"作"长"，己本作"横"。匡，亦有迳作"空"者，字形不相近，《唐马君起造像记》，"庭"作"遥"与"迋"字形相近，若依丁卷作"长庭"，似亦通。但未免牵强附会。翟理斯据韦庄《浣花集》卷十《长安旧里诗》"满月墙匡春草深"句，谓墙匡不误。《中华文史论丛》编辑室也指出："'墙匡'两字似不误。《全唐诗》郑谷《再经南阳》：寥落墙匡春欲暮，燃残官树有花开，可证。俞云："'墙匡'似不误，因少见。校注所列《造象记》等拟文亦不妥。墙匡非指一般的墙，盖名为有墙，其中空无所有，只剩得一个匡廓耳（'匡'今亦作'框'），翟校是。" 〔一二〕丁本己本，金天神下并有小注云："华岳三郎。" 〔一三〕甲本己本"栟"作"折"。 〔一四〕乙本己本"晦"作"暗"。 〔一五〕"戈"字不一定正确。此字各本不清晰，丙本似"犬"，丁本作"交"。戊本似"弋"，己本作"夭"，作"戈"者从"弋"附会。余以作"戈"较通顺。唐《颜惟贞家庙碑》有"尖"字，即"哭"字，释为"哭"，亦可。俞云："各本均很凌乱。以文义论：若作戈声，则戈不必有声；若作哭声，则哭声又岂必处处皆闻，我以为人声较长。" 〔一六〕翟理斯云："三千万数过多，罗校易千为十，似是"，所以今传印本多作"三十"，然敦煌各本实皆作"三千"。戊本"千"上一撇被涂去，则当时已有人怀疑，并想改"三千"为"三十"。俞云："三千万是诗人虚拟形容夸大之词。" 〔一七〕敦煌各本皆作"丝"，只因《诗经·甫田》有"乃求千斯仓，乃求万斯箱"，今各印本遂皆改"丝"为"斯"。 〔一八〕己本"饥"作"浪"。 〔一九〕各本皆作"教"，惟己本作"学"，但教字不可通，疑是"效"字之误。俞云："当是'效'字，效金汤者似金汤也。"

①"崐崐",蒋云当作"辊辊"。　②"拆",项校作"坼"。　③"损",蒋、项校作"捐"。
④"厄束",项校作"轭束"。　⑤"七架",陈寅恪校作"七萃"。　⑥"塞色",蒋校作
"墨色"。　⑦"催",项校作"摧"。　⑧"思",赵遂之校作"恩"。　⑨"戈",蒋校作
"犬"。　⑩"是",项校作"事"。　⑪徐俊云:伯三三八一、斯五八三四作"敨"。作
"教"误。

马吉甫 以下并不见《全唐诗》

　　《唐会要》卷三十六记预修《三教珠英》的二十六人中有马
吉甫。吉甫事迹无考,《珠英集》题:"太子文学扶风马吉
甫。"①

秋晴过李三山池 斯二七一七　下同

山游〔□〕未狎,朝隐遂为群。地僻烟霞异,心闲出处分。寨开弄晴
景,披拂喜朝闻。②野兴浮黄菊,林栖卧白云。窥临苔壁古,歌啸竹
亭曛。回想幽岩路。知予复解纷。

①《元和姓纂》卷七诸郡马氏有吉甫,正平人。岑仲勉《四校记》考定吉甫圣历元年
直崇文馆,大足元年与修《三教珠英》,长安四年作《蜗牛赋》,又曾任修文学士、中
书舍人。　②"闻",蒋云当作"雾"。

秋 夜 怀 友

故人在天末,空庭明月时。白云劳悟(瘝)寐,芳树歇华滋。蟋蟀鸣秋
草,蜘蛛弄晓丝。菊花应可泛,留兴待□□。

同独孤九秋闺

闺树红滋变,庭芜白(下缺)

房元阳

《珠英集》题:"司礼寺博士清河房元阳。"考《新唐书·宰相世系表》元阳官水部郎中。司礼寺博士当是元阳预修《三教珠英》时官职,水部郎中则是后来历官。又世系表系元阳为河南房氏,但称晋初有房乾,本出清河。

送薛大入洛 伯三七七一　下同

惊年嗟未极,别绪复相依。雁随春北度,人共水东归。夜月临轩尽,残灯入晓微。哀怨一罢曲,幽桂徒芳菲。

秋夜弹棋鼓琴歌

流月泛艳兮露色圆,①拂孤□兮弄清丝(弦)〔一〕。幽态窈窕兮断复连,惊风中路兮迢〔二〕流年。浮荣轻薄兮欲何贤,流商激楚兮不能宣。

〔一〕依刘校。　〔二〕俞疑"迢"当是"送"字之误。

①"圆",项云当作"团"。

侯休祥

　　按自休祥至郑韫玉十人,籍贯仕履皆无考,据同一与本上另外十二人的时代考之,皆当为初唐至开元天宝间人。

□　镜 斯五五五　下同①

忽览今朝镜,殊非李(昔)〔一〕日容。②自看由(犹)□识,何况故人逢?

〔一〕余疑"李"为"昔"字之误,俞云:"昔日固是,但李字与昔音形均无关系,似只可存疑,或前旧均有可能。"

①题中缺字,项云据首句看,应是"览"字。 ②"李",原卷作"昔"。

梁去惑

塞 外

塞北长寒地,由来□物华。不知羌笛里,何处得梅花?

房 旭

春 夜 山 亭

夜静琴还静,年春酒复春。何曾山水地,风月不□□。

乐仲卿

咏 萤

□□光华浅,抟风羽翼微。不能欺暗室,所以带明飞。

严 嶷①

别 宋 侍 御

水国南连楚,沙场北近胡。春风万里别,明月两乡孤。

①《张说之文集》卷六有《送王尚一岩嶷二待御赴司马都督军》诗。

郑 愿①

七 夕 卧 病

玉露三秋早，银河七夕初。不应须卧疾，为曝腹中书。

①郑愿，《新唐书·宰相世系表》载为郑氏南祖房清河令文睿子，无仕历。《郎官石
柱题名》其名两见，司勋员外郎在卢象后，李嘉祐前，金部郎中在裴眺、郑楚客间，
以诸人时代推，应为天宝、大历间人。

守 岁

吾家贵主凤楼开，故岁□更乱箭催。愿奉神仙长献酒，请留哥(歌)
吹遂(逐)〔一〕行□。

〔一〕依刘校。刘并疑行下所缺当是"杯"字。

李休烈①

过王浚墓 二首

青史高遗迹，黄垆掩旧封。宁知陌上□〔一〕，②何羡水中龙。樵采徒
为禁，英威岂得从。定知〔□〕路蚁，③不畏水中龙。

〔一〕刘疑"虎"字。
①原作李□□，据原卷补。　②项云据《晋书·羊祜传》，当补"兽"字。　③项疑阙
字在"路"字下。

孟 婴

咏 暗

凿壁方将□，投珠忽见疑。始言缨可绝，谁谓室无欺。

□嘉惠

咏 鹊

绕树栖难定,填河尚未期。旧来能□语,试为报归时。

郑韫玉[①]

送陈先生还嵩山

玉台金阙□微微,仙鹤联翩何岁归。欲识人间相望处,嵩高山上白云飞。

①《新唐书·宰相世系表》郑氏北祖房有韫玉,为侍御史欢子,不载仕历,郑珣瑜、郑馀庆为其从昆,知应为贞元、元和间人。

樊 铸

　　樊铸的诗不见他书,但在敦煌写本内两见,他的作品在唐代流传似较广泛。《十咏》题"前乡贡进士"。《唐文粹》卷三十三上载有樊铸的《檄曲江水伯文》(《事文类聚》前集卷十七页三十一上亦载此文),说明作檄的原故,是因"天宝三载,溺群公之故也。"因知他是开元天宝时代的人。

及第后读书院咏物[一]十首上礼部李侍郎
帘 钩

成器屈虽深,君门幸许临。卷时怀劲节,舒后抱虚心。就曲全□保,能刚□匪侵。倚身当尽力,不欲负工金。

〔一〕原作物咏,依刘校互乙。

鞭 鞘

幸约策为名,提携道正(上)〔一〕行。卜邻贞干并,□质直绳并。节峻根堪托,柔多指可萦。希看着鞭处,下下振声明。

〔一〕依刘校。

箭 括

刻□□材圆,相成□不偏。守规心已正,受省礼仍全。有节通贞干,无邪抱直弦。向非兼羽翼,何得札俱穿。

门 扂

扂要政攸敦,防非道久尊。抡材矩已中,善闭契□存。只慎枢机动,宁矜开阖恩。自非蒙一拔,何得入龙门。

钥 匙

开物务便成,①通幽自有程。退藏缘遇暗,入用为逢明。契理关潜受,知机力不争。赖因相启发,遂得振金声。

药 臼〔一〕

器重性仍坚,登庸响即传。口因良药苦,心为中规圆。继务精三代,输攻孕十全。终齐善救理,莫谓枉陶甄。

〔一〕刘云:"'臼'与'救'同,声为上去,故可作音源。"

滤 水 罗

经纬既纵横,偏承启沃情。含虚素心净,乐水智囊成。密恓(致)〔一〕能藏垢,疏通自去盈。不问垂善滤,何问下流清。

〔一〕余疑"恓"是"致"通用俗字,或音误。俞云:"校作'致',较远,疑当作'慎',因滤水罗正不必密致也。密慎与下文疏通对文。"按俞先生说较好。刘校与俞同。

井 辘 轳

有幸奉陶甄,时行即转圆。从绳每合辙,遇坎本(奉)〔一〕周旋。□是循环正,何曾汲引偏。已承钧轴力,不虑坠诸泉。

〔一〕依刘校。

砖 道

入用因埏埴,时行任比方。连阶(下缺)。

□□ 伯三四八〇

铸剑本来杀仇〔一〕人,怀珠本来报国士。信知善恶皆相报,如何不肯树桃李。物情翻覆难可论,莫言权势长头〔二〕存。鼎食却为农桑子,布衣还启丞相门。丈夫立身须自省,知祸知福如形影。乍可惠人一饭恩,不得唾人千里井。

〔一〕原作"仇杀",依刘校互乙。 〔二〕刘云:"'长头'二字乃俗语。'头',尾声。"

皇甫斌

登岐州城楼

岐雍三秦地,登临实壮哉!客心关外断,秋气陇头来。归目浮云蔽,寒衣早雁催。他乡有时菊,留赏故人杯。

桓 颙

秋 夜 伯三六一九 又三八八五

数夜独无欢,客心恒不安。近城闻鼓异(易),远寺〔一〕听钟难。月照窗边暖,风吹帘外寒。谁能罗帐里,独坐抱琴弹。

〔一〕原作"寺远",依刘校互乙。

卢茂钦

无 题 伯三一九七

偶游仙院睹灵台,罗绮分明塑匠裁。高绾绿鬟鬓(云)髻重,手垂罗袖牡丹开。①容仪一见情难舍，玉貌重看意懒回。若表恳成（诚）心所志，愿将恣貌梦中来。②

①"手垂"，项疑当作"平垂"，与"高绾"为对。　②"恣"，蒋、项皆云当作"姿"。

刘廷坚

廷坚事迹年代无考，原卷题"前吉州馆驿巡官将仕郎前守常州晋陵县尉"。

观岳寿寺松因课留题 斯七六

植来高节几经霜，浓翠穿云出上方。花界静标千树秀，禅心闲对四时凉。根磻藓石龙形老，①乳滴金沙琥珀香。为爱奇材看不尽，题诗留在远公房。

①"磻"，蒋、项皆云当作"蟠"。

寓止观中因抒感怀

伯阳宫馆好烟霞，知换浮生几岁华。虽访灵芝身不远，未逢真诀道还赊。玉清难测无穷景，金露能摧有限花。直待总抛荣辱了，始应亲近得仙家。

沙门日进

登灵岩寺 伯三六一九

灵岳多奇势，兹山负圣图。谷中清溜响，峰际白云孤。石壁连霄汉，长松落涧枯。澄心香阁下，烦虑寂然无。①

①斯三八一卷《龙兴寺毗沙门天王灵验记》，录"大蕃岁次辛巳润二月十五日"事，

署"本寺大德僧日进附口抄"。疑即本诗作者。"大蕃岁次辛巳"即唐贞元十七年（八
〇一）。龙兴寺为敦煌名刹，遗书中记载较多。

宋家娘子

　　诗二首，写在不同的卷子上，都题为宋家娘子作，可证这
位女作家和她的诗，在唐代是很知名的。《全唐诗》第十一函第
十册有郎大家宋氏，不知即其人否？

秦筝怨　伯三八八五

玳瑁秦筝里，声声怨别离。只缘多苦调，欲奏泪还垂。妾意如弦直，
君心学柱移。暂时停不弄，音调早参差。

春寻花柳得情　伯三八一二

美人林里趁鸦儿，银甲花间不觉遗。连忙借问娇鹦鹉，鸟鸟衔将与
阿谁？

补全唐诗拾遗

有三(重民)据敦煌残卷补《全唐诗》的整理工作,曾化过二十多年的心血。按照原来计划,全稿分为三卷:"卷一均有作者姓氏,专补《全唐诗》;卷二均失作者姓氏,凡残诗集依集编次,凡选诗(指单篇的)依诗编次;卷三为敦煌人作品(咏敦煌者如《敦煌廿咏》亦入此卷)。"其中卷一曾以《补全唐诗》为题,发表于《中华文史论丛》一九六三年第三期。卷二、卷三的遗稿,虽已基本就绪,则因他不幸逝世,未能最后定稿。在他生前,曾将其中一部分请王尧同志校阅;有三逝世后,又经舒学同志整理,题为《敦煌唐人诗集残卷》,发表在《文物资料丛刊》第一期(一九七七年)上。最近,我在整理有三辑录的敦煌残卷诗集时,又发现了《补全唐诗》卷一漏编的有作者姓氏的诗,一是李翔的《涉道诗》,据有三生前考定,李翔生活的时代比韩愈稍晚;另一即马云奇被吐蕃俘虏时写的纪行诗,已收入《敦煌唐人诗集残卷》。此外还有原来拟编入《补全唐诗》卷二、卷三的部分已辑录的遗稿,其中有"残诗集"、"单篇"诗,还有"敦煌人作品"。现依照有三生前计划,重新整理,并将发表于《文物资料丛刊》部分亦一并辑入各卷,并改了其中未校出的错字。

按照有三原来计划,本拾遗编次如下:

卷一　残诗集(《补全唐诗》漏编)

李翔《涉道诗》(伯三八六六)廿八首

　　　　马云奇诗集残卷(伯二五五五)十三首
　　卷二　佚名的诗
　　　　残诗集(伯二五五五)五十九首
　　　　王昭君怨诸词人连句(伯二七四八)一首
　　　　谒法门寺真身五十韵(伯三四四五)一首
　　　　无题(斯五五五八)一首
　　卷三　敦煌人作品
　　　　敦煌廿咏并序附一首共二十一首　凡六写本,其原编
　　　　号如下:原卷(伯二七四八)、甲卷(伯三九二九)、乙卷
　　　　(伯二九八三)、丙卷(伯三八七〇)、丁卷(斯六一六
　　　　七)、戊卷(伯二六九〇背)
　　　　咏敦煌诗(伯五〇〇七)三首
　　每种诗题下注明所据卷子号码,有两个写本者,亦一一注明,
连同校记文字,附各诗之后。诗有异文,略作校勘;原有错字,用括
号注出,不清楚的字,用方框表示。但敦煌残卷的诗,钞写多用俗
字,如"躯"作"躯","锁"作"镳",此外还有"总"字常作"惣","闲"字
常作"閒",今即径改,不加注。

　　在整理工作中,借力于舒学同志的《敦煌唐人诗集残卷》整理
稿不少;马蹄疾同志对整理工作提了建设性的意见,并为校读了前
言;初稿写出后,请阴法鲁同志校阅,给我提出了很好的意见,并校
出一些错误的字;《中华文史论丛》编辑同志为此稿发表作了很多
工作,谨一并在此致谢。整理工作中所校录文字,有不当之处,诚望
指正。

　　　　　　　　　　　刘修业记于有三逝世五周年祭
　　　　　　　　　　　　时公元一九八〇年四月十六日
　　此整理稿初次发表时,对伯二五五五卷马云奇诗及佚名诗的考定与

分析,是采用舒学同志的原序,撮要迻录附于诗后。有三生前对这些诗亦有考释,似觉得对这七十二首诗的写作背景及所反映时代特色的考定与分析较为符合实际,故此次编集时,已请本书责任编辑将马云奇及佚名诗后的说明作了修订。

　　　　　　　　　　　　　　　　　刘修业

　　　　　　　　　　　　　一九八三年一月三日又记

卷 一 残诗集

李 翔

《涉道诗》二十八首(伯三八六六)

看缙云山图

谓见仙都二十年,①忽逢图画顿欣然。云岩不似人间世,物象翻疑洞里天。迥压鳌头当海眼,直侵鹏路倚星躔。顶湖纵去无多地,空见霜流百丈泉。

①谓,项疑当作"未"。

百 步 桥

亘险凌虚百步桥,古应从此上干(干)霄。①不辞宛转峰千仞,且喜分明路一条。银汉攀缘知必到,月宫斟酌去非遥。牵牛漫更劳乌鹊,岁岁填河绿顶燋(焦)。

①"古应",项疑当作"故应"。

投 龙 池

虎眼涡盘石窟中,古今俱向此投龙。瀿沦不啻深千丈,胗(胗)盔皆应到九重。洞穴昔闻通地府,风云今得遇灵踪。无因犯世间雷雨,池面连天拔一峰。

顶　湖

万仞峰头凿一湖,更谁来此用功夫。张霞鱲（鱻）是星河鲤,濯火领
多日御乌。往往风波闻下界,时时花雨护仙都。碧莲洞口人偷说,
知似车轮许大无?

石　鹤

白石孤标逸鹤形,古人随类巧安名。岩花落处见朱顶,夜雨来时闻
唳声。辽海未曾重寄语,缑山今更请宽程。若教卫懿如今在,也遣
轩车到此迎。

谢 公 石 樽

康乐云楼迹尚存,竹亭犹仰古洼樽。苔封四面迷山象,露滴中心认
酒痕。岩月旧来曾伴饮,涧泉今咽共谁论。无因访得逃尧客,求取
风瓢挂石门。

童 子 山

童子山形也不孤,势疑高拱从（耸）〔仙〕都。云生石肘如擎峣,月到
岩心似捧壶。岂可绕坛操凤节,争教侍（持）烛秉麟须。①桑田若更成
东海,始肯随师化此躯。

①项云"侍"字似不误,犹"侍酒"、"侍书"之"侍"也。

严尚书重浚横泉井

古甃千寻锁绿苔,老蛟曾遯（遁）此中来。厌聆羽客提锋入,喜见将
军杖（付）节开。玉液洞通甘似醴,金瓶轮下殷如雷。更闻堪疗群生
疾,愿倚崇栏饮一杯。

许真君铁柱

恐老蛟重作患深〔一〕，独埋铁柱至如今。根牢直下蟠江底，势壮长留镇郡心。神鬼每闻趋夜后，风雷不敢犯塘阴。无因更走横泉窟，压断祈精气永沉。

〔一〕首句有误，疑当作"深恐老蛟重作患"。

题麻姑山庙

险翠峨霄压上游，大仙曾向此幽求。云埋三级坛空在，月照千寻水自流。偃盖鹤还清露滴，古池龙睡碧莲秋。桑田未必翻为海，香火何人解继修。

军山前马退石

山亘南丰石亘山，石横山路马登难。非论蹇步须回驾，纵使追风亦解鞍。恐是龙宫通洞府，莫应猿岭建星坛。何因不许超骧辈，踏着连云大麓端。

马明生遇王婉罗

彻骨金疮分已休，谢神妃护到灵丘。供丞（承）洞府知何地，洒扫云房不记秋。金锁玉函虽照耀，宝书真篆敢规（窥）求。龙胎未肯传初学，又逐安期万里游。

登临川仙台观南亭

独倚危栏爱景晴，古松坛殿半阴横。东山有路干云险，汝水无波到底清。归洞斗龙收雨脚，拂檐行雁起秋声。开襟正是忘机处，不觉疏钟遍郡城。

谢梁尊师见访不遇

晓劚（斸）黄精昼未还①，岂知仙老降柴关。一声归鹤唳江口，数片白云遗竹间。怅望有惭劳羽驾，差池不得礼冰颜。秋风独倚书斋立，遥想真晖对暮山。

①项云"劚"字不误，不必改。

魏夫人归大霍山

受锡南归大霍宫，众真同会绛房中。裘披凤锦千花丽，旆绰龙霞八景红。羽帔俨排三洞客，仙歌凝韵九天风。元君未许人先起，更待云璈一曲终。

冯双礼珠弹云璈以答歌

王母词终荐碧桃，答歌仙子奏云璈。调凌空洞音初起，曲丽钧天韵更高。霞断已翔烟际鹤，风生欲抃海心鳌。瑶池侍女争回首，无限琅英坠节毛。①

①项云"无限"当作"无限"，形近而误。

魏夫人受大洞真经

太极仙公降上清，为传三十九章经。先教稽首丞（承）明诏，次遣斋心向洞冥。妙句只令岩下读，真文不许世间听。宝函钿轴披寻遍，始驾龙车谒帝庭。

卫叔卿不宾汉武帝

銮殿仙卿顿紫云，武皇非意欲相臣。便回太华三峰路，不喜咸阳万乘春。涉险漫劳中禁使，投壶多是上清人。犹教度世依方术，莫恋浮荣误尔身。

献龙虎山张天师

东汉天师直下孙,久依科戒住玄门。寰中有位逢皆拜,世上无人见不尊。三洞吏兵潜稽首,六宫魔幻暗销魂。可能授与长生箓,浩劫铭肌敢忘恩。

小有王君别西域总真

从事明真入洞台,便祛秋骨致仙材。绛宫玄圃皆寻遍,龟岫龙洲尽到来。开启玉皇过九奏,教诏金液语千回。谓言得道轻离别,重感师恩泣更哀。

寄题寻真观

见说寻真地势雄,面临湖北倚高峰。奔涛入夏雷声迅,险嶂凌秋黛色浓。坛上步虚频降鹤,洞中投简数惊龙。何劳更访桃源路,水曲云深千万重。

题金泉山谢自然传后

暂谪归天固有程,虚皇还召赴三清。箫歌近向峰头合,羽驾低临洞口迎。自换玉衣朝上帝,岂关金格注生名。门人未得随师去,云外空闻好住声〔一〕。

〔一〕北京图书馆藏敦煌卷子"乃"字七四号《辞娘赞》(伯二九一九号同),是出家的青年辞别父母兄弟的唱辞,如首两句云:"儿欲入山修道去,好住娘。兄弟努力好看娘,好住娘。"谢自然死了,弟子们不能随他去,在离别之际所唱的"好住"声,应该和佛教徒的"好住娘"相类似。大概受戒的青年道徒在离别父母兄弟的时候,也有这一类的"好住"唱辞。

宿西山凌云观

掩映真居不易求，自惊何路到蓬丘。庭心月近石坛古，海面风微山殿秋。控鹤岭高星半隔，伏龙岗转水分流。胡尊纵使如今在，谁继花姑问事由？

秋日过龙兴观墨池

独登仙馆欲从谁？闻者(有)王君旧墨池。苔藓已侵行履迹，洼坳犹是古来规(规)。竹梢声认(识)挥毫日，①殿角阴疑洗砚时。嗽(叹)倚坛边红叶树，霜钟欲尽下山迟。

　①项云"认"字不误，不必改。

寄麻姑山喻供奉

羽客乘风下九天，拨云亲自拣林泉。檐吞海魄迎真气，路绕岩根谒古仙。道豚(通)早为三洞伏，①诗成曾被六宫传。如今万事皆轻弃，只待还丹驻鹤年。

　①项云"豚"应作"胜"，因"胜"字别体作"豚"而误。

览炼师张殷儒诗

石井峰高劈曙云，云开山露见张君。心藏定远握中策，袖贮怀沙江上文。巨壑波翻鲸少敌，老松巢迥鹤难群。无端示我青霞句，吟断秋风到日曛。

西林寺与樵(焦)炼师赋得阶下泉

回廊折漩(旋)绕空阶，暗想翻霜泻峭崖。蕙带客寻经远涧，麻衣僧引到高斋。流分晓月兴难驻，响入清琴韵易谐。时有真官访衰病，每同观听荡幽怀。

舞 凤 石

远见麻姑戏瑞禽,每来教舞此坛心。基离地面三千丈,势倚云根一万寻。烟海日摇双翅影,洞天风散九韶音。自从越叟分明说,便想罗浮直至今。

上面这些诗写在一小册上,线装,仅存五叶,共二十八首。后有残阙,原书叶数、诗数不知多少。总题《涉道诗》,下题撰人李翔姓名。李翔的时代和事迹无所考,这个诗集也不见于著录。所歌咏酬答的都是道山道观,当时道教的天师、尊师、炼师、总真以及供奉和道教史上的著名人物事迹等。这应该是一部现存最古的道徒诗集。

诗中所表现的山名和地名,多在今江西、江苏、浙江三省,主要是在龙虎山、茅山、天台山之间,李翔大概就是这一地区以内的人。他的时代,大概是第九世纪末年或第十世纪初年的人。谢自然是贞元十一年(七九五)十一月十二日卒于梁州西门外金泉山的,韩愈(七六八——八二四)有《谢自然诗》(《昌黎先生集》卷一),李翔有《题谢自然传后》(传为郡守李坚所作),所以李翔时代,疑比韩愈稍晚。①

① 日本《道教研究》第一册刊吴其昱《李翔及其涉道诗》推定李翔为唐高祖九世孙,江王李元祥之后,曾官莆田尉,约于咸通间在世,所据为《新唐书》卷七〇下《宗室世系表》。可备一说。

马云奇

诗十三首(伯二五五五)

怀素师草书歌

怀素才年三十馀,不出湖南学草书。大夸羲献将齐德,功比钟繇也
不如。畴昔阇梨名盖代,隐秀于今墨池在,贺老遥闻怯后生,张巅
(颠)不敢称先辈。一昨江南投亚相,尽日花堂书草障,含毫势若斩
蛟龙,椊(握)管还同断犀象。兴来索笔纵横扫,满坐词人皆道好。一
点三峰巨石悬,长画万岁枯松倒。叫啖(喊)忙忙礼不拘,万字千行
意转殊。紫塞傍窥鸿雁翼,金盘乱撒水精珠。直为功成岁月多,青
草湖中起墨波。醉来只爱山翁酒,书了宁论道士鹅?醒前犹自记华
章,醉后无论绢与墙。眼看笔掉头还掉,只见文狂心不狂。自倚能
书堪入贡,一盏一回捻笔弄,壁上飕飕风雨飞,行间屹屹龙蛇动。在
身文翰两相宜,还如明镜对西施。三秋月滗青江水,二月花开绿树
枝。闻到怀书西入秦,客中相送转相亲;君王必是收狂客,寄语江潭
一路人。

白云歌 予时落殊俗随蕃军望之感此而作

遥望白云出海湾,变成万状须臾间。忽散鸟飞趁不及,唯只清风随
往还。生复灭兮灭复生,将欲凝兮旋已征;因悟悠悠寄寰宇,何须扰
扰徇功名。灭复生兮生复灭,左之盈兮右之缺;从来举事皆尔为,何
不含情自怡悦。殊方节物异长安,盛夏云光也自寒。远戍只将烟正
起,横峰更似雪犹残。白云片片映青山,白云不尽青山尽。展转霏
微度碧空,碧空不见浮云近。渐觉云低驻马看,联绵缥渺拂征鞍。一
不一兮几纷纷,散不散兮何漫漫。东西南北□□驰,上下高低恣所
宜。影碧池冰萤□底,光浮绿树霰凝枝。欲谓白云必从龙,飞来飞
去龙不见;欲谓白云不从龙,乍轻乍重谁能变。一重未过一重摧,一
畔萦岩一畔开。栾巴喙(噀)酒应随去,子晋吹笙定伴来。披襟引袖

遽迎风,欲□吹云置袖中;云飞入袖将为满,袖卷看云依旧空。雷殷
殷兮雨濛濛,成阴润下云之功。倏然云晴销四极,所润宁知白云力。
大贤济世徒自劳,一朝运否谁相忆。不知白云何所以,年年岁岁从
山起;云收未必归石中,石暗翻埋在云里。世人迁变比白云,白云无
心但氤氲。白云生灭比世人,世人有心多苦辛。旋生旋灭何穷已,
有心无心只如此。当须体道有贞素,不用浮荣说非是。望白云,白
云辽乱满空山,高低赋象非情欲,余遂感之心自闲。望白云,白云天
外何悠扬,既悲出塞复入塞,应亦有时还帝乡。

送游大德赴甘州口号 此便代书寄呈将军

支公张掖去何如?异俗多嫌不寄书。数人四海皆兄弟,为报殷勤好
在无。

九日同诸公殊俗之作

一人歌唱数人啼,拭泪相看意转迷。不见书传清(青)海北,只知魂
断陇山西。登高乍似云霄近,寓目仍惊草树低。菊酒何须频劝酌,
自然心醉已如泥。(太常妻曰,一日不斋醉如泥)

俯吐蕃禁门观田判官
赠向将军真言口号[①]

怪来偏得主君怜,料取分明在眼前。说相未应惊燕鸽,看心且爱直
如弦。

　　①项云"俯"当作"附",下夺"近"字,"附近"为接近、靠近之意。

题 周 奉 御

明王道得腹心臣,百万人中独一人。阶下往来三径迹,门前桃李四

时春。

赠邓郎将四弟

把袂相欢意最浓,十年言笑得朋从。怜君节操曾无易,只是青山一树松。

同前已(以)诗代书

故(古)来同病总相怜,不似今人见眼前。且随浮俗贪趋世,肯料寒灰亦重燃。

途中忆儿女之作

发为思乡白,形因泣泪枯;尔曹应有梦,知我断肠无?

至淡河同前之作

念尔兼辞国,缄愁欲渡河;到来河更阔,应为涕流多。

被蕃军中拘系之作

何事逐漂蓬,悠悠过凿空!世穷途运荣(蹇),战苦不成功。泪滴东流水,心遥北翥鸿。可能忠孝节,长遣圂(困)西戎。

诸公破落官蕃中制作

别来心事几悠悠;恨续长波晓夜流。欲知起望相思意,看取山云一段愁。

赠乐使君

知君桃李遍成蹊,故托乔林此处栖。虽然灌木凌云秀,会有寒鸦夜夜啼。

　　以上十三首诗从伯二五五五残卷中录出。第一首下题名马云奇。因为这些诗格调相似,其中有多首咏及被吐蕃拘系之事,故可定为一人作品。这个残卷中还有五十九首佚名诗(已编入第二卷),也是唐代中期我国国内民族战争中被吐蕃拘系的敦煌汉族人所写。这些诗,过去未见著录,《全唐诗》也没有收入。有三生前在巴黎图书馆将这一残卷全文录出,以后又作过整理加工,惜未最后定稿。现据舒学同志的整理稿校对后辑入本卷。

　　马云奇的生平目前虽无资料可查,但从这十三首的内容来看,尤其是从第一首《怀素师草书歌》所写的怀素情况来看,诗的写作时间与卷二那五十九首佚名诗大致相近,即在公元七五八——七八一年吐蕃逐渐侵吞河陇地区,而西州、沙州尚为唐军坚守之时。①

　　①对马云奇诗及卷二无名氏残诗集的作者近年有些学者提出了不同看法。现摘录柴剑虹、潘重规的文章如次,以供参考。

　　　柴剑虹《敦煌伯二五五五卷"马云奇诗"辨》(刊《中华文史论丛》一九八四年第二辑)认为,伯二五五五卷中马云奇的诗只有《怀素师草书歌》一首,其馀十二首与另外五十九首一样,均是一位佚名的落蕃人所作。他指出,该卷第一部分正面抄唐人诗一百五十六首,文两篇,背面抄诗三十二首,应是唐人诗文选集残卷。从抄写情况看,正面显系一人笔迹。那五十九首佚名诗抄写格式稍异,大多数诗题完整,且高出一格抄,内容又紧密衔接,作者自抄的可能性很大。背面所抄,署名马云奇的只有《怀素师草书歌》一首,此诗诗题低两格抄,署名又和诗题空两格,且用大字抄写。《白云歌》等十二首抄于此诗之左,并无署名,而且马上改变了抄写格式,字体也缩小了一倍,诗题顶格。这十二首诗从抄写格式到内容、风格均与马云奇《怀素师草书歌》迥异,却与写卷正面那五十九首佚名诗连贯一气。他将两组诗相比较后,认为有两点值得注意:第一,作者身世相同,诗的内容一致;第二,有些诗句极为相仿,似出一人之手,两组诗可能为同一人所作。他并推测这两组诗的作者,可能即为紧接前五十九首诗抄录刘商《胡笳十八拍》后又自加一拍的"落蕃人毛押牙"。关于马云奇，柴剑虹考证其《怀素师草书歌》应作于大历六年冬至九年春之间。并推测其可能到过河西一带，苏联藏敦煌残卷中有岑参《敦煌马太守后亭歌》，这位马太守是否马云奇，尚有待确定。

潘重规《敦煌唐人陷蕃诗集残卷作者的新探测》(刊一九八五年六月出版的《汉学研究》第三卷第一期)一文，为作者在巴黎国家图书馆东方稿本部披阅敦煌原卷后写成，也认为马云奇是陷蕃诗集作者之一的说法是错误的。潘文指出伯二五五五卷钞写诗文很多，也很杂乱。马云奇《怀素师草书歌》后是没有作者姓名的《白云歌》等诗，前者字体较大，后者较小，并非同一人所书。因此，不可根据前一首诗的作者，便牵连以下没有作者姓名的诗篇归属为同一人作品。潘文进而考察了怀素的生平，考定其生于开元二十五年(七三七)。马云奇诗云："怀素才年三十馀，不出湖南学草书。"可推知此诗作于早年未出湖南时，马的年龄显然超过怀素。敦煌陷蕃在建中二年，其时马云奇应已是六十以上的老翁。但仔细抽绎十二首陷蕃诗及另一组五十九首作品，作者应是盛年的男儿，诗中全没有流露老翁的口吻。因而确定《白云歌》以下十二首不可能是马云奇所作。同时，潘文也推测七十馀首陷蕃诗的作者可能是"落蕃人毛押牙(衙)"。

卷 二 佚名的诗

残诗集（伯二五五五） 五十九首

冬出敦煌郡入退浑国朝发马圈之作

西行过马圈，北望近阳关。回首见城郭，黯然林树间。野烟暝村墅，初日惨寒山。步步针（缄）愁色，迢迢惟梦还。

至墨离海奉怀敦煌知己

朝行傍海涯，暮宿幕为家。千山空皓雪，万里尽黄沙。戎俗途将近，知音道已赊。回瞻云岭外，挥涕独咨嗟。

冬 日 书 情

殊乡寂寞使人悲，异域留连不暇归。万里山河非旧国，一川戎俗是新知。寒天落景光阴促，雪海穹庐物色稀。为客终朝长下泣，谁怜晓夕老容仪。

登山奉怀知己

闲步陟高岗，相思泪数行。阵云横北塞，煞（原作"敓"）气暝南荒。极目愁无限，樵心恨未遑。黯然乡国处，空见路茫茫。

夏中忽见飞雪之作

三冬自北来，九夏未南回，青溪虽郁郁，白雪尚皑皑。海暗山恒暝，愁云雾不开，唯余乡国意，朝夕思难裁（原作"裁"）。

夏（原作"冬"）日野望

出户过河梁，登高试望乡。云随愁处断，川逐思弥长。晚吹低蒹草，遥山落夕阳。徘徊噎不语，空使泪沾裳。

夏日途中即事

何事镇驱驱？驰骤傍海隅。溪边论宿处，涧下指餐厨。万里山河异，千般物色殊。愁来竟不语，马上但长吁。

青海卧疾之作

数日穹庐卧疾时，百方投药力将微。惊魂漫漫迷山际，怯魄悠悠傍海涯。旋知命与浮云合，可叹身同朝露晞。男儿到此须甘分，何假含啼枕上悲！

邂逅遇迍蒙，人情讵见通？昔时曾虎步，即日似禽笼。有命如朝露，无依类断蓬。缅怀知我者，荣辱杳难同。

秋　夜

一夜秋声傍海多，五更寒色早来过。自然羁旅肠堪断，况复猜嫌被网罗。

青海望敦煌之作

西北指流沙，东南路转遐。独悲留海畔，归望阻天涯。九夏呈芳草，三时有雪花。未能刷（原作"刲"）羽去，空此羡城鸦。

首秋闻雁并怀敦煌知己

戎庭节物由来早，倏忽霜秋被寒草。旅雁嗺嗺□□□，羁人夜夜心
如捣。与君离别恨经年，何事音书遂黯然。肠断只今□□□，空知
西北泣云烟。

秋 中 雨 雪

趦趄雨雪下长川，浩荡风波近海□。乡国只今迷所在，音书纵有遣
谁传？

临 水 闻 雁

□来临水吊愁容，忽睹愁容泪满胸。肝胆隳离凡几度，云山阻□况
千重。①心殊语异情难识，东步西驰意不从。羁绁只今肠自断，更闻
哀雁叫嗺嗺。

　　①阙字，项补"隔"。

秋 中 霖 雨

寒雨霖霖竟不停，羁愁寂寂夜何宁？山遥塞阔阻乡国，草白风悲感
客情。西瞻瀚海肠堪断，东望咸秦思转盈。才薄孰知无所用，独嗟
戎俗滞微名。

梦到沙州奉怀殿下

一从沦陷自天涯，数度栖（原作"栖"）惶怨别家。将谓飘零长失路，谁
知运合至流沙。流沙有幸达人主，惟恨无才遇尚赊。日夕恩波沾雨
露，纵横顾盼益光华。光华远近谁不羡，常思刷羽抟风便。忽使三

冬告别离，山河万里诚难见。昨来魂梦傍阳关，省到敦煌奉玉颜。舞席歌楼似登陟，绮筵花柳记跻攀。总缘宿昔承言笑，此夜论心岂暂闲。睡里不知回早晚，觉时只觉泪斑斑。

秋夜望月

皎皎山头月欲低，月厌羁愁睡转迷。忽觉泪流痕尚在，不知梦里向谁啼。

愁眠枕上泪痕多，况复寒更月色过。与君万里难相见，不然一度梦中罗。

秋（原作"夏"）日非所书情

自从去岁别流沙，独恨今秋归望赊。将谓西南穷地角，谁言东北到天涯。山河远近多穹帐，戎俗迢观少物华。六月尚闻飞雪片，三春岂见有烟花。凌晨倏闪奔雷电，薄暮斯须敛霁霞，傍对崇山形屹屹，前临巨壑势呀呀。昨来羁思忧如捣，即日愁肠乱似麻。为客已遭迍否事，不知何计得还家。

忆故人

别君彼此两平安，别后恓惶凡几般。虽然更寄新书去，忆时捻取旧诗看。

一更独坐泪成河，半夜想思愁转多。左右不闻君语笑，纵横只见唱戎歌。

夜度赤岭怀诸知己

山行夜忘寐，拂晓遂登高。回首望知己，思君心郁陶。不闻龙虎啸，但见豺狼号。寒气凝如练，秋风劲似刀。深溪多渌水，断岸饶黄蒿。

驿使□靡歇，人疲马亦劳。独嗟时不利，诗笔虽(原作"唯")然操。更忆
绸缪者，何当慰我曹。

晚次白水古戍见枯骨之作

深山古戍寂无人，崩壁荒丘接鬼邻。意气丹诚□□□，惟馀白骨变
灰尘。汉家封垒徒千所，失守时更历几春。此日羁愁肠自断，□□
到此转悲辛(原作"新")。

晚秋至临蕃被禁之作

一到荒城恨转深，数朝长叹意难任。昔日三军雄镇地，今时百(白)
草遍城阴。隤堬穷巷无人迹，独树孤坟有鸟吟。邂逅流移千里外，
谁念恓(原作"栖")惶一片心。

晚秋登城之作

孤城落日一登临，感激戎庭万里心。乡国云山遮不见，风光惨澹益
愁深。漂流空叹东溪水，倏忽仍嗟西岭阴。留滞只今寒暑变，谁怜
客子独悲吟。

东山日色片光残，西岭云象暝草寒。谷口穹庐遥迤逦，碛边牛马暮
盘珊。目前愁见川原窄，望处心迷兴不宽。乡国未知何所在，路逢
相识问看看。

秋夜闻风水

夜来枕席喧风水，忽坐长叹恨无已，为客愁多在九秋，况复沦流更
千里。

望 敦 煌

数回瞻望敦煌道,千里茫茫尽白草。男儿留滞暂时间,不应便向戎庭老。

晚 秋 羁 情

悄焉独立思畴昔,忽尔伤心泪旋滴。常时游涉事文华,今日羁缧困戎敌。知音好识竟何在,黯然已矣山河隔,吊影惭魂嗟一身,夕往朝朝(来)绝三益。非论邂逅离朋友,抑亦沦流凋羽翮。自怜销瘦衣渐宽,谁念恓惶心转窄。近来殊俗盈衢路,尚见蒿莱遍街陌,屋宇摧残无个存,犹是唐家旧踪迹。城边谷口色苍茫,木落霜飞风析(淅)沥。凌晨煞气半天红,薄暮寒云满山白。羁绁时深情愤怒,漂泊乡遥心感激。不忧懦节向戎夷,只恨更长愁寂寂。

困 中 登 山

戎庭闷且闲,谁复解愁颜。步步或登岭,悠悠时往还。野禽噪河曲,村犬吠林间。西北望君处,踌躇日暝山。

有 恨 久 囚

人易千般去,余嗟独未还。空知泣山月,宁觉鬓苍斑。

冬 夜 非 所

长夜闭荒城,更深恨转盈。星流数道赤,月出半山明。不闻村犬吠,空听虎狼声。愁卧眠虽着,时时梦里惊。

忽有故人相问以诗代书达知己两首

忽闻数子访羁人，问着感言是德邻。与君咫尺不相见，空知日夕泪沾巾。

自闭荒城恨有馀，未知君意复何如？非论阻碍难相见，亦恐猜慊不寄书。

得 信 酬 回

人回忽得信，具委书中情。羁思顿虽豁，忆君心转盈。自怜飘泊者，邂逅闭荒城。欲识肝肠断，更深听叫声。

闻城哭声有作

昨闻河畔哭哀哀，见说分离凡几回。昔别长男居异域，今殇小子瘗泉台，羁愁对此肠堪断，客舍闻之心转摧。漂泊自然无限苦，况复存亡有去来。

除 夜

荒城何独泪潸然，闻说今宵（原作"霄"）是改年。亲故暌携长已矣，幽缧寂寞镇愁煎。更深肠绝谁人念，夜永心伤空自怜。为恨漂零无计力，空知日夕仰穹天。

春宵（原作"霄"）有怀

独坐春宵（原作"霄"）月见高，月下思君心郁陶。踌躇不觉三更尽，空见豺狼数遍号。

久憾缧绁之作

一从命驾赴戎乡,几度躬先亘法梁。吐纳共钦江海注,纵(原作"踪")横竞揖慧风飚。今时有恨同兰艾,即日无辜比冶长。黠虏莫能分玉石,终朝谁念泪沾裳。

非所寄王都护姨夫

敦煌数度访来人,握手千回问懿亲。蓬转已闻过海畔,莎居见说傍河津。戎庭事事皆违意,虏口朝朝计苦辛。缧绁傥逢恩降日,宿心言豁(原作"豁")在他辰。

哭押牙四寂

哀哉存殁苦难量,共恨沦流处异乡。可叹生涯光景促,旋嗟死路夜何长!空令肝胆摧林竹,每使心魂痛渭阳。缧绁时深肠自断,更闻凶变泪沾裳。

□　　□

白日走风沙,黄昏飞雪花。愁云暗□畔,寒色暝天涯。缧绁今将久,归期恨路赊(原作"嗦")。时时眠梦里,往往见还家。

感蘽草初生

羁客绝知闻,急难阻投杖。汩与泉俱流,愁将草齐长。缧绁淹岁年,归期唯梦想。春色纵芳菲,片心终郁怏。

春 日 羁 情

乡山临海岸,别业近天坭。地接龙堆北,川连雁塞西。童年方剃削,

弱冠导群迷。儒释双披(原作"被")玩,声名独见跻。须缘随垦请,今乃
恨暌携。寂寂空愁坐,迟迟落日低。触槐常有志,折槛为无蹊。薄
暮荒城外,依稀闻远鸡。

□　　□

恨到荒城一闭关,乡园阻隔万重山。咫尺音书犹不达,梦魂何处得
归还。

□　　□

愤闷屡纵横,愁深百计生。相思凡几度,慷慨至三更。虏塞饶白刺,
戎乡多紫荆。关山尔许远,魂梦若为行。

晚　秋

戎庭缧绁向穷秋,寒暑更迁岁欲周。斑斑泪下皆成血,片片云来尽
带愁,朝朝心逐东溪水,夜夜魂随西月流。数度栖惶犹未了,一生荣
乐可能休。

天涯地角一何长,雁塞龙堆万里疆。每恨沦流经数载,更嗟缧绁泣
千行。

缧绁戎庭恨有馀,不知君意复何如?一介耻无苏子节,数回羞寄李
陵书。

发为多愁白,心缘久客悲。更遭缧绁事,因此改容仪。

春来渐觉没心情,愁见豺狼夜叫声;君但远听肠应断,况仆羁缧在
此城。

日月千回数,君名万遍呼。睡时应入梦,知我肠断无?

白日欢情少,黄昏愁转多。不知君意里,还解忆人摩?

逢故人之作

故人相见泪龙钟，总为情怀昔日浓。随头尽见新白发，何曾有个旧颜容！

题故人所居

与君昔离别，星岁为三周；今日觌颜色，苍然双鬓秋。茅居枕河浒，耕凿傍山丘。往往登憩径，时时或饭牛。一身尚栖屑，庶身安无忧？相见未言语，唏吁先泪流。

非所夜闻笛

夜闻羌（原作"嗟"）笛吹，愁杂豺狼□。涕泪落如雨，肝肠痛似刀。更深新月落，坐久明星高，感激不遑寐，连宵（原作"霄"）思我曹。

感兴临蕃驯雁

感兹驯雁色苍苍，徘徊顾步貌昂昂。不见衔芦避缯缴，空闻落翮困堤塘。差池为失衡（原作"冲"）阳伴，邂逅飘零虏塞傍。引颈长鸣望云路，何时刷羽接归行。

闺　情

千回万转梦难成，万遍千回梦里惊；总为相思愁不寐，纵然愁寐忽天明。

百度看星月，千回望五更。自知无夜分，乞愿早天明。

　　以上五十九首诗，与卷一所著录的马云奇诗一道钞写在伯二五五五残卷上，按其内容和编次，当是一人所写，可惜这个作者的姓名已不可考知。从诗的内容看来,这个作者很可能是一位身遭吐蕃拘禁的敦煌使臣。这些诗所表现的时间和地点,约在唐代宗大历元年(七六五)凉州陷于吐蕃到德宗建中二年(七八一)敦煌沦陷之间。作者在冬日从敦煌马圈口堰出发,出使吐谷浑,经过墨离海,次年夏到青海,却不幸被拘禁,失去了人身自由;又经过临水,度赤岭,次白水戍,到达被吐蕃占据的临蕃。他所经历的时间,正是吐蕃极盛、河陇沦陷,安西、北庭与中原音讯断绝之时,因此诗中所反映的思想状况,代表了当时西北边塞广大文人士子的心情。同时,这些诗实际上又是当时河陇地区的纪行诗,诗中所描述的边塞地区的自然风貌、游牧地带的典型景物以及被吐蕃攻陷后的边镇守捉的荒凉景象,在别的唐人边塞诗中均不多见,因此,它们无论在历史,或文学史,或民族文化交流的研究上,都有着不可忽视的宝贵价值。①

① 有关伯二五五五残诗卷,可参看柴剑虹《敦煌唐人诗文选集残卷(伯二五五五)补录》,见《文学遗产》一九八三年第四期。

王昭君怨诸词人连句(伯二七四八)一首

掖庭娇幸在蛾眉,争用黄金写艳姿。始言恩宠由君意,谁谓容颜信画师。微躯一自入深宫,春华几度落秋风。君恩不惜便(更)衣处,妾貌应殊画壁中。闻道和亲将我敵(撒),选貌披图遍宫掖。图中容貌既不如,选后君王空悔惜。始知王意本相亲,自恨丹青每误身。昔是宫中薄命妾,今成塞外断肠人。九重恩爱应长谢,万里关山愁远嫁。飞来北地不胜春,月照南庭空度夜。夜中含涕独婵娟,遥念君边与朔边。毳幕不同罗帐日,毡裘非复锦衾年。长安高阙三千里,一望能令一心死。秋来怀抱既不堪,况复南飞雁声起。

谒法门寺真身五十韵(伯三四四五)一首

瞻礼喜成悲，伤着(嗟)不遇师。旷因修囊劫，火寂掩俱尼(尸)。神光分皎皎，雁塔起巍巍。弘愿无偏傥，从后请不疑。人天重敬礼，神鬼悉交驰。入海人难睹，腾波世莫窥。供僧添圣福，称象等毫厘。铁网牵沙岸，金瓯出水湄。轮王欣却得，将帅尽忘疲。震旦国绝大，岐阳地不卑。累朝曾出现，近代盛修持。万遍磨不磷，千回涅不缁。任从将火试，几见陷金锤。皓色岂能并，晶光尽总亏。真身无点瘢(黡)，圭璧有瑕雌(疵)。安福楼前现，天涯海畔知。懿宗亲礼处，军(君)主见同时。截舌还能语，剜精复旧肥。石光呈瑞质，木有宝灯仪。塔主重修建，檀那各舍资。才兴运人力，早已感神祇。一夜风雷吼，五更砂石吹。不劳人力置，自有圣贤为。海得龙王护，药叉将主司。圣灯瞻处有，光相应心祈。鼓乐喧天地，幡花海路歧。秦王偏敬仰，皇后重心慈。礼佛躬亲到，斋僧偏极绥。教坊呈御制，内外奏宫词。马壮金鞍促，人轻玉勒移。到来心跃跃，回首意迟迟。睿旨遥瞻礼，皇情雅合规。只凭香火力，消得国家危。祷祝风(烽)烟息，犹希稼穑滋。金经雕岂易，宝偈显难思。工匠劳心力，宸聪亦手胝。众缘沾士庶，万卷放僧尼。芝草生高垅，醴泉清满池。红霓呈瑞色，白鹤唳嘉奇。真相非生灭，凡情每自欺。茫茫迷旨趣，劫劫拟何之。达即全无体，玄微只在兹。纵饶心稍转，又被业追随。愿智应难满，胜绝宁每期。不言同哽虎，罕遇貈(类)盲龟。像法承衣荫，声光以渐衰。盛筵难际会，逢善莫推辞。学寡惭黄绢，才荒误色丝。感恩频洒泪，泣讽五言诗。

无题(斯五五五八)一首

池台楼观非吾宅，百年还同一宿客；无常忽至即分篱(离)，各自东西

如路陌。唯有冤家不相放,罪福前途相执当;冥官依业断形(刑)名,
遮莫王公及宰相。生醜英雄死论福,贵贩(贱)更无别地狱。天堂不
是选家门,但使回心修作福。君不见阎浮流转暂时间,何须苦欲求
名利;徒劳积业自续(挟)身,随陷三途觅富贵。过去王侯数百千,若
个久住得长年;良贱有生皆有死,一朝命尽总虚然。空来空去皈本
体,直为迷情不开解。贪多畏小不知休,总是阿鼻地狱债。切见愚
痴世上人,金(今)生不惜未来身;朝朝暮暮多愁苦,积宝如山犹许
(诉)贫。唯富唯悋(悭)转更贪,子细寻思几许堪;多求积贮蒙辽(缭)
乱,死去只得一钱含。一去冥冥百不知,忽然与世即分离;万物怨
(宛)然无一分,唯有善恶并相随。一切恩情今隔断,何得哭泣相呼
唤!生死异路当头行,各自归家更觅伴。

卷 三 敦煌人作品

敦煌廿咏 并序〔一〕

仆到三危〔二〕,〔向〕〔三〕逾二〔四〕纪。略观图录,粗览山川,古迹灵奇,莫可究竟,聊申短〔五〕咏,以讽美名云尔矣〔六〕。

一、三危山咏

三危〔七〕镇群望,岫嵶凌穹苍。万古不毛发,四时含雪霜。岩连九陇险,地窜三苗乡。风雨暗溪谷,令人心自伤。

二、白龙堆咏

传道神沙异,喧寒〔也自鸣〕〔八〕。〔势〕疑天鼓〔九〕动,殷似地雷惊。风〔削棱还峻〕,人跻刃不平。更寻〔一〇〕掊井处,时〔见白龙行〕。

三、莫高窟咏〔一一〕

雪岭干青汉,云楼架碧空,重开千佛刹〔一二〕,旁出四天宫。瑞鸟含珠影,灵花吐蕙蕂(丛)。洗心游胜境,从此去尘蒙。

四、贰师泉咏

贤哉李广利,为将讨匈奴。路指〔一三〕三危迥,山连万里枯。抽刀刺石壁,发矢落金乌。志感飞泉涌,能令士马〔甦〕〔一四〕。

五、渥洼池天马咏

渥洼为小海，伊昔献龙媒。花里牵丝去，云间曳练来。腾骧走〔一五〕天阙，灭没下章台。一入重泉底，千金市不回〔一六〕。

六、阳关戍咏

万里通西域，千秋尚有名。平沙迷旧路，智井引前程。马色〔一七〕无人问，晨鸡吏不听。遥瞻废关下，昼夜复谁扃？

七、水精堂咏

阳关临绝漠，中有水精堂。暗碛铺银地，平沙散玉羊。体明同夜月，色净含〔一八〕秋霜。可则弃胡塞〔一九〕，终归还帝乡。

八、玉女泉咏

用（周）人祭滛（瑶）水，黍稷信非馨。西豹追河伯，蛟龙遂隐形。红妆随洛浦，绿鬓逐浮萍。尚有销金冶，何曾玉女灵。

九、瑟瑟咏〔二〇〕

瑟瑟焦山下，悠悠采几年。为珠悬宝髻〔二一〕，作璞间金钿。色入青霄里，光浮黑碛边。世人偏重此，谁念楚材贤。

十、李庙咏

昔时〔二二〕兴圣帝，遗庙在敦煌。叱咤雄千古，英威静一方。牧童歌冢上，狐兔穴坟傍。晋史传韬略，留名播五凉。

十一、贞女台咏〔二三〕

贞女谁家女？孤标坐〔二十四〕此台。青蛾随月转〔二五〕，红粉向花开。二八无人识，千秋已作灰。洁身终不嫁，非为乏良媒。

十二、安城祆咏〔二六〕

版筑安城日，神祠与此兴。一州祈景祚，万类仰休征。蘋藻来（采）无乏，精灵若有凭。更看云祭处，朝夕酒如绳（渑）。

十三、墨池咏

昔人精篆素，尽妙许张芝。草圣雄千古，芳名冠一时。舒笺行鸟迹，研墨染鱼缁。长想临池处，兴来聊咏诗。

十四、半壁树咏

半壁生奇木，盘根到水涯。高柯宠（笼）宿雾，密叶隐朝霞。二月含青翠，三秋带紫花。森森神树下，祈赛不应赊。

十五、三攒草咏

池草三〔二七〕攒别，能芳二月春。渌（绿）苔生〔二八〕水嫩〔二九〕，翠色出泥新〔三〇〕。弄〔三一〕舞餐花蝶，潜惊触钓鳞。芳菲观不厌，留兴待诗人。

十六、贺拔堂咏

英雄传贺拔，割据王〔三二〕敦煌。五郡征般匠，千金造寝堂。绮檐安兽瓦，粉壁架鸿〔三三〕梁。峻宇称无德，何曾有不亡？

十七、望京门咏

郭门望京处,楼上启重闉。水北通西域,桥东路入秦。黄沙吐双
径〔三四〕,白草生〔三五〕三春。不见中华使,翩翩起虏尘。

十八、相似树咏

两树夹招提,三春引影低。叶中微有字,阶下已成蹊。含气同修短,
分条德且齐。不容凡鸟坐,应欲俟□栖。

十九、凿壁井咏

尝闻凿壁井,兹水最为灵。色带三春渌,芳传一味清。玄言称上善,
图录著高名。德重胜铢两,诸流量〔三六〕且轻。

二十、分流泉咏

地涌澄泉美,环城本自奇。一源分异派,两道入汤池。波上青蘋合,
洲前翠柳垂。况逢佳景处,从此遂忘疲。

〔附〕题隐士咏〔三七〕

青溪逐水著渔樵,策杖褰衣屡莓桥。鸟坐春池双影近,人呼幽谷两
声遥。祥烟五色飞仙电,瑞草千蔟(丛)间药苗。河畔曲肱而取饮,嫌
烦且弃树中瓢。

〔一〕以上诗凡六写本,其原编号及校次如下:原卷(伯二七四八)、甲卷(伯三九二
九)、乙卷(伯二九八三)、丙卷(伯三八七〇)。卷末多《题隐士咏》一首,并有"咸通
十二年十一月廿日学生刘文端写记"一行。丁卷(斯六一六七)、戊卷(伯二六九〇)
仅存第一首,不校。甲卷题作"敦煌古迹廿咏",乙卷"廿咏"作"二十咏"。　〔二〕"三
危",甲、乙、丁三卷作"崹山"。　〔三〕原卷无"向"字,依乙、丙、丁三卷补。　〔四〕
"二",甲卷作"三"。　〔五〕"短"下原卷有"见"字,依乙、丙、丁三卷删。　〔六〕乙、

丙、丁二卷无"矣"字。〔七〕"三危",甲、乙、丁三卷作"峗山"。〔八〕原卷残缺处,均用甲、乙、丙、丁四卷补之。凡校补字,均括以〔　〕,如〔也自鸣〕和以下括弧内均是。〔九〕"鼓",甲、乙两卷作"毂"。〔一〇〕"寻",甲卷作"看"。〔一一〕诗题丁卷作"灵岩莫高窟咏"。〔一二〕"刹",原卷作"日",依甲、乙、丙、丁四卷改。〔一三〕"指",甲卷作"至"。〔一四〕"甦"字原阙,据甲、乙两卷补。丙、丁卷"甦"作"苏"。〔一五〕"走"原作"奏",依甲、乙、丙、丁四卷改。〔一六〕"回",乙卷作"还"。〔一七〕"色",甲卷作"素"。〔一八〕"含",丁卷作"合"。〔一九〕"塞"原作"赛",依丙、丁卷改。〔二〇〕诗题丙、丁两卷标作"瑟瑟监咏"。〔二一〕此句甲卷作"为悬宝盖髪"。〔二二〕甲卷有三处异文:第一句"昔时"作"昔日",第二句"遗庙"作"唯庙",第六句"坟榜"作"其榜"。〔二三〕"台",甲卷作"楼"。〔二四〕"坐"原作"作",依甲、丙、丁三卷改。〔二五〕"转",甲、丙两卷作"尽"。〔二六〕甲卷有两处异文,第二句"与此"作"以此",第三句"一州"作"州县"。〔二七〕"三"原作"一",依甲、丙、丁三卷改。〔二八〕"春渌苔生"四字原缺,依甲、丙、丁三卷补。〔二九〕"嫩"原作"懒",依丁卷改。〔三〇〕"新"原作"连",依甲、丙、丁三卷改。〔三一〕"弄",甲、丙、丁三卷作"散"。〔三二〕"王"原作"往",依丙、丁两卷改。〔三三〕"鸿",丙、丁两卷作"虹"。〔三四〕"径",丙、丁两卷作"塅"。〔三五〕"生"原作"空",依甲、丙、丁三卷改。〔三六〕"量"原作"两",依甲、丙、丁三卷改。〔三七〕《题隐士咏》原载丙卷末,兹亦移录附于后。

敦煌(伯五〇〇七)三首

□　□①

万顷平田四畔沙,汉朝城垒属蕃家。歌谣再复归唐国,道舞春风杨柳花。仕女上(尚)□天宝髻,水流依旧种桑麻。雄军往往施鼙鼓,斗将徒劳猃狁令。

①原卷此首诗题作《敦煌》。

寿　昌

会稽碛畔亦疆场,迥出平田筑寿昌。沙幕雾深鸣□雁,草枯犹未及重阳。狐裘上(尚)冷搜红髓,绤葛那堪卧□霜。邹曾不行文墨少,移风徒哭说西王。

仆固天王乾符三年四月廿四日打破伊州……

(此缺数字)录打劫酒泉后却□断(下缺)

为言回鹘倚凶(下缺)

以上诗三首,都作于唐大中二年(公元八四八年)张义潮起义以后。"歌谣再复归唐国",即咏此事。第三首诗题有历史价值。仆固天王殆即北庭回鹘首领仆固俊。此诗应是当时当地人所作,所以称他为"天王"。乾符三年(八七六)打破伊州事,不见史书记载。可惜诗题残缺,诗文仅存六字,以至意义不够明显。这时候,仆固俊受张义潮的指挥,打败了吐蕃不久。这次(八七六)打伊州,想他是受张义潮的命令的。

附　录

敦煌唐人诗集残卷考释

右诗五十九首,抄写在伯二五五五卷,按其内容和编次,当是一个作者的诗集,可惜这个作者的姓名不可考了。这五十九首诗所表现的时间和地点,是在某一年的冬天,作者被吐蕃所俘虏,从敦煌经过阳关的南面进入退浑国界,便折向东南行,第二年夏天到达青海。在青海附近好像停留了一个较短的时期,到了秋天,又经过赤岭、白水被挟到临蕃。在临蕃,大约住了一年多的时间(从第二年秋住到第四年春)。

作者被吐蕃俘虏的年代,是可以根据上述行程作推测的。从敦煌入退浑国,又经赤岭到临蕃,这些地方,正值短时期的被吐蕃侵扰或占据。所以作诗的年代,不应早于公元七六〇年放弃安西四镇以前,也不能晚于七八五年敦煌陷蕃以后。

作者最后所经过和被囚系的地方:赤岭、白水和临蕃,都在陇西郡的鄯城,赤岭一向是唐蕃交界上互市的地方,还立有交界碑。白水是唐兵驻守的地方,叫做绥戎职。可是作者在白水看到的是:"汉家封垒徒千所,失守时更历几春。""今时百草遍城阴,隙埔穷巷无人迹,独树孤坟有鸟吟",则又应该是在鄯城陷蕃的时候。按公元七四一年吐蕃曾攻陷鄯城的振武军,七六三年,陇州全部陷入吐蕃。所以,若作进一步的推求,这些诗颇有可能是七四一——七六三的二十二年间之内或稍前时代的作品。

作者"梦到沙州奉怀殿下"一诗很重要,也很难解。因为在封建时代对所"奉怀"的称"殿下"不应是对将军或主帅的称呼,也不可能是皇帝,难解就在这个地方。考《新唐书》卷八十《太宗诸子列传》和卷二百十六《吐蕃列传》,信安王李祎曾在七二七——九年间,奉诏与"河西陇右"诸军攻吐蕃,拓地至千里,因此,我颇疑猜作者所奉怀的殿下,就是信安王李祎。这一推测如不错,则作者被俘的年代,应该是七二七——七六三年中间。

作者的身世,据《春日羁情》诗说"童身方剃削,弱冠导群迷。儒释双披玩,声名独见跻"。《晚秋羁情》诗又说"悄焉独立思畴昔,忽尔伤心泪旋滴。常时游涉事义华,今日羁缧困戎敌"。可见是一个学通儒释,颇有文华的人,所以能够被来到沙州的这位"殿下""李祎"所赏识,叫他做了僧官或随从官员。但不幸被吐蕃所俘虏。被俘的原因不明白,由于同时被俘的人不少,可能是以地方人民和僧道的代表资格,去与吐蕃军议和,因而被虏的。

作者到了临蕃好久，才知道被囚系的当中有他几个老朋友，只是"咫尺不相见"。也是为了"非论阻碍难相见，亦恐嫌猜不寄书"。还有敦煌的一个押牙四寂，却不幸死在那里了。

作者的思想并不高超，只是哭愁、哭病、思念家乡，几乎在每首诗里都要"断肠"。在这样的情况之下，虽说偶尔流露出了"触槐常有志"的话，但接着就说"折槛为无蹊"，所希望的只是逃跑，或者"缧绁傥逢恩降日"。对朋友则坦直的说出"一介耻无苏子节，数回羞寄李陵书"的话。从这些表现，可以推断作者只是一个软弱文人（或僧人），并没有什么较明显的民族思想和气节。但是就唐代吐蕃史料的缺乏来说，这些诗却有很高的史料价值。

可是，这个诗集为什么又传到敦煌呢？因此，颇疑作者终于脱离了吐蕃的缧绁，回到敦煌。或者是信安王李祎等在恢复了鄯城失地（石堡城）的时候，把他们解放出来。

右诗十三首，格调均相似，除第一首外，又皆咏落蕃事，故可定为一人作品。第一首下题马云奇名。作者殆即马云奇。

马云奇的年代和事迹无考。把第一首《怀素师草书歌》和李白的《草书歌行》（《分类补注李太白诗》卷八）相比较，可以推断他是开元、天宝间人，他的落蕃是在公元七八七年安西、北庭陷蕃以前，而不是在以后。

马云奇的诗格较高，风节亦烈。当他被吐蕃拘系的时候，他时常想到他和敌人的斗争。他惋惜的是"战苦不成功"，所以怀念祖国以外，还常想"可能尽忠节，长遣困西戎"。他的思想和节操似比前一佚名落蕃人高一等。

原载《中华文史论丛》一九八四年第二辑

全唐诗补逸

孙　　望辑录

陈尚君修订

全唐诗补逸

自　序

　　李唐以文学第士,尤重声律,硕儒俊彦,罔不规规斯道,三百年间,诗人千计,腾声飞实,郁郁彬彬,故论诗者必称李唐焉。自昔唐人选集,有殷璠《河岳英灵集》,丹阳进士殷璠撰,分上中下三卷,凡二十四家诗。元结《箧中集》,元结次山编,一卷,凡七人,诗二十四首。高正臣《高氏三宴诗集》三卷,所载皆同人会宴之诗,以一会为一卷,与宴者凡二十一人。芮挺章《国秀集》三卷,芮挺章编,凡九十人,诗二百二十篇。实八十五人,诗二百十一首。令狐楚《御览诗》一卷,一名《唐歌诗》,一名《选进集》,一名《元和御览》,凡三十家,诗二百八十九首。高仲武《中兴间气集》二卷,高仲武编,凡二十六人,诗一百四十首。实存一百二十二首。姚合《极玄集》,姚合编,凡二十一家,诗百首。实存九十九首。诸家,顾拘于朋从,或偏一体,或囿一方。而张为《主客》《主客图》一卷,张为撰,凡八十四家诗。之作,乃更离章摘句,一诗之不获悉窥,罔论详该。宋明稍事搜辑,《英华》《类苑》,《文苑英华》一千卷,宋太平兴国七年,李昉、扈蒙、徐铉、宋白等奉敕编。《唐诗类苑》二百卷,明张之象纂。篇什粗备,然而期分类从,终不见一代一家体要;其散逸秘本,放失集外者,且未能广事搜求,脱漏泰半,后世惜之。逮有清康熙盛朝,朝野右文,裒辑之风特著;翰林院群彦,奉命启芸阁之珍藏,殚精校雠,年馀而成《全唐诗》九百卷,康熙四十四年三月十九日始,四十五年十月初一日书成。都诗四万八千九百首。自唐开国以迄五代,凡有所作,靡不苛索专集,旁稽野史,虽只句莫遗,而后百世钜观,斯克厥成,其有功艺文,不谓大且备乎！然其轶在桑岛,湮于金石,又有非当时诸公所能及者。天明中,_{天明,日本光格天皇年号,共八年,当清乾隆四十六年至五十三年。}日人上毛河世宁,_{即市河宽斋,字子静,号半江,上毛野国人。}曾罗彼邦旧籍,参采《千载佳句》、《文镜秘府》诸书,撰《全唐诗逸》三卷,_{《全唐诗逸》三卷,凡百二十馀家诗,前有淡海竺常序。}虽断篇零章,不无搜玉之功,鲍清溪既刊入《知不足斋丛书》矣。余每展斯帙,深慨彼邦人士治学之勤,乃欲本河氏所作,网罗中土遗佚。匝月之内,先成《全唐诗作者通检》一卷,然后披览群书,逮于金石,竭期年之力,得诗如干首,分为如干卷,名曰《全唐诗补逸》;扬万世之英灵,彰一朝之翰藻,斯亦差堪自慰者矣。至诠次体例,多承旧制;惟诗前小传之馀,略加案语,诗中原注而外,间益校文。其若有官衔可稽、岁月可循者,并前贤题跋、诸家考据之属,胥附篇末,庶几读者得资参证焉。丙子(一九三六)季冬,常熟孙望识。

全唐诗补逸卷一

武则天

武则天,唐高宗李治后。中宗嗣圣元年临朝,七年后自称帝,国号周,改元天授。神龙元年十一月卒于上阳宫。补诗一首。

游 仙 篇①

绛宫珠阙敞仙家,霓裳羽旆自凌霞。碧落晨飘紫芝盖,黄庭夕转彩云车。周旋宇宙殊非远,鸾望蓬壶停翠幰。千龄一日未言〔赊〕(睟),亿岁婴孩谁谓晚?逶迤凤舞时相向,变啭鸾歌引清唱。金浆既取玉杯斟,玉酒还用金膏酿。驻迴游天域,排空〔聊〕憩息。宿志慕三元,翘心祈五色。〔仙〕储本性谅难求,圣迹奇术秘〔玄〕(元)猷。愿〔允〕丹〔诚〕赐灵药,方期久视御隆周。见赵绍祖《金石续钞》卷一

　　按石刻题作《杂言游仙篇》,下署"御制,奉宸大夫臣薛曜书。"

　　赵绍祖《金石续钞》跋尾:"末句云:'方期久视御隆周。'则此诗久视元年作而刻之于石者也。武氏此诗不见于他书,而今古金石家亦未有著于录者,故存之。"

　　又按诗中日,原作⊘;天,原作 兲;圣,原作 ；附注中臣,原作 ，均武后所制新字。

　　① 此诗又见收于武亿《偃师金石遗文记》卷上、乾隆《偃师县志》卷二七武亿撰《金石录》上(此即将前列武亿书收入)、孙星衍《续古文苑》卷四、王昶《金石萃编》卷六

三,另毕沅《中州金石记》亦著录,但未录原文。上列各本,录文稍有出入,校如次:
"骞望",上列四书皆作"写望";"睬"四书皆作"赊",今据改;"相向",武亿录作"相
尚";"聊愍息"之"聊"字,"仙储"之"仙"字,《金石续钞》原缺,据四书补;"本性"之
"性"字,武亿及王昶录本皆缺;"玄猷"之"玄"字,《金石续钞》作"元",武亿录作
"玄",《金石萃编》及《续古文苑》皆注明为庙讳,故据改;"愿允丹诚"之"允"、"诚"
二字,诸本皆缺,惟《续古文苑》不缺,今据补。

宣宗皇帝李忱

　　宣宗皇帝李忱,宪宗第十三子。元和五年生,母曰孝明皇
后郑氏。武宗会昌六年即帝位,其明年改元大中,在位十三年
而卒。补诗一首。

南安夕阳山真寂寺题诗

惟爱禅林秋月空,谁能归去宿龙宫。夜深闻法餐甘露,喜在莲花法
界中。见明樵李陈懋仁撰《泉南杂志》卷上。
　　按陈懋仁,字无功,所著《泉南杂志》录唐人诗若干首,谓"《万首唐人
绝句》中于吾郡及泉州有未收者,余录其诗于左。以备补遗。"又原诗题注
曰:"居邸时遁于此",盖谓李忱曾遁居真寂寺也。又诗末注曰:"见《泉州
府志》。"

钱　镠

　　钱镠字具美,临安人。建国称吴越王,二十五载而卒,年八
十一,谥武肃。补残诗一首。

排衙石诗刻　并序

䎹峦峭拔,凤岭穹□□□□苑右之坢□□□□□之地䎹而

贞松斗华瑶□秀而□直□歌往日□建灵□□□阙院，陈三元
之醮礼，展四□之□□□□□□□□□乃阙□香□□铺□窄
狭求见□□□□□建国之后将阙□□□□□之宫酹□
□□□□□之恩答□□□阙□□□□□开峦□填补□基其功
即出自□行其□阙□□□□□异次□宫门，乃于取上之中
□出两行阙□□□□□门即□仙圣所居，必有祯祥之事，特
现阙□□□□□今即□址巳周，宫庭旋建，聊题讽以阙
□□□□□协哈□钟之首，建此上宫，七言八韵□□□
□□□□王

□□□□□□，□南一剑定长鲸。□□□□□□，□帝匡扶立
正声。□□□□□□，□辉争不伏神明。□□□□□□，□建
瑶坛礼玉京。□□□□□□，□□常爇不曾停。□□□□□□，
□□恒传宝藏经。□□□□□□，□□今为显真灵。□□
□□□□□，□□□来镇上清。见《两浙金石志》。①

　　阮元《两浙金石志》跋："右诗刻在钱唐县凤凰山排衙石上。前刻诗序
十行，行书，径一寸，文多磨灭。序后一行仅存王字，当是武肃系衔。诗则
七言八韵，共九行，十六句，上半截亦阙。按《咸淳临安志》云：'旧传钱武
肃王凿山，见怪石排列两行，如从卫拱立趋向，因名排衙石，及刻诗石
上。'即谓此也，惜其文未载。《十国春秋》云：'武肃暇时，命诸子讽诵诗
赋，或以所制诗赐丞相将史，亦间能书写画墨竹，然不以咕哗废正务。'是
武肃性耽吟咏，此刻可以窥见一斑。其书亦刚劲有法度。"

①见《两浙金石志》卷四。《六艺之一录》卷一一〇收此诗，第二句"□南"作"东南"，
第六句"伏神明"作"仗神明"。

褚遂良

　　褚遂良字登善，亮之子。以谏立武昭仪而贬，显庆四年卒，

年六十三。补诗四首。

辽东侍宴山夜临秋同赋临韵应诏

涿野轩皇阵,丹浦帝尧心。弯弧射封豕,解网纵前禽。凭高御爽节,
流月扬清阴。雾匝长城险,云归渤澥深。翻鸿入层汉,落雁警遥岑。
露条疏更响,凉蝉寂不吟。三韩初静乱,八桂始披襟。商飚泛轻武,
仙涧引衣簪。酒漾投川酥,歌传芳树音。边烽良永□,麾旆辣成林。

春日侍宴望海应诏

从军渡蓬海,万里正苍苍。萦波回地轴,激浪上天潢。夕云类鹏徙,
春涛疑盖张。天吴静无际,金驾俨成行。戈船凌白日,鞭石〔耿〕
(秋)虹梁。电举〔朝〕(潮)宗外,风驱韩貊乡。之罘初播雨,辽碣始分
光。麾城湛卢剑,舞戟少年场。降墾浮天远,棱威征旆扬。同文渐
边服,入塞伫歌倡。①

　①据《翰林学士集》校改。

奉和行经破薛举战地应诏

王功先美化,帝略蕴戎昭。鱼骊友人蒋礼鸿同志谓当作鱼丽,本《左传》。入丹
浦,龙战起鸣条。长剑星光落,高旗月影摇。①昔往摧劲寇,今巡奏
短箫。旌门丽霜景,帐殿含秋飙。□池冰未结,②官渡柳初凋。边烽
夕雾卷,关阵晓云销。鸿名兼辙迹,至圣俯唐尧。睿藻烟霞焕,天声
宫羽调。平分共饮德,率土更闻韶。以上三诗载《武林往哲遗著》。③

　①《翰林学士集》此句缺"摇"字。　②"□池",《翰林学士集》作"□池",上字下半残
存,疑为"河"字。　③以上三诗皆出日本尾张国真福寺藏唐卷子本《翰林学士集》。
此集清末由贵阳陈田携归影刻传世。

湘潭偶题诗

远山酋萃_{友人蒋礼鸿同志谓当作"酱萃"。}翠凝烟，烂漫桐花二月天。游遍九衢灯火夜，归来月挂海棠前。此诗载《槐庐丛书》、《金石录补》卷二十二。①

《槐庐丛书》、《金石录补》按此为褚遂良贬潭州都督时所作。

①《全唐诗续补遗》卷一据《佘山诗话》录此诗，今删去。首句"酋萃"二字，《佘山诗话》正作"酱萃"，与蒋说合。明陈继儒《妮古录》卷一谓宋咸淳中邑令赵必穆于池中得断碑，上刻此诗。首句二字亦作"酱萃"。录此诗后云"馀皆莫辨"。

王　绩 _{或作勋}

王绩字无功，太原祁人。隋末大儒文中子王通之弟。贞观十八年卒，年六十一。补诗一首。

春 旦 直 疏

春夜犹自长，高窗来月明。耿耿不能寐，振衣步前楹。怀抱暂无扰，自觉形神清。遐想太古事，俯察今世情。淳薄何不同，运数之所成。叹息万重隔，已闻晨鸡鸣。回看东南隅，□□□□□。谁知忘机者，寂泊存其精。见《分门纂类唐歌诗》残本第一册《天地山川类》十三页。①

①见五卷本《王无功文集》卷二，第十三句"回看"作"回首"。

荣九思

荣九思，武德间齐王李元吉之记室。诗二句。①（《全唐诗》无荣九思诗）

句

丹青饰成庆，玉帛擅专诸。见《资治通鉴》卷一九一《唐纪七》武德七年六月壬戌
下胡三省注。②

> 《资治通鉴》胡三省注引《实录》云："元吉见秦王有大功，每怀妒害，
> 言论丑恶，潜害日甚。每谓建成曰：'当为大哥手刃之。'建成性颇仁厚，初
> 止之。元吉数言不已，建成后亦许之。元吉因令速发，遂与建成各募壮士，
> 多匿罪人，赏赐之，图行不轨。其记室荣九思为诗以刺之曰：'丹青饰成
> 庆，玉帛擅专诸。'而弗悟也。"

①《郎官石柱题名考》卷五录荣九思生平事迹较详，据以补传如次："九思，京兆人，
望出乐安。父权，隋兵部尚书。九思仕唐，武德间为齐王元吉记室，贞观间任司封郎
中，仕至黄门侍郎、给事中。"　②见《资治通鉴考异》卷九。

陈元光

陈元光字廷炬，光州人。补诗二首并句。

漳州新城秋宴

地险行台壮，天清景幕新。鸿飞青嶂杳，鹭点碧波真。风肃天如水，
霜高月散银。婵娟争泼眼，廉洁正成邻。东涌沧溟玉，西呈翠巘珍。
画船拖素练，朱榭映红云。琥珀杯方酌，鲛绡席未尘。秦箫吹引凤，
邹律奏生春。缥缈纤歌遏，婆娑妙舞神。会知冥漠处，百怪恼精魂。

晓发佛潭桥

朝暾催上道，兔魄欲西沉。去雁长空没，飞花曲径深。事沿桥树往，
诗落海鸥吟。马鬣嘶风耸，龙旂闪电临。峰攒仙掌巧，露重将袍阴。
农唤耕春早，僧迎展拜钦。看看葵日丽，照破艳阳心。以上二诗见沈定

均《漳州府志·艺文志》。

句

参军许天正,是用纪邦勋。按《全唐诗》卷四五许天正《和陈元光平潮寇诗》。题注曰:"元光赠诗云'参军许天正,是用纪邦勋。'天正和之。"

丁　儒

丁儒,固始人,郡别驾。馀不可考。诗二首。(《全唐诗》无丁儒诗)①

归闲诗二十韵

漳北遥开郡,泉南久罢屯。归寻初旅寓,喜作旧乡邻。好鸟鸣檐竹,村黎爱幕臣。土音今听惯,民俗始知淳。烽火无传警,江山已净尘。天开一岁暖,花发四时春。杂卉三冬绿,嘉禾两度新。俚歌声靡曼,秫酒味温醇。锦苑来丹荔,清波出素鳞。芭蕉金剖润,龙眼玉生津。蜜取花间〔露〕(液),柑藏树上珍。醉宜薯蔗沥,睡稳木棉〔茵〕(温)。茉莉香篱落,榕阴浃里闉。雪霜偏避地,风景独推闽。辞国来诸属,于兹缔六亲。追随情语好,问馈〔岁〕(儿)时频。相访朝和夕,浑忘越与秦。功成在炎域,事定有闲身。词赋聊酬和,才名任隐沦。呼童多种植,长是此方人。

冬日到泉郡次九龙江
与诸公唱和〔十三韵〕

迢递千重险,崎岖一路通。山深迷白日,林尽黥苍穹。正值严冬际,浑如春昼中。泉醴开名郡,江清稳卧龙。天涯寒不至,地角气偏融。

橘列丹青树,槿抽锦秀丛。秋馀甘菊艳,岁迫丽春红。麦陇披蓝远,榕庄拔翠雄。减衣游别坞,赤脚走村童。日出喧乌鹊,沙晴落雁鸿。池渐含晚照,岭黛彻寒空。风景无终始,乾坤有异同。但思乡国迥,薄暮起心〔忡〕(冲)。以上二诗见《漳州府志》引《白石丁氏谱》。②

①清刻本《白石丁氏谱》(厦门大学周祖撰影示)载《白石丁氏古谱懿迹记》载丁儒字学道,一字惟贤,光州固始人。高宗麟德二年入闽,赘于诸卫将军曾氏。后历佐陈政、陈元光父子,历军谘祭酒。漳州置郡后,于垂拱间任佐郡承事郎。谢事归,睿宗景云元年卒。　②二诗据清刻《白石丁氏谱》校改。

全唐诗补逸卷二

王 梵 志

王梵志,卫州黎阳人。编诗一卷,计一百十一首。

案《全唐诗》无王梵志诗,生平事迹不可考。《太平广记》所载,神诞不可信。刘复《敦煌掇琐》据巴黎国家图书馆藏二七一八号敦煌卷子录出梵志诗一卷,另以三二六六号残卷校之。今即自刘本录出,而取郑振铎本《梵志诗拾遗》补其缺。(王梵志诗卷子原为三卷,上所云即其首卷,二卷今佚,三卷胡适藏之。郑本《拾遗》,即三卷中一部分。)此外余又见唐释皎然《诗式》及宋陈岩肖《庚溪诗话》引梵志诗各一首,今并录附于后。①

①张锡厚《王梵志诗校辑》卷四云与伯二七一八卷同一系统的敦煌卷子共有十二本。今即据其所录,并参据今人增校意见,作出校记。今人校订意见皆据郭在贻《王梵志诗汇校》。

兄弟须和顺,叔侄莫轻欺。财物同〔箱柜〕,①〔房〕中莫畜私。②

①二字据诸本补。 ②"房"字,据伯三五五八、伯三六五六卷补。"畜",伯二八四二卷作"蓄"。

夜眠须在后,起则每须先。家中勤检校,衣食莫令偏。

兄弟相怜爱,同生莫异居。为人欲得别,①此则是兵奴。

①"人",伯三六五六卷作"若"。

好事须相让,恶事莫相堆。①侣郑校本作"但"。能辨此意,祸去福招来。②

①"堆",伯二八四二卷作"推"。　②"招来",斯三三九三卷作"将来"。

昔日田真〔分〕,①庭荆当即衰。平章却不异,其树复还滋。②

①"分",据伯三五五八卷补。　②"复",伯三七一六、伯三六五六卷作"重"。

孔怀须敬重,同气并连枝。不见恒山鸟,孔子恶闻离。

兄弟宝难得,①他人不可嗔。②侃郑校本作但。寻庄子语,手足断难论。③

①"宝",张锡厚录作"实"。　②"嗔",伯三五五八、斯三三九三卷作"亲"。　③"断",伯三五五八卷作"但"。

尊人相逐出,子莫向前行。识事须相逢,①情知乏礼生。

①"须相逢",伯三六五六、伯二八四二卷作"相逢见"。

尊人共客语,侧立在傍听。莫向前头闹,喧乱作鸦鸣。

主人无床枕,坐旦捉挦郑本作"狗"。狐。①莫学痛才汉,②无事弃他门。③

①"狐",项楚校作"亲"。　②"痛才汉",伯三七一六、伯三六五六、伯三三九三卷作"庸才汉",伯二八四二卷作"用庸汉"。　③"弃他门",伯三六五六卷作"去他门",伯二八四二卷作"寻他朋"。

立身行孝道,有事莫为慝。①行使长无过,②耶娘高枕眠。

①"有事",伯三五五八、伯三七一六卷作"省事"。　②"行使",伯三六五六卷作"但使",伯三七一六卷作"但知",斯三三九三卷作"但能"。

耶娘行不正,不事任依从。①打骂但知默,②无应即是能。

①"不事",伯三七一六、斯三三九三卷作"万事"。　②"默",伯二八四二卷作"恩"。

尊人嗔约束,共语莫江降。①纵有些理,无烦说矩郑校本云似应作短长。②

①"江降",伯三七一六卷作"江绛",伯三六五六卷作"豇䮲",张锡厚疑应作"雍猱"。　②"矩长",伯三七一六卷作"短长"。

有事须相问,平章莫自专。和同相用语,莫取妇儿言。

耶娘年七十,不得远东西,出后倾危起,①元知儿故违。②

①"起",伯三五五八、伯三七一六、斯三三九三卷作"去"。　②"故违",伯三六五六

卷作"固违"。

耶娘绝年迈,不得离傍边。晓夜专看待,①仍须省睡眠。②

①"看待",伯三六五六卷作"看侍"。　②"省睡眠",斯三三九三卷作"更省眠"。

四大乖和起,诸方请疗医。①长病煎汤药,求神觅好师。

①"请",伯三五五八、伯三七一六、伯三六五六卷作"早"。

亲中除父母,兄弟更无过。有莫相轻贱,无时始认他。

主人相屈至,客莫先入门。若是尊人处,临时自杠门。①

①"杠",伯三六五六卷作"打"。

亲家会宾客,在席有尊卑。诸人未下箸,不得在前椅。一本作摛。

亲还同席坐,〔知〕卑莫上头此句原本脱一字,一本作"知卑莫上头"。①忽然
人烘责,②可不众中羞。

①"知",据伯三五五八、伯三七一六、伯三六五六卷补。　②"烘",斯三三九三卷作
"怪",伯三五五八卷作"乖"。

尊人立莫坐,赐坐莫背人。存坐无方便,①席上被人嗔。

①"存坐",伯三六五六卷作"樽坐",张锡厚拟作"蹲坐"。郭祖怡谓"存"为"蹲"省形
存声字。

尊人对客饮,卓立莫东西。①使唤须依命,弓身莫不齐。②

①"卓立",斯三三九三卷作"侧立"。　②"弓身",伯三五五八、伯三六五六、斯四六
六九卷作"躬身"。

尊人与须一本作"酒"。吃,即把莫推辞。性少由方便,圆隔一本作"融"。莫
遣一本作"遗"。知。

尊人同席饮,不问莫多言。纵有文章好,留将馀处宣。

巡来臭多饮,性少自须监。勿使闻狼相,一本作"使勿闻狼狈"。交他诸客
嫌。

坐见人来起,尊亲尽远迎。无论贫与富,一概惣须平。

黄金未是宝,学问胜珠珍。丈夫无伎艺,①虚沾一世人。

①"伎艺",伯三六五六、斯四六六九作"才艺"。

养子莫徒使,先教勤读书。一朝乘驷马,还得似相如。

欲得儿孙孝,无过教及身。一朝千度打,有罪更须嗔。

养儿从少打,①莫道怜不笞。长大欺父母,后回一本作"悔"。定无鱼。一
本作"疑"。

①"少",伯三五五八、伯三七一六、伯三六五六卷作"小"。

男年七十八,一本作"十七八"。莫遣倚街衢。若不行奸盗,相构即榻一本
作"折"蒲。①

①"榻蒲",张锡厚改作"樗蒲"。

有儿欲娶妇,须择大家儿。纵使无姿首,终成有礼仪。①

①"终成",伯三六五六、斯四六六九卷作"终身"。

有女欲嫁娶,不用绝高门。但得身超后,①银财惣莫论。

①"超",戴密微校作"绍"。"后",项楚校作"俊"。

欲得依一本作"于"。身吉,无过作是非。一本作"莫作非"。但知牢闭口,祸
去阿你一本作泥。来。①

①"阿你来",斯二七一〇、斯三三九三、伯四〇九四卷作"阿宁来",伯三五五八、伯
三六五六卷作"自然离"。

饮酒妨生敬,一本作"计"。榻一本作樗。蒲必破家。但看此等色,不久作
穷查。一本作"茶"。

见恶须藏掩,知贤唯赞阳。①但一本作"若"。能依此语,秘密立身方。

①"唯",伯三五五八作"为"。"阳",项楚校作"扬"。

借物莫交索,用了送还他。损失酬高价,求一本作我。嗔得也磨。①

①"也磨",伯三五五八、斯二七一〇、伯四〇九四卷作"也摩",斯四六六九卷作"夜
摩"。

借物索不得,贷钱不肯还。频来论即斗,①过在阿谁边?

①"论即斗",郭祖怡校作"即斗论"。

邻并须来往,借取共交通。急缓相凭仗,人生莫不从。

长幼同欢一本作"钦"。敬,称尊莫不尊。一本作"遵"。①且能行礼乐,乡里

自称人。①
> ①"称尊"，斯四六六九、伯四○九四卷作"知尊"。"莫不遵"，斯四六六九作"莫不从"。

停一本作"庭"。客勿叱狗，对客莫频眉。供给千馀自，①临时请不饥。②
> ①"自"，斯三三九三、斯四六六九卷作"日"。　②"临时"，伯三六五六卷作"临歧"，伯三七一六卷作"临政"。

亲客号不疏，①建唤则须唤。②食食宁且休，只可待他散。
> ①"号不疏"，伯三六五九、斯四六六九卷作"无疏伴"。　②"建唤则须唤"，伯三七一六卷作"来即尽须唤"，伯三五五八、伯三六五六、斯三三九三作"唤即尽须唤"。

为客不呼客，①去必主人嗔。欲得能行事，无过莫避人。
> ①"不"，伯三六五六卷作"莫"。

逢人须敛手，避道莫前荡。一本作"汤"。忽若相冲着，①他强郑本作强。必自伤。
> ①"忽若"，斯三三九三卷作"忽然"。

恶口深乖礼，条中却没文。若能不骂詈，即便是贤人。①
> ①"即便是"，伯三七一六卷作"即是大"，伯三六五六卷作"却便是"。

见贵当须避，知强远利他。①高飞能去纲按当作"网"，岂得值低罗。
> ①"利"，伯三五五八、伯三六五六卷作"离"。

结交须择善，非识一本作谙。莫与心。若知管鲍志，还共不分金。

恶人相远离，善者近相知。纵使天无雨，阴云一本作"云阴"。自润衣。

有德之一本作"人"。心下，无才意即高。但看行滥物，若个是坚郑本作"竖"。牢。

典使频多扰，①从少一本作饶。必莫嗔。但知多与酒，火艾不欺人。②
> ①"典使"，伯三七一六、伯三六五六卷作"典吏"。　②"火艾"，伯三七一六卷作"玟火"，伯四○九四卷作"火艾"，张锡厚谓当作"火艾"。

恶人相触误，郑本作"误"。彼一本作"被"。骂必从饶。喻若蔺中菲，①由如得雨浇。

①"匪"，伯三五五八、伯三七一六、伯三六五五六卷作"韭"。

骂妻早是恶，打妇更无知。索强欺得客，可是丈夫儿。

有势不烦意，①欺他必自危。但看木里火，出则自烧伊。

①"烦意"，伯三七一六卷作"须倚"。

贫亲须拯济，富眷不烦饶。①情知苏蜜味，何用更添高。②

①"烦"，伯三六五五六卷作"须"。　②"高"，伯三五五八、伯三七一六、斯二七一〇卷作"膏"，伯四〇九四卷作"糕"。

有钱莫掣懂，①不得是一本作"事"。奢华。乡里人伫恶，差科必破家。

①"懂"，伯三七一六、伯三六五五六卷作"摧"。

他贫不得笑，他弱不得欺。但看人头数，即须受□□。①

①"但看"二句，伯三六五五六卷作"太公未遇日，犹自独钓鱼"。末句，项录作"即须受逢迎"。

逢迎莫不安，□□欠二爪。①□鱼在肠里，善郑本作喜。恶有千般。②

①"逢迎"二句，伯三七一六卷作"莫不安瓜肉，鱼吞在腹里"。　②"□鱼"二句，斯五七九四卷作"善恶数千般，人心难可知"。

在乡须下意，为客莫高心。相见作先拜，膝下没黄金。①

①"没"，伯三七一六卷作"投"。

贫人莫简弃，有客最须呼。但惠封疮药，何愁不奉珠。

得言请莫说，有语不须传。见事如不见，终身无过愆。

无心莫充保，①无事莫作媒。②虽悉乡人意，③终身无害灾。

①"无心"，伯三六五五六卷作"无亲"。　②"无事"，伯三七一六卷作"无女"。
③"悉"，伯三五五八、伯三六五五六、斯三三九三卷作"失"，斯二七一〇卷作"识"。

双陆智人戏，园棋出专能。①解时终不恶，②久后与仙通。

①"园"，伯三六五五六卷作"围"。　②"时"，斯三三九三卷作"事"。

逢争不须看，见打莫前伪。①损即追友胜，②证能惚不知。

①"伪"，伯三六五五六卷作"为"。　②"损"，伯三七一六、伯三六五五六作"捐"。项楚校作"损"。　③"证能"，伯三五五八、伯三七一六、伯三六五五六、斯二七一〇卷作"能胜"。

立身存笃信,①景行胜将金。在处人携接,谙知无负心。

①"存",斯三三九三卷作"在"。

有恩须报上,得济莫孤恩。但看千里井,谁为重来寻。

知恩须报恩。有恩莫不更。①〔更〕在枯井中,②谁能重来救。

①"更",伯三五五八、伯三七一六、伯三六五六卷作"报"。　②"更"字据伯三五五八卷补。

元得他恩重,①酬偿勿使轻。一餐何所直,感贺百千倾。②

①"元",伯三六五六卷作"先"。　②"百千倾",斯三三九三卷作"百千金",伯三七一六卷作"金百倾",伯三五六卷作"百金倾"。

蒙人惠一恩,终身酬不极。若济荣郑本作桑。下饥,扶论可惜力。①

①"论",伯三七一六卷作"轮"。

得他一束绢,还他一束罗。计时应大重,①直为岁年多。

①"大",斯三三九三卷作"有"。

贷人五䂍米,①送还一硕粟。②算时应有馀,剩者充臼直。

①"䂍",伯三七一六卷作"斗"。　②"硕",伯三五五八、伯四〇九四卷作"石"。

世间难舍割,无过财色深。丈夫须远命,割断暗迷心。

煞生最罪重,①吃肉亦非轻。欲得身长命,无过点续朋。②

①"最罪重",伯三五五八、伯三六五六卷作"罪最重",伯三七一六卷作"罪甚重"。②"朋",伯三七一六卷作"明"。

偷盗须无命,①侵欺罪更多。将他物己用,思量得夜魔。②

①"须",伯三七一六、伯三六五六卷作"虽"。　②"夜魔",伯三七一六卷作"也磨",斯二七一〇卷作"也魔"。

邪淫及妄语,知非惚勿作。但之依道行,①万里无迷错。

①"之",伯三五五八、伯三六五六卷作"知"。

吃肉多病报,知者不须餐。一朝无谏地,①受罪始知难。

①"谏",伯三六五六卷作"间"。

饮酒是痴报,如人落粪坑。情知有不争,①岂合岸头行。②

①"争",伯三五五八、伯三七一六卷作"净"。　②"合",伯三七一六卷作"不"。

造酒罪甚重,酒肉俱不轻。若人不信语,①捡取《日槃经》。②

　　①"语",伯三七一六、斯二七一〇卷作"义"。　②"日",伯三七一六、伯三六五六卷作"涅"。

见泥须避道,莫入污却鞋。①若知已有罪,莫破戒持斋。

　　①"污却鞋",斯二七一〇、斯三三九三卷作"汗脚鞋。"

相交莫嫉妒,相劝莫蛆伫。一日无常去,王前罢手行。①

　　①"罢",项楚校作"摆"。

见病须慈遏,①诸方速疗医。②若能行此行,大是不思议。

　　①"须慈遏",伯三六五六卷作"须慈慜",伯三五五八、斯二七一〇、斯三三九三、伯四〇九四卷作"慈须慜"。　②"速疗",伯三五五八卷作"早为",伯三六五六卷作"速为"。

经记须平直,心中莫侧斜。些些征取利,可可苦他家。

布施生生富,①悭贪世世贫。若人苦悭惜,却却受辛勤。②

　　①"富",斯三三九三卷作"福"。　②"却却",戴密微、项楚校作"劫劫"。

忍辱生端正,多嗔作毒蛇。若人不伫恶,心得上三车。

寻常勤念善,①昼夜受书经。②心里无蛆伫,何愁佛不成。

　　①"善",伯三七一六、斯三三九三卷作"佛"。　②"受",伯三五五八卷作"爱"。

六时长礼忏,日暮广烧香。十斋莫使阙,有力煞三场。①

　　①"三场",伯三六五六卷作"三长"。

持戒须含忍,长斋不得嗔。莫随风火性,参羞悮郑本作"误"。煞人。①

　　①"羞",斯三三九三卷作"差"。

逢师须礼拜,①过道向前行。②莫生多别相,③见过不知南。④

　　①"礼拜",伯三七一六卷作"顶礼"。　②"过",伯三六五六卷作"遇"。"行",伯三七一六、伯三六五六卷作"参"。　③"多别相",伯三六五六卷作"离别想"。项楚校"多"为"分"。　④"知南",伯三七一六、伯三六五六卷作"和南"。伯三五五八卷此句作"相见过不知"。

闻钟身须侧,卧转莫前眠。①万一无常去,免至狱门边。②

　　①"前",伯三六五六卷作"缠"。　②"边",伯三六五六卷作"前"。

师僧来乞食，必莫惜家尝。①布施无边福，来生不少粮。

　　①"尝"，伯三六五六卷作"常"。

家贫从力贷，不得懒乖佣。①但知憨作福，衣食自然丰。

　　①"佣"，伯四〇九四卷作"慵"。

恶事惚须弃，①善事莫相违。知意求妙法，必得见如来。按以上为原卷王梵志诗第一卷。

　　①"弃"，伯三六五六、伯四〇九四卷作"去"。

吾有十亩田，种在南山坡。青松四五树，绿豆两三窠。

热即池中浴，凉便岸上歌。遨游自取足，谁能奈我何？①

　　①以上二首，应合为一首。

我见那汉死，肚里热如火。不是惜那汉，恐畏还到我。

我有一方便，价值百疋练。相打长伏弱，①至死不入县。

　　①"长伏"，原卷作"长取"，张锡厚改为"常服"。

共受虚假身，共禀太虚气。死去虽更生，回来尽不记，以此好寻思，万事淡无味。慰俗不如心，时时一倒醉。

草屋足风尘，床无破毡卧。客来且唤入，地铺稿荐坐。家里元无炭，柳麻且吹火。白酒瓦钵藏，①铛子两脚破。鹿脯三四条，石盐五六课。②看客只宁馨，从你痛笑我。案以上六首录自郑振铎本拾遗。为王梵志诗原卷第三卷，惜不全。

　　①"藏"，项楚校作"盛"。　②"课"，项楚、蒋绍愚校作"颗"。

欺诳得钱君莫羡，得了却是输他便。来生报答甚分明，只是换头不识面。

多置庄田广修宅，四邻买尽犹嫌窄。雕墙竣宇无歇时，几日能为宅中客？

造作庄田犹未已，堂上哭声身已死。哭人尽是分钱人，口哭元来心里喜。

众生头兀兀，常住无明窟。心里为欺谩，口中佯念佛。

世无百年人,强作千年调。①打铁作门限,鬼见拍手笑。

> ①《分门古今类事》卷三引《南史》引此诗,"强"作"拟","年"作"岁","打"作"以",
> "限"作"关"。

劝君休杀命,背面披生嗔。吃他他吃汝,循环作主人。

他人骑大马,我独跨驴子。回顾担柴汉,心下较些子。

家有梵志诗,生死免入狱。不论有益事,且得耳根熟。

白纸书屏风,客来即与读。空饭手捻盐,亦胜设酒肉。案以上八首并载
费衮《梁谿漫志》卷十。　今从《知不足斋》本录出之。①

> 费衮《梁谿漫志》卷十:"山谷以茅季伟事。亲引梵志'翻袜'之句,人
> 喜道之。予尝见梵志数颂,词朴而理到,今于此。其一曰:'欺诳得钱君莫
> 羡。……'又曰:……"
>
> ①以上九首除"他人骑大马"一首外,皆见《云溪友议》卷下。"欺诳得钱君莫羡"一
> 首,《全唐诗续补遗》卷二据《鉴诫录》卷十收录,今删去。异文录如次:二句"得了
> 却"作"究竟还",三句作"不信但看槽上驴",四句"换"作"改"。

梵志翻著袜,人皆道是错。乍可刺你眼,不可隐我脚。①

> ①《全唐诗续补遗》卷二据《诗话总龟后集》四三引山谷语收此诗。文字同,今删去。
> 《林间录》卷下引此诗,"乍可"作"宁可"。

城外土馒头,馅草在城里。一人吃一个,莫嫌没滋味。①以上二首黄庭
坚引梵志诗。

> 　　按以上诸诗,郑振铎辑本并收之。
>
> ①此诗又见《冷斋夜话》卷十、《苕溪渔隐丛话前集》卷五六、《诗话总龟》卷三九引
> 《东坡诗话》、《云卧纪谭》等书。

道　情　诗①

我昔未生时,冥冥无所知。天公强生我,生我复何为?无衣使我寒,
无食使我饥。还你天公我,还未生时。此首唐释皎然《诗式》卷一《跌宕格
二品·骇俗》中引之,郑辑本未收。

> ①《全唐诗续补遗》卷二据《云溪友议》收此诗,今删去。异文录如次:首句作"天公

未生我",三句"强"作"忽",五句"使"作"遣",六句"使"作"令",七句"你"作"尔"。

幸　门 题拟

幸门如鼠穴,也须留一个。若还都塞了,好处却穿破。此首见陈岩肖《庚
溪诗话》卷下。郑辑本亦未收。

陈岩肖《庚溪诗话》卷下:"王梵志诗曰:'幸门如鼠穴,……好处却穿
破。'此言近乎曹相国所谓以狱市为寄也。"

《太平广记》卷八十二引《史遗》:"王梵志,卫州黎阳人也。黎阳城东
十五里,有王德祖,当隋文帝时,家有林檎树,生瘿大如斗。经三年,朽烂,
德祖见之,乃剖其皮,遂见一孩儿抱胎而□。德祖收养之。至七岁,能语,
曰:'谁人育我?复何姓名?'德祖具以实语之,因名林木梵天,①后改曰梵
志。曰:'王家育我,可姓王也。'梵志乃作诗示人,甚有义旨。"

杨慎《升庵诗话》卷四引唐释道世《法苑珠林》:"梵志出家,白首而
归,邻人见之,曰:'昔人尚存乎?'梵志曰:'吾犹昔人,非昔人也。'"按丁
福保《历代诗话续编》亦载之,见第十三册"吾犹昔人"条。

① "因名林木梵天",明钞本《太平广记》作"因曰:'双木曰梵,名曰梵天。'"语意稍
长。

全唐诗补逸卷三

宋之问

宋之问,字延清,虢州弘农人。弱冠知名,尤善五言诗。以附张易之、武三思,配徙钦州,先天元年赐死。补诗五首。

早春泛镜湖

漾舟喜湖广,湖广趣非一。愉目野载芜,清心山更出。孤烟昼藏火,薄暮朝开日。但爱春光迟,不觉舟行疾。归雁空间尽,流莺花际失。远情自此多,景霁风物和。芦人收晚钓,棹女弄春歌。野外寒事少,湖间芳意多。杂花同烂熳,暄柳日逶迤。为客顿逢此,于思奈若何?此诗见《永乐大典》卷二二六七"六模""湖"字"镜湖"条。(二函二十册)

题谢处士山斋

那有唐年客,青山独闭门。云泉一少事,琴史皆忘喧。在浚人犹絷,迁乔友未言。不知幽谷草,何意老王孙?此诗见《永乐大典》卷二五三九"七皆""斋"字"山斋"条。(三函三十册)

过中书元舍人山斋

元侯松子宾,寓此披垣职。移疾多暇豫,孤斋恣闲息。修径接大野,重峦跨南北。具物芬荣时,登攀各可极。林间百鸟变,郊外千花织。

秦岭似云横，周原如黛饰。洛中昔游衍，常闻故园忆。清言尽场圃，
嘉话数耘植。梦想恒载驰，松篁若旧识。酒情忽无限，琴意忻有得。
更阅青溪诗，逾励丹霞食。贵者日已远，幸君惠容色。竭来休颍阳，
任予孤且直。同前见《大典》卷二五三九。

嵩南山九里旧鹊村作

弊庐接箕颍，北望嵩山隅。兹岭雄且秀，彩翠横天衢，家世事灵岳，
岩栖安敢渝。从俗因迹化，归静知心愚，上违先人训，下怜菲薄躯。
自问何功业，谬与贤俊俱。执靮翊龙羽，秉笔游鸿都。尸禄负诸己，
日使田园芜。常恐白云意，溢尽黄埃涂。妙年负恩德，欲去何踟蹰？
明主本尚道，黄屋均蓬壶。饮惠可冥分，归事烧金炉。此诗见《永乐大
典》卷三五八〇"九真""村"字"旧鹊村"条。（五函五十册）

敬和吏部韦郎中庭前朱槿之作

日给当轮满，星郎伏奏旋。犹纡起草思，更有落花篇。气与香衣杂，
光侵画壁然。徒闻赋君子，无以和神仙。此诗见《分门纂类唐歌诗》残本第
六册《草木虫鱼类》卷五。

王　勔

王勔，勃之长兄。补诗一首。

山　名

丽景斜中峤，晴华泛晚春。琴声抽楚雪，歌曲下梁尘。倾盖雕炎远，
班荆密契新。方承绮□暮，烟上洛桥□。见影印本《新编纂图增类群书类要
事林广记》卷七。

崔　融

　　崔融字安成,齐州全节人。为文以华婉典丽称,神龙二年卒,年五十四。补诗二首。(按唐有两崔融。《全唐诗》卷六十八之崔融,武后时人也。卷八百八十七《补遗》六之崔融,则唐末乾宁时吴郡人。今兹所补,盖即武后时崔融之作。)

太平兴龙寺 题拟①

昨度〔匡〕(斤)山下,春莺晓弄稀。今来〔溢〕(盆)水曲,秋雁晚行飞。国有文皇召,人惭谪传归。回行过梵塔,历览遍吴畿。杏树栽时久,莲花刻处微。南溪雨飐飐,东岘日辉辉。瀑溜天童捧,香炉法众围。烟云随道路,莺鹤远骖骓。远上灵仪肃,生公谈柄挥。一兹观佛影,暂欲罢朝衣。此诗见《永乐大典》卷六六九九"十八阳""江"字(七函、六十四册)。

　　按《永乐大典》卷六六九九"九江府"十一"寺院"引《江州志》。"太平兴龙寺在虎溪,本晋东林寺。太元九年桓伊置,法师慧远道场也。"又引《元一统志》:"东林禅寺,《旧志》载在州境,晋武帝太和十年建,唐号太平兴龙寺,最为庐山之古刹,寺有慧远袈裟。"《江州志》又谓寺有刘孝绰、孟浩然、李白、崔融、钱起、裴休、皇甫冉、杜荀鹤及乐天之诗。此诗即自所引录出。

①《吉石庵丛书》影印日本藏古钞陈舜俞《庐山记》卷四收此诗,题作《游东林寺》。首句作"昨度匡山下",第三句作"今来溢水曲",均可订《大典》之误,兹据改。第十五句作"烟霞随道路"。又诗后附跋云:"元和十三年二月二十九日,曾孙朝散大夫使持节江州诸军事江州刺史上柱国清河县开国男赐紫金鱼袋能再刊勒。"

宝　名

□城烟雨霁,□苑物华滋。池连金水白,人契玉山时。珠浦荷如盖,铜街树似帷。琴歌待明月，丹石有深期。此诗见影印本《新编纂图增类群书类要事林广记》卷七。①

①本诗所缺二字，原本较模糊。首句缺字似为"鼎"字，次句缺字，右边为"圭"形，左边已难辨认，疑应为"桂"字。

韦元旦

　　韦元旦字炟，京兆万年人。垂拱中为美原县尉，官终中书舍人。补诗一首。

五言夏日游神泉诗 并序

　　美原县东北隅神泉者，虽无树石森深之致，而有谽险清泠之异。韦子盖尝倦簿领，洗尘冥，爰命丞太原王公、主簿平阳贾公、尉南阳张公，释事以游焉。喟然而叹曰："陵谷之变虽穷，造化之功何检。有穷则适变，无检则忘功。所以物效其奇，事冥其契。"嗟虖！恨不得列之玉槛，漱以琼浆，胜负无私，流俗所忿。徒观其印洁，其味美。起自文明首秋，时则垂拱元夏，隟祥应运，非醴泉欤？不然，何明祈杂逻，降福胗峦，而幽通之若此也。涧形如规，四望若扫，平地可深百许尺，东西延袤七八十尺。下积渊泉，泓渟镜澈，莫测其底，南流出界，虽云汉昭回，而渗漉无竭，则所谓"上善利物，谷神不死"，岂虬龙窟宅、灵仙福祐、怀清仵俊、抱逸寻幽者乎？跻颢气而莹襟情，疏玄流而屏喧浊。忘归淡定，盍赋诗云。

闻有濠梁地，驾言并四美。契冥邀异迹，胜会不延晷。涧响若琴中，泉华疑镜里。形随员月正，制逐规虹起。澡流莹丹心，跂石凉玉趾。近焉将安适？行当润濛氾。此诗见《金石萃编》卷六十一。

　　按诗题下原署"美原县尉韦元旦字炟"，碑刻文字系尹元凯所书。

贾言淑

　　贾言淑，平阳人。武后垂拱间为美原县主簿。诗一首（《全唐诗》无贾言淑诗)。

五言夏日游神泉诗

词人拥高节,狎异寻幽赏。谺险洞深涧,皦镜疑无象。形随澡魄员,气逐非烟上。徙谷萦新溜,分溪疏旧壤。冥功兆□□,效奇灵既往。共漱□□清,超然□□想。见《金石萃编》卷六十一。①

按是刻次韦元旦诗后,原署"主簿贾言淑",书者亦为尹元凯。

①此诗又见孙星衍《续古文苑》卷四,第五句作"形随满魄鼎";第九句所缺二字,下一字作"即";第十一句缺二字之上一字,《金石萃编》存左半边,作"马"形,《续古文苑》作"鸣"。

尹元凯

尹元凯字馘,河间人。初为磁州司仓,坐事免,乃栖迟山林,不求仕进垂三十年。与张说、卢藏用善。征拜右补阙。开元十五年卒于并州司马任。诗一首。(《全唐诗》无尹元凯诗。尹元凯,《旧唐书·文苑传》有传附《阎朝隐传》,《新唐书》入《文艺传》)

五言同韦子斿神泉诗 并序

美原北涧有神泉生焉,裕明子、明台子寻故人韦烜,因斿之。乌戏!泉潭虚融,派流径复,信造化之极、神明之俊也。裕明子乃盥焉,明台子乃漱焉,相视而笑曰:"异哉!岂太平殊感而循化有助耶?则韦子盖文章之雄也。昔持雅兴,谅〔无〕言而不酬云。

桐坂疏抱罍,崑丘落县米。岂如中辅邑,迸泉毓为醴。气融灵兆作,润洽冲务启。月潭信玲珑,霞溜几清泚?潗潗上善用,的的烦虑洗。君子怀淡交,相从涧之底。见《金石萃编》卷六十一。①

　　按此诗并序在韦元旦、贾言淑诗刻之碑阴，诗前署书者之名曰"大唐裕明子书"，题下署诗序作者之名曰"云阳主簿明台子徐彦伯字光"，诗后署诗作者之名曰"裕明子河间尹元凯字械"。望又按史称徐彦伯名洪，以字显，据碑，知实名彦伯而字光也。彦伯于武后垂拱间为云阳主簿，屡迁给事中，预修《三教珠英》，历修文馆学士、工部侍郎、太子宾客而卒。

①序中原缺一字，据《续古文苑》卷四补。

温翁念

　　温翁念字敬祖，太原祁人，温彦博孙。武后垂拱间为左司郎中，后官至太仆少卿。诗一首。（《全唐诗》无温翁念诗）

五言同韦子斿神泉诗

闻君泉壑幽，俯裂频阳趾。及我性情狎，遥轻武陵涘。欲窨明月制，沮漳凉风起。朋来想辟雝，日去疑濛汜。列坐殊满腹，扬清非洗耳。仿佛参石斿，淡焉适真理。见《金石萃编》卷六十一。

　　此诗列尹元凯诗刻之后，署作者之名曰"左司郎中温翁念字敬祖"，书者亦为尹元凯。据《新唐书》卷七十二中《宰相世系表》载翁念为彦博之孙，官太仆少卿。此碑署衔左司郎中，盖武后垂拱间仕历也。

李　鹏

　　李鹏字至远，赵州高邑人，李素立之孙。垂拱间为天官员外郎，迁天官侍郎，知选事，为内史李昭德所衔，因事出为壁州刺史，卒，年四十八。诗一首。（《全唐诗》无李鹏诗。两《唐书》有《李至远传》）

五言同韦子泝神泉诗

昔日鸣弦地,今闻生涧水。灵潜敞政馀,润发雕文始。滴滴流珠散,
淳淳明月止。善利怀若人,淡交挹君子。镜澈无纤翳,天清涤烦滓。
虚㤘神仙台,何由弄风暮? 见《金石萃编》卷六十一。

　　诗刻次温翁念一诗后,署作者之名曰"天官员外郎李鹏字至远",亦
尹元凯所书。碑末纪年曰"垂拱四年龙集戊子四月戊□",盖公元六八八
年也。

光温古

　　光温古,武后长安年间卫州共城县百门陂父老。诗二句。
(《全唐诗》无光温古诗)

句

锦色陈川后,丝雨降桐乡。

　　句见《金石萃编》卷六十五"唐二十五"。按此诗句并下赵不为、王坚、
王铉、成公简、李大宝诸人诗句均刻在《卫州共城县百门陂碑铭》之碑阴,
或乞雨,或喜晴,皆摘取两句,不得见其全为可惜耳。又此诗句前有记事,
略谓长安二年(公元七○二年)夏五月,州符下县祈雨。六月一日先祈社
稷,遍祈山川,其时西北山顶,有云团团而上,雷起岩突,电发墙蕃,须臾
之间,降雨一境。父老光温古上诗贺公曰(句不重录)云云。望按:记事中
所称上诗贺公,公,盖指灵源公,为当地民间所祠神名。

赵不为

　　赵不为,武后、中宗时人。①诗四句。(《全唐诗》无赵不为

诗）

句

调弦敷广惠,济物被深仁。

　　　　句列光温古祈雨诗句后。曰"五囯(月)十乙(日),前南岳斋郎 赵不
为诗曰。(句不重录)"望按:《全唐文》卷四〇一有赵不为文。

又　句

晴晖疑兆梦,甘液类随车。

　　　　句列于此碑碑阴之末,曰:"赵不为《喜晴》诗曰(句不重录)"云云。
　　　　①赵不为,神龙二年(七〇六)登才膺管乐科,见《唐会要》卷七六。《陕西金石志》卷
十二收其开元十七年(七二九)撰《王同人墓志》,署"朝散大夫行考功员外郎赵不
为撰"。《郎官石柱题名》考功员外郎题名有"赵不□",在开元十六年任职的严挺之
后,岑仲勉《郎官石柱题名新考订》疑为赵不疑,但又觉末字似非"疑"字。今按应即
赵不为。

王　坚

　　　　王坚,武后时人。诗二句。(《全唐诗》无王坚诗)

句

良宰多忧悯,虔诚谒庶神。

　　　　句次赵不为祈雨诗句后,旱"七囯(月)廿三乙(日),文林郎王坚诗曰
(句不重录)"云云。

王　铉

　　　　王铉,武后时人。诗二句。(《全唐诗》无王铉诗)

句

雨似随车至,云疑逐盖飞。

　　句次王坚诗句后,曰"文林郎王铉诗曰(句不重录)"云云。按唐有两王铉,《全唐文》卷七九一收王铉文二篇,乃大中时处士,此则长安间人。

成公简

　　成公简,武后时人,武圣县尉。诗二句。(《全唐诗》无成公简诗)

句

随轩感仁惠,应日(原作乙)洒甘滋。

　　句次王铉诗句后,曰"武圣(原作壐)县尉成公简诗曰(句不重录)"云云。

李大宝

　　李大宝,武后时人,成均进士。诗二句。(《全唐诗》无李大宝诗)

句

阳耀求便洒,阴霖请复晴。

　　句次成公简诗句后,曰"成均进士李大宝《贺晴诗》曰(句不重录)"云云。

马友鹿

马友鹿，武后时博城县令。（复出一首）

早春陪敕使麻先生_{慈力}祭岳

久视二年。见《山左金石志》卷十二，亦见《金石萃编》卷五十三。此诗《全唐诗》卷八百八十七补遗卷载之，作者马令，注曰"失名"。今按《山左金石志》署作者曰"行博城县令马友鹿"，则其名固未失也。诗同，不重出，校其异文如下：第三句"鞭挞造神鬼"，"造"，《全唐诗》作"走"。五句"忽下元洲使"，"元洲"，《全唐诗》作"袁州"。六句"来赴紫洞前"，"赴"，《全唐诗》作"游"。八句"白鹤怪时还"，"怪"，《全唐诗》阙；"还"，作"年"。十一句"岩风半山水"，"岩"，《全唐诗》阙。十二句"墟气总云烟"，"墟"，《全唐诗》阙。十三句"虹抱□中日"，《全唐诗》作"光抱升中日"。十六句"宇临绿萝边"，《全唐诗》作"室在绿潭边"。十七句"侵幕灰初暖"，《全唐诗》作"缇幕灰初陵"。二十三句"山对小天下"，《全唐诗》"对"作"疑"。二十四句"圣是会神仙"，"圣"，《全唐诗》作"人"。又按石刻本天作兲、地作坔、年作秊、日作乙、初作𡆥、圣作墾，皆武后所造新字。①

① 《全唐诗续补遗》卷十九据乾隆《泰安县志》卷二一《艺文》收此诗，作者作马麿，今删彼存此，录其重要之异文如下：第五句作"忽下玄洲使"，十七句作"缇幕灰初应"。

全唐诗补逸卷四

张 鷟

　　张鷟字文成,深州陆泽人。补诗一卷,计五十八首。(按张鷟《游仙窟》诗共七十馀首,日本河世宁《全唐诗逸》曾选取十九首。今自《古佚小说丛刊》本《游仙窟》中将河世宁氏所未收者,悉数录出,而以彭泽汪辟疆先生《唐人小说》所载《游仙窟》诗校之)。

赠 崔 十 娘

自隐 多姿则,欺他独自眠。故故将纤手,时时弄小弦。耳闻犹气绝,眼见若为怜。从渠痛不肯,人更别求天。

诗 一 首

敛笑偷残靥,含羞露半唇。一眉犹旦耐,双眼定伤人。

又 一 首

梦中疑是实,觉后忽非真。诚知肠欲断,穷鬼故调人。

又 一 首

未必由诗得,将诗故表怜。闻渠掷入火,定是欲相燃。

又 一 首

心虚不可测,眼细强关情。回身已入抱,不见有娇声。

咏　局

眼似星初转,眉如月欲消。先须捺后脚,然后勒前腰。

诗 一 首

忽然心里爱,不觉眼中怜。未关双眼曲,直是寸心偏。

又 一 首

旧来心使眼,心思眼剩《唐人小说》本作即。传。由心使眼见,眼亦共心
怜。

咏 刀 子

自怜胶漆重,相思意不穷。不惜尖头物,终日在皮中。

诗 一 首

向来知道径,生平不忍欺。但令守行迹,何用数围棋。

又 一 首

千金此处有,一笑待渠为。不望全露齿,请为暂謇眉。

咏破铜熨斗

若冷头面在,生平不熨空。即今虽冷恶,人自觅残铜。

舞　词

从来巡绕四边,忽逢两个神仙。眉上冬天出柳,颊中旱地生莲。千看千处妩媚,万看万处嫮妍。今霄若其不得,剩命过与黄泉。

咏　笔　砚

摧毛任便点,爱色转须磨。所以研难竟,良由水太多。

咏 双 燕 子

双燕子,联联翩翩几万回。《唐人小说》本作联翩几万回。强知人是客,方便恼他来。

咏 酒 杓 子

尾动惟须急,头低则不平。渠今合把爵,深浅任君情。

咏　李

问李树,如何意不同?应来主手里,翻入客怀中。

答十娘射雉

心绪恰相当,谁能护短长。一床无两好,半丑亦何妨。

答十娘咏弓

缩干全不到,抬头则大过。若令脐下入,百放故筹多。

诗 一 首

千看千意密,一见一怜深。但当把手子,寸斩亦甘心。

又 一 首

千思千肠热，一念一心焦。若为求守得，暂借可怜腰。

又 一 首

腰支一遇勒，心中百处伤。但若得口子，馀事不承望。

又 一 首

药草俱尝遍，并悉不相宜。惟须一个物，不道自应知。

又 一 首

积愁肠已斫，悬望眼应穿。今霄莫闭户，梦里向渠边。

别 崔 琼 英

卞和山未斫，羊雍地不耕。自怜无玉子，何日见琼英？

相思枕留赠十娘

南国传椰子，东家赋石榴。聊将代左腕，长夜枕渠头。

益州新样锦留赠五嫂

今留片子信，可以赠佳期。裁为八幅被，时复一相思。

答 张 文 成

　　按以下各诗，《游仙窟》虽谓崔十娘所作，要皆张文成戏墨耳。
面非他舍面，心是自家心。何处关天事，辛苦漫追寻。

又

好是他家好,人非着意人。何须漫相弄,几许费精神。

诗 一 首

怜肠忽欲断,忆眼已先开。渠未相撩拨,娇从何处来?

咏 尺 八

眼多本自令渠爱,口少元来每被侵。无事风声彻他耳,教人气满自填心。

咏 局

勒腰须巧快,捺脚更风流。但令细眼合,人自分输筹。

诗 一 首

眼心非一处,心眼旧分离。直令渠眼见,谁遣报心知。

又 一 首

眼心俱忆念,心眼共追寻。谁家解事眼,副著可怜心。

咏 鞘

数捺皮应缓,频磨快转多。渠今拔出后,空鞘欲如何。

诗 一 首

双眉碎客胆,两眼判君心。谁能用一笑,贱价买千金。

咏破铜熨斗

旧来心肚热,无端强熨他。即今形势冷,谁肯重重字原缺,据《唐人小说》本补。相磨。

诗 一 首

得意似鸳鸯,情乖若吴越。不向君边尽,更知何处歇。

咏鸭头铠子

觜长非为嗍,项曲不由攀。但令脚直上,他自眼双翻。

咏 双 燕 子

双燕子,可可事风流。即令人得伴,更亦不相求。

咏 盏

发初先向口,欲竟渐伸头。从君中道歇,到底郎《唐人小说》本作即。须休。

咏 蜂 子

问蜂子,蜂子太无情。飞来蹈人面,欲似意相轻。

咏 射 雉

大夫巡麦陇,处子习桑间。若非由一箭,谁能为解颜。

咏 弓

平生好须弩,得挽则低头。闻君把提快,再乞五三筹。

诗　一　首

手子从君把,腰支亦任回。人家不中物,渐渐逼他来。

答　文　成

素手曾经捉,纤腰又被将。即今输口子,馀事可平章。

诗　一　首

元来不相识,判自断知闻。天公强多事,今遣若为分。

答文成赠别

凤锦行须赠,龙梭久绝声。自恨无机杼,何日见文成?

报文成双履

双鸟乍失伴,两燕还相属。聊以当儿心,竟日承君足。

报　文　成

他道愁胜死,儿言死胜愁。愁来百处痛,死去一时休。

又

他道愁胜死,儿言死胜愁。日夜悬心忆,知隔几年秋。

咏　筝

案以下各诗《游仙窟》虽谓崔五嫂所作,要亦张文成戏墨而已。

天生素面能留客,发意关情并《唐人小说》本作併。在渠。莫怪向者频声战,良由得伴乍心虚。

诗 一 首

娘子为性好围棋,逢人剧戏不寻思。气欲断绝先挑眼,既得速罢即须迟。

咏 李

李树子,元来不是偏。巧知娘子意,掷果到渠边。

诗 一 首

他家解事在,未肯辄相瞋。径须刚捉著,遮莫造精神。

又 一 首

巧将衣障口,能用被遮身。定知心肯在,方便故邀人。

又 一 首

自隐风流到,人前法用多,计时应拒得,佯作不禁他。

报文成金钗

儿今赠君别,情知复会难。莫言钗意小,可以挂渠冠。

《日本图经》卷二十二《艺文志》:"《游仙窟》一卷,唐张文成。昌平学旧写八行本、容安书院旧写九行本、尾张真福寺旧写六行本刊本,卷首题《游仙窟》,宁州襄乐县尉张文成作,小说家言也。宁州,注云属关内道,在去京三百里西北也。日本人言是书作嵯峨天皇时,果尔,则唐元和间也。陈氏矩得刊本。"

汪辟疆《唐人小说》:"按张文成《游仙窟》一卷,唐时流传日本。书凡数刻,中土向无传本。河世宁曾据之以补《全唐诗》,杨守敬始著录于《日本访书志》。治唐稗者,始稍稍称焉。余旧藏抄本,卷首有'平等阁'及'忠州李士棻随身书卷'二印记。卷尾有'壬午三月借遵义黎氏影写本重校'小字一行,乃知此本为芋仙旧藏。芋仙与莼斋有缟纻之雅。黎氏在日本刻《古逸丛书》,尝以初印李寄李,李累索之,不以为贪。则此本原钞,或即出诸黎氏,未可知也。原钞卷首题'宁州襄乐县尉张文成作'。世因定为唐张鷟所撰。鷟字文成,深州陆泽人。两《唐书》并附见《张荐传》。鷟儿时梦紫文鷾鷟,其祖谓是儿当以文章瑞朝廷,因以为名字。调露初,登进士第,授岐王府参军。八举皆登甲科,大有文誉。调长安尉,迁鸿胪丞。凡四参选,判策为铨府之最。员半千谓人曰:'张子之文,如青钱万选万中。'时目为青钱学士。然性褊躁,不持士行。姚崇甚薄之。开元初,御史李全交劾鷟讪短时政,贬岭南。旋得内徙,入为司门员外郎。卒。鷟下笔敏速,言颇诙谐,大行于时,后进莫不传记。新罗、日本东夷诸番,尤重其文。每遣使入朝,必出重金贝以购其文。惟浮艳少理致,论著亦率诋诮芜秽。(以上摘两《唐书》本传)《大唐新语》亦称鷟后转洛阳尉,故有《咏燕诗》。其末章云:'变石身犹重,衔泥力尚微。从来赴甲第,两起一双飞。'时人无不讽咏云云。今鷟书之传于今者,有《龙筋凤髓判》及《朝野佥载》,而《游仙窟》一卷无传,其目亦不见史志及诸家著录。然据两《唐书》即称日本、新罗争传其文,而《新语》《咏燕》与《龙筋凤髓》之作,浮艳鄙倍,与此篇辞旨正复相同。据此,则《游仙窟》之出于张鷟,当非伪造也。""又按《游仙窟》不传于中国,至日本人推重其书,则自唐以来,迄今弗衰,故文学蒙其影响。其流传日本之年岁可考者,据庆安五年(清顺治九年)刻本,前有文保三年(元延祐六年)文章生英房序,有'嵯峨天皇书卷之中撰得《游仙窟》'之语,日本嵯峨天皇当唐元和、长庆间,则是中唐时此书已流传日本矣。惟日本最古之《万叶集》卷四有大伴家持《赠坂上大娘歌》十五首,辞意多与此书相同,后人评论,如契冲阿阇梨,遂断为出于《游仙窟》。前乎此者,尚在山上忆良《沈痾自哀文》亦引《游仙窟》云:'九泉下人,一钱不值。'山上在圣武天皇天平之世,此文为山上末年之作,正当唐开元二十一年。是此书于开元张鷟尚在之时,即已传至日本,又早于嵯峨天皇八十馀年。此征诸《万叶集》可信者也。窃意张氏此书，当为早年一时兴到之作。当时有无寓意，今不可知。惟日本当赵宋南渡之时，有西行法师传钞之《唐物语》一书，其第九章述及《游仙窟》本事，定为张文成爱慕武则天而作。平康赖《宝物集》卷四亦云：'则天皇后，高宗之后也。遇好色者张文成，得《游仙窟》之文，所谓"可憎病鹊，夜半惊人"，即指当时之事也'云云。日人幸田露伴著《蜗牛庵夜谈》，颇疑此为莲花六郎之传讹。因易之、昌宗姓张，而二人之父为张行成，（按易之、昌宗为张行成之族孙，非其父也。易之父名臧，见两《唐书》。）文成恰有《游仙窟》之文，遂牵合而有此一段传说，固不足深信者也。至其书辞旨浅鄙，文气卑下，了无足取。惟唐人口语，尚赖此略存。"

全唐诗补逸卷五

员半千

员半千字荣期,晋州临汾人。卒玄宗开元间(《旧唐书》谓卒开元二年,《新唐书》则谓卒开元九年),年九十四。补诗一首。

酒　名

帝乡从事隙,薄暮中山开。地域荆南记,人事豫北□。兰英虢虹上,竹叶清风来。云物行可惜,落日顾霞杯。见影印本《新编纂图增类群书类要事林广记》卷七。

间丘均

间丘均,益州成都人。补诗一首。

风　名

玉阶王道泰,金门词藻多。文雄自指引,美景相经过。野气连空谷,春色满长河。方从君子会,终宴且当歌。见影印本《新编纂图增类群书类要事林广记》卷七。

贺知章

　　贺知章字季真,会稽永兴人。证圣初擢进士第,陆象先引为太常博士,累迁秘书监。天宝三载请为道士还乡里,未几卒,年八十六。补诗一首。

董孝子黯复仇

十年心事苦,惟为复恩仇。两意既已尽,碧山吾白头。见鄞县张寿镛刻《四明丛书》第一集中《贺秘监集》。

崔　恂

　　崔恂,郑州人。为赵州长史。诗一首。①(《全唐诗》无崔恂诗)

石　桥　咏

巨川横广路,□涉吟艰危。巧思侔神□,经途变险戏。石梁全架□,铁锁竟何□。昔有鼋鼍异,今看结构奇。□□□□补,似迫□龙移。跨水鳌峰见,凌虚鹏翼垂。宁劳浮柱设,讵假造舟为。代久堤维固,年深砌不隳。□虹常偃蹇,云雁□差池。□物三方会,传名四海□。□镌起化叶,模与跃蛟螭。□蠹平逾砥,下穿圆甚规。□如丹洞出,窗类白岩窥。□鹤临华表,词人访古碑。□燕□□□,郢越亘南驰。□□无濡足,千秋长□□。见《文物参考资料》一九五七年第三期俞同奎作《安济桥补充文献》所附诗刻拓片。②

　　按石刻诗题下原署"赵州长史崔恂"。《新唐书》卷七十二下《宰相世系表》郑州崔氏房有崔恂，杭州刺史清河男。其从叔崔元综，相武后朝，则恂当是中宗、玄宗时人。又此诗刻后有魏州司功参军刘义□《酬崔长史》诗一首，惜已漫漶不可得辨矣。

①《乾道临安志》卷三录《元和姓纂》逸文："崔恂，水部郎中，杭州刺史，郑州人。"

②俞同奎文谓此诗见赵县安济桥下所得石刻，同时另出一石，与诗石大小相同，后半残文尚可辨认，录如次："□元八年九月□□□□□李"于时□□□□崔恂"任深州□史□□□还"此桥过喜其壮丽命"旧诗云□志并七年春"俞文考定"□元八年"应为"开元八年"，所出诗石为崔恂开元七年在赵州时作，次年由深州重经此桥，序而刻石。

裴士淹

裴士淹，开元间尝为司封员外郎，转司勋郎中（据《郎官石柱题名》）。补诗一首。

游石门洞 题拟

溪竹乱花鸟，是月春将暮。登栈过崖畔，空间瞻瀑布。千龄无断绝，百尺恒奔注。高岩进似珠，半壁洒如雾。澹艳水澄澈，欹倾石回护。药房森自闲，苔径育谁遇。天翠落深沼，云华生轻树。班输难效功，严马何能喻？胜迹盖为寡，斯游诚可屡。谢公镌旧词，安得寝章句？

见《永乐大典》卷一三○七四"一送""洞"字"石门洞"条（十四函一百三十四册。）

王　英

王英，天宝间人。诗二首。（《全唐诗》无王英诗）

感 石 浮 图

树福金岩顶，妆严琢石成。真容绘美素，图镂万年荣。

又 一 首

琉珉雕莹美,图真琢玉成。神功呈百福,含聚日光明。轮宝□霄壮,珠璎镂石晶。感□严父志,竭力为先灵。以上二诗见陆增祥辑《八琼室金石补正》卷五十八。

　　《八琼室金石补正》谓"二诗不著撰人名,当是英辈所作"。按二诗附于石经山中台浮图诸刻之后,是刻先列《王晋造石浮图记》,标明天宝十二载十月廿五日建,次列《感怨文》,为王晋子王英所撰,次列《感石浮图》诗二首,末列安禄山题名,曰"御史大夫安禄山供养",惟"安禄山"三字后人恶其名而凿之,然尚可辨识。

崔文邕

　　崔文邕,博陵人。开元中为梓州铜山县尉。诗一首。(《全唐诗》无崔文邕诗)

千秋亭咏 并序

　　此千秋亭者,邕草创也,故得词人刊其不朽,自兹作古,仍勒是诗。客歌郢中,庶有同唱者矣。

饮饯凭何地,依岩辟此亭。玉江摽胜托,石壁效题铭。秋染藤宜紫,春图柳爱青。樽来是离酌,皆为送归情。见石刻拓片。亦见《金石苑》。

　　望按:此诗与《石亭记千秋亭记》合刻一石,记在前,系开元十八年前飞鸟县主簿赵演撰文,诗居后,题曰"《千秋亭咏》并序",下署"朝散郎行梓州铜山县尉博陵崔文邕",诗后有"开元十九年岁次辛未五月五日"一行,当是刻诗年月。碑在四川中江县,友人宁乡程千帆(会昌)以所藏拓片见赠,其末并有近人张巽中跋文一段,略谓此碑出吾蜀中江县獬子店。昔何蝯叟督学来川,曾拓数十纸以归,秘而不宣。康长素亦手藏一拓,不以示人。细玩字里行间,于晋魏六朝之外,独具婀娜风致,宜为道州、南海所宝也"云云。今细读斯记,只称"石亭",不及"千秋"之名,而附诗诗题,则明标"千秋",以是颇疑崔氏始构此亭。原称"石亭",其后乃更名"千秋亭"耳。然则文题作《石亭记千秋亭记》,其"千秋亭记"四字系开元十九年崔氏刻诗时所后加,不然,安有一文而兼勒二题之理耶。又此诗亦见刘喜海《金石苑》,惟"玉江"作"王江"为异。刘氏曰:"诗内玉误王,记误托,未知是否。"今按石碑作玉作托,当以拓片为准。

郭密之

　　郭密之,天宝中诸暨县令。建义津桥,筑放生湖,溉田二千馀顷,民便之。补诗一首。(《两浙金石志》及《青田县志》载郭密之诗二首,其一为《使永嘉经谢公石门山作》,《全唐诗》卷八八七《补遗》六亦收之,无小传,与两书文字多出入,特以校稿附于后。其二为《永嘉怀古》,则《全唐诗》所未收。)

永嘉怀古 题一作《石门山》

永嘉东南尽,□祖《青田志》作"倚棹"。皆可究。帆引沧海风,舟□《青田志》作"沿"。缙云溜。群山何隐磷,万□《青田志》作"物"。更森秀。地气冬转暄一作"暝",暝一作"暄"。氛阴改昼。缅怀谢康乐,□《青田志》作"伊"。一作"凤"。昔兹为寿《青田志》作"守"。逸兴满云林,清词一作"诗"。冠宇宙。尝游石门里,□□《青田志》作"胜践"。宛如旧。峭壁苔藓浓,悬崖一作"岩"。风雨骤。岩隈□《青田志》作"馀"。灌莽,□□《青田志》作"壁畔"。空泉甃。物是人已非,瑶潭凄□□《青田志》作"悽独漱"。

　　案石刻诗前原署"诸暨县令郭密之"七字。

　　附《□使永嘉经谢公石门山作》一首(《全唐诗》题作《永嘉经谢公石门山作》):"绝境(《全唐诗》作"绵境")耳目,未曾(《全唐诗》、《青田志》

并作"尝")旷跻登。一窥石门险,载(《全唐诗》作再)涤心神槽,洞壑闷金涧,欹崖盘(《全唐诗》、《青田志》并作"盘")石楞。阴潭下幂幂,秀岭上层层。千丈瀑流搴(《全唐诗、《青田志》并作"褰"),半溪风雨恒(《全唐诗》作"絚")。兴馀志每惬,心远道自弘(《青田志》作"宏")。乘轺广储佳(《全唐诗》作"峙",《青田志》作"偫"),祇命愧才能。辍棹(《全唐诗》作"櫂")周气象,扪条岑历骞崩。忽如生羽翼,怳若将超(《全唐诗》作"起")腾。谢客今已矣,我来谁与朋?"按诗前署"诸暨县令郭密之"七字。诗末纪"时天宝八载冬仲月勒"九字。《全唐诗》不记年月。

　　阮元《两浙金石志》:"右诗刻二种,在青田县石门洞磨崖。一《题石门山》,诗及前后题款年月凡十一行:一《永嘉怀古》,诗及题款凡八行,俱正书,径寸。嘉庆元年二月,临海令华氏瑞潢过此摹出之。按二诗《全唐诗》未载(望按:《永嘉怀古》《全唐诗》未载,馀一首载在《补遗》卷,阮氏盖未见《补遗》耳)。邑志云:郭密之于天宝中令诸暨,建义津桥,筑放生湖,溉田二千馀顷,民便之。旧志止载后《怀古》诗,题作《石门山》,而无前诗,未见石刻也。"

　　钱大昕《十驾斋养新录》:"郭密之五言诗二篇,皆刻于青田之石门洞崖壁,前人录金石者皆未之及。今芸台中丞《两浙金石记》始著之。诗古淡近选体。石门尚有徐峤、张愿诗刻,皆开元天宝间人。崖石镵损,唯姓名仅存,诗句莫能辨识矣。"

　　王尚赓云舫跋:"右石门山唐郭密之诗刻拓本,乃余友芝庭以赠嘉兴李金澜先生者,先生最为珍秘。如阮宫保《两浙金石志》亦载此诗刻。其《永嘉怀古》诗计缺一十有一字,此拓仅缺二字。又前诗"偫",《两浙金石志》作"仕",后诗"棹"作"祖"、"守"作"寿"、"宛"作"定",又《郡志》"伊"作"夙"、"词"作"诗"、"崖"作"岩",此拓一一明显,俱为核正,可不谓善本乎?"

　　雷铣《重修青田县志》:案前诗八行,行十三字,末行九字。同治壬戌兵燹后石角斜泐,仅存八十四字。第二行"敫"字。《金石志》误作"歌"。后诗六行,行十七字,末行十五字,尚完好。

赞宁《宋高僧传》卷十七《唐越州焦山大历寺神邕传》："天宝中，本邑郭密之请居法乐寺西坊"云云。

冯煦《三修诸暨县志》：义津桥，在县南二里。放生湖，在安俗乡，县东北二里。"

权　澈

权澈，天宝间人，为朝议大夫高平郡别驾。①补诗一首。

琵琶泓石壁诗刻

按《山西通志》《山右金石记》卷九著录《琵琶泓石壁诗刻》，谓"诗七古一首，见《凤台县志》"。检《全唐诗》无考卷有权澈五言《题沈黎城》一首。此七古《琵琶泓诗》，盖未收。

咨予白发年，始佐丹水曲。夙愿解尘组，幸兹洗烦欲。琵琶翠泓湛且清，屏风画壁势相迎。柽柏飕飗杂风雨，龟龙睗睒游虚明。北行七里有灵迹，潭中圣字看历历。一符君德应明时，一契吾真誓幽适。由来此泓□□传，今夕睹之信可怜。夷犹顿使宦积薄，日暮濯缨心浩然。见乾隆四十八年官刊本《凤台县志》卷十七。②

《凤台县志》(姚学甲等纂修)卷十九《辑录部》谓："唐清风壁诗序石刻在琵琶泓，朝议大夫高平郡别驾权澈词，钱塘县尉琅琊王纾书，天宝五载夏五月二十日。从末行逆读自序，其秉宪被谴，来佐丹曲，访兹胜游，诗字俱佳。考天宝五载、元宗丙戌。权澈名，新旧《唐书》俱不载。权氏，《宰相世系表》及姓族诸书并无其人，或非天水一族也。郡人王纾，想以琅琊地望而系之。"

①独孤及《毗陵集》卷八有《唐故朝议大夫高平郡别驾权公(彻)神道碑铭》，"彻"为"澈"之误。　②此诗又见胡聘之《山右石刻丛编》卷七，诗题作《琵琶泓作并序》。诗前有序，录如次："予顷尝秉宪，负谴而迁，才散数奇，屡移邦国。爰初至止，即闻有

兹胜,迨今一游,果觏殊绝。澄湾纳溜,激射成雷,峭壁回景,周流如画,嘉木潜鳞,又不可名也。北去七里复有石潭焉,潭中有圣字,了了可睹,峰峦相属,宛似屏障。闲行其中,潜洞幽窟,信为灵异。予超然有独往之意,而赋是诗。"诗中有二处稍异。第六句"相迎"作"相适",疑误。第十五句"宦积"作"宣清",疑原应作"宦情"。

孟浩然

　　孟浩然,襄阳人。开元二十八年卒,年五十二。(复出一首)

送张舍人往江东

　　此诗见韦庄《又玄集》卷上。案《全唐诗》卷一七五作李白诗,题曰《送张舍人之江东》,诗同,不重录。惟第二句"正在秋风时",《全唐诗》"在"字作"值",三句"天晴一雁远","晴"字作"清"为异耳。[1]

[1]《文苑英华》卷二六九、《唐文粹》卷十五、影宋本《李太白文集》卷十四皆收此诗为李白作。

韦应物

　　韦应物,京兆长安人。生开元二十五年。少以三卫郎事明皇。乾元间为太学生,始折节读书。永泰中为洛阳丞。大历间历仕京兆府功曹参军。十四年,自鄠县令制除栎阳令,以疾辞不就。建中中拜尚书比部员外郎,出为滁州刺史。调江州。追赴阙,改左司郎中,复出为苏州刺史。约卒于贞元九年,其诗闲澹简远,人比之陶潜,称陶韦云。补诗一首。

易　言

长风如刀剪枯叶,大河似箭浮轻舟。投石入水岂有碍,走丸下坂安得留。见影印本《新编纂图增类群书类要事林广记》卷七。按《全唐诗》卷一九五收韦应物《易言》一首,与此诗全异。

卢　嵩

卢嵩,韦应物同时人。(《全唐诗》无卢嵩诗)

句

岁晏以为期。《韦江州集》卷五有韦应物作《酬卢嵩秋夜见寄五韵》,诗末原注曰:"卢诗云岁晏以为期之句。"按卢诗不传,此虽只句,亦弥足珍。

李　揆

李揆字端卿,陇西成纪人。开元末举进士,补陈留尉,擢右拾遗,累迁中书舍人。乾元初,兼礼部侍郎,转中书侍郎,以构求吕𬤝过,贬莱州长史,量移歙州刺史。又为元载所恶,萍寄诸州凡十五六年。载诛,除睦州刺史,入拜国子祭酒、礼部尚书。兴元元年卒,年七十四。(《全唐诗》无李揆诗)

句

兔相践蓬阁,卧痾淮海滨。偶逢潘川守,宛是洛阳亲。①

① "洛阳",《四部丛刊》影明本、中华上编本《唐诗纪事》皆作"潘阳"。

又　句

共仰新侯伯,同瞻旧宰臣。

又　句

乡路辕思北，家林巷喜雨。以上各句见《四部丛刊》本《唐诗纪事》卷二十八，注云："出《江邻几杂志》。"

　　《唐诗纪事》卷二十八《李揆》条云："揆与饶州刺史封渐仲容叔霁连句，揆笔力遒媚。"

杨泰师

　　杨泰师，唐时渤海国（今吉林、辽宁省部分地域）人。渤海文王大兴二十二年（唐肃宗乾元二年）为聘日副大使。诗二首。（《全唐诗》无杨泰师诗）

夜听捣衣诗

霜天月照夜河明，客子思归别有情。厌坐长宵愁欲死，忽闻邻女捣衣声。声来断续因风至，夜久星低无暂止。自从别国不相闻，今在他乡听相似。不知彩杵重将轻，不悉青砧一作"碪"平不平。遥怜体弱多香汗，预识更深劳玉腕。为当欲救客衣单，为复先愁闺阁寒。虽忘容仪难可问，不知遥意怨无端。寄异土兮无新识，想同心兮长叹息。此时独自闺中闻，此夜谁知明眸缩。忆忆兮心已悬，重闻一作"闭"兮不可穿。即将因梦寻声去，只为愁多不得眠。诗见金毓黻撰集《渤海国志长编》卷十八引《经国集》十三。

奉和纪朝臣公咏雪诗

昨夜龙云一作"楼"上，今朝鹤雪新。只一作"怪"看花发树，不听鸟惊春。回影疑神女，高歌似郢人。幽兰难可继，更欲效而颦。同前引《经国集》十三。

　　按《续日本纪》云："宝字三年正月,大保藤原惠美朝臣押胜宴蕃客于田村第,当代文士赋诗送别,副使杨泰师作诗和之。"宝字,系日本淳仁天皇年号,即天平宝字。天平宝字三年,当唐肃宗乾元二年,渤海文王大兴二十二年。

独孤及

　　独孤及字至之,洛阳人。大历十二年卒,年五十三。补诗二首。

诗　一　首

簿领日盈机,知君傲烦嚣。饮和自忘渴,况以初筵招。道契迹自亲,谁为列宿遥。①何用结同心,绿琴复长瓢。日月若走马,炎凉催斗杓。一年解颐笑,②几日如今宵。奉君千金寿,莫使岁寒凋。案此诗载《全唐文》卷三百八十七独孤及《冬夜裴员外薛侍御置酒宴集序》一文中。

　　①谁为,《文苑英华》卷七一〇引此序作"谁谓"。　②解颐笑,《文苑英华》作"解大笑"。

又　一　首

上天垂光兮熙予以青春,今日何日兮共此良辰。与君觥浊酒而藉落英兮,①如年华之相亲。②蹇淹留以醉止。孰云含意而未申。案此诗载《全唐文》卷三百八十七独孤及《仲春裴胄先宅宴集联句赋诗序》一文中。

　　①"觥浊酒",《唐文粹》卷九六引此序作"觵浊醪"。　②"如年华之相亲",《唐文粹》作"不知年华之相亲"。

马　珦

　　马珦,代宗时人。与元结善,为武昌令。残诗一首。(《全

唐诗》无马珣诗）

石 门 歌

左一石，右一石，石门中有□□客。□岫□，悬崖裂，□江□□□剑
阙。□□□□□□，石门宷尊□□□。外□□□□，□□□□□□。
见《武昌志》及《湖北金石志》。已残缺不可读，惜哉。

　　《武昌志》（《湖北金石志》同）："案马绍基云：是刻滨临大江，字迹漫
漶，前后仅存二十八字，幸题与姓名尚完好。今又啮去数字矣。"

　　《明一统志》："石门山在武昌县东五里，两门对峙如门。唐武昌令马
珣与元结游，石刻尚存。"

　　《舆地碑目》："唐令君马珣石门石刻在石门。郭详正诗：'双崖屹然起，
劖薜认题识。'"

　　陈诗《湖北金石存佚考》云："无年号，在武昌县北，滨江。"

　　案清严观有《马珣石门题名诗》曰："石门开左右，一剑自中分。何人
施妙法，千载创奇闻。良吏多幽思，诗题亦出群。登山寻古迹，迭石意何
殷。江上发清啸，厓前结翠云。至今樊口上，谁不爱清芬。我亦来访古，心
事何纷纷。忆到宷尊石，题名定有君。"

全唐诗补逸卷六

常 衮

常衮,京兆人。建中四年卒于福建观察使任,年五十五。补诗二首。

送薛县丞还家

之子一为别,秋霜万里心。野花山路冷,明月柳边阴。聚首情犹浅,垂鞭意更深。望君自珍重,幽赏托瑶琴。

赴京旅次感怀

万里云烟绕画楼,客居无事转深愁。秋风翠阁看初动,玉露金茎望欲流。廿载承恩谁报主,一生僚属且封侯。明朝努力长安道,不为晴川恋旧游。以上二诗见沁泉山馆郭柏苍校刊本《唐制诏集》。

徐 源

徐源字太初,高平人。诗一首。(《全唐诗》无徐源诗)

题 灵 泉 寺

竹园无外事,秘殿夕阴生。云起灵峰隐,风来宝铎鸣。焚香流玉户,听鸟度金楹。静心归正法,方此谢尘缨。见武虚谷《安阳县金石录》。

诗下原题"高平徐源字太初"七字。又纪"皇唐八叶大历六年岁次辛亥夏四月旬有五日"十九字。

徐 淮①

徐淮字黄河,东海人。诗一首。(《全唐诗》无徐淮诗)

题 灵 泉 寺

梵宇栖真所,寥寥世事稀。老僧〔披〕(被)百纳,童子学三归。宝刹临香地,星宫隐翠微。谁怜漂泊者,于此遂忘机。亦见《安阳县金石录》。

按此诗与徐源诗刻一石,诗下原题"东海徐淮字黄河"七字。

①徐淮,原作"徐涵",从《文物》一九八六年第三期灵泉寺石刻拓片改。四诗亦据改数字

程 序

程序字士伦,广平人。诗一首。(《全唐诗》无程序诗)

题 灵 泉 寺

烟景〔昼〕(尽)冥冥,楼台隐翠屏。猨攀太子树,鸟听《法王经》。悟理心无著,求缘塔有灵。回车犹未远,日暮数峰青。亦见《安阳县金石录》。

按此诗与徐源、徐淮诗刻一石,诗下原题"广平程序字〔士〕(古)伦"七字。

徐 泳

徐泳字太和,高平人。诗一首。(《全唐诗》无徐泳诗)

题 灵 泉 寺

物外经行处,云峰断复连。散花飞讲席,轻翠澹炉烟。稽首求真偈,
观空〔息〕(悉)众缘。有时闻法鼓,应是会诸天。见《安阳县金石录》。

　　按此诗与徐源、徐淮、程序诗刻于一石,诗下原题"高平徐泳字太和"
七字。又以上四诗皆正书,"皇唐八枼大历六年岁次辛亥夏四月旬有五
日"立在善应山。

　　武虚谷《安阳县金石录》卷四:"案诗共刻一石,音律最详雅,《全唐
诗》未及采录,宜以此补之。前题'皇唐八枼',自高祖至代宗数之,删殇帝
不书也。叶避太宗讳,作枼,易中世字为云。"

包　佶

　　包佶字幼正,包融之子。登天宝六载杨护榜进士第,累官
至秘书监。与刘长卿、窦叔向善。补诗一首。

翻 经 台

野蔓高台下,前朝记不诬。金文翻古偈,汉字变胡书。彩线风飘断,
缃缥火烬馀。破云开白日,穿水照芙蕖。科斗频更改,庵园几遍锄。
真门兼逸韵,两欲慕相如。见《永乐大典》卷二六〇三"七皆""台"字"翻经台"条
(三函三十册)。复见同书卷六六九九"十八阳""江"字(七函六十四册)。[①]
①见《吉石庵丛书》影印日本存古抄本北宋陈舜俞《庐山记》卷四。

皇甫冉

　　皇甫冉字茂政,安定人,避地寓居丹阳。天宝十五载卢庚
榜进士。大历二年卒,年五十四(据独孤及撰《唐故左补阙安定

皇甫公集序》）。补诗一首。（复出一首）

金　　山

中江一柱碧崚嶒，壁立千寻我独登。梵呗波随招过客，钟声船载送归僧。窗前白上浪三尺，岭上青堆云几层。六代风流衰歇尽，凭栏感喟意难胜。见丹徒陶绍莱辑《润州唐人集》卷七，云："见净谈《金山志》及缪潜《新志》。"

送 韩 司 直

　　见宋赵师秀《众妙集》，并见宋周弼《唐三体诗》卷六。按《全唐诗》卷一百八十四作刘长卿诗，诗同，校其异文如下：首句"游吴还适越"，"适"，《全唐诗》作"入"。五句"山明残雪在"，"山"，《全唐诗》作"岸"。七句"季子留遗庙"，《全诗》作"季子杨柳庙"。又《唐三体诗》本元释圆至于此句下注曰："皇览《冢墓记》：季子冢在毗陵县暨阳乡，至今吏唐民祀事。"①
① 唐姚合《极玄集》、宋计有功《唐诗纪事》卷二七均作皇甫冉诗，《文苑英华》卷二七二作皇甫曾诗，《四部丛刊》影明正德本《刘随州文集》卷三则作刘诗。似亦皇甫冉所作为是。

皇甫曾

　　皇甫曾字孝常，冉母弟也。（复出一首）

送 人 诗

　　见《学海类编》唐贾岛撰《二南密旨》，题曰皇甫曾《送人诗》，亦见宋周弼《唐三体诗》卷六，题曰《途中送权曙》，皇甫曾作。按唐姚合《极玄集》卷下选此诗，作皇甫冉诗，题曰《途中送权二兄》。《全唐诗》卷二百四十九作皇甫冉诗，题曰《途中送权三兄弟》。又卷二百九十六作张南史诗，题曰

《西陵怀灵一上人兼寄朱放》,诗同。校其异文如次:"淮海风涛起,江关幽(《极玄集》及《全唐诗》皇甫冉卷张南史卷并作"忧"。)思长同。悲鹊绕树,独作(《全唐诗》张南史卷作"坐")雁随阳。山晚云和(《全唐诗》皇甫冉卷作"初",张南史卷作"藏")雪,门(《唐三体诗》作"天",馀本均作"汀")寒月照霜。由来濯缨处,渔父爱潇湘(他本均作"沧浪")。①

① 《文苑英华》卷二七二、《唐诗纪事》卷二七、《四部丛刊三编》本《皇甫冉诗集》卷三均作皇甫冉诗。

钱　起

　　钱起字仲文,吴兴人。天宝十载李巨榜及第。大历中,与韩翃、李端辈号十才子。补诗一首。

暇日题草堂

为郎过壮岁,晚景对秋天。门掩苍苔上,池清寒竹前。通经未拾紫,炼药不成仙。且酤东皋黍,愁来得醉眠。见宋赵师秀编选《唐众妙集》。

赵居贞

　　赵居贞,天水人。(复出一首)

云门山投龙诗刻 并序

　　按《全唐诗》卷二百五十八收此诗,《山左金石志》石刻亦载之,惟异文较多,且序中有二十馀字,诗中有四句为《全唐诗》所无,故重为录出,而以《全唐诗》校之。

　　□□□□□□□。石刻阙文,《全唐诗》作"有唐天宝玄默岁"。按当作玄默岁。《尔雅·释天》:"太岁在壬曰玄默。"此盖指天宝十一载壬辰岁。幸《全唐诗》无此字月己巳。按十一月为辜月。中散大夫使持节北海郡诸军事守《全唐诗》无"守"字北海郡太守柱国天水赵居贞,登云□□。□□□□□。石刻阙文,《全唐诗》作"门山,投金龙环璧。"奉为□□阙文《全唐诗》作"开元"。天宝《全唐诗》作"天地大宝"。圣文神武□□望按:阙文当是"应道"二字。皇帝祈福也。先是投礼,太守不行,以掾吏代之。余是年病月《全唐诗》作"病目"戾止,以为□□□□,□□□□□,□□石刻阙字,《全唐诗》作"圣上祈祐,宜牧守躬亲吏辄"。代,固《全唐诗》无"固"字非礼也。当是时,上元投礼犹未备,余责璧观之,皆不肖。于是诘自"当是时"至此二十馀字,皆《全唐诗》所无。□《全唐诗》作"余"。此上疑尚有阙文。撰良日,躬诣祈福。《全唐诗》无此句。爰及中元下元,并躬行□□□□□。阙字《全唐诗》作"为圣上祈寿"。祝拜焚香,投龙壁《全唐诗》无"壁"字。"壁",应作"璧"。礼毕,有瑞云从洞门而出,五色纷郁回翔,空中有《全唐诗》无"有"字声曰:"□□□阙文《全唐诗》作"皇帝寿"。一万一千一百岁。"□石刻仅存右半"页",《全唐诗》作"顸"。礼者□阙字《全唐诗》作"悉"。闻之。余乃手舞足蹈,赋诗以歌其事,遂于岩前刊《全唐诗》作"刻"。石壁以纪之。

□□《全唐诗》作"晓登"云门山,直上壹千尺。绝顶弥□《全唐诗》作"孤"。耸,盘途几倾窄。前对竖裂峰,□□《全唐诗》作"下临"。削成壁。阳□《全唐诗》作"崛"。灵芝秀,阴崖仙乳□。此句《全唐诗》作"阴崖半天赤"。□□□群山,远望何所隔。太阳未出海,旷晃半天赤。《全唐诗》无以上四句。大壑静不波,渺溟无际碧。"碧",《全唐诗》作"极"。是时雪初霁,沍寒冰《全唐诗》作"水"。更积。恭《全唐诗》误作"披"展送龙仪,宁安服狐白。□□《全唐诗》作"沛恩"惟圣主,祈福在方伯。三元章醮升,五域□□二字《全唐诗》亦阙。觌。帝幕翠微亘,机□《全唐诗》作"茵"。丹洞辟。□□《全唐诗》作"祝起"。鸣天鼓,拜传端素册。霞间□□□,《全唐诗》作"朱绂紫"。岚际黄裳襞。玉□《全唐诗》作"策"。□□《全唐诗》作"奉诚"信,

□□□《全唐诗》作《仙佩俟》。奔驿。□《全唐诗》作"香"。气入岫门,瑞云出岩石。至诚必招感,大福旋来格。空□□□□,《全唐诗》作"中忽神言"。帝寿万千百。见毕沅、阮元撰《山左金石志》卷十二。

按石刻诗题下有"北海郡太守赵居贞述。渤海吴□书。郡人李元庄镌"。等字。石刻系天宝十一载所立,正书,崖高四尺五寸五分,广二尺,在益都县云门山洞西关帝庙后北壁。

此诗序文中所书玄宗尊号,石刻本与《全唐诗》不同。按《新唐书·玄宗纪》载天宝七载群臣上尊号曰"开元天宝圣文神武应道皇帝"。又天宝八载复上尊号曰"开元天地大宝圣文神武应道皇帝"。石刻所称,显系天宝七载所上尊号,然石刻立于天宝十一载,则当以《全唐诗》取天宝八载所上尊号为是。望颇疑作序刊石者缘一时疏忽,误取七载尊号,而后之录是刻者知其误而纠正之,此《全唐诗》据本之所以异于石刻也。

韩　翃

韩翃字君平,南阳人。天宝十三载杨纮榜进士。其诗兴致繁富,人谓如芙蓉出水云。补诗二首。

秋　斋　题拟①

山月皎如昼,霜风时动竹。夜半鸟惊栖,窗间人独宿。见《永乐大典》卷二五三九"七皆""秋斋"条(三函三十册)《全唐诗》所未收。

①《全唐诗》卷一九三作韦应物诗,题作《同褒子秋斋独宿》。

河上寄故人

河流杳霭晓天,濮水黯澹秋烟。日暖昆吾台上,春深颛顼城边。莺声乱鸣鸿塞,花片细点龙泉。西望情人早至,尤应得醉芳年。按《全唐诗》卷二百四十五有此诗。惟前半残缺不可句读。此见《永乐大典》卷三〇〇五"九真"

"人"字(五函四十二册)。完整可读,故录存之。

顾 况

顾况字逋翁,海盐人。补诗一首

访邱员外丹 题拟

五月五日日亭午,独自骑驴入山坞。来到君家不见君,下驴倚杖叩
君户。惊起山童开山扉,黄犬摇尾衔人衣。试问先生住何处,云入
山中采紫薇,平明一去今未归。引我池中看钓矶,池中数个白鸥儿,
见人惯后痴不飞。待君归来君未归,却复骑驴下翠微。见仁和张大昌辑
《临平记补遗》卷四。①

　　《临平记补遗》:"曲园先生曰:'沈(沈谦)记于唐人赠邱丹诗悉录之,
　　而失录此诗。按此诗见宋陈郁《藏一话腴》,云"邱本唐人,弃官学道于此,
　　顾况访之"云云。有诗无题。姑据《话腴》题为《访邱员外丹》,未知原题云
　　何也。'"

①《全唐诗续补遗》卷六据《咸淳临安志》卷九五《纪遗》收此诗,题作《谒丘真人不
遇》,今删彼存此,录其异文如次:"亭午"作"卓午","入山"作"上山","归来"作"君
归"。

张建封

　　张建封字本立,邓州南阳人。少任侠,喜文章。贞元四年
拜御史大夫、徐泗濠节度使,十六年病卒,年六十六。补句二。

句 朝天行

赖有双旌在手中,镆铘昨夜新磨了。见李肇《国史补》卷上。

　　李肇《国史补·徐州朝天行》:"张建封自徐州入觐,为《朝天行》。末句云:'赖有双旌在手中,镇铘昨夜新磨了。'德宗不说。"

　　《新唐书》卷一百五十八《张建封传》:"十三年来朝,帝不待日召见延英殿,诏会朝赴大夫班,以示殊宠,建封赋《朝天行》以献。帝眷遇异等,赐名马珍具。"

裴　度

　　裴度字中立,河东闻喜人。以讨平淮蔡,擒吴元济,封晋国公。其后诛宦官刘克明,迎立文宗,屡秉国政,身系天下重轻者垂三十年,时人以比郭汾阳。开成四年卒,年七十五。补诗一首。

厅事之西因依墉壑为山数仞有悬水焉予理戎之暇聊以息宴此相国张公之所作也缅怀高致时濯尘缨即事寄言而赋斯什

奇峰似天作,半倚增成隅。何处通泉脉,潺湲竟朝晡。挂石悬一带,洒荷散千珠。固宜赏高人,何为对武夫?鼓鼙时铿锵,吏卒亦喧呼。愧尔来我所,顾我非尔徒。乃是风流相,昔尝居此都。能移造化力,雅与山水俱。多惭受成者,得此聊自娱。见《分门纂类唐歌诗》残本第三册《天地山川类》卷三十二。

卢　仝

　　卢仝,范阳人。文宗大和九年因宿王涯第,罹甘露之祸。补诗一首。

月　诗

金波绚彩丽初筵，玉冕友人蒋礼鸿同志谓当作"玉菟"。菟，同兔。流辉满大圆。镜里山川同炯炯，楼前风露共娟娟。清康熙间仁和孙之𫘪《玉川子诗注》收此诗，云见《万花谷后集》。①

①见《锦绣万花谷后集》卷一《月》。

贾　岛

　　贾岛字浪仙，范阳人。初为僧，法名无本。韩愈重其才，劝之还俗。文宗时为长江（属剑南道遂州）主簿，后改普州（亦属剑南道）司仓参军。武宗会昌三年七月卒，年六十四（据苏绛撰《唐故司仓参军贾公墓志铭》）。补诗一首。

纪汤泉

维泉肇何代，开凿同二仪。五行分水火，厥用谁一之。在卦得既济，备象坎与离。下有风轮煽，上有雷车驰。霞掀祝融井，日烂扶桑池。气殊礜石厉，脉有灵砂滋。骊山岂不好，玉环污流脂。至今华清树，空遗后人悲。遐哉哲人逝，此水真吾师。一濯三沐发，六凿还希夷。伐毛返骨髓，发白令人黟。十年走尘土，负我汗漫期。再来池上游，触热三伏时。古寺僧寂寞，但馀壁上诗。不见题诗人，令我长叹咨。见康熙十八年闵麟嗣撰《黄山志定本》卷六，乾隆间刊印。此诗承仪征吴白匋先生见告。

于德晦

　　于德晦，历官监察御史、同州刺史。德宗朝太子宾客于邵

之孙(见《新唐书》卷七十二下《宰相世系表》)。诗一首。(《全唐诗》无于德晦诗)

歙郡有黄山楼北瞰黄山
山势中拆若巨门状因题一绝

黟峰翠色自天流,直下青冥豁素秋。闲倚朱栏频北望,只宜名作巨门楼。

　　诗见康熙十八年闵麟嗣撰《黄山志定本》卷六,乾隆间刊刻。此诗承仪征吴白匋先生见告。按原志附注曰:"程弘志云:按《一统志》:刺史有从兄弃官学道,号于方外,刺史为筑室于问政山,山始名问政。"望按:《金石萃编》卷八十有于德晦题名,在李虞仲题名之左,曰"监察御史于德晦",题名后纪"大中六年三月廿四日"云云。又《长安志》务本坊有左散骑常侍于德晦宅。(大兴徐松撰《唐两京城坊考》卷二所记同)

武元衡

　　武元衡字伯苍,河南缑氏人。宪宗朝宰相,元和十年六月癸卯早朝,为盗所害,年五十八。补诗一首。

寒食下第通简长安故人

寒食都人重胜游,相如独自闭门愁。尝闻娄护因名达,君试将余问五侯。见《永乐大典》卷三〇〇五"九真""人"字(五函四十二册)。按诗共二首,其一五言四句,《全唐诗》卷三百十七载之,其二即此诗。①

　　①《古今岁时杂咏》卷十一收此诗,前为五言四句,后为七言四句,与《大典》同。疑原诗应为杂言体一首。《全唐诗》卷三一七录作五绝,似沿《万首唐人绝句》卷十四,题作《寒食下第》,录如次:"柳挂九衢丝,花飘万家雪。如何憔悴人,对此芳菲节。"《古今岁时杂咏》"万家"作"万里","人"作"客"。

权德舆

权德舆字载之,天水略阳人。元和十三年八月,以病自山南西道节度使任乞还,卒于道,年六十。补诗一首。

临平湖夜泛

素彩皓通津,孤舟入清旷。已爱隔帘看,还宜卷帘望。隔帘当此时,① 惆怅思君君不知。此见《永乐大典》卷二二七一"六模""湖"字《临平湖》条(二函二十册)。此诗亦见沈谦《临平记》卷四,惟第五句作"隔帘卷帘当此时"为异。

①《四部丛刊》本《权载之文集》卷六收此诗,此句作"隔帘卷帘当此时",与《临平记》同。

全唐诗补逸卷七

吉 逾

　　吉逾,建中贞元间人,官范阳县丞。诗一首。(《全唐诗》无吉逾诗)

题云居上寺 并序

　　辛酉岁秋八月,仆与节度都巡使王潜、〔墨客〕轩辕伟、〔仆〕犹子骃验、〔播〕、潜息益同跻攀于此,勒四韵于后。①

到此花宫里,观身火宅中。有为皆是幻,何事不成空?晚籁鸣寒谷,秋山响暮钟。欲归林下路,新月上前峰。见《金石萃编》卷一百五。

　　《金石萃编》王昶按:"云居上寺,未详处所。据诗前称范阳县丞吉逾同跻攀于此云云,则寺当在范阳矣。唐时范阳县属涿州,今捡《日下旧闻》引《名胜志》云:'涿州有智度寺,在城东北隅,创自唐时,有旧碑刻。其后即云居寺,俱有石基浮图。'疑即此云居上寺也。谓之上寺者,以在智度寺之后也。唐时旧碑刻,或即指此碑。吉逾诸人之诗,《全唐诗》无一载者,因录之,以见唐人诗千馀年来沦于草莽、为人所未见者,盖不胜纪云。"

　　望按:诗题次行原有"范阳县丞吉逾"六字,诗序辛酉岁云云。当是唐德宗建中二年。石刻于此诗后出"元和四年四月八日范□□"一行,疑此为刻石年月,而"范□□"疑本是"范某刻"字样,当是刻工题名。果尔,则自辛酉赋诗以迄元和四年己丑刻石,其间已历二十九年矣。②

①《金石萃编》录此序残损甚多,今据孙星衍《续古文苑》卷四、同治《畿辅通志·金

石略》，《房山石经题记汇编》补其缺文。本书因据有缺文之序考定作者，以致讹误。今考定与唱诸人，应为吉逾、王潜、轩辕伟、吉驹骏、吉播（以上二人为吉逾侄）、王益（王潜之子）。另详以下各条附按。　②吉逾等人诗作于建中二年，元和题名，陆增祥《八琼室金石补正》卷六五录作"元和四年八月八日范惟清吕（以下缺）"，并云此题名虽书于轩辕伟诗首"同前"二字之下，应别标一题，"《萃编》合为一刻，误矣"。

吉驹骏

　　吉驹骏，建中贞元间人，为范阳县丞吉逾侄。诗一首。（《全唐诗》无吉驹骏诗）

题云居上寺

石室最高峰，跻攀到此中。白云连晚翠，清磬度秋风。未悟无生理，宁知有想空。且归山下寺，更欲问支公。见《金石萃编》卷一百五。
　　按诗次轩辕伟诗后，原题曰"同前"，下署"驹骏上"，无官衔。

吉　播①

　　吉播，建中贞元间人。为范阳县丞吉逾侄。诗一首。（《全唐诗》无吉播诗）

题云居上寺

石路多奇迹，幽岩凿宝经。暮烟千壑里，新月一山明。宿鸟知清梵，樵人惯独行。为随欢奉后，岂敢学逃〔名〕。见《金石萃编》卷一百五。②
　　按诗次吉驹骏诗后，原题曰"同前"，下署"□上"，盖名已摩灭。据吉逾诗序，知为其犹子吉播所赋。诗中"暮烟"，石刻原作"墓烟"，王昶谓是笔误,今据正。

①吉播,原作吉潜,详前吉逾条附考。前引诸书及《八琼室金石补正》卷六五此诗末署名皆作"播上"。　②缺文据吉逾条下所引诸书补。

王　益①

　　王益,建中贞元间人,为王潜子。诗一首。(《全唐诗》无王益诗)

题云居上寺

〔支〕公禅诵处,绝顶共登攀。日色千峰里,钟声万壑间。〔暮〕猿吟砌近,沙鸟傍溪闲。一迳〔堪〕藜杖,行行独下山。见《金石萃编》卷一百五。②

　　石刻诗次王潜诗后。原题曰"同前"。下署"男益上"。与吉逾诗序所称"息益"合。

①王益,原作吉益。为王潜之子,详前吉逾条附考。诸书录石刻。此诗收于王潜诗之次,署"男益上"。　②缺文据《续古文苑》卷四补。《房山石经题记汇编》首字不缺。

轩辕伟

　　轩辕伟,建中贞元间人,与吉逾同时。诗一首。(《全唐诗》无轩辕伟诗)

题云居上寺

不著登山屐,扪萝也上跻。石梁分鸟道,苔迳过云霓。梵宇千花里,秋声万籁齐。〔周〕游兴未尽,钟磬度前溪。见《金石萃编》卷一百五。①

石刻诗次吉逾诗后,原题曰"同作",下署轩辕伟,无官衔。

①缺字据吉逾条下所引诸书补。下同。

王　潜

　　王潜字弘志,相州安阳人,为驸马都尉光禄卿王同皎孙。元和中擢将作监,迁左散骑常侍,拜泾原节度使。穆宗即位,封琅琊郡公。大和初,检校尚书左仆射,卒于官。(《新唐书》卷一百九十一有传附于《王同皎传》。)诗一首。(《全唐诗》无王潜诗。)①

题云居上寺

万木千峰空鸟喧,潺潺〔溪〕水下长川。人来石室藏何处。一迳归时带暮烟。见《金石萃编》卷一百五。

　　石刻诗次吉潜诗后。原题曰"同前"。下署"节度都巡使太常卿上柱国王潜"。第二句第三字原作"氵",摩其右半,意者或为"涧"字,或为"流"字,虽然,未敢擅补也。

①本诗作者王潜建中二年已官"节度都巡使太常卿上柱国",其子王益亦已成年,与王同皎孙王潜,恐非一人。

胡　证

　　胡证字启中,河东人。官至检校兵部尚书、广州刺史、充岭南节度使。大和二年卒于任,年七十一。补诗一首。

汝州北楼晚望少室诗

峭拔烟云外,雄居造化工。三山惭海上,五岳让天中。翠积当华甸,腾标占太空。周临万里暮，犹挂夕阳红。见《槐庐丛书》《金石录补》。

　　叶九来《金石录补》卷十九《唐胡证题少室诗》跋尾："右唐检校祠部
员外郎胡证《汝州北楼晚望少室诗》，诗云(不重录)。永贞元年仲夏记。按
新旧《书·证传》皆云贞元中登第，繇浑瑊举为从事，自殿中侍御史为韶
州刺史而已。据此碑。先为祠部员外郎，可以补史之阙漏。"

王孝廉

　　王孝廉，唐渤海国人(今辽宁、吉林部分地域)。当元和、长
庆间，曾为渤海王大使聘日，归途覆舟，溺海而卒。诗五首，皆
在日本时作。(《全唐诗》无王孝廉诗)

奉敕陪内宴

海国来朝自远方，百年一醉谒天裳。日宫座外何攸见，五色云飞万
岁光。见金毓黻撰集《渤海国志长编》卷十八引《文华秀丽集》上。

春日对雨得情字

主人开宴在边厅，客醉如泥等上京。疑是雨师知圣意，甘滋芳润洒
羁情。同前。

在边亭赋得山花戏寄两领客使并滋三

芳树春色疑应作花色甚明，初开似笑听无声。主人每日专攀尽，残片
何时赠客情？同前。

和坂领客对月思乡之作

寂寂朱明夜，团团白月轮。几山明影彻，万象水天新。弃妾看生怅，

羁情对动神。谁云千里隔,能照两乡人。同前。

出云州书情寄两敕使

南风海路连归思,北雁长天引旅情。赖有锵锵双凤伴,莫愁多日住边亭。同前。

  按王孝廉奉渤海国王命使日,日本嵯峨天皇设宴礼之。孝廉返国,舟覆溺海而死。嵯峨天皇特颁敕书,追赠荣爵,且致悼念。嵯峨在位十四年,年号曰弘仁,于唐则为宪宗元和五年至穆宗长庆三年也。敕文附后。

  《日本后纪》二十四日本嵯峨天皇《赠渤海使王孝廉正三位敕书》云:"悼往饰终,事茂旧范,褒忠录绩,义存先彝。故渤海国使从三位王孝廉,阙庭修聘,沧溟回舻,复命未申,昊苍不愁。实虽有命在天,薤露难驻,而衔恨使命,不得更归。朕痛于怀,加赠荣爵,死而有灵,应照泉扃。宜可正三位。"

  又日僧空海有《伤渤海国大使王孝廉中途物故》诗句,日人阪上今继有《和渤海大使见寄之作》,可以参阅。诗附于次。

  空海《伤渤海国大使王孝廉中途物故》:一面新交不忍听,况乎乡国一作"园"故园一作"国"情。(见金毓黻撰《渤海国志长编》卷十八引《高野大师广传》下)

  阪上今继《和渤海大使见寄之作》:宾亭寂寞对青溪,处处登临旅念凄。万里云边辞国远,三春烟里望卿蒋礼鸿及陈九思同志并谓当是"乡"之形误。迷。长天去雁催归思,函谷来莺助客啼。一面相逢如旧识,交情自与古人齐。(见金毓黻撰《渤海国志长编》卷十八引《文华秀丽集》上)

徐 凝

  徐凝,与白居易沈亚之辈友善,元和中官至侍郎。补诗一首。

九　锁　山

人行之字路欹巇，九锁青山胜九疑。祇被白云生不断，无端点破碧琉璃。见道士孟宗宝集虚所编《洞霄诗集》卷一。

　　邓牧《洞霄图志》卷二《山水门》《九锁山》条："自馀杭西郭外，行十有八里，逆溪水上，左右合七峰，皆拔地数百尺。其趾犬牙相错，行路并溪屈折者九，故云九锁。好事者悉命以名。"

周匡物

　　周匡物字幾本，龙溪人。元和十一年进士及第，御试《学殖赋》、《莺出谷诗》，为世传诵。读书天城山，敕改其山为名第山，因号名第先生。仕至高州刺史。补诗一首。

三桥隐居歌

谁家作桥溪水头，茅堂四月如清秋。白云已过暮山紫，黄鸟不鸣春自幽。掀髯背向孤舟立，犹记仙源旧曾入。近人翁国梁《漳州史迹》亦引此诗"曾"作"会"。雨打疏篷醉不知，桃花一夜新流急。见《漳州府志》。末句《漳州史迹》作"桃花一夜急新流"，误。

李　谅

　　李谅字复言，长庆间牧苏州，大和中移守桂州，终京兆尹。补诗一首。

湘 中 纪 行

江水永州路，水碧山崒兀。古木暗鱼潭，阴云起龙窟。峻屏夹澄澈，怪石生〔溪渤〕(□勒)。〔巨〕舰时遭回,轻舸已超忽。疾如奔羽翼,清可鉴毛发。寂寞榜渔舟,逶迤逗商〔筏〕。〔我〕行十月杪,猿啸中夜发。枫叶寒始丹,菊花冬未歇。凝流绿可〔染〕,积〔翠〕(学)浮堪撷。〔峭〕倩每惊新,幽奇信夸绝。稠峰叠玉嶂,浅浪翻残雪。石燕雨中飞,霜鸿云外别回雁峰。溯洄已劳苦,览玩还愉悦。鹤岭访胎仙〔祁〕阳县白鹤〔岭〕道士屈志静得仙处,唐音吾亭仰文哲。祁阳唐亭,元中丞次山所居。川间〔有〕渔钓,山上多薇蕨,无以佐雍熙,何如养疵拙。安人苟有绩,抚己行将〔耄〕。此路好〔乘桴〕,吾其谢羁绁。见《金石萃编》卷一百八。第三句"暗鱼"二字原缺,据《舆地纪胜》卷五十六补。①

　　石刻诗后原题"大和四年十月廿五日,〔桂〕管都防御观察处置等使桂州刺史兼御史大夫李谅,过此偶题,并领男颖同登览。"

　　《金石萃编》王昶按:"李谅,两《唐书》无传,《全唐诗》有其人,小传称谅字复言,三宰剧邑,再为郡牧,终京兆尹,而不详所牧何郡。所载诗,但有《苏州元日郡齐感怀寄越州元相公杭州白舍人》诗一首,题下注云:'时长庆四年也'。而不载此诗。诗中缺渤,无从校补。此诗题曰《湘中纪行》,是官桂州刺史道经永州题此诗于唐亭者。合而观之,是谅先于长庆四年守苏州,至此时相距七年而移守桂州,所谓再为郡牧者是已,《苏州元日》诗句云'新知四十九年非',是长庆四年年五十也,至此则五十六矣。有一子,名颖。谅之可见者只此。"

① 《金石萃编》录此诗缺误甚多,而清瞿中溶《古泉山馆金石文编残稿》卷三补录此诗无缺,今据以校补。瞿中溶跋云:李谅《湘中纪行》诗二十行,行三十字,正书左行。述莽侍郎《金石萃编》所载阙十五字,又'溪渤'之'渤'误作'勒','积翠'之'翠'误作'学',盖拓本未精之故。予游浯溪,亲督拓工椎打,所谓阙渤者一一皆可辨识,乃为补之。中云'唐亭仰文哲','亭'字并不作'顾',此唐人手笔,可见次山当本用'亭'字也。"

李　涉

　　李涉,洛阳人,渤之兄。补诗一首。

杪春再游庐山①

二十七年别,烟云如昨辞。偶逢行春日,得遂归山期。晓驾出溢城,晚会东林师。巡廊阅众院,遍读新旧诗。萧魏故已尘,符杨亦川驰。拂床归尘壁,再觅旧游诗。南访静_{应作"靖"}节居,石台有遗基。红葩列涧艳,碧茑悬林丝。迢递二霄峰,晴云间出危。坛空仙驭远,谷断啼猿悲。白鹿旧洞门,五老东一枝。当时手结茅,聚族长在兹。孙侄皆后来,非我昔所知。生为前世翁,安得不涕垂?白发唯两人,形骸久支离。虽同故山会,草草如路歧。惆怅尘中身,何由重来斯。无令诮余者,更效《北山移》。见《分门纂类唐歌诗》残本第二册《天地山川类》卷二十二。

①吴汝煜、胡可先云此诗为涉兄李渤作,见《唐才子传校笺》卷五。

于季友

　　于季友,河南人,为司空于頔第三子。曾为绛、宋、明等州刺史。尚宪宗永昌公主,拜驸马都尉。(《季友传》附见于《新唐书》卷一七二《于頔传》,亦见卷七十二下《宰相世系表》。《旧唐书》卷一五六《于頔传》亦附及之)。诗一首。(《全唐诗》无于季友诗)

范处士在育王寺书碑因以寄赠

墨妙复辞雄,扁舟访远公。_{□赵绍祖《金石文钞》卷七作"云"}天书梵□_{《金石文钞》作"字"},霜月步莲宫。迹寄双林下,名留劫石中。遥知松迳望,棠_{《金石文钞》作"栗"}叶满山红。见《金石萃编》卷一百八。①

　　石刻于题下原署"明州刺史于季友"。按阿育王寺在今浙江鄞县阿育王山中，此诗及后范的酬和诗附镌于《阿育王寺常住田碑》后。碑末有太和七年十二月一日于季友作《碑后记》，则两诗之作，当亦在同时。

①又见《两浙金石志》卷一，第三句不缺，文同《金石文钞》，末句作"棠叶满山红"。

范　的

范的，剡越间隐士，与于季友同时。诗一首。（《全唐诗》无范的诗）

时在育王寺书石字奉酬□丞使君寄赠四韵依次用本韵

《金石文钞》题作《时在育王寺书石中丞使君寄赠四韵奉酬本韵》

拙艺荷才雄，新诗起谢公。开缄光佛域，望景动星宫。风雪文章里，书镌琬琰中。将谁比佳句？霞绮散成红。见《金石萃编》卷一百八。①

望按：石刻题下原署曰"处士范的上"。于季友《育王寺碑后记》有"剡越间隐逸之士曰范的，业文功书，未遇于时，常萍泊云水间。一日，扁舟到明"等语。又《育王寺常住田碑》，原为万齐融所撰，徐峤之书，其后碑隳，大和七年于季友为明州刺史时，始邀范的重书。其碑题下署《顺阳范的书并篆额》，是范的为顺阳人。范生平可考者仅此。又诗中琬下原是"御名"两字，盖避武宗讳不书，武宗名炎，则诗中此字原当作琰可知。②然则诗之作在大和间，镌石则在武宗会昌中，其间相去固将十载矣。

①又见《两浙金石志》卷一，题中"□丞"作"中丞"，"次用本韵"四字为题注小字。
②此王昶避嘉庆帝讳而注为"御名"。

卢元辅

卢元辅字子望，滑州人，杞子也。少以清行闻，擢进士，补

崇文校书郎，尝守商都。德宗时，自河南县令除杭州刺史，召授吏部郎中，为华州刺史卒。诗一首。（《全唐诗》无卢元辅诗）

游天竺寺

水田十里学袈裟，秋殿千金俨释迦。远客偏求月桂子，老人不记石莲花。武林山价悬隋日，天竺经文隶汉家。苔壁娲皇炼来处，泐中修竹扫云霞。见《两浙金石志》卷二。

石刻诗前原题"大唐杭州刺史卢元辅"九字。

阮元《两浙金石志》："右刻在下天竺神尼塔下磨崖，文九行，右行，正书，径二寸。此诗《全唐诗》未载。按卢元辅于德宗时自河南县令除杭州刺史，尝于武林山作见山亭，见《咸淳临安志》。又《胥山碑铭》，元和十年卢元辅文，王遹书，见《舆地碑目》。此疑元和时刻。又《陕西通志》云：'卢元辅滑州人，曾为华州刺史。'《郎官石柱题名》有金部郎中卢元辅。白乐天有《卢元辅除杭州刺史制》，中云：'尝守商都，再领京县。'皆其历官也。石本'泐中修竹扫云霞'，'泐'字系原刻，'修竹'二字系改凿。'大唐'二字亦添补。《西湖志》作'洞中'，盖据文理，未见石刻也。"

《杭州府志》引《武林石刻记》："唐卢元辅《游天竺诗》，纵一尺八寸，横二尺，正书，字径二寸。"

李　廓

李廓，登元和十三年独孤樟榜进士第。补诗一首。

忆　钱　塘①

往岁东游鬓未凋，渡江曾驻木兰桡。一千里色中秋月，十万军声半夜潮。桂倚玉儿吟处雪，蓬遗苏丞舞时腰。仍闻江上春来柳，依旧参差拂寺桥。见韦庄《又玄集》卷中。

①陶敏云：此诗之颈联"一千里色中秋月，十万军声半夜潮"，张为《诗人主客图》取为赵嘏句，《全唐诗》卷五五〇亦收赵嘏句。

李 绅

　　李绅字公垂，润州无锡人，登元和元年武翊黄榜进士第，武宗会昌六年卒。补诗一首。

遥知 友人陈九思同志疑"知"乃"和"字之讹
元九送王行周游越

江湖随月盈还宿，沙渚依潮断更连。五相庙中多白浪，越王台畔少晴烟。低头绿草羞枚乘，刺眼红花笑杜鹃。莫倚西施旧苔石，由来破国是神仙。见韦庄《又玄集》卷中。

白居易

　　白居易字乐天，其先太原人，后迁居下邽。贞元十六年擢进士第，元和初又擢才识兼茂、明于体用科。任左拾遗，出为江州司马，历刺杭、苏二州，以刑部尚书致仕。会昌六年卒，年七十五。补诗二首。（复出一首）

哭 微 之

今在岂有相逢日，未死应无暂忘时。从此三篇收泪后，终身无复更吟诗。见《文苑英华》。
　　按《全唐诗》载《哭微之》诗二首，其诗原附于白居易《祭元微之文》，略谓无以寄悲情，作哀词二首云云。《全唐文》卷六百八十一及坊刻《白香山集》均载之。惟《文苑英华》卷九百八十九《祭微之文》则谓作哀词三首，其第三首为诸本所无。承友人顾学颉先生函告，爰补录于此。或以其出处不明为疑，则俟方家之考定于来日可耳。

失　题

石榴枝上花千朵，荷叶杯中酒十分。满院弟兄皆痛饮，就中大户不如君。见《玉照新志》。

　　《玉照新志》(宋王明清撰，《宝颜堂秘笈》本)卷三："王彦国献臣，招信人，居县之近郊。建炎初，虏人将渡淮，献臣坐于所居小楼，望见一老士大夫彷徨阡陌间，携一小仆，负一匦，埋于空迥之所。献臣默识之。事定，往掘其地，宛然尚存。启匦，乃白乐天手书诗一纸。云(诗不重录)。献臣后南渡，寓居馀姚，尝出以示余，真奇物也。闻后以归刘纲公举矣。"

　　按此亦顾先生所见示，其事可信与否，未敢遽断，期海内方家有以论定之。

春　游

　　见历史博物馆藏明王氏藏《宋拓四名人法书》册页。承顾学颉先生函告，诗为白居易所作，即朱竹垞所云后人误以为元稹诗者，《全唐诗》亦入元稹卷，今宜还诸乐天。诗不重录。①

①《全唐诗》卷四二三收作元稹诗。顾说见其校点本《白居易集外集》卷上，朱说见《曝书亭集》卷四九。检南宋洪迈《容斋随笔五笔》卷二云此诗"白乐天书之，题云'元相公《春游》'，钱思公藏其真迹，穆父守越时，摹刻于蓬莱阁下，今不复存。"钱思公指钱惟演，穆父指钱勰，为北宋前中期人。其言似比明清人所说更为可靠些。此诗是否白作，恐尚难论定。

韦　绶

　　韦绶字子章，京兆万年人。建中中为长安尉，朱泚乱，走奉天,拜华阴令。后为翰林学士。诗一首。(《全唐诗》无韦绶诗,仅载诗句一句而已。)

郡治楼望黄山

郡斋北望春光好,平楚无云秋望宽。清气爽时尘外见,碧烟飞处静中看。争高千仞山皆让,并秀三峰色也寒。莫怪寓名同岳号,暂图瞻眺近长安。见康熙十八年闵麟嗣撰《黄山志定本》卷六,书刻于乾隆间。

　　诗后原附按语:"汪晋榖云:唐有两韦绶,一德宗朝翰林学士,一穆宗朝吏部尚书。以《石门岩志》辨之,当是德宗朝者。"

　　望按:《金石萃编》卷八十有"华阴县令韦绶"题名,次"检校水部员外郎崔颢"题名后。韦绶题名下刻"贞元元年二月六日记"九字。

鲍　溶

　　鲍溶字德源,元和四年韦瓘榜进士第。补诗一首。

劝 酒 行

乐往难重得,老来岂自由。婵娟过三五,珠翠成仇雠。君不闻古曲,酒能消人忧。何人更年少,君惜秉烛游。莫闲金丝手,月在西南楼。罗换歌妾袂,锦缠舞人头。半醉月入怀,仰空笑牵牛。那令酒生尘,虚见红貌秋。见《永乐大典》卷一二○四三"二十有""酒"字""劝酒"条(十三函一百二十四册)。

曹　汾

　　曹汾字道谦,河南人,开成四年崔蠡榜下进士第。补诗一首。

去东林寺诗

峰头不住起孤烟，池上相留有白莲。尘网分明知束缚，更须骑马别林 "林"字，《金石录补》作"云"。泉。见《古刻丛钞》。以《槐庐丛书》本《金石录补》参校之。

诗下原署"会昌三年七月十三日秘书省正字曹汾题"十七字。

陶宗仪《古刻丛钞》：此诗在昙毗碑阴，尘土昏塞，无知之者。至和三年春二月，陈国袁陟来游山，遍抉奇迹，始发其晦。东林诗多矣，未有如此篇之意完而美者，因题以永之。汾，开成四年崔蠡下进士，后为中书舍人，户部侍郎、忠武军节度使，实丞相确之弟也。

薛　涛

薛涛字洪度，本长安人，随父宦流落蜀中。文宗大和五年卒，年六十四。补诗二首。

朱　槿　花

红开露脸误文君，□□芙蓉草绿云。[1]造化大都排比巧，衣裳色泽总薰薰。

[1] 张蓬舟《薛涛诗笺》谓北京图书馆藏宋本《分门纂类唐歌诗》，此句无缺文，作"司劳芙蓉草绿云"。

浣花亭陪川主王播相公暨寮同赋早菊

西陆行终令，东篱始再阳。绿英初濯露，金蕊半含霜。自有兼材用，那同众草芳。献酬樽俎外，宁有惧豺狼。以上二诗见《分门纂类唐歌诗》残本第六册《草木虫鱼类》卷五。

李敬方

李敬方字中虔，长庆三年郑冠榜进士。补诗一首。

题小华山 原注："目黄山为小华。"

峰簇莲花小，分明似华山。鱼符何日罢，深处掩松关。见闵麟嗣撰《黄山志定本》卷六。

雍　陶

雍陶字国钧，成都人，大和八年陈宽榜进士及第。补诗一首。

送友人罢举归东海

沧沧天堑外，何岛是新罗？舶主辞蕃远，棋僧入汉多。海风吹白鹄，沙日晒红螺。此去知提笔，须求利剑磨。见韦庄《又玄集》卷下。①

①熊飞云《全唐诗》卷五三一收此为许浑诗。今检《文苑英华》卷二八○收此为许诗，而许浑自书之乌丝栏诗真迹及席刻本《丁卯诗集》、《四部丛刊》影宋钞《丁卯集》中皆无此诗。应为谁作，尚难断定。

全唐诗补逸卷八

张　祜 一

　　张祜字承吉，清河人。元和中作宫体小诗，情词艳发，稍流轻薄。晚岁乃窥建安风格，短章大篇，往往间出，谏讽怨谲，颇深寄意，为时所称，皮日休、陆龟蒙尤重之。大中中卒于丹阳。补诗四卷。

　　按《全唐诗》卷五百十及卷五百十一编张祜诗二卷，又卷八百七十收谐谑诗二首，其中《戏颜郎中骑猎诗》一首已见正卷，盖复出，又卷八百八十三补遗卷有诗五首。本编所辑四卷，均所未及。今从北京图书馆藏南宋蜀刻本《张承吉文集》、《永乐大典》、韦庄《又玄集》、《太平广记》引唐康骈《剧谈录》、唐冯翊子《桂苑丛谈》等书录出之。祜，诸书或有作祐者，误。

慈　乌

　　慈乌色似漆，孔雀尾如金。内外既相及，圣人空理心。此以下均见南宋蜀刻本《张承吉文集》卷六。

闲居作五首

　　按五首之中，其第二首已收于《全唐诗》卷八百八十三《补遗》卷，此不再录。

十年狂是酒，一世癖缘诗。剩物心长厌，闲书性不违。补窠新燕子，争食乳鸦儿。幸尔邻家竹，春来又许移。

其　三

小院新栽柳，深窗古画屏。屋砖悬蝎蜥，虫网碍蜻蜓。启轴怜孤进，添杯虑独醒。殷勤东郭外，春麦又苗青。

其　四

闷看垂檐雨，闲寻小院芳。壁泥根长麦，篱柱叶生杨。旋碾新茶试，生开嫩酒尝。看看花渐老，无复滞春光。

其　五

俗人无语诏，病客少经过。种竹怜茎少，移花喜日多。唯精《左氏传》，不养右军鹅。幸尔同诗酒，春风奈我何？

江南杂题三十首

　　按《江南杂题》组诗三十首，其第二十四首"积潦池新涨"，已收入《全唐诗》卷八八三补遗卷；其第三十首"僻巷虽通马"，即此宋蜀刻本卷一页八之《题程氏书斋》，盖复出，亦见《全唐诗》，此不再收。实补录诗二十八首。

远对三茅岭，疏开一槿篱。人怜贫好学，自笑老吟诗。仰腹猕猴睡，斜身螳蜓痴。殷勤谢庄叟，栎社更何疑。

其　二

退居三亩地，聊复谢喧卑。尽日题书标，无风下钓丝，蛐蜓过竹节，翡翠抱芦枝。惆怅是临水，星星蓬鬓垂。

其　三

鸟逸溪云静,人行野岸稀。茅峰三点翠,练水一条辉。晚蝶花心少,阴萤草里微。何妨孟朱舍,夜饮醉歌归。

其　四

南亩山光对,西郊日影斜。碧抽书带草,红节米囊花。夜跣尝琴室,昏眠自酒家。何妨人不到,私酌是侯芭。

其　五

野岸烟花好,东园自插篱。芘姑交宛叶,喜子抱游丝。尽日人稀到,终年井不窥。何当谢贞白,《真诰》是吾师。

其　六

远郭浸烟波,村桥入薜萝。水蛇惊去疾,山鸟自来多。夜月倾壶酒,春风就榜歌。不知茅岭下,深处又如何?

其　七

五里波泛郭,扁舟棹到门。水经春雨涨,山近夕阳温。鸂鶒穿芦叶,蟛蜞上竹根。忧来欲谁话,犹赖酒盈樽。

其　八

村桥路不端,数里就回湍。积壤连泾脉,高林上笋竿。早尝甘蔗淡,生摘琵琶酸。①好是去尘俗,烟花长一栏。

①"琵琶",严寿澄校《张祜诗集》云:疑"枇杷"之误。

其 九

晓日明高柳,春池合细萍。燕巢通蜴蜥,鱼网漏蜻蜓。汩没非兼济,
终穷是独醒。悲伤自心语,谁复念漂零?

其 十

三峰前望峻,一派上游斜。雨过离披草,风吹颠倒查。拂林山鹊翅,
丛岸野裳_{望疑"裳"为"棠"之误。}花。好是醉中舞,村桥行数家。

其 十 一

碧草分遥岸,清池入细流。投铺虚饮马,自物且垂钩。小鸟闻批颊,
微虫弄印头。① 何妨一壶酒,远远棹扁舟。

①"微",严云:疑当作"微"。《海录碎事》卷二十二引此二句,正作"微"字。

其 十 二

端居无外事,长日卧烟岚。树影侵篱北,花香自水南。酒肠婴女笑,
棋路老僧谙。似此成乖懒,嵇康七不堪。

其 十 三

一迳绕荒陂,淳洿是小池。红蕉心半卷,白练尾长垂。倒箧缠书带,
寻竿解钓丝。聊当事山履,远与白云期。

其 十 四

久病无行意,溪亭益到稀。月回秋扇影,萤落夜琴微。沧海尚凝棹,
木山谁采薇?佳期不可俟,空羡燕西归。

其 十 五

碧溪穷欲尽,回棹喜山家。曲岸深迷竹,平滩下见沙。悬窠巧妇子,
拂水剪刀花。好是栖心地,人间路不遐。

其 十 六

僻居成懒病,春至强耕蚕。后港通围竹,前溪下檐柑。旧巢飞巧妇,
新叶长宜男。且赖身无事,穷愁亦自甘。

其 十 七

小槛云低处,高廊雨过时,鹿胎含笋箨,猿臂长松枝。旧匣藏钩轸,
沉查骨钓丝。① 平生心未远,徒欲效鸥夷。

　　①"骨",严云:疑当作"胃"。

其 十 八

春醵尽数杯,竹迳坐深苔。鸟道思归乐,人呼隐去来。溪花流作片,
雨叶烂成堆。访戴值兹夕,何妨乘兴回。

其 十 九

洛下无名客,江南不系舟。病身黄叶晚,诗思碧云秋。雀语嘉宾笑,
蛩鸣懒妇愁。幸因重酝热,聊作醉乡游。

其 二 十

余生唯爱酒,师长是山翁。定葬槽丘下,须沉酿瓮中,鹈鹕春作鸟,
春黍夏为虫。会入醉乡去,为君成醉风。

其二十一

翠竹千竿耸,青池一面临。白烟生草末,黄粉露花心,簌脚蟏蛸挂,

望疑"桂"为"挂"之误。抛身翡翠沉。但令樽酒满,何必虑无金?

其二十二

沧海一遗民,诗书尽老身。不逢青眼旧,争奈白头新。小小调茶鼎,

铢铢定药斤。空疏更谁问,赖与酒家邻。

其二十三

南国久无惊,东郊自养蒙。老年孤枕在,愁夜一樽空。涝水闻歌女,

枯枝见宛童。秋来因揽镜,强欲理衰蓬。

其二十五

郊园日牢落,无意及壶飧。大笑俯尘甑,高歌敲酒盆。汲池浇韭垄,

占石坐松根。未免犹随俗,长竿挂一裈。

其二十六

三年江海客,长日犯埃氛。失脚远行地,无心空羡云。愚非宁武子,

蔽是卓文君,以此图终计,深栖麋鹿群。

其二十七

卜筑寄云阳,穿池面草堂。寻常登峻岭,丈六得奇强。井鲋依颓甃,

邻花出败墙。自当甘朽拙,安敢慕羲皇?

其 二 十 八

美人殊不见,惆怅望行云。竹翠静含粉,榴花轻曳裙。婵娟非月色,散漫是兰薰。无复荆王梦,子规空夜闻。

其 二 十 九

佳期楚云外,寂寞是春华。昔去轩车远,今来衣带赊。生风贝母叶,活艳鼠姑花。惆望碧江阻,梦魂云陟遐。

寓居临平山下三首

按此第一首亦见《永乐大典》卷二二七一、七模、湖字临平湖条(二函二十册)。又清初沈谦《临平记》卷四亦载之。题曰《过临平湖》,即将两书异字校注于下。

三月平湖浪《大典》及《临平记》作“草”。欲齐,绿杨分映《临平记》作“影”。入长堤。田家起处乌龙《临平记》作“犹”。静,《大典》及《临平记》作“吠”。酒客醒时谢豹啼。溪《大典》及《临平记》作“山”槛正当莲叶渚,水泾新麦稻苗畦。《大典》作“水塍新擘稻秧畦”,《临平记》作“水塍新筑稻秧畦”。人间谩说多歧路,咫尺神仙洞却迷。《临平记》作“路欲迷”。

其 二

一角横查碍小滩,渔舟稍稍避回湍。鹿蹄踏叶暮山响,龟壳曝沙春水寒。诗句近吟知律变,《易》书穷讨觉才难。风光好处自携酌,归去醉扶花药栏。

其 三

散发垂肩久不簪,竹床推枕就藤阴。涧傍春渡水流急,山半夜归云色深。拂槛数竿为去处，随波一叶是浮沉。世间年少正行乐，应笑老人无事心。

到　广　陵

一年江海恣狂游，夜宿倡家晓上楼。嗜酒几曾群众小，为文多是讽诸侯。逢人说剑三攘臂，对镜吟诗一掉头。今日更来憔悴意，不堪风月满扬州。此以下均见南宋蜀刻本《张承吉文集》卷七。

谢高燕公惠生衣

高公宠赐白衣裳，惊讶灾天雪满箱，乍展轻烟总手滑，如披薄雾觉身凉。谁家织素秋蟾色，何处丝抽嫩异香？珍重六铢无可赠，空凭七字当琼浆。

戏　赠　村　妇

二升酸醋瓦瓶盛，请得姑嫜十日程，赤黑画眉临水笑，草鞋苞脚逐风行。黄丝发乱梳撩紧，青柠裙高种掠轻。想得到家相见后，父娘由唤小时名。

偶登苏州重玄阁

飞阁层层茂苑间，夏凉秋晚好登攀。万家前后皆临水，四槛高低尽见山。何事越王侵敌国，不妨辽鹤唁人寰。五湖直下须归去，自笑身闲迹未闲。

投苏州卢中丞

金紫清门美又大，全人忧地诏分付。尤特恺德回朝暮，个着寻官傲世儒。经术在心长说体，吏材临事必开模。西来郡界逢乡老，尽说而今是坦途。

投滑州卢尚书

雨露恩重棣萼繁，一时旌旆列雄藩。权经两使材尤重，位近三台道
益尊。江海豁开为气岸，河隍坚画在心源。门阑尽是云霄客，应念
于陵独灌园。

投苏州卢郎中

三地分符宠更深，两方旌旆日骎骎。蛟龙可是池中物，凤鸟无非阁
上音。世重才人皆立绩，客依公子尽推心。犹思谢尚经牛渚，曾听
袁宏一夜吟。

送刘韬秀才江陵归宁

出告游方是素辞，喜君回棹不逾时。荆门暮指连山远，郢国春归上
水迟。樽酒惜离文举坐，郡斋谁覆中宣棋。①殷勤莫忘趋庭日，学礼
三馀已学诗。

　　①《舆地纪胜》卷六五引以上四句，"中宣"作"仲宣"，是。

奉和池州杜员外南亭惜春

草雾辉辉柳色新，前山差掩黛眉颦。碧溪潮涨棋侵夜，红树花深醉
度春。几恨今年时已过，翻悲昨日事成尘。可知屈转江南郡，还就
封州咏白蘋。

题河阳新鼓角楼

重楼高跨两檐开，晓夕风云会振雷。中国最推鼙鼓地，大臣先选栋
梁材。马悲塞北千群牧，雁到城南一半回。从此圣朝思将帅，上衣

须脱食须推。

观楚州韦舍人新筑河堤兼建两闸门

> 按此诗亦见《永乐大典》卷三五二七"九真""门"字"北闸门"条（五函四十九册）。《大典》引《元一统志》曰："淮安路有北闸门，唐（张，原脱）祜（应作祜）有《陪楚州韦舍人北闸门游燕诗》。"

宴宾容易小筵成，隼击秋原助放情。红袖退行鞍上语，白眉迁步马前迎。一冬霜意先黄叶，两路风威动翠旌。须道孔融樽已满，不劳台下说馀醒。

题润州李尚书北固新楼

蹑石攀云一迳危，粉廊朱槛眺江湄。青山半在潮来处，碧海先看月满时。树色转烟城斗峻，水光浮草岸遥卑。西楼又起公羊意，坐对寒潮向渺弥。

酬张权宣州新桥秋夜对月见寄

谢亭烟月泛清流，千载溪山一造舟。风定远帆依郡郭，夜深寒笛起江楼。张凭逆旅逢新唱，王粲从军值胜游。长爱征南杜公意，不将馀力碍《春秋》。

题宛陵新桥兼献裴尚书

富平津路远陵开，武库森森又姓裴。高步已吟携手句，上闻初喜造舟才。霜明华表尘初静，月止栏干斗乍回。犹忆醉歌南浦夜，五更人过万声雷。

所居即事六首 原注：丹阳闲居寄郑明府如范上人。

南下丹阳一水湾，陋居瓢饮是希颜。来为野鸟入春郭，去作溪

云归夜山。蓬鬓已衰言必贱,竹门虽立意无关。陶潜惠远如相爱,
朝访遗民暮却还。

其　二　<small>原注:溪上小斋。</small>

日暮空斋对小溪,远村归岸醉如泥。杜鹃花落杜鹃叫,乌臼叶生乌
臼啼。①野食不妨菰作饭,园蔬何必稻为虀。辛勤最爱孟光意,除却
梁鸿无急妻。

　①　严云:"颔联二句见《唐诗纪事》,'花落'作'花前'"又见《海录碎事》卷二十二、
《全唐诗》卷五一一,"花落"作"花发","叶生"作"花生"。

其　三

牢落东溪满鬓丝,一身扶杖二男随。①鸣鸠在处携书卷,科斗生时
想墨池。日夕爱琴怜犬子,春风咏雪喜胡儿。我家命驾还千里,别
与鲈鱼为后期。

　①《全唐诗》卷五一一据《野客丛书》收此句。

其　四　<small>原注:春日寓言。</small>

寂寞春风意未降,酒狂诗癖旧无双。柳花飞处曾逢雪,桃叶开时忆
渡江。自古不堪居陋巷,从今休更犯危邦。圣朝何用询名姓,从放
书生老北窗。

其　五　<small>原注:偶作。</small>

南穷海徼北天涯,惆怅亡羊是路歧。眼下已隳梁武佛,耳中犹听魏
文诗。三茅道士朝携手,五柳先生夜对棋。自向庐山为一社,百年
生计任婴儿。

其　六

晨起常搔两鬓丝,小亭深坐一洿池。墙头鹎鸰限花叶,水面蜻蜓寄草枝。赖得木奴些子力,生憎鱼婢苦顽痴。扁舟远棹寻春处,竹榼新醪喜自随。

赠薛鼎臣侍御

君子清明致自强,大寮金语美公方。长才上拔孤摽日,利剑新磨一匣霜。千里早时知逸足,片言中夜许刚肠。已知金石终无变,应蓄归休在智囊。

偶　信

浮生扰扰务华虚,未胜东归重结庐。自已忘言师靖节,非关真隐慕玄居。无机坐上休扪虱,失脚溪头便钓鱼。唯恨世间些子事,两茎衰发为人梳。

赠季峰上人

时贤近丧若山崖,却赖青云望素乖。强似鹓鸾趋宦达,可胜藜藿伴僧斋。一壶酒外终无事,万卷书中死便埋。唯是江东道门子,许询长说是吾侪。

送法镜上人归上元

南国僧游二十年,却因无任访生缘。风回建业秋归寺,月满秦淮夜到舡。故老尽成双鬓雪,旧房深锁一林烟。莫言了悟为真理,不叹兴亡在眼前。

鹰

按《全唐诗》卷三百六十一作刘禹锡诗,题曰《白鹰》。诗同,不重录。
校其异字如下:第一句"毛羽编斓白野裁","野",《全唐诗》作"绖",是。二
句"马前擎出不擎猜","不擎",《全唐诗》作"不惊",是。五句"绿玉髇唉鸡
脑破","唉",《全唐诗》作"攒"。末句"所以人人道俊裁","裁",《全唐诗》
作"哉",是。①

①《刘宾客文集》不收此诗,应为张祜作。

题李戡山居

三亩溪田竹迳通,道情交态只渔翁。青山夜入孤帆远,碧水秋澄一
槛空。自以蛙声为鼓乐,聊将草色当屏风。莫言酷学无知己,未必
王音不荐雄。

题李山人园林

几年垂钓碧江浔,长爱严陵是此心。万壑深秋闻伐木,一溪长日看
淘金。桑生垅上螟蛉挂,竹在沙头翡翠沉。唯道石田堪种黍,不将
衰发羡华簪。

全唐诗补逸卷九

张　祜 二

投河阳右仆射

黠房构搀抢，<small>应作"檐枪"或"搀枪"。</small>将军首出征。万人旗下泣，一马阵前行。对敌枭心死，冲围虎力生。雪霜齐擐甲，风雨骤扬兵。指点看鞭势，喧呼认箭声。狂胡追过碛，贵主夺还京。黑夜星华朗，黄昏火号明。无非刀笔吏，独传说时英。<small>本卷均见南宋蜀刻本《张承吉文集》卷八。</small>

宋城道中逢王直方八韵

二年离子载，发迹自江南。马上行寻度，途中语再三。始因穷去魏，河北战方酣。后以文投许，淮西难未戡。谪官逢李涉，狂客见刘贲。失意怜初话，多端耻旧谙。茶风无奈笔，酒秃不胜簪。几郁胸中恨，聊当遂剧谈。

题重玄寺阁八韵

朱阁鳞虚构，环瞻极水乡。青螺簇山色，白练展湖光。蠡户浮云过，斜轩早雁翔。万檐攒肆邸，千叶溢津航。叠供傥寒碧，飞窗漏夕阳。月轮霄辗栋，风铎曙铿廊。塔耸尖层出，河萦小派长。因还九霄上，凝步独成章。

投韩员外六韵

见说韩员外,声华溢九垓。大川舟欲济,荒草路初开。耸地千浔壁,①森云百丈材。狂波心上涌,骤雨笔前来。后学无人誉,先贤亦自媒。还闻孔融表,曾荐祢衡才。

①"千浔",疑应作"千寻"。

登杭州龙兴寺三门楼

十里江城下渺漫,两层门上倚栏干。偏宜竹翠山长润,早见梅花地少寒。沙觜渐平人改路,潮痕初静鸟移滩。高楼酒夜谁家笛,一曲《凉州》梦里残。

江上旅泊呈池州杜员外

按《全唐诗》卷五一一收此诗之前四句,缺其后半。题作《江上旅泊呈杜员外》,今全录之。

牛渚南来沙岸长,远吟佳句望池阳。野人未必非毛遂,太守还须是孟尝。江郡风流今绝世,杜陵才子旧为郎。不妨酒夜因闲语,别指东山是醉乡。

题临平驿亭

津亭一望海西墙,旧说湖开是几年。风起半山云出寺,雨馀深岸水平舡。竹林上拔高高笋,荷叶中藏小小莲。长爱向南些子地,两三家近野唐边。

穷 居

陋巷长闻君子穷,我生宁免因儒宫。辛勤自灌一畦韭,卤莽还开三径蓬。竹下喜逢青眼士,草中甘作白头翁。佳期日暮不知处,把钓陈九思同志谓是"钓"字之讹。徒吟江上风。

题赠崔权处士

按此诗亦见《永乐大典》卷一三四五○"二真""士"字"处士"条。(十四函一百三十七册)

读尽儒书鬓皓然,身游城市《大典》作"下"意林泉。已因骏马成三迳,犹恨胡麻欠一畬。真玉比来曾不磷,直钩从此更谁怜?遗民莫恨无高躅,陶令而今亦甚贤。

酬馀姚郑摸《大典》作"模"明府见赠长句四韵

按此诗亦见《永乐大典》卷一一○○○"六姥""府"字"明府"条。(十一函一百十册)

仙令东来值胜游,人间稀遇一扁舟。万重山色连江徼,十里溪声到县楼。吏隐不妨彭泽远,公才多谢武城优。生疏莫笑沧浪叟,白首直竿是直钩。

早秋贵溪南亭晚眺

溪流照槛肃埃氛,百里秋光草树分。青壁峻时山背日,碧潭空处水销云。千寻下彻鱼无隐,一点高飞鹭出群。回首故乡人未去,乱蝉声噪不堪闻。

寿州裴中丞出柘枝

青娥十五柘枝人,玉凤双翘翠帽新。罗带却翻柔紫袖,锦靴前踏没红茵。深情记处常低眼,急拍来时旋折身。愁见曲终如梦觉,又迷烟水汉江滨。

池州周员外出柘枝

红筵高设画堂开,小妓妆成为舞催。珠帽著听歌遍匝,锦靴行踏鼓声来。纤纤玉笋罗衫撮,戢戢金星钿带回。长恐周瑜一私顾,不教闲客望瑶台。

赠　柘　枝

鸳带排方镂绿牙,紫罗衫卷合欢花。当筵舞汗销胸雪,入破凝姿动脸霞。帽侧蹙腰铃数转,亚身招拍腕频斜。须臾曲罢归何处?称道巫山是我家。

观濠州田中丞出猎

东城晓出静尘埃,紫画神旗向日开。锦袖半攘争捧筶,银鞍不下小传杯。马盘草上朱弓满,雁落云中白羽回。晚向三通残鼓尽,北原千骑卷行来。

钟　陵　旅　泊

城御西面驿堤连,十里长江夜看舡。渔市月中人静过,酒家灯下犬长眠。龙筇迥泊滩声下,略彴深行树影边。唯是南风还小瘴,与他归去避衰年。

湘　中　行

南去长沙又几程,二妃来死我来行。人归五岭暮天碧,日下三湘寒水清。远地毒蛇冬不蛰,深山古木夜为精。伤心灵迹在何处?斑竹庙前风雨声。

秋日宿简寂观陆先生草堂

紫霄峰下草堂仙,千载空梁石磬悬。白气夜生龙在水,碧云秋断鹤归天。竹廊影过中庭月,松槛声来半壁泉。明日又为浮世恨,满山行路梦依然。①

①见《吉石庵丛书》本陈舜俞《庐山记》卷四,题作《简寂观》,"空梁"作"空遗","竹廊"作"竹房","影过"作"影占","行路"作"徒积"。

投滑州卢尚书

海内诸侯最屈名,不妨中立自经营。文翁莫厌分符久,韩信终须仗钺行。静以军威齐虎士,别将才力诮儒生。新年几话南迁客,未必无忧是早荣。

送郑灂判官归冬宁

结束翩翩肯寡惊,早时强学已三冬。鲤庭趋日通明训,郑曲归时美盛宗。摘句竞推梁记室,谈经今绍汉司农。异闻不暇陈亢问,尔德无非是孝恭。

经咸阳城

阿房宫尽客谁来,可惜连云万户开。秦地起为千载业,楚兵焚作一场灰。应知长者名终在,只是生人意不回。何事暴成还暴废,祖龙须死项须摧。

惠尼童子

慢眉童子语惺惺,实为天主自有灵。①可惜绿丝梳黛髻,枉将纤手把铜瓶。低回婉态传师教,更学吴音诵梵经。不似俗家诸姊妹,朝朝画得两蛾青。

①"主",严疑"生"之误。

将之会稽先寄越中知友

三年此路却回头,认得湖山是旧游。百里镜中明月夜,万重屏外碧云秋。竹林雨过谁家宅,杨叶风生何处楼。先问故人篱落下,肯容藤蔓系扁舟?

陪杭州郡使宴西湖亭

小亭移宴近云端,十里山图马上看。青壁远光凌鸟峻,碧湖深影鉴人寒。诗成病愈生犀角,酒引娇娃活牡丹。归去不须愁暮雨,高唐神女属仙坛。

杭 州 晚 眺

万仞危峰厌渺漫,碧云梢上倚栏干。云横海雁天风夕,月照城鸦水雾寒。行客待潮来远渡,居人瞻火去平滩。萧条醉卧谁家笛,一曲《梁州》梦里残。

弹 琴 歌

楚人玉琴怨声苦,客欲听时尽怀土。别鹤朝辞沧海云,悲风夜入潇湘雨。弄之不难听者难,金徽冷冷流水寒。一曲自然堪下泪,三山不忍向君弹。

射 虎 词

高山路傍射虎儿,执弓走箭如星驰。一夫中虎人所异,万夫围虎人不知。岗头少年羞弓箭,从此誓心休射虎。更使山头白额来,万金悬赏如泥土。

古 镜 歌

小儿行把街中剧,千年袢斗铜衣碧。将金换得试磨看,俄见洞门深
一尺。夜深时出仰照天,二十八宿中相连。青龙耀跃麟眼动,神鬼
不敢当庭前。明朝擎出游都市,一半狐狸落城死。

开 圣 寺

西去山门五里程,粉牌书字甚分明。萧帝坏陵深虎迹,广师遗院闭
松声。长廊画剥僧形影,古壁尘昏客姓名。何必更将空理遣,眼前
人事已浮生。

偶 题

微风和暖日鲜明,草色迷人向渭城。越客卷帘闲不语,楚娥攀树独
含情。红垂果蒂樱珠重,黄点花鬖粉蝶轻。①自是青楼无近信,莫将
心事问卿卿。

　　①"鬖",严疑"鬓"之误。

晓 别

翠羽朱冠碧树鸡,未鸣先下短墙啼,窗间谢女青蛾敛,门外萧郎白
马嘶。斜汉繁星当烛尽,淡烟残月映花迷。景阳宫里晨钟动,不语
垂鞭上柳堤。①

　　①《全唐诗》卷五七八作温庭筠诗,题作《赠知音》。另《才调集》卷二、《文苑英华》卷
　　二八八亦作温诗。

上 元 怀 古

倚云宫阙已平芜,东望连天到海隅。文物六朝兴废地,江山万里帝

王都。只闻丞相夷三族，不见扁舟泛五湖。遥想永嘉南过日，洛阳风景尽归吴。

隋 堤 怀 古

隋季穷兵复浚川，自为猛虎可周旋。锦帆东去不归日，汴水西来无尽年。本欲山河传百二，谁知钟鼎已三千。那堪重问江都事，回望空悲绿树烟。

洛 阳 春 望

世事空悲衰复荣，凭高一望更添情。红颜只向爱中尽，芳草先从愁处生。佳气蔼空迷凤阙，绿杨抵水挠宫城。①游人驻马烟花外，玉笛不知何处声。

①"挠"严疑当作"绕"。

灞 上 送 客

自省论心意不疑，五年风水因追随。怜君有玉曾三献，顾我无才忝一枝。烟隔灞亭人去日，雨迷秦树雁归时。那知此夏樽前别，却遣相如叹路歧。

经 西 鸿 偶 题

　　按《全唐诗》卷五百七十七作温庭筠诗，诗同，不重录，校其异字如下：第二句"芳草无人情自迷"，《全唐诗》作"芳草无情人自迷"，是。四句"荇花唼喋青头鸡"，"荇"，《全唐诗》作"杏"，非。五句"微红杏蒂惹蜂粉"，"杏"，《全唐诗》作"奈"，非。七句"借问含颦向何许"，"许"，《全唐诗》作"事"，非。①

①《文苑英华》卷一六一作温诗。

喜闻收复河陇

诏书频降尽论边,将择英雄相卜贤。河陇已耕曾殁^{陈九思同志疑当作}
"没"。地,犬羊谁辩却朝天。高悬日月胡沙外,遥拜旌旗汉垒前。共
感垂衣匡济力,华夷同见太平年。

冬日并州道中寄荆门舍

圣明神武尚营边,我是何人不控弦。身着貂裘随十万,心思白社隔
三千。云沉古戍初寒日,雁下平陂欲雪天。却为恩深归未得,许随
车骑勒燕然。

和李子智鲁中使院前凿池种芦之什

鉴地栽芦贮碧流,临轩一望似汀洲。葱笼好映淮南树,疏野偏宜海
上鸥。历历迎风敧枕晓,萧萧和雨卷帘秋。君看范蠡功成后,不道
烟波无去舟。①

①见《全芳备祖后集》卷十二《芦》,缺题。

长 安 感 怀

家寄东吴西入秦,三年虚度帝城春。流光渐渐到华发,离恨萧萧生
白蘋。楚梦觉来愁翠被,越吟声尽怨芳尘。更闻玉笛吹明月,一曲
风前泪满巾。

题徐州流沟寺

古寺层层结构劳,土冈前面峻如濠。露云竹翠石桥冷,风起松声山
殿高。日色动廊开木槿,夜阴生院结蒲桃。西龛禅客不相得,一片
旧阶行几遭。

贫 居 遣 愤

筑室枕隋流，贫居喜自由。未为齐国晏，争免鲁人丘。不畏长堪耻，
无成久更羞。家须男子继，国合丈夫忧。苟利他相与，诛当我自求。
轮回翻碍直，剑折却思柔。老虎终开眼，微虫会叩头。但令吾舌在，
何畏不封侯。

题弋阳徐明府水亭

小邑不劳贤，心期胜地偏。树微青嶂耸，沙浅碧波旋。荡桨投昏岸，
烧燔指湿烟。板檐傍眺寺，石路上登舡。水槛推衣浴，风轩侧枕眠。
无因长寄此，吟和酒中仙。

题 灵 岩 寺

北寺三年别，西湖十里程。山门桥上转，石路阁中行。地入千重险，
江分一面平。引藤闻鼠乱，窥洞见龙惊。嶂月排檐出，屏风倚槛成。
猿寻青壁过，树绕碧崖生。小殿灵云影，高廊下水声。何当还梦谢，
尽我一诗情。

题 天 竺 寺

台殿耸高摽，钟声下界遥。路分松到寺，山断石为桥。引水穿廊去。
呼猿绕槛眺。海明初上月，江白正来潮。夏雨莲苞破，秋风桂子
雕。①乱云行没脚，欹树过低腰。嫩绿茶新焙，乾黄竹旋烧。唯思闲
事了，长此卧烟霄。

①"夏雨"二句，《嘉泰会稽志》卷九引。《全唐诗》卷五一一据《海录碎事》收入。

读韩文公集十韵

天纵韩公愈,才为出世英。言前风自正,笔下意先萌。尘土曾无迹,波澜不可名。词高碑益显,疏直事终明。片段随冰释,丝毫入镜清。文雕玉玺重,诗织锦梭轻。别得春王旨,深泛《大雅》情。穷奇开蜀道,诡怪哭秦坑。骥逸终难袭,雕蹲力更生,谁当死后者,别为破规程。

题岳州徐员外云梦新亭十韵

古地摽图籍,新亭建梓材。水从三峡涨,人自九江来。宿涵曹推远,停骖谢喜陪。山形连岳去,草色尽天回。晚槛高墙出,晴郊古戍开,阳精动金矿,暗魄孕珠胎。竹换经冬叶,松移带雨栽。夜深南浦雁,春老北枝梅。岘岭功初毕,汀洲咏几裁。仙游只斯在,何用便蓬莱。

全唐诗补逸卷一〇

张　祜 三

吴中怀古十六韵

万里江连蜀,千山水占吴。地形分楚塞,舟路控闽隅。西北京华远,东南王气无。未为勾践入,先是子胥殂。国破重泉恨,天迷兆庶呼。黑烟宗庙废,红艳美人驱。旧战储宫尽,新加太宰诛。誓言江北死,羞面角东途。假偾尸犹泊,教悬骨未枯。堕钗残玉燕,穿墓得金凫。苑树深行鹿,阊门迥噪乌。夜阴生越绝,秋色遍姑苏。群邑空遗迹,山川是废图。六朝人已去,三国事应殊。欲下金陵泣,还为建业吁。伤心此时意,狂乞赖麻襦。本卷均见南宋蜀刻本《张承吉文集》卷九。

和岳州徐员外云梦新亭二十韵

泽国连荒徼,津亭揭上游。飞栏控乾马,却住压坤牛。①溟涬吞何处,青苍别几州。黑天三伏里,红日五更头。树失湘潭髻,山明楚塞沤。舜巡初此去,禹凿向南休。白气都为晓,清光别是秋。雨行神女过,云降帝妃游。接鉴凌星斗,褰帷就月钩。草烟凝夜思,花露滴春愁。近渚延沙湿,中垾小岛浮。竹寻诸洞遍,石占一泉幽。日复上山顶,波连归客舟。招魂宋馀恨,吊死屈何投。臣子悲迁斥,王孙念去留。林当藏汉道,兵昔益巴丘。缚将高皇策,烧舡太祖羞。星霜人自变,江汉事长流。胜景离方绝,功符坎德优。还因望京意,歌咏为皇猷。

①"却住"，严疑应作"却柱"。

投陈许崔尚书二十韵

重镇压华戎，恩威达圣聪。泰山高不让，沧海阔难穷。接物欢盈貌，
安民术在衷。旱天云出水，霜野鹗抟风。东土承殊渥，南方著显功。
瑞呈须是凤，畋获必非熊。令下齐军伜，诗传入帝宫。春行膏雨降，
夜仰德星聚。翰苑推词敏，台庭揖道崇。才周儒学外，礼厚笑谭中。
吏理今廉度，文章昔马融。行凭孤竹立，诺为一言终。揭槛楼台耸，
加笾海陆丰。俯移青玉案，高挂绿沉弓。大幕宾名瑀，长裾客姓冯。
耻为狂狷者，强厕滑稽雄。马足虚行地，鞭头漫画空。无能甘画虎，
失趣奈雕虫。死叹身何处，生嗟命不通。聊当问詹尹，犹许诉明公。

酬房子客郊居六韵

三亩田东竹一墟，习家深处自安居。每逢山简能骑马，长羡王弘不
卖鱼。南国烟帆低晚岸，北林霜叶堕寒蔬。郡中旧指贤哉巷，门外
多来长者车。近日稍闻池尽墨，他时谁见壁藏书。已知每事能携酒，
同倚阊门四槛虚。

观 潮 十 韵

泯泯顺为回，泙泙逆是来。草微淹泽莽，沙涨积云堆。不止灵威怒，
当凭怪力推。夏天江叠雪，晴日海奔雷。近落痕犹浅，初平势渐开。
舟惊浮浩渺，石看打崔嵬。鸟下愁滩没，人行畏岸颓。鼓风连涵澹，
值浟更旋回，进退随蟾魄，虚盈合蚌胎。何妨俾巨浸，为尔济川才。

观《山海图》二首

古色辨微茫，华夷在一堂，云霞开藻井，天地出雕梁。细草生毫末，
轻风拂黛光。夜山犹带景，秋树不凋霜。隐竹才分翠，秾华欲堕香。
无风帆自起，度日鸟空翔。舟势鲸吞久，楼形蜃吐长。更看台上镜，
造化落中央。

其　二

何人笔思狂，一壁尽沧浪。日月明丹拱，烟云起画梁。山岚开晓色，
海气动秋光。岛踞鳌睛大，沙行鳄齿长。粉波明百越，黛点簇三湘。
讵作无图意，空迷造化乡。

题海陵监李端公后亭十韵

古城连废地，规画自初心。眺出红亭址，栽成绿树林。竹欹丛岸势，
池满到檐阴。暗草通溪远，闲花落院深。上帘新燕入，抛叶小鱼沉。
晚影移樽惜，残芳秉烛寻。风兰曳衣绣，露柳拂头簪。属咏聊题极，
垂竿旋屈针。短桥多凭看，高堞几登临。漫厕宾阶末，无因和至音。

题江陵崔兵曹林亭

小隐蜀江边，重峦尽一川。山形分断岸，水势尽平田。嫩碧生栏浅，
轻红落砌蔫。短桥扶竹过，敧路把藤缘。南巷纤埃隔，东郊远思延。
月庭潜润石，风渚自移舡。滴露蒲光冷，摇波柳翠鲜。关心每来胜，
幸尔必相然。

题宿州城西宋征君林亭

数亩四郊地，经营胜渐偏。磴崖敧入竹，筒水下浇田。黑壤沾河润，

红葩寄树鲜。驿明昏岸火,樯插晓林烟。嫩笋撑檐曲,新荷帖沼圆。
不妨成隐显,长日步通阡。

题泗州刘中丞郡中新楼

一槛构庭中,临川望益崇。朗怀披夏日,高啸得清风。紫府须黄霸,
青山属谢公。夜声闻动草,春意觉抽丛。野迥云初白,天寒树间红。
月华深委素,淮色迥流空。暮雨佳人到,良辰乐事同。更怜初渡水,
先咏子来工。

奉和湖州苏员外题游杯池

旧胜因金刹,新迁就水堂。何劳数爵筹,不止一龟航。忝座非珍席,
穷源喜滥觞,酒酽开若酽,诗妙掇蘋芳。广槛馀清景,连山叠霁光。
徒思继高韵,益叹谬成章。

奉和浙西卢大夫题假山

入门惊秀峯,规画自奇人。远不离阶砌,高宁让隙尘。岩成须梦说,
岳就合生申。掩映深尤妙,疏通久更新。聊思岘岭日,小认会稽春。
好是怡情处,西楼长景真。

越 州 怀 古

振楫大江东,前林波万顷。高秋海天阔,色落湖山影。行寻王谢迹,
望望登绝岭。荒林草木瘦,古树泉石冷。昔游不可见,牟落馀风景。
穷愁心未死,一笔聊复秉。

晚 下 彭 泽

斜日照鸟当,[①]孤舟下彭泽。平分江九派,敛度山一壁。浅浦横黑

查,高林间白石。帆收天益暝,鸟没岚更碧。依依戍前鼓,稍稍村外笛。何处不眠人,月明西楚客。

①"鸟当",严疑当作"马当"。

游 仙

赤足一仙翁,耳毫垂两颈。摩娑雪毛项,骑上昆仑顶。顾我踪鹿蹄,去游遐寂境。洞门出昏黑,却望如侧井。行折青桂枝,隔云敲石屏。空岩响深彻,台观凝碧冷。风触琼树花,动摇天水影。端衣礼真貌,心目明耿耿。愿侣牧羊儿,休休在崖岭。

寓 言

江海一遗叟,块然穷巷居。门前是川陆,反背卧枕袪。兴来座援琴,忽忽味《关雎》。但愿致樽酒,岂忧无斗储。野牧亦乘马,家池还钓鱼。偶思荣启期,益喜鬓白初。日夕粗充饥,呼儿掇园蔬。行登逸民舟,坐愧长者车。倏值体中佳,未尝废三馀。理生且自昧,安忍限众徂。屏迹岂无素,立诚非甚疏。杜门草《太玄》,落草赋《子虚》。大贾倾十万,一名终不书。小人苟片善,言下辄纪渠。不然少年长,百万看一樗。过此任老圃,笑歌立倚锄。道门演空言,未必死录除。

题池州杜员外弄水新亭

广厦光奇辈,恢材卓不群。夏天平岸水,春雨近山云。婉衍榱薨揭,端完柱石分。孤帆惊乍驻,一叶动初闻。晚槛馀清景,凉轩启碧氛。宾筵习主簿,诗版鲍参军。露洒新篁滴,风含秀草熏。何劳思岘岭,虚望汉江滨。

戊午年寓兴二十韵

大道开王室,辛勤自贾生。白衣逢圣主,青眼赖时英。一路来边海,
三年别上京。泪因南国尽,心向北辰倾。咄咄中途事,栖栖此日行。
登封期未卜,吊汨恨空盈。谛见天何再,勤忧诏未并。汉胡当重理,
魏相昔权兵。《葛藟》机尤巧,《鸤鹈》义可精。①旧恩移保傅,初论激
公卿。后学稽前古,先儒制未萌。朱云曾痛愤,刘向几吞声。日月
今才朗,烟尘久未清。讵闻高鸟尽,终俟小鲜烹。坦坦前王道,雄雄
近世名。帝图殷太甲,人镜魏文贞。逸足期千里,穷鳞渴一泓。征
贤宁乏诏,进善岂无旌。狡兔当寒伏,荒鸡半夜鸣。殷勤在伊吕,为
我致升平。

①"鸤鹈",当作"鸤鸠"。

投陈许李司空二十韵

上将出东征,骅骝得路行。青云仰高步,白日见精诚。朗抱韬群物,
沉思活庶氓。田文今得士,孙武旧能兵。晓月当楼色,秋鞞入地声。
鬼神愁运思,奸猾恐回情。破敌连收栅,屯师立下城。龙观淮甸虎,
鳣视海湄鲸。勇冠临危貌,勋崇定远名。突围亲斩首,开道看擒生。
阵变蛇头出,枪回豹尾横。束衣金甲冷,挥箭铁鞭鸣。历战长诸葛,
封侯小富平。去淮初五马,迁滑再双旌。道只萧何直,功惟范蠡成。
感恩怀敢炙,知味渴和羹。曙阁铜牌入,昏堂蜡烛明。玉钩红袖把,
银注紫衣擎。接坐羞人识,还家畏嫂轻。犹希匹夫胆,一向信陵倾。

投魏博田司空二十韵

圣代倚龙骧,青油镇北方。国除心腹病,时咏股肱良。兆协周畋吉,
言应禹拜昌。中台初复位,太白定扬光。传癖深元凯,筹谋奥子房。

率先供帝命,特地举朝纲。吏改新曹局,民耕旧战场。节旄穷海岛,
诗句起河梁。幕府推贤佐,杯盘任客狂。峰峦资秀崒,雕鹗避轩昂。
列座花茵展,鸣鼍锦臂攘。小旗鞍马令,尖帽柘枝娘。扫路麾幢出,
开衙斧钺行。旌旗垂玳瑁,黄帕结鸳鸯。报主亲临敌,屯师首犯疆。
裂红偷贼号,缠褐眩戎装。夜栅回千马,昏鼙亚万枪,桉声铺阵血,
垂泪抚刀疮。豹望因文变,鲲期假翅翔。空劳千里役,何策利梁王。

投魏博李相国三十二韵

天意兆升平,忠良自间生。二年移四镇,一夜破重城。白刃来临敌,
青油引出京。指途谙老马,望海哂长鲸。国用鞭头筹,军机帐下萌。
王师初戮力,贼将首推诚。鼎鼐传家世,藩隅易弟兄。风云将气合,
才命与时并。咳唾收齐土,疮痍育蔡氓,指捴从上策,谈笑赖高情。
发号方回踵,归农务散兵。紫微才近侍,彤矢又专征。曲直须绳准,
幽深藉镜明。晓江流汗漫,秋华耸峥嵘。士勇思陈力,儿啼畏道名。
文王开卦兆,武帝下星精。远寄恩弥厚,深欺敌不勍。俭风敦制度,
和气茂逢迎。画障朱轩设,蛮刀粉壁横。木鱼连钥动,金兽齿环狞。
舞席宫鬌出,宾盘海馔盈。绣蹄红球卧,花领紫绦萦。鹓鹭初移府,
熊罴夜烈营。①济河无反顾,当阵必前行。野迥朱旗卜,霜干翠幕
轻。角吹寒日色,枪揭暑雷声。宁越身犹贱,冯媛胆未呈。贵门心
强迹,贤路力何争。闷手从抛剑,愁肠却赖觥。宁依刘表死,不接贾
充荣。阻辙羞偏毂,蟠泥渴一泓。应怜望尘眼,歧路拜双旌。

　　①"烈",严疑当作"列"。

读《西汉书》十四韵

日月中华正,星辰上国偏。经纶今四海,讨伐旧三边。失道非无素,
乘时不偶然。安刘机在早,诛吕计须权。礼乐胜残后,干戈止杀前。

未闻晁氏戮，初幸贾生缘。善马来何利，穷兵去甚坚。国雠因破虏，
民耗是求仙。忍愤中郎节，残形太史编。冲融当魏邴，觊衍自昭宣。
故老心徒切，先皇道益悬。元成真渐地，哀少卒崩天。七庙倾王莽，
三公败董贤。兴亡岂无诫，为看借秦篇。

苦　旱

河上劳兵地，江南酷旱天。那知讨邢日，不是克殷年。忽忽嗟时难，
矜矜畏序愆。云徒蔽日月，雨合降山川。造化炉思火，阴阳炭鼓烟。
披怀遭赤昼，濯足想清涟。狱俟于公决，心期戴令虔。敢忘沾霈泽，
何幸及私田。请祷诚明矣，焚巫策昧然。灵山罢齐景，美玉罄周宣。
石燕曾谁舞，泥龙愈自坚。鱼穷悲涸辙，井漆奈枯泉。五亩忧还轸，
三时望益悬。暂欣垂滴沥，终讶阻缠绵。贬损心应恳，疏通税必蠲。
乘轩尝拯物，饮马昔投钱。火宅逢僧话，炎荒想客迁。泥蟠尺蠖久，
草长蒺藜先。病体长兼虑，穷愁益自煎。犹希畏途上，一咏凯歌旋。

苦雨二十韵

积雨江城久，腾云海峤来。暑当初缜绤，寒亦重然灰。暧昧连中夏，
调和仰上台。地平天没堑，舟利木兼材。电影窗遥入，雷声辙乍回。
庭除深溢潦，枕簟去浮埃。太陆青蘋泛，曾崖白浪隈。初跳倒蛙黾，
疾长半蒿莱。坏壤虚为穴，淙沙迥作堆。未如归结网，何惮渴操杯。
漏屋诚难葺，崩墙不易坏。远愁超浤瀁，高羡陟崔嵬。俯祝阴灵遍，
聊飧水物该，病非宜长老，忧是主婴孩。浅浅斟茶鼎，环环荡酒罍。
濯枝怜鸟噤，流麦分人咍。日色疑羞出，天心似惜开，巨鳞承水便，
纤介幸时灾。折角巾全委，低头柱顿摧。神龙曾未失，蝼蚁莫相裁。

陪楚州韦舍人北闉门游宴

柘岸齐空远,通波跨槛牢。四方人意便,两路马行高。雾柳蒙疏叶,
风帆挂并艘。碧云秋水静,红日暮霞韬。苟藉公心度,稀逢敏手操。
旧恩重雨露,新命压波涛。挹海惊涯涘,冲霄讶羽毛。丝纶初变体,
锦袖旋挥毫。美景尤难卜,良辰不易遭。名华应独步,语韵洽朋曹。
异日知司衮,闲时解梦刀。卿材尊宦达,侯业重人豪。拽盏怜稀饮,
扶鞍哂遽逃。香凫深促坐,画鹢远回篙。赌气连呼采,縻心乍漱醪。
何妨孤愤激,肯忘一言褒。北阙承优话,南方续广骚。不尝书咄咄,
谁话酒陶陶。末路犹提笔,雄藩伫拥旄。只愁迂蹇步,归去又蓬蒿。

又陪楚州韦舍人闉门游宴次韵北闉门

远派通催急,层栏架柱牢。中开一阁静,外拔两檐高,岘崒基崇岸,
湾环隘近艘。劲竿红旆展,长镫紫囊韬。旧好千金诺,新题一笔操。
开怀侵月露,惜别话风涛。尽纳黄泥水,平分沼沚毛。诗能拘咫寸,
酒妙乏丝毫。不止才无敌,非论运合遭。宦情周上智,美论逸诸曹。
拟义临戎钺,从容宰社刀。三千纂秀彦,百万举名豪。死士曾无悔,
生民肯更逃。下帘欣继烛,归路止排篙。彩柚撩青鬓,金舡泛白醪。
韵惭高手压,文岂拙词褒。贾谊犹兴叹,杨雄重返骚。不当离急引,
应获在甄陶。强逐骓骓驹,徒瞻子子旄。何堪纵高祖,生意任庭蒿。

投太原李司空

烟尘绕北京,千里动人情。位压中华险,功排上将荣。四方分万石,
三镇拥双旌。大郡为深寄,河湟仗素城。雄才身挺拔,柱石势映倾。
霍氏勋元重,胡家正本清。殊恩酬义勇,积庆自忠贞。海岱乘时出,
风云得气生。虎头膺将号,龙额擅侯名。曲蘖功归酒,盐梅味到羹。

碧霄长日路,黄犬少年行。号令诛无轨,观风审未萌。物情周智用,
宾礼尽逢迎。促座杯心亚,开场镜面平。神隈旗干动,虎占地衣狞。
紫绶分排马,青娥乱替觥。鱼金垂重獭,罗袖拂球轻。暖阁朝呈简,
深帘夜按笙。栖遑穷蔡泽,孱弱病刘桢。试暗秦台下,应回照胆明。

全唐诗补逸卷一一

张 祜 四

献太原裴相公三十韵

万古元和史，功名将相殊。英明逢主断，直道与天符。一镜辞西阙，
双旌镇北都。轮辕归大匠，剑戟尽洪炉。物望朝端洽，人情海内输。
重轻毫在手，斟酌斗回枢。邴吉真丞相，陈蕃实丈夫。礼宾青眼色，
忧国白髭须。几赖平中土，长愁入五湖。旱苗今雨活，妖诊共风驱。
料敌穷天象，开边过地图。黄河归博望，青冢破凶奴。虎豹皆亲射，
豺狼例手诛。坐筹千不失，持钺四无虚。勇义精诚感，温良美价沽。
夔龙甘道劣，贾马分材枯。曙色开营柳，秋声动塞榆。纵横追穴兔，
直下灌城狐。举论当前古，推心及后儒。风云如借便，开眼即天衢。

本卷均见南宋蜀刻本《张承吉文集》卷第十。

途次杨州赠崔荆二十韵

逆旅杨州郭，音容幸此遭。酒浆曾不罢，风月更何逃。寺塔排云直，
间门架水牢。烟笼春树薄，日映曙楼高。碧草连除卷，青旗指浊醪。
粉胸斜露玉，檀脸慢回刀。跃马君心劲，嗔奴我气豪。尾生从抱柱，
颜子也醣糟。赤柏看眉睫，生憎惜羽毛。北邙终寂寞，南国且游遨。
觿篲行移束，箜篌旋转绦。袖因迎顪破，肩为请授劳。未省求媒氏，
焉能泥贼曹。拣花偷芍药，和叶窠樱桃。闷口无端语，穷头尽兴搔。

覆身唯绿葛，医病只青蒿。事过宜他哂，诗成苟自褒。醉时心烂漫，
别夜眼号咷。接席观诚忝，升堂迹贵叨。殷勤欲离抱，为尔一挥毫。

投宛陵裴尚书二十韵

忆拜明公日，青云料果符。征贤披显诏，射策冠英儒。物论推前哲，
朝纲揖大巫。德门深茂秀，义土辟膏腴。简翰垂师法，文章述帝谟。
民欢车辙至，士畏履声趋。省闼名尤美，藩方政历殊。五兵森武库，
百氏秘文枢。小谢才难比，诸荀道亦具。几年思乐土，长日咏生刍。
洁俭遵明训，清通轨令图。马奔为信竹，鞭举示刑蒲。促座嘉宾满，
分题健笔濡。碧江秋鸟聚，青漳瞑猿孤。月上连城璧，星环合浦珠。
早凉生玉树，盛暑退冰壶。豹变真君子，龙钟浅丈夫。新知多寓彦，
旧态只狂奴。敢望怜哀鸟，何烦敬朽株。已愁沾洒泪，还去海西隅。

庚子岁寓游杨州赠崔荆四十韵

穷贱正相仍，逢君又广陵。坐愁身兀兀，行信脚腾腾。小巷朝歌满，
高楼夜吹凝。月明街廓路，星散市桥灯。钝仆常羞使，羸骖半醉乘。
酷遭狂客引，刚被俗人憎。睚眦宁宜惯，趑趄苟未能。坊期瑞芝宿，
阁诣庆云登。迴眺江千里，高临塔九层。山岚开碧巘，海日上红棱。
曲岸盘回出，飞栏斗峻凭。鹭鸶行浅草，龟壳上新菱。野雾岗形兀，
林昏地气蒸。春天聊共赏，夏日几同誊。自给劳方寸，官沽厌窄升。
坚强心似石，险峭志如陵。闷极行挑耳，狂来起扼肱。肠风终作疹，
肺病不为徵。玉树当巡打，香球带柏承。暗归逃酒席，私语结钩朋。
僻性从他谕，幽情且自矜。砌开红艳槿，庭架绿阴藤。冷滑连心簟，
轻疏着体缯。被裁新蜀锦，光矼小吴绫。久滞终何益，长贫也未应。
莫轻垂耳骥，须看脱鳞鹏。善恶都钤口，存亡只抚膺。楚才君漫倚，
荆璞我虚凭。委顺容如妾，幽迂论若僧。早知身足累，近信卜无征。

画虎诚堪诮，雕虫讵可称。扫门踪魏勃，开阁仵孙弘。勿易侵苗鼠，须防止棘蝇。足忧行夜露，心惧履春冰。旅望孤烟起，乡愁远水澄。每思人似玉，长愿酒如渑。去国程无尽，离筵思不胜。感恩因病雀，逐物甚饥鹰。讵忆园蔬灌，唯希社肉秤。冤仇闲物在，知己大官甍。郤弟终须得，蓬非誓欲惩。看看重西去，从此又兢兢。

游蔚过昭陵十六韵

天意亡隋日，人心启圣年。顺时兴义卒，拨乱起戎旃。群盗犹蜂蚁，妖星尚属联。既教龙战野，须见血成川。睿筹无遗策，神功亦有权。王寻徒百万，光武只三千。原注：太宗尝以骑兵三千破伪夏十万于虎牢。海静鲸鲵死，云开日月悬。讲兵将耀德，猎渭本搜贤。向阙皆锵玉，临关罢控弦。大炉销剑戟，，鸿泽荡腥膻。太祖恩尧禅，原注：武德末，天下既平，高祖致政。神孙受禹传。原注：贞观既终，高宗嗣位。宫车悲未已，陵树蔼苍然。岳立青冥外，虬蟠白水边。乾坤资王气，岩壑拥晴烟。虞舜曾南狩，轩辕亦上仙。断髯无复见，空拜鼎湖前。

叙　诗

二雅泄诗源，滂滂接涟漪。宣尼昔道菭，豁豁无阻疑。小开作泾港，大涨为塘陂。可令万顷澄，可使百派支。生民苟灌溉，九谷长蕃滋。何意束晳徒，《补亡》辄继之。安知去圣远，立旨无乖隳。五言起李陵，其什伤远离。雄材耻小用，属咏隅成规。后时班婕好，团扇托忧悲。枚情既云妙，蔡韵肯容卑。建安陈思王，龙变五不知。刘桢骨气真，王粲文质奇。阮公先兴亡，陆氏以才推。雅怨止潘子，高摽存左思。延年得殊致，灵运拔英姿。沈侯美玉蕴，谢守文锦摛。江词骋奇妙，鲍趣出孤危。飘飘彭泽翁，于在务脱遗。陈隋后诸子，往往沙可披。拾遗昔陈公，强立制颓萎。英华自沈宋，律唱乎相维。其间岂无长，声病为深宜。江宁王昌龄，名贵人可垂。波澜到李杜，碧海东弥弥。曲江兼在才，善奏珠累累。四面近刘复，远与何相追。迩来韦苏州，气韵甚怡怡。伶伦管尚在，此律谁能吹。

大唐圣功诗

祜闻昔隋末，炀帝厄围兵。太宗初应募，杖剑起边征。扬师列虚旗，首激将军诚。神略在一断，解围当未萌。高祖守河东，权力已兼并。猖狂蚁结徒，举踵乃击平。隋德日已衰，俯折士尊名。群才乎相杖，诺以义为盟。屯军起边州，李密驰传迎。杨眉爱姿度，失口真王英。由是太河南，千里响应声。降王与拘窦，亲待入宫城。乃命臣萧瑀，府库掌虚盈。次命臣玄龄，图书收付卿。开牢释奸枉，各更重从轻。回戈略伪主，太庙告明明。殊功苟未已，徽号为重旌。文物一以兴，贤良俱间生。声诗日盈听，智论益纵横。何意萧墙内，阴谋中构倾。直词虽可进，王法讵该情。甲子上即位，南郊赦宪瀛。八蛮与四夷，朝贡路交争。三月后亲蚕，癸亥上亲耕。侍臣虞南等，碑以纪功成。

元和直言诗

东野小臣祜，圣朝垂泪言。微尘岂裨助，永负丘山恩。箕子昔为奴，所悲逢世昏。明时便钳舌，切恐负乾坤。臣当涉黄河，心目日且烦。分明在人世，不喻波浑浑。愿以所支流，却寻到昆仑。但穷此生感，没齿宁为冤。臣读帝王书，粗知治乱源。文思苟未安，讵得宾四门。陛下欲垂衣，一与夔契论。成汤事不尽，勿更随波翻。直者举其材，曲者寻其根。直固不可遗，曲亦不可焚。用材苟端审，帝道即羲轩。陛下复土阶，四方敢高垣。陛下喜雕墙，四方必重藩。畋猎岂无娱，汤泉岂无温。始知斋为心，清净自成尊。比干不惮死，谏道久而存。许由不务策，志士亦所敦。兢兢小臣祜，万死甘词繁。

旅次岳州呈徐员外

襄汉止薄游，登舟舍羸策。浮名乃闲事，且作山水客。远持屠龙伎，南访贾谊迹。连岗黯云树，斜日半赤壁。青水去悠悠，青山来历历。囊无一金备，不省为计画。村旗乎夸酒，味薄升斟窄。提笔厌班超，把诗怜阮籍。徐公岳阳守，遇我心的的。湖鲜为我鲙，湖藻为我摘。得吟多高楼，得语多末席。平生负微志，不独诗酒溺。终怀咸谷泥，定刻燕然石。会公饶迎饯，微悬私已识。逢时鲁连辈，一局如博奕。忧来独求醉，兀兀临大泽。屈原诚褊人，自死终何益。南湖雪晴夜，星月林摵摵。君山洞门叟，相语鹤两只。风松座翘脥，向月吹玉笛。笑命诗思苦，莫信狂李白。于狂是空疏，于仙是遐谪。寄言徐太守，人在无金液。

登香炉峰寄远人

前登香炉峰，却指湓城郡。大江北潮海，崇岳南作镇。相逢虎溪子，轻策聊一振。水石动寒光，风松洒高韵。忧来独成语，忽忽千里愤。六朝空遗文，三国无尺烬。孤禽下云久，远树入烟尽。客恨厌山重，归心喜流顺。故人潇湘别，即此无音信。憔悴十年心，谁人不缁磷。

丹阳新居四十韵

不出丹阳郭，茅檐寄北偏。四隅疏积潦，万顷控平田。地势金陵豁，湾形珥渎连。路分南亩上，山映后湖边。故国心殊阻，新池手强穿。闲吟招隐咏，静赋笃终篇。大树应徒尔，高门亦偶然。孤云出小屿，侣鹤下辽天。早市归人语，昏亭醉客眠。五更衔月岸，一宿渡江舡。雪旦飞琼圃，花时丽锦川。茅峰遥自对，练水曲相沿。夜出津头火，晴昏巷里烟。人情嗤散漫，鸟性乐暄妍。夏果垂簷上，春农起面前。

竹栏隈杳袅，藤杖决潺湲。不忝端居胜，何妨病者便。水轩斜浸柳，风槛散披莲。接壤重岗抱，坯沙浅洞延。外瞻群岭拔，中坐两崖颠。峻面嶙峋甃，崇台碨礧填。小桥深宛宛，新瀑下涓涓。架俯蔷薇立，篱因枳壳编。何当把牙筹，只是蹴苔钱。勃窣松栽短，尖纤石笋圆。绿含山桂润，红绽海棠鲜。枕上看羁靮，门前见着鞭。阑珊棋未毕，拨剌钓初牵。麈尾曾无诮，猪肝是不缘。坐甘尘外老，来幸酒中仙。潘岳因成赋，杨雄便草《玄》。散襟梳短发，揭指上游弦。粗可回车马，聊堪驻旆旃。蒢莎惭异席，折笋俟加笾。哭地心知矣，儒家分已焉。穷猿半啼啸，病鹤欲飞眠。授箓陶贞白，留斋竺法乾。观心知不二，叩齿问罗千。帝里思徒切，家山望益悬。阊门不可上，西恨涕涟涟。

忆江东旧游四十韵寄宣武李尚书

忆作江东客，猖狂事颇曾。海隅思变化，云路折飞腾。小子今何述，高贤昔谬称。瘦体休问马，病爪莫论鹰。海棹扁舟泛，江开一槛凭。岸环青莽苍，峰峭碧崚嶒。水国程无尽，烟郊思不胜。金丝援嫩柳，玉片犯残冰。夜泊闻操楫，朝行看下罾。沙明春雨霁，野白暮云蒸。蒲晚帆山叶，花开镜水菱。乱芳丛沼沚，馀溜泄沟塍。鹫岭因支访，龙门诣李登。黄莺春恼客，白鹤夜依僧。粗得狂歌趣，深疑笑病症。地穷屯健马，天尽抑飞鹏。桂彩分城堞，松香在阁层。酒徒穷不破，诗债老相仍。伯玉年将近，宣尼《易》未弘。岁储虽自乏，社肉必均秤。造化三光借，乾坤一块凝。才当论曲直，命可系衰兴。凤鸟非无欢，骓骝靡不乘。豹文须蔚蔚，羊目漫睖睖。范蠡尝金铸，吴王昔土崩。雄图翻自失，高蹑鲜相承。禹庙思陈藻，秦山忆杖藤。几时心豁豁，长日醉薨薨。水宰穷深讨，云门极峻登。北归天尚远，东望海方澄。鹤跂虚为羡，人言敢不应。旅游星正字，愁望月初绫。讵欲由斜径,聊思枕曲肱。兴扪头上虱,闲视笔锋蝇。鸟岸劳方寸,鱼瓶惜一升。诗秋情未剧,别夜思偏增。白首身从贱,青云气可凌。当知在尘土,言直更兢兢。

戊午年感事书怀二百韵谨寄献太原裴令公淮南李相公汉南李仆射宣武李尚书

塞色深河曲,江声接海堧。一生劳远地,万事诚中年。失路为闲物,无官入长钱。高踪非隐遁,下界即狂颠。渐老稀时辈,归休著近篇。星明知帝座,琴妙觉商弦。阙下非才入,江南是性牵。山猿拾虫豸,野鸟避鹰鹯。戏傲东方朔,文轻司马迁。万言成弃置,五字失雕镌。去处寻庄叟,生涯挈道诠。新秋唯白发,旧物只青毡。志业宁常堕,穷耕岂者便。高低徇鸡口,得失付鱼筌。醉卧扪云扃,狂歌上钓舡。古桐收取好,坏屋荐来偏。原注:祜累蒙方镇论荐。却厌长裙曳,宁辞短褐穿。愤穷多自乐,不佞少人怜。静祝旄头矢,闲看马腹鞭。长途思逐日,高阁梦凌烟。读《易》删王注,通《诗》断郑笺。灰心志射鹄,火性急韦编。昔命公称许,尝封国是燕。中间得道济,内外益心虔。始助周文理,俄随汉武仙。长沙归贾谊,汗马得张骞。战伐穷蕃域,英雄是将员。几当陈俎豆,长谓铸戈铤。世故贞元末,时清天宝前。乱离中可惋,愚俊日相肩。忆昨聆商鞅,于今俟鲁连。阴阳初未契,造化昔何遭。窃位崇奸力,沾荣渎货权。满堂金已散,一草命无全。皂白金徒尔,苍黄古亦然。不时经废宅,无地见荒埏。绝塞尘犹起,穷阴候莫愆。杨朱宁谩泣,阮籍不空眠。上意今唯允,人心遽益悛。洪炉当钧戟,大匠主陶甄。谏豸心弥果,星郎议亦先。气肠思藻镜,血首待花砖。地峻清流急,天高白日悬。军庭深自诚,相阃肯虚延。

金马门徒启，蒲轮诏未宣。会逢嵩岳幸，应见渭滨畋。始贺官衣叚，寻闻御食鬻。灾蝗虽犯稼，彗孛欲依躔。楚国风殊革，夷门政已传。深谋南界郢，重德北临边。迹恋羊公切，心依魏相专。苦眉虚更结，穷肺勿相煎。轮转功何倍，藩方寄甚坚。三千拥簪纪，十万各旌旃。大器能斟酌，长材少弃捐。乐音尤在律，星象倏开乾。子夜汾河上，阳春岘岭颠。鬼园濡健笔，花塔醉妖铅。入室风仪迥，登楼月思圆。塞旗冬猎猎，江鼓夜鼘鼘。卧犬偎鞲毯，鸣骝跃锦鞯。绿毛鹦鹉细，红实荔支骈。酒夕繁含管，诗秋叠彩笺。拥炉香旋爇，剪烛艳重然。画鹢交浮浅，雕盘几饫檀。蟹黄咸满箸，熊白软加笾。文业臻曹植，军书到谢玄。鹧鸪词绮靡，鹳鹆舞蹁跹。未坐扶狼狈，重茵睡猓然。夜门归妓乐，部砌拾花钿。揭袖从风虎，弹冠仰露蝉。依刘身未杀，投赵踵空旋。窃语机关少，徐行病体挛。讵烦詹尹策，徒挂养由弦。勃窣形骸朽，眼回语气嫣。万端饶睚眦，一笑泥婵娟。大网宁罗雀，深源亦聚鳣。偏思公子馆，谁问李膺舩。笔砚今犹置，文章昔精研。行因竹林寺，出为柘枝筵。物外心仍僻，尘中病已痊。萧疏吟草木，浩渺溯波涟。南陌逢车马，西陵见墓田。伤心从楚塞，垂泪到湘川。建业人无也，姑苏事已焉。翠华深沓霭，情籁响潺湲。梦去为蝴蝶，魂游逐杜鹃。诗吟陈后主，传范楚先贤。百越怜疆境，三吴隘井鄽。江分九派水，海石一方天。步日松阴缺，披岚石翠鲜。朝帆入大浦，暝鞚逸长阡。曩造西霞律，新参北固禅。涧游提破屦，楼卧枕空拳。□肆行聊问，僧棋坐与填。朽心降杞梓，生意慕兰筌。真道非无隘，空谈是信缘。侯王如重阻，归看数峰连。

梦李白

我爱李峨嵋，梦寻寻不见。忽闻海上骑鹤人，云白正陪王母宴。须臾不陈九思同志疑“大”字之讹。醉下碧虚，摇头逆浪鞭赤鱼。回眸四顾飞走类,若嗔元气多终诸。问余曰张祜,尔则狂者否?朝来王母宴瑶池,茅君道尔还爱酒。祜当听我言,我昔开元中,生时值明圣,发迹恃文雄。一言可否由贺老,即知此老心还公。朝廷大称我,我亦自超群。严陵死后到李白,布衣长揖万乘君。玄宗开怀死_{陈九思同志疑当作"乐"。}其说,满朝呼吸生气云。中人高力士,脱鞾_{疑是"鞾"之误,"鞾"同"靴"。}羞欲乐。_{陈九思同志疑当作"死"。}谗言密相构,送我千万里。辛苦夜夜归,知音聊复稀。青云旧李白,憔悴为酒客。自此到人间,大虫无肉吃。男儿重意气,百万呵一掷。董贤在前官亦崇,梁冀破家金谩积。匡山夜醉时,吟尔古风诗。振振二雅兴,重显此人词。贺老不得见,百篇徒尔为。李白叹尔空泪下,王乔闻尔甚相思。尔当三万六千日,访我蓬莱山。高声叫李白,为尔开玄关。天明梦觉白亦去,兀兀此身天地间。_{南宋蜀刻本《张承吉文集》,承江宁唐圭璋先生见告。}

全唐诗补逸卷一二

杨洵美

> 杨洵美，登宝历元年进士第。补诗二句。

句

暮鸦不噪禁城树，衙鼓未残宾卫秋。[1] 见唐张为《诗人主客图》。

[1] 宾卫，《唐诗纪事》卷五一作"兵卫"。

杜 牧

> 杜牧，字牧之，京兆万年人。卒大中七年，五十一岁（据岑仲勉先生作《李德裕会昌伐叛编证》一文所推定之结论。）补诗一首。

七 绝 一 首

岩□□□万木中，□□特地一枝红。拟攀丛棘□寥寂，□□□香感细风。见陆心源《吴兴金石记》卷四。[1]

> 《吴兴金石记》陆心源案略云："拓本高一尺三寸，广二尺三寸，字径二寸。……谈钥《吴兴志》：牧于大中四年十一月授湖州刺史。逾年，以考功郎中知制诰，遗爱塞路。公退之馀，登临赋咏，碧澜消暑，俱有留题。盖

亦不知顾渚之有诗刻石也。《樊川集》亦未收。

①《吴兴金石记》云此诗在顾渚山,诗前有序,已残泐,录如次:"□于□□□□为大中五年刺史樊川杜牧奉贡讫事季春□休来□□□七言。"诗及序又见《两浙金石志》卷三,但残泐更甚,诗中第二句"特地"作"时池",似误。

许　浑

　　许浑字用晦,丹阳人,故相国圉师之后。登太和六年李珪榜进士第。补诗二首。

宣州开元寺赠惟直上人

曾与径山为小师,十年僧行众人知。夜深月色当禅处,斋后钟声到讲时。经雨绿苔侵古画,过秋红叶落新诗。劝君莫厌江城客,虽在风尘别有期。见丹徒陈庆年刊《横山草堂丛书》本《许浑诗真迹录》。①

①《全唐诗》卷五二六误作杜牧诗。

茅山题徐校书隐居

深居四十年,语旧泪潺潺。官满春辞省,兵来夜出关。思随江鹤远,心寄海鸥闲。莫讶频相访,前峰似故山。同前。

　　按唐许浑乌丝栏真迹,宋岳珂《宝真斋法书赞》著录之,其跋略谓《右唐郢州刺史许浑所书乌丝栏诗一百七十一篇真迹,分上下凡二卷。织组间错,辞格华古,笔妙烂然,见为三绝"云云。《横山草堂丛书》陈庆年跋谓:"用晦真迹自叙云:'编集新旧五百篇。'《全唐诗》编丁卯诗至五百三十馀首,逾于郢州自纪之数,丁卯之诗,宜若一无所遗。乃《宣州开元寺赠惟直上人一首》与《茅山题徐校书隐居一首》明载于真迹中者,即为《全唐》撽拾所不及。"

李商隐

李商隐字义山,号玉谿溪生,怀州河内人。生元和八年,大中十二年卒(据冯浩《玉谿生年谱》及岑仲勉《玉谿生年谱会笺平质》所推定)。补诗一首。

访白云山人

瀑近悬崖屋,阴阴草木青。自言山底住,长向月中耕。晚雨无多点,初蝉第一声。煮茶归未去,刻竹为题名。见《永乐大典》卷三〇〇四"九真""人"字(五函四十一册)。①

①周建国云此诗可信,义山另有《白云夫旧居》诗可参。

贾 𫗧

贾𫗧,河南人,世居姑臧。𫗧官著作郎,为文宗朝宰相贾𫗛兄(见《新唐书·宰相世系表》。贾𫗛,新旧《唐书》并有传。)诗一首。(《全唐诗》无贾𫗧诗)

谒 华 岳 庙

老柏寒飔飔,清祠昼寂寂。开门华山北,岚气沉日夕。国家崇明祀,五岳尽封册。福我西土民,报君金大籍。惟神本贞信,以道征损益。无乃惑聪明,讹言纵巫觋原作"巠觋"。因循作风俗,相与成窬《雍州金石记》作"旧"溺。疲病间里氓,锥刀往来客《雍州金石记》作"役"。我行岁云暮,登殿拜瑶席。奠酒彻明灵,绪言多感激。郁然展冠冕,凛若生矛戟。斑驳石色重,阴深香烟碧。虹梁无燕雀,玉座镇虺蝎。肸原作

"肟"羕似有闻，依俙《雍州金石记》作"稀"，通疑所规。髫年业文翰，弱冠荐
屯厄。天命几微茫，神逵徒悚惕。今来游上国，幸遇陶唐历。正直
不吾欺，愿言从所适。见《金石萃编》卷一百五，以《惜阴轩丛书》《雍州金石记》校
其异。

　　石刻诗后原题"唐元和元年十月二十八日。侄男宣义郎行华州参军
琡太和六年四月廿六日重修"。

　　朱彝尊《曝书亭集》："元和元年十月，著作郎河南贾𬟽《谒华岳庙》赋
五言诗题名。太和六年四月，其侄男宣义郎行华州参军事琡修之。修之
者，殆镯之也。诗题北周天和二年赵文渊书万纽于瑾所撰《华岳颂》之左
方，颂之阴，则开元八年刘升书咸廙所撰《精享昭应碑》也，其右勒颜真卿
乾元元年题名。工每椎拓三面而遗𬟽诗，以是流传者寡。然其诗特醇雅，
顾图经未之采焉。"

　　毕沅《关中金石记》卷四："𬟽，贾悚兄。据《宰相表》则𬟽官著作郎也，
无侄琡名，可以补史之缺"。

　　《金石萃编》王昶按："贾𬟽，官著作郎，而此诗自题不署衔，则是未仕
时作也。𬟽为悚之兄，悚居相位在文宗朝，当元和年官不过员外郎，未显
也。玩𬟽诗有云：'髫年业文翰，弱冠荐屯厄。今来游上国，幸遇陶唐历。正
直不吾欺，愿言从所适。'则显然是未第而求神佑者。此诗《全唐诗》未收，
故无从详考。"

刘得仁

　　刘得仁，贵主之子。补诗一首。

泾川野居晚望

地极接穹苍，西维落太阳。泉声入深稻，山色出南岗。风起芦兼荻，
烟生柘与桑。归来坐幽石，半壁冷蟾光。见《分门纂类唐歌诗》残本第一册

《天地山川类》。

缪岛云

缪岛云,少从浮图,武宗时返俗。补诗十首。

白 龙 潭

中有白龙盘,偷湫见说难。风云随步起,雨雹出山寒。鸟道悬青壁,天河泻碧湍。轩皇曾向此,金鼎炼还丹。

游黄山怀古

浮丘与轩后,鹤驭杳难思。三十六峰顶,不知何处奇。枯杉龙脑溢,阴洞石膏垂。莫问当时事,苍苔锁断碑。

登 天 都 峰

盘空千万仞,险若上丹梯。迥入天都里,回看鸟道低。他山青点点,远水白凄凄。欲下前峰暝,岩间宿锦鸡。

马 迹 石

堪信曾鸾驾,寻仙道已成。因过盘石上,如印玉沙行。苔逐方圆匝,泉随深浅生。临回山色暮,拂拂翠云平。

望黄山诸峰

峰峰寒列簇芙蕖,静想嵩阳秀不如。峭拔虽传三十六,参差何啻一千馀。浮丘处处留丹灶,黄帝层层隐玉书。终待登临最高顶,便随鸾鹤五云车。

汤　泉

暖泛朱砂石壁幽，轩皇曾浴上丹丘。阴阳相煮连珠浦，今古长煎泻镜流。紫气晓笼烟色澹，锦霞明照火光浮。何方为洗身轻后，便跨飞龙到十洲。

朱　砂　石

寒岩万丈陟崔嵬，只恐朱砂势便颓。采蘂客闻雷擘去，卧云僧见鸟衔来。丹霞迥烁嵌空片，红日斜分突兀堆。倘得神仙惠纤粟，便能轻举向瑶台。

石　人　峰

双峰何代列巍巍，忽化仙人世所稀。绝顶长年相对坐，九天何日却同归。风生松柏喧天乐，山隐云霞挂道衣。终愿扪萝一相访，共君齐跨凤鸾飞。

仙　僧　洞

先朝曾有日东僧，向此乘龙忽上升。石径已迷红树密，萝龛犹在紫云凝。钵盂峰下留丹灶，锡杖前边隐圣灯。从此旧庵遗迹畔，月楼霜殿一层层。

仙　桥

千丈侧悬飞鸟外，双峰横架碧天心。月中才有仙人过，山下应闻笙磬音。丹灶路穿瑶草湿，朱砂泉迸锦霞深，轩辕去后虽然在，争奈凡流无处寻。以上十首均见康熙十八年闵麟嗣撰《黄山志定本》卷六。

　　缪岛云逸诗承仪征吴白匋先生见告。

赵　嘏

　　赵嘏字承祐,山阳人。武宗会昌中登郑言榜进士第。补诗一首。

览卷赠张山人

五字谁能摘?一枝犹未攀。始知无价玉,出自有名山。春静烟花秀,夜深风月闲。如何恃高节,垂老住云间。见《永乐大典》卷三○○四"九真""人"字(五函四十一册)。

宇文鼎

　　宇文鼎,文宗朝官左司员外郎,历吏部、仓部,累迁御史中丞,出为华州刺史,坐赃免。补诗一首。(《全唐诗》无宇文鼎小传)

惠　泉

璞玉耀荆山,山根窦玉泉。有声清出籁,凝色碧于天。晓静微涵日,春晴浅浸烟。岩花红影密,啼鸟下沙墀。见《湖北金石志》。
　　诗末原题"宝历□年二月廿一日"九字。
　　《湖北金石志》:"案石碑高二尺四寸,宽三尺一寸,首行书'惠泉'二字,次行漫漶莫辨,当是作诗人姓名。中六行行书五律一首云(诗不重录)。末行书'宝历□年二月廿一日',字径二寸许。按郑渔仲《金石略》载荆门军有宇文鼎《惠泉诗》。新旧《唐书》无鼎传,《全唐诗》亦未之及。是刻虽阙其名,然以年号与郑氏所载证之,诗为文鼎作无疑。唐代诗人湮没无闻者,正复不少,今荆门象山石壁留此《惠泉》诗刻,以传文鼎之名,不可谓非幸矣。"

卢　肇

卢肇字子发,袁州人。会昌三年登进士第。补诗四首。

耸翠峰题石 原注:峰在袁州府城西三十里。

耸翠峰高千百尺,四时常似莓蓝色。卓然万古镇祇园,世代鬼工驱不得。巍巍直上插青天,远疑似与天相连。登临下视群山小,千里平铺在眼一作"目"前。藤蔓交加生薜荔,土毛苍藓相蒙蔽。风翦云开雨歇时,飞出一山新翡翠。日回影倒落前溪,烟波湛湛浸琉璃。更将何物可比类,分明一只擎天柱。

绿　阴　亭

亭边古木昼阴阴,亭下寒潭百丈深。黄菊近连陶令宅,青山遥负一作"偻"向平心。人归别浦村烟敛,鱼跃澄波槛水沉。更爱玉琴调惠政,为君登此一开襟。按《全唐诗》止有前四句,今从《临江府志》录全。①

①《全唐诗续补遗》卷十据《隆庆临江府志》卷十三收此诗,题下注:"在新喻县右,俯临袁江。""亭边"作"亭间","百丈"作"百尺","近连"作"旧连","向平"作"子平","槛水"作"槛影"。今删彼存此。

吊进士杨邺

名未荣身亲在堂,九重泉路去何忙。夫妻镜里鸾分影,兄弟云中雁断行。林木萧疏花失色,池亭牢落月无光。思君欲向灵山哭,又恐猿闻更断肠。

戏宜春李令求厅前杜鹃

杜家有女小名鹃，生在陶公吏案前。百里望风惊调态，千金买笑惬当筵。预防户外锄兰地，莫把篱东种菊田。为问河阳妖艳主，聘财却一作"都"要几多钱？以上四诗均见《豫章丛书》《袁州二唐人集》中《文标集》卷下。

李贻孙①

李贻孙，夔州刺史。（《全唐诗》无李贻孙诗）

句

群乌幸胙馀。见宋陆游《入蜀记》卷六。

《入蜀记》卷六页十一（《知不足斋丛书》本）："祠旧有乌数百，送迎客舟。自唐夔州刺史李贻孙诗已云群乌幸胙馀矣。"

① 李贻孙，原作李贻。李贻孙曾官夔州刺史，《全唐文》卷五四四收其会昌五年撰《夔州都督府记》，《金石录》卷九著录会昌五年九月"唐李贻孙《神女庙诗》"。陆游在述巫山神女祠中景物时引及此句，应即《神女庙诗》之残句。两《唐书》无李贻孙传，今参张忱石所考，补传如次：李贻孙，字里不详。大和初任福建团练副使，会昌五年为夔州刺史，大中三年任在谏议大夫充宏文馆学士，大中五年任福建观察使。又曾任金部、司勋员外郎。约卒于大中六年后。原列"无考"作者，今移此。

任　宇

任宇，生平无考。诗一首。①（《全唐诗》无任宇诗）

新安郡北百馀里即黄山西北有峰高出颇类大华因目为小华山前郡守才客题咏至多偶登斯楼因成一绝

雨晴雨霁潼关道,仙掌分明几度逢。可料新安郡楼上,黄山深处见
三峰。见康熙十八年闵麟嗣撰《黄山志定本》卷六。

①任宇,《元和姓纂》卷五云为渭州人,任迪简之次子。两《唐书》有《任迪简传》,作
京兆万年人。张忱石《〈全唐诗〉无世次作者事迹考索》云渭州当作渭南,任氏自汉
任放之后徙居渭南,唐初任雅相迁至万年。当以后者更为准确。《新安志》卷九云任
宇于咸通七年任歙州刺史,此诗即作于其时。《郎官石柱题名》户部员外郎有任宇,
名列裴虔馀后,薛调前,亦咸通间任。原列"无考"作者,今移此。

裴　休

　　裴休字公美,济源人。补诗一首。

太平兴龙寺诗 题拟

麟台朝士辞书府,凤阙禅宗出帝京。归到双林亲惠远,行过五老访
渊明。白衣居士轻班爵,败衲高僧薄世情。引得病夫无外想,一身
师事竺先生。见《永乐大典》卷六六九九"十八阳""江"字(七函六十四册)。馀参阅本
书卷三崔融诗附注。①

①此诗又见《吉石庵丛书》本陈舜俞《庐山记》卷四,原题甚长。岑仲勉《唐方镇年表
正补》考证应为裴坦作,是。另详《全唐诗续拾》卷三十二。

郑　畋

　　郑畋字台文,荥阳人。补诗一首。

白鹤观水阁题诗 题拟

松阴如幄水如罗,秋尽山青白鸟过。独坐一庵心正寂,数声何处竹枝歌。见《永乐大典》卷二三四三"六模""梧"字"梧州府"引《舆地纪胜》云"白鹤观在州西。咸通末,郑畋守苍梧,建水阁,题诗"。①

①此诗见《太平寰宇记》卷一六四、《舆地纪胜》卷一〇八。

张 濬

张濬字禹川,河间人。僖宗乾符中,枢密使杨复恭荐为太常博士,累转兵部郎中、谏议大夫,迁户部侍郎,拜平章事、判度支。寻贬连州刺史,至蓝田不行,留华州依韩建。昭宗乾宁二年复为兵部尚书,领天下租庸使。三年,罢使务,守尚书右仆射。上书乞致仕,乃还洛阳,居长水县别墅。天复三年为人所杀(《旧唐书》卷一七九,《新唐书》卷一八五均有传)。诗一首。(《全唐诗》无张濬诗)

山居洞前得杜鹃花走笔偶成以□

八琼室本作"简"桂帅仆射兼寄呈广州仆射刘公

桂八琼室本作"幄"中筹策知无暇,洞里□花别有珍八琼室本作"春"。独酌高吟问山水,到头山景属何八琼室本作"闲"人。见《金石续编》卷十二,又见《八琼室金石补正》卷七十七。①

按石刻于诗题下原署曰"河间张濬"。又此诗之后有岭南节度使刘崇龟和诗一首,《全唐诗》卷七百十五收之。石刻于刘诗之后有"乾宁元年三月廿七日将仕郎前守监察御史张岩书"一行。《广西通志·金石略》谓石刻在临桂龙隐岩下。

①桂林市文管会近年普查石刻,编为《桂林石刻》三册,第一册收此诗较完整。题中

"以□"二字作"用别",前二句异文均同《八琼室金石补正》,"□花"作"观花",末句
"何人"作"诗人"。

李　涛

李涛,或与温庭筠同时。补诗一首。

送凌处士赴连州邀

连山群书至,策马出长安。落日对酒别,晚关冲雪寒。霜飞湖草绿,
春近岭梅残。知己云霄在,那言欲挂冠。见北京图书馆藏《永乐大典》卷一
三四五〇"二真""处士"条。

　　按唐有两李涛,其一长沙人,与温庭筠同时,《全唐诗》卷七百九十五
收诗句六句。其一字信臣,避地湖南,事马殷,后唐天成中进士,历仕晋、
汉,至宰辅,入周,封莒国公,后归宋,《全唐诗》卷七百三十七收诗一首,
又卷八百七十《谐谑二》收诗一首,卷八百七十一《谐谑三》收歇后语两
句。此李涛颇疑系温庭筠同时之李涛。

王　謩

　　王謩,大中时人,与释元孚同时,为中散大夫、台州司马。
诗一首。(《全唐诗》无王謩诗)

奉和元孚大德 亦依本韵

华顶高峰接太虚,承攀琪树赋垂珠。当时惟有建公在,老宿如今一
半无。见明陶宗仪《古刻丛钞》,与元孚诗同刻一石。

　　案诗原署"中散大夫行台州司马赐鱼袋王谟并书"。又刻后纪"唐大
中九年岁次乙亥八月丁丑朔六日壬午重题,以纪他年之事",共二十六

字。

高 骈

高骈字千里,南平郡王高崇文之孙,卒僖宗光启三年。补
诗四句。

句

手栽桃李十馀春,今日经过重建勋。《经虢县》。见崔致远《桂苑笔耕集》卷十
七《磻溪》诗自注引高骈句。

水急鱼难钓,见吹柳易低。《钓鱼亭》。见《桂苑笔耕集》卷十七崔致远《钓鱼亭》
诗自注引高骈句。参阅本书第十九卷崔致远诗集。

全唐诗补逸卷一三

李 当

李当,晚唐懿宗、僖宗时人。历中书舍人、户部侍郎,出为河南尹,旋复除尚书左丞。时路严弄柄,摒斥异己,由是出牧道州。诗一首。(《全唐诗》无李当诗)

题 朝 阳 洞

江上朝阳洞,无人肯暂过。今来惬心赏,回首恋烟萝。见《八琼室金石补正》。

石刻于诗题下署"义阳守李当"五字。馀说详魏深诗按语。

魏 深

魏深,晚唐懿宗、僖宗时人,为李当从甥。诗一首。(《全唐诗》无魏深诗)

奉和左丞八舅题朝阳洞

北阙飞新诏,东山喜更过。文星动岩梦,章句别杉萝。见《八琼室金石补正》。

望按:碑刻并有魏深《书事》,略叙李当尝自中书舍人问俗湖南,后除户部侍郎,寻出尹河南。移宣□,镇褒斜,旋拜天官氏,岁馀,除尚书左丞。于时奸臣窃柄,凡不附者悉遭摒斥,由是出牧道州。道州山民起事,当以书招谕之,不劳尺刃而山民顺之云云。又按《书事》中谓奸臣窃柄,盖指路岩及韦保衡诸人。路,《新唐书》有传,与韦皆懿宗、僖宗时人。又石刻于诗题下署曰"从甥前□州军事判官乡贡进士魏深"。[1]

陆增祥《八琼室金石补正》卷六十:案《金石录目》:"李舟《朝阳岩诗》,大历十三年九月,李当、牛岺诗附。"自大历十三年至咸通十四年,相距九十馀载,此题之李当,盖别一人也。《唐书·宰相世系表》姑臧大房有李当,官至刑部尚书,时代约亦相近,即此题诗之人。

望又按:牛岺,《全唐诗》作牛丛,其题朝阳岩诗,见《全唐诗》卷五百四十二。李舟《朝阳岩诗》未见。

[1]光绪《湖南通志·金石六》云此句缺字"似高字"。《唐文续拾》卷六小传作"道州军事判官",似据文意推测。

王　棨

王棨字辅之,福唐人。咸通三年郑侍郎从说下进士及第,试《倒载干戈赋》《天骥呈材诗》,词尚清婉,托意奇巧。李公蔚时擅重名,自内翰林出为江西观察使,辟为团练判官。未几,除太常博士,入省为水部郎中。乡人李颜,累举进士,郁有声芳,赠诗云:"蓬瀛上客颜如玉,手探月窟如夜烛。笑顾姮娥玉兔言,谓折一枝情未足。"辅之十九年内连三捷,其于盛美,盖七闽之罕有也。黄巢义师入京,棨于乱离之中,不知所之,或云归终于乡里。诗二十一首。(小传据《麟角集》唐乡贡进士黄璞所撰《王郎中传》删节而成。《全唐诗》无王棨诗)

省题诗二十一首
天　骥　呈　才

马知因圣出,才本自天生。骎骏何烦隐,权奇愿尽呈。电从双眼落,云向四蹄轻。过去王良喜,嘶来伯乐惊。绝尘慙逸步,曳练议能名。
唯待金鞭下,春风紫陌情。

上 德 不 德

何从称上德,舍德德方全。圣者如非圣,贤者不自贤。海宁言我广,
神岂谓予玄。伐善功难立,无为化易宣。〔道〕惟闻邃古,理亦愧先
天。欲述犹龙旨,应忘得意筌。

农 祥 晨 正

玉律方移候,农祥已向晨。昭回当午地,皎洁向天津。北陆收残冻,
东皋见早春。影浮佳气动,光射曙云新。千亩功将起,三推礼欲申。
若非齐七政,何以示农人?

咏 白

非青玄赤黄,正色配金方。鱼表周王德,麟呈汉帝祥。寒来边草远,
春至岭梅芳。曳练闻良马,衔钩见瑞狼。张苍肥似瓠,潘岳鬓如霜。
虚室能生后,方知守黑长。

咏 菊

秋来多野菊,节应〔有〕黄花。闲叶玉如栗,满蕖金出沙。池边迷瑞
鹊,洞里悟仙牙。蕊散非红艳,香飘异〔绮〕葩。赠诗宜魏帝,泛酒称
陶家。明日登高处,期君手不赊。

咏 清

洁澈浮天色,锵洋入乐声。露零金掌满,冰结玉壶盈。屏障排云母,
帘栊动水精。南山秋雨霁,北牖晚风生。裴楷当年意,胡威近日名。
未知尧舜化,寰宇一时清。

月 前 菊

秋菊近重阳,原头复道旁。蕖滋寒露绿,花绽晚风黄。蘪染枝枝艳,
星分处处芳。乍疑金散野,遥误叶经霜。篱下何人采,樽中满座香。

唯应未归客,对此欲沾裳。

上巳日曲江锡宴群臣

池散暮春景,君垂晞露恩。妙音回舜乐,浓味降尧樽。诏出倾兰省,筵开对杏园。轻涟摇彩舰,芳草映华轩。禊事辉朝曲,欢声彻帝门。常陪观者列,低首望馀暄。

甸服耆旧望籍千亩

不展三推礼,如今已几年。郊畿春又至,父老颈空延。扶杖沟塍侧,倾心日月边。〔望恩〕情倍百,流目地方千。未睹公卿从,长愁犬马先。幸同黄耇意,因此愿闻天。

晓日禁林闻清漏

晓过宫垣侧,犹闻漏水频。清音传五夜,山影值三春。露碎金壶滴,风和玉佩振。依稀连凤沼,仿佛辨鸡人。温树初凝雾,彤闱渐向晨。若非鸳鹭伴,谁此继香尘。

未　明　求　衣

夙夜宁无准,忧勤事万机。良宵犹未曙,深殿早求衣。长乐钟才动,华胥梦已归。丝纶传紫禁,黼黻进彤闱。被处烛仍在,垂时星始稀。岂一作“恭”惟汉文帝,因此致巍巍。

寒雨滴空阶

霏霏飘永夜,滴滴落空阶。自有路歧恨,那堪离别怀。檐前声乍碎,枕畔梦全乖。远与岩泉杂,微将漏水谐。天涯思旧友,江上忆闲斋。坐到空庭晓,残云带石崖。

山　明　松　雪

高树当轩晓,长松带雪明。景疑残月在,林似野云横。密叶缘多亚,修条被压倾。曙空连嶂白,寒气到檐清。影杂青牛重,光迷皓鹤惊。披衣凝望久,无限剡溪情。

元日端门肆赦

史官开圣历,天子御层楼。寿〔域〕(城)南山色,恩波东海流。绕栏生杞梓,当槛簇貔貅。日月祥光近,山河喜气浮。兆人瞻凤辰,万里御皇猷。欲识春生处,鸡竿最上头。

原隰荑绿柳

晴郊浮淑气,疏柳发柔荑。嫩翠原头遍,轻丝隰畔低。和烟方郁郁,伴草欲萋萋。叶少眉难短,条新带未齐。离人心已醉,游客步初迷。无限迁乔意,芳菲正好栖。

风 中 琴

虚檐来晓吹,横榻有瑶琴。暗报青蘋叶,潜生绿绮音。数声随籁去,馀响入堂深。徽假大王按,弦因少女吟。如筝飘阁上,似瑟鼓江浔。若与钟期会,还知天地心。

文 不 加 点

娱宾初命赋,摛翰已堪夸。思发才无滞,文成点不加。笔端舒锦绣,手下走龙蛇。罢益银钩势,休添丽泽华。误蝇宁复见,倚马未为嘉。有愧当明试,含毫到日斜。

曲 江 春 望

暇日来南陌,春晴望曲江。地方骈绮席,城过拂霓幢。宝塔摇铃铎,云楼辟璅窗。落风花片片,掠水燕双双。游女红银辋,王孙白玉缸。莫论仙禁里,只此见雄邦。

边 城 晓 角

十年抛故国,五夜在边城。月照沙千里,风吹角一声。清音飘远戍,残韵落荒营。背雪征鸿报,眠霜〔老鹤惊〕。李陵应下泪,蔡琰岂胜情。直是吴儿听,〔乡关梦不成〕。

三 峡 闻 猿

扁舟登楚峡,孤棹下巫云。正值三声断,仍教五夜闻。凄凄流洞壑,
杳杳透烟氛。滟滪秋归尽,阳台曙欲分。何人悲失计,几度恨离群。
听后盈巾泪,家山接海濆。

寒 梧 凤 栖

本向高冈植,宁将众木齐。虽随杨柳落,长待凤凰栖。井上枝微亚,
窗前影乍低。九苞和月立,六律带霜飞。秦女含吹管,周王罢剪珪。
既同丹穴树,那肯宿群鸡。以上各诗均见《麟角集》。①

　　《麟角集》原署"唐水部郎中福唐王棨辅之著",《省题诗》二十一首为
　　该集附录。原书云:"宋绍兴乙卯,八代孙蘋任著作佐郎,于馆阁校雠,见
　　先郎中省题诗,录附之。"

　　① 此组诗原有缺误,据《天壤阁丛书》本《麟角集》校补。

李 颜

　　李颜,福唐人。与王棨善,累举进士,郁有声芳。诗一首。
(《全唐诗》无李颜诗)

赠王郎中棨 题拟,参阅前王棨小传

蓬瀛上客颜如玉,手探月窟如夜烛。笑顾姮娥玉兔言,谓折一枝情
未足。见黄璞撰《王郎中传》。

皮日休

　　皮日休字袭美,一字逸少,襄阳人。补诗一首。

题　包　山

一片烟村胜画图,四边波浪送清虚。此中人若无租税,直是蓬瀛也不如。见《分门纂类唐歌诗》残本第四册《天地山川类》。

魏　璞 《全唐诗》作魏朴

　　魏璞字不琢,毗陵人。才高志旷,居舜过山下,杜门二十馀年,饭蔬积学。工诗文,与皮日休、陆龟蒙友善,每秋风时,乘短舸载酒,相偕浮游烟水间,皮、陆各有赠诗(小传据顾委慈辑《江上诗钞》引《邑志·隐逸传》)。今补诗三首。

寻　鸟　窠　迹

　　原注:唐道林禅师入秦望山,见长松蟠曲如盖,遂栖止其上,故称鸟窠禅师。

为访名僧迹,言寻小曲阿。松林春日静,石径晚云多。道法传驯鹊,原注:有鹊巢侧,自然驯狎。禅机显化螺。原注:尝入市,见食螺已截尾,乞放之池。至今螺蛳繁生,悉无尾如截。遗迹在芦院。空潭山色印,谁与证维摩?

陪皮袭美陆鲁望重过鸟窠迹

重探灵迹到空山,山下茅庵几叩关。不为白云招客屐,那教清境接人寰。螺池水色经年静,仙岭松声镇日闲。拟约高贤同结社,好移竹室住前湾。

题舜山后牛迹石

耕凿连云磴,蹄痕见福衡。泣天伸养志,喘月藉留名。纪凤仪同美,歌麟趾并荣。胜遗方寸地,风动后人耕。以上三诗均见《江上诗钞》卷一。

望按:顾季慈心求辑《江上诗钞》卷一收魏璞诗五首,其一《奉和皮袭美悼鹤》,其二《又奉和袭美一首》,二诗《全唐诗》收之,惟"璞"作"朴"。小传云:"魏朴字不琢,毗陵人。诗二首。"又按《全唐诗》皮日休卷有《五贶诗》并序。序云:"毗陵处士魏不琢,气真而志放,居毗陵凡二纪,闭门穷学"云云。又有《寄毗陵魏处士朴》一首,他诗诗题又有"毗陵魏不琢处士"之语。又《全唐诗》陆龟蒙卷有《奉和袭美赠魏处士五贶诗》及《和袭美寄毗陵魏处士朴》等诗,可相参阅。

司空图

司空图字表圣,河中虞乡人。登咸通十年进士第,后梁太祖开平二年卒,年七十二(据两《唐书》本传)。补诗一首。

晚 思

蛩徐窗下月,草湿阶前露,晚景凄我衣,秋风入何树?此见《分门纂类唐歌诗》残本第一册《天地山川类》。

来 鹏 《全唐诗》作来鹄

来鹏,豫章人。家徐孺子亭边,林园自乐,师韩柳为文。咸通间,举进士不第。广明中,避地荆襄,中和间客死于维扬逆旅,主人收葬之。补诗一首。

牡 丹

中国名花异国香,花开得地更芬芳。才呈冶态当春昼,却敛妖姿向夕阳。雨过阿娇慵粉黛,风□□□□□□。□□□□□□□,

□□□□□□□□。见《分门纂类唐歌诗》残本《草木虫鱼类》卷三。

刘　蜕

　　刘蜕字复愚,长沙人。懿宗咸通间官左拾遗。曾流寓于射洪,聚生平所为文,掘土埋于南山,刻石曰文冢云。诗一首。(《全唐诗》无刘蜕诗)

览陈拾遗文集　按题下原署名曰"东川观察判官长沙刘蜕"。

郪中好事人,家藏君十轴。余来多暇日,借得昼夜读。意气高于头,冰霜冷人腹。就中《大雅》篇,日日吟不足。生遇明皇帝,君臣竟不识。沉湮死下位,我辈更莫卜。射洪客来说,露碑今已踣。剜刓存灭半,势欲入沟渎。寓书托宰君,请为试摩拭。树之四达地,覆碑高作屋。愤君死后名,再依泥沙辱。世路重富贵,婉娈好眉目。文学如君辈,安得足衣食。不死横路渠,为幸已多福。我有平生心,推残不局促。捐君盛年名,万钟何足禄。量长复校短,凫胫不愿续。悲君泪垂颐,云山空蜀国。见《永乐大典》卷三一三四"九真""陈"字"陈子昂"条引《潼川志》(五函四十四册)。

牛　峤

　　牛峤(《旧唐书》卷一百七十二作"峤")字松卿,一字延峰,陇西人。乾符五年登孙偓榜进士第。曾自序其集。有"窃慕李长吉所为歌诗,辄效之"之语。今补诗一首。

登陈拾遗书台览杜工部留题慨然成咏①

步出县西郊,攀萝登峭壁。行到蕊珠宫,暂喜抛火宅。羽帔请焚修,霜钟扣空寂。山影落中流,波声吞大泽。北厢引危槛,工部曾刻石。辞高谢康乐,吟久惊神魄。拾遗有书堂,荒榛堆瓦砾。二贤间世生,垂名家烜赫。逸足拟追风,祥鸾已镞翮。伊馀诚未学,②少被文章役。兴来挥兔毫,欲竞雕弧力。虽称含香吏,犹是飘蓬客。薄命值乱离,经年避矛戟。今来略倚柱,不觉冲暝色。袁安忧国心,谁怜鬓双白?见《永乐大典》卷三一三四"九真""陈"字"陈子昂"条引《潼川志》(五函四十四册)。

> 按:诗后原纪年时曰"光启三年九月二十六日。"
> ①原署:"前权知尚书刑部郎中牛峤"。　②伊馀,应作"伊余"。

周　朴

> 周朴字太朴,吴兴人。补诗一首并诗句二。

灵　岩　寺

碧峰顶上开禅坐,纵目聊穷宇宙间。白日才离东海底,清光先照户窗间。①

> 此诗见道光甲辰年侯官严鸿谟校刊《周太朴诗》。按诗集原为明徐𤊻兴公所编,严刊本于徐编增诗二首,此即其中一首,云据《莆风清籁集》增。又按:此诗《全唐诗》仅存"白日才离东海底,清光先照户窗间"两句,此则其全璧也。

> ①宋李俊甫《莆阳比事》卷七收此诗,题作《题灵岩上方》,"东海"作"沧海"。《全唐诗续补遗》卷十三据《莆风清籁集》卷五八《游踪》收此诗,题作《灵岩化寺》,"户窗间"作"户窗前",今删彼存此。

又　句

子孙何处闲为客,松柏被人伐作薪。同前见《周太朴诗》,云据《泉州志》录
存。①

　　①见《吟窗杂录》卷二八。

李　蟾

　　李蟾字懿川,宣宗朝历官仓部、考功员外,咸通元年迁谏
议大夫。(此据《全唐文》卷七八八李蟾小传。按《图书集成》一
一七册《方舆汇编·职方典》七〇九卷《常州府部》宜兴县善权
洞条有"唐司空李蟾少肄业山中"之语,姑附志于此。《全唐
诗》无李蟾诗)

题善权寺石壁

四周寒暑镇湖关,三卧漳滨带病颜。报国虽当存死节,解龟终得遂
生还。容华渐改心徒壮,志气无成鬓早斑。从此便归林薮去,更将
馀俸买南山。见海宁吴骞《拜经楼诗话》卷二第十七条。同治《增修宜兴县志》卷十
《艺文志》亦载之。①

　　《拜经楼诗话》卷二:"唐李蟾诗世不多见。宜兴善卷寺有题石壁一首
曰(诗略)。盖蟾太和时尝见白龙于此,其诗尚有元和遗音。蟾本名虬,将
赴举,梦名上添一画成虮字,及寤,曰:'虮者,蟾也。'乃更名,果登第。皆
可补《唐诗纪事》之遗。"望按《全唐文》卷七八八收李蟾《请自出俸钱收
赎善权寺事奏文》一篇,略谓"寺在县南五十里离墨山,是齐时建立。……
寺内有洞府三所。号为乾洞者,石室通明处可坐五百馀人,稍暗处,执炬
以入,不知深浅。……洞门直下便临大水洞,潺湲宛转,湍濑实繁,于山腹
内漫流入小水洞。小水洞亦是一石室,室内水泉无底,大旱不竭。洞门对

斋堂厨库,似非人境。洞内常有云气升腾,云是龙神所居之处。臣大和中
在此习业。……臣怀此冤愤近三十年。……今请自出俸钱依元买价收赎,
访名僧主持,教化同力,却造成善权寺。……"诚如此文所云,大和中李蠙
曾于此习业,三十年后始出俸钱收赎,推其时当在懿宗咸通中。然则题此
诗于寺壁,要亦咸通间事矣。

① 又见《古今图书集成·山川典》卷九九《善权洞部》。

罗 隐

罗隐字昭谏,馀杭人。后梁太祖开平三年卒,年七十七。补
诗一首。

献淮南崔相公

天临黄阁如秋净,日照洪钧若昼清。虎帐坐分真宰气,象筵吹出泰
阶声。云霞自入淮王梦,风月谁含炀帝情。见说蓬莱百王发,玉皇
吟出广陵城。此见《永乐大典》卷二七四四"八灰""崔"字"崔某"条引《维扬志》(四函
三十四册)。

符 蒙

符蒙字适之,补诗一首。(《全唐诗》仅存符蒙诗二句)

旅夜怀故人

嬴形对寒影,即此更何亲。半夜枕前泪,穷秋乡外身。雨馀岚色动,
风静月华新。故友谁相忆?年来入梦频。见《永乐大典》卷三○○五"九
真""人"字(五函四十二册)。

全唐诗补逸卷一四

王贞白

王贞白字有道,永丰人。乾宁二年张贻宪榜进士。补诗十二首。

赠彭蟾处士

不阻兵散乱,穿杨已叠双。文深李北海,诗净贾长江。退隐劚山药,醉眠凭酒缸。年年搜草泽,未便老书窗。

案彭蟾字东蟾,好学不仕,《全唐诗》卷五百四十六收彭蟾诗一首。

赠刘台处士

摆落尘埃深处隐,欲将麋鹿混高踪。兵机不让韩擒虎,笑癖微方陆士龙。月窟常留丹桂在,家山贪卧白云重。圣朝有诏征遗逸,莫挂头冠著涧松。以上见《永乐大典》卷一三四五〇"二真""处士"(十四函一百三十七册)。

戏 赠 乡 人

前年内殿考文华,咫尺天颜隔绛纱。御榜早闻传异国,乡人犹似薄东家。中宵纵匣冲星剑,临水难留上汉槎。明日春风动行色,惟愁重别故林花。此见《永乐大典》卷三〇〇四"九真""人"字(五函四十一册)。

下地日侍陆侍郎御宴赋得落花①

何处足落花,漂泥与藉沙。春深上林苑,日晚五侯家。遍地轻难扫,
当风势易斜。无心愧蜂蝶,来岁即荣华。

①"下地日",疑应作"下第日"。

昭阳落花

空树落花时,宫嫔泣暮晖。尽皆承雨露,争不惜芳菲。残蕊犹粘草,
馀香尚惹衣。无言属青鸟,青鸟自衔飞。以上见《永乐大典》卷五八三九"十
六麻""花"字"落花"条(七函六十一册)。

礼聂先生新安重围先生能通
两军之好及城开民皆复全也

李白辞翰苑,前山寻隐沦。不遇采芝翁,满洞惟白云。原注:李白昔日曾
于此山寻许宣平先生不遇。我来礼先生,得与龟鹤亲。学道须有缘,始逢
天上人。四皓安汉室,先生存歔民。阴功数已满,自合成天真。如
何未上升,应待玉皇迎。我愿去浮名,随师归三清。此见《永乐大典》卷一
〇四五九"四济""礼"字(十一函一百四册)。

送建昌冯明府

尝闻陶彭泽,解印归匡庐。今见冯海昏,辞官还隐居。贤人五百年,
间生信非虚。清风激贪冒,白云同卷舒。家山列画屏,绿水环庭除。
秋清对吟尊,羲皇人不如。只今建昌民,方话大冯君。何必遗爱碑,
政声人尽闻。

赠浔阳冯明府

政约人知惧,讼庭荒草生。日高诸吏散,风到七弦清。诗味匡山色,

卧谙溢浦声。柴桑已不远,何苦念前程。

宛陵早秋卧病代书寄周明府

为谢临邛宰,时多阙附书。懒非嵇叔夜,疾比马相如。溪雨凉生后,
山亭月上初。怀君自有句,何必遗双鱼。

又　一　首

吾道岂便丧,时人自不容。白头伤久别,青眼忆相逢。萍迹风波急,
荷衣雾露浓。空编太平颂,天子未登封。以上均见《永乐大典》卷一一
〇〇〇"六姥""府"字"明府"条(十一函一百十册)。①

>　①以上诸诗,《永乐大典》皆注明出王贞白《灵溪集》。《直斋书录解题》卷十九著录
>　　此集,共七卷,今不存。

白鹿洞二首

读书不觉已春深,一寸光阴一寸金。不是道人来引笑,周情孔思正
追寻。
一上西园避暑亭,芰荷香细午风轻。眼前物物皆佳兴,并作吟窝一
昧清。此二首从清馀姚邵启贤辑、武昌陶氏刊本《王贞白诗》中补得。邵氏序谓此二首
系据家刻本续补,《全唐诗》所未收者。

裴　说

　　　裴说,与曹松、王贞白同时。昭宣帝天祐三年,礼部侍郎薛
　　廷珪下状元及第,官终礼部员外郎。补诗一首。

重台芙蓉

众芳凋落后,特地遇阳和。一一开虽晚,重重得亦多。略无幽鸟语,

时有冻蜂过。日暮寒阶畔,轻红拂浅莎。见《永乐大典》卷五四○"一东""蓉"字"重台芙蓉"条(一函三册)。

黄 滔

黄滔字文江,莆田人。补诗一首。

游 囊 山

山有重囊势,门开两径斜。溪声寒走涧,海色月流沙。庵外曾游虎,堂中旧雨花。不知遗谶地,一一落谁家?见黄鸣乔刻本《黄御史集》卷二。

黄 蟾

黄蟾,莆阳人,为御史黄滔之从弟。诗一首。(《全唐诗》无黄蟾诗)

和从兄御史延福里居

天赐平安水北中,满庭荆树醉春风。纵觉尘世三公贵,何似吾家一脉通。花底轻风香扑散,门前细柳绿皆同。回头文馆长安上,原注:谓德温出。此际思予宁有穷。见《天壤阁丛书》本《莆阳黄御史集》附刻明崇祯本补附诗卷。

按诗题下端原署"从弟蟾"三字。徐松《唐两京城坊考》卷四"次南延福坊"有御史黄滔宅,即据《黄御史集》中《延福里居和林宽何绍馀酬寄》诗及黄蟾此诗为证。

曹　松

曹松字梦征,舒州人。为诗宗贾岛,深入幽境,然无枯淡之癖。初在建州依李频。昭宗光化四年,礼部侍郎杜德祥下与王希羽、刘象、柯崇、郑希颜皆七十馀始及第,时号五老榜,为秘书省校书郎。补诗一首。

贺知章官至秘书监忆镜湖山水上疏明皇放归乡土仍赐镜湖山河五百里曹松题镜湖诗曰

不因良匠写清光,照见越州年岁长。里许云山更孤峭,一时宣赐贺知章。见《永乐大典》卷二二六七“六模”“湖”字“镜湖”条(二函二十册)。

罗弘信

罗弘信(新旧《唐书》并作弘信)字德孚,魏州贵乡人。僖宗时加金紫光禄大夫检校尚书右仆射,充魏博节度观察处置等使,卒昭宗光化元年,年六十三。(复出二首)①

白　菊

见《分门纂类唐歌诗》残本第六册《草木虫鱼类》卷五。按《全唐诗》卷七三四作罗绍威诗。绍威乃弘信之子。一作罗隐诗。

柳

见《分门纂类唐歌诗》残本第七册《草木虫鱼类》卷八。按《全唐诗》卷
七三四亦作罗绍威诗。

① 罗弘信，原作罗宏信，为《宛委别藏》本《分门纂类唐歌诗》抄写进奏时避清高宗
讳而致，今予改回。

卢士衡

卢士衡，后唐天成二年进士。补诗一首。

望　山

乱山难问主，相续碧嶙嶙。何处烟霞里，犹眠经济人。楼高看有意，
雨过色弥新。待取科名了，终期隐此身。见《分门纂类唐歌诗》残本第二册
《天地山川类》卷二十二。

杨　氏

杨氏，五代晋李嗣昭妻。诗一首。（《全唐诗》无杨氏诗）

硖　石　山

此山霭霭通云烟，峭壁嵯峨势分绵。丹水流衍曲如带，风皱罗纹听
管弦。莺啼花开入禅意，掷笔台前梵呗宣。遥想当年无遮会，纷纷
散落雨花天。见《山右金石记》

《山右金石记》卷九《硖石山杨夫人摩崖诗刻》条引《凤台县志》："石
壁刻'唐天佑丙子岁六月十四日离府，至中旬巡祀到此，登陟硖石山，偶
上先师掷笔台，眺观景象，为诗上碣。弘农郡君夫人述。'按天佑丙子，晋

称天佑十一年(望按:丙子,当是晋天祐十三年,公元 916 年)。是年,李嗣昭立钟开元寺以七月十三日,弘农郡君夫人游碛石山则六月十四日。考唐制有郡君夫人、公侯伯子夫人,制同一二三四品,似属嗣昭夫人杨氏。但嗣昭封陇西郡公,未封弘农,或因弘农华阴以杨氏族望为称也。又考杨氏善蓄财,嗣昭被梁兵围夹城弥年,杨氏多助其军用。子继韬叛后入京,杨赍银数十万以赂释其罪。后与子继忠家晋阳,馀资犹钜万。晋高祖起义,贷其殖以赂契丹,后以继忠为刺史。杨氏平生积产,嗣昭三世皆赖。今复见其石刻笔迹,直奇妇人也。

张义方

张义方,南唐时人。补诗一首。

献冯李二相公 题拟

两处沙堤同日筑,其如启沃藉良谋。民间有病谁开口,府下无人只点头。见《江南馀载》卷下,云"冯延巳、李建勋拜相,张义方献诗"。

李建勋

李建勋字致尧,陇西人。工诗能文,其诗少犹浮靡,晚岁清淡平易,为南唐李昪、李璟所重。补诗一首并诗句二。

谢赐待诏御苑 题拟

御苑赐房令待诏,此身殊胜到蓬瀛。禁中仙乐无时过,阶下常人不敢行。叠颖弄芳秋气落,丛柯耸翠露华清。天厨送食何功享,空咏康哉赞盛明。见《江南馀载》卷下。

《江南馀载》:李建勋罢相,元宗于西苑天全阁别置厅院待之,命右仆射孙晟同寓直焉。建勋进诗云云。

句

一人看上马，双节引还乡。同前。

> 《江南馀载》：宋齐丘出镇洪州，诏赐锦袍，烈祖（李昪）亲为衣之。李
> 建勋赠诗有"一人看上马，双节引还乡"之句，时论荣之。

李夷邺

> 李夷邺，唐室诸孙。保大初，以宗室贤才拜正卿，累降辄
> 复。诗一首。（《全唐诗》无李夷邺诗）

献　诗　题拟

偶忆昔年逢上巳，轻舟柳岸宴群臣。人间蹇薄时时叹，天上风光日
日新。玉帛已来诸国瑞，瑶池固有万年春。赋诗饮酒平生事。肠断
金门愿再亲。见《江南馀载》卷下。

> 《江南馀载》：李夷邺者，前唐诸孙，嗜酒不羁。保大初，以宗室贤才拜
> 正卿，累经左降，逾年辄复旧官。元宗上巳开宴，夷邺不在召中，乃献诗曰
> 云云。上赐御札曰："我家有此狂宗正，快哉！"

全唐诗补逸卷一五

吕从庆

　　吕从庆，本大梁人，从其祖吕伸宦金陵。广明元年，黄巢率义军渡江攻金陵。时伸已卒，从庆偕弟从善走歙之竭田。朱梁代唐，又自歙迁隐于旌德之丰溪。每以陶彭泽自况，自号丰溪渔叟。历十七年而后唐代梁，又十四年而石晋代唐，其在江南则南唐方受吴禅。从庆喜曰：“吾今而后始终为唐民矣。”卒，年九十有七。诗一卷，计四十五首。

　　按《全唐诗》无吕从庆诗。今传世之《丰溪存稿》，即吕从庆诗集也。此书有洪溪吕氏萃石山房本，有嘉庆癸酉岁从庆三十二世孙吕玺培重刊本，均未见。有同治癸酉六安西乡流波磾镇弗措书屋重镌本。此卷即自同治重镌本录出。集前有雍正甲寅年任启运撰吕从庆传，足资参考。

幽　　居

茅茨何潇潇，邱园复寥廓。黄冠此中居，眷言寄高托。理乱无闻声，荣辱不相着。有书聊把娱，有酒自斟酌。侵晨课田桑，归来日华薄。盘桓松竹间，鸟动残云落。

登纠峰顶

盘盘纠峰岭，不与群峰同。我来值清秋，落叶飞苍穹。洪涛湃松柏，烟雨交空濛。爱兹竟忘返,非关足力穷。

题　画

怪石倚危峦,横烟出深谷。其间有孤松,亭亭表苍绿。携筇者伊谁?
顶发髡且秃。请君过柴桥,临流味幽独。

钓　鱼

侵晨出门去,道遇村阿婆。问我一竿竹,得鱼日几何?我志不在鱼,
毋问寡与多。行行至矶侧,卸我青草蓑。落花向我舞,啼鸟向我歌。
旁有垂杨枝,迎风翻阿那。我意殊自得,翛然眠绿坡。仰视霄汉间,
还以永吟哦。

过 金 鸡 石

金鸡自天来,桑麻列青眼。群耳无一聪,昂冠复飞返。遗音此寂然,
千秋意何限。所幸一片石,犹在田中坂。我来抚弄之,襟怀日以散。
寄语坿中禽,尔徒博飧饭。

怀严子陵前辈

举世成薄俗,往往奔虚名。一或滞草泽,其音多不平。先生挽风化,
簪组轻浮萍。缅维富春渚,千秋有深情。

喜　晴

瞳瞳云间日,兼旬不得明。一朝雨势歇,众鸟喧新晴。南窗有老叟,
喜极椎枯柈。呼僮载樽酒,访渠泉石盟。出门有佳趣,清风生绿萍。
笑语途中泥,尔难濡我悄。

献题金鳌山

金鳌腾腾高百丈,昔者曾游东海浪。女娲断足奠坤舆,怒身化作安
吴嶂。骨肉虽变魂魄鲜,千秋万古生云烟。闲花老树满馥郁,飞走
异类争蹁跹。草堂熟对忽托异,念在神仙广游戏。琴高跨鲤如跨驴,
初成乘龙较容易。我今自号钓鱼郎,丝纶倍比任公长。愿言活汝骑
脚底,御风直造星辰傍。

山 中 作

人生自古少百年,弹琴饮酒须欢然。老子于今得此趣,纵有尘事难
纠缠。左安药炉右茶具,失记朝来与朝去。偶因送客出前溪,便过
溪桥拾诗句。

贼 警

兵火逾风疾,才西已及东。苍翁灾海内,赤子哭途中。城阙兼旬闭,
邮书彻旦通。不知调国者,何以慰时匆?

行次歙州寓之

乍入新安境,溪山觉可褒。赁房安食具,扫榻卸行绦。明识离乡贱,
强言避世高。君听涂上客,多半说弓刀。

小 园

小园春色丽,花发两三株。露笋抽泥立,风兰狎石铺。教儿棋正歇,
得客酒重沽。意绪浑如此,诗肠老未枯。

游多宝寺

探幽过小涧，夕照未全阴。倚杖娱闲睫，闻钟寄远心。竹光浮古趣，松籁卷寒音。城衲烹茶出，先供座佛歆。

村径中即事

寂剪茅檐外，溪流曲似绳。飞蜓低复仰，啼鸟断还仍。麦秀香联亩，麻高影障塍。老夫无病痛，长此乐清礽

对月有感

天开悬宝镜，皓魄满栏杆。君自千秋照，人谁百岁看。夜香金鼎烬，春酒玉壶干。吾意方萧索，怀兹愈不安。

草堂坐雨

夏来田久旱，秋雨偶然并。岚影经眸幻，檐声滴耳清。幽花开小艳，愈黍转馀精。还望潢池上，萧然洗甲兵。

偶　兴

吾亦陶彭泽，从来懒折腰。焚香怀落落，对酒意嚣嚣。世态云多幻，人情雪易消。最佳猿共鹤，闲里日相邀。

溪　西　村

入境闻鸡犬，悠悠古趣遟。红边花落瓣，绿际茗舒芽。深壑和烟窈，清溪避石斜　他时须结伴，松底泛流霞。

冬　尽

一年惟腊在,忽忽又将央。雪重庭枝折,风轻径蕊香。感时空有恨,
留岁竟无方。老矣当樽客,他乡作故乡。

平　原

碧天连野色,微雨湿蒿藜。鸟影松间没,蝉声柳外嘶。寺僧张远盖,
田父把轻犁。逸趣纷纷入,都堪作画题。

章 氏 幽 居

白屋烟霞内,花期了不愆。邱山情更好,泉石盟须坚。绿树当檐里,
红藤倚壁牵。主人闲处立,有客笑扶肩。

忆 弟 从 善

弟贫居歙县,兄老住丰溪。大被身分寝,长绳足共羁。幅云横断岭,
钩月照斜溪。安得源源过,陶然乐黍鸡。

夏 日 即 事

结伴居山寺,超然见白云。境闲堪问道,客雅好论文。坐石惟看奕,
行田或课耘。夜来尘俗语,不向梦中闻。

梅

最爱横溪曲。横流一树梅。藏根惟爱石,落瓣不沾埃。腊里孤清节,
春间创辟材。调羹还有藉,青子百千枚。

薄暮步村径

竹里荆扉掩，村前万物幽，飞虫抟涧舞，鸣鹊抱巢修。川上渔歌断，坡前牧课休。淡烟随杖履，吾意自悠悠。

避　乱

海内风光半血污，杀人声过似樵苏。一身驱路忙如蚁，八口无家散若乌。栗里无踪空怅望，桃源有梦失招呼。饥来野店供飧饭，敢怨匙前脱粟粗。

春 日 书 怀

丰溪村内野人居，隐约南山对敝庐。花下小桥春策蹇，竹中深径夜归渔。无名正可骄王谢，有句还能继庾徐。醉罢浊醪邻客散，一番清梦又蘧蘧。

赠 野 僧

有客逃禅住北冈，昔年支许意相当。清如细竹迎风洒，洁似孤松冒雪张。锡杖倚云看远岫，铜瓶汲月煮新汤。只今石畔双扉掩，静阅琅函日几章。

永丰桥闲坐

敝袜轻鞋缓足投，永丰桥上寄双眸。山沿东舍环西舍，水绕南畴赴北畴。村妇坐畦挑马齿，野童蹲涧采鸡头。娱闲不觉忘中饭，一点斜阳射竹楼。

阅田禾

村南村北稻花明,碧影清光夹望平。节弄暑风轻拂拂,尖悬晚露澹
盈盈。道傍妪妇呼鸡返,坡外儿童跨犊行。独坐小桥幽兴满,蟪蛄
声在柳梢鸣。

傅婆井

古井无渊源,千秋自涵养。日暮汲人来,洞然发清响。

葺丰溪桥成志喜一绝

横流架石梁,刻作永丰字。好渡杖藜翁,逍遥谓农事。

醉卧田间赖里人章氏子扶归作诗以谢之

荷锄田泽畔,垂手引模糊。陷溺今方众,君还有意无?

题英济石

怪石裹苔钱,高耸百馀尺。我至辄呼名,依稀点危额。

观野烧

烈烈西风里,蓬芜一扫空。虽留生意在,已废半年功。

菊

短篱假曲径,风雨困秋曦。竞惜芙蓉冷,何知更有伊。

栅山

郁郁长林障远乡,茸茸细草绿于秧。好风吹拂闲烟霭,薰得斜晖满

径香。

漫 兴

纠岭丰溪许避秦,一丘一壑老遗民。妻孥莫漫悲家计,留得黄冠未算贫。

马 蹄 痕

一泓流水旧多情,拂尘乘骢跃浅萍。父老竞传遗迹在,不知仙客是何名。

春日往栅山吟诗于驴子背上未即就误入侧径为丛莽所缚卒成之

风生原野翠痕充,涧曲峦隈小径通。觅句未成垂首索,不知身挂莽林中。

又

隔绝羊肠已数旬,到来春霭正盈盈。山神拟欲求新句,牵住衣裳不放行。

寄 弟

函罢家音又拆看,添书绝句报平安。丰溪渔叟生涯定,明月清风一钓竿。

纠峰别业

纠峰岭半树森然,伐竹编成翠底廛。杂客不来尘思少,落花啼鸟自年年。

德山老人送茶至

数株香苕产松坡，野老新分半两多。钓罢归来儿说与，引瓢旋汲涧中波。

丰 溪 秋 社

稻熟瓜累岁有仁，烹鸡割豕祀田神。分腥不觉归来晚，一幅云烟拥醉人。

《四库全书总目提要》谓："其集历代史志书目皆不著录。此本为乾隆庚申其裔孙积祚所刊，称其从叔高祖元进所手录，黄之隽、邵泰、储大文皆为之序，称其湮没八百年而始显。然其书晚出，授受源流渺不可考，越宋、元、明至今，忽传于世，论者颇以为疑。"并举用词数条，以为不似晚唐五代人语。且谓《春雪往栅山》一诗，题中有"敲诗驴子背上"语。实"贾岛咏推敲二字不定，见《唐摭言》，郑綮言'诗思在灞桥风雪中驴子背上'，见《唐诗纪事》，在今日则为故典，在唐末犹为近事，不应从庆用之。且称吟诗为推敲，已属割裂，至改为敲诗，明以前人实无此语。"按南京图书馆藏同治重镌本此诗题作《春日往栅山吟诗于驴子背上未即就误入侧径为丛莽所缚卒成之》，无敲诗之语，是传本有不同也。其馀用词可疑者，又安知非辗转抄刻中所致耶？至古籍之不显于当世而复见于后代者，其例实繁，故仍录存之，以俟海内方家之论定焉。

全唐诗补逸卷一六

韩熙载

韩熙载字叔言,北海人。弱冠擢进士第。李升建南唐,召为秘书郎,傅东宫。李璟立,迁虞部员外郎。言事切直,宋齐丘、冯延巳忌之,贬和州司马。起为中书舍人。后主煜袭位,为兵部尚书,累官光政殿学士承旨。宋开宝三年卒,年六十九(据徐铉撰《唐故中书侍郎光政殿学士承旨昌黎韩公墓志铭》)。熙载工文,与徐铉齐名,称韩徐。补诗一首。

赠 陈 郎 <small>题拟</small>

陈郎不著世儒衫,也好嬉游日笑谈。幸有葛巾与藜杖,从呼宫观老都监。见《江南馀载》卷上。

《江南馀载》:陈致尧雍熟于《开元礼》,官太常博士,国之大礼,皆折衷焉。与韩熙载最善。家无儋石之储,然妾妓至数百,暇奏《霓裳羽衣》之声,颇以帷簿取讥于时。二人左降者数矣,熙载诗(诗不重录)云云。其厅中置大铃,大署其旁曰:"无钱雇仆,客至请挽之。"

段义宗

段义宗,南方长和国布燮(官称,相当于宰相)。前蜀乾德

中入蜀使,因不欲朝拜,遂秃削为僧。补诗三首。(按《全唐
诗》佚句卷收段义宗佚句六句,不见全篇,注只云"外夷"人,其
实皆吾中华当时所谓南土藩臣耳,亦兄弟民族也)①

题大慈寺芍药

浮花不与众花同,为感高僧护法功。繁影夜铺方丈月,异香朝散讲
筵风。寻真自得心源静,观色非贪眼界空。好是芳馨堪供养,天教
生在释门中。见后蜀何光远《鉴诫录》卷六。(《知不足斋丛书》二十二集第一百七十
册。按《全唐诗》佚句卷仅存首二句。此首句"浮花",《全唐诗》作"此花"。)

题三学院经楼

鹫岭鸡园不可俦,叨陪龙象喜登游。玉排复道珊瑚殿,金错危栏翡
翠楼。尚欲归心求四谛,敢辞旋绕满三周。羲和鞭挞金乌疾,欲网
无由肯驻留?同前《鉴诫录》卷六。《全唐诗》佚句卷只存三、四句。此诗第四句"危
栏",《全唐诗》作"危楣"。

又　题

当今积善竞修崇,七宝庄严作梵宫。佛日明时齐舜日,皇风清处接
慈风。一乘妙理应难测,万劫良缘岂易穷。共恨尘劳非法侣,掉鞭
归去夕阳中。同前《鉴诫录》卷六。《全唐诗》亦无佚句。

　　望按:《全唐诗》佚句卷共收段义宗佚诗六句,注云出《吟窗杂录》。其
中"浮花"两句,即今补第一首中句;"玉排"二句,即今补第二首中句。另
有"悬心秋夜月,万里照乡关"两句,实非佚句,全诗已收入《全唐诗》,署
名"布燮"。布燮,长和国人犹言宰相也,非人名,《全唐诗》与作者名等视
之,失察矣。句中"乡关",《鉴诫录》作"关山"。日本汉学家丰田穰氏所撰
《全唐诗纠谬》(见昭和二十三年即公元 1948 年养德社刊《唐诗研究》)一
文中曾据我国后蜀何光远《鉴诫录》卷六《布燮朝》一条,稽之《全唐诗》,

谓系《全唐诗》所未收，可以补佚云云。此文近承日友波多野太郎教授函赠，即以鲍氏刻《知不足斋丛书》本《鉴诫录》校其原诗。略志颠末，深以得丰田氏论文启迪之助为感。

①《全唐诗》卷七三二收布燮诗二首，布燮即指段义宗，见《鉴诫录》卷中。

徐　铉

　　徐铉字鼎臣，广陵人。仕南唐，官至吏部尚书。随后主李煜归宋，累官散骑常侍。淳化三年坐贬卒，年七十六（据李昉撰《故静难军节度行军司马检校工部尚书东海徐公墓志铭》）。铉精小学，尤工篆隶，与弟锴俱有名于江左。补诗二首并句四。

　　《全唐诗》编徐铉诗为六卷，以下二首及句均所未收，据《宋诗纪事》卷三录补之。

吴王挽辞二首

倏忽千龄尽，冥茫万事空。青松洛阳陌，白草建康宫。道德遗文在，兴衰自古同。受恩无补报，反袂泣途穷。

土德承馀烈，江南广旧恩。一朝人事变，千古信书存。哀挽周原道，铭旌郑国门。此生虽未死，寂寞已消魂。以上二首见《宋诗纪事》卷三。①

　　宋翟耆年《籀史》："徐铉鼎臣从李煜归朝，为银青光禄大夫、右散骑常侍。太平兴国中，李煜薨，诏侍臣撰煜神道碑。有欲中伤铉者，奏曰：'吴王事，莫若徐铉为详。'遂诏铉撰。铉泣曰：'臣旧事李煜，陛下容臣存故主之义，乃敢奉诏。'太宗许之。铉但推言历数有尽，天命有归而已。其警句云：'东邻构祸，南箕扇疑，投杼致慈亲之惑，乞火无邻妇之词。始劳因垒之师，终后涂山之会。'太宗览之，称叹不已。异日复得铉所撰《吴王挽词》，今传者二首云云。铉被诏撰《江南录》，故有'信书'之句。东邻谓钱俶也。"

望按：如《籀史》所载，知挽辞二首之作，已在入宋之后。以所涉李煜，曾是南唐之主，而徐铉生活于五代者亦四十馀年，且《全唐诗》徐铉卷亦收其仕宋后篇什，故仍援例录补，俾成完帙。

① 见《东轩笔录》卷一、《宋朝事实类苑》卷三六。第一首第四句"白草"二字，《东轩笔录》作"芳草"、《宋朝事实类苑》作"荒草"。

句

落月依楼阁，归云拥殿廊。《宿山寺》，见《宋诗纪事》引宋释文莹《玉壶野史》。①

① 见《玉壶清话》卷八。

钟山祠畔宿烟晴，玉涧桥边碧树春。见《景定建康志》卷十八《山川志》。

范　质

　　范质字文素，大名宗城人。后唐长兴四年进士，晋天福中为翰林学士，汉初加中书舍人、户部侍郎。周广顺初拜中书侍郎同中书门下平章事。宋太祖受禅，加兼侍中。乾德初封鲁国公。二年正月罢为太子太傅，九月卒，诗一首。(《全唐诗》无范质诗。按质虽为宋初名臣，然曾历仕后晋、汉、周各朝。其从五代主者久，而事宋之日浅，故仍录补于唐诗之列)

诫儿侄八百字

　　昨得谢课书，希于京秩之中更与迁转。余以诸儿侄辈生长以来，未谙外事，艰难损益，懵然莫知，因抒古诗一章晓之。

去年初释褐，一命列蓬丘。谓谢课。青袍春草色，白纻弃如仇。适会龙飞庆，王泽天下流。尔得六品阶，无乃太为优。凡登进士第，四选升校雠。历官十五考，叙阶与尔侔。如何志未满，意欲陵《纪事》"陵"作

"凌"。云游。若言品位卑，寄书来我求。省之再三叹，不觉泪盈眸。吾家本寒素，门地寡公侯。先子有令德，乐道尚优游。生逢世多僻，委任信沉浮。仕宦不喜达，吏隐同庄周。积善有馀庆，清白为贻谋。伊余奉家训，孜孜务进修。夙夜事勤肃，言行思悔尤。出门择交友，防慎畏薰莸。省躬常惧玷，恐掇庭闱羞。童年志于学，不堕《纪事》"堕"作"惰"为箕裘。二十中甲科，赪尾化为虬。二十三进士及第，今举全数。三十入翰苑时三十三，步武向瀛州。四十登宰辅年四十一，貂冠侍冕旒。备位行一纪，将何助帝猷。既非救旱雨，岂是济川舟。天子未遐弃，日益素餐忧。黄河润千里，草木皆浸渍。吾宗凡九人，继踵升官次。门内无白丁，森森朱绿紫。鹓行泊内职，亚尹州从事。府掾监省官，高低皆清美。悉由侥幸升，不因资考至。朝廷悬爵秩，命之曰公器。才者禄及身，功者赏于世。非才及非功，安得专《纪事》"专"作"沽"厚利。寒衣内府帛，饥食太仓米。不蚕复不穑，未尝勤四体。虽然一家荣，岂塞众人议。颙颙十目窥，龊龊千人指。曾参云："十目所视。"古人云："千人所指。"言可畏。借问尔与吾，如何不自愧？戒尔学立身，莫若先孝悌。怡怡奉亲长，不敢生骄易。战战复兢兢，造次必于是。戒尔学干禄，莫若勤道艺。尝闻诸格言，学而优则仕。不患人不知，惟患学不至。戒尔远耻辱，恭则近乎礼。自卑而尊人，先彼而后己。《相鼠》与《茅鸱》，宜鉴诗人刺。《毛诗》："《相鼠》，刺无礼。"《左传》："《茅鸱》，刺不恭。"戒尔勿放旷，放旷非端士。周孔垂名教，齐梁尚清议。南朝称八达，千载秽青史。戒尔勿嗜酒，狂药非佳味。能移谨厚性，化为凶险《纪事》"险"作"暴"类。古今倾败者，历历皆可记。戒尔勿多言，多言者众《纪事》"者众"作"众所"忌。苟不慎枢机，灾危从此始。是非毁誉间，适足为身累。举世重交游，拟结金兰契。忿怨容易《纪事》"容易"作"从是"生，风波当时起。所以君子心，汪汪淡如水。举世好承奉，昂昂增意气。不知承奉者，以尔为玩戏。所以古人疾，籧篨与戚施。举世重任侠，《史

记》:"轻死重义曰侠。"呼俗《纪事》"呼俗"作"俗呼"为气义。《纪事》"气义"作"义
士"。为人赴急难,往往陷刑死。所以马援书,殷勤戒诸子。马援告儿孙
书,甚非此事。举世贱清素,奉身好华侈。肥马衣轻裘,扬扬过间里。虽
得市童怜,还为识者鄙。我本羁旅臣,遭逢尧舜理。位重才不充,戚
戚怀忧畏。深渊与薄冰,蹈之唯恐坠。尔曹当悯我,勿使增罪戾。闭
门敛踪迹,缩首避名势。名势不久居,毕竟何足恃。物盛必有衰,有
隆还有替。速成不坚牢,亟走多颠踬。灼灼园中花,早发还先萎。迟
迟涧畔松,郁郁含晚翠。赋命有疾徐,青云难力致。寄语谢诸郎,躁
进徒为耳。见《宋文鉴》卷十四。以《宋诗纪事》校之。①

　　《宋史》卷二四九《范质传》:"从子校书郎杲求奏迁秩,质作诗晓之。
时人传诵,以为劝戒。"

　　①此诗疑作于入宋后。

王　溥

　　王溥字齐物,并州祁人。汉乾祐中进士,为秘书郎。周广
顺初,拜端明殿学士。恭帝嗣位,官右仆射。宋初进位司空,加
太子太师,封祁国公,卒。谥康献。诗二首。(《全唐诗》无王溥
诗)

谢进士张翼投诗两轴

清河诗客本贤良,惠我新吟六十章。格调宛同罗给事,功夫深似贾
司仓。登山始觉天高广,到海方知浪渺茫。好去蟾宫是归路,明年
应折桂枝香。见《宋诗纪事》引宋张齐贤撰《洛阳缙绅旧闻记》。①

　　①见《洛阳缙绅旧闻记》卷一《陶副车求荐见忌》。

咏 牡 丹

枣花至小能成实,桑叶虽柔解吐丝。堪笑牡丹如斗大,不成一事又
空枝。见《宋诗纪事》引《历代吟谱》。①

①见明刻本《吟窗杂录》卷三十三《历代吟谱》。

李 昉

　　李昉字明远,深州饶阳人。汉乾祐中举进士。周显德中仕
至翰林学士。入宋,历翰林侍读学士,拜中书侍郎平章事。太
宗至道二年卒,年七十二。谥文正。补诗三首并句。(《宋诗纪
事》卷二收李昉诗六首,其中《寄孟宾于》一首,《全唐诗》卷七
百三十八载之。其《禁林春直》一首,见《瀛奎律髓》,《御书飞白
玉堂之署四字颁赐禁苑》一首,见《翰苑群书》。二诗乃昉入宋
后所作,兹编不收。今只取其馀以补之)

赠贾黄中 贾以七岁应童子举

七岁神童古所难,贾家门户有衣冠。十人科第排头上,五部经书诵
舌端。见榜不知名字贵,登筵未识管弦欢。从今稳上青云去,万里
谁能测羽翰。见《宋诗纪事》引《闻见前录》。①

　　望按:贾黄中字娲民,南皮人。生后晋天福六年,卒宋太宗至道二年。
《宋史》卷二六五有传。诗注云"七岁应童子举",则时当晋天福十二年,尚
未入宋也。

①见《邵氏闻见录》卷六。

仙 客

胎化仙禽性本殊,何人携尔到京都。因加美号为仙客,称向闲庭伴

野夫。警露秋声云外远,翘沙晴影月中孤。青田万里终归去,暂处
鸡群莫叹吁。见《宋诗纪事》卷二。①

　　《青箱杂记》(宋吴处厚撰):"昉所畜五禽,名五客,仙客鹤,雪客鹭,
　　闲客白鹇,陇客南客孔雀,西客鹦鹉,有诗云。"②

　　①见《瀛奎律髓》卷二七。　②今本《青箱杂记》无此条。

孟宾于

　　孟宾于字国仪,连州人。晋天福九年符蒙知贡举,擢进士
第。与李昉交善。宾于后仕南唐,卒宋太平兴国中,年八十三。
补诗一首。

耒阳杜工部墓 题拟

南游何感思,更甚叶缤纷。一夜耒江雨,百年工部文。青山当日见,
白酒至今闻。惟有为诗者,经过时吊君。见钱谦益《笺注杜工部集唱酬题
咏》引《耒阳祠志》。①

　　①《增修诗话总龟》卷四三引刘斧《摭遗》引"一夜耒江雨,百年工部文"二句,称为
　　"唐人诗"。

印　粲

　　印粲,与徐铉同时。①诗一首。(《全唐诗》无印粲诗)

赠徐鼎臣常侍

不将才业暂时夸,人仰声名遍海涯。月满朝衣听禁漏,更阑分直扫
宫花。谏书未上先焚稿,御笔曾传立草麻。见说下朝无一事,小池
栽苇学僧家。见《江南馀载》卷下。

《江南馀载》略谓：徐铉为人忠厚，不以位貌骄人。有印粲者献诗曰
（诗不重录）云云。望按：徐铉有《印秀才至舒州见寻别后寄诗依韵和》及
《和印先辈及第后献座主朱舍人郊居之作》，则印粲于时已擢进士第矣。
又按《历代吟谱》录印粲诗二句："见说下朝无一事，小池栽苇学僧家。"标
其题曰《赠徐鼎臣常侍》，盖此诗之末二句也。

① 徐铉《徐公文集》卷十六《唐故印府君墓志》："君讳某，字某，其先京兆人也，因官
徙牒，遂居建康。……弱冠明经擢第，释褐太子校书。……会上国丧乱，遂南奔豫
章，连帅钟公见而悦之，辟为从事。"后退归，保大丙寅卒，年六十九。"子崇礼、崇
粲，举进士，崇简，明法及第，为舒州司法参军。"崇粲应即本诗作者，《江南馀载》漏
却"崇"字。《宋诗纪事》卷九一以印粲为僧，尤误。据墓志，可略知印氏之家世，其往
舒州，当为视弟崇简，徐铉作墓志，即在舒应印氏兄弟请。崇粲及第，在其父埋铭
后。以上皆与孙望先生举证相合。以上参朱绪曾《金陵诗征》卷四说。

张 昭

张昭字潜夫，濮州范县人。历仕唐、晋、汉、周四朝，官至兵
部尚书。宋初拜吏部尚书，进封郑国公。开宝五年卒，年七十
九。有《嘉善集》。补诗一首。

夜吟窦巩集追思夷门题
处已三稔矣凄然感兴书之

往岁记时梁苑夜，今霄题处洛城秋。浮生瞥电人何在，怀旧伤心泪
迸流。三径竹风邻笛怨，一庭霜月井〔桐〕（梧）愁。妻儿未会〔余〕
（予）惆怅，只怪灯前不举头。见《宋诗纪事》卷二。①

① 此诗出影宋刻《窦氏联珠集》附录，诗前有张昭跋："巩嗫嚅，诗一何神妙，恨此少
不见。其集，《联珠》之最也。戊戌岁中元前一日夷门旅舍书，潜夫。"潜夫为昭字。诗
题中"夷门题处"，即指此跋。戊戌为天福三年（938），知诗作于天福六年（941）。有
二处异文，今据改。

李九龄

李九龄,洛阳人。补诗一首。

赠 马 道 士

水共逍遥云共孤,混时言笑只伴愚。经年但醉宜城酒,千里唯担《华
岳图》。寻野鹤来空碧洞,觅琴僧去渡重湖。人间再见知何日,乞取
先生石辘轳。见方回《瀛奎律髓》卷四十八《仙逸类》。

　　按《瀛奎律髓》原注云:"九龄,乾德五年进士第三人。"与《全唐诗》小
传作乾德二年者异。

杨徽之

　　杨徽之字仲猷,浦城人。南唐时间道至汴中,周显德二年
进士。入宋,除著作佐郎,知全州。太平兴国初,转库部员外郎、
判南曹。卒真宗时。补诗一首并句。

赠 谭 先 生

古观重重绕翠微,杉松深处掩双扉。云生万壑投龙去,海隔三山放
鹤归。花洞宴游春日永,石坛朝礼曙星稀。每听高论长生理,拟向
尘中便拂衣。见《瀛奎律髓》卷四十八《仙逸类》。此诗明李龏所辑《宋艺圃集》作李九
龄诗。按徽之又有《禁林宴会之什》一首见于《翰苑群书》者,系入宋后所作,不收录。

句

戍楼烟〔自〕(似)直,战地雨长腥。《塞上》

春归万年树,月满九重城。《元夜》

偶题岩石云生笔,闲绕庭松露湿衣。《僧舍》

开尽菊花秋色老,落残桐叶雨声寒。《宿东林》 以上八句并见《宋诗纪事》卷二。①

①均见《玉壶清话》卷五、《渑水燕谈录》卷七,宋太宗曾书于御屏。

卞 震

卞震,成都人。蜀进士,为渝州判。蜀平,入宋,仍旧职。补句二。

句①

空囊万里客,斜月一床寒。见《宋诗纪事》引宋失名撰《历代吟谱》。

①《吟窗杂录》卷三一《历代吟谱》引此二句,题作《秋夕诗》。

刘 吉

刘吉,江左人。事李煜为传诏承旨。入宋,为供奉官,知河渠利害。太平兴国中,河大决,吉塞治有方略,人目为刘跋河。（复出诗句二句。《全唐诗》无刘吉诗）

句

一箭不中鹄,五湖归钓鱼。《赠隐者》。见《宋诗纪事》卷三引《历代吟谱》。按《全唐诗》卷七百九十五作张茔诗句。云见地志。①

①《增修诗话总龟》卷一引《丛苑》、《宋朝事实类苑》卷五五引《杨文公谈苑》并载刘吉此二句诗,并云其"有诗三百首,目为《钓鳌集》,徐铉为序。其首篇《赠隐者》,……人多诵之"。《全唐诗》所收张茔,应作张茔,《淳熙三山志》卷二、卷三四收此二

句为其诗。二句似以刘作为近是。

孟归唐

　　孟归唐,湖湘连上人,南唐水部员外郎孟宾于之子。宋开
宝中,授秘书省正字,累迁大理丞,以罪贬袁州司户,卒。诗句
二。(《全唐诗》无孟归唐诗)

句

练色有穷处,寒声无断《江南野史》"断"作"尽"时。《瀑布》。见宋马令《南唐书》
卷二十三《孟宾于传》。亦见宋龙衮《江南野史》。

　　《南唐书》:(孟宾于)初归江南,生子名归唐,亦能诗。肄业庐山国学,
尝得《瀑布诗》云:"练色有穷处,寒声无断时。"邻房生亦得此联,遂交争
之。助教不能辩,讼于江州。各以全篇意格定之,而归唐为胜。

钱惟治

　　钱惟治字和世,吴越废王钱倧长子,忠懿王钱俶养为己
子。入宋,领镇国军节度使、左骁卫上将军,卒,追封彭城郡王。
生平慕皮、陆为诗,有集。诗二首。(《全唐诗》无钱惟治诗)

春日登大悲阁回文 二首

圣主钦崇教,千光显绀容。映云窗绮暖,笼月箔花重。净刹香风远,
危阑碧雾浓。胜因良以咏,华国一斯逢。
碧天临迥阁,晴雪点山屏。夕烟侵冷箔,明月敛闲亭。见《宋诗纪事》卷
三引《冰川诗式》。①

　　《湖州府志》:"吴越《回文绶带连环诗碑》,在法华寺,节度使钱惟治

作,九十首。"

①均见明梁桥《冰川诗式》卷二,前首"危阑"作"危栏","华国"作"华阁"。

何 蒙

何蒙,南唐进士。诗一首。(《全唐诗》无何蒙诗)①

赠赵叟 题拟

桂枝输却正凄然,又被莺声聒昼眠。唯有赵翁知仔细,相传好语待来年。见《江南馀载》卷上。

《江南馀载》:赵叟者,自保大之初至于开宝之季,尝为贡院门子。每岁放榜之后,或去或留,率庆慰之,若出于叟手然。进士何蒙赠叟诗曰(诗不重录)云云。

①何蒙,《宋史》卷二七七有传,字叔昭,洪州人。南唐后主时,献书言事得官。入宋授洛州推官。太平兴国五年,调遂宁令,作诗献太宗,授右赞善大夫。后历知梧、鄂、太平、袁、濠等州,大中祥符六年卒,年七十七。其献宋太宗诗,《全唐诗》卷七六八收入,但作者姓名误作"何象"。

詹敦仁

詹敦仁字君泽,固始人。补诗四首。

寄刘乙处士

音问相忘二十秋,天教我辈到南州。无穷风月随宜乐,有分溪山取次收。好语传来如昨梦,离情欲剖带春愁。何时载酒从东下,细与刘君叙昔游。见《永乐大典》卷一三四五〇"二真""士"字"处士"条(十四函一百三十七册)。

按:刘乙字子真,泉州人。仕闽为凤阁舍人,后弃官隐安溪凤髻山。《全唐诗》卷七百六十三收刘乙诗一首并残句二,又卷八百八十六补遗二首。《全唐诗》詹敦仁诗有《遣子访刘乙》一首。刘乙生涯,于此约略可窥。

琲访刘君乙时已殁故将归王令
留之不可以书来嘱作此篇示

刘郎踪迹久荒凉,卜宅何妨处士乡。壮志莫随流俗变,老夫霜鬓已凝霜。见《永乐大典》卷一三三四四"二真""示"字(十四函一百三十七册)引詹敦仁《清隐集》。案:琲为詹敦仁之子。

入　局　吟

明命初颁得美除,惭惶下拜敢宁居? 儒生不作于时计,①且读人间未见书。

又一首 用前韵

可恨名存实已除,兰台芸阁复谁居? 豕鱼未识应多愧,尤恐在人成蠹书。以上二诗见《永乐大典》卷一九七八二"一屋""局"字(十八函一百七十八册)。
　　①于时,疑当作"干时"。

陈　曙

陈曙,蜀人。蜀后主王氏末年避地淮南,隐蕲州山中。南唐元宗李璟时曾遣人征之,不应。后移居鄂州,不知所终。诗一首。(《全唐诗》无陈曙诗)

答高越 题拟

罢修儒业学修真,养拙藏愚四十春。到老不疏林里鹿,平生未识日边人。涧花发处千堆锦,岩雪铺时万树银。多谢朝贤远相问,未闻鸡得凤为邻。见《江南馀载》卷下。按《全唐诗》卷八百六十一作李梦符诗,题曰《答常学士》。诗中异处较多,对勘之下,以此为胜,故仍录而存之。

《江南馀载》:蜀人陈曙者,王氏末年避地淮南,隐于蕲州山中。乡人祀神,曙不召亦必至,醉饱而后去。虽百神祀,曙能遍往也。其所居,屋一间,道书数卷而已,与蛇虎杂处而泰然无所忌。元宗遣中书舍人高越赍束帛征之,三往不应。后移居鄂州,不知所终。越赠曙以诗。曙次韵答之。"

按高越字仲远,幽州人,仕吴,授秘书郎,累迁中书舍人,终勤政殿学士、户部侍郎。《全唐诗》收越《咏鹰》一首,《江南馀载》卷上亦载之,惟题作《鹞子诗》,字句略有异同耳。

许 坚

许坚,南唐李璟时人。补诗一首。

题 失

只应天上路,不为下方开。道既学不得,仙从何处来。

按此诗见宋郑文宝撰《江南馀载》卷下,《知不足斋丛书》本。《全唐诗》卷七百五十七收许坚诗五首,又卷八百六十一仙卷亦收五首并句,其中两句曰"道既学不得,仙从何处来"。即此诗之后两句,盖《全唐诗》缺其前半。

《江南馀载》:许坚往来句曲庐阜之间,草装布囊,或卧于野,或和衣浴涧中,萧然不接人事,独笑独吟而已(馀略)。

全唐诗补逸卷一七 联句　无考

联　句

颜真卿等

颜真卿字清臣，京兆长安人。开元二十二年进士及第，历仕玄、肃、代诸朝，封鲁国公。李希烈陷汝州，卢杞奏遣真卿往谕，拘胁累岁，不屈而死。

竹山连句题潘氏书堂

颜真卿、陆羽、李萼、裴修、康造、汤清河、清昼、陆士修、房夔、颜粲、颜颙、颜须、韦介、李观、房益、柳淡、颜岘、潘述。

竹山招隐处，潘子读书堂。真卿　万卷皆成帙，千竿不作行。陆羽练容餐沆瀣，濯足咏"沧浪"。李萼　守道心自乐，下帷名益彰。裴修风来似秋兴，花发胜河阳。康造　支策晓云近，援琴春日长。汤清河水田聊学稼，野圃试条桑。清昼　巾折定因雨，履穿宁为霜。陆士修解衣垂蕙带，拂席坐藜床。房夔　檐宇驯轻翼，簪裾染众芳。颜粲草生还近砌，藤长稍依墙。颜颙　鱼乐怜清浅，禽闲熹颉行。颜须。行当作"颃"　空园种桃李，远墅下牛羊。韦介　读《易》三时罢，围棋百事忘。李观　境幽神自王，道在器犹藏。房益　昼歇山僧茗，宵传野客觞。柳淡遥峰对枕席，丽藻映缣缃。颜岘　偶得幽栖地，无心学郑乡。潘述见《三长物斋丛书》本《颜鲁公文集》卷十二，宁乡黄本骥编订。

连句诗后有黄本骥案语，曰："连句，即联句也。裴修，前梁县尉。康造,会稽人,推官。汤清河,大理评事。房燮,河南人。颜粲,鲁公族人。李观,字元宾,赵郡赞皇人,洛阳丞,迁太子校书郎。房益,河南人,詹事司直,《湖州志》作武康人,官监察御史。此诗《全唐诗》未载,据石刻本补录。”

望按:陆羽字鸿渐,曾撰《茶经》三卷。李萼字伯高,赵人,擢制科,历官庐州刺史。清昼,即释皎然,吴兴人,本姓谢氏。陆士修,嘉兴县尉。颜颙、颜须,并真卿族侄。颜岘,真卿兄子。馀待考。

无　考

宇文正

宇文正,无考。诗一首。(《全唐诗》无宇文正诗)

水　名

江湖思旧好,河洛赏遗风。共托金门暇,来游白□□。竹霞开樽绿,桃花落□红。故乡渺天涯,应在□地□。见影印本《新编纂图增类群书类要事林广记》卷之七。

程　杰①

程杰,无考。诗一首。(《全唐诗》无程杰诗)

芙　蓉　峰

谁把芙蓉云外栽,亭亭秀丽四时开。清宵皓月峰头挂,宛似佳人对镜台。见康熙十八年闵麟嗣撰《黄山志定本》卷六。

①苏轼有《赠善相程杰》诗。

无名氏

颂裴长史歌 题拟

宾朋何喧喧？日夜裴公门。愿得裴公之一言，不须驱马埒华轩。

> 按李白《上安州裴长史书》有云："故时人歌曰(歌不重录)。白不知君
> 侯何以得此声于天壤之间。"

青鸾镜诗

月样团圆水漾《金石萃编》作"样"清，好将香阆《萃编》作"阁"伴闲身。青鸾
不用羞孤影，开匣当如见故人。

> 毕沅、阮元撰《山左金石志》卷五曰："右镜径二寸八分，鼻钮正书七
> 言绝句一首曰(诗不重录)。外折枝花四枝。按段若膺《四声音韵表》，清在
> 第十一部，身在第十二部。然《易·象象传》天命渊贤信民人宾，与形成贞
> 宁生正平精清等字并用，是二部古有相合。唐人首句押韵虽不必拘拘，然
> 未有无故牵入者。此清字可补其未备。"

> 按此诗亦载王昶《金石萃编》卷一百十八，录其按语如下："按《山左
> 金石志》跋此铭，谓首句清字与身人同韵，补段若膺《四声单韵表》所未
> 备。然七言律绝起句，晚唐五代多有借韵者。且真文庚青自古间有通用，
> 顾氏宁人、毛氏大可于《唐韵正》及《古今通韵史》已详载之，不足异也。"

挽歌五首

高坐星文掩，人寰巷市忙。三台投剑佩，四海哭烟霜。夕殿震号永，
秋风晓更长。龙颜不可见，烧画月更香。

其　二

忆别西凉日，来朝北阙时。千官捧□殿，独召上龙墀。宠极〔孤〕

〔狐〕臣惧，恩深四表知。此由殉灵驾，血泪自双垂。

其　三

香〔韩〕〔磾〕郁金袍，求衣不重劳。方张洞庭乐，休种阆山桃。鹤驾丹陵远，龙骧碧落高。胡髯攀断处，□抢高弓号。

其　四

巢阁方瞻〔凤〕（凤），鸣郊忽洲麟。六宫悲晏驾，四岳罢来巡。玺绶传当璧，河山委大臣。自伤蒲柳质，不得扈龙辒。

其　五

七载朝金殿，千秋遇圣君。九夷瞻北极，万国靡南熏。盛烈排轩后，崇凌压□文。灵知河泷士，兴断高乡云。以上五诗从许国霖辑《敦煌杂录》录出。许氏拟题原作《进上挽歌》，此省作《挽歌》。①

　①三处改动皆从赵遂之说。

王昭君怨诸词人连句

掖庭娇幸在娥眉，争用黄金写艳姿。始言恩宠由君意，谁谓容颜信画师。微躯一身入深宫，春华几度落秋风。君恩不惜便衣处，妾貌应殊画辟中。间道和亲将我敝，选貌披图遍宫掖。图中容貌既不如，选后君王空海望疑"悔"字之误惜。始知王意本相亲，自恨舟望疑"丹"字之误青每误身。昔是宫中薄命妾，今成塞外断肠人。九重恩爱应长谢，万里关山愁远嫁。飞来北地不胜春，月照南庭空度夜。夜中含涕独婵娟，遥念君边与朔边。氍幕不同罗帐日，毡裘非复锦衾年。长安高阙三千里，一望能令一心死。秋来怀抱既不堪，况复南飞雁声起。此诗见刘复《敦煌掇琐》三四。题虽标连句，然不著诸词人姓名，故仍以常诗视之。①

①此诗又见于王重民《〈补全唐诗〉拾遗》。王辑本刊出于本书成书之后，故两存之。

失　题

东上波流西上船，桃源未必有真仙。干戈满目家何在，寂寞空山闻
杜鹃。见《江南馀载》卷下。南唐开宝末诗也。

　　《江南馀载》："开宝末，长老法伦梦金陵兵火四起，有书生朗吟曰（诗
不重录）"云云。

全唐诗补逸卷一八

僧

栖　白

栖白，越中僧。补诗一首。

看　南　山

抗蜀复临秦，凝岚万古新。峭连河汉地，气爽市朝人。影里天家桂，光中陆海珍。爱山兼恋此，偏奈与谁邻？见《分门纂类唐歌诗》残本第二册《天地山川类》卷二十二。

仁　贞

仁贞，唐末渤海僧，曾东渡日本国。①诗一首。（《全唐诗》无仁贞诗）

七日禁中陪宴

入朝贵国惭下客，七日承恩作上宾。更见凤一作"凰"声无妓态，风流变动一园一作"国"春。此诗为仁贞在日本国作。见金毓黻撰《渤海国志长编》卷十八引《文华秀丽集》上。

①《日本古典文学大系》本《文华秀丽集》日本学者注载仁贞事迹云：弘仁五年（公元814年）来朝（指日本），为渤海国使录事。六年，授从五位下。同年五月归国。船

破,王孝廉卒,仁贞携其稿入日本,后卒。

贞　素

贞素,晚唐时渤海僧。长庆间,曾为日本国入唐求法僧灵仙东渡答谢。大和二年回,诣灵境寺复命,时灵仙已先卒。贞素哭之以诗云。(《全唐诗》无贞素诗)

哭日本国内供奉大德灵仙和尚诗 并序

起余者谓之应公矣。公作而习之,随师至浮桑,小而大之,介立见乎缁林。余之一作"亦"身期降物,负笈来宗霸叶。望按:数句意难全解,姑作如此句读。元和八年,穷秋之景,逆旅相逢。一言道合,论之以心素,至于周恤小子,非其可乎。居诸未几,早向鸰原,鹡鸰之至,足痛乃心。望疑前句有讹字。此仙大师是我应公之师父也。妙理允《群书类从》本作"先"契,示于元元。长庆二年,入宗五台。每以身猒青痴之器,不将心听白猿之啼。长庆五年,日本大王远赐百金,达至长安。小子转领金书,送到铁勤。仙大师领金讫,将一万粒舍利、新经两部、造敕五通等属附小子,请到日本答谢国恩。小子便许。一诺之言,奚一作"岂"惮万里重波,得遂钟元一作"无",外缘期乎远大。临回之日,又谢一作"附"百金。以大和二年四月七日,却到灵境寺求访,仙大师已疑为亡字来日久。位疑为"泣"字我之血,崩我之痛。便泛四重溟渤,视死若归,连五同行李。望疑此句有脱字。如食之顷原作"项",误。者。则应公之原交所致焉。吾信始而复终,愿灵凡兮表悉或疑作志。空留涧水,呜咽千秋之声,仍以云松,惆怅万里之行。四月蓂落,如一首途望京之耳。望疑此处必有脱讹。不可断句。

不体《类从》本作"航"。又《日本佛教全书》本作"舡"。考云:"舡即那字。慧超《传》多用此字。心泪《类从》本作"渡"自泪,望按:"此句原脱一字。"情因法眼奄幽泉。明朝倘问沧波客,的说遗鞋白足还。见《渤海国志长编》卷十八引《入唐求法巡礼行记》三。①

　　按诗前有小注,曰"诗一首。在唐作"。盖从当时渤海藩国言,故曰"在唐"也。又诗末题"大和二年四月十四日书"十字。

①上海古籍出版社一九八六年出版顾承甫等点校本《入唐求法巡礼行记》,参据多种版本校勘,较精审。今录异文如次:"公作而习之","作"作"仆";"余之身期降物",作"余亦身期绛物";"入宗五台","宗"作"室";"青痴",作"青瘀";"仙大师己来日久","己"作"亡";"位我之血","位"作"泣";"不体心泪","体"作"航"。

元　孚

　　元孚,宣城开元寺僧,或曰楚中僧,与许浑同时。补诗一首。

元孚五十年前游天台宿建公院登华顶攀琪树观石桥之险绝缅怀昔游因为绝句寄知建长老兼呈台州王司马

天生石月架空虚,树缀龙髯子贯珠。三十年前已攀折,建公曾到上方无。见明陶宗仪《古刻丛钞》。

　　诗下原署曰"上都左街保寿寺文章应制内供奉大德元孚"。又《宝刻丛编》卷十五有《唐福田寺经藏院记》,云唐崔龟从撰,僧元孚书,会昌二年立。则元孚者,武宗时人也。

思　托

　　思托,与唐东渡名僧鉴真同时。鉴真圆寂后,曾作悼诗一首。

五言伤大和上传灯逝〔日本〕

上德乘杯渡，金人道已东。戒香馀散馥，慧炬复流风。月隐归灵鹫，珠逃入梵宫。神飞生死表，遗教法门中。

> 见同前书《唐大和上东征传》。诗题下原署曰"日本国传灯沙门思托"。①馀参阅前元开诗附注。
>
> ①汪向荣校注本《唐大和上东征传》录此诗题作《五言伤大和上传灯逝日本》，署"传灯沙门释思托"。以"日本"二字归诗题，是，今据补。思托为鉴真弟子，《东征传》中多次提及。

法　进

> 法进，与唐东渡僧鉴真同时，有悼鉴真诗一首。

七言伤大和上

大师慈育契圆空，远迈传灯照海东。度物草(寸)筹盈石室，散流佛戒绍遗踪。化毕分身归净国，娑婆谁复为验龙？①

> 按诗题下原署"传灯贤大法师大僧都沙门　释法进"十四字。诗亦见《唐大和上东征传》。又按鉴真亡后，唐高鹤林亦曾作五言诗一首以悼之，诗亦载《唐大和尚东征传》。高为唐肃宗、代宗朝人，官都虞候冠军大将军试太常卿上柱国，因出使日本国，欲顺访东渡僧鉴真，至则鉴真已先亡故，诗盖寄怀伤之意也。上野河世宁已收入《全唐诗逸》，兹不再录。
>
> ①验龙，汪向荣校注本《唐大和上东征传》据日本观智院本改为"驱龙"。

贯　休

> 贯休，俗姓姜氏，字德隐，兰溪人。补诗二首。

咏红芙蓉上宋使①

擘水苞金紫艳浓，乍观疑在水仙宫。难驱颜色文章里，合出天人池馆中。芬馥静生朱槛腻，动摇微映鹭鹚红。临川内史诗相似，摇仰清吟满阁风。见《唐歌诗》残本六册《草木虫鱼类》卷五。

①"宋使"二字下当脱"君"字。宋使君屡见于《禅月集》，《唐刺史考》考定为宋震。

苔 薜

严子钓台边不少，谢公山屐上无多。①世间若也皆廉洁，金玉生根奈尔何？见《唐歌诗》残本六册《草木虫鱼类》卷六。

①屐，疑当作"屐"。

修 睦

修睦，与贯休同时。补诗一首。

长 安 柳

雨重依依舞态低，任人攀折路东西。何如渡口成林处，留得黄莺到夜啼。见《唐歌诗》残本第七册《草木虫鱼类》卷八。

远 公

远公，前蜀僧。诗一首。（《全唐诗》无远公诗）

伤悼前蜀废国①

乐极悲来数有涯，歌声才歇便兴嗟。牵羊废主寻倾国，指鹿奸臣尽丧家。丹禁夜凉空锁月,后庭春老谩开花。两朝帝业都成梦,陵树苍苍噪暮鸦。见前蜀何光远《鉴诫录》卷五。日本汉学家丰田穰氏所撰《全唐诗纠谬》一文曾论及之,云《全唐诗》所未收。②

①《鉴诫录》卷五录此诗题作《伤废国》。　　②《增修诗话总龟》卷三十录此诗,作"蜀僧远国《伤蜀诗》"。诗中"指鹿"作"逐鹿","陵树"作"林木",均当以《鉴诫录》为长。

文　益

文益,馀杭人。姓鲁,金陵清凉寺僧。(复出一首)

看　牡　丹

见《唐僧弘秀集》卷五。按《全唐诗》作僧谦光诗,题作《赏牡丹应教》。诗中"毵"字,《全唐诗》作"衲","趣"作"事","髮"作"鬓","是"作"似","曳"作"异","晚"作"晓","待"作"对"。谦光,金陵人,有才辩。①
①《全唐诗续补遗》卷十五录《分门纂类诗歌诗》、《唐诗纪事》卷七六录此则,今删彼存此。《全唐诗》作谦光,所据为陶岳《五代史补》卷五。另《大法眼文益禅师语录》、《五灯会元》卷十、《苕溪渔隐丛话》卷五七、《释氏稽古略》亦收作文益诗。

延　寿

延寿字冲立,号抱一子,杭州人。弃吏出家,吴越忠懿王延住永明寺。著《宗镜录》。宋开宝八年入灭。诗一首。(《全唐诗》无延寿诗)

闲　居

闲居谁似我,退迹理难过。要势危身早,浮荣败德多。雨催虫出穴,寒逼鸟移窠。野径无人剪,疏窗入薜萝。见《宋诗纪事》卷九十一。①

①张靖龙云此诗见《读画斋丛书》本《南宋群贤小集》收陈起辑《增广圣宋高僧诗选后集》卷中。

赞 宁

赞宁，德清高氏子。出家杭州龙兴寺，吴越武肃王署为两浙僧统，赐号明义。入宋，至道二年示寂。诗二首。（《全唐诗》无赞宁诗）

寄题水月禅院

在洞庭山缥缈峰下，梁大同四年建，山有无碍泉。

参差峰岫昼云昏，入望攀萝浊浪奔。震泽涌山来北岸，华阳连洞到东门。日生树挂红霞脚，风起波摇白石根。闻有上方僧住处，橘花林下采兰荪。见《宋诗纪事》引《吴郡志》。①

①见《吴郡志》卷三三《郭外寺》，为同题二首之一。《吴郡志》云："水月禅院，在洞庭山缥缈峰下。……天祐四年，刺史曹珪以明月名之。皇朝祥符间，诏易今名。"赞宁卒于咸平四年（据《释氏疑年录》），易名水月为其身后事，诗题似应作《寄题明月禅院》。

居 天 柱 山

四野豁家庭，柴门夜不扃。水边成半偈，月下了残经。虽逐诸尘转，终归一念醒。未知斯旨者，万役尽劳形。《瀛奎律髓》卷四十七《释梵类》。①

①见陈起《增广圣宋高僧诗选后集》卷上。

天目僧

天目僧，失其名。诗一首。

答　赞　宁

山中人事违，天眼中修定。<small>天目，一名天眼。</small>我本无根株，只将笋为命。<small>见释赞宁所撰《笋谱》。</small>

无名僧

无名僧禅诗五首。（见刘复《敦煌掇琐》）

禅　诗

座禅不乱意，观色更无缘。三独罗刹得成佛，不要流心再座禅。<small>原注云："五言一首。"</small>

座得须不喜动，何要观心了三界。但观性内所，不知意缘起。<small>原注云："一首。"</small>

心平不用持戒，行直河须座。恩则普同妇子，义则上下漠然。苦口则是凉药，依滬定出黄莲。菩萨向心如觅，天堂即在眼前。

清莲台上见天唐，众生真心礼肆芳。降摩处上夜放光，菩萨悲愿遍什芳。①

即日一千僧，住在寺山林。百鸟同科宿，相看见兄弟。②

<small>①以上四首见伯二一二九卷，前三首抄于一处，第四首另抄。第三首第二句，似应作"行直何须坐禅"。第四句"漠然"，原卷作"叹然"，疑应作"欢然"。第五句"凉药"应作"良药"。第四首中"肆芳"、"什芳"，通"四方"、"十方"。　②此首原注出伯二六三三卷。末句"兄弟"，疑应作"弟兄"。</small>

道　士

吴　筠

　　吴筠字贞节,华州华阴人。卒大历中,弟子私谥为宗玄先生。补诗二首。

酬刘侍御过草堂

畴昔罥世网,就闲栖远林。岂谓轩车客,来过涧壑深。既怀康济业,仍许隐沦心。灵液充甘饮,松风代鸣琴。晤言不可极,真兴何愔愔。贻我方来偈,自然生玉音。予惭乏琼玖,无以报兼金。他日思良会,含情时永吟。见道士孟宗宝集虚编《洞霄诗集》。

又

弱冠涉儒墨,壮怀归道真。栖迟嵩颍闲,得与巢由邻。豺狼乱天纪,流荡江海滨。江海非吾土,所赖吾同人。筑堂依绝巘,闭关从隐沦。一过嚣纷境,卧病逾三旬。皇灵垂矜恤,正气澄心神。但感适起居,何阶答苍旻。策羸返岩壑,情抱豁已伸。霜候变林薄,不能改松筠。弥见摄生理,邈然超世尘。写怀简同志,终古无缁磷。同前。

白元鉴

　　白元鉴,西川成都府人。明皇奔蜀时为威仪道士,住上皇观。后周览山川,寄居馀杭之天柱观。元和十二年八月卒。诗十首。(《全唐诗》无白元鉴诗)

大 涤 洞

名山闷灵府,隐士此寻真。仙去空遗鼓,云扃不见人。川源世上异,日月洞中春。欲出虚无境,应修有待身。见《洞霄诗集》。

邓牧《洞霄图志》卷二《山水门·大涤山》条:"大涤山,在宫(指洞霄宫)北,凡四峰,于九锁内最为巨山。西洞据其领,石室出其半,天坛冠其颠,皆山中胜处也。是山以洞名之。旧志谓大可以洗涤尘心,故名大涤。……元同先生剑履瘗山下。"

又《洞霄图志》卷三《洞府门·大涤洞》条:"大涤洞在宫西北半里。《茅君传》云第三十四洞天,名大涤元盖之天。周围四百里。……相传元同先生入游,见龙麟异境,花木鲜繁,自华阳而归(望按前文有云:与华阳林屋遂道通)。洞门石鼓,广可寻丈,扣之逄逄有声。"

天 坛

天坛高百尺,只在翠微间。碧藓遗踪古,青松白日闲。丹成人已化,云去鹤应还。时有吹箫客,月明来故山。同前。

《洞霄图志》卷四《古迹门·升天坛》条:"旧志云:在大涤山中峰之上,又名法象坛。上应天而圆,下应地而方,中应《易》卦而八角。许远游真君精研洞典,登其上而仙去,时天降白鹿下迎,故中峰名白鹿山。今山顶界松内数丈之地,草木弗植,是其遗址也。"

驯 虎 岩

外身道不远,异类自能驯。尚有相亲兽,应无可弃人。溪边同饮水,林下共栖真。寂寂空岩畔,千秋迹已陈。同前。

"洞霄图志》卷四《古迹门·伏虎岩》条:"伏虎岩,在宫山西南峻壁间,若环堵之室。南有路,自上而下,复陟崖磴,方至其所。藤萝深密,怪禽昼啼,非有道之士,不可处也。昔郭真君伏虎于此。按《晋书》云:'葛洪何

幼道偕访之,目击而已,各无所言,引啸而退。'唐吴天师爱其遗迹,每游
忘返,题诗岩上,今岁久昏剥,云:'郭生在童稚,已得方外心。绝迹遗世
务,栖真入长林。元和感异类,猛兽怀德音。不忆固无情,斯言微且深。'末
句盖引真君与温峤问答语。"

石　门

灵关非世力,造化创元功。屈曲穿丹壑,峥嵘倚碧空。烟萝常蔽日,
松竹自吟风。除却幽人到,尘凡路不通。同前。

药　圃

仙翁曾播植,琼圃尚敷荣。春日祥光满,秋风瑞实成。黄精宜益寿,
萱草足忘情。候采灵芝服,还应羽翼生。同前。

《洞霄图志》卷四《古迹门·药圃》条:"药圃,在来贤岩宜霜亭下,夏
侯天师种药于此。芝畦术坞,百药之植,靡所不有。常施药于廛市,随缘深
浅而与之。一日,樵者闻圃内有物大嗥,隔篱窥见天师,策鞭乘一兽,似虎
非虎,行疾如风,入东山而去。今四山产药草六十馀种,圃迹犹存。"

抚　掌　泉

直下碧千寻,蛟龙此隐身。无心能应物,拍手涌如神。夜镜涵星斗,
春杯荐藻蘋。终年丹灶下,长给武陵人。同前。

讲　堂

高踪谁可继,一室四无邻。听法空云水,成功集鬼神。烟霞生户牖,
泉石障埃尘。越国今何在?空悲行路人。同前。

《洞霄图志》卷四《古迹门·叶天师讲堂》条:"旧志载在山门外,天师
役鬼神所建,制度宏巧,绝不类常工。开元中,天师讲《道德》、《度人》诸经
于此,有仙花灵鹤,自天而下。吴越高士,辐辏听法,咸有所悟,愿居弟子

列者三百馀人。惟语以济恤孤贫,感愧覆载,忠孝君亲,重人性命,净身心,绝奢侈,即为道之根绪也。荐经兵火,遗迹不存,今移宫中为演教堂。"

书　楼

业成人已去,陈迹自依然。灶有残丹火,窗遗溢宝篇。怀贤惊异世,抚事感流年。早述《南华》理,还应返化仙。同前。

　　《洞霄图志》卷四《古迹门·书楼》条:"一名垂象楼,暨天师所居。天师少好经史,著述不辍,其中卷秩,委积左右。……白元鉴有诗。其址亦在今道院内,为精思流派。"

瀑　布

飞瀑下幽壑,令人梦寐清。秋山匹练净,寒谷万珠明。映日添霞色,迎风作雨声。潺湲听莫厌,时得涤幽情。同前。

新　池

何人凿碧沼,待我照衰容。洗药馀香在,开函古镜空。心闲闻细溜,波静卧乔松。欲问仙源路,无由见落红。同前。

　　《洞霄图志》卷五《人物门·唐高道白威仪先生》条:"白元鉴,不详其字,西川成都府人。高祖君敏,武德功臣。父洪演,高蹈不袭封,娶申屠氏,生一子,即先生也。玄宗幸蜀时,为威仪道士,住上皇观。志在绝俗,逍遥遐举,周览山川,访前贤高蹈之躅,得馀杭天柱观,止焉,四十年矣。元和十二载八月解化,瘗于天柱山大涤洞东北。尝有《山中十咏》。赞曰:有志绝俗,白公威仪。自蜀来南,名山栖迟。元酒味淡,大音声希。积四十年,无人见知。山中遗老,传诵十诗。适兴而已,不矜能之。"(《知不足斋丛书》本)

王仙乔

王仙乔,开元天宝间南岳九真观道士。诗句二。(《全唐诗》无王仙乔诗)

句

郁郁家国盛,济济经道兴。见廖偁撰、李冲昭述《南岳小录》。南京图书馆藏手钞本。

《南岳小录·九真观》条:唐开元年间,有王天师仙乔。初,天师为行者,道性冲昭,有非常之志。因将岳中茶二百馀串,直入京国,每携茶器于城门内施茶。忽一日,遇高力士,见而异之,问其所来。乃曰:"某是南岳行者,今为本住九真观殿宇破落,特将茶来募施主耳。"于是力士上闻,玄宗召见,嘉叹久之,问曰:"尔有愿否?"对曰:"郁郁家国盛,济济经道兴。"[1]上深加礼焉,俾于内殿披度,厚与金帛建置,令归岳中修创观宇,不数年而完全。道行愈高,声流上国,寻有诏封为天师,乾元二年三月三十日得道。

[1]《艺海珠尘》、《四库全书》本《南岳小录》,此二句前皆有"愿"字。

元 淳

元淳,女道士,洛中人。(复出一首)

寓 言

见韦庄《又玄集》卷下。按《全唐诗》卷七百二十三作李洞诗,诗与此同。又《全唐诗》卷八百五载元淳此诗前二句,今据《又玄集》,以作元淳诗为是。

吕　岩

吕岩字洞宾。补诗五首。

书与胡咏之

济世应须不世才,调羹重见用盐梅。种成白璧人何处,熟了黄粱梦未回。相府旧开延士阁,武夷新筑望仙台。青鸡唱彻函关晓,好卷游帏归去来。见《宋诗纪事》卷九十引《墨庄漫录》。①

①见《墨庄漫录》卷一,云为元符初胡咏之在信州弋阳县见道人所题诗,时人推测此道人"必为吕翁"。

题冢上亭

冢上为亭鬼莫嗔,冢头人即冢中人。凭栏莫起存亡意,除却虚空总是尘。同前引《西溪丛语》。①

《西溪丛语》(宋姚宽撰):"襄汉隐者躬耕数亩,因古冢为亭,往来题诗甚富。一日,柱间得一绝。相传吕翁作也。"

①见《西溪丛语》卷上。

题崇元观 在吉水县

褰裳懒步寻真宿,清景一宵吟不足。月在碧潭风在松,何必洞天三十六。同前引宋祝穆撰《方舆胜览》。①

①见《方舆胜览》卷二十《吉州》。

题灵石屋山

南坞数回泉石,西峰几叠烟云。登携孰以为侣,颜寓李甲萧耘。同前《宋诗纪事》。

《竹坡诗话》(宋周紫芝撰):"西湖诸寺,所存无几,唯南山灵石,犹是旧屋。寺僧言,顷有数道人来丐食,拒而不与,乃题诗屋山而去。至今犹存,字画颇类李北海。好事者释之,乃是吕洞宾与三人来耳。"

陈　抟

陈抟字图南,后唐末举进士不第,遂隐于武当山,服气避谷。移居华山。周世宗召为谏议大夫,不受。入宋,太宗甚重之,赐号希夷先生。卒端拱初。诗四首。(复出一首)

归　隐 《永乐大典》题作《偶题》

十年踪迹走红尘,回首青山入梦频。紫陌纵荣争及睡,朱门虽富《大典》"富"作"贵"不如贫。愁闻剑戟扶危主,闷听《大典》"听"作"见"笙歌聒醉人。携取琴《大典》"琴"作"旧"书归旧隐,野花啼鸟一般春。见北京图书馆藏《永乐大典》卷一三四五〇。"二真""处士"条。《宋诗纪事》卷五收陈诗七首。其《归隐》一首与《大典》同。惟《大典》题作《偶题》。其《辞上归进诗》,作于入宋之后,兹编不取。馀五首,一首复出。故但录其四首。又按此诗亦见元辛文房《唐才子传》卷十。

邵伯温《易学辨惑》云:抟隐居华阴山,自晋以后,每闻一朝革命,辄蹙额数日。人有问者,瞪目不答。一日,乘驴过华阴市,闻太祖登极,大笑。问其故,曰:"天下自此定矣。"遁迹之初,作此诗云云,岂浅丈夫哉。[1]

[1]见《五朝名臣言行录》卷十引邵伯温《易学辨惑》。此处录文有删节。

石刻诗 并序

因攀奉县尹尚书水南小酌回,舍辔特叩松扃,谒高公。茶话移时,偶书二十八字。道门弟子图南上。

我谓浮荣真是幻,醉来舍辔谒高公。因聆玄论冥冥理,转觉尘寰一梦中。见《宋诗纪事》卷五引《老学庵笔记》。[1]

《老学庵笔记》：邛州天庆观石刻希夷诗云云。末书太岁丁酉,盖蜀孟
昶时,当石晋天福中也。文与可跋云："高公者,此观都威仪何昌一也,希
夷从之学锁鼻术。"

①见《老学庵笔记》卷六。末附引文有删节。

赠 张 乖 崖

自吴入蜀是寻常,歌舞筵中救火忙。乞得金陵养闲散,也须多谢鬓
边疮。见《宋诗纪事》卷五。①

　　《古今诗话》："张忠定公少谒华山陈图南,图南赠诗一绝,始皆不喻
其意。后忠定更镇杭益,晚年发疮于鬓,移守金陵,遂薨,悉如其言。"

①见《湘山野录》卷上、《梦溪笔谈》卷二十。

访 毛 女

　　见《宋诗纪事》引《翰府名谈》。按《全唐诗》卷八百六十三作毛女正美
诗。此诗第二句"又编栗叶作罗襦","作",《全唐诗》作"代"。三句"有时问
著秦宫事","著",《全唐诗》作"却"。四句"笑拈仙花望太虚","仙",《全唐
诗》作"山"。馀同。①

①见《增修诗话总龟》卷四四引《翰府名谈》。

西 　 峰

为爱西峰好,吟头尽日昂。岩花红作阵,溪水绿成行。几夜碍新月,
半山无夕阳。寄言嘉遁客,此处是仙乡。见《宋诗纪事》卷五引宋魏庆之撰
《诗人玉屑》。①

①见《诗人玉屑》卷二十《方外》,不注出处。又见《增修诗话总龟》卷四六引《翰府名
谈》。

题 石 水 涧

银河洒落翠光冷,一派回环〔湛〕(淡)晚晖。几恨却为顽石碍,琉璃

滑处玉花飞。见《宋诗纪事》卷五引明李蓘辑《宋艺圃集》。①

①见《宋艺圃集》卷一，又见《增修诗话总龟》卷四四引《翰府名谈》。"淡"，二书皆作"湛"，今据改。

鬼　怪

杨　勋

　　杨勋，前蜀乾德中，世号杨仆射。

杨　勋　吟　诗

圣主何曾识仲都，可怜社稷在须臾。市西便是神仙窟，何必乘楂泛五湖。①

　　按宋人撰《新编分门古今类事》卷二载此诗，云："杨勋者，前蜀后主乾德中，世号杨仆射，不知何处人，变化无常。为后主召群仙于薰风殿，刑部侍郎潘娇奏其妖怪，帝命武士于西市戮之。随刃化为草，人未至所法处。仆射吟诗曰云云。其年冬，后主失国，果如其言，此亦可以知兴废之有前定也。"注云"出《洞微志》"。事虽不经，准《全唐诗》例，姑录之以入神仙鬼怪卷。

①《全唐诗》卷八六三收此诗，作者作杨损，题作《临刑赋》，殆据《万首唐人绝句》卷六八收入。

全唐诗补逸卷一九（附录卷）

友邦　新罗国
崔致远

　　崔致远，字海夫，号孤云，新罗国湖南之沃沟人。年十二，辞家从商舶入唐。十八宾贡及第。曾游东都，寻授宣州溧水县尉，任满而罢。乾符末，淮南节度使高骈辟置幕府，表状文翰，皆出其手。广明元年，骈为诸道行营都统，以致远为巡官，奏除殿中侍御史。中和末，充国信使，东返新罗，历翰林学士、兵部侍郎，出为武城太守。后携家隐于江阳郡之伽倻山以终。《艺文志》有崔致远《四六》一卷。又《桂苑笔耕》二十卷。今补诗一卷，计六十首。

　　案《全唐诗》无崔致远诗。日本河世宁《全唐诗逸》卷中收致远诗一首又句七联。此六十首诗载致远所著《桂苑笔耕集》（有《四部丛刊》本）。今即自《丛刊》本录出，而以南京图书馆所藏高丽聚珍活字本校之。

七言记德诗三十首谨献司徒相公

兵　机

惟将志业练《春秋》，早蓄雄心划国仇。二十年来天下事，汉皇高枕倚留侯。

笔　法

见说书窗暂卧龙，神传妙诀助奇锋。也知外国人争学，惟恨无因乞
手踪。原注：南朝萧子云（高丽本作苏子云）善书，百济使人求手踪，以为国宝。

性　箴

波澄性海见深源，理究希夷辟道门。词翰好传双美迹，何须更写五
千言。

雪　咏

五色毫编六出花，三冬吟彻四方夸。始知绝句胜联句，从此芳名掩
谢家。

射　雕

能将一箭落双雕，万里胡尘当日销。永使威名振沙漠，犬戎无复吠
唐尧。

安　化

班笔由来不暗投，旋驱熊隼待封侯。郡名安化能宣化，更指河湟地
欲收。

练　兵

陇水声秋塞草闲，霍将军暂入长安。太平天子怜才略，曾请陈兵尽
日看。

磻　溪

刻石书踪妙入神，一回窥览一回新。况能早遂王师业，桃李终成万
代存。原注：伏睹相公《磻溪诗》云："及到王师身已老，不知辛苦为何人。"又《经虢县
诗》云："手栽桃李十馀春，今日经过重建勋。"

射　虎

钜牙钩爪碍王程，一箭摧班高丽本班作斑四海惊。白额前驱姜胆碎，
方知破石是虚声。

秦　城

远提龙剑镇龙庭,外户从兹永罢扃。扫尽边尘更无事,暮天寒角醉
吟听。

生　祠

古来难化是蛮夷,交趾何人得去思。万代圣朝青史上,独传溪洞立
生祠。

射　鞭

休说戟枝非易中,莫言杨叶是难穿。须看立节沙场上,永得安边为
射鞭。

安　南

西戎始定南蛮起,都护能摧骠信威。万里封疆万户口,一麾风雨尽
收归。

天 威 径

凿断龙门犹劳身,擘分华岳徒称神。如何劈开海山道,坐令八国争
来宾。

崖 口 径

济物能回造化心,驱山偃海立功深。安南真得安南界,从此蛮兵不
敢侵。

收 城 碑

功业已标征北赋,威名初建镇南碑。终知不朽齐铜柱,况是儒宗缀
色丝。原注:碑,今度支裴仆射撰词。

执 金 吾

一阵风雷定八蛮,来趋云陛悦天颜。王孙仕宦多荣贵,心为匡君不
暂闲。

天　平

海岱烟尘匝郓城,遥挥一剑落攙抢。征旗不动降旗尽,永使天平地

亦平。

钓 鱼 亭

锦筵花下飞鹦鹉，罗袖风前唱《鹧鸪》。占得仙家诗酒兴，闲吟烟月忆蓬壶。原注：伏睹相公《在郓州诗》云："酒满金釭花满枝，双娥齐唱《鹧鸪词》。"又《钓鱼亭诗》云："水急鱼难钓，风吹柳易低。"

相 印

早说休征应佩刀，台星光接将星高。欲迎霖雨归龙阙，看灭妖氛展豹韬。

西 川

远持龙旆活龟城，威慑蒙王永罢兵。应笑栾巴噀杯酒，雨师风伯自归行。

平 蛮

邛峡关东蛮尘绝，平夷镇扼蛮地裂。又筑罗城变锦城，蛮兵永灭功不灭。

筑 城

一心能感众心齐，铁瓮高吞剑阁低。多上散花楼上望，江山供尽好诗题。

荆 南

虎吼龙骧出峡来，福星才照阵云开。遥思屈宋忠魂在，应向风前奠一杯。

漕 运

济川已展为舟业，煮海终成富国功。能与吾君缓宵旰，为资心计四方通。

浙 西

九江贼胆望风摧，万户愁眉向日开。楚舞吴歌一何乐，相逢相贺相公来。

降　寇

唯将德化欲销兵，长笑长平恣意坑。更想太丘行小惠，何如言下济
群生。

淮　南

八郡荣超陶太尉，三边静掩霍嫖姚。玉皇终日留金鼎，应待淮王手
自调。原注：剑南、荆南、淮南，乃天下名镇，相公累移节制。西戎、南蛮、东鄙贼起，相公
皆自讨除。

朝　上　清

齐心不倦自朝真，岂为修仙欲济人。天上香风吹楚泽，江南江北镇
成春。

陈　情

俗眼难窥冰雪姿，终朝共咏小山词。此身依托同鸡犬，他日升天莫
弃遗。

　　　　按以上三十首诗见《桂苑笔耕集》第十七卷，前有《献诗启》，略谓：
　　　"如某者，迹自外方，艺唯下品。虽儒宫慕善，每尝窥颜冉之墙，而笔阵争
　　　雄，未得摩曹刘之垒。但以幸游乐国，获睹仁风，久贮恳诚，冀伸歌咏，辄
　　　献纪德绝句诗三十首，谨封如别。"

陈情上太尉

海内谁怜海外人，问津何处是通津。本求食禄非求利，只为荣亲不
为身。客路离愁江上雨，故园归梦日边春。济川幸遇恩波广，愿濯
凡缨十载尘。

奉和座主尚书避难过维阳宠示
绝句三首 "阳"，疑当作"扬"。

年年荆棘侵儒苑，处处烟尘满战场。岂料今朝觐宣父，豁开凡眼睹

文章。

乱时无事不悲伤,鸾凤惊飞出帝乡。应念浴沂诸弟子,每逢春色耿离肠。

济川终望拯湮沉,喜捧清词浣俗襟。唯恨吟归沧海去,泣珠何计报恩深。

归燕吟献太尉

秋去春来能守信,暖风凉雨饱相谙。再依大厦虽知许,久污雕梁却自惭。深避鹰鹯投海岛,羡他鸳鹭戏江潭。只将名品齐黄雀,独让衔环意未甘。

酬杨赡秀才送别

海槎虽定隔年回,衣锦还乡愧不才。暂别芜城当叶落,远寻蓬岛趁花开。谷莺遥想高飞去,原注:时杨生有随计(高丽本计作行)之计。辽豕宁惭再献来。好把壮心谋后会,广陵风月待衔杯。

行次山阳续家太尉寄赐衣段令
充归觐续寿信物谨以诗谢

自古虽夸昼锦行,长卿翁子占虚名。既传国信兼家信,不独家荣国亦荣。万里始成归去计,一心先算却来程。望中遥想深恩处,三朵仙山目哔横。

留别女道士

每恨尘中厄宦涂,数年深喜识麻姑。临行与为真心说,海水何时得尽枯?

酬进士杨赡送别

海山遥望晓烟浓，百幅帆张万里风。悲莫悲兮儿女事，不须怊怅别
离中。

楚州张尚书水郭相迎因以诗谢

楚天萧瑟碧云秋，旌隼高飞访叶舟。万里乘槎从此去，预愁魂断谢
公楼。

酬吴峦秀才惜别二绝句

荣禄危时未及亲，莫嗟歧路暂劳身。今朝远别无他语，一片心须不
愧人。

残日塞鸿高的的，暮烟汀树远依依。此时回首情何限，天际孤帆窣
浪飞。

石　峰

原注：中和甲辰年冬十月，奉使东泛，泊舟于大珠山下。凡所入
目，命为篇名，啸月吟风，贮成十首寄高员外。

巉岩绝顶欲摩天，海日初开一朵莲。势削不容凡树木，格高唯惹好
云烟。点苏寒影妆新雪，戛玉清音喷细泉。静想蓬莱只如此，应当
月夜会群仙。

潮　浪

骤雪翻霜千万重，往来弦望蹑前踪。见君终日能怀信，惭我趋时尽
放慵。石壁战声飞霹雳，云峰倒影撼芙蓉。因思宗悫长风语，壮气
横生忆卧龙。

沙 汀

远看还似雪花飞,弱质由来不自持。聚散只凭潮浪簸,高低况被海风吹。烟笼静练人行绝,日射凝霜鹤步迟。别恨满怀吟到夜,那堪又值月圆时。

野 烧

望中旌旆忽缤纷,疑是横行出塞军。猛焰燎空欺落日,狂烟遮野截归云。莫嫌牛马皆妨牧,须喜狐狸尽丧群。只恐风驱上山去,虚教玉石一时焚。

杜 鹃

石罅根危叶易干,风霜偏觉见摧残。已饶野菊夸秋艳,应羡岩松保岁寒。可惜含芳临碧海,谁能移植到朱栏。与凡草木还殊品,只恐樵夫一例看。

海 鸥

慢随花浪飘飘然,轻摆毛衣真水仙。出没自由尘外境,往来□□洞中天。稻粱滋味好不识,风月性灵深可怜。想得漆园蝴蝶梦,只应如我对君眠。

山顶危石

万古天成胜琢磨,高高顶上立青螺。永无飞溜侵凌得,唯有闲云拨触多。峻影每先迎海日,危形长恐坠潮波。纵饶蕴玉谁回顾,举世谋身笑卞和。

石 上 矮 松

不材终得老烟霞，涧底何如在海涯。日引暮阴齐岛树，风敲夜子落
潮沙。自能盘石根长固，岂恨凌云路尚赊。莫讶低颜无所愧，栋梁
堪入晏婴家。

红 叶 树

白云岩畔立仙姝，一簇烟萝倚画图。丽色也知于世有，闲情长得似
君无。宿妆含露疑垂泣，醉态迎风欲待扶。吟对寒林却惆怅，山中
犹自辨荣枯。

石 上 流 泉

琴曲虽夸妙手弹，远输云底响珊珊。静无纤垢侵金镜，时有轻飔触
玉盘。呜咽张良言未用，潺湲孙楚枕应寒。寻思堪惜清泠色，流入
沧溟便一般。

和友人除夜见寄

与君相见且歌吟，莫恨流年挫壮心。幸得东风已迎路，好花时节到
鸡林。

东 风

知尔新从海外来，晓窗吟坐思难裁。堪怜时复撼书幌，似报故园花
欲开。

海 边 春 望

鸥鹭分飞高复低，远汀幽草欲萋萋。此时千里万里意，目极暮云翻

自迷。

春 晓 闲 望

山面懒云风恼散,岸头顽雪日欺销。独吟光景情何限,犹赖沙鸥伴
寂寥。

海 边 闲 步

潮波静退步登沙,落日山头簇暮霞。春色不应长恼我,看看即醉故
园花。

将归海东巉山春望

目极烟波浩渺间,晓乌飞处认乡关。旅愁从此休凋鬓,行色偏能助
破颜。浪蹙沙头花扑岸,云妆石顶叶笼山。寄言来往鸥夷子,谁把
千金解买闲。

和金员外赠巉山清上人

海畔云庵倚碧螺,远离尘土称僧家。劝君休问芭蕉喻,看取春风撼
浪花。

题海门兰若柳

广陵城畔别蛾眉,岂料相逢在海涯。只恐观音菩萨惜,临行不敢折
纤枝。

以上三十首诗见《桂苑笔耕集》第二十卷。

按南京图书馆藏有高丽活字校印本《桂苑笔耕集》二十卷,前有高丽
人洪奭周、徐有榘二序。特节录徐有榘序中有涉崔致远行事者如次,其文
曰:"《桂苑笔耕集》二十卷,新罗孤云崔公在唐淮南幕府时公私应酬之

作,而东还之后,手编表进于朝者也。公名致远,字海夫,孤云其号也。湖南之沃沟(新罗地名)人。幼颖慧绝伦,年十二,从商舶入中原。十八举进士第。久之,调溧水县尉,任满而罢。时值黄巢之乱,诸道行营都统高骈开府淮南,辟公为都统巡官,凡表状文告,皆出公手。其《讨黄巢檄》,天下传诵。奏除殿中侍御史,赐绯鱼袋。后四年,充国信使东归,事宪康王、定康王为翰林学士、兵部侍郎,出为武城太守。真圣时,挈家入江阳郡伽倻山以终焉。葬在湖西之鸿山。……"

慧　超

　　慧超,新罗国僧人。开元中曾远赴五天竺国,经我国唐时安西等地。诗二首。

逢汉使入蕃略题四韵

君恨西蕃远,余嗟东路长。道荒宏雪岭,险涧贼途倡。鸟飞惊峭嶷,人去□偏梁。平生不扪泪,今日洒千行。

冬日在吐火罗逢雪述怀

冷雪牵冰合,寒风擘地烈。巨海冻墁坛,江河凌崖嵲。龙门绝瀑布。井口盘蛇结。伴火上硋(垓)歌,焉能度播蜜。

　　上诗见《大藏经》二〇八九号《游方记抄》中所载新罗僧慧超作《往五天竺国传》,略谓:"又从吐火罗国东行七日,至胡蜜王住城,当来于吐火罗国。逢汉使入蕃,略题四韵,取辞五言(诗不重录)。冬日在吐火罗逢雪述怀,五言(诗不重录)。此胡蜜王兵马少弱,不能自护,见属大寔所管。"云云。又曰:"过播蜜川,即至葱岭镇。""开元十五年十一月上旬至安西,于时节度大使赵君……"云云。读此则两诗之作年可知矣。

后　记

　　右《全唐诗补逸》二十卷。是稿初印于丙子岁（一九三六年），当时收诗止二百七十有奇，暂分七卷，名曰《全唐诗补逸初稿》。称《初稿》者，盖欲赓扬哀集，期毕功厘定于他日也。其明年而卢沟变起，举家流徙，奔走万里，藏书既失，旧业尽废，宁居之不遑，奚论撰辑。荏苒八载，抗战胜利，始得复返金陵。顾政敝民穷，生事维艰，丁彼衰世，徒知腾议于私室，已无心于学问矣。及己丑岁（一九四九年）而雄旆南指，落叶东飘，日出曜景，积瘴烟销，庆尧宇之得苏，见山河之重缔，薄海同欢，余宁独异？自来南师，将三十年矣，生计丰足，心神怡畅，得党政之关怀，承师友之相勉，于教学之馀，复得游心翰府，继事搜聚，虽四凶逞虐之日，犹未尝或辍。积之既久，渐成卷帙，略加编次，合之旧稿，得诗近八百篇，离为二十卷，仍其名曰《全唐诗补逸》。自维头白齿脱，精力有竭，而唐诗散佚，远不止此，倘假我以年，其增辑续补，愿待来日，则兹编虽称《全唐诗补逸》，仍以初稿目之可耳。惟昔丙子旧稿，收韦庄《秦妇吟》一首，又曾录《云谣集杂曲子》三十首及无名氏词等为一卷，今王重民氏《敦煌曲子词集》及《补全唐诗》既悉数收刊矣，故从删。又《全唐诗》以日人朝衡及新罗公主金真德等杂于唐诗人之列，兹编则集日人及新罗人之与唐土人士有交往酬唱者，各自成卷，标以"友邦"之目，附于编末，意欲存当时文化交流之迹云尔。此则有异于《全唐诗》体制者。值兹付印之际，略记前后过程如此。

　　戊午岁（一九七八年）秋，孙望记于南京师范学院